한국고전소설 연구의
방법적 지평

한국고전소설 연구의
방법적 지평

박희병 지음

천기태 선생님께 이 책을 바친다.

책머리에

나는 야담 연구로 학문에 입문하였다. 석사논문을 준비하느라 『청구야담』을 읽을 때 맛본 희열과 감동은 이후 평생 내 학문의 원천이 되었다. 문학 연구'에 있어 '서사(敍事)'의 중요성이 뇌리에 강하게 각인된 것도 이때부터다. '서사'는 본질적으로 인간의 삶, 이념, 역사와 관련된다. 20대 이래 나는 이 셋을 학문적 관심의 주된 대상으로 삼아왔다고 말할 수 있을 듯하다.

1980년 12월 초 나는 집을 나와 두 달 가까이 도피 생활을 해야 했다. 시국 사건으로 수감된 벗 고세현(전 창비사 사장) 군이, 위험하니 얼른 피신하라는 전갈을 보내와서다. 그래서 『청구야담』과 논문 초고만 챙겨 급히 집을 나왔다. 나는, 앞으로 학문을 계속하지 못할지도 모른다는 생각을 하면서도, 추운 골방에서 형편 되는 대로 초고를 고치고 또 고쳤다. 이듬해 1월 말, 전두환이 대통령으로 취임한 후 미국을 방문했는데, 이 때문에 일시 유화적 국면이 조성되었다. 원래대로라면 논문심사는 전년도 12월에 종료되어야 했으나 당시 학교가 봉쇄되어 학사 일정이 정상적으로 진행되지 못하고 있었다. 2월이 되어 비로소 학교 출입이 가능해져, 이에 가까스로 논문을 제출할 수 있었다.

비록 피신 중에 원고를 다듬기는 했으나 여건상 흡족하게 고치지 못했다는 자책감이 그 후 늘 따라다녔다. 그래서 이 책을 준비하면서 옛글을 다시 손보고 보완하였다. 그러니 나로서는 이 글이 이제야 비로소 '종결'되었다는 느낌이 든다. 38년 만이다.

야담 연구를 통해 고전서사의 중요성을 깨닫게 된 나는 이후 판소리계소설, 인물전, 전기소설(傳奇小說) 등으로 관심을 넓혀갔다. 이들 장르에 생(生)의 감각과 역사적 감수성이 비교적 풍부히 담지되어 있다고 생각했기 때문이다.

이 책에 실린 논문들은 모두 내 나이 쉰 이전에 발표된 것이다. 생각해보면 그때마다 최선을 다해 쓴 논문들이지만, 그래도 가장 마음이 가는 논문은 20대에 쓴 「『청구야담』 연구」와 「『춘향전』의 역사적 성격 분석」이다. 아마 가장 어렵고 암울한 시기에 쓴 글이기 때문이 아닌가 한다.

나는 30대 전반에 인물전 연구에 몰두한바 『한국고전인물전연구』와 『조선후기 전(傳)의 소설적 성향 연구』가 그 성과다. 30대 후반에는 전기소설(傳奇小說) 연구에 매진했던바 『한국전기소설의 미학』이 그 성과다. 이 세 책에 본서를 더하면 고전서사에 대한 나의 연구가 모두 망라된다.

이 책의 출간을 계기로 나의 공부길을 돌이켜 보면 나는 고전서사 연구로 학문의 기본을 다졌으며, 그 과정에서 인간, 사회, 역사를 보는 눈을 기르고, 텍스트의 맥락을 정확히 읽어내는 훈련을 해온 듯싶다. 이 힘이 바탕이 되어 통합인문학을 구상해 사상사 연구와 예술사 연구로 나아갈 수 있었다고 생각한다.

본서의 글들은 '방법론'에 대한 관심이 그 중핵을 이룬다. 하지만 지금의 연구자들은 이론과 방법론에는 별반 관심을 쏟지 않는 듯하다. 하지만 서사 연구만큼 세계, 현실, 역사, 삶에 대한 비판적 성찰이 필요한 영역은 없으며, 이 점에서 그것은 부단한 방법론적 물음과 모색을 요한다. 아무쪼록 이 책이 이 방면의 연구자들, 특히 젊은 연구자들에게 얼마간 생각할 거리를 주었으면 한다.

나는 이 책을 내면서 예전의 글들을 조금 다듬었으며, 필요하다고 판단되는 경우 보주(補註)나 보론(補論)을 붙이기도 했다. 하지만 기본 논지에 변경을 가하지는 않았다. 원 논문의 역사성을 살리는 것이 필요하다고 생각했기 때문이다. 그래서 가령 '봉건적'이라든가 '봉건사회'처럼 지금은 별로 사용되지 않는 용어도 폐기하지 않고 그대로 두었다. 독자들께서는 이런 점을 감안해 글을 읽어주실 것을 당부드린다. 또한, 예전 글을 스스로 수정한 만큼 앞으로 혹 나의 글을 인용할 경우 이 책에 실린 것을 인용해주실 것을 당부드린다.

끝으로, 색인 작성을 도와준 김지윤 군과 마지막 교정을 정성껏 보아준 정솔미·곽보미 군에게 감사의 마음을 전한다. 그리고 어려운 여건에도 불구하고 이 책의 출판을 흔쾌히 맡아주신 알렙의 조영남 사장께 심심한 사의를 표한다.

2019년 7월 19일

박희병

차례

제4부 역사주의적 접근

제5부 비교문학적 접근

제1부
총론

한국고전소설의 발생

1. 한국소설의 발생을 둘러싼 두 가지 견해

종래 한국소설의 효시(嚆矢)는 김시습(金時習, 1435~1493)의 『금오신화(金鰲新話)』로 봄이 통설이었으나 근년에 들어와 이러한 통설이 수정되면서 한국소설의 발생 시기는 나말여초(羅末麗初)이며 그 대표적인 작품은 「최치원(崔致遠)」이라는 설(說) 쪽으로 무게중심이 옮겨가고 있다.[1]

「최치원」의 작자는 분명하지 않다. 그렇기는 하나 이 작품이 나말여초에 창작되었으리라는 데 이의를 제기하는 사람은 별로 없다. '나말여

---

[1] 이 글은 졸고 「한국고전소설의 발생 및 발전단계를 둘러싼 몇몇 문제에 대하여」, 『관악어문연구』 17, 1992; 「나려시대(羅麗時代) 전기소설 연구」, 『대동문화연구』 30, 1995를 토대로 작성되었다. 두 논문은 졸저 『한국전기소설의 미학』(돌베개, 1997)에 재수록되어 있다.

초'라고 했지만 좀더 좁혀 말한다면 대략 10세기경이 될 터이다. 한편 『금오신화』는 비록 그 정확한 창작 시기는 확정짓기 어렵지만 15세기 후반 무렵 창작된 것은 확실하다. 그렇다고 한다면, 「최치원」과 『금오신화』는 500년 남짓한 상거(相距)가 있는 셈이다.

『금오신화』를 한국 최초의 소설로 간주하는 연구자들은 「최치원」을 기록된 설화로 보든가 설화에 약간의 문학적 윤색이 가해진 작품 정도로 치부한다. 이 경우 장르론적 문제가 제기된다. 다시 말해 소설 장르란 무엇인가, 소설과 설화의 장르적 차이는 무엇인가 하는 문제가 제기된다. 그렇기는 하나 통설을 지지하는 연구자들이 이 문제에 대해 꼭 깊이 있는 해명을 한 것은 아니다.

「최치원」을 발생기 한국소설의 대표적인 작품으로 거론하는 논자들은, 일국사적(一國史的) 관점이 아니라 동아시아적 관점에서 문제를 보려 한다. 즉 중국의 경우 당나라 때인 7세기경에 전기소설(傳奇小說)이라는 독특한 문언(文言) 형식의 소설이 성립되어 8, 9세기에 걸쳐 다양하게 발전해갔고, 일본의 경우 10세기 전후에 모노가타리(物語) 문학이 성립되어 11세기 초가 되면 『겐지모노가타리(源氏物語)』라는 장편(長篇)이 창작되기에 이르는데, 전통시대 동아시아의 문화적 교류를 고려할 때 유독 한국만 5세기 이상이나 뒤진 15세기에 와서야 소설이 발생했다는 것은 아주 부자연스런 일일뿐더러 역사적 실상에도 도무지 맞지 않는 일이라는 것이다. 나말여초설을 지지하는 연구자들은 이런 견지에서 「최치원」이 바로 초창기 전기소설의 면모를 잘 보여주는 작품이며, 이외에도 「호원(虎願)」〔일명 '김현감호(金現感虎)'〕라든가 「조신전(調信傳)」과 같은 작품에서 나말여초 전기소설의 창작양상이 확인된다고 보고 있다.

2. 성립기의 한국소설을 읽을 때 유의할 점

여기서 '성립기'란 한국소설이 발생한 나말여초를 가리키는 말이다. 성립기의 한국소설을 특징짓는 장르는 '전기소설(傳奇小說)'이다. 이 시기라 해서 전기소설만이 유일한 소설 장르는 아니었으며, 다른 소설 장르의 가능성도 존재하고 있었다. 하지만 그러한 가능성(혹은 그러한 가능성의 실현)은 아직 미미한 것이었으며, 따라서 전기소설이 이 시기를 대표하는 소설 장르라는 점에는 이론(異論)의 여지가 없다. 그러므로 성립기 한국소설의 특성을 잘 알기 위해서는 전기소설의 예술적 특성에 대한 깊은 이해가 불가결하다.

하나의 문학 장르란 그 자체로서도 유동적이지만, 다른 장르와의 관계에 있어서도 역시 유동적이다. 하나의 '역사적 장르(historical genre)'는 끊임없이 다른 장르와 교섭하고, 그로부터 무언가를 섭취하며, 이를 통해 자신을 변화시킬 뿐만 아니라 다른 장르도 변화시킨다. 이 과정에서 기존에 설정된 장르들 간의 경계가 변경되거나 허물어지며, 그 결과 새로운 장르체계가 형성된다. 새로운 장르의 탄생도 이러한 과정 중에 이루어짐은 물론이다. 이런 견지에서 보면 하나의 역사적 장르에 대한 연구에서 장르들 간의 '상호성' 및 '관계성'에 대한 인식이 대단히 중요하다.

성립기의 전기소설 역시 이런 관점에서 고찰될 필요가 있다. 성립기의 전기소설은 우리나라 소설발달사의 첫자리에 놓이는 만큼 후대의 보다 발전된 전기소설이나 다른 장르의 소설과 비교해볼 때 미숙한 면이 적지 않을 뿐 아니라, 인접 장르인 설화와 매우 특별하고도 밀접한 연관을 맺고 있다. 따라서 오늘날의 소설을 보는 눈으로 본다면 성립기의 전기소설은 소설이라기보다는 오히려 설화에 가까운 것으로 여겨질 수도 있다. 그러나 그러한 관점은 역사적으로든 이론적으로든 문제가 있다. 오늘날의 장르체계, 혹은 조선전기나 조선후기의 장르체계가 아니라 당시의 장르체계, 당시의 소설사적 맥락에서 보는 것이 정당하기 때문이다.

3. 설화와 전기소설의 차이

한국소설의 성립기에 설화와 전기소설은 아주 밀접한 연관을 맺고 있다. 이 시기 전기소설은 설화를 모태로 하되 설화와는 다른 문예적 건축물로서 자기를 성립시켰다. 이런 사정으로 인해 이 시기 전기소설은 한편으로 설화적 면모를 가지면서도 다른 한편으로는 설화와는 본질적으로 상이한 면모를 갖는다. 그러므로 나말여초 소설 발생의 문학사적 맥락을 제대로 이해하기 위해서는 이 점에 대한 고찰이 불가결하다. 여기서는 ①설화와 전기소설의 차이가 무엇인지에 대한 장르론적 검토와 ②소설 장르의 하나로서 전기소설이 갖는 특성이 무엇인지에 대한 검토를 하기로 한다.

첫째, 전기소설에서는 인물과 환경이 '구체적'으로 묘사되고 서술된다. 이 말은 다각적인 음미를 요한다. 즉 ①인물, ②환경, ③인물과 환경의 관련, 이 세 가지 차원에서의 음미가 필요하다.

먼저 인물의 경우, 전기소설은 인물의 성격적 특질을 구체적으로 드러낸다. 전기소설이 인물의 외면뿐만 아니라 내면세계까지도 서술코자하는 것은 그러한 노력의 소산이다. 인물의 개성에 대한 파악은 '안팎'에서 이루어져야 비로소 구체적일 수 있기 때문이다. 그래서 전기소설은 종종 시(詩)를 통해 인물의 생각과 심리를 표백할 뿐 아니라,

일반 서술을 통해서도 인물의 성격적 특질을 드러내고자 기도(企圖)한다. 그러나 설화는 그렇지 않다. 설화는 단지 인물의 외면(행위)에만 관심을 쏟을 뿐이다. 설화적 인간은 전기적(傳奇的) 인간과는 달리 좀처럼 자신의 내면을 드러내는 법이 없으며, 때문에 설화로서는 아무리 구체적이라 할지라도 소설에 비한다면 추상적이다.

다음, 환경의 경우, 전기소설은 인물이 놓인 시간적·공간적 환경을 구체적으로 확정하고 서술한다. 그에 반해 설화는 인물이 놓이는 시공간에 대해 뚜렷한 규정과 구체적 인식을 보여주지 않는다. 때문에 설화적 시공간은 추상적이다. 만일 설화가 환경에 대해 자세한 묘사를 보여준다고 한다면 그 설화는 이미 다른 장르로 이행(移行) 중일 가능성이 높다.

끝으로, 인물과 환경의 관련에 있어, 전기소설은 양자의 긴밀한 내적 연관을 보여준다. 환경에 대한 구체적 묘사는 인물의 성격적 특질을 드러내는 데 기여하고, 인물에 대한 구체적 묘사는 환경에 대한 묘사를 발전시킨다.

설화와 달리 전기소설에서 사회현실의 보다 풍부한 반영이나 삶에 대한 보다 고양된 인식이 가능한 것도 전기소설이 '인물' '환경' 그리고 '인물과 환경의 관련'에 있어 세계를 한층 구체적으로 인식하기 때문이다. 그러나 전기소설이 보여주는 인물, 환경, 인물과 환경의 관련에 대한 이러한 제반 특징은 유독 전기소설만의 특징은 아니다. 그것은 소설 장르 일반의 특징일 수 있다. 바로 이 점에서, 전기(傳奇)는 소설이 아니며 '글로 정착시킨 설화'라거나 '설화와 소설의 중간적 형태'라는 주장을 반박하는 중요한 이론적 근거가 마련된다.

이처럼, 장르가 담지하고 있는 내용의 '구체성'이라는 측면에서 설화와 전기소설은 질적으로 구분된다.

둘째, 작품에 표상된 '시간의 본질'에 있어 전기소설과 설화는 구분된다. 소설 장르 일반이 그러하듯, 전기소설에 있어서도 시간의 본질은 성장과 변화, 형성으로 표상된다. 작품이 종료될 즈음에 주인공이나 주변 인물의 변화와 정신적 성장, 혹은 삶에 대한 태도나 인식의 전환이 발견된다는 것이 그 증거다. 전기소설은 여타의 소설과 마찬가지로 시간 개념을 변화와 형성으로 만들기 위한 고유한 방법론으로 '내면관찰'을 구사한다. 내면관찰에 의해서만 인물의 정신적 변화가 참되고 깊이 있게 드러날 수 있기 때문이다. 이에 반해 설화적 시간은 변화와 성장의 시간이라기보다 '지속'으로서 표상된다. 그것은 인물의 내적 변모를 탐구하기보다는 인물이 시종(始終) 지니고 있는 면모나 그를 둘러싼 주변세계의 상태를 보여주는 데 관심을 가질 뿐이다. 따라서 처음에 제시된 시간과 최종적 시간 사이에는 비록 물리적 시간의 경과에도 불구하고 진정한 의미에서의 변화는 발견하기 어렵고 대체로 지속성이 확인될 뿐이다.

셋째, 설화와 전기소설은 구체성이나 시간 개념에 있어서뿐만 아니라 그 주인공의 미적 특질에 있어서도 뚜렷이 구분된다.

한국 전기소설의 핵심을 이루는 것은 애정전기(愛情傳奇)인데, 이 경우 섬세하고 내면적이며 고독한 인간상(人間像)이 그 주요한 미적 표상을 이룬다. 그리하여 '전기적 인간'은 종종 혼잣말(독백)을 뇌까리기도 하고 자신의 깊은 내면을 편지나 시, 노래, 기타의 방식으로 표출하기도 하는 등 독특한 내면성을 보여준다. 또한 그의 세계내적(世界內的) 상황은 종종 고독감이나 소외로 특징지어진다. 물론 모든 전기소설이 다 그런 것은 아니지만, 적어도 전기소설에서 대단히 주목되고 본질적인 중요성을 갖는 인간 면모가 '고독'이라는 점은 분명하다. 전기적 인간이 보여주는 이 같은 고독감은 대개 심중한 사회적·현실적 의미를 함축한다. 전기소설이 작가 개인의 문제의식이나 현실적 처지를 매개하면서 문제성을 갖게 되는 것도 주로 이와 관련된다. 전기적 인간의 이와 같은 면모와 달리 설화적 인간은 섬세하지도 내면적이지도 고독하지도 않다. 설화적 인간은 도대체 고독을 알지 못한다. 또한 그는 외면적 행위에 의해 표상될 따름이지 내면성을 보여주는 법이 없다. 퍽 대조적인 이 두 인간상(人間像)의 미적 특질은 자신이 속해 있는 장르의 고유성에 의해 규정된다.

넷째, 설화와 전기소설은 창작의 '목적의식'에 있어서도 주목할 만한 차이가 발견된다. 설화는 기본적으로 자연발생적 성격을 갖고 있다. 이에 반해 전기소설은 뚜렷한 목적의식을 갖고 창작된다. 이는 구전문학(口傳文學)과 기록문학의 차이와도 관련된다. 전기소설이 그 창작 과정에서 담지하는 목적의식은 단지 창작 과정과 관련된다고만 이해해서는 피상적이며, 장르의 내적 특질을 다각도로 구현하는 데 적극적으로 관여한다는 점을 인식할 필요가 있다. 다시 말해, 장르론 '바깥'의 문제가 아니라 장르론 '내부'의 문제라는 점을 분명히 할 필요가 있다.

그렇다면 전기소설의 창작에 내재해 있는 목적의식은 어떤 점에서 장르의 내적 특질을 구현하는가? 여러 가지 사실을 지적할 수 있지만, 몇 가지만 언급한다면, 뚜렷한 주제구현, 치밀하게 짜여진 플롯, 인물의 개성적 부조(浮彫), 매개적 인물의 다양한 활용, 전기적 인간의 면모나 전기소설의 분위기와 잘 대응된다고 할 곡진하고 섬려(纖麗)한 문체 등을 들 수 있다.

다섯째, 전기소설의 문체에 대해서는 별도의 주목을 요한다. 그것은 전기소설의 주요한 장르적 지표의 하나이기 때문이다.

전기소설의 문체는 분위기를 중시하는 감각적이며 화려한 문어체(文

語體)의 한문이다. 그것은 또한 종종 서정적 경사를 보여주며, 시적 응결과 압축미를 드러내기도 한다. 전기소설은 문식(文飾)을 중시하기에 대구(對句)나 고사(故事)를 곧잘 구사한다. 이런 점에서 전기소설은 다른 계열의 한문소설—이를테면 야담계한문단편(野談系漢文短篇)이나 전계한문단편(傳系漢文短篇)—과 그 문체상에서 분명히 구별될 뿐 아니라, 단순한 설화의 기록이나 설화에 약간의 윤색을 가했을 따름인 패설류(稗說類)와도 명백히 구별된다. 전기소설을 인지하는 대단히 중요한 외적 표징을 바로 이 문체에서 찾을 수 있는 것이다.

4. 「최치원」은 어째서 설화가 아니고 소설인가

현재 거론되는 나말여초의 전기소설 중 대표적인 작품으로 「최치원」을 꼽을 수 있다. 「최치원」은 어째서 설화가 아니고 전기소설인가? 전기소설과 설화의 장르적 차이에 대한 앞서의 검토를 바탕으로 이 점을 입증해보자.

우선 「최치원」은 인물의 외면만을 그리고 있는 것이 아니라 그 내면세계까지 그림으로써 인물의 성격적 특질을 구체적으로 부각시키고 있어 설화와는 전혀 다른 면모를 보여준다. 또한 주인공들이 주고받는 여러 편의 시(詩)를 통해 그들의 심리 상태와 마음의 결을 섬세하게 드러내고 있는데, 설화라면 이런 것이 불가능하다. 시간 개념에 있어서도 「최치원」은 소설임이 확인된다. 최초의 시간과 최종적 시간 사이에는 커다란 질적 변화가 감지된다. 두 여인과의 만남과 사랑을 계기로 주인공 최치원의 삶에 대한 인식은 크게 바뀌고, 그 삶에 새로운 전환이 야

기된다. 뿐만 아니라, 「최치원」은 주인공의 미적 특질에 있어서도 전기
소설로서의 면모를 여실히 보여준다. 작품의 서두에 제시된 시 속에 보
이는 '旅人(나그네)'이라든가 '孤館(외로운 집)' 등의 단어[2]는 주인공 최
치원의 세계내적 상황이 고독하다는 점을 잘 드러내고 있다. 뿐만 아니
라 두 여인과 관련하여 작품이 드러내고 있는 정조(情調) 역시 기본적으
로 비한(悲恨)과 적막감이다. 설화적 인간은 고독이나 적막감을 알지 못
한다. 그리고 이 작품은 주제의식, 일대기적(一代記的) 구성, 인물의 개
성 부각, 시의 삽입 등에 있어서 뚜렷한 목적의식을 보여준다. 이런 높
은 목적의식을 갖는 작품을 설화로 보는 것은 가당치 않다. 게다가 이
작품의 화려하고 수식적이며 서정적인 문체는 이 작품이 문체면에 있어
서도 전기소설임을 확인시켜준다.

  이러한 분석을 통해 알 수 있듯 「최치원」은 설화일 수 없고 전기소설
임이 분명하다. 그러나 우리의 주장을 더욱 확고히 하기 위해 다음과 같
은 반론을 다시 한번 환기하도록 하자: 전기소설이라는 것은 '소설'이라
고 하기 어렵고 설화와 소설의 중간 형태인바, '전기소설'이라고 해서는
안 되고 그냥 '전기(傳奇)'라고 불러야 옳다.

  먼저, 전기소설을 소설이라고 하기 어렵다는 생각부터 보자. 이런 생
각은 이론적으로도 수긍하기 어려울 뿐 아니라, 자료를 바탕으로 충분
히 검증된 것이라고도 할 수 없다. 전기소설이 소설에 속한다는 사실은
앞서 제시한 전기소설의 장르적 성격에 대한 검토에서 이미 분명히 되

---

2) "芳情儻許通幽夢, 永夜何妨慰旅人. 孤館若逢雲雨會, 與君繼賦洛川神."(박희
  병 표점(標點)·교석(校釋), 「최치원(崔致遠)」, 『한국한문소설 교합구해』, 소명출판,
  2005)

었다고 생각해 더 이상 논의할 필요를 느끼지 않는다. 여기서는 다만 자료적 측면과 관련해서만 한두 가지 언급하기로 한다. 주지하다시피 전기소설은 우리나라에서만 창작되거나 향유된 것이 아니고, 중국·베트남·일본에서 모두 창작되거나 향유된 동아시아 한자문화권의 보편적 소설 장르에 속한다. 따라서 한국의 특수성을 내세우기에 앞서 한자문화권의 '보편성'에 대한 인식이 필요하다. 가령 중국의 당나라 때 창작된 유수한 전기소설들을 한 번이라도 통독해본 사람이라면 전기소설이 소설이 아니라는 식의 논의가 얼마나 자료적 실제로부터 벗어나 있는지 금방 알 수 있을 터이다. 요컨대 전기소설에 대한 논의는 한자문화권의 일반적 사정을 두루 고려하면서 그에 적실하게 논의가 이루어져야 설득력을 가질 수 있다.

다음으로, 전기소설이 설화와 소설의 중간 형태라는 주장에 대해 살펴보자. 전기소설은 사실 설화를 모태로 하여 소설로 성장한 면이 인정된다. 따라서, 비록 앞에서 주로 설화와의 차별성을 부각시키기는 했지만, 설화와의 관련성을 무시할 수 없다. 이 점은 한국소설이 그 발생 이래 『금오신화』에 이르기까지 점진적으로 발전해온 과정을 해명하는 데 있어 크게 고려해야 할 점이라고 생각된다. 이처럼 설화와 전기소설의 관련을 인정하면서 이를 '동태적(動態的)'으로 파악하는 일은 소설사의 이해에 대단히 긴요하다. 따라서 전기소설은 비록 그 기본적 장르 귀속은 소설이지만 작품에 따라 설화적 경사를 좀더 가지기도 하거나 좀 덜 가지기도 하는 등 내부적으로 다소의 편차가 있을 수 있다는 점을 인정하지 않으면 안 된다. 하지만 전기(傳奇)[3]를 설화와 소설의 중간 형태로

---

3) '전기(傳奇)'와 '전기소설'은 동일어다. 그러므로 전기소설과 별도의 '전기'라는 개념이

보는 견해는 이러한 관점과는 전연 다르다. 그것은 설화와 전기소설의 관련양상을 동태적으로 인식하는 입장이라기보다 전기소설을 그 전체로서 중간적 성격의 장르로 규정하는 입장이다. 그러나 기실 이 입장은 전기소설을 설화로 보는 쪽에 더 비중이 실려 있는 듯하다. 전기소설이 소설 일반이 지닌 장르적 특성을 보여주며 설화와는 그 본질에 있어 명백히 구분된다는 점은 앞에서 이미 지적했으므로 더 이상 언급하지 않는다.

5. 나말여초 전기소설의 창작 상황

나말여초의 전기소설로서 현전하는 작품으로는 「최치원」, 「조신전」, 「호원」(일명 '김현감호') 등을 들 수 있다.[4] 「최치원」과 「호원」은 원래 『수이전(殊異傳)』이라는 이야기책에 실려 있던 작품이다. 『수이전』이라는 책은 일실(逸失)되었지만 그 몇 편의 글이 일부 문헌에 실려 전해지고 있다. 그런 것 가운데 전기소설로 추정되어온 또다른 작품으로 「수삽석남(首揷石枏)」('머리에 석남꽃을 꽂다'라는 뜻)이 있다. 이 작품은 『대동운부군옥(大東韻府群玉)』이라는 일종의 백과사전에 해당하는 책에 실려 있는데, 길이가 짤막한 글이다. 그래서 원작(原作)이 그대로 실린 게 아니라 축약되어 실렸다고 보는 견해도 있다. 『대동운부군옥』의 책 성격을 감안할 때 그럴 가능성도 있다. 「최치원」이나 「호원」의 경우, 『대

성립될 수 없다.
4) 이 작품들에 대한 교석(校釋)은 『한국한문소설 교합구해』를 참조할 것.

동운부군옥』의 기사(記事)가 축약된 것이 분명히 확인되기 때문이다. 그렇기는 하나 이런 사실들은『대동운부군옥』에 실린 「수삽석남」이 축약된 것이라는 주장을 뒷받침하는 방증은 될지언정 직접적인 증거는 아니다. 따라서 명백한 근거는 되기 어렵다는 난점이 없지 않다. 더군다나 이 시기 서사문학사의 단계를 고려할 때 전기소설은 아니되 전기소설과 유사한 소재의 설화가 존재할 가능성도 있는바, 「수삽석남」이 바로 그런 경우라는 반론을 예상하지 않을 수 없다. 다시 말해『대동운부군옥』의 「수삽석남」은 반드시 전기소설의 축약 형태가 아니라 골격 위주의 짤막한 설화적 이야기를 그대로 혹은 '거의' 그대로 실어놓은 것이라고 볼 여지도 없지 않은 것이다. 이런 미심쩍은 점 때문에 나말여초 전기소설을 논의하는 자리에서 「수삽석남」은 일단 제외하기로 한다.

「최치원」, 「조신전」, 「호원」 이외에도『삼국사기(三國史記)』열전(列傳)의 「온달(溫達)」이나 「설씨녀(薛氏女)」 같은 작품도 원래 나말여초에 전기소설로 창작된 원작(原作)이 있었는데, 김부식(金富軾, 1075~1151)의 시대에 이르러 그것이 역사편찬의 자료로 채택되면서 다소의 수정이 가해진 게 아닐까 생각된다.[5] 그렇다고 한다면 이 작품들에 대해서는 '열전(列傳)'으로 이해하는 관점과 '전기소설'로 이해하는 관점이 동시에 성립될 수 있다. 물론『삼국사기』에 전하는 작품 자체를 '전기소설'로 규정하는 것은 문제가 있겠지만, 적어도 그것을 통해 원작인 전기소설의 주제나 의미를 추론해볼 수는 있을 터이다. '전(傳)'과 '전기소설'은 별개의 장르지만, 상호 교섭을 보여주기도 하여 그 엄별이 곤란한 경우도 없지 않다. 또한 전기소설이 전으로 재작성되는 경우는 후대에도

---

5) 이 작품들에 대한 교석(校釋)은『한국한문소설 교합구해』를 참조할 것.

발견된다. 이런 경우는 우리나라뿐 아니라, 당나라 전기소설에서도 확인된다. 가령 「오보안전(吳保安傳)」이나 「사소아전(謝小娥傳)」은 원래 전기소설로 창작되었지만 훗날 각각 『당서(唐書)』 열녀전(列女傳)과 『당서』 충의전(忠義傳)에 채입(採入)되었다. 열전에 채입되면서 원작은 심하게 축약되어, 디테일은 소거(消去)되고 거의 줄거리만 남게 되었다. 이 점은 우리에게도 일정한 시사를 준다고 생각된다. 앞에서 우리는 『삼국사기』 열전의 「온달」과 「설씨녀」가 원작에 '다소의 수정'이 가해진 결과가 아닐까 추정했지만, 이 경우 수정은 주로 원작을 축약하는 방향에서 이루어졌을 가능성이 높다. 결코 그 반대는 아닐 것이다.

한편, 그 중요성에도 불구하고 지금까지 간과되어온 작품이지만, 『삼국사절요(三國史節要)』에 실린 「백운제후(白雲際厚)」 역시 나말여초에 창작된 전기소설일 것으로 추정된다.[6] 이 작품은 사랑하는 두 남녀가 거듭되는 혼사장애(婚事障碍)에 봉착하여 이를 극복하는 과정을 그리고 있는데, 나말여초의 전기소설로는 제법 다기(多岐)한 플롯을 보여주는 작품으로 평가할 수 있다. 가령 한 번의 혼사장애도 아니고 두 번씩이나 혼사장애가 나타나는 작품은 이 시기 소설에서 이 작품이 유일하다. 이처럼 그 플롯이나 스토리 전개를 고려할 때 「백운제후」는 웬만한 분량의 작품이 아니었을까 짐작되는데, 『삼국사절요』에는 '절요(節要)'라는 책 성격에 맞게 그 간단한 줄거리만 수록되었다고 여겨진다.

이렇게 본다면, 현재 우리가 확인할 수 있는 나말여초 전기소설의 명단은 다음과 같다.

---

6) 이 작품에 대한 교석(校釋)은 『한국한문소설 교합구해』를 참조할 것.

① 「최치원」

② 「조신전」

③ 「호원」

④ 「온달」

⑤ 「설씨녀」

⑥ 「백운제후」

6. 나말여초 전기소설의 장르적 위상

소설이란 장르는 고정적이지 않으며, 계속 발전하고 변화해왔다. 이 장르는 문학사에 처음 등장한 이래 부단히 확장과 성장을 보여왔다. 이 점에서 소설은 그 어떤 장르와도 비교될 수 없는 유별난 장르다. 그것은 현재에도 '변화 중'이며, 자신의 존재를 '지속'시키기 위한 노력을 경주(傾注)하고 있다. 성립기의 소설, 즉 나말여초의 전기소설은 소설 장르의 이런 특별한 성격과 관련지어 이해하지 않으면 안 된다.

나말여초 전기소설이 성립되기 전의 서사문학사는 '설화의 바다'였다고 말할 수 있다. 전기소설이 창작되기 시작한 나말여초의 시기라고 해서 설화 장르의 위세가 달라진 것은 아닐 터이다. 하지만 서사문학이 온통 설화 일색이었던 전(前)단계와는 달리 새로운 종류의 문학 형태인 소설이 일각에 존재하기 시작했다는 점에서 새로운 서사문학사의 단계가 열리고 있었다는 점을 승인하지 않으면 안 된다. 성립기의 전기소설은 기본적으로 설화를 모태로 하여 성립될 수밖에 없었다. 즉 성립기의 전기소설은 설화의 질적 전환으로서의 면모가 다분하다. 바로 이 점에서 여러 난점이 생겨나며, 또 위에 제시한 작품들이 소설인지 아닌지에 대한 논란의 소지가 배태된다.

나말여초의 전기소설은 설화를 기반으로 성립되었다는 그 발생론적 성격으로 인해 한편으로는 설화와의 일정한 관련을 보여주면서 다른 한편으로는 설화와 구별되는 면모를 보여준다. 바로 이 때문에 나말여초의 전기소설을 설화로 보려는 입장과 소설로 보려는 입장이 서로 대립된다. 전자는 나말여초 전기소설이 보여주는 설화와의 관련을 중시한 결과이며, 후자는 나말여초 전기소설이 보여주는 설화와 구별되는 면모를 중시한 결과이다. 이 두 입장은 각기 그것대로의 타당성을 갖는다. 하지만 이 두 입장은 모두 '일면적으로만' 타당하다. 왜냐하면 전자는 나말여초 전기소설이 설화로부터 벗어나 새로운 형태의 서사문학으로 진전되고 있는 면모를 간과하고 있으며, 후자는 설화와의 연관이 소설 장르에 어떤 영향과 제약을 끼치고 있는가를 간과하고 있기 때문이다. 따라서 이 시기 전기소설의 실체와 위상을 정당하게 이해하기 위해서는 이 두 입장을 벗어나 제3의 입장을 모색하지 않으면 안 된다.

제3의 입장이란 무엇인가? 그것은 다름아닌 전기소설이 설화로부터 소설로 상승하는 과정을 '장르운동'7의 관점에서 읽어내는 입장이다. 이런 입장을 취할 경우 전기소설의 설화적 기반은 그것대로 적절히 이해하면서도 설화로부터 설화와는 다른 '소설'이라는 장르가 성립되는 과

---

7) '장르운동'이라는 개념은 필자가 『조선후기 傳의 소설적 성향 연구』(성균관대 대동문화연구원, 1993)에서 처음 사용했다. 이 개념은 비단 '전(傳)'과 소설의 관계만이 아니라 설화와 소설의 관계에도 적용될 수 있다. 이 개념은 장르가 꼭 고정되어 있는 것은 아니며, 장르들 간의 경계가 유동적이라는 인식론 위에서 성립된다. 즉 정태적 장르론이 아니라 동태적 장르론에 해당한다고 말할 수 있다.

정을 '동태적'으로 포착할 수 있다. 이 점에서 이 입장은 장르에 대한 정태적 인식을 보여주는 앞의 두 입장과는 '인식론적 전제'를 달리한다.

그런데 이 제3의 입장이 취하는 인식론적 전제는 앞서 거론한 소설의 독특한 장르적 성격과 연관지어 생각할 필요가 있다. 소설은 역사적으로 계속 발전하고 변화해간 장르이다. 그것은 문학사에 등장한 이래 끊임없이 자신을 새롭게 하면서 그 장르적 가능성을 확대하거나 발전시켜왔다. 따라서 그 최초의 발생에서 그 본질의 완숙한 구현을 기대할 수는 없다. 소설이 그 본질을 높은 수준, 혹은 완숙한 형태로 실현하기까지에는 여러 단계를 거치지 않으면 안 되었다. 그러므로 최초의 소설에서 소설의 본질이 충분히 발현된 후대 시기 소설의 면모를 찾는 것은 이론적으로건 역사적으로건 정당하지 않다. 중요한 것은 성립기 소설인 나말여초의 전기소설이 소설로서는 아직 '미숙한' 형태이지만 그럼에도 설화와는 본질적으로 구별되는 계기와 면모를 지녔다는 사실이다. 우리가 직시해야 할 것은 바로 이 점이라고 생각한다.

성립기 소설인 나말여초의 전기(傳奇)는 그 소설로서의 장르적 성격에 다소의 편차가 존재한다. 즉 설화 장르의 제약이 좀더 두드러진 경우가 있는가 하면 상대적으로 좀 덜 두드러진 경우도 있다. 후자의 경우 소설로서의 면모가 보다 뚜렷한 반면, 전자의 경우에는 그렇지 못하다. 이런 편차는 설화로부터 소설로 상승하는 장르적 운동의 다양한 양상을 반영한다. 가령 「최치원」은 나말여초 전기소설 중 소설적 면모가 가장 뚜렷한 작품이다. 이 점은 인물의 내면묘사나 '시간'의 성격에서 단적으로 확인된다. 뿐만 아니라 주제의식, 일대기적 구성, 인물개성의 부각, 시의 삽입 등에서 확인되는 높은 목적의식을 통해서도 설화와는 본질적으로 다른 면모를 발견할 수 있다. 이에 비해 「호원」 같은 작품은 그 모태인 설화의 면모가 좀더 남아 있는 경우이다. 그럼에도 주인공 김현의 다음과 같은 말, 즉 "사람과 사람이 교접하는 것이 올바른 도리요, 이류 간(異類間)에 교접하는 건 상도(常道)가 아니오(人交人, 彝倫之道. 異類 而交, 盖非常也)"라는 말에서 드러나는 '반성적(反省的)' 인식이나 작품 종결부의 다음과 같은 서술, 즉 "김현이 죽을 무렵 이전에 자기가 겪은 신이한 일에 대해 큰 느꺼움이 있어 마침내 붓으로 그 이야기를 기록해 세상에 비로소 알려졌다(現臨卒, 深感前事之異. 乃筆成傳, 俗始聞知)"에 서 감지되는 구성상의 책략은 이 작품이 설화에서 벗어나 소설의 경역 (境域)에 들어서 있음을 확인시켜준다.

7. 나말여초 전기소설 발생의 사회역사적·정신사적 조건

전기(傳奇), 즉 전기소설은 원래 7세기를 전후하여 당나라에서 발흥 한 소설 양식이다. 당나라 전기(傳奇)의 시원(始原)에 대해서는 논란이 없지 않으나 대체로 초당(初唐) 말(末)에 장작(張鷟, 660~740)이 창작 한 「유선굴(遊仙窟)」이 그 효시가 아닌가 보고 있다. 이 작품은 당시 중 국에 유학한 일본인 학생들을 감동시켰고, 이후 일본문학에 큰 영향을 끼쳤다. 같은 시기에 신라의 지배층 자제들도 당에 유학했음을 생각한 다면, 이 시기 발흥한 당나라 전기소설이 약간의 시차는 있다 하더라도 신라 문인(文人)들에게도 수용되었으리라 보는 것이 자연스럽다. 이러 한 추측을 뒷받침하는 문헌적 증거로는 『구당서(舊唐書)』 「장작전(張鷟 傳)」에 나오는 장작(張鷟)에 관한 기사(記事) 중 "신라, 일본 등 동이(東 夷)의 나라들이 몹시 그의 글을 중히 여겨 매양 사신을 보내 입조(入朝)

할 때면 반드시 거듭 돈을 내어 그의 글을 사 갔으니, 그 재주와 명성이 먼 나라에까지 전파되었음이 이와 같다(新羅日本東夷諸蕃, 尤重其文, 每遣使入朝, 必重出金貝以購其文, 其才名遠播如此)"라고 한 구절을 들 수 있다. 그런데 흥미로운 점은, 나말여초 전기소설의 1편인 「최치원」에서 바로 이 「유선굴」의 영향이 느껴진다는 사실이다. 「최치원」의 작자는 「유선굴」을 읽었음은 물론이고, 중국의 지괴서(志怪書)나 여타 전기소설을 폭넓게 읽었던 게 아닌가 짐작된다. 이렇게 추정할 수 있는 것은, 지괴서인 『오행기(五行記)』에 수록된 「진랑비(陳朗婢)」라든가 전기소설 「임씨전(任氏傳)」과 관련된 내용이 「최치원」에서 발견되기 때문이다.[8] 전대 문학작품의 특정 요소나 의미관련을 적절히 활용하거나 창조적으로 수용하는 태도나 방식을 지칭하는 말로 '패러디(parody)'라는 말을 사용할 수 있다면, 「최치원」은 「유선굴」, 「임씨전」, 「진랑비」 등을 패러디하고 있는 면이 없지 않다. 그런데 패러디는 보통 그 대상으로 삼는 작품이 당대의 문학 향유층 사이에 널리 알려져 있음을 전제로 하게 마련이다. 그렇지 않으면 패러디의 문학적 효과를 기대하기 어렵기 때문이다. 그렇다고 한다면 「최치원」에서 패러디 현상이 나타나고 있음은 적어도 나말여초 당시나 그 이전에 지괴서나 전기서(傳奇書)가 상당히 널리 읽혔던 것을 증명하는 것이라 할 수 있다. 요컨대 「최치원」의 경우를 통해 우리는 나말여초 전기소설이 당나라 전기소설의 폭넓은 독서와 수용 위에서 성립될 수 있었다는 점을 확인할 수 있다.

하지만 이런 관점은 자칫 중국 전기소설의 영향으로 한국 전기소설이

---

8) 「최치원」의 "翻來塚側夾陳氏之女奴"라는 말에서 「진랑비」를 읽었음이 확인되고, "不學任姬愛媚人"이라는 말에서 「임씨전」을 읽었음이 확인된다.

발생했다는 '전파론적(傳播論的)' 비교문학론으로 귀착될 수 있다. 한국 전기소설의 성립에 중국 전기소설이 끼친 영향을 부정할 수는 없다. 하지만 나말여초 전기소설의 발생에서 그러한 요인과 함께, 혹은 그러한 요인보다, 중시되어야 할 것은 중국 전기소설의 독서 체험 위에서 한국 전기소설을 성립시킨 창작주체의 내면적 요구 내지는 문제의식이 과연 무엇이며, 그것이 갖는 정신사적 의미가 과연 무엇인가 하는 점일 터이다. 이 점과 관련해 나말여초 전기소설 발생의 내재적·핵심적 요인이 해명될 수 있다고 생각되기 때문이다.

이 점에서 나말여초의 대표적 전기소설이라 할 「최치원」을 다시 주목하게 된다. 「최치원」에서는 주인공의 '고독감'이 짙게 느껴진다. 이 작품은 최치원이 이국인(異國人)으로서 중국의 지방 말단관리를 할 때의 고독감을 기저에 깔고 있다. 이국인이라는 것, 그리고 남다른 재주가 있음에도 불구하고 고작 지방의 말단관리밖에 할 수 없다는 것이 그가 느끼는 고독감의 원천이라 보인다. 요컨대 세상에 자기를 알아주는 사람이 없다는 사실을 깨닫는 데서 오는 고독감인 것이다. 그러므로 그것은 현실에서의 '소외감'과도 연결된다. 이 소외감은 주인공으로 하여금 현실을 벗어나 세상 '밖'에 관심을 갖게 만들고, 몽환적(夢幻的) 세계에 젖어들게 한다. 두 여귀(女鬼)와의 사랑은 그렇게 설명될 수 있다. 최치원의 고독감은 조국 신라에 돌아와서도 의연히 지속된다. 그는 세상 '밖'을 떠돌며, 그러다가 세상을 뜬다. 이렇게 본다면 주인공 최치원은 그의 전 생애에 걸쳐 고독감을 느낀 게 된다.

「최치원」의 이러한 서술은 물론 실제 사실이 아니고 허구다. 그렇기는 하나 「최치원」이 형상화해놓고 있는 주인공의 모습에는 실제 인물인 최치원의 어떤 '본질적' 면모가 포착되어 있다고 보인다. 여기서 중대한

의문이 제기된다: 역사적 인물인 최치원의 인간본질을 바로 이 '고독감'이라는 측면에서 이처럼 잘 포착할 수 있었던 작자는 과연 어떤 부류의 사람이었을까? 이에 대해서는 현재 아무런 자료가 남아 있지 않아 확실한 이야기는 불가능하다. 따라서 논리적으로 추론해 들어갈 수밖에 없다. 결론부터 말한다면, 「최치원」의 작자는 최치원과 대동소이한 처지에 있었거나 적어도 최치원의 처지에 공감할 만한 처지에 있던 지식인 내지는 문인이 아니었을까 한다. 그런 처지에 있는 사람이 아니라면 최치원이 느꼈던 고독감을 그처럼 잘 포착해 소설화할 수는 없었으리라는 것이 그런 추정의 근거다. 고독감, 그것도 절실한 고독감은 그것을 몸소 체험한 사람만이 이해할 수 있는 법이다. 또한 형편이 좋은 사람이나 득의(得意)한 인간은 스스로 깊은 고독감을 느끼기도 어렵거니와, 타인의 고독감을 이해하기는 더더욱 어렵다. 이리 사유해 들어가면 「최치원」의 작자는 나말여초를 살았던 육두품(六頭品) 출신의 문인지식인이었을 개연성이 높다고 판단된다.

그런데 기존 연구 중에는 11세기 후반에 활동한 박인량(朴寅亮, ?~1096)을 「최치원」의 작자로 추정한 견해가 있다.[9] 「최치원」은 원래 『수이전(殊異傳)』의 1편이다. 『수이전』은 애초 최치원이 저술한 책인데, 훗날 박인량이 증보(增補)한 바 있고, 김척명(金陟明, ?)이라는 문인 역시 자기대로 개작(改作)을 한 것으로 알려져 있다. 「최치원」은 그 내용으로 보아 최치원 자신의 창작일 수는 없으므로 훗날 증보 작업을 한 박인량이나 김척명이 작자일 가능성이 없지 않은데, 작품의 빼어난 문장을 염두에 둘 때 그런 글을 지을 만한 사람은 박인량이 아니겠는가라는

9) 이가원, 『한국한문학사』(민중서관, 1961), 104~105면.

것이 박인량 작자설의 주요한 근거다. 하지만 꼭 그렇게 볼 수 있을지는 의문이다. 오히려 「최치원」은 최치원 사후(死後) 그리 시간이 지나지 않은 시점에 어느 문인이 창작했을 가능성이 높다고 생각된다. 그 문인은 아마도 최치원처럼 나말(羅末)에 당나라 유학을 한 육두품 출신의 인물로서 최치원보다 한 세대쯤 뒤의 후배였으며, 나려(羅麗) 교체기의 혼란스런 사회 현실 속에서 초세적(超世的) 태도를 취한 인물이지 않을까 싶다. 「최치원」의 주인공인 '최치원'의 고독감과 우수, 그리고 그의 염세적 태도에 깊은 공감을 보여주고 있다는 점, 작품의 말미에 붙인 무려 63구나 되는 장편 고시(長篇古詩)는 여간한 문재(文才)로는 짓기 어려운 수작(秀作)이라는 점, 또 작품의 결미에서 "최치원이 심은 모란이 지금도 아직 있다(種牧丹, 至今猶存)"라고 말하고 있는 점 등이 그러한 추정의 근거다. 이런 조건을 두루 충족시킬 만한 사람이 과연 누구일까? 박인량은 두 번째 점은 충족시킬 수 있다 하더라도 첫 번째와 세 번째 점은 충족시키기 어렵다. 이런 점을 고려해 최근 이동환은 「최치원」의 작자를, 최치원의 집안사람으로서 최치원의 처지를 잘 이해하면서 그에 공감하고 있던 당나라 유학생 출신인 최광유(崔匡裕, ?)로 추정하는 견해를 제기한 바 있다.[10] 그럴 개연성도 있다고 생각되지만 그 점을 확고히 뒷받침할 만한 자료적 뒷받침이 있는 것은 아니다.

잘 알려져 있다시피 신라는 골품제(骨品制)라는 독특한 신분제도에 의해 운용되던 사회였다. 골품제 하에서 육두품은 '득난(得難)'이라 하여 귀한 신분으로 인식되었다. 그렇기는 하나 골품제가 진골(眞骨) 중심

---

10) 이동환, 「쌍녀분기(雙女墳記)의 작자와 그 창작 배경」(『민족문화연구』 37, 2002). 이동환은 「최치원」의 본래 제목을 '쌍녀분기'라고 보았다.

으로 짜여 있었음을 생각한다면 육두품은 신라 사회의 주인이라기보다 부수적인 지배신분으로서의 성격을 갖는 것이었다. 이와 관련된다고 생각되지만 이 계층은 주로 학문이나 종교적인 면에서 크게 활약하였다. 육두품은 신분제적 제약으로 말미암아 자신의 재능을 사회적·정치적으로 충분히 발휘할 수 없었으며, 이 때문에 심적 갈등과 불평이 없을 수 없었다. 더구나 이 출신의 당나라 유학생이 점점 늘어나면서 문인으로서의 소양과 지식인으로서의 식견을 갖춘 인물들이 축적되는 신라말에 오면 그러한 양상이 심화될 수밖에 없었다. 게다가 신라말은 극심한 혼란기로서, 최치원의 「우흥(寓興)」이나 「고의(古意)」 같은 시[11]에서 엿볼수 있듯 지식인이 자신의 양심을 지키며 개결(介潔)하게 사는 것이 참으로 어려운 시대였다. 「최치원」의 작자는 이런 시대를 거쳐오면서 품게된 불평과 고민, 세상에 대한 감정을 전기소설에 부친 것이 아닐까. 그리하여 최치원의 고독감을 누구보다 예리하게 읽어내고 그것을 통해 또한 자신의 고독감을 표현하고자 한 게 아닐까.

한국 전기소설의 발생기에 이처럼 '고독감'이 특별한 의미를 갖는다는 점은 주목을 요한다. 한국 전기소설을 이 점만 갖고서 설명할 수는 없다고 보지만, 「최치원」 이후의 전기소설 가운데 특히 예술성이 빼어나고 문제적인 작품들은 이 고독감을 작품의 기저로 삼고 있는 경우가 적지 않기 때문이다. 어떤 의미에서 '고독감'은 한국 전기소설의 발생·발전에서 주요한 역사철학적 토대가 되고 있다고 함직하다. 그 속에는 심중한 사회역사적·정신사적 의미(그 구체적 의미는 시대마다 또 작가마

---

11) 「우흥」은 『새벽에 홀로 깨어―최치원 선집』(김수영 편역, 돌베개, 2008), 44면, 「고의」
   는 같은 책, 38면 참조.

다 조금씩 달라지지만)가 담지되어 있음으로써다.

8. 나말여초 전기소설의 창작주체

「최치원」의 작자 문제를 검토하는 과정에서 드러났듯 나말여초 전기소설은 대체로 육두품 출신 문인들에 의해 성립되었으리라는 가설을 세워볼 수 있다. 이제 문제를 좀더 일반화시켜 보기로 하자. 신라말, 그리고 이어지는 고려초에 이 계층의 문인들은 어떤 내면적 요구와 문제의식을 구현하고자 전기소설을 창작하게 되었을까? 다시 말해 이 시기 전기소설의 성립과 그 창작주체 사이에는 어떤 연관이 있는 것일까? 이 점과 관련하여 우리는 우선 나말여초가 정치적으로 불안정한 시기였으며 새로운 시대로의 이행기였다는 점, 즉 커다란 역사전환기였다는 점을 상기할 필요가 있다. 이런 변화와 불안의 시대에 살면서 육두품 출신 문인들은 전기소설을 통해 자신의 삶의 방식을 성찰하거나, 인간의 운명을 구성하는 몇 가지 근본형식들에 대해 탐구하거나, 새로운 가치관을 모색하거나, 인간에 대한 새로운 이해를 모색해나갔던 것으로 여겨진다. 달리 말해 생(生)의 형식과 의미에 대한 '가치론'적 모색을 전기소설을 통해 해나갔던 것이다. 이 점에서 나말여초 전기는 단순히 중국 전기의 이식(移植)이나 모방일 수 없고, 독자적인 사회역사적 기반과 정신사적 요구 위에서 성립된 것이라 할 수 있다.

앞서 우리는 「최치원」에서 발견되는 고독감의 역사적 의미에 대해 주목한 바 있다. 현실 속에서 인간이 느끼는 고독감, 즉 인간의 사회적 고독감을 문제삼은 것은 우리 서사문학사상(敍事文學史上) 이 작품이 처음일 터이다. 그 점에서 이 작품은 설화와 본질적으로 구별되는 소설의 발생을 '고지(告知)'하고 있기라도 한 것처럼 보인다. 「최치원」의 고독감은 설화적 인간과는 다른 종류의 인간이 서사문학에 탄생했음을 의미함과 동시에 인간에 대한 새로운 이해의 모색을 의미한다. 하지만 나말여초의 전기소설이 모두 「최치원」처럼 고독감을 보여주는 것은 아니다. 그럼에도 불구하고 나말여초의 전기소설들은 '애정 문제'를 통해 현실의 인간관계를 새롭게 인식하고, 인간이 추구해야 할 진정한 가치를 진지하게 모색하고 있다는 점에서는 「최치원」과 다를 바 없다. 가령 「호원」은 신분갈등의 문제를, 「조신전」은 신분적 불평등의 문제와 함께 백성의 간난(艱難)한 삶의 현실을, 「온달」은 신분의 벽을 넘어서고자 하는 바람을, 「설씨녀」와 「백운제후」는 인간이 지켜야 할 가치로서 신의(信義)의 문제를 각각 다루고 있다. 이런 문제제기나 모색은 모두 삶의 원리나 방식, 그리고 그 현실적 조건을 성찰하거나 음미하는 속에서 이루어지고 있다. 「최치원」을 비롯해 나말여초 소설이 보여주는 이러한 지향과 문제의식은 그 창작주체인 육두품 문인의 처지와 고민, 그리고 그 현실인식을 반영하고 있다고 보인다. 신분적 제약에 처해 갈등과 불평이 없을 수 없었던 육두품 문인들 가운데에는 인간의 삶과 그것을 둘러싸고 있는 세계에 대해 진지하게 고민하면서 그 의미를 캐묻는 자들이 나오고 있었던 것이다. 인간의 삶과 그 조건에 대해 물음을 제기하면서 새로운 방향이나 가치를 모색하는 작업은 '시문(詩文)'이라는 기존의 문학 양식으로는 온전히 감당하기 어렵다. 이에 나말여초의 문인들은 시문의 창작을 통해 축적한 문학적 역량을 바탕으로 전기소설이라는 '허구'에 입각한 전혀 새로운 서사 장르를 성립시킨 것이라 생각된다.

9. 전기소설 발생의 언어문화적 요인

　나말여초는 앞서 지적한 대로 커다란 역사전환기였다. 역사적 전환기는 상층의 사고방식이나 언어가 하층의 사고방식이나 언어와 활발히 교류하거나 뒤섞이는 특징을 보여준다. 사회적 안정기에는 이런 현상이 잘 일어나지 않거나, 설사 일어난다 하더라도 그리 현저하지 않다. 소설이라는 장르는 근원적으로 '도청도설(道聽塗說)'에서 발전한 것이므로, 사회적 안정기보다는 상하층의 말과 사고방식, 그 정서와 이상(理想), 문제의식이 서로 활발히 교류하거나 충돌하거나 논쟁하거나 뒤섞이는 역사적 전환기에 더욱 적합하거나 빛을 발할 수 있다. 이런 견지에서 나말여초는 소설이 성립하거나 발전할 수 있는 좋은 여건을 제공하고 있다고 할 수 있다. 다시 말해 나말여초의 언어문화적 상황은 소설 발생의 또다른 요인이 되고 있다고 말할 수 있다.

　나말여초 전기소설이 놓여 있는 언어문화적 상황은, 이 시기 전기소설이 설화가 변형·가공되고 설화에 문식(文飾)이 가해지는 과정을 통해 창작되었다는 사실에서 특히 잘 드러난다. 민중의 문학이라 할 설화에 지배층의 일원인 육두품 출신 문인의 문제의식과 목적의식이 결합됨으로써 설화도 아니고 기존의 산문 양식도 아닌 새로운 형태의 문학이 성립될 수 있었던 것이다. 어떤 점에서 보면 나말여초의 전기소설은 상·하층의 문학이 동시에 '지양(Aufhebung)'되는 과정을 통해 형성된 면이 없지 않다. 혹은 상·하층의 문학 형태, 상·하층의 문학 의식이 서로 접촉함으로써 어떤 '종합(Synthese)'이 초래된 것이라 할 수도 있을 것이다. 이 종합의 구체적 방식은 물론 일률적이지 않다.

　이처럼 나말여초의 전기소설은 민중적 사유의 문학적 표현인 설화를 원천으로 삼아 자기를 축조(築造)함으로써 설화가 갖는 민중성, 즉 설화에 내포된 민중적 이상과 염원을 일정 부분 담아냄과 동시에 그것을 통해 창작주체의 생(生)에 대한 관점과 현실인식을 드러낼 수 있었다. 이런 점에 유의한다면, 이 시기 전기소설에서 단지 민중적 현실의 반영만을 읽으려 하거나, 반대로 창작주체인 육두품 작자와 관련된 현실의 반영만을 읽으려 할 경우, 그것은 모두 일면적임을 알 수 있다. 이 두 가지는 중첩되어 있음으로써다. 이 두 가지의 중첩 양상은 작품마다 다르다. 가령 「설씨녀」나 「온달」에서 민중적 사유와 원망(願望)의 좀더 직접적인 표출을 살필 수 있다면, 「최치원」에서는 상층의 사유와 언어의식이 좀더 강하게 표출되고 있음을 감지할 수 있다. 이와 달리 「조신전」 같은 작품은 민중적 삶의 현실과 작자의 문제의식이 서로 상승작용을 일으키기보다 상호 충돌을 일으키고 있는 면이 있다.

　나말여초 전기소설이 이질적인 두 개의 언어·문화의식을 토대로 성립되었으며, 그 결과 작품들에 그러한 양상이 반영되고 있다는 사실은 여러 모로 음미되어야 할 점이다. 이 시기 전기소설은 이 두 가지 의식의 교섭과 뒤섞임에 힘입어 서사문학의 획기적 발전과 심화를 이루면서 새로운 지평을 열 수 있었다. 한편 이 두 가지 문화의식의 '접근'이 야기되고 있다는 점 역시 간과해서는 안 된다. 그 접근은 물론 상층의 문화의식이 하층의 문화의식을 수렴하는 형태로 이루어지고 있으나, 그럼에도 이를 통해 하층의 현실과 문제, '민중적＝토착적'인 정서가 일정하게 표현될 수 있었다는 것은 대단한 성과라고 평가하지 않을 수 없다. 나말여초 전기소설이 갖는 '진보성'의 궁극적 근거는 바로 이에 있다.

조선후기 한문소설 연구의 전망

1. 머리말

이 글은 조선후기 한문소설의 연구사 검토를 통해 연구 전망을 도출하는 것을 목표로 삼는다. 조선후기는 대체로 17세기부터 19세기말까지의 시기를 가리킨다. 이 시기는 임진(壬辰)·병자(丙子)의 두 전쟁을 계기로 조선조 봉건사회의 해체가 정치·경제·사회·문화의 전 분야에서 급속히 진행되었던 때라는 점에서 이전 시대와 그 역사적 성격을 달리한다.

이 시대의 특징으로 주목되는 것은 기존의 봉건적 사회관계 내부에 상당한 변화가 야기되기 시작했다는 점이다. 즉 양반층 안에서 소수의 집권 사대부 계층과 다수의 몰락 사대부 계층으로의 분화가 심각하게 야기되었을뿐더러 평민층 내부에서도 경제적 소유관계에 따른 활발한 계층분화가 일어나고 있었다. 특히 평민층은 그 계층적 분화에도 불구하고 전체적으로는 현실적인 의식과 그에 의거한 사회적 실천으로 봉건 질서 내부에서 자신의 힘을 꾸준히 향상시켜갔다. 그리하여 점점 자신의 물질적 기반을 상실해간 양반층과 이전과는 다른 새로운 사회적 힘의 대립관계를 형성하기에 이른다. 평민층은 이러한 대립관계 속에서 그 상승된 힘을 바탕으로 하여, 경직되고 생동감을 잃어간 양반층의 문화와는 다른, 자신의 생활에 어울리는 자기의 고유한 문화 창조를 꾀했다. 이 시기에 발흥한 평민적인 문화·예술 장르들은 바로 이러한 시도의 발현이었다고 할 수 있다.

그런데 이와 같은 평민층의 사회·경제·문화적 역량의 향상은 기존의 전통적인 양반층 문화의 내용과 형식에 적지 않은 영향을 미치며 그 변화를 야기했다. 조선후기 한문소설의 연구사 검토는 이런 거시적 맥락에 유의하며 수행될 필요가 있다.

2. 연구의 경과와 전망

이 시기 한문소설로 가장 많이 연구된 것은 연암(燕巖) 박지원(朴趾源, 1737~1805)의 작품들이다. 박지원이 창작한 소설로는 「호질(虎叱)」·「허생전(許生傳)」〔이상 『열하일기(熱河日記)』에 수록〕, 「마장전(馬駔傳)」·「민옹전(閔翁傳)」·「김신선전(金神仙傳)」·「예덕선생전(穢德先生傳)」·「양반전(兩班傳)」·「광문자전(廣文者傳)」·「우상전(虞裳傳)」〔이상 『방경각외전(放璚閣外傳)』[1]에 수록〕, 「열녀함양박씨전(烈女咸陽朴氏傳)」

---

1) 『연암집(燕巖集)』 권8에 실려 있다.

〔『연상각선본(烟湘閣選本)』[2]에 수록〕, 10편을 꼽는다. 위유(僞儒)를 풍자한 작품인 「역학대도전(易學大盜傳)」·「봉산학자전(鳳山學者傳)」 2편은 의론(議論)이 너무 과격해 나중에 박지원 스스로 없애 버린 것으로 되어 있다.

연암소설은 일찍이 천태산인(天台山人) 김태준(金台俊)이 그 봉건사회에 대한 비판적 성격을 높이 평가한[3] 이래 사회소설(社會小說)로서 크게 주목받아왔다. 해방 이후 지금까지 박지원의 소설에 대해 숱한 작품론이 나왔지만, 여기서는 다만 그중 주요한 것만을 들어 연구경향과 연구방법론의 특징 및 문제점을 간략히 살펴볼까 한다.

이가원(李家源)과 이재수(李在秀)는 연암소설의 문학적 배경과 사상적 성격을 주로 실증적·비교문학적 방법에 입각하여 논의한 바 있다.[4] 이들에 의해 연암소설의 문헌적 측면은 소상히 밝혀질 수 있었다. 그러나 이들의 연구에서는 작품외적인 조건들과 작품 간의 관계가 다분히 기계적으로, 다시 말해 '무매개적(無媒介的)'으로 파악되고 있고, 종종 작품 안의 개별적 요소가 작품 전체에서 분리되어 자의적이고 과대하게 해석되곤 하는 문제점이 발견된다. 그리하여 연암사상과 작품 간의 비단선적(非單線的) 관련이 제대로 파악되고 있지 못하다는 점에서 본격적인 연암소설론이라고는 보기 어려울 것 같다.

한편 이정탁(李庭卓), 이원주(李源周) 등은 연암소설이 지니는 풍자적

---

2) 위의 책, 권1에 실려 있다.

3) 김태준, 『증보조선소설사』(학예사, 1939).

4) 이가원, 『연암소설연구』(을유문화사, 1965); 이재수, 『한국소설연구』(선명문화사, 1969).

성격에 주목하여 그에 연구의 초점을 맞추고 있다.[5] 연암소설의 두드러진 특징이라 할 풍자의 성격과 양태, 풍자의 대상 등이 규명될 수 있었던 것은 이들의 업적에 해당될 터이다. 그러나 연암소설이 지니는 풍자의 의미는 단순히 그 풍자의 대상이나 풍자의 양태를 밝히는 것만으로 다 드러났다고 보기 어렵다. 박지원에게 있어 풍자는, 중세적 봉건사회가 무너져가고 그 속에서 새로운 사회의 맹아가 싹트기 시작한 역사적 전변(轉變)의 시대에 살면서 그 추이(推移)를 직시했던 작가 자신의 당대 사회현실에 대한 입장, 달리 말해 작가의 세계관과 관련된 문제일 뿐만 아니라, 봉건사회 해체와 대응되는 문학사적 현상으로의 의미를 갖는다는 점에 유의할 필요가 있지 않은가 한다. 연암소설의 풍자적 성격에 대한 연구는 그 기왕의 성과에도 불구하고 이런 각도에서 새롭게 재조명될 여지가 있다고 생각된다.

박지원에 대한 개별 논문은 아니지만, 민병수(閔丙秀)는 한문소설사를 기술하는 자리에서 종래 박지원의 소설작품으로 간주되어온 10편을 모두 소설로 보는 데 이의를 제기하고 있어 주목된다.[6] 즉 「마장전」·「민옹전」·「김신선전」은 "작자의 주관이 양적(陽的)으로 표현된 주관적인 문학"이며 거기에 나오는 "제1인칭은 바로 작자 자신을 지칭하는 것"이기에 소설이 될 수 없고, 「예덕선생전」·「광문자전」·「열녀함양박씨전」 등은 시정(市井)에 유전(流轉)하는 이야기를 작자의 주관에 따라서 기술한 전기적(傳記的)인 수필에 불과하며, 「우상전」은 역관(譯官) 이언진

---

5) 이정탁, 「연암소설에 나타난 풍자연구」(『안동교대논문집』 2, 1969); 이원주, 「연암소설고(1)」(『어문학』 15, 1966); 이원주, 「「호질」의 풍자대상」(『상산이재수박사환력기념논문집』, 1972).

6) 민병수, 「한국소설발달사」(『한국문화사대계』 V, 고려대 민족문화연구소, 1967).

(李彦瑱)의 시화(詩話)를 중심으로 한 실화이므로 이를 소설로 볼 수 없다는 것이다. 따라서 민병수에 의하면 「양반전」·「호질」·「허생전」의 3편만이 소설로 인정될 뿐이다. 민병수의 지적을 통해 앞으로 '전(傳)'과 '소설' 간의 장르적 차이에 대한 이론적 규명이나 연암소설의 서사특질에 대한 더욱 깊은 논구가 필요함을 깨닫게 된다.

한편 연암소설을 당대의 실학사상, 그중에서도 특히 이용후생파(利用厚生派)의 사상과 결부시킨 연구자로는 이우성(李佑成)이 있다.[7] 그에 의하면 민중과 집권층의 중간에서 자기에게 부여된 올바른 임무를 수행하려는 자세, 이것이 바로 박지원의 사회적 입장이었으며, 근대 양심적 인텔리의 사명감에 상통하는 이러한 '사(士)'로서의 자각이 종래 사대부들에게 전혀 의식되지 못했던 세계, 즉 '서민의 세계'를 그의 의식세계 속에 선명히 떠오르게 했던 것으로 파악된다. 그리고 이처럼 서민의 세계를 향하여 새로운 의식세계를 확장하면서 창조적이며 진보적인 작품을 쓸 수 있었던 것은 결국 그의 배후에 신흥상공업자를 위시한 서민들의 움직임이 있었으며, 그 속에서 역사의 방향이 희구될 수 있었기 때문이라고 보았다. 이 연구의 기초가 되고 있는 박지원의 사상에 대한 해석이, 사상구조의 내질(內質)에 대한 파악이나 시기에 따른 사상내용의 성격 변화에 대한 고찰이 충분히 이루어진 다음에 행해진 것은 아니라는 점, 이 때문에 사상과 작품의 관계가 다분히 정태적이며 일면적으로 파악되고 있다는 점 등 전혀 문제가 없는 것은 아니지만, 이런 문제점에도 불구하고 이 연구는 앞으로의 박지원 문학에 대한 연구에 대단히 중요한 방향을 제시해놓고 있다고 보인다. 즉, 박지원 사상의 역사적·이념

---

7) 이우성, 「실학파의 문학」(『국어국문학』 16, 1957).

적 성격이 정확히 파악되고 그것과의 매개 속에서 그의 문학이 조명되지 않으면 안 된다는 것, 뿐만 아니라 박지원의 사상까지도 포괄하는 당대의 역사 상황 속에서 그의 문학이 고찰되어야 한다는 것, 그래야만 작품의 엄정한 객관적인 해석과 올바른 문학사적 위상 정립이 가능할 것이라는 점이다. 그러나 이우성의 논문이 발표된 지 이미 20여 년이 지났건만, 아직도 이 논문이 제시한 이러한 연구방법론을 심화·발전시키면서 그 문제점을 보완하는 업적은 별로 나오고 있지 못한 것 같다. 물론 그간 연암소설의 역사적 성격에 주목하는 연구물은 적지 않았지만 이들은 대부분 이우성이 도달한 수준에 미치지 못하는 것으로 보인다. 이러한 사실은 박지원에 대한 그동안의 숱한 논의에도 불구하고 아직 체계적이며 엄밀한 연구가 이루어지지 않고 있음을 말해주는 것으로 볼 수 있을 듯하다.

소설의 기저에 자리하고 있는 박지원의 사상과 그가 품었던 시대적 고뇌의 성격이 정확히 파악되고 그것의 문학적 매개로서 그의 소설들이 연구될 때 박지원의 소설은 생동하는 것으로서 객관적으로 해석될 수 있을 터이다. 다시 말해 박지원이 지닌 세계관의 역사적 운동과 구조를 보다 깊이 검토하고, 그것과 작품의 관계를 변증법적으로 문제 삼지 않는 한, 그에 대한 작가론이나 작품론은 '자의(恣意)'와 '피상(皮相)'의 테두리를 벗어나기 힘들 것이다.

그런데 연암소설은 적막 속에서 돌연 출현한 것이 아니다. 17세기 이래 한문단편소설의 창작은 박지원 이외의 많은 문인들에 의해서 활발하게 이루어지고 있었다. 연암소설은 문학사의 이러한 분위기와 추세 속에서 산출된 것이었다. 그럼에도 지금까지 이 시기 한문소설에 대한 연구는 박지원의 작품에 한정되었다. 종래의 이러한 태도는 연암소설을 다소 신비화함과 동시에 연암소설 이외의 한문단편소설들을 문학사에서 소외시키는 결과를 초래한 감이 있다. 김균태(金均泰)는 최근 문무자(文無子) 이옥(李鈺)의 작가론을 통해 종래의 이러한 연구 태도에 반성을 제기하고 있다.[8] 비단 이옥에 대한 연구뿐만이 아니라 앞으로 조선후기의 다른 한문소설 작가들, 이를테면 교산(蛟山) 허균(許筠), 석북(石北) 신광수(申光洙), 담정(藫庭) 김려(金鑢), 문암(問菴) 유본학(柳本學)과 같은 작가들에 대한 연구가 시급하다 하겠다.[9]

한편 임형택(林熒澤)은 근자에 개인문집과 각종 야담집에 수록되어 있는 수많은 한문단편을 학계에 새로 소개함과 동시에[10] 몇 편의 논문을 통해 이 시기에 한문단편이 광범하게 발생하게 된 역사적 배경과 그 발생 경로, 한문단편의 특징 등을 밝혔다.[11] 임형택의 논의는 다음과 같이 요약될 수 있다.

① 이 시대에 이르러서 강담(講談)=이야기를 잘함으로써 오락적 기능을 담당하였던 전문적이고 직업적인 강담사(講談師)=이야기꾼이 배출되었는데 이러한 강담사의 강담이 이야기 내지 소설에 취미를 가졌던 지식인들에게 직접 간접으로 전해지고 그것이 다시 글로 옮겨져 '한문단편'이라

---

8) 김균태, 「이옥의 문학사상 연구」(『현상과인식』 제1권 제4호, 1977).

9) 이 작가들의 한문소설은 이가원 역편, 『이조한문소설선』(민중서관, 1961)에 국역(國譯)되어 있다.

10) 이우성·임형택 역편, 『이조한문단편집(상·중·하)』(일조각, 1973·1978). 상권은 1973년에, 중·하권은 1978년에 간행되었다.

11) 임형택, 「18·9세기 '이야기꾼'과 소설의 발달」(『한국학논집』 2, 1975); 임형택, 「한문단편 형성과정에서의 강담사(講談師)」(『창작과비평』 49, 1978).

는 문학 장르가 발생했다.

② 이들 지식인 중에는 유명한 작자도 없지 않지만, 대부분은 이름 없는 작자들에 해당되고, 이들에 의해 성립된 작품들이 『동패낙송(東稗洛誦)』, 『청구야담(靑邱野談)』, 『계서야담(溪西野談)』, 『동야휘집(東野彙輯)』 등의 화집류(話集類)에 수록되어 전한다.

③ 한문단편은 시정(市井) 주변이나 농촌에서 발달한 이야기들이 작품화된 것이기 때문에 당대의 역사현실을 생생하게 반영하고 있다.

④ 따라서 한문단편은 한문으로 씌어졌지만 그 문장이 강담의 분위기를 그대로 느끼게 하는 소박하고 별로 꾸밈이 없는 우리나라식 한문이어서 실감이 나고 생동하는 글이 되었다.

⑤ 이러한 한문단편이 발달하게 된 역사적 배경은 도시의 형성과 시민층의 대두에 있다.

이들 한문단편의 발굴·소개로 국문학, 특히 조선후기 소설문학의 영역은 훨씬 풍부해졌으며, 그에 따라 이 시기의 한국소설사는 앞으로 대폭 수정되고 보완되어야 할 것으로 여겨진다. 뿐만 아니라 근대 이전과 근대를 이어주는 한국단편소설사의 내발적(內發的) 계기를 이에서 확보할 수 있게 될지도 모른다.

이 방면의 연구는 임형택에 의해 초석이 놓였고 연구의 지침이 제시되었다고 할 수 있다. 그렇기는 하나 이 분야에는 이론적·실증적으로 해명해야 할 문제들이 적지 않다. 그러므로 이 분야의 연구는 이제 갓 출발한 상태라고 보아야 옳을 것이다.

이 분야 연구에서 봉착하게 되는 커다란 이론적 난제는 '한문단편'이라고 불린 작품들의 장르 규정 문제다. '한문단편'을 '단편소설'과 구별되는 장르로 파악할 것인가, 아니면 한국의 전통적 단편소설로 파악할 것인가 하는 문제에서부터, '한문단편'을 역사적으로 주로 18·19세기에 특수하게 발생·발전한 장르로 규정할 것인가, 아니면 그 이전의 한문소설들, 예컨대 김시습(金時習)의 『금오신화(金鰲新話)』나 허균의 한문소설 등도 포함시키되 18·19세기에 창작되어 야담집 등에 실려 전하는 작품들은 다른 역사적 장르(historical genre)로서 파악할 것인가 하는 문제, 또 '한문단편'과 '민담'·'소화(笑話)' 등 설화 장르와의 관계를 어떻게 파악해야 할 것인가 하는 문제에 이르기까지 실로 적지 않은 장르론적 문제들이 그 해결을 기다리고 있다.[12]

이러한 장르론적 문제 외에도 그 작자층의 성격, 개별 화집(話集)에 대한 자세한 검토, 이전 한문소설과의 내용적·형식적 차이, 문체적 특성, 현실반영방식에 있어 판소리계소설과의 비교, 우수한 작품들에 대한 해석과 평가, 그 문학사적 위상 등등이 앞으로 좀더 세밀히 연구되든가 새로이 구명(究明)되어야 할 과제들일 것이다.

조선후기의 한문소설로는 이밖에 「오유란전(烏有蘭傳)」, 『옥루몽(玉樓夢)』 등이 거론되어왔다. 「오유란전」은 국문소설인 「이춘풍전(李春風傳)」이나 「배비장전(裵裨將傳)」과 유사한 성격의 작품이다. 어째서 이 시기에 이처럼 한문소설과 국문소설의 성격이 비슷해질 수 있었는가 하는 점도 흥미로운 연구 과제다. 이와 관련하여 국문소설, 특히 판소리계소설과 해학적·풍자적인 이 시기 한문단편소설 사이에 존재하는 것으로 보이는 공통 기반도 해명되어야 할 점이다.

---

12) 졸고 「『청구야담』 연구—한문단편소설을 중심으로」(서울대 석사학위논문, 1981)에서 이 문제에 대한 해명이 처음 시도되었다.

『옥루몽』에 대해서는 지금까지 그 작자, 저작연대, 『옥련몽(玉蓮夢)』 과의 선후관계 등 서지적(書誌的) 측면이 주로 논의되어왔는데,[13] 앞으로 봉건해체기 양반 이데올로기의 표출 및 그 완강한 고수로기의 측면이 본격적으로 고구(考究)될 필요가 있을 것 같다. 이러한 작업은 이 시기 소설이 현실과 관계하는 방식 및 그 존재양태에 대한 우리의 인식을 보다 심화시켜줄 것이다.

3. 맺음말

지금까지 조선후기의 한문소설에 대한 연구사를 개관하면서 그 성과와 문제점을 간략히 살펴보았다.

이 시기 한문소설, 특히 한문단편소설은 한문으로 씌어졌다는 그 언어적 한계에도 불구하고 다음의 몇 가지 점에서 결코 홀시될 수 없는 의의를 지닌다고 생각된다.

첫째, 판소리계 국문소설과 더불어 이들을 통해 한국고전소설의 사실주의적(寫實主義的) 전통을 확인할 수 있다. 이들 작품은 이 시기의 소설이 아직 근대 사실주의에 이른 것은 아니지만 그리로 향하는 추동성(趨動性)을 지니고 있었음을 보여준다.

둘째, 이들 작품은 당대의 구체적 역사현실을 대단히 생생하게 반영하고 있다. 이 점에서, 비록 한문으로 씌어졌긴 하지만, 이상주의적이고

---

13) 차용주, 「옥루몽 연구」(고려대 석사학위논문, 1965); 성현경, 「옥련몽 연구」(서울대 석사학위논문, 1968).

관념적인 성격의 국문소설과 대조된다.

셋째, 이들 작품은 당대 민중의 모습과 삶을 투시하는 데 큰 도움이
된다. 그리하여 고통과 좌절 속에서도 그 삶의 근저에서 지속되어온 우
리 민중의 에너지와 미래에 대한 밝은 낙관을 엿볼 수 있다.

추기(追記)

애초 『한국문학연구입문』(지식산업사, 1982)에 실린 이 글은 필자가
스물여섯일 때 쓴 것으로 미숙한 점이 많다. 문장을 조금 다듬어 이 책
에 넣긴 했으나 계륵(鷄肋)과 같은 것이라고 생각한다. 이후 진행된 필
자의 연구 가운데 이 글과 관련이 있는 것을 조금 언급해둔다.

필자는 허균의 「장생전(蔣生傳)」·「장산인전(張山人傳)」·「남궁선생전
(南宮先生傳)」, 박지원의 「김신선전」, 유본학의 「김풍헌전(金風憲傳)」·
「김광택전(金光澤傳)」·「이정해전(李廷楷傳)」, 김려의 「장생전(蔣生傳)」,
이옥의 「부목한전(浮穆漢傳)」을 한국 신선전(神仙傳)의 전통 속에서 검
토한 바 있으며(「이인설화와 신선전(1)」, 『한국학보』 14, 1988；「이인설
화와 신선전(2)」, 『한국학보』 15, 1989；『한국고전인물전연구』, 한길사,
1992에 재수록), 박지원의 「광문자전」, 이옥의 「장복선전(張福先傳)」을
유협전(遊俠傳) 창작의 전통 속에서 검토한 바 있다(「조선후기 민간의
유협숭상과 유협전의 성립」, 『한국한문학연구』 9, 1987；『한국고전인물전
연구』에 재수록). 또 예인전(藝人傳)의 전통 속에서 이옥의 「가자송실솔
전(歌者宋蟋蟀傳)」을 검토한 바 있다(「조선후기 예술가의 문학적 초상」,
『대동문화연구』 24, 1990；『한국고전인물전연구』에 재수록).

'전(傳)'과 '소설'의 장르적 관계에 대해서는 박사학위논문인 「조선후기 전(傳)의 소설적 성향 연구」(1991)에서 이론적 논의를 펼쳤다.[14] 필자는 이 연구에서 '장르운동'과 '소설적 경사'라는 개념을 제시하여, 조선후기에 전과 소설의 관계가 꼭 고정적이지만은 않으며 불안정하고 유동적임을 논증하였다.

이런 관점에 따를 경우 허균의 다섯 전(傳) 가운데 「손곡산인전(蓀谷山人傳)」과 「엄처사전(嚴處士傳)」은 전형적인 전이고, 「장산인전」·「장생전」은 전 쪽에 더 가까운 지점에 위치해 있기는 하나 소설 쪽으로의 운동을 약간 보여주고 있으며, 「남궁선생전」은 장르운동이 대단히 심해 소설 쪽에 자기를 위치시키고 있는 것이 된다.

박지원의 경우, 「광문자전」·「우상전」·「열녀함양박씨전」은 전으로서 안정되어 있고, 「김신선전」·「민옹전」은 전적(傳的) 요소가 아주 강하고 소설적 요소는 미약하게 존재하며, 「예덕선생전」·「마장전」·「양반전」세 작품은 탁전(托傳)으로서 소설적 경사를 현저히 보여주는 것으로 파악되었다(『조선후기 전의 소설적 성향 연구』, 368~372면).

또한 필자는 신분제에 대한 박지원의 입장과 태도가 그의 전(傳)에 어떻게 스며들어 있는가에 대한 본격적 논의를 「『호동거실』의 반체제성」(『민족문학사연구』 63, 2017)에서 펼쳤으며, 박지원을 우상화하는 태도의 문제점을 지적하였다. 독자들은 이를 통해 필자 초년의 입장이 크게 수정되었음을 알 수 있으리라 생각한다.

---

14) 이 논문은 1993년 성균관대 대동문화연구원에서 『조선후기 전(傳)의 소설적 성향 연구』라는 책으로 간행되었다.

한국한문소설 개관

1. 나말여초의 한문소설

한국한문소설은 신라말(新羅末) 고려초(高麗初)에 성립되었다. 이 시기의 한문소설로서 현전(現傳)하는 작품으로는 「최치원(崔致遠)」, 「조신전(調信傳)」, 「호원(虎願)」〔일명 '김현감호(金現感虎)'〕을 들 수 있다.[1] 이외에 『삼국사기』 열전의 「온달(溫達)」이나 「설씨녀(薛氏女)」 같은 작품도 원래 소설로 창작되었는데 나중에 역사 편찬의 자료로 채택된 것으로 보인다. 창작 시기는 역시 나말여초가 아닐까 추정된다.

나말여초에 우리나라 한문소설이 성립된 데에는 몇 가지 요인이 있다고 생각된다.

---

1) 이들 작품의 출전은 졸저 『한국한문소설 교합구해』(소명출판, 2005), 71면, 58면, 54면을 참조할 것.

첫째, 이 시기가 역사적 전환기였다는 점이다. 역사적 전환기는 상층의 사고방식이나 말이 하층의 사고방식이나 말과 활발히 교류하거나 뒤섞이는 특징을 보여준다. 사회적 안정기에는 이런 현상이 잘 일어나지 않거나, 일어난다 할지라도 그리 현저하지 않다. 소설이라는 장르는 근원적으로 '도청도설(道聽塗說)'에서 발전한 것이므로, 사회적 안정기보다는 상하층의 사고방식과 말이 활발히 뒤섞이거나 교류하는 역사적 전환기에 더욱 적합한 장르가 아닌가 생각된다. 이런 견지에서 나말여초는 소설이 발생하고 발전할 수 있는 하나의 좋은 조건이 된다고 할 만하다.

위에 거론된 작품 가운데 「최치원」이나 「호원」은 원래 『수이전(殊異傳)』에 수록되었던 작품이다. 『수이전』은 주로 신라시대의 설화들을 모아놓은 책이다. 이런 책에 설화가 아닌 소설이 더러 끼여 있다는 사실은 무엇을 의미하는가? 두 가지를 생각해볼 수 있다. 그 하나는 '설화와의 관련' 속에서 새로운 예술 장르인 소설이 성립될 수 있었다는 점이요, 다른 하나는 설화가 대체로 상하층의 말과 사고방식의 혼효(混淆)를 보여준다는 점에서 이 시기 소설 발생을 둘러싸고 있는 전반적인 '언어적·문화적' 상황을 반영하고 있다는 점이다.

둘째, 우리나라 한문학(漢文學) 수준의 발전이다.[2] 당시까지 축적된 우리나라 한문학의 역량은 인간의 삶과 그 삶의 조건을 전기소설(傳奇小說)이라는 새로운 장르로 형상화하는 데 그 기초를 제공했다고 보인다.

---

2) 임형택, 「나말여초의 전기문학(傳奇文學)」, 『한국문학사의 시각』(창작과비평사, 1984), 23면.

셋째, 이 시기 문인의 고민과 갈등이다.[3] 신라말에 견당(遣唐) 유학생들의 수가 늘어났는데, 이들 중에 인간의 삶과 그것을 둘러싸고 있는 세계에 대해 진지하게 고민하면서 그 의미를 캐묻는 자들이 나오고 있었다고 보인다. 가령 육두품 지식인인 최치원(崔致遠) 같은 인물을 대표적으로 거론할 수 있다. 현재 유편(遺篇)으로 전하는 그의 시들은 당시 양심적으로 살고자 했던 지식인이 느껴야 했던 고민과 갈등에 대해 얼마간 알게 해준다. 그런데 인간의 삶과 그 조건에 대해 물음을 제기하면서 가치 있는 방향을 모색하는 작업은 시(詩)와 문(文)이라는 기존의 글쓰기로는 온전히 감당하기 어려웠다. 이 때문에 나말여초의 문인들은 전기소설이라는, '허구'에 입각한 새로운 장르를 성립시켰다고 여겨진다. 사실 전기소설은 7세기를 전후해 당(唐)에서 발흥하여 이후 중당(中唐)과 만당(晩唐)의 시기를 거치면서 크게 발전했던바, 신라의 문인들, 특히 중국에서 공부하고 돌아온 문인들은 그러한 동향을 익히 알고 있었을 터이다.

나말여초에 성립된 전기소설은 대개 남녀간의 애정을 다루고 있다. '애정'이라는 문제를 통해 이 시기의 전기소설은 신분갈등 내지 신분적 불평등의 모순을 제기하기도 하고, 인간이 추구해야 할 가치에 대한 진지한 모색을 보여주기도 한다. 또한 현실 속에서 인간이 느끼는 절실한 고독감을 애정과 결부시키기도 한다. 이런 문제제기나 모색은 모두 삶의 원리나 방식, 그리고 그 현실적 조건을 성찰하거나 음미하는 속에서 이루어지고 있다. 이 점에서 이 시기의 전기소설이 보여주는 의식은 자못 진지하고 반성적인 것이라 평가할 수 있다.

---

3) 임형택, 위의 논문, 위의 책, 18면.

그렇기는 하지만 나말여초의 전기소설은 성립기의 소설답게 아직 미숙한 점을 많이 지니고 있음을 간과할 수 없다. 그것은 두 가지 점에서 확인된다. 그 하나는 '현실인식'과 관련해서다. 나말여초의 전기소설은 비록 인간의 삶과 그 조건에 대해 진지한 자세로 성찰하고는 있으나, 그것을 충분히 객관적이고 구체적으로 인식하지는 못하고 있다. 즉 삶과 그 조건에 대한 인식이 그리 심중하지는 못하며, 대개 추상적이지 않으면 신비적인 색채를 띠고 있다. 다른 하나는 서사기법(敍事技法)의 수준이라는 점에서다. 나말여초의 전기소설은 서사기법상 후대 전기소설의 '원초(原初)'에 해당하는 요소들을 상당 부분 보여주나, 그럼에도 그 자체의 수준은 그리 높은 게 아니다. 이를테면 인물의 형상화, 인물들의 관계에 대한 서술, 정황의 묘사, 디테일의 제시, 플롯이나 구성 등에 있어 퍽 단순하거나 소략함을 면치 못하는 경우가 대부분이다.

2. 여초(麗初)에서 여말(麗末)까지의 한문소설

한국한문소설은 꼭 계기적으로 발전해간 것은 아니다. 나말여초 이후 한문소설의 창작은 왠지 뜸해 보인다. 그리하여 학계에서는 여초(麗初)부터 여말(麗末)까지를 소설사의 공백으로 간주하여 건너뛰어 버리고, 곧바로 조선초(朝鮮初)의 『금오신화』를 언급함이 통례로 되어 있다. 혹 고려 후기에 산생된 일군(一群)의 가전(假傳)을 소설로 간주하는 연구자도 없지 않으나, 가전은 산문 장르의 하나일 뿐 소설은 아니다. 따라서 가전으로써 이 시기 소설사의 공백을 메울 수는 없다.

그렇다면 고려초기 이후 고려말까지에는 왜 한문소설의 창작이 영성(零星)한가? 이에 대해서는 다음과 같은 견해가 제기되어 있다. 즉 고려사회가 차츰 안정되면서 문인층의 의식도 보수 쪽으로 기울어 완전히 시문(詩文) 중심의 정통 한문학으로 편중되었기 때문에 신흥 전기 양식이 침체되었다는 것이다.[4]

이 견해와 결부시켜 우리는 다음과 같은 생각을 해볼 수도 있다. 즉 앞에서 지적했듯 나말여초는 역사적 전환기였다. 이런 시기의 소설사적 의의는 상층과 하층의 사유와 언어, 그 각각의 정서와 시각, 문제의식이 활발히 뒤섞이거나 교섭하거나 충돌하는 데 있다고 할 수 있다. 이런 요소들이야말로 소설 장르를 일으키고, 생기있게 만들고, 발전시키는 가장 근원적인 추동력이다. 나말여초가 그런 시기, 즉 상하층의 생각과 말이 활발히 뒤섞이는 시기였음은 『수이전』이라는 책을 통해 알 수 있다. 『수이전』에 실린 이야기들은 대부분 설화인데, 설화는 상하층의 말과 사유방식의 뒤섞임을 가장 직접적인 형태로 보여주는 장르이기 때문이다. 설화의 기록이 활발히 이루어진 시기가 대체로 역사적 전환기이거나 이행기라는 사실도 이 점과 관련해 의미심장하다. 나말여초가 이런 시기였던 데 반해, 이후의 고려사회, 특히 몽고 침입 이전의 고려전기 사회는 비교적 안정기였으며 귀족문인(貴族文人)들이 주도하던 사회였다. 이 시기의 귀족문인들은 전시대의 문인들과 달리 설화 같은 데에는 그다지 관심을 기울이지 않았던 듯하며, 중국을 전범으로 삼는 정통 한문학의 수립에 힘을 쏟은 것으로 보인다. 통일신라의 문학이 국풍(國風)과 화풍(華風)을 함께 발전시켰다면, 고려시대의 문학이 좀더 화풍 쪽으

---

4) 임형택, 위의 논문, 위의 책, 25면.

로 경도되었음은 흔히 지적되어온 바다. 이러한 분위기 내지 체질은 고려전기 문학으로 하여금 하층 언어, 혹은 하층의 사고방식과의 연관을 차단하거나 희박하게 만드는 결과를 초래한 것으로 생각된다. 이런 언어·문화적 상황에서 소설이 생장하기는 어렵다.

그러나 여초 이래의 고려시대에 소설사의 맥이 완전히 단절된 것은 아니라고 본다. 서상(敍上)의 언어·문화적 상황과 관련하여 소설 장르는 위축될 수밖에 없었지만, 그럼에도 나말여초의 여진(餘震)을 우리는 간간이 발견할 수 있다.

그런 예로는 우선 김척명(金陟明)이 개작했다는 「원광법사전(圓光法師傳)」을 생각해볼 수 있다. 원작 「원광법사전」은 원래 고본(古本)『수이전』에 실려 있던 작품으로서, 그 원문이 『삼국유사』에 전재(轉載)되어 있다. 그런데 일연(一然)의 말에 따르면, 김척명이란 자가 잘못 '가항지설(街巷之說)'을 보태어 고본 『수이전』의 「원광법사전」을 개작했다는 것이다.[5] 여기서 '가항지설'은 운문(雲門) 개산조(開山祖) 보양(寶壤)의 사적(事迹)을 말한다. 일연은 김척명이 보양의 사적을 원광의 행적으로 둔갑시켜 「원광법사전」을 개작한 것을 심히 못마땅하게 여겼다. 이 때문에 그는 『삼국유사』 중 원광의 행적을 기술한 「원광서학(圓光西學)」이라는 글 바로 다음에 보양의 행적을 기술한 「보양이목(寶壤梨木)」을 특별히 실었다. 그런데 일연이 지적하고 있듯, 『해동고승전(海東高僧傳)』의 「원광전(圓光傳)」은 김척명에 의해 개작된 「원광법사전」을 수용하고 있

---

5) "鄕人金陟明, 謬以街巷之說潤文, 作「光師傳」, 濫記雲門開山祖寶壤師之事迹, 合爲一傳. 後撰『海東僧傳』者, 承誤而錄之, 故時人多惑之."(일연, 「圓光西學」, 『三國遺事』 권4)

다. 비록 김척명이 개작한 「원광법사전」은 현전하지 않지만, 이 『해동고승전』 중의 「원광전」을 통해 그 대강의 모습을 짐작할 수 있다.

김척명이 고의로 보양과 관련된 전설을 원광의 전설이라 하여 「원광법사전」에 인입(引入)한 것은 아니지 않을까 생각된다. 아마도 당시 보양과 관련된 전설은 그 전승 과정에서 원광의 전설과 착종(錯綜)이 야기되었고 이에 따라 원광 전설의 새로운 각편(各篇)이 형성되었는데, 김척명이 전문(傳聞)했던 것은 바로 이 각편이 아니었을까 짐작된다. 그리하여 그는 기존의 「원광법사전」에 없던 이야기를 추가하는 개작을 시도했을 터이다.

그런데 사실 이러한 점은 여기서 하등 중요하지 않다. 우리가 주목해야 할 점은 김척명이라는 문인이 민간의 이야기를 수용하여 『수이전』의 원작을 개작했다는 점, 그리고 그 개작의 방향은 이야기를 좀더 복잡하고 다채롭게 하는 쪽이었다는 점이다. 『수이전』에 실렸던 원래의 「원광법사전」은 지괴적(志怪的) 면모가 주목되는 작품이다. 개작된 「원광법사전」이라 해서 이 점이 크게 달라진 것은 아니지만, 다만 주목되는 것은 이야기가 부연되고 그 분량이 확대되는 등 뭔가 흥미로운 서사물(敍事物)을 만들려는 의도가 뚜렷이 드러나고 있다는 사실이다. 김척명의 「원광법사전」 개작이 보여주는 이와 같은 '의도'는 우리나라 소설발달사의 측면에서 주시될 필요가 있다고 생각한다(현재로서는 김척명이 어느 때 인물인지 정확히 알 수 없다. 하지만 10세기 고려초의 인물은 아닐 듯하며, 적어도 11세기나 그 이후의 인물이 아닐까 추정된다).

여초(麗初) 이후 고려시대 한문소설의 전개와 관련하여 김척명 다음으로 주목해야 할 사람은 『삼국유사』의 저자 일연(一然)이다. 나말여초에 창작된 전기소설로 추정되는 「조신전」은 『삼국유사』에 수록됨으써 후세에 전해질 수 있었다. 그런데 『삼국유사』에는 「조신전」 이외에도 소설로 간주할 수 있는 또다른 작품이 발견된다. 「백월산양성성도기(白月山兩聖成道記)」가 그것이다. 이 작품은 『삼국유사』 속에 「남백월이성(南白月二聖) 노힐부득(努肹夫得) 달달박박(怛怛朴朴)」이라는 제목으로 실려 있다. 「백월산양성성도기」 역시 나말여초의 작품이 아닐까 추정된다. 그러나 일연은 「조신전」과는 달리 원작 「백월산양성성도기」에 약간의 수정과 가필을 행하고 있다. 따라서 엄밀하게 말한다면 개작이라 할 수 있을 것이다. 『삼국유사』 소재(所載) 「백월산양성성도기」는 나말여초의 소설이 13세기 후반에 수용되고 개작되는 양상을 보여준다는 점에서 흥미롭다.

고려시대 소설의 전개와 관련하여 주목해야 할 세 번째 인물로는 난파(蘭坡) 이거인(李居仁)을 꼽을 수 있다. 그는 여말(麗末), 즉 14세기의 인물인데, 강릉부사로 있을 때 「연화부인(蓮花夫人)」이라는 소설을 창작한 바 있다.[6] 이 작품은 나말여초 전기소설의 전통을 계승한 작품으로 평가할 수 있다.

이상의 논의를 통해 볼 때, 비록 고려시대가 우리나라 소설발달사에서 침체된 시기라고는 하나 그렇다고 해서 종전에 인식되어온 것처럼 완전히 소설 창작과 수용의 맥이 단절되었던 것은 아니고, 가느다란 흐름이기는 하지만 그 흐름이 여말까지 이어졌던 것을 확인할 수 있다.

---

6) 허균, 「鼈淵寺古迹記」, 『惺所覆瓿藁』 권7 참조.

3. 조선전기의 한문소설

한국한문소설은 조선초에 이르러 커다란 도약을 이룩했다. 당시 최고
의 비판적 지성이라 할 매월당(梅月堂) 김시습(金時習, 1435~1493)의
『금오신화(金鰲新話)』가 그것이다.

『금오신화』는 명(明)나라 구우(瞿佑)에 의해 창작된 전기소설집(傳奇
小說集)인 『전등신화(剪燈新話)』의 영향을 받았다. 현재 전하는 『금오신
화』에 실린 작품은 「만복사저포기(萬福寺樗蒲記)」, 「이생규장전(李生窺
墻傳)」, 「취유부벽정기(醉遊浮碧亭記)」, 「남염부주지(南炎浮洲志)」, 「용
궁부연록(龍宮赴宴錄)」 5편이다.

『금오신화』가 『전등신화』의 영향을 받았다고는 하나, 흔히 말하듯 모
방은 아니다. 그 내용이나 주제사상은 기본적으로 김시습의 독창적 산
물이다. 또한 간과해서는 안 될 점은, 『금오신화』 창작의 기저에 당시
최고의 비판적 지식인이었던 작자의 깊은 고뇌와 현실인식 및 생(生)에
대한 관점이 자리하고 있다는 사실이다. 바로 이 점이 『금오신화』 제편
(諸篇)의 예술성과 사상성의 높이를 결정하면서 그 개개 작품에 높은 긴
장감을 부여하고 있다. 『금오신화』에 대해서는 허다한 연구가 쏟아져
나와 있지만, 이 점을 놓치고서는 『금오신화』를 제대로 읽은 것이라 하
기 어렵다.

『금오신화』는 이전의 소설과 비교해 어떤 점에서 발전했는가?

우선 쉽게 눈에 띄는 변화는 작품 분량이 훨씬 더 많아졌다는 점이
다. 이 점은 인물의 형상화나 정황의 묘사가 이전 소설에 비해 좀더 구
체적으로 이루어지고 있다는 사실과 관련된다. 또한 『금오신화』 대부분
의 작품에서 주인공은 여러 편의 시를 읊조리고 있음을 볼 수 있다. 이

는 작품 전개의 특수한 수단이 되기도 하고, 인물의 내면심리를 표백(表白)하는 예술적 장치가 되기도 하며, 정황을 요약하거나 압축하는 효과를 거두기도 한다. 전기소설에서 시가 이런 의의를 가진다는 사실은 나말여초에 창작된 「최치원」을 통해서도 확인된다. 그러나 고려시대까지의 소설 중 시가 나타나는 것은 「최치원」과 「백월산양성성도기」 단 두 작품밖에 없다. 『금오신화』는 전기소설의 주요한 예술적 특성을 이룬다 할 한시의 수창(酬唱)을 아주 풍부하게 보여준다.

그러나 이처럼 눈에 쉽게 띄는 변화만 주목할 것은 아니다. 인간의 삶과 그 조건에 대한 좀더 구체적이고 진전된 인식, 그리고 인물들의 관계에 대한 좀더 깊이 있고 구체적인 서술 등에서 소설 장르의 발달을 뚜렷이 확인할 수 있다. 또한 『금오신화』에 이르러 우리나라 소설의 '공간인식'이 대폭 확대되었다는 점도 유의할 필요가 있다. 즉 용궁, 염라국, 천상계로까지 소설의 서사공간(敍事空間)이 확대되고 있다.

그러나 『금오신화』가 이룩한 이런 제반 성취는 이전의 소설과 비교할 때 그렇다는 지적이지, 후대의 더욱 발전된 소설과 비교할 때에는 여러 가지 점에서 부족하거나 미흡한 점이 발견된다는 사실을 인정하지 않을 수 없다.

조선전기의 소설 발달 과정에서 이룩된 또다른 중요한 성과로는 '몽유록(夢遊錄)'의 성립을 들 수 있다. 몽유록은 우리나라 서사문학, 특히 전기소설의 발달 과정에서 파생된 하나의 독특한 소설 형식으로 간주할 수 있다. 가령 「조신전」, 「용궁부연록」, 「남염부주지」 등은 몽유록 형식의 연원(淵源)을 보여준다. 또한 이 작품들은 몽유록이 전기소설과 밀접한 연관을 맺고 있음을 시사하고 있다. 그렇기는 하나 '몽유록'은 소설 발달의 어느 단계에 와서는 독자적인 양식으로 자신을 정립시켰다.

조선전기의 몽유록으로서 주목되는 작품은「원생몽유록(元生夢遊錄)」이다. 백호(白湖) 임제(林悌, 1549~1587)에 의해 창작된 이 작품은 세조의 왕위찬탈을 극렬히 비판하고 있다. 이처럼 몽유록은 이념성(理念性)을 강하게 띠면서 이를 직접적으로 표출하는 양식으로 출발한바, 이점은 몽유록의 가장 중요한 장르적 특성을 이루는 것으로 판단된다. 후대의 몽유록들은, 그 표방하는 이념의 구체적 내용이야 작품마다 다르다 할지라도 특정한 이념이나 주의·주장을 '직접적'으로 옹호하거나 내세우기 위해 창작되었다는 점에서 초기 몽유록과 그 양상을 같이 한다.

몽유록은 꿈에 노니는 형식을 빌려 작자가 지닌 이념이나 주의·주장을 표방하는 데는 유리하나, 서사(敍事)의 핵심 요소가 꿈속에 등장하는 인물들—그 인물들은 대개 실존인물인 경우가 많지만—간의 대화라는 제약으로 말미암아 사건의 역동적 전개를 기대하기는 어렵다. 또한 다양한 구성이나 기복(起伏)이 있는 플롯을 기대하기도 어렵다. 이처럼 몽유록은 그 양식적 특성과 관련하여 소설로서의 발전에 일정한 한계를 내포하고 있다고 보인다.

조선전기의 소설로는 이외에 기재(企齋) 신광한(申光漢, 1484~1555)의 『기재기이(企齋記異)』를 거론할 만하다. 『기재기이』는「안빙몽유록(安憑夢遊錄)」,「서재야회록(書齋夜會錄)」,「최생우진기(崔生遇眞記)」,「하생기우전(何生奇遇傳)」네 편의 작품이 수록된 소설집이다. 이 중「최생우진기」,「하생기우전」은『금오신화』의「용궁부연록」,「만복사저포기」와 그 기맥이 닿는다. 그러나 작자와 작품 사이에 형성되고 있는 긴장, 그리고 그와 관련된 작품의 예술적·사상적 의의는『금오신화』와 동렬에서 논의하기 어렵다. 『기재기이』의 네 작품 중 그래도 취할 만한 작품은 「하생기우전」이 아닐까 생각되는데, 그러나 이 작품 역시 그 예술적 긴장감은 현저히 떨어진다. 이는 역시 작자의 사상적 높이나 문제의식의 심천(深淺)과 연관되지 않을까 생각한다. 이 점은『금오신화』의 작자와 좋은 대비가 된다. 지금도 마찬가지지만, 높은 정신과 품격을 지닌 작품은 한갓 글재주만 갖고서 씌어지지 않는 법이다.

4. 조선후기의 한문소설

임진란(壬辰亂) 이후의 조선후기에 한국한문소설은 아주 다양하게, 그리고 더욱 높은 수준으로 발달하였다. 이 시기에 산생된 작품들은 아주 많아 여기서 일일이 거론하기 어렵다. 따라서 소설발달사의 견지에서 주목되는 몇 가지 중요한 문제를 중심으로 논의를 전개하고자 한다.

첫째, 전기소설의 문제다.

나말여초 이후 조선전기까지의 시기에 산생된 소설은 거의 모두 전기소설이었다. 전기양식(傳奇樣式)은 소설의 한 역사적 장르로서 지속성과 함께 변화와 발전의 면모를 보여왔다. 그렇다면 17세기 이래 이 전기양식의 행방은 어떻게 될까? 이 물음에 대한 답은 조선후기 소설사를 이해하는 데 아주 긴요하다.

우선 지적해야 할 사실은, 임진란이 발발한 16세기 말부터 17세기 전기까지의 시기에 우리나라 전기소설이 그 최고의 발전을 이룩했다는 점이다. 이 시기에 창작된 주요한 작품으로는 권필(權韠, 1569~1612)의 「주생전(周生傳)」, 조위한(趙緯韓, 1567~1649)의 「최척전(崔陟傳)」, 작자 미상의 「운영전(雲英傳)」을 들 수 있다. 이들 작품은 전기소설의 전통 속에서 엄연한 전기소설로 창작되었으되, 저마다 전기소설의 장르적 혁신이라 할 만한 것을 이룩하면서 독자적인 경지를 열어보이고 있다.

그 점을 간단히 지적해본다. 「주생전」은 전기소설에 남녀의 삼각관계를 도입함으로써 전기양식이 견지해 오던 기존의 틀을 허물고 있다. 또한 신의(信義)보다 자신의 욕망을 추구하는 주인공 주생은 이전의 전기소설에서는 발견되지 않던 새로운 인간 타입이다.

「최척전」에는 남녀 주인공만이 아니라 그 양가 부모와 자식들, 또 그 며느리까지 관심의 대상으로 등장해, 저마다 자신의 고유한 목소리와 행위를 보여준다. 이들은 그저 작중에 잠시 나왔다 사라지는 그런 인물이 아니라, '독자적 존재'로서 그려지고 있다. 이외에도 「최척전」에는 '존재의 독자성'을 갖는 매개적(媒介的) 인물이 여럿 등장한다. 이전의 전기소설은 어디까지나 남녀 주인공에 초점이 맞춰져 이야기가 전개되는 게 일반적이었다. 더러 주인공의 부모나 시비(侍婢), 친구가 등장하기는 하나, 그런 경우라 할지라도 대개 서사전개상 요구되는 하나의 '기능적' 인물로 설정된 데 불과하였다. 이와 달리 「최척전」은 남녀 주인공만이 아니라 그 주변의 여러 인물들이 폭넓게 조명되고 형상화된다. 이처럼 인물 설정의 면에서 「최척전」은 전대(前代) 전기소설의 벽을 허물고 새로운 영역과 가능성을 개척했다.

「운영전」은 어떠한가? 이 작품은 몽유록의 형식을 취하면서도 몽중(夢中)의 인물들이 그저 대화나 나누고 시를 주고받는 데 그치지 않고, 나레이터가 되어 과거에 일어난 사건을 이야기하고 자세히 재현함으로써 몽유록의 장르적 한계를 넘어서고 있다. 이런 점에서 「운영전」은 단순히 몽유록이라기보다 몽유록의 형식을 창조적으로 원용한 소설로 이해하는 게 온당하지 않을까 한다. 「운영전」에서 또한 주목되는 것은 적대적(敵對的) 인물의 부각이다. 남자 주인공의 하인인 '특'이라는 인물이 바로 그에 해당한다. 주인공에 적대적인 이런 인물은 이전의 전기소설에서는 발견되지 않는다. 따라서 「운영전」은 전기양식에 적대적 인물을 도입함으로써 소설적 갈등을 증폭시키는 혁신을 이룩한 셈이다.

이외에도 이 세 작품은 서사적 편폭의 확대, 소재의 확장, 현실 반영의 심화라는 면에서 전대 전기소설에 비해 한층 발전된 면모를 보여준다. 또한 전대의 소설들이 보여주던 환상적 필치가 약화되거나 제거되고, 현실의 인과관계에 따라 사실적으로 생(生)을 그리고 있는 점도 현저한 변화라 할 만하다.

이상의 논의를 통해 확인되듯 17세기 전반기를 전후한 시기에 우리나라 전기소설은 그 최고의 발전을 이룩했다. 그런데 여기서 간과해서는 안 될 사실이 하나 있다. 그것은 이 시기의 소설들이 우리나라 전기소설의 최고의 발전을 보여줌과 동시에 전기소설로부터의 이탈의 조짐들을 보여주고 있다는 사실이다.

이탈의 조짐은 우선 작품 분량의 확대에서 확인된다. 사실 전기소설은 단편 양식으로서 길이가 그리 길지 않다. 이 점은 중국이든 한국이든 마찬가지다. 물론 작품에 따라 다소의 차이는 있겠으나 대체적으로 말해 「만복사저포기」나 「이생규장전」보다 더 길어진다면 파격(破格)이라 해야 하지 않을까 한다. 그렇다면 위의 세 작품은 전기소설로서는 모두 파격인 셈이다. 특히 「최척전」이나 「운영전」은 아주 길어 중편소설의 경역(境域)에 들어서 있다고 평가할 만하다.

그렇다면 이런 작품 분량의 확대는 어찌하여 초래되었는가? 여러 가지 요인을 생각해볼 수 있겠는데, 작품내적 요인으로는 매개적 인물의 확대, 디테일과 정황의 보다 자세한 재현, 이야기의 확장, 복잡한 구성과 다기(多岐)한 플롯 등을 그 주요한 요인으로 꼽을 수 있을 것이다. 작품외적 요인으로는 임란 이후 17세기 전반기를 전후한 시기의 사회현실의 급속하고 복잡한 변화, 그리고 그것이 초래한 여러 가지 기구한 사연들, 삶의 조건이 크게 변모되면서 가능해진 삶에 대한 새로운 시각과 심원한 인식 등을 꼽을 수 있을 터이다. 말하자면 우리 소설은 이 시기에 또 한번의 전환기를 맞이한 셈이다. 이 전환기는 우리나라 소설사에서 나말여초나 선초(鮮初)에 버금가는, 아니 그때를 훨씬 능가하는 의미를 갖는다.

이러한 전환기적 상황에서 상하층의 말과 사유방식, 상하층의 시각과 문제의식이 활발히 뒤섞이고 충돌하고 교섭해갈 수 있었던바, 『어우야담(於于野談)』과 「홍길동전」이 이 시기에 출현한 사실이 그 점을 단적으로 입증한다. 『어우야담』은 조선후기에 성행한 '야담(野談)'이라는 새로운 문학의 출현을 예고한 획기적 의의를 갖는 저작이며, 「홍길동전」은 민중적 사유와 지식인적 문제의식을 결합시킨 의의를 갖는 소설이다.[7]

---

7) [보주(補註)] 필자는 17세기 전반기에 허균이 지은 「홍길동전」이 '한문소설'일 것으로 추정한다. 허균의 이 작품은 현재 전하지 않는다. 현전(現傳)하는 한글본 「홍길동전」의 이본들은 후대에 누군가가 허균의 원작을 모본으로 삼아 부연·윤색한 데서 비롯되는 것으로 여겨진다. 한글소설은 대개 통속적 지향을 보이며, 뚜렷한 문제의식이나 사회의식을 담보하고 있지 못하다. 하지만 「홍길동전」은 그렇지 않다. 가령 서얼차대(庶孼差待)에 대한 문제의식, 도적들의 반체제적 행위에 대한 적극적 묘사, 율도국에 대한 서술 등은 한글소설에서 독자적으로 나타나기 어려운 것들이다. 한글본 「홍길동전」의 이런 부분은 허균의 원작에서 유래한다고 보는 것이 합리적이다. 허균의 「홍길동전」에 서얼에 대한 문제의식이 투사되어 있음은 허균과 동시대인인 택당(澤堂) 이식(李植)의 "筠又作洪吉同傳, 以擬水滸. 其徒徐羊甲、沈友英等, 躬蹈其行, 一村虀粉. 筠亦叛誅"(이식, 「散錄」, 『澤堂別集』 권15)라는 말에서 확인된다. 서양갑, 심우영 등은 서얼이다. 이식의 이 말은 준신(遵信)되어야 마땅하다. 이윤석은 한글본 「홍길동전」이 허균

요컨대 17세기 전반기를 전후한 시기의 언어·문화적 상황과 사회적 현실, 그리고 생(生)의 조건은 이전의 짧은 편폭의 소설로는 전유(專有)하기가 곤란했으며, 그래서 '좀더' 길거나 '훨씬 더' 긴 새로운 소설 형식의 모색이 불가피했다고 보인다.

새로운 소설 형식의 모색은 두 가지 방향에서 이루어졌다. 그 하나는 기존의 지배적 소설 양식이었던 전기소설을 변개하여 그 가능성을 확장하는 것이고, 다른 하나는 국문으로 된 새로운 소설 양식을 개척하는 것이었다. 전자는 전기소설의 테두리 속에서 이루어졌으나 결과적으로는 불가피하게도 다소간 전기소설을 벗어나는 면을 지닐 수밖에 없었고, 후자는 전기소설이 축적해온 서사의 기법이나 역량을 한편으로 수용하면서도 그에 국한되지 않고, 자신이 이용하거나 참조할 수 있는 것이라면 어떤 것이든 가리지 않고 활용하여 전연 새로운 소설의 세계를 구축해갔다. 그리하여 전대(前代) 및 당대(當代)의 설화나 제반 서사체는 물론이려니와, 중국의 연의소설(演義小說)이나 재자가인소설(才子佳人小說)의 수법과 장점도 적극적으로 원용하였다.

17세기 전반기를 전후한 시기에 전기소설의 작품 분량이 크게 확대된 것은 전기소설의 장르적 변모의 결과이지 그 원인은 아니다. 그것은 다른 각도에서 말한다면, 역동적으로 변화하고 있는 현실과 인간의 삶, 그리고 인간 삶의 조건을 더욱 핍진하고 총괄적으로 묘출(描出)해 내고자 하는 노력의 결과인 것이다. 즉 단편적(斷片的)으로 혹은 편면적(片面的)으로 생의 한 과정을 묘출하던 전기소설의 일반적 장르 관행을 넘어

과 아무 관련이 없다고 주장했지만(이윤석, 『홍길동전의 작자는 허균이 아니다』, 한뼘 책방, 2018), 확실한 근거가 있는 말은 아니다.

서서, 비록 아직 생의 전 과정, 혹은 생의 총체성(總體性)까지는 아니라 할지라도 그것을 문제삼는 쪽으로 나아가는 하나의 도정(道程)과 지향(指向)을 보여준다고 생각된다. 이런 견지에서 본다면 이 시기 전기소설의 '중편화(中篇化) 경향'은 당시의 소설사에 부하(負荷)된 과제라고 판단되는 '총체성 확보'의 문제와 핵심적으로 연관된다고 아니할 수 없다. 즉 장편소설의 성립 과정, 장편소설을 탄생시키는 문제와 불가분적으로 연결되어 있는 것이다.

그렇다고 한다면 17세기 전반기 이래 단형서사양식으로서의 전기소설은 바야흐로 그 의의를 상실하거나 장르로서 소멸되어갔는가? 이에 대한 답은 아주 조심스럽게 모색될 필요가 있다. 조금만 잘못 말해도 실상과는 거리가 있거나 조야한 답이 되기 쉽기 때문이다.

우선 지적해야 할 점은, 17세기 전반기를 전후한 시기의 소설사적 현안이 생의 총체성을 확보할 수 있는 새로운 소설 형식의 창출에 있었다고 할지라도 그것이 곧 단편 양식이 무용함을 뜻하는 것은 아니라는 사실이다. 단편 양식은 역시 그것대로 쓸모가 있으며, 또다른 것이 결코 대신할 수 없는 독자적 의의를 갖는다. 이런 점에서 단형서사양식으로서의 전기소설은 아직 그 의의를 상실한 것은 아닐 터이다. 가령 18세기 말을 전후한 시기에 이옥(李鈺)에 의해 창작된 짧은 형식의 전기소설 「심생전(沈生傳)」은 그 시기의 어떤 다른 소설 양식으로도 대신할 수 없는 높은 예술성과 깊은 문제의식을 보여주고 있다. 이런 점을 고려한다면 17세기 후반기에 전기소설의 장르적 시효가 다했다고 말하기는 어렵다.

그렇기는 하지만, 17세기 후반 이래의 전기소설이 이전의 전기소설이 점하던 지배적 소설 양식으로서의 지위를 상실한 것만큼은 분명하다.

전기소설은 이 시기에 새롭게 발흥하여 급속도로 발전해간 신흥 소설 양식인 장편소설에 이전의 자기 지위를 넘겨주지 않으면 안 되었다. 뿐만 아니라 전기소설은 17세기 후반 이래 단편 양식 내에서도 지배적인 위치를 점차 상실해갔다. 이는 17세기 후반 이래 새로운 단편 양식인 '야담계소설(野談系小說)'이 대두하여 발전하면서 단편소설의 주도권을 잡은 데 기인한다. 거기에 더해 17세기 이래 새롭게 성립된 '전계소설(傳系小說)' 역시 전기소설의 지위를 위축시키는 한 요인이 되었다.

조선후기 소설발달사의 견지에서 주목되는 두 번째 점은 야담계소설이라는 새로운 단편소설 양식이 이 시기에 성립하여 발전했다는 사실이다.

'야담(野談)'은 주로 시정(市井)에 유포된 민간의 이야기가 한문으로 기록된 것을 말하는데, 장르론적으로 볼 때 단일하지 않고 일화(逸話), 전설(傳說), 민담(民譚), 소화(笑話), 단편소설을 포괄하는 장르 복합체의 개념에 해당한다. 바로 이 야담 속에 포함된 단편소설을 '야담계소설'이라 지칭한다. 야담계소설은 그 수가 아주 많다.

야담계소설은 시정의 이야기가 민간에서 구연(口演)되다가 기록자에게 청취되어 소설로 성립된 것이므로, 시정세계(市井世界)의 동향과 기미, 민간적 사유의 발랄함이 약여하다. 또한 한문을 표기문자로 삼고 있기는 하나 종종 구기(口氣)가 느껴지며, 전기소설이 일반적으로 보여주는 수식적이고 세련된 문체와는 사뭇 다르다. 즉 별로 꾸밈이 없는 소박한 문체가 두드러진다. 이러한 문체상의 특성은 그 성립 과정에 기인한다.

야담계소설의 이런 문체적 특성은 그 세계관적 기초와 관련을 맺고 있다. 야담계소설은 주로 시정에서 구연되던 이야기가 청취되어 기록으로 옮겨진 것이기에 그것이 담고 있는 세계관은 기본적으로 '민중적'이다. 그러나 이러한 지적에는 약간의 단서가 필요하다. 민간의 이야기에는 이미 그 자체에 민중의 관점과 지배층의 관점, 민중의 사유와 지배층의 사유, 민중의 말과 지배층의 말이 함께 섞여 있게 마련이다. 물론 이 양자가 어떤 수준으로 섞여 있는지는 이야기의 종류에 따라, 그리고 이야기 각편(各篇)에 따라 다를 수 있으므로 일률적으로 말하기 어렵다. 야담계소설이 담고 있는 세계관이 기본적으로 민중적이라는 지적에는 이러한 점에 대한 고려가 수반될 필요가 있다. 야담계소설에 더러 지배층의 이념이나 시각이 발견되는 것은 대개의 경우 구연되던 이야기 자체가 지닌 제약에서 연유하는 것으로 판단된다. 그러나 이런 점에도 불구하고 야담계소설의 세계관적 기초는 전체적으로 볼 때 민중적인 게 분명하다. 야담계소설은 구연되던 이야기를 기록한 것이라고는 하나, 기록 과정에서 다소의 윤색(潤色)이 가해질 수 있고 이때 기록자의 시각이 침투될 수 있다. 야담계소설이 더러 보여주는 사대부적 시각은 이런 점 때문에 초래된 것일 수도 있다.

야담계소설은 그 소재가 아주 다양하며, 각계각층의 인물이 등장한다. 이처럼 야담계소설은 소설의 제재와 관심을 생(生)의 거의 모든 부면으로 확대하면서 주제를 다변화한 의의를 갖는다. 특히 부(富)의 성취나 획득과 같은 인간의 물질적 생활에 지대한 관심을 보이는데, 이는 조선후기 일반 민중이 지녔던 욕망과 희구(希求)를 반영하고 있다고 여겨진다.

야담계소설의 또다른 특징으로는 '낙관적 태도'를 들 수 있다. 거의 대부분의 작품은 이른바 해피엔딩으로 종결된다. 위기와 간난은 결국 극복되고 작품은 행복한 결말로 종결되게 마련이다. 야담계소설을 지배하는 이처럼 밝고 낙관적인 태도는 비극적 종결을 맞는 전기소설이 보여주는 저 어둡고 비관적인 태도와는 아주 대조적이다. 야담계소설의 이러한 정조(情調)는 설화에서 이월된 것이다.

야담계소설이 보여주는 낙관주의는 생에 대한 넉넉하고도 유연한 태도, 현실의 고난에도 불구하고 결코 그에 꺾이지 않으려는 민중적 삶의 자세에서 유래하는 것이라고 할 수 있다. 그렇기는 하나 야담계소설의 낙관주의는 늘 장점만은 아니고, 단점이 되기도 한다. 인간이 근원적으로 지닌 무력함과 나약함, 그 소심함과 상처받기 쉬움 따위의 면모에 대한 성찰이나 이해를 차단한다는 점이 아마도 가장 큰 단점일 터이다. 적어도 중세의 소설 양식 가운데에서 인간의 이런 면모에 대해 가장 깊은 관심을 보여준 소설 양식은 전기소설일 것이다. 이 점에서 전기소설과 야담계소설은 경쟁적이지만 않고 보완적인 면을 갖는다.

야담계소설은 설화로부터 온 것이기 때문에 그 서술 방식이 '이야기투'라는 특징을 보여준다. 특정한 인물이 엮어내는 흥미로운 사건을 줄거리에 따라 순차적으로 기술하는 이러한 서술 방식은 별로 무리가 없고 이해하기 쉽다는 장점이 있다. 그러나 대체로 스토리 중심으로 사건전개의 과정을 외면적으로 그리게 되므로, 인물의 내면에 대한 묘사라든지 디테일과 정황에 대한 세세한 묘사가 결여되거나 불충분하게 되기쉬운 약점도 안고 있다.

이상의 논의를 통해 알 수 있듯 야담계소설의 특성, 그리고 그 장점과 단점은 야담계소설의 모태(母胎)인 설화에 의해 규정되는 바가 적지 않다. 물론 전기소설도 작품에 따라서는 설화에서 성립된 것이 없지 않다. 하지만 그런 경우 전기소설은 설화를 가공하고 그에 많은 예술적 변형을 가하게 마련이다. 이에 비해 야담계소설과 설화의 관계는 좀더 직접적인 것으로 여겨진다.

야담계소설은 대체로 17세기 중반을 전후한 시기에 출현한 것으로 추정된다. 18세기 초에 오면 임방(任埅, 1640~1724)에 의해『천예록(天倪錄)』이라는 야담집이 저술되는데, 종전의『어우야담』이 비록 '야담'이라는 제목을 붙이고 있긴 하나 아직 본격적인 야담으로서의 면모가 미흡한 데 반해『천예록』은 바야흐로 완숙한 면모를 보여준다.『천예록』에는 야담계소설이 여러 편 포함되어 있다.

임방 외에도 18세기의 주목되는 야담 작가로는 임매(任邁, 1711~1779), 안석경(安錫儆, 1718~1774), 노명흠(盧命欽, 1713~1775), 신돈복(辛敦復, 1692~1779)을 들 수 있다. 임매는『잡기고담(雜記古談)』, 노명흠은『동패낙송(東稗洛誦)』이라는 야담집을 저술했다. 안석경은『삽교만록(霅橋漫錄)』, 신돈복은『학산한언(鶴山閑言)』이라는 필기서(筆記書)를 저술했는데, 그 속에 여러 편의 야담계소설이 실려 있다.

19세기에 들어와서는 소위 3대 야담집이라 일컬어지는『청구야담(靑邱野談)』,『계서야담(溪西野談)』,『동야휘집(東野彙輯)』이 편찬되었다. 이 중『청구야담』은 여러 작자들의 야담을 모으는 한편 편찬자 자신이 창작한 작품도 보탰을 것으로 추정되는 책인데, 매 작품마다 일곱 자 내지 여덟 자의 제목을 붙여놓고 있다. 이 책은 당시까지 발전되어온 야담 문학의 집성이자 결정판이라 할 만한 면모와 수준을 보여주는바, 이 책을 통해 야담계소설의 특성과 다양한 면모를 살필 수 있다.

가령『청구야담』에 실린「결방연이팔낭자(結芳緣二八娘子)」〔이 작품은 이현기(李玄綺)가 저술한 필기서인『기리총화(綺里叢話)』에 실려 있는「채생기우(蔡生奇遇)」를 전재(轉載)한 것이다〕는 야담계소설이 이룩한 탁월한 성취가 과연 어느 정도인지 여실히 보여준다. 이 작품은 인물의 심리묘사는 물론이려니와, 인물들의 전형성(典型性), 세부묘사와 구성 등에서 대단히 높은 예술적 성취를 거두고 있다. 주목되는 것은 이 작품의 이러한 예술성이 종전에 전기소설이 축적한 성과와 역량을 흡수하고 소화한 바탕 위에서 이루어질 수 있었다는 사실이다. 이 점을 고려한다면, 「결방연이팔낭자」처럼 빼어난 야담계소설은 상층과 하층의 서사문학이 서로 만나 결국 양자를 '지양(止揚)'함으로써 새로운 경지를 열어보인 것으로 해석할 수 있다. 즉 아래에서 올라온 시정의 이야기가 지닌 생기와 역동성이 상층의 문학인 전기소설의 세련미·섬세함과 결합되면서 고도의 예술성을 확보할 수 있었던 것이다. 하지만 모든 야담계소설이 이런 면모를 보여주는 것은 아니다. 야담계소설이 전기소설의 전통을 자신의 영역 속으로 끌어들여 자기화하고자 했음은 『천예록』에 수록된 「소설인규옥소선(掃雪因窺玉簫仙)」이나 「잠계중봉일타홍(簪桂重逢一朵紅)」 같은 작품을 통해서도 확인된다.

조선후기에는 야담계소설 외에도 새로운 단편 양식으로서 전계소설(傳系小說)이 성립하여 발전하였다. 이는 이 시기 한문소설발달사에서 세 번째로 주목되는 점이다.

'전계소설'은 '전(傳)'이 소설화한 일군(一群)의 작품을 일컫는 말이다. '전'은 인물의 포폄(褒貶)을 위주로 하는 정통 한문학의 한 장르인데, 소설의 시대라 할 수 있을 만큼 소설이 성행하고 발전해간 조선후기에 이르러 '전'은 그 내부에서 활발한 장르운동이 일어났고 그 결과 일부의 '전'들이 소설화하였다. 전계소설은 '전'의 전통 속에서 창작되었지만 장르운동을 통해 소설로서의 성격을 갖게 되었기에 자연히 그 속에는 '전'의 속성이 일정 부분 내포되어 있다. 이런 점에 유의하면서 전계소설의 미적 특성을 간단히 살펴본다.

전계소설의 특성으로는 우선 대상을 간명히 개괄한다는 점을 들 수 있다. 대상을 간명히 개괄함은 '전' 특유의 서술법에 해당한다. 전계소설은 '전'에 비해 서술의 구체성이 높은 편이라고 할 수 있지만, 그럼에도 다른 양식의 단편소설들, 이를테면 전기소설이나 야담계소설과 비교한다면 개괄적 묘사가 두드러진다. 전계소설의 이러한 특성은 장점도 되지만 단점이기도 하다. 개괄적 서술은 사태를 명료하게 드러내는 데에는 유리하지만, 복잡한 현실의 제 계기와 과정을 담는 데에는 불리하기 때문이다. 전계소설이 디테일의 묘사에서 약점을 보이거나 서사의 필치를 좀더 길게 끌고 가지 못하는 아쉬움을 남기곤 하는 것은 이러한 사정과 관련된다.

전계소설의 또다른 특징으로는 객관적·사실적 서술태도를 들 수 있다. '전'은 '거사직서(據事直書)'의 정신을 존중하는 장르다. 즉 사실에 대한 엄정하고 객관적인 서술을 중시한다. 물론 전계소설이 '전'의 이러한 정신을 곧이곧대로 답습하고 있지는 않다. 사태의 과장이나 허구의 창조, 흥미 위주의 부연을 종종 발견할 수 있다. 그럼에도 불구하고 객관적이고 사실적인 서술태도가 전계소설의 두드러진 특징을 이룬다는 사실은 부정될 수 없다.

이와 함께 전계소설은 주인공의 신원(身元)과 이름에 대해 유별난 관심을 보여준다는 점에서도 특징적이다. '전'이 서두의 인정기술(人定記述)을 통해 입전인물의 가계(家系)나 신원을 분명히 밝히는 것이 통례임은 잘 알려져 있다. 전계소설은 '전'의 이러한 속성을 넘겨받아 주인공의 이름과 신원에 유별난 관심을 보인다. 이는 다른 양식의 소설과 전계소설을 구별짓는 한 중요한 자질이 된다.

작품 말미에 논찬(論贊)이 붙는다는 점 역시 전계소설의 특성으로 지적될 수 있다. 이 역시 '전'으로부터 물려받은 요소이다. 논찬은 전기소설이나 야담계소설에서도 간간이 발견된다. 그렇기는 하나 전기소설이나 야담계소설에서는 논찬이 필수적이지 않다. 이에 반해 전계소설에서 논찬은 필수적이다. 논찬이 붙지 않은 전계소설은 오히려 예외적인 것에 해당한다. 적어도 전계소설에서 이 논찬부는 단지 군더더기 정도로 간주될 성질의 것이 아니다. 그것은 엄연히 작품의 한 부분으로서 전계소설의 독특한 미적 구성원리를 형성하고 있기 때문이다. 즉 이 부분을 통해 작자는 지금까지의 서술의 의미를 특정한 방향으로 유도하거나 평가하며, 혹은 지금까지의 서술이 모두 사실이라는 점을 강조하면서 그 증거를 댐으로써 작품에 객관성의 외관(外觀)을 최종적으로 부여한다. 또한 이 부분에서는 작자가 지금까지 절제해온 자신의 주관적 감정을 표출하는 것이 자연스런 것으로 인정되기 때문에, 작자는 그 앞부분에서는 오로지 객관적 서술에만 전념할 수 있게 되는바, 전계소설이 갖는 사실적 지향은 이러한 미적 구성원리에 힘입고 있는 면도 없지 않다. 그렇기는 하나 작자가 직접 자신의 모습을 드러낸 채 자신의 생각을 말한다는 점에서 논찬에는 중세적 교술산문(敎述散文)의 요소를 탈피하지 못한 면도 있다 할 것이다.

한편, 전계소설의 미감은 '비장(悲壯)'이나 '엄숙'이 주조를 이룬다. 비속이나 골계, 신비 등의 미감이 전혀 없는 것은 아니나, 결코 주조라고는 할 수 없다. 이 점에서, 기려(綺麗)나 비측(悲惻)이 주된 미감이 되고 있는 전기소설이나, 비속과 골계가 두드러진 미감이 되고 있는 야담계소설과 구별된다. 또한 전계소설의 문체는 세 양식의 단편소설 중 가장 간결성을 보여준다. 즉 전기소설이 수식적이거나 완전(宛轉)한 문체를,

야담계소설이 '이야기투'로 술술 이어지는 문체를 보여준다면, 전계소설은 간단명료한 문체가 두드러진다.

조선후기 전계소설 가운데 문학성이 돋보이는 작품을 몇 개 들어본다면, 「유연전(柳淵傳)」, 「남궁선생전(南宮先生傳)」, 「김영철전(金英哲傳)」, 「검승전(劍僧傳)」, 「양반전(兩班傳)」, 「허생전(許生傳)」, 「유우춘전(柳遇春傳)」, 「이홍전(李泓傳)」, 「장생전(蔣生傳)」, 「다모전(茶母傳)」, 「각저소년전(角觝少年傳)」 등이 있다.

전계소설은 대부분 그 작자가 알려져 있다. 전계소설의 작가로는 특히 허균(許筠), 홍세태(洪世泰), 박지원(朴趾源), 이옥(李鈺), 김려(金鑢) 등이 주목된다. 이들 작가는 17세기 전반기에서 19세기 전반기 사이에 활동했다.

그런데 조선후기의 주요한 세 단편 양식인 전기소설, 야담계소설, 전계소설은 상호 교섭 없이 순전히 독자적으로 발전한 것이 아니라, 서로 간에 비교적 활발한 교섭과 영향을 주고받았다는 사실에 주목할 필요가 있다. 즉 전기소설과 야담계소설, 전기소설과 전계소설, 야담계소설과 전계소설이 서로 짝을 이루며 영향을 주고받았을 뿐 아니라, 그 셋이 동시에 영향을 주고받았음이 확인되기도 한다. 이런 점 때문에 특정한 작품이 어느 양식에 속하는지 판별이 어려운 경우도 있으며, 또 억지로 판별하는 것 자체가 별로 의미가 없는 경우도 있을 수 있다. 분류를 위한 분류는 무의미하기 때문이다.

가령 위에 거론한 작품들 중 「남궁선생전」, 「검승전」, 「장생전」 등은 전기적(傳奇的) 면모도 지니고 있는바, 이런 작품의 경우 굳이 전계소설의 울타리 속에만 가두지 말고 전기소설로 고찰하는 관점도 성립될 수 있다. 요컨대 한 작품의 양식이 복합적 성격을 띨 경우에는 이 양식을 논할 때에도 다루고 저 양식을 논할 때에도 다루는 등 융통성 있게 다각적으로 논의할 필요가 있다고 생각된다.

조선후기 한문소설발달사에서 주목해야 할 네 번째 점은 17세기에 이룩된 몽유록(夢遊錄) 양식의 발전이다. 윤계선(尹繼善, 1577~1604)의 「달천몽유록(達川夢遊錄)」과 작자 미상의 「강도몽유록(江都夢遊錄)」이 이 시기의 대표적인 작품이다. 이 두 작품은 전대의 몽유록에 비해 그 분량이 확대되었다는 점이 우선 눈에 띄는 변화다. 「달천몽유록」은 임진란의 역사적 경험을, 「강도몽유록」은 병자호란의 현실을 각각 제재로 삼고 있는바, 민족사의 쓰라린 체험을 그리려 하다 보니 분량이 늘어나고 서사가 확대되는 변모가 초래된 게 아닐까 생각된다. 현재 알려져 있는 조선후기의 몽유록 가운데에는 이 두 작품이 최고의 수준을 보여주며, 여타의 작품들은 그 수준이 그리 높지 않거나 아예 수준 미달이다. 아마도 이 두 작품 이후 몽유록은 새로운 출구를 발견하지 못한 채 양식적으로 매너리즘화하면서 쇠락해갔던 게 아닌가 여겨진다.

조선후기가 보여주는 주요한 문화사적 현상의 하나로 우리는 질탕한 '웃음'과 신랄한 '풍자'를 들 수 있다. 이 현상의 대두 배경이나 의미에 대하여는 여러 각도에서의 음미가 필요하나, 조선후기 서민 문화와 시정인(市井人) 문화의 성장, 사대부 계급의 분화에 따른 사(士)의 각성, 몰락양반이나 유랑지식인의 자기인식 등이 그러한 현상을 대두시키거나 고조시킨 주요한 요인이 된 것은 분명하다. 가령 판소리나 탈춤의 웃음과 풍자, 연암 박지원에게서 발견되는 신랄한 풍자정신, 김삿갓의 희작시(戲作詩) 등에서 그 점을 확인할 수 있다. 어떤 점에서 이 '웃음'과 '풍자'야말로, 한계가 있는 대로, 조선후기 민중언어와 민중문화의 정수(精髓)를 보여주는 것으로 이해할 수 있다. 뿐만 아니라 웃음과 풍자는 그 자체가 하층언어와 상층언어, 하층문화와 상층문화의 교섭과 충돌이며 혼융(渾融)이라고 할 수 있다. 조선후기의 문학예술 장르들 가운데 웃음과 풍자를 구현하고 있는 것은 아주 많다. 한문소설 역시 그 한 자리를 차지한다. 조선후기에 나온 일군의 한문소설은 특히 '풍자소설'이라는 개념으로 묶을 수 있다. 조선후기 소설발달사의 견지에서 주목해야 할 다섯 번째 점은 바로 이 풍자소설의 성립과 발전이다.

조선후기의 한문풍자소설로는 「지봉전(芝峰傳)」·「정향전(丁香傳)」·「오유란전(烏有蘭傳)」·「종옥전(鍾玉傳)」·「서대주전(鼠大州傳)」·「서옥기(鼠獄記)」·「호질(虎叱)」 등의 작품을 들 수 있다. 이들은 크게 셋으로 나눌 수 있는데, 「지봉전」·「정향전」·「오유란전」·「종옥전」이 그 하나요, 「서대주전」·「서옥기」가 그 다른 하나며, 「호질」이 또다른 하나다.

이 중 「지봉전」류의 작품은 색장(色莊)한 타입의 인간, 특히 여색(女色)에 무심한 체하거나 관심이 없는 체하거나 눈길을 안 줄 수 있다고 호언하면서도 실제로는 마음이 그리 견고하지 못해 여색에 빠져 헤어나지 못하는 인간 타입을 아주 경쾌한 어조로 풍자하고 있다. 양반의 위선과 호색을 풍자하고 있다거나, 인간의 근원적인 모습을 풍자하고 있다는 해석은 견강(牽强)이거나 너무 우원(迂遠)하여 적절치 못하다. "색려이내임(色厲而內荏)"(『논어』)이라는 말이 있듯, 색장한 타입의 인간, 즉 겉으로는 강강(剛强)한 체하나 실제 속은 임약(荏弱)한 타입의 인간은 자연스럽거나 유연하지 못하고 대개 굳어 있거나 경직된 모습을 보여주게 마련이다. 「지봉전」류의 작품은 이런 인간이 지닌 부자연스러움과 경직성을 웃음을 통해 풍자하고 교정하려는 의도를 담고 있다(이 점에서는 국문소설 「배비장전」도 얼마간 상통하는 면모를 갖는다).
따라서 그 풍자는 신랄하지 않고, 대단히 가볍고 유쾌한 어조를 띤
다. 「지봉전」류가 보여주는 풍자성은 민중적 발상과 사고방식의 표
현이다.

　이 작품들은 대체로 민간에서 떠돌던 이야기를 바탕으로 성립된 것이
라 할 수 있다. 「배비장전」의 경우 민간의 이야기를 판소리나 판소리계
소설로 수렴한 데 반해, 「지봉전」 등은 민간의 이야기를 지배층의 문자
인 한문으로 기술하였다는 점에서 민중문학이 더욱 '상승'한 예라 이해
할 수도 있을 것이다. 이런 점에서 보면 「지봉전」류의 작품은 야담계소
설과 상통하는 면이 없지 않다. 그 중에서도 특히 「지봉전」과 「정향전」
은 야담계소설에 근접해 있다.

　하지만 「지봉전」류의 작품들 중 「오유란전」이나 「종옥전」은 좀 다르
다. 우선 이 작품들은 앞의 두 작품에 비해 양이 한층 많고, 여러 편의
한시가 삽입되어 있으며, 문장에 이따금 고사(故事)가 구사되고 있다.
한시의 삽입이나 고사의 구사는 전기소설의 전통을 수용한 결과다. 이
점은 보는 각도에 따라 이야기가 조금 달라진다. 즉 전기소설이 18세기
를 전후한 시기에 자기를 벗어나 풍자소설이라는 전연 새로운 방향을
모색한 것이라 볼 수도 있고, 거꾸로 풍자소설이 전대 전기소설의 전통
을 자기 나름대로 활용한 것이라 볼 수도 있다. 그 어느 쪽이든 이들 작
품이 전기소설의 성과 위에 서 있다는 점만큼은 분명하다. 그렇기는 하
나 이들 작품을 단지 전기소설하고만 연결지어 생각하는 것은 적절치
못하다. 위에서도 지적했듯 민간에서 이루어진 구전(口傳) 서사문학과
의 관련이 오히려 선차적(先次的)으로 중시되어야 할 것으로 여겨지기
때문이다. 더구나 「오유란전」과 같은 작품은 단지 민간에 구연되던 이

야기만이 아니라, 판소리 「춘향가」(혹은 판소리계소설 『춘향전』)나 「강릉 매화타령」 및 「배비장전」과의 관련을 보여준다.

「지봉전」류와 달리 「서대주전」·「서옥기」는 송사(訟事)를 다룬 작품인데, '쥐'를 비롯하여 여러 동물이 등장하므로 우화소설(寓話小說)로 이해할 수도 있다. 이들 작품은 송사의 처결 과정(處決過程)을 통해 관(官)의 무능함이나 벼슬아치의 부패를 풍자하고 있다. 조선후기에는 민간의 우화를 바탕으로 상당수의 국문 우화소설들이 형성되었는데, 「서대주전」이나 「서옥기」도 그런 분위기 속에서 성립된 것으로 볼 수 있다.

박지원의 작품인 「호질」은 앞의 두 부류와 풍자의 성격이나 의미가 상당히 다르다. 앞의 두 부류가 민중적 발상과 시각에 입각해 있다면, 「호질」은 각성된 사(士) 혹은 높은 식견을 지닌 비판적 지식인의 문제의식에 입각해 있다. 「호질」이 보여주는 풍자의 어조는 신랄하기 그지 없으며, 풍자의 의미 또한 단순하지 않고 중층적(重層的)이다. 「호질」의 풍자가 중층적임은 북곽선생(北郭先生)과 그를 꾸짖는 범의 상징의미가 다의적(多義的)이라는 데서 잘 드러난다.

북곽선생은 작품의 문면에서 드러나듯 일차적으로는 '위유(僞儒)'이지만, 꼭 그에만 한정되지 않고 '중화(中華)'를 상징하는 존재로서의 함의(含意)도 없지 않으며, 또한 금수와 달리 문명을 이룩하고 구가하는 존재로서의 '인간'을 대변하는 면도 전혀 없는 것은 아니다. 마찬가지로 범은 일차적으로는 짐승이지만, 그 내면적 의미에 있어서는 금수와 다름없는 존재로 간주된 '오랑캐'가 세운 나라인 '청(淸)'나라의 군주를 상징하는 면이 없지 않다고 여겨진다.

이런 점 때문에 북곽선생에 대한 비판과 풍자는 일차적으로는 당연히 위유로서의 면모에 향하고 있다고 보이지만 단지 그것에만 국한되지 않고 중화문명 혹은 '인간 그 자체'를 향해 발해지는 면도 동시에 갖는다. 「호질」이 이처럼 다의성(多義性)을 바탕으로 인간에 대한 새로운 성찰, 문명에 대한 반성적 관점을 풍자의 방식을 통해 대담하게 열어 보일 수 있었던 것은 작가 박지원이 지닌 철학사상, 특히 '인물성동론(人物性同論)'이라는 인간과 사물을 보는 독특한 철학적 관점 때문에 가능했다. 이 점에서 「호질」은 단순히 풍자소설이지만 않고, 철학소설 내지는 사상소설로서의 면모도 갖고 있다.

조선후기에는 단편소설이나 중편소설만 발전한 것이 아니고, 장편소설도 크게 발전하였다. 외형적으로 볼 때 조선후기 소설발달의 가장 융성한 면모는 바로 이 장편소설에서 찾을 수 있을 터이다. 특히 국문장편소설은 그 창작과 유통에서 놀라운 발전을 보여주었다. 국문장편의 열기만큼은 아니라 할지라도 이 시기에는 한문장편소설도 여러 편 창작되어 적지 않은 성과를 거두었다. 또한 애초 국문으로 창작된 것이 이후 한문으로 번역되거나, 애초 한문으로 창작된 것이 이후 국문으로 번역되는 등, 국문장편과 한문장편은 서로 밀접한 관련을 맺고 있다. 이제 조선후기 한문소설발달사의 마지막 주목할 점으로 한문장편소설의 성립과 발전에 대해 간단히 언급한다.

조선후기의 한문장편소설로서 주목할 만한 작품으로는 『옥루몽(玉樓夢)』, 『삼한의열녀전(三韓義烈女傳)』〔일명 '삼한습유(三韓拾遺)'〕, 『육미당기(六美堂記)』를 꼽을 수 있다. 이 중 가장 돋보이는 작품은 『옥루몽』이다. 여기서는 번거로움을 피해 이 작품 하나만을 대표적으로 살핌으로써 조선후기 장편소설의 면모와 수준이 어떠한지 그 일반(一斑)을 엿보고자 한다.

『옥루몽』은 19세기 중엽을 전후한 시기에 남영로(南永魯, 1810~1857)라는 문인이 창작한 작품이다. 이 작품의 구상과 전개는 『구운몽』에서 적지 않은 영향을 받았다. 그렇기는 하나 『옥루몽』은 그 분량이 『구운몽』의 세 배나 되는 데서 잘 드러나듯 서사적 편폭을 호한(浩瀚)하게 확대시키면서 대하소설(혹은 대장편소설)로의 발전을 보여준다. 특히 인물의 개성적 형상화—가령 강남홍(江南紅)의 성격창조는 아주 탁월하다—와 63회나 되는 장회(章回)를 자연스럽게 이끌어가는 구성력이 돋보인다. 뿐만 아니라 양창곡(楊昌曲)과 윤부인(尹夫人)·강남홍·벽성선(碧城仙)·일지련(一枝蓮)은 사랑하는 남녀로서만이 아니라 서로 지취(志趣)를 같이하는 지기(知己)로서 맺어지고, 이 때문에 그들 간에는 더욱 두터운 신뢰와 애정이 형성될 수 있었다는 점이 주목된다. 남녀 주인공이 서로를 깊이 이해하는 평생의 지기로 맺어지는 이런 결연 방식은 전기소설에서 유래한다. 『옥루몽』은 바로 이 전기소설의 우량한 전통을 수용하여, 비록 중세적 인간관, 중세적 남녀관의 테두리 내에서이기는 하나, 여성에 대해 좀더 진취적인 관점을 취할 수 있었다.

이외에도 『옥루몽』이 전기소설의 전통을 풍부하게 수용했음은 여러 군데에서 확인되는바, 남녀 주인공들이 시나 노래를 수시로 읊조리거나 부르고 있음을 한 예로 들 수 있다. 어떤 면에서 보면 양창곡이 강남홍과 결연하는 과정이나 벽성선과 결연하는 과정은 저마다 한 편의 전기소설과 방불하다. 그렇다고 해서 『옥루몽』을 주로 전기소설과 연관지어 생각해야 한다는 것은 아니다. 다만 『옥루몽』이 전기소설이 이룩한 성과를 적절히 활용하여 발전시킴으로써 더욱 탁월해질 수 있었다는 점을 지적하고자 할 뿐이다. 대장편소설답게 『옥루몽』은 그 속에 온갖 서사양식을 종합하고 있으며, 심지어 한문학의 여러 산문 장르까지 망라

하고 있다. 『옥루몽』은 그것이 씌어질 당시까지 중국과 우리나라의 서사문학이 이룩한 제반 성과를 비교적 폭넓게 수용하거나 원용한 것으로 판단된다.

『옥루몽』의 작자인 남영로는 과거에 여러 번 낙방하고 향리에서 일생을 마친 불우한 선비인데, 『옥루몽』에는 이러한 처지의 작자가 가짐직한 문제의식과 이상이 짙게 반영되어 있다. 가령 양창곡의 입을 빌어 인재등용의 폐단을 지적한다든가, 국가경영의 전반적인 문제점을 거론한다든가, 인순고식(因循姑息)을 일삼는 조정 대신의 무책임한 태도를 비판하고 있다든가 하는 것은 재야 사인(士人)인 작자의 평소 소회(所懷)를 드러낸 것으로 볼 수 있다. 또한 시골의 일개 한미한 집안 출신인 양창곡이 그 타고난 재능을 인정받아 눈부신 출세가도를 달려 2처와 3첩을 거느리고 부귀공명을 마음껏 누렸다는 줄거리에는 작자의 이상이 짙게 투영되어 있다고 할 만하다.

『옥루몽』에는 봉건국가의 현실과 사대부 귀족의 생활상이 총체적으로 그려지고 있다. 즉 조정에서 이루어지는 정치 활동과 가정 내에서 일어나는 처첩 간의 분란, 중앙권력에 도전하는 변방의 반란과 이에 대한 진압 등이 흥미진진하게 그려져 있다. 이런 면모는 『구운몽』 이래 조선후기의 장편소설들에서 거의 예외 없이 발견되는 것인데, 차이가 있다면 『옥루몽』의 경우 표현과 구성, 묘사가 예사롭지 않다는 점일 것이다. 그래서 아주 긴 소설이면서도 비슷한 분량의 여느 소설들과 비교해 별로 지루하지 않게 읽힌다. 이는 결국 작자의 소설가적 재능과 문학적 소양이 탁월한 데 기인한다 할 것이다. 이 점에서 『옥루몽』은 국한문을 막론하고 조선후기에 산출된 장편소설 중 최고의 기량과 수준을 보여주는 작품의 하나로 간주될 수 있다.

그렇기는 하지만 『옥루몽』은 19세기 중반 무렵의 우리 장편소설에 기대해봄직한, 중세를 탈피한(혹은 탈피해가는) '새로운 인간형'의 창출이나 중세적 이념을 벗어나는 '새로운 가치관'이나 '패러다임'의 소설적 모색은 보여주고 있지 못한바, 이 점 대단히 아쉽게 느껴진다. 18세기에 창작된 같은 '몽(夢)'자 돌림인 중국의 『홍루몽(紅樓夢)』과 비교할 때 이러한 아쉬움은 더욱 커진다. 적어도 이런 높은 기준에서 본다면 『옥루몽』과 조선후기에 창작된 다른 장편소설 간에는 본질적인 차이가 발견되지 않는다. 충효(忠孝)의 강조, 일부다처제(一夫多妻制)의 재확인, 입신양명(立身揚名)의 추구 등 작품이 표방하는 기본 이념은 대체로 동일하기 때문이다. 『옥루몽』은 그 예술적 성취에 있어 조선후기 장편소설을 대표하면서 그 정점에 있는 작품이기 때문에 그것이 지니는 한계는 단지 개별 작품 차원의 문제에 국한되지 않고 조선후기 장편소설 전체의 한계를 보여줌과 동시에 조선후기 장편소설이 도달한 높이를 객관적으로 가늠케 하는 하나의 유력한 잣대가 된다.

5. 맺음말

이상, 한국한문소설의 성립과 발달, 그 양식사적 전개를 개략적으로 살펴보았다. 한국한문소설은 한국의 여타 서사문학과 상호관련성을 가지며 지속적으로 발전해왔다. 국문이 창제되기 이전에 한문소설은 소설로서의 독점적인 지위를 누렸으며, 국문이 창제된 이후에도 그 독점적인 지위는 한동안 바뀌지 않았다. 그러나 17세기 이래 조선후기에 이르러 국문소설이 광범하게 창작되고 유통되면서 한문소설은 국문소설과 공존하게 되었다. 그러나 이 시기라 해서 한문소설이 퇴보하거나 그 의의가 감소된 것은 아니다. 국문소설과는 별도의 세계와 가치를 모색하거나 국문소설과 서로 교섭하면서 자기대로 다양하게 발전했음이 확인된다. 또한 어떤 면에서는 국문소설의 성장에 영향을 끼치면서 그 수준을 끌어올리는 데 기여한 면도 없지 않다.

요컨대 우리나라 중세의 전 시기를 통해 한문소설은 다대한 예술적 성과를 남겼다는 의의가 있다. 따라서 이 점에 대한 정당한 평가 위에서만 우리나라 소설사에 대한 적실한 이해가 가능하다 할 것이다.

보론

조선후기 한문소설, 특히 19세기 한문소설을 논할 때『절화기담(折花奇談)』과『포의교집(布衣交集)』은 빠뜨릴 수 없는 작품이다. 하지만 이 글에서는 두 작품이 거론되지 못했다. 그러므로 여기서 두 작품에 대해 조금 언급해두고자 한다.

『절화기담』은 1809년 석천주인(石泉主人)이라는 인물이 창작한 소설로서, 장회소설(章回小說)의 형식을 취하고 있는, 중편 분량의 작품이다. 남화산인(南華山人)이라는 인물의 비평이 첨부된 이른바 '평비본(評批本)' 소설에 해당한다. 자세한 장회평(章回評)이 달린 한국소설은 이 작품 이전에는 없었다.

이 작품은 '불륜'을 다루고 있다. 불륜을 소설의 중심 제재로 삼은 작품은 한국소설사에서 이 작품이 최초가 아닌가 한다.

이 작품의 여주인공 순매는 남편이 있으면서도 다른 사랑을 꿈꾼다.

순매의 사랑에는 한편으로는 허위의식이 있어 보이기도 하나, 사회적 인습과 굴레를 벗어나 여성적 자아를 주체적으로 실현하고자 하는 지향 역시 존재한다.

하지만 작가는 이런 문제를 진지하게 탐구하고 있지 않으며, 두 사람의 사랑을 퍽 장난스런 필치로 그리고 있다. 작가는 사랑의 존재방식 자체에 대한 탐구에 주안을 두기보다는 사랑에서 현상(現象)되는 약속과 어긋남의 무수한 교차가 빚어내는 '마음졸임'과 '실망'과 '허탈감'의 묘사에 주된 관심을 보이고 있다. 이 작품은 중국의 『서상기』나 『금병매』를 원용해 창작되었지만 남자 주인공의 심리묘사는 청출어람이라 할 만하다.

이 작품은 일견 애정전기(愛情傳奇)의 전통을 잇고 있는 것처럼 보인다. 우리나라 전대의 애정전기는 신분갈등을 주요한 주제로 삼고 있다. 하지만 이 작품의 작자는 신분갈등에는 별로 관심이 없으며, 상층의 남성이 하층의 여성을 취하는 데만 관심을 보일 뿐이다. 작품 제목에 보이는 '꽃을 꺾는다'〔절화(折花)〕라는 말에서 이 점이 잘 드러난다. 이처럼 이 작품은 욕망을 다루는 방식이나 욕망의 지향이 애정전기와는 판연히 다르며, 명(明)의 인정소설(人情小說)인 『금병매』의 영향이 강하게 느껴진다. 이렇게 본다면 이 작품은 19세기 초에 중국 인정소설의 영향으로 한국 전래의 애정전기 특유의 문제의식이 속화(俗化)되는 양상을 보여준다고 할 만하다.

『포의교집』은 고종 연간인 1866년에서 그리 멀지 않은 시점에 창작된 소설인데, 작자는 정공보(鄭公輔)로 추정된다. 이 작품은 『절화기담』보다 조금 더 긴 중편인데, 『절화기담』과 마찬가지로 사족(士族)의 남성과 하층 여성의 불륜을 다루고 있다. 이 점에서 소설사적으로 『절화기담』

을 잇는 작품이라 할 수 있다.

『절화기담』이 희작적 필치를 보여주는 것과 달리 이 작품은 심각하면서도 아이러니컬하게 이생과 초옥의 사랑을 그리고 있다. 이 작품의 주제에 내포된 심각성과 아이러니는 다음의 두 가지 점에서 초래된다.

그 하나는, 남녀 주인공이 사랑에 부여하는 의미의 어긋남이다. 시골에서 상경한 이생은 심심파적 기분에서 초옥과 관계를 맺는다. 초옥에 대한 그의 사랑은 자신이 지닌 것을 하나도 잃지 않는 범위 내에서, 자신의 삶을 조금도 변경하지 않는 범위 내에서 이루어질 뿐이다. 이와 달리 이생에 대한 초옥의 사랑은 그의 전 존재, 심지어 그의 목숨까지 건 극도로 치열한 것이다. 이처럼 사랑에 대한 남녀 주인공의 의미부여는 너무나 간극이 크다.

다른 하나는, 초옥이 꿈꾼 사랑의 대상과 실제 현실 속 인물의 어긋남이다. 초옥은 '포의의 사랑', 즉 미천하고 가난한 처지에 있는 사람끼리의 사랑을 꿈꾸었다. 부귀와 무관한 이런 사랑이야말로 순수하고 진정한 사랑이라고 생각했던 것이다. 그래서 못생기고 나이 많고(이생은 40대 인물이다) 벼슬도 아직 하지 못한 가난뱅이 이생을 굳이 사랑했다. 여기에는 원래 궁가(宮家)의 종이었다가 면천(免賤)되어 서민의 아내가 된 자신의 처지가 투사되어 있다. 적어도 이 점에서 초옥의 사랑에는 진정성이 깃들어 있다. 하지만 초옥의 판단은 완전히 잘못된 것이었다. 이생은 비록 포의이기는 하나 초옥이 꿈꾼 포의의 사랑에 부합하거나 어울리는 인물이 전혀 아니었다. 초옥은 야담의 여주인공들이 흔히 보여주는 '지인지감(知人之鑑)'이 조금도 없었으며, 그 결과 사랑의 대상을 잘못 택한 것이다. 여기서 두 사람의 애정 행위에는 심각한 불일치가 야기된다.

초옥은 장사치의 아내이면서 왜 사족 남성을 사랑하게 된 걸까? 초옥은 궁가의 종으로 있을 때 한문을 익히고 시서(詩書)를 좀 공부할 기회가 있었는데, 이런 교양과 감각이 그녀로 하여금 자신의 신분을 벗어나 상층 남성에 이끌리게 한 것으로 보인다. 모든 지식에는 해방적 측면과 함께 속박의 측면이 있다. 초옥의 경우, 지식은 자아를 해방하는 동력을 갖는 사랑에 대한 제어되지 않는 불온한 정념(情念)을 낳았을 뿐만 아니라, 사대부적 삶과 위세에 대한 동경이라는 일종의 허위의식을 낳게 했음이 주목된다.

이 작품 역시 애정전기의 문법을 활용해 창작되었다. 그렇기는 하나 이 작품의 남성 주인공은 애정전기에서처럼 재자(才子)가 아니다. 게다가 남녀 주인공의 사랑은 독점적으로 집중되어 있지 않으며(이는 이생에 기인한다), 이 때문에 어떤 높은 정신적 합치감을 만들어내지 못하고 있다. 그 결과 「만복사저포기」나 「운영전」 같은 전시대 애정전기의 명편들이 보여준, 작자 혹은 주인공의 소외된 존재성에 대한 은유적 부각 같은 것은 의도되고 있지 못하다. 이런 점에서 이 작품은 비록 전기소설의 수법을 원용하고 있기는 하나 전기소설은 아니며, 새로운 소설적 지평을 열기 위한 시도를 꾀하고 있다고 할 만하다.

이 작품은 사회사적 맥락에서도 심중한 의미가 포착된다. 이 작품에는 병인양요를 전후한 대원군 집정기 경성의 '하층 사대부' 사회의 분위기와 동향이 대단히 사실적으로 반영되어 있다. 이생과 그 주변 사족층 인물들의 멘탈리티와 행위에서는 지적 활기라든가 정신적 강건함이 전연 발견되지 않으며, 조선 왕조는 불안과 위기의 징후 속에 있다. 그와 달리 초옥으로 대변되는 하층 여성에게서는, 비록 아직 잘 정제(整齊)되어 있지 못하고 모순이 내포된 채로이기는 하나 이전에 알지 못하던 새로운 욕구와 동력, 파토스가 뿜어져나오고 있음을 보게 된다. 이것이 흐지부지 종결되는 듯한 이 불륜 이야기에서 읽어낼 수 있는 정치적 · 젠더적 함의일 터이다.

판소리에 나타난 현실인식
―연구사에 대한 방법론적 검토

1

판소리 및 판소리계소설에 대한 연구는 특히 근년에 들어와 매우 활발하게 이루어져 그 연구 성과가 자못 다채롭다 할 수 있다. 그 중에는 직접적으로든 간접적으로든 판소리 혹은 판소리계소설의 '현실인식' 문제를 논의한 연구들이 적지 않다. 이 글은 판소리계소설의 현실인식을 둘러싼 그간의 연구사를 주로 방법론적 측면에서 검토해 앞으로의 연구 방향을 모색하려는 의도에서 집필된다.

제한된 지면의 이 글에서 관련된 논문을 모두 거론할 수는 없는 일이니, 연구 경향이나 방법론, 문제의식, 접근 시각 등에서 특히 중요하다고 여겨지는 논문을 중심으로 고찰하기로 한다. 이 점 미리 양해를 구한다.

2

판소리계소설의 현실인식에 최초로 주목한 사람은 천태산인(天台山
人) 김태준(金台俊)이다. 그는 1935년 1월 동아일보에 연재한[1] 「춘향전
의 현대적 해석」이라는 논문에서, 『춘향전』이 그 시대 모든 사회계급의
생활을 반영하고 있으며,[2] "다소 자본가적 소유관계의 맹아"[3]를 보여준
다고 했다. 그리하여 『춘향전』은 "봉건붕괴과정(封建崩壞過程)의 산물"
로서 "신흥계급의 승리를 대변"하는 것으로 파악되었다.[4]

봉건사회 해체기의 '농민'의 현실과 이념적 지향을 반영하고 있는 것
으로 봄이 타당할 『춘향전』을, 시민계급을 운위하며 연구자의 주관에
의해 역사발전의 객관을 앞질러버린 것은, 우리 문학사를 사적(史的) 유
물론(唯物論)의 공식에 무리하게 대입시키려 한 데서 비롯된 오류로 이
해된다. 김태준의 『춘향전』 해석이 도식적이라는 지적도 이 점과 관련
하여 제기될 수 있다.

하지만 국문학 연구 초창기라는 당시 상황을 감안한다면, 비록 도식

---

1) 1월 1일에서 1월 10일까지 연재했다.
2) 원문은 다음과 같다: "그 시대의 모든 사회계급이 모두 무대에 오르는 만큼 각 계급의
생활의 단면을 명백하게 보여준다."(『김태준전집』 제2책, 보고사, 1990, 48면)
3) 같은 책, 같은 곳. 「춘향전의 현대적 해석」은 1939년 학예사에서 간행된 『원본춘향전』
에 부록으로 실렸는데, 여기서는 해당 구절이 "근대적 소유관계의 맹아"(21면)로 수정
되었다. 김태준, 『증보조선소설사』(학예사, 1939)의 『춘향전』에 대한 서술에서도 똑같
이 수정되어 있다(201면).
4) 「춘향전의 현대적 해석」, 『김태준전집』 제2책, 55면. 『원본춘향전』에 부록으로 실린 「춘
향전의 현대적 해석」에는 『춘향전』에 "특권층의 생활의 폭로와 그에 대한 반항의 구
호"(『원본춘향전』, 33면)가 담겨 있다는 서술이 새로 추가되었다.

적이고 조야하다는 한계가 있기는 하나 판소리계소설의 현실반영 양상에 대해 문예사회학적 시각으로 접근한 시도가 높이 평가될 만하다.

이 논문은 해방 이전의 『춘향전』 연구 중 가히 최고의 수준을 보여주며, 세부적·실증적 오류에도 불구하고 춘향의 항거가 지니는 사회적·역사적 의미를 읽어낸 안목은 지금의 관점에서 보더라도 아주 탁월한 것으로 생각된다.

해방 이후 1960년대 중반 무렵까지 판소리 혹은 판소리계소설 연구를 주도해온 연구자는 김동욱이다. 고증적 방법론에 의거한 그의 『한국 가요의 연구』와 『춘향전 연구』는 이 분야 연구에 커다란 진전을 이룩했다. 이 저작들은 여러 부면에 걸쳐 호한한 성과를 보이면서 뒤의 연구자들에게 많은 자극과 시사를 주고 있다.[5] 그러한 성과 중 본고의 논제와 관련된 것만 살피면 다음과 같다.

첫째, 판소리의 생성 혹은 발생에 대한 검토를 통해 그 세계관적 기반을 해명한 것.

김동욱은 판소리가 "광대의 문학"이라는 전제 하에, 광대 집단에 의해 매개된 민중의 현실과 현실인식이 그 속에 탁월하게 반영되어 있음을 『춘향전』에 대한 연구를 통해 논증했다. 이는 판소리의 창작주체=광대와 그 향수층=민중 및 이 양자가 속한 당대 사회와의 긴밀한 상호관계 속에서 판소리의 성격과 기본 지향이 파악되어야 함을 분명히 한 것이라는 점에서 주목할 만하다. 비록 이론 수준에서 이 3자의 관계에 대한 변증법적 이해가 정치한 데까지는 이르지 못했지만, 이후 전개되는 연

---

5) 김동욱, 『한국가요의 연구』(을유문화사, 1961); 『춘향전연구』(연세대학교출판부, 1965; 증보판, 1976).

구 방향의 한 구도(構圖)를 잡아주었다는 점에서 적지 않은 의의가 인정된다.

둘째, 『춘향전』 각 이본의 동이(同異)에 대한 비교 연구. 즉 '이본고(異本考)'를 통해 판소리(판소리계소설)의 현실인식이 역사적으로 변모하고 있음을 밝혀냈다는 것.

구체적으로 말해, 후대본(後代本)에 이르러 춘향의 신분이 천민(기생)으로부터 양반 서녀나 여염집 처녀로 바뀌고 그에 따라 『춘향가』(혹은 『춘향전』)가 원래 지녔던 날카로운 문제의식이 둔화되는 방향으로 변질되며, 그에 상응해 디테일의 변개 및 양반 취향적 한시구(漢詩句)나 고사성어(故事成語)의 첨가가 수반되는 변화가 나타난다는 주장을 처음으로 했다. 이 점은 1970년대의 연구자들에 의해 보다 치밀하고 본격적으로 탐구된다. 김동욱 자신의 논의 수준은 대체로 현상에 대한 지적일 뿐, 현상 너머의 근인(根因)에 대한 구명에까지는 이르지 못한 것으로 보인다. 그리하여 한편으로는 판소리(판소리계소설)가 광대 문학 본연의 모습을 거세당하고 양반화되면서 다분히 "양반 문학의 아류"적 성격을 띠게 된 데 대해 애석해하다가도,[6] 다른 한편으로는 이를 양반과 서민의 합작에 의해 높은 수준을 획득한 "국민문학"[7]으로 이해하는 등 관점의 혼란을 보여준다. 김동욱에게서 확인되는 상반된 이 두 가지 태도는 뒤의 연구자들에게 이월된다.

셋째, 판소리가 적층(積層)의 문학, 성장의 문학, 유동(流動)의 문학임을 일반 테제로 확립시킨 것.

---

6) 김동욱, 『증보춘향전연구』, 36면.
7) 위의 책, 28면.

이는 앞서 지적된 두 번째 사항의 문제점과 관련되는바, 김동욱 이후의 연구자들이 19세기의 판소리에 대해, ①판소리 변질론(양반적 지향으로의 개악), ②판소리 국민문학론(양반적 개작을 판소리의 발전으로 보는 것)이라는 상반된 주장을 펴는 근거가 된다(이 두 입장이 모두 잘못된 전제에서 출발한 것임은 나중에 '서민문학' 논의를 살피는 데에서 검토한다).

지금까지 세 가지 측면에서 김동욱의 성과를 개관했다. 요컨대 김동욱은 판소리를 단순히 서민의식의 표출로만 이해해서는 안 되며, 판소리사의 전개 속에서 동태적으로 파악해야 한다는 문제제기를 이른 시기에 한 셈이다.

김동욱의 『춘향전 연구』에 이어지는 연구로 이상택의 「춘향전 연구」가 주목된다. 이 논문의 특징은 새로운 방법론, 즉 사회학적 관점과 심리학적 관점을 절충시킨 방법론에 의거해 일관된 논리로 춘향의 성격을 분석하고 이를 통해 『춘향전』의 문예적 성격을 본격적으로 해명하려 했다는 점에서 찾을 수 있다. 비록 춘향의 이율배반적 성격이 분석의 주(主) 텍스트로 선정된 84장본 완판 『열녀춘향수절가』에는 어느 정도 타당할지 모르나 여타의 이본(異本)들에까지 꼭 타당한 것은 아니라는 지적이 최근에 제기되기는 했으나,[8] 그럼에도 불구하고 이 논문은 다음의 점, 즉 춘향이 "당시 사회의 계급구조의 가변성을 시현(示現)하였고 나아가서는 가변성뿐만이 아니라 실제로 계급구조가 변질하고 있었다는 하나의 현상을 반영했다"[9]는 점, 또 춘향이 "자신의 선택의지에 따라 행동체

---

8) 졸고 「『춘향전』의 역사적 성격 분석」, 『전환기의 동아시아 문학』(창작과비평사, 1985).
9) 이상택, 「『춘향전』 연구」(서울대 석사학위논문, 1966), 105면.

계를 전개하는" 이른바 "근대사회의 인간형인 게젤샤프트적 인간으로 부각되고 있다"[10]는 점을 밝힌 데 적지 않은 의의가 있다고 할 것이다.

3

판소리계소설 연구의 새로운 전기는 조동일에 의해 마련되었다. 그는 『흥부전』을 필두로 『춘향전』, 『심청전』, 『토끼전』을 차례로 검토해 새로운 시각과 방법론으로 판소리계소설을 관통하는 '일반원리'를 도출해내고자 했다.[11]

판소리계소설에 대한 구조적 분석과 본격 문예학적 접근은 전술(前述)한 이상택에서 시작되어 조동일에 이르러 비로소 확립되었다고 볼 수 있는데, 조동일이 보여준 높은 이론 수준과 정밀한 논의는 가히 이 분야의 연구 수준을 비약적으로 끌어올렸다고 할 만하다. 그는 연구의 결론을 항시 작품 자체에 대한 엄정한 분석으로부터 끌어내면서도 단지 작품에 대한 내재적 해석에 머물지 않고 그 도출된 결론의 의미를 문학사적 맥락이나 사회사적 맥락에서 반추해봄으로써 문제에 대한 폭넓은 이해를 도모하고 있는바, 이 점 특기할 만하다.

이제 조동일이 이룩한 성과를 구체적으로 검토하면서 그 문제점을 짚어보기로 한다.

---

10) 위의 논문, 115면.
11) 조동일, 「『흥부전』의 양면성」(『계명논총』 5, 1968); 「갈등에서 본 『춘향전』의 주제」 (『계명논총』 7, 1970); 「『심청전』에 나타난 비장(悲壯)과 골계」(『계명논총』 8, 1971); 「『토끼전(별쥬부전)』의 구조와 풍자」(『계명논총』 9, 1972).

판소리계소설에 대한 조동일의 네 논문 가운데 연구의 방법론적 전제를 구축해놓고 있는 것은 「『흥부전』의 양면성」이다. 이미 밝혔듯 본고는 방법론 중심으로 기존 연구의 성과와 문제점을 살피는 데 주안을 두기에, 이하 「『흥부전』의 양면성」을 중점적으로 검토하되 필요하면 다른 세 논문도 논급하기로 한다.

조동일의 연구에서 첫 번째로 주목해야 할 것은 '고정체계면〔(固定體系面: 약칭 고면(固面)〕'과 '비고정체계면〔(非固定體系面: 약칭 비고면(非固面)〕'이라는 개념이다. 이 개념은 '부분의 독자성'이라는 개념과 '표면적 주제 · 이면적 주제'라는 개념을 파생시키면서 조동일식 판소리계소설 이해의 근본 시각을 만들어내는 근간이 되고 있다. 이 개념은 이렇게 정의된다.

> 고정체계면은 형식적 중요성 또는 실질적 중요성에 따라 일부가 없을 수도 있으나, 항상 고정적인 줄거리 체계를 이루는 단락들의 집합체이다. 비고정체계면은 오직 실질적 중요성에 따라 있을 수도 있고, 없을 수도 있는, 고정적인 줄거리 체계를 이루는 데 참여할 수 없는 단락들의 집합체이다.[12]

작품에서 단락들을 추출하여 그것들을 배열한 다음, 어떤 순차적인 관계에 따라 일정한 유형을 이루는 단락들과 그렇지 못한 단락들을 분리하여 전자를 '고면(固面)'으로, 후자를 '비고면(非固面)'으로 파악한 것이다. 그리고 고면 단락들의 상호관계를 도식(圖式)을 그려 드러내 보

---

12) 조동일, 「『흥부전』의 양면성」, 『계명논총』 5, 79면.

이면서 그것이 극히 정합성을 띠는 것임을 입증하고자 했다. 이러한 설명 방식은 일견 아주 명쾌하게 판소리계소설의 구조적 특징을 해명한 듯한 느낌을 주지만, 찬찬히 따져 들어가 보면 상당한 문제점이 내포되어 있다.

제일 먼저 지적해야 할 것은, 단락 설정에 연구자의 자의성이 상당한 폭으로 개입될 수 있다는 점이다.

조동일은 분석의 결론이 귀납적인 것처럼 보이게끔 하는 논리 전개를 취하고 있지만, 이른바 고면 단락은 나중에 그가 제시하는 정합적인 도식을 염두에 두고서 역순(逆順)으로 설정된 혐의가 짙다. 또 이른바 비고면의 단락으로 제시해놓은 것들도 연구자에 따라 얼마든지 달리 가감할 수 있는 것들이다. 요컨대, 조동일은 작품 분석을 통해 고면과 비고면이 '실체적'인 것처럼 제시했지만 실제에 있어서는 '조작적'인 것에 가깝다고 여겨진다.

나아가 그는 고면의 대단락(大段落)을 다시 소단락(小段落)으로 세분하여, 후자는 비고면에 해당하는 것으로 보았다.[13] 그렇다면, 고면이란 어떤 구체적인 내용을 모두 사상(捨象)시켜버린, 이야기의 기본 형식, 혹은 하나의 큰 유형적 줄거리의 형해(形骸) 같은 것에 해당되고, 비고면은 이야기의 구체적인 내용으로 분리된다. 방법론적 견지에서 이는 형식(혹은 유형이라고 해도 좋다)과 내용의 분리적 파악이며, 외현(外現)과 내포(內包), 줄거리와 디테일, 근골(筋骨)과 혈육(血肉), 역사적인 것과 초역사적인 것의 분리에 다름아니다. 이는 비유컨대, 발라내버리면 생명을 잃어버리게끔 한데 엉겨붙어 통일성과 한계를 형성하고 있는 '모순의 통일'로서의 작품의 제 요소를 원심분리하여, 추출된 내용물의 일부

---

13) 조동일, 위의 논문, 위의 책, 82면.

는 이쪽 그릇에, 다른 일부는 저쪽 그릇에 따로 담아놓고 각각 그 의미와 성격을 운위하는 격이 아닌가 한다.

『흥부전』은 전래의 민담을 '그릇'으로 차용하여 그 속에 평민의 현실인식이라는 내용물을 담아놓았는데, 이 경우 그릇과 내용은 하나의 통일체인바 그 자체로서 역사적 의의와 더불어 한계를 시현하고 있는 것으로 보아야 옳을 것이다. 이 양자를 분리하는 것은 무리이며, 일종의 형식론적 추상(抽象)에 떨어지게 마련이다. 대상에 대한 이러한 이원적(二元的) 분리의 사유 경향은 구조주의적 방법론에 유별난 바 있는데, 기실 조동일의 '이원론적 사고'는 이 구조주의의 문제틀에 의거하고 있는 바 크다고 보인다. 물론 그에게서 두 대립항을 통합하려는 지향이 더러 보이지 않는 것은 아니나 근본적으로는 분리적 사유의 문제인식에 입각해 있다고 여겨진다. 대상에 대한 분리적 파악이 그 역동적 총체성의 파악을 방해하거나 차단할 것임은 물론이다. 다음에 검토될 '부분의 독자성'이라는 개념에도 이런 문제점이 전이(轉移)되어 있다.

조동일의 연구에서 두 번째로 주목해야 할 것은 판소리(판소리계소설)의 구성원리로서 '부분의 독자성' 이론을 수립하고 있다는 점이다.

판소리가 그 특수한 적층적 형성 과정 때문에 각 부분이 독립성을 띠는 특징을 지닌다는 사실은 일찍이 김동욱이 지적한 바 있지만,[14] 이를 이론적으로 확고하게 정립시킨 연구자는 조동일이다. 부분의 독자성 개념은 다음과 같이 정의된다.

비고면에는 단락이든 소단락이든 또는 그 이하의 것들이든 부분이 순

---

14) 김동욱, 『한국가요의 연구』, 323면.

차적 관계가 없이 거듭되며, 부분이 독자적으로 존재 이유를 갖는다고 할 수 있는 경향이 농후하다. 다시 말하면, 비고면은 고면에 대해서 독자적일 뿐만 아니라, 비고면을 이루는 부분들도 타부분에 대해서 독자적이기도 하다. 비고면의 중요한 특징의 하나인 이런 현상을 부분의 독자성이라 불러 둔다.[15]

부분의 독자성 개념은 판소리의 구전적(口傳的) 형성 과정과 전승 과정에 의해 초래된 구성상의 특성과 제약을 설명하는 데 크게 기여했다. 특히 전체적 스토리 전개에 아랑곳하지 않고 어떠한 한 장면이나 인물 묘사를 극대화하는 판소리 특유의 서사원리를 해명하는 데 이 개념은 큰 힘을 발휘한다고 보인다.

그렇기는 하나 부분의 독자성 개념은 남용되거나 실제 이상으로 과장되어 적용되는 경향이 보인다. 비록 판소리의 공연 및 형성과 관련된 특수성 때문에 어떤 장면의 묘출(描出)이 전체적 서사 진행과 느슨하게밖에 관련되지 못하거나 심지어 전체적 서사 진행에서 이탈되거나 그것을 방해하는 경우가 있다 할지라도, 그것이 판소리의 각 부분이 '절대적으로' 독자적임을 입증하는 것으로 해석될 수는 없다. 판소리가 관중의 취향으로 인해 특정 부분의 사설이 불균형적으로 확대되면서 부분창(部分唱)으로 불리어짐은 이미 잘 알려져 있는 사실인데, 이 경우 불리어지는 '부분'은 관중이 이미 그 '전체'의 내용, '전체'의 스토리를 알고 있는 한 유의미한 것이 된다. 다시 말해 어디까지나 '전체'를 전제로 할 때에만 '부분'은 살아 있는 의미, 즉 '부분'으로서의 의미연관을 띨 수 있게 된다. 그

---

15) 조동일, 「『흥부전』의 양면성」(『계명논총』 5), 86면.

러므로 판소리 사설이 갖는 부분의 독자성은 어디까지나 전체와의 관계에서 상대적으로 이해되어야지 절대화되어서는 안 될 것이다. 판소리의 "전편(全篇)은 이와 같이 상이하게 개작된 부분들의 총체에 불과하게 된다"[16]는 조동일의 언명에서 드러나는 바와 같은 '부분'에 대한 과대한 의미부여 및 그에 수반되는 '전체'의 의미에 대한 홀시는 이 개념이 그 타당성의 적정 한도를 넘어 적용되고 있지 않나 하는 우려를 낳게 한다.

더 나아가 조동일은 부분의 독자성으로부터 각 부분의 상반성(相反性)이 성립됨을 밝히고, 바로 이 '상반(相反)'이 비고면 특유의 구조적 원리이자 인식논리인바, 그 현실반영 방식의 생생한 즉자성(卽自性) 때문에 고면이 갖는 인과(因果)의 논리와는 대조된다고 했는데, 이러한 해석 역시 독자성 개념의 과대한 확대 및 앞서 지적된 그의 이원론적 분리의 사유에서 초래된 것으로, 동의하기 어렵다. 판소리 형성 과정의 특성에서 야기된 부분 간의 모순이나 당착이 판소리에서 더러 나타나는 것은 물론 인정해야 하겠지만(그러나 그것 역시 일반적인 현상이라고는 할 수 없을 것이다. 어디까지나 국부적으로 나타난다고 보아야 옳지 않을까 한다) 그렇다고 해서 상반(相反)의 논리가 소위 비고면의 각 부분들을 지배하고 있다고는 보기 어렵다. 뿐만 아니라 조동일이 상반의 주요한 실례로 들고 있는 흥부와 놀부의 신분의 불일치나 기생 춘향과 기생 아닌 춘향의 작품 내 갈등 등도 관점에 따라서는 상반이 아니라 '현실적 모순의 반영'으로 해석될 수 있을 것이다.[17]

---

16) 조동일, 위의 논문, 위의 책, 110면.
17) 이런 해석의 가능성은 임형택, 「『흥부전』의 현실성에 관한 연구」(『문화비평』 4, 1969); 졸고 「『춘향전』의 역사적 성격 분석」을 참조할 것.

요컨대, 부분의 독자성 개념은 주로 일정 장면의 묘출을 극대화하는 판소리 독특의 서사원리에 적용될 때 가장 묘미(妙味)를 얻는다고 생각되며, 이 경우에 있어서조차 유의되지 않으면 안 될 것은 부분의 독자성은 어디까지나 상대적인 것이며 따라서 기본적으로 전체, 곧 이야기 줄거리의 구속력 내지는 통합력을 인정해야 한다는 사실이다. 부분의 독자성 개념이 판소리의 특성을 설명하는 데 극히 유용함은 말할 나위가 없지만, 문제는 그 적용이 실제에 상응하게 제한되어야 한다는 사실이다. 이 개념이 판소리 사설이 모순과 당착, 상반되는 요소들로 가득 차 있으며, 판소리계소설은 그 전체에 있어서가 아니라 단지 해체된 부분에 있어서만 주목할 만한 의미를 지닌다는 데로까지 확대해석되고, 더 나아가 그처럼 불통일된(다시 말해 분열된) 작품일수록 현실을 잘 반영하는 빼어난 작품이라는 식으로 논리가 비약된다면, 이는 실제와의 괴리 및 사태에 대한 과장이 지나친 것이며, 후술되지만 판소리(혹은 판소리계소설)의 세계관적 해명, 사상사적 의미 규명에 심각한 문제를 야기한다고 하지 않을 수 없다. 판소리계소설은 그 구전적(口傳的) 형성 과정에 기인하는 부분의 상대적 독립성, 역사발전 단계의 제약에 따른 작자군 및 평민층 세계관의 부분적 미정합성(未整合性) 및 모순에도 불구하고 그 전체로서는 통일성을 지니고 있으며 일관된 논리를 향해 운동하고 있음이 거듭 강조되지 않으면 안 된다.

한편, 조동일은 판소리에 부분의 독자성이 나타나게 된 원인을 그 표현방식, 청중과의 관계, 창자(唱者)의 성격 또는 구연상(口演上)의 사정 등 몇 가지로 나누어 자세하게 고찰해놓고 있는데,[18] 단순히 원인의 병

---

18) 조동일, 「『흥부전』의 양면성」(『계명논총』 5), 109~110면.

렬적 나열에 그칠 것이 아니라 이 중 어느 요인이 보다 규정적인가에 대한 검토가 필요하지 않나 생각된다. 또 부분의 독자성이 갖는 현실적 의미가 판소리 담당층의 '현실인식의 부분성'에 기인한다고 해석하고 있는데,[19] 이는 판소리 작품의 구조를 고면과 비고면으로 분리하여 체계성은 고면에 붙이고 비고면은 무체계로 돌림으로써 도출된 자박적(自縛的) 결론으로 이해된다. 전체적 서사와 분리된 '부분'에서 '부분적 현실인식' 외에 무엇을 찾을 수 있겠는가. 그러므로 판소리계소설의 현실인식이 보이는 세계관적 의의는 물론이려니와 그 한계와 모순조차도 고면과 비고면의 '분리'에서가 아니라 그 '통일'에서 궁구할 필요가 있다고 생각한다.

조동일의 연구에서 세 번째로 주목해야 할 것은 '표면적 주제·이면적 주제'라는 개념이다. 이는 그가 판소리계소설을 연구하는 데 구사한 일련의 개념 중 마지막의 것에 해당한다.

앞에서 검토된 고면·비고면 및 부분의 독자성 개념은 이미 그 속에 표면적 주제·이면적 주제라는 개념을 예비하고 있다고 보인다.

'고면/비고면'의 분리적 추상(抽象)이 부당하다는 점은 앞에서 이미 지적했다. 그렇다고 한다면 작품의 주제를 형식논리적으로 '표면'과 '이면'의 것으로 선연히 분리하는 것이 과연 정당한 것일까? 일견 상충되거나 모순된 것으로 보이는 이념이나 내용이 작품 전체의 더 높은 차원에서는 통일된 주제를 형성한다고 설명하는 방식이 보다 설득력이 있지는 않은가? 이를테면 조동일은 『심청전』의 "표면적 주제는 보수적인 관념론이라 할 수 있으며, 이면적 주제는 진보적 현실주의라 할 수 있다"[20]

---

19) 조동일, 위의 논문, 위의 책, 117면.
20) 조동일, 「『심청전』에 나타난 비장(悲壯)과 골계」(『계명논총』 8), 18면.

고 했는데, 관점에 따라서는, 『심청전』에서 이 양면은 각각의 실체로 분리되어 있는 것이 아니라 효(孝)라는 유교 이념의 당위와 모순을 심청, 심봉사, 뺑덕어미 세 인물을 통해 풍속(風俗)의 차원에서 묘출하고 있는 것으로 해석할 수도 있지 않을까. 그렇다고 한다면, 작품에서 효(孝)에 대한 주장이 별도로 있고, 그에 반발하는 주장이 별도로 있는 것이 아니라, 양자가 변증법적으로 서로 얽혀 하나의 문제제기, 즉 '주제'를 형성하고 있는 게 된다. 그 얽힘의 방식과 내용에 따라 작품의 진보성과 한계가 규정된다. 이 경우 주제 구현의 철저성 여부는 기본적으로 판소리의 발생과 관련된 계층의 세계관적 상태—즉 그 세계관이 비교적 정합적인 수준에까지 도달했는가 아니면 모순을 포지(包持)한 채 형성 중인 단계인가 하는—와 관련될 터이다.

그러므로 판소리 내지 판소리계소설을 이해하는 기본 시각은 작품 주제의 의의와 한계가 기본적으로 판소리 발생 담당층의 세계관적 상태와 조응된다는 점을 승인하는 위에서 마련되어야 하지 않을까 한다. 따라서 조동일이 『심청전』의 주제를 표면적 주제와 이면적 주제로 대립시키고, 그 대립을 마치 양반과 민중의 논쟁, 양반과 민중의 사상투쟁의 반영인 것처럼 파악하고 있음은[21] 판소리를 이해하는 기본 시각의 면에서 문제가 없지 않다고 보인다.

그런데 고면·비고면의 분리나 주제의 내외적(內外的) 분리가 판소리계소설들을 꿰뚫는 일반원리가 될 수 없음은 조동일의 연구 성과 자체가 입증하고 있다고 보인다. 즉 『토끼전』을 검토하면서 "『토끼전』 고정 체계면의 주제가, 예컨대 『흥부전』의 경우와 달리, 유교적 규범윤리를

---

21) 조동일, 위의 논문, 위의 책, 17면.

오히려 배격하고 있음은 주목할 만한 일이다"[22]라면서 『토끼전』에서 "비고정체계면은 고정체계면에서 이루어진 정치적 풍자를 보충하고 구체화하며, 다른 판소리계소설의 경우와는 달리 표면적 주제가 따로 없다"라고 설명하고 있는데, 이는 지금껏 우리가 살펴보았던 그의 몇 가지 개념장치들이 판소리계소설의 일반이론으로서는 적합하지 못한 것임을 말해주는 게 아닌가 한다. 그의 연구가 『토끼전』에서 끝나고 「변강쇠가」, 『배비장전』 등으로 이어지지 않은 것도 이와 무관하지 않다고 생각된다.

지금까지 비교적 자세하게 조동일의 방법론이 내포하고 있는 문제점들을 주로 이론 차원에서 따져보았지만, 조동일이 이룩한 성과는 이런 문제점들을 상쇄하고 남을 정도로 풍성한 것이라고 할 만하다. 앞서 말했듯 그는 이 분야의 연구 수준을 비약적으로 끌어올리면서 지금까지 계속 심대한 영향을 끼치고 있다.

이 시기에 조동일의 연구와 흥미로운 대비를 보이면서 판소리계소설의 현실성을 연구한 논문이 있어 주목을 요한다. 임형택의 「『흥부전』의 현실성에 관한 연구」가 그것이다.[23]

조동일의 입장이 구조주의적 시각과 사회사적 시각을 적절히 결합시킨 것이었다면, 임형택의 입장은 철저하게 사회사적 및 역사주의적 시각에 의거한 것이었다고 할 수 있다. 그의 논문은 마치 중국의 '홍학(紅學) 논쟁' 때 산출된 『홍루몽』 관련 논문을 연상케 하는 바 있는데, 고전 연구에서 역사주의적 방법론이 어느 정도까지 세련될 수 있는지, 그리고 작품의 본질 해명에 어느 정도 기여할 수 있는지 그 가능성을 크게

---

22) 조동일, 「『토끼전(별쥬부전)』의 구조와 풍자」(『계명논총』 9), 21면.
23) 임형택, 「『흥부전』의 현실성에 관한 연구」(『문화비평』 4, 1969).

열어보였다 할 만하다.

그는 우선 "홍부전의 문학적 가치는 서민문학이라는 전제 하에서 이루어져야 한다"[24]고 보고, "상스럽고 촌뜨기고 야만적"이지만 "건강하고 자유분방하여 약동하는 생명력"을 가지면서 "농민적 서민적 기질 속에서 성장한 문학"[25]으로『홍부전』의 문학적 성격을 파악했다.

'서민문학'으로 판소리계소설을 파악하는 태도는 새삼스러운 것은 아니지만, 주목해야 할 것은 그의 서민문학론이 전대(前代) 연구자들의 그것과는 달리 소박한 반영론이나 단선적 논리에 함몰되지 않고 그 역사적 의의와 한계 양자를 작품 분석에 즉해 매개적으로 파악해내고 있다는 사실이다. 그러므로 그의 견해는 치밀함과 더불어 설득력을 지닌다. 예컨대, 농민층의 계층분화가 활발히 진행되던 조선후기 사회에서, 놀부는 서민부농으로서 극단적인 이익추구열 때문에 반도덕적·반사회적 행위를 일삼은 부정적인 인물을 반영하고, 홍부는 농촌에서 토지를 상실하여 생산수단을 갖지 못함으로써 품팔이꾼으로 전락된 자를 반영하고 있다고 보면서도,[26] 홍부의 가난이 합리적으로 극복되지 못하고 박의 신비를 통해 해결되고 마는 것은 그 시대 역사의 한계 및 작자군의 문학적 한계라고 이해하는 관점 같은 게 그러하다.

이러한 관점에서 그는 판소리계소설을 조동일처럼 '분열된 주제', '이원적 구조'로서가 아니라, 작품이 지니는 모순과 한계에도 불구하고 기본적으로 '통일적' 지향과 주제를 갖는 것으로 해석해낼 수 있었다. 빈

---

24) 위의 논문, 위의 책, 839면.
25) 위의 논문, 위의 책, 838면.
26) 위의 논문, 위의 책, 839면.

민과 몰락양반은 봉건사회 해체기의 계층분화 과정에서 동일한 하강운 동을 경험한 점에서 그 신분 차이에도 불구하고 일정한 친화감을 형성 할 수 있었다고 보이는데, 이런 견지에서 흥부에 투영된 몰락양반적 면 모와 빈민적 면모의 관련이 좀더 따져졌어야 하지 않았나 하는 아쉬움 이 있지만, 판소리계소설의 주제를 통일적으로 파악하는, 방법론상 중 요한 시각을 열어보였다는 점에서 이 논문의 의의는 크다고 생각한다.

4

조동일에 의해 제기된 판소리계소설의 '양면성' 논의는 심정섭, 김흥 규에 이르러 판소리 혹은 판소리계소설의 현실인식이 '이원성(二元性)' 을 띤다는 주장으로 이어진다.[27]

조동일에 있어 판소리계소설의 양면성은, 단지 작품 표면의 유교적 관념론에 입각한 보수주의와 그 이면의 서민적 현실주의가 대립하여 심 각하게 논쟁하고 있다는 사실을 지적하는 데 그치지 않고, 이 대립에서 실질적 중요성을 갖는 쪽이 후자라고 봄으로써 대립이 지향하는 방향까 지도 고려에 넣는 어느 정도 동태적인 개념이지만, 심정섭·김흥규에 의 해 제기된 '이원성론(二元性論)'은 정태적인 개념에 가깝다고 생각된다. 즉 판소리(판소리계소설)에서 양반적 이념과 평민적 의식이 이원적(二

---

27) 심정섭, 「현실인식을 통해 본 판소리소설의 문학사적 위치」(서울대 석사학위논문, 1974); 김흥규, 「판소리의 이원성(二元性)과 사회적 배경—신재효와 「심청전」의 경 우를 중심으로」(『창작과비평』 31, 1974).

元的)으로 공존하고 있다는 사실을 지적하는 데 치중하고 있다.

특히 심정섭은, 판소리계소설을 평민문학 혹은 민중문학이라는 관점에서 양반과 평민의 대립으로 보아온 종래의 시각에 이의를 제기하면서, '계급의 융화' 혹은 '계급을 초월한 차원'[28]에서 판소리계소설이 고찰되어야 하며, "판소리계소설의 현실인식과 그 부정(否定)의 정신은 근본적으로 수구적(守舊的)인 것이며 유교의 전통에서 일탈하지 않는 것"[29]이고, 따라서 "중세기적인 농업생산시대 특유의 정체성(停滯性)이 작품을 일관"[30]하는 것으로 보고 있다. 식민지 정체사관을 연상시키는 이러한 이해 시각은 문학 연구가 역사 연구와 연결되지 않을 때 얼마나 피상적이며 자의적일 수 있는지를 보여준다.

김흥규는 신재효(申在孝)와 『심청전』을 대상으로 판소리의 이원성과 사회사적 배경을 검토했는데, 우선 판소리·판소리계소설을 서민예술·서민문학으로 간주해 그것을 '서민의식'의 표현으로 보는 견해에 반성을 제기하면서[31] 판소리는 그 사회사적 배경의 복합성(판소리의 형성과 구연·향수에 참여한 제 집단, 예컨대 광대·평민·아전·양반의 상치된 지향을 지칭함) 때문에 그 '전개'에 있어서뿐 아니라 '성립'에 있어서도 양반적 관념과 평민적 의식의 서로 조화롭지 못한 두 세계인식이 혼입되어 병립 또는 충돌하고 있다고 했다.[32]

천태산인 김태준을 비롯한 국문학 연구 초창기 학자들은 '서민의식'

---

28) 심정섭, 위의 논문, 3면.
29) 위의 논문, 31면.
30) 위의 논문, 24면.
31) 김흥규, 앞의 논문, 앞의 책, 71면.
32) 김흥규, 앞의 논문, 앞의 책, 100면.

을 양반층의 이념과 '완전히' 절연된 독자적인 세계관으로 전제하고 그러한 서민의식의 반영으로서 판소리계소설을 이해했는데, 이런 오류에 대해 김흥규가 비판과 반성을 제기한 것은 적절하고 또 정당하다고 보인다. 그러나 김흥규는 문제의 지적에는 정확했지만, 그 해결의 방법은 정확했다고 보이지 않는다. 즉 그는 소박한 서민문학론에 반대하여, 판소리가 그 성립 및 전개에 있어서 양반과 평민이라는 복합적 사회기반을 동시에 지녔고, 그에 따라 평민과 양반 두 계급의 욕구에 따라야 했으며, 그 때문에 중층적(重層的) 구조를 지닐 수밖에 없었다는 논지의 이원성론을 제기하고 있으나, 이러한 주장은 서민의식의 역동적 이해를 결(缺)하고 있으며 판소리사의 역사적 변전(變轉)을 고려하지 않은 채 도출된 것이라는 점에서 적지 않은 결함을 내포하고 있다고 보인다.

우선 지적되어야 할 것은, 초창기 연구자들의 입장이든 그에 이의를 제기한 김흥규의 입장이든 '서민의식'을 양반의식과 완전히 대립되는 어떤 것으로 상정하고 있다는 점에서는 전혀 동일하다는 사실이다. 하지만 서민의식에 대한 이러한 추상적이자 몰역사적인 이해에는 동의하기 어렵다. 달리 말해, '서민의식'을 양반의 세계인식과 완전히 구별되는, 서민만이 지니고 있는 어떤 순연(純然)한 세계관적 상태를 가리키는 개념으로 추상화시키는 것은 문제가 있지 않은가 한다.

그렇다면 서민의식은 여하히 이해해야 옳은가? 추상이 아니라 그 역사적 실제에 주목해야 할 것이다. 이 경우에야 비로소 서민의식은 상부구조(上部構造)의 각 부문에서 이미 강고하게 구축되어 있던 양반적 이데올로기를 그 의식과 무의식의 영역에서 모순적 계기로 포지(包持)한 채로 어떤 세계관적 독자성을 향해 역사적 운동을 전개해간 것으로 이해될 수 있다. 이렇게 본다면, 서민의식의 구체적 위상은 각 역사시기에 있어서는 물론이고 동일한 역사시기에 있어서도 그 역동적 총체성의 여하한 국면이 여하히 표현되는가에 따라 편차가 야기됨이 인정될 필요가 있다. 요컨대 필자는 서민의식을 단일한 내용으로 환원시키는 태도가 판소리(판소리계소설)를 이해하는 관점을 좁히거나 모호하게 만든다는 사실을 지적해두고 싶다.

한편, 김흥규는 판소리 현실인식의 이원성을 검토할 때 신재효본(申在孝本)을 논증의 유력한 사례로 들고 있으나 신재효본은 조선 최후대(最後代)인 1860년대에 이르러 판소리 사설이 양반적 세계관에 의해 그 기본구도까지 다소간 훼손된, 판소리사의 전개에서 다소 특수한 예에 해당하므로, 이 본(本)을 근거로 성립기 및 발전기의 판소리 역시 이원적 성격을 띠었을 것이라고 추단(推斷)하는 것은 문제가 없지 않다.

판소리 현실인식의 이원성을 '자연보편적'인 것으로 이해했던 김흥규의 관점은 판소리사의 구체적 동력에 대한 그 자신의 인식의 심화와 함께 그것이 19세기의 판소리에나 해당되는 '역사특수적'인 것이라는 방향으로 이해의 관점이 수정된다.[33]

판소리의 사회적 기반의 변모에 유의하여 판소리사의 전개를 3단계로 구분해 파악하는 관점을 보인 김흥규의 논문 「판소리의 사회적 성격과 그 변모」는 판소리의 현실인식의 변화를 판소리사와 구체적으로 관련시켜 살피려 했다는 점에서 가히 판소리의 사회적 성격, 그 현실인식의 양상에 대한 지금까지의 연구 중 최고 수준을 획득한 것이라 할 만하다. 이 논문을 통해 우리는 "판소리가 흔히 생각하듯 단순한 전칭(全稱) 개념으로 사회적 성격이나 세계 이해를 논할 수 있는 동질적 작품들의

---

33) 김흥규, 「판소리의 사회적 성격과 그 변모」(『세계의문학』 제3권 제4호, 1978).

총체가 아니"[34]라는 것을 알게 되었고, 그로써 판소리의 사회사에 대한 이해를 획기적으로 심화시킬 수 있게 되었다. 그러나 시기 구분의 적절성, 제기된 가설의 세부적 타당성 여부는 일단 논외로 하더라도, 문제에 접근하는 시각 혹은 방법론의 차원에서 이 연구에는 다음과 같은 몇 가지 중대한 문제점이 있음을 간과할 수 없다.

첫째, 19세기 판소리사의 파악에서 양반의 역할을 지나치게 과장하고 평민층의 역할을 지나치게 축소하지 않았나 하는 점.

비록 19세기 판소리사에서 양반 좌상객의 점증(漸增)이 인정된다 하더라도 그것이 곧바로 판소리 구조의 질적 변환을 초래했다고 단정할 수 있을지는 의문이다. 판소리 12마당 중 평민과 양반 모두에게 가장 애호되었던 「춘향가」의 경우, 그 현전하는 판소리계소설의 이본들은 거의 모두 19세기의 소산이고, 따라서 판소리의 19세기적 변모를 일정하게 반영하고 있다 할 수 있는데, 이들을 18세기 중엽(1754)에 쓰인 유진한(柳振漢)의 소위 만화본(晚華本)「춘향가」와 비교해보면 이야기의 골격이나 지향에서 별 차이가 발견되지 않는다.[35] 이를 통해 19세기의 「춘향가」가 18세기의 「춘향가」와 비교해 그 '기본구도'에 본질적인 변환이 있는 것은 아니라는 사실을 알 수 있다. 그런데 「춘향가」는 판소리 레퍼토리 중 그 어느 것보다도 양반들이 선호했던 작품이니, 만일 양반 좌상객의 취미에 따른 판소리 작품구조의 변환이 야기되었다고 한다면 이 「춘향가」에서부터 시작되었다고 봄이 옳을 것이다. 이런 점에서 볼 때, 현전(現傳) 판소리 5가가 19세기 양반층의 개입에 의해 그 구조

---

34) 위의 논문, 위의 책, 96면.
35) 김동욱, 『증보춘향전연구』, 78~81면.

가 이원적으로 분열되는 방향으로 변환되었다는 김흥규의 지적은 그대로 수긍하기 곤란하다고 여겨진다. 물론 19세기 양반층의 판소리 애호에 따라 그 표현과 수사(修辭)에 있어 양반 취향으로의 개변(改變)은 인정될 수 있지만, 그것은 판소리의 '기본구도' 혹은 '구조'라는 대국(大局)에서 본다면, 하나의 국부적인 현상에 머무는 게 아닌가 생각된다. 달리 말해 대국까지 바꾸지는 못한 소국면(小局面)의 것에 불과하다고 여겨진다.

또한 김흥규는 판소리의 구조가 19세기에 들어와 이원적으로 분열되는 방향으로 변질된 유력한 사례로 신재효의 판소리 개작을 들고 있는데, 이 경우는 이야기가 좀 다르다고 본다. 신재효는 1860년대에서 1884년 사이에 걸쳐 이루어진 판소리 개작 작업에서 전승되던 판소리의 '구조'에까지 손을 대었는데, 특히 「남창(男唱) 춘향가」의 경우, 양반의식의 강화 쪽으로의 구조 변환이 현저하다. 그런데 주의해야 할 사실은, 신재효에 의한 이 개작 작업이 전 판소리사를 통틀어 판소리 사설의 '기본구도'상에서 양반적 변환이 이루어진 '최초'의 것으로 보인다는 점이다. 뒤집어 말한다면, 그전까지는 그러한 변환이 야기된 여하한 증거도—작품으로든 기타 방증자료로든—발견되지 않는다. 정현석(鄭顯奭)이 신재효에게 준 증서(贈序) 중에 보이는, 그때까지의 판소리가 지니고 있던 결함에 대한 그의 비판은 이러한 추정을 더욱 뒷받침한다.[36]

---

36) 정현석, 「贈桐里申君序」의 다음 말 참조: "歷聽俗唱, 敍事多不近理, 遣語亦或無倫. 況唱[倡]之識字者尠, 高低倒錯, 狂呼叫嚷, 聽其十句語, 莫曉其一二. 且搖頭轉目, 全身亂荒, 有不忍正視, 欲革是弊, 先將歌詞, 祛其鄙俚悖理者, 潤色以文字, 形容其事情, 使一篇文理接續, 語言雅正, (…)"(강한영, 「판소리의 이론—자료의 정리」, 조동일·김흥규 편, 『판소리의 이해』, 창작과비평사, 1978, 54면의 주2에서 재인용)

이렇게 보면, 양반 좌상객의 개입에 따른 판소리 사설의 기본구도의 변질은 신재효가 활동한 시대에 이르러 비로소 야기될 수 있었다고 이해된다. 따라서 김흥규의 지적은 대체로 19세기 후반기인 대원군(大院君) 집정기(執政期)에 들어맞는다고 생각된다. 그러므로 양반 좌상객의 역할을 과대하게 인정함으로써, 19세기가 시작되자마자 판소리사에서 반동적(反動的) 방향으로 커다란 굴절이 일어났다는 그의 시각은 재검토의 여지가 많다고 보인다. 또한 사태를 지나치게 단순화시켜, 판소리가 애초 그 발생기 때부터 지니고 있던 세계관적 한계까지도 19세기의 소산으로 치부하는 태도에 대해서도 반성이 필요하다고 본다.

둘째, 전승(傳承) 5가에 대한 이해와 평가의 문제.

김흥규는 조동일의 성과를 수용하여 현전 5가(춘향가·흥부가·심청가·수궁가·적벽가)가 이원적 분열을 보이는 것으로 일단 전제한 다음, 이러한 현상이 주로 19세기적 판소리사의 특수성에서 말미암는 것으로 해석했는데, 조동일의 성과와 문제점을 살피는 자리에서 이미 지적했지만, 이러한 전제는 그대로 수긍하기 어렵다. 현전하는 판소리 다섯 마당 중 「수궁가」는 이원적 분열과는 아예 거리가 멀다고 할 수 있고, 「심청가」, 「흥부가」, 「적벽가」도, 이미 말했듯, 관점을 바꿀 경우 '통일적으로' 그 서민의식의 의의와 한계(모순성)를 파악할 수 있기 때문이다. 한편, 현전 「춘향가」에서 확인되는 「춘향가」의 기본구도의 변질은 신재효의 개작에 의한 영향으로 보이므로 별도의 문제에 속한다.

셋째, 실전(失傳) 7가에 대한 이해와 평가의 문제.

김흥규는, 실전 7가는 현전 5가에 보이는 바와 같은 이원성이 존재하지 않고 다만 철저하게 세속적인 세계—비속한 평민들의 웃음과 욕설, 그리고 가식 없는 욕망이 지배하는 세계—의 표현으로 일관했으리라 추정하고, 실전 7가는 바로 이러한 특질 때문에 양반층에 수용되지 못하고 소멸의 길을 걷게 된 것으로 이해했다.

「배비장타령」, 「변강쇠가」, 「왈자타령」, 「강릉매화타령」 등이 평민들의 세속적 관심으로 가득 차 있다는 김흥규의 지적은 대체로 정확하다고 보인다. 문제는 그 점이 아니라, 5가는 전승될 수 있었고 7가는 전승될 수 없었던 '유일한' 이유가 과연 김흥규가 강조하고 있듯 단지 양반층에 의한 수용 여부에 있었던가 하는 점이다. 7가를 전승에서 탈락시키는 데 적잖은 역할을 수행한 양반 좌상객의 존재를 인정하더라도 이러한 의문은 여전히 유효하다고 생각된다. 다시 말해, 이 문제에 대해서는 보다 복합적인 접근과 원인 분석이 필요하지 않은가 한다.

이 점과 관련하여 주목되는 사실은, 전승 5가가 '이념' 혹은 '윤리'의 문제(즉 세계관의 문제)를 '풍속(風俗)'의 차원에서 다루거나, 풍속 차원에서의 문제제기를 이념과 윤리의 높이(즉 세계관적 높이)로까지 끌어올린 것이라면, 실전 7가는 풍속 혹은 세태를 '즉자적(卽自的)'으로 문제삼고 있다는 점이다. 그러므로 후자는 대체로 '풍속'의 차원에 머물러 있을 뿐, 전자와 같이 일정한 세계관적 높이를 획득하지 못하고 있는 것으로 보인다. 이는 마치 조선후기의 사설시조가 세태와 풍속의 묘사 및 풍자를 훌륭히 수행했지만 이념 및 윤리적 높이를 얻는 데는 실패했던 현상에 비의(比擬)됨직하다. 이 점과 관련하여 또 하나 지적될 수 있는 것은 전승 5가가 이야기로서 꽤 복잡한 구조와 기복(起伏), 풍성함을 지니고 있다면, 실전 7가는, 소설 형태로 남아 있거나 줄거리만 알려져 있는 작품들로 미루어 판단하건대, 비교적 구조도 간단하고 내용도 단순한 이야기들이라는 점이다. 이러한 차이가 세계인식에 있어서의 단순성과 총체성, 혹은 이념의 심천(深淺)과 어떤 관련이 있는지는 더 따져봐야 할 일이지만, 아무튼 전승 5가와 실전 7가의 세계관적 높이, 그 문제의식의 질적 차이를 도외시할 수 없음은 분명하다.

이러한 사실을 인정한다면, 판소리 12마당의 선별(選別) 및 여과작용에는 단지 양반만이 아니라 평민층에 대한 고려도 당연히 요청된다. 양반층이 그들의 수용 관점에 따라 전승 5가가 갖고 있던 충(忠)·효(孝)·열(烈)의 외피(外皮)에 견인(牽引)되었다면, 평민은 그들대로의 현실인식과 오락적 요구에 따라 판소리 12마당 중 보다 깊은 문제의식(이념)과 총체적인 현실인식을 구비하면서도 풍성한 내용을 갖춘 5마당을 특히 주목했을 수 있기 때문이다. 오락적 요구를 충족시키지 못하고 현실적 인식만 구유(具有)한 작품은 민중세계에서는 존재할 수도 없거니와, 거꾸로 현실인식은 빈약하면서 오락적 흥미만 풍부한 작품은 그 생명을 오래 지속하기 어렵다. 이렇게 본다면, 판소리 12마당 중 문제의식과 오락적 흥미, 이념과 풍속, 윤리와 세태의 결합에 있어 일정 수준에 도달한 것들만 경쟁에서 끝까지 살아남을 수 있지 않았는가 하는 점이 주요하게 고려되어야 하지 않을까 생각한다.

요컨대, 전승 5가는 현실의 문제를 단순히 풍속적 묘사의 차원에서 다루는 데 머물지 않고, 이념적·윤리적 연관을 문제삼는 차원에까지 이르렀기에 이 단계 서민의식의 최대치와 한계와 모순을 동시에 보여주게 되었다면, 실전 7가는 그에 반해 현실의 문제를 대체로 풍속적 묘사의 차원에서 제기하는 데 그침으로써 전자에 비해 주제의식이 천근(淺近)하고 그에 따라 작품의 통일성을 획득하기도 한층 용이했다고 여겨진다.

이처럼 판소리 12마당은 그 각각의 기본구조가 대체로 확립된 시기로 추정되는 18세기에서 19세기 초 무렵의 민중의 정신사를 반영하고 있는

바, 그 중의 어떤 위상(位相)에는 5가가, 어떤 위상에는 7가가 각각 위치하면서 그 전체로서 그 시대 민중의 정신사적 운동을 시현(示現)하고 있다고 이해된다. 그러므로 현실인식에 있어서의 민중적 세계관[37]의 층위(層位)에 대한 고려 없이 일률적으로 양반 좌상객과의 관계에서만 5가의 전승과 7가의 실전 이유를 파악하려고 하는 관점은 재고를 요한다고 본다.

지금까지 살펴온 논문들이 모두 19세기까지의 판소리(판소리계소설)에 대한 연구였다면, 20세기 초 판소리가 보인 자기갱신력 및 시민예술로의 발전이라는 문제에 관심을 보인 연구자로 최원식이 있다. 그는 『은세계(銀世界)』의 전반(前半)이 판소리 「최병도타령」이 소설로 정착된 것임을 밝힘으로써 판소리계소설이 제국주의 침략기(구한말)에 그 현실인식을 발전시켜 새로운 단계의 리얼리즘을 성취했음을 입증해냈다. 그에 의하면 창극(唱劇)으로 공연된 소설 『은세계』의 전반부는 조선후기 평민소설의 발전적 완성이며, 더 이상 봉건주의와의 타협이 불가능하다는 성장한 평민의식을 반영하는, '통일된' 리얼리즘으로의 한 단계 진전으로 해석되었다. 이 논문을 통해 우리는 19세기 판소리의 20세기적 행방(行方)과 판소리가 지닌 창조적 현실 대응력을 거듭 확인할 수 있다.

---

37) 판소리 12마당에 반영된 '민중적 세계관'은 농민적 세계관, 도시서민적 세계관, 유랑예인적(流浪藝人的) 세계관, 도시 중간계급의 세계관 등 복합적이며 일률적이지 않다는 점이 유의될 필요가 있다.

5

지금까지 판소리(판소리계소설)의 현실인식 문제와 관련된 연구들 중 일부를 대상으로 하여 그 성과와 문제점을 주로 방법론적 측면에서 검토해보았다. 이 글에서 미처 다루지 못했지만, 서종문의 일련의 연구, 특히 「변강쇠가」에 대한 연구는 새로운 영역을 개척한 것이다.[38] 이밖에도 설성경의 신재효에 관한 연구,[39] 인권환의 『토끼전』 연구,[40] 최진원의 『춘향전』 연구,[41] 권두환과 이석래의 『배비장전』 연구[42] 등이 중요한 업적으로 거론될 만하다.

앞서 논의되었던 문제들을 쟁점별로 묶어본다면 다음과 같이 정리될 수 있을 것이다.

첫째, 판소리(판소리계소설)를 '분열'의 구조로 파악할 것인가, 아니면 그것이 지니는 한계와 모순에도 불구하고 '통일성'을 갖는 양식으로 파악할 것인가 하는 점.

둘째, 이와 관련하여 판소리(판소리계소설)의 주제가 이원적으로 분리되어 파악되어야 할 것인가, 아니면 모순·상충되는 요소들의 존재에도 불구하고 변증법적으로 통일되어 파악되어야 할 것인가 하는 점.

---

38) 서종문, 『판소리 사설의 연구』(형설출판사, 1984).
39) 설성경, 「신재효 판소리 사설 연구」(『한국학논집』 7, 1980).
40) 인권환, 「『토끼전』의 서민의식과 풍자성」(『어문논집』 14·15, 1973).
41) 최진원, 「판소리의 문학고(文學攷)—『춘향전』의 합리성과 비합리성」(『대동문화연구』 2, 1966).
42) 권두환, 「『배비장전』 연구」(『한국학보』 17, 1979); 이석래, 「『배비장전』의 풍자구조」, 한국고전문학연구회 편, 『한국소설문학의 탐구』(일조각, 1978).

셋째, 판소리(판소리계소설)의 현실인식과도 일정하게 관련되는, 부분의 독자성 개념이 실제와 부합되는 타당성을 인정받으려면 적용 범위의 한정(限定)이 필요하지 않은가 하는 점.

넷째, 판소리의 현실인식과 판소리사의 관련적 파악에 있어서 사태에 대한 지나친 단순화는 재고를 요한다는 점.

문제에 대한 지적은 그 극복을 위한 출발점이 될 수 있다는 점에서 중대하다. 더구나 방법론과 연구 시각을 가다듬고 반성하는 작업은 연구의 올바른 방향 정립을 위해 더없이 치열한 정신을 요구한다. 이 글은 다만 연구사를 정리하면서 떠오른 필자의 생각을 대략적으로 스케치한 것에 지나지 않는다. 장차 필자의 이 엉성한 생각들을 수정하거나 더 발전시킬 수 있기를 희망한다.

북한학계 고전소설사 연구의
성과와 문제점

1

우리나라 고전소설에 대한 연구는 일제강점기 때 김태준·조윤제·이병기에 의해 초석이 놓였다. 이후 남북이 분단되어 남쪽과 북쪽 학계는 아무런 교섭 없이 제각각 이 분야의 연구를 진행해왔다. 그러던 중 최근 북한에서 출간된 문학통사들이 남한에 다소 알려지면서 그동안 북한에서 이루어진 고전소설 연구의 성과 및 연구 경향을 어느 정도 짐작할 수 있게 되었다.[1] 그러나 이들 책은 모두 통사류인 관계로 고전소설 연구

1) 과학원 언어문학연구소 문학연구실,『조선문학통사(상)』, 평양: 과학원출판사, 1959; 서울: 인동, 1988; 김춘택,『조선문학사 1』, 평양: 김일성종합대학출판사, 1982; 서울: 천지, 1989; 사회과학원 문학연구소,『조선문학사』(고대·중세편), 평양: 과학백과사전출판사, 1977; 김하명,『조선문학사 3』(15~16세기 문학), 평양: 사회과학출판사, 1991;『조선문학사 4』(17세기 문학), 사회과학출판사, 1992;『조선문학사 5』(18세기 문학),

의 수준을 본격적으로 엿보기에는 불충분한 면이 있었다. 그래서 늘 아쉬움을 느끼면서 고전소설을 연구한 본격 학술서를 접할 수 있기를 고대해왔다. 그런데 금번 김일성종합대학에 재직 중인 김춘택 교수의 『우리나라 고전소설사』(원제 『조선고전소설사연구』, 김일성종합대학출판사, 1986)가 한길사에서 재출간됨으로써 이러한 희망의 일단이 실현되어 적이 기쁘게 생각한다.

김춘택 교수는 1989년 남한에서 재출간된 바 있는 『조선문학사 1』의 저자이기도 하다.[2] 이 글에서 검토하고자 하는 『우리나라 고전소설사』는 그의 박사학위논문으로 알려져 있다. 북한의 박사학위논문 심사는 국가에서 관장하고 있으며, 그 심사가 대단히 엄격하여 학위 소지자가 아직 그렇게 많지 않다고 듣고 있다. 그러므로 이 책은 이미 북한에서 그 수준을 인정받은 본격적인 학술서라 하겠다. 북한에서 나온 책 가운데 국문학 관계의 본격 학술서가 남한에 소개되기는 이것이 처음이 아닌가 생각된다.

『우리나라 고전소설사』는 이처럼 국가로부터 그 수준을 공인받은 박사학위논문인데다가 그 저자가 김일성대학의 교수로서 북한학계에서 인정받고 있는 중견학자이고,[3] 더욱이 극히 최근의 연구업적에 해당하므로, 이 책을 잘 들여다본다면 북한학계의 고전소설 연구의 현주소, 즉 그 수준·성과·문제점을 대체로 파악할 수 있지 않을까 생각한다.

과학백과사전종합출판사, 1994; 『조선문학사 6』(19세기 문학), 과학백과사전종합출판사, 1999.

2) 김춘택, 『조선문학사 1』(평양: 김일성종합대학출판사, 1982; 서울: 천지, 1989)

3) 연변대학의 조선어문학과에 재직하는 김병민 교수의 전언에 의하면, 김춘택 교수는 북한학계에서 국문학 연구를 주도하고 있는 중견학자의 한 사람이라고 한다.

남한학계가 보여주고 있는 고전소설 연구의 열의를 생각할 때, 김춘택 교수의 이 책은 우리 학계의 흥미를 끌기에 족하다. 뿐만 아니라 이 책은 고전소설 연구의 방법 및 시각과 관련하여 많은 생각할 거리를 제공한다.

2

먼저, 이 책의 구성을 보이면 다음과 같다.

제시된 목차를 일별하면 이 책이 지닌 몇 가지 두드러진 특징이 포착된다. 그 점을 간단히 지적하면 다음과 같다.

첫째, 고전소설사를 다음과 같이 네 시기로 나누어 파악하고 있다. ① 고전소설의 발생과 초기발전(15~16세기), ② 고전소설의 본격적 발전(17세기), ③ 고전소설의 활발한 창작(18~19세기 중엽), ④ 소설문학에서의 근대적 요소.

둘째, 소설사 서술의 가장 중요한 방법론적 준거는 '사실주의적 경향'과 '낭만주의적 경향'이라는 쌍개념이다. 이 두 개념은 책의 기본 프레임을 이루면서 작품을 해석·평가하는 데 관여한다.

셋째, 소설사 서술의 또다른 방법론적 준거로는 '애국적 경향' '비판적 경향' '풍자적 경향' 등의 개념을 들 수 있다.

넷째, 고전소설을 '장편' '중편' '단편'으로 뚜렷이 구분해 살피는 관점을 취하고 있다. 특히 '중편'이라는 개념을 적극적으로 도입하고 있는 점이 이채롭다.

다섯째, 작품에 대한 서술 방식은 거의 일률적으로 ①이야기줄거리, ②주제, ③구성, ④인물형상, ⑤경향상의 특성을 차례로 언급하고 있음이 특징적이다. 대개 작품의 내용적 측면에 주목하고 있지만 작품의 '구성'과 관련해서는 형식적 측면을 살피기도 하는바, 형식에 대한 고려가 도외시되고 있는 것은 아니다.

여섯째, 새로 거론한 자료들이 일부 발견된다. 허균의 「순군부 여신의 원한」〔원제는 '순군부군청기(巡軍府君廳記)'〕, 소설집 『화몽집』,[4] 박동

---

4) [보주] 이 글을 쓴 지 16년 뒤인 2009년에 북한에 있는 『화몽집』이 연변대학 최웅권 교수의 주도로 남한의 소명출판사에서 '17세기 한문소설집 『화몽집』 교주(校注)'라는 이

량(朴東亮, 1569~1635)의 「임꺽정전」(원래 『기재잡기(寄齋雜記)』에 제목 없이 수록된 글인데 저자가 임의로 제목을 붙였음), 이수광의 「황생의 망상」(『지봉유설』에 제목 없이 수록된 글인데 저자가 임의로 제목을 붙였음), 국문소설 「일치전」(「전우치전」의 이본임) 등이 그것이다.

이제 이 여섯 사항에 대해 좀 검토해보기로 한다.

름으로 출판되었다. 필자는 이 책의 간행을 주선한 바 있는데, 그 연(緣)으로 이 책에 서문을 쓰게 되었다. 서문의 앞부분을 인용하면 다음과 같다: "『화몽집(花夢集)』은 북한의 김일성대학교 도서관에 소장되어 있는 우리나라 한문소설책이다. 이 책에는 총 아홉 편의 한문소설이 수록되어 있는데, 그 실린 순서대로 제시하면 다음과 같다. 「주생전(周生傳)」, 「운영전(雲英傳)」, 「영영전(英英傳)」, 「동선전(洞仙傳)」, 「몽유달천록(夢遊達川錄)」, 「원생몽유록(元生冥夢錄)」, 「피생명몽록(皮生冥夢錄)」, 「금화영회(金華靈會)」, 「강로전(姜虜傳)」. 이 중 「동선전」은 「동선기(洞仙記)」를, 「몽유달천록」은 「달천몽유록(達川夢遊錄)」을, 「금화영회」는 「금산사몽유록(金山寺夢遊錄)」을 가리킨다. 「금산사몽유록」은 '금화영회록(金華靈會錄)' '금화사경회록(金華寺慶會錄)' '금화사몽유록(金華寺夢遊錄)' 등으로도 불리는데, 일반적으로 '금산사몽유록'으로 호칭되고 있다. 그런데 『화몽집』에 실린 이 아홉 편 가운데 「피생명몽록」은 그 도입부만 필사되어 있다. 그러므로 작품 전체가 수록된 것은 여덟 편이라고 해야 할 것이다. 『화몽집』은 대략 17세기 전반기에 엮어진 한문소설책으로 추정된다. 이 시기는 한국 고전소설사에서 대단히 중요한 시기다. 소설사의 지평이 확대되면서 새로운 창작 방법, 새로운 제재와 주제를 보여주는 소설들이 바로 이 시기에 출현함으로써다. 『화몽집』에 실린 작품들 모두가 다 이 시기에 창작된 것은 아니나, 16세기 중엽 임제에 의해 창작된 『원생몽유록』을 제외한 나머지 작품들은 모두 이 시기에 창작되었다. 이처럼 이 소설책은 17세기 전반기의 작품들을 엮어놓은 것이라는 점에 큰 의의가 있다. 『화몽집』의 편찬자가 누군지는 알 수 없다. 하지만 그 수록 작품들로 미루어 판단컨대 그 편찬자는 나름대로 상당한 문제의식을 갖고서 전후(戰後)의 조선 현실을 주시하고 있던 인물이 아닌가 생각된다. 왜냐하면 『화몽집』에 수록된 대다수 작품들이 임진왜란과 병자호란이라는 두 전쟁으로 인한 조선인의 상흔을 다루거나, 전쟁과 관련한 인간의 운명을 탐구하거나, 전쟁과 관련해 인간이 갖게 되는 특이한 정서적 상태를 그 기저에 깔고 있기 때문이다. 이 점에서 『화몽집』은 다분히 전후소설선집(戰後小說選集) 비슷한 면모를 갖는다. 『화몽집』이라는 소설책의 문학사적 의의는 바로 여기에 있지 않을까."

첫 번째 사항과 관련하여: 우리나라 고전소설의 발생을 15세기의 『금오신화』로 간주하는 입장은 남한학계에도 존재하나, 그에 반대하는 입장 역시 제기되어 있다. 후자의 입장은 나말여초(羅末麗初)에 성립된 전기소설(傳奇小說)을 중시한다. 필자 역시, 한국소설의 발생을 『금오신화』로 간주하는 것은 역사적 실제에 부합되지 않으며, 신라 말에서 고려시대에 걸치는 소설발달의 연면한 과정을 읽어내는 것이 긴요하다는 관점을 취하고 있다. 이런 관점에서 본다면, 소설사의 서술을 15세기부터 시작하고 있는 이 책은 한국고전소설사의 시간축(時間軸)을 아주 좁혀 버렸다고 할 수 있을 터이다.

한편 고전소설에서 근대적 요소를 보여주는 작품으로 「배비장전」과 「채봉감별곡」 두 작품을 거론하고 있으나, 이런 주장에는 동의하기 어렵다. 저자는 「채봉감별곡」이 19세기 전반기에 창작된 것으로 추정하고 있지만 실은 개화기 때 창작된 소설이다. 따라서 이 작품으로 고전소설의 근대성을 논하는 것은 적절하지 않다. 「배비장전」은 흥미로운 작품이기는 하나 근대적 요소를 운위할 수 있는 작품은 아니다. 따라서 이 책의 제4편으로 설정된 '소설문학에서의 근대적 요소'는 거창하기만 하고 실제 논의된 결과는 아주 빈약하다는 지적을 면하기 어렵다. 고전소설의 근대지향성에 대한 논의가 몹시 중요하다는 데 이의를 제기할 사람은 없다. 문제는 그 논의가 적실성을 갖게끔 시각이 잡혀지고 자료가 제시되어야 한다는 데 있다.

두 번째 사항과 관련하여: 북한학계에서는 우리나라 고전문학사 일반을 '사실주의적 경향'과 '낭만주의적 경향'의 발전 과정이라는 틀 속에서 이해하고 있다. 이런 점을 염두에 둔다면, 고전소설사에서 이 두 개념을 주요한 방법론적 준거로 삼고 있음은 별로 놀라운 일이 아니다. 사실 이 두 개념은 그 규정을 엄밀히 한 다음 실제에 맞게 적절하고 절도 있게 사용할 경우, 작품의 주요한 미학적 특성을 밝히거나 소설사의 커다란 흐름을 드러내는 데 기여할 수 있다.

그러나 모든 작품을 이 잣대로 평가하거나 분류하려 든다면 심각한 폐해가 초래될 수 있다. 즉 일종의 기계적 도식주의나 환원주의로 빠질 우려가 다분하다. 이 책은 그런 점에서 문제점을 노정하고 있지 않나 한다. 즉 두 개념을 전가의 보도처럼 마구 적용하고 있어 그 타당성이 의심스러운 대목이 허다하다.

한편, 소설사의 합법칙성을 포착해내려는 저자의 의도는 평가할 만하지만, 그것이 너무 기계적으로 추구되고 있는 듯해 문제다.

세 번째 사항과 관련하여: '애국적 경향' '비판적 경향' '풍자적 경향'을 작품 가치평가의 주요한 척도로 삼는 것은 비단 소설사만이 아니라 북한의 문학사 서술에서 일반적으로 나타나는 특징이다.

그런데 앞의 경우와 마찬가지로 이 경우에도 개념의 '적실치 못한' 적용이 아주 많이 발견된다. '적실치 못한'이라고 했을 때는, 과도하거나 무분별한 적용은 물론이고 억지 적용까지도 포함된다. 특히 '풍자적 경향'의 적용에서 그런 문제점이 두드러진다. 이에 대한 예시는 나중에 따로 하기로 한다.

네 번째 사항과 관련하여: 고전소설사를 단편소설·중편소설·장편소설로 구분해 살피는 관점은 일단 참조할 만한 게 아닌가 생각된다. 이러한 구분은 각 작품의 형식상·구성상의 특성에 대한 지적과도 유기적으로 연결되고 있으며, 우리 고전소설의 발전 과정을 계통적으로 해명하는 데 이바지하고 있다고 보이기 때문이다. 그러나 문제는 개념 규정이 미흡하다는 점이다. 즉 이 세 소설 장르가 어떤 점에서 구분되는지에 대한 별다른 해명이 없다. 특히 중편소설의 개념을 도입할 경우 이 장르가 단편소설이나 장편소설과 어떻게 다른지를 명확히 할 필요가 있겠는데, 그 작업이 충분히 이루어졌다 하기 어렵다.

다섯 번째 사항과 관련하여 : 이 책이 만일 대중을 위해서 저술된 것이라면 이 책이 보여주는 일률적 서술 방식은 큰 미덕이 될 수도 있을 것이다. 그러나 이 책은 저자의 박사학위논문을 출간한 것이니 이야기가 달라진다. 이 책의 일률적인 서술 방식에는 지적 창의가 담보되어 있지 않다. 이 책이 경청할 만한 견해를 여러 군데에서 제시하고 있음에도 불구하고, 전체적으로 보아 개론적 서술에 머물고 있는 것도 이와 관련된다. 물론 개론적 서술이 늘 나쁜 것은 아니다. 그것이 큰 미덕으로 될 경우도 있다. 그러나 이 책은 개론서와는 다른 박사학위논문으로서, 고도의 전문성을 요구받는 책이다.

여섯번째 사항과 관련하여 : 소설사에 새로운 작품을 추가하려는 저자의 노력은 평가할 만하다. 그러나 거론하고 있는 작품들이 과연 '소설'인지에 대한 면밀한 검토가 결여되어 있지 않나 여겨진다. 필자가 보기에는 「임꺽정전」이나 「황생의 망상」은 소설이 아니다. 즉 「임꺽정전」은 완결된 서사구조나 제대로 된 형상화를 갖추고 있지 못하며, 기껏해야 전문(傳聞)의 기록이나 일화에 불과하다. 「황생의 망상」은 설화에 지나지 않는다. 이외에 「순군부 여신의 원한」은 소설적 '요소'는 다소간 인정되나 소설이라고 하기에는 난점이 따른다. 그런데 소설사를 서술하면서 소설이 아닌 작품을 소설이라 한 것은 중대한 문젯거리가 된다. 소설사를 서술한다고 했으면서도 정작 '소설이 무엇인가'에 대한 객관적 기준을 갖고 있지 못한 것은 아닌가 하는 의구심을 불러일으키기 때문이다. 이러한 의구심이 근거 없는 것이 아님은 허

균·박지원·김려의 '전(傳)'을 아무 의심 없이 모두 소설로 간주하고 있는 데서도 확인된다.[5]

3

앞에서 우리는 이 책의 목차에서 살필 수 있는 몇 가지 주요한 특징을 적출해내고, 거기에 내재된 문제점을 간략히 살폈다. 이제 서술 내용을 검토하면서 좀더 논의를 구체화해보기로 하자.

저자는 우리나라 소설사를 '민중의 미학적 요구' 및 '민중의 자주성의 반영'으로 이해하고 있다. 이러한 이해 방식은 책의 도처에서 발견되며 저자의 기본 시각을 이루고 있다. 가령 15세기 소설의 발생, 즉 『금오신화』의 창작을 '민중의 미학적 요구'와 관련하여 설명하고 있는 것이라든지, 특정 작품이 보여주는 사실주의적 경향이나 낭만주의적 경향을 '당대 민중의 사실주의에 대한 요구'나 '당대 민중의 낭만주의적 지향의 반영'으로 설명하는 것, 또 「동선의 노래」(「동선기」를 이름)나 「콩쥐 팥쥐」의 서술에서 볼 수 있듯 작품을 '민중의 자주성에 대한 지향과 염원'의 표현으로 이해한 것 등이 그 실례이다.

저자의 이런 시각은 한정된 몇몇 작품에 국한할 경우 전연 타당성이 없는 것은 아니다. 그러나 그런 경우조차도 다른 여러 측면에 대한 복합적 고려가 이루어질 필요가 있다. 이를테면 작가 개인에 대한 고려라든

---

5) 이들 작가가 지은 '전(傳)'의 장르적 성격에 대해서는 졸저 『조선후기 전(傳)의 소설적 성향 연구』(성균관대 대동문화연구원, 1993)를 참조할 것.

가, 작가, 작가의 소속 계급, 민중, 이 3자의 복잡하면서도 중층적인 역학관계에 대한 변증법적 고려가 필요할 터이다. 이런 관점에서 본다면, 저자의 시각은 지나치게 단순하고 단선적이다. 저자는 문제를 해결하는 데 오직 하나의 해법만을 알고 있을 뿐인 것처럼 보인다.

사실 우리나라 고전소설 가운데에는 민중의 미학적 요구가 강하게 반영된 작품들이 없지 않다. 『춘향전』을 비롯한 판소리계소설이 그 좋은 예다. 그러나 이런 관점은 그럼직한 작품에 한정해 적용되어야 빛을 발할 수 있다. 마구 적용되어서는 곤란하다. 무턱대고 이런 관점을 적용할 경우 이런 관점은 '속화(俗化)'되어버리고 말 것이며, 정당성을 의심받게 될 것이다. 소설사적 맥락에서 볼 때 『금오신화』가 전시대에 이룩된 제 산문의 성과는 물론이려니와 민중 창작의 이야기문학의 성과가 축적된 위에서 성립될 수 있었다는 것은 말할 나위도 없다.[6] 그러나 이보다 더 중요하게 고려되어야 할 점은 『금오신화』가 김시습 개인의 실존적 고민의 산물이라는 사실이다. 다시 말해 지배층에 속한 인물이면서도 당대의 지배현실을 거부한 자로서 느끼지 않을 수 없었던 고독감과 울울함, 현실에 대한 울분과 비판이 이 작품을 성립시킨 가장 주요한 정신적 기저가 되고 있다.[7] 이 점을 간과하고서는 『금오신화』에 대한 어떤 논의도 그 핵심에 다가선 것이라 하기 어렵다. 요컨대 『금오신화』의 경우 '당대 민중의 미학적 요구'가 아니라, '당대 비판적 지식인의 미학적 요구'가 제일의적으로 고려되지 않으면 안 된다.

---

6) 필자는 이 점을 「『금오신화』 창작의 연원과 배경」, 『한국전기소설의 미학』(돌베개, 1997)에서 자세히 검토한 바 있다.
7) 필자는 「『금오신화』의 소설미학」[『한국전기소설의 미학』 소수(所收)]에서 이 점을 자세히 해명한 바 있다.

특정 작품이 보여주는 사실주의적 특성이나 낭만주의적 특성을 민중적 요구나 민중적 지향의 반영으로 이해하고자 하는 태도도 마찬가지다. 그런 관점에서 작품을 보아야 작품이 온전히 이해되는 경우도 물론 없지는 않다. 그러나 그런 경우는 한정되어 있으며, 대개는 문제가 훨씬 복잡하게 얽혀 있게 마련이다. 가령 민중적 요구나 지향이 아니라 사대부 작자의 현실인식이나 이상, 낭만적 세계 감정이 작품의 사실주의적 특성이나 낭만주의적 특성을 규정하고 있는 경우도 허다하다. 이런 작품들 가운데 설사 민중적인 것과의 매개가 희미하게나마 느껴지는 것이 있다 할지라도, 사대부적 의식과 감정이 우선적으로 고려되어야 한다는 것은 명백하다.

뿐만 아니라 민중적 요구나 지향이 사대부적 이상이나 의식과 서로 뒤얽힌 채 모순과 알력, 긴장을 보여주는 경우도 있을 수 있다. 이런 경우 1차방정식이 아니라, 2차 혹은 3차방정식이 되는 셈이다. 저자는 2차방정식이나 3차방정식으로 풀어야 할 문제까지도 시종일관 1차방정식으로 풀고 있다고 보인다. 그 해법에는 작가의 '창의성'에 대한 배려가 배제되어 있으며, 실재하는 '사대부적 세계관'의 작용이 전적으로 무시되고 있다. 일례를 들어 이 책은 『사씨남정기』를 서술하면서 그 주인공인 사정옥의 형상이 "착한 것을 바라고 악한 것을 증오하는 그 당시 민중의 도덕관념과 일정한 연관성을 가지고 있다"고 말하고 있는데, 이런 식으로 부회(附會)한다면 '민중적'이지 않은 고전소설은 별로 없을 터이다. 『사씨남정기』가 전체적으로 보여주는 사대부적 이상주의를 고려할 때, 사정옥의 형상에는 오히려 사대부적(봉건적) 관념과 이상이 잘 집약되어 있다고 해야 마땅하다.

이 책이 보여주는 '민중주의적' 편향은, 작품이 보여주는 민중적 지향을 언필칭 민중의 설화를 수용한 결과로 치부하는 데서도 잘 드러난다. 그리하여 그 개연성이 의심스럽거나 검증될 수 없는 경우에도 그러한 주장은 단호히 되풀이된다. 설화의 수용은 소설에 민중적 지향을 낳을 수 있다. 하지만 고전소설이 보여주는 민중적 지향이 모두 설화로부터 유래하는 것은 아니다. 또한 설사 설화를 바탕으로 창작된 소설이라 할지라도, '설화를 바탕으로 창작되었다. 따라서 민중적이다'라고 말하는 것은 지나치게 안이하고 단순한 태도가 아닌가 한다. 소설과 설화는 차원이 다르다. 따라서 동일 차원에서 논의해서는 곤란하다. 소설에는 설화에 없는 '플러스 알파'가 존재하는 법이고, 그 점을 적극적으로 해명하고 문제삼을 필요가 있다. 그것이 설화의 민중적 지향을 한층 고양한 것일 수도 있고, 훼손한 것일 수도 있음으로써다.

이상의 논의를 통해 볼 때, 이 책에는 민중주의적 편향으로 인해 무리한 해석과 문제의 단순화가 야기되고 있음을 알 수 있다. 거기서는 사상(事象)의 운동을 약여히 포착하려는 변증법적 정신을 찾아보기 어렵다. 민중적 관점은 객관성과 타당성을 획득할 때에만 정당한 것일 수 있다. 연구자가 민중적 관점을 취하고 있다는 것 자체로 연구 결과의 정당성이 절로 담보되는 것은 아니다. 속화된 민중적 관점은 도리어 '진정한' 민중적 관점을 훼손하므로 심중한 경계가 필요하다. 필자의 비판은 바로 이 점에 대한 깊은 우려에서 비롯된다.[8]

이 책의 서술에서 발견되는 또다른 문제점은, 앞서 목차를 검토하는 자리에서도 간단히 지적된 바 있지만, 특정 작품의 내용을 부당하게 '풍

---

8) [보주] 필자의 이 비판은 당시 남한학계의 일부 연구자에게 나타나기 시작한 민중주의적 편향을 향한 것이기도 하다.

자'로 해석하는 경우가 잦다는 점이다. 이는 작품의 오독에서 비롯되는 경우도 있지만 저자가 갖고 있는 편견이나 선입관에서 초래된 경우도 적지 않다고 여겨진다. 후자의 경우 저자의 고정된 시각과 관련됨은 물론이다. 이른바 '교주고슬(膠柱鼓瑟)'의 폐단이라 할 만하다.

그런 예를 몇 개 들어본다. 먼저, 허균의 「남궁선생전」을 풍자소설로 규정했으나 이는 잘못이다. 주인공 남궁두의 허망한 욕망과 추악한 탐욕을 풍자했다고 했으나, 작품에서는 전혀 그런 면모가 발견되지 않는다. 저자는 작품 말미에 나오는 남궁두 자신의 말을 오독했든지 왜곡했다. 한편, 『흥부전』이 여느 판소리계소설과 마찬가지로 풍자해학적 요소를 풍부히 갖고 있다는 점은 당연히 인정되나, 『흥부전』을 풍자소설로 규정한 결과 주제사상에서 놀부가 중심적인 위치를 갖는 것으로 본데 대해서는 동의하기 어렵다. 김려의 「가수재전」이 봉건도덕의 불합리성과 불교의 허황성을 풍자하고 있다는 것도 과장된 것이다. 「가수재전」이 봉건적 예교(禮敎)에 얽매이지 않고 자유롭게 살아가는 민간의 한 특이한 인물을 보여주고 있다는 점은 인정되지만, 봉건도덕과 불교를 풍자하고 있다고 해석하는 것은 지나치다. 또한 같은 작가의 「삭낭자전」을 "민중을 천시하며 허장성세하는 양반사대부들의 정신적 공허성을 통쾌하게 풍자"한 것이라 해석했으나, 이 역시 근거 없는 주장이다. 풍자란 '의도적'인 것이다. 다시 말해 작자의 의도가 개입된다. 「가수재전」이나 「삭낭자전」이 작자의 그런 의도를 담고 있다는 흔적은 어디서도 발견되지 않는다.

4

이 책에는 일일이 지적하기 어려울 정도로 많은 오류가 발견된다. 왜 그런 결과가 초래되었는가는 나중에 따져보기로 하고, 먼저 그 실례부터 들어본다.

① 「용궁부연록」의 서술에서, "그렇듯 신비로운 위력과 조화의 힘을 가졌다는 박연의 용왕이지만 밝아야 할 인간세상을 흐리게 하는 그 검은 구름을 쓸어없애는 기구만은 갖추고 있지 못하다는 것은 참으로 원통스러운 일이었다. 주인공 한생의 이러한 개탄은 곧 당대사회의 불합리한 현실, 맑은 하늘을 가려버린 가증스러운 구름과도 같은 당대의 어지러운 현실을 바로잡을 수 없는 작가 자신의 개탄을 표현한 것이다"(48면)[9]라고 했으나, 실제 작품에서 '주인공 한생의 개탄' 같은 것은 전혀 찾아볼 수 없다. 따라서 위의 서술은 독자를 일정한 방향으로 그릇 유도하고 있다고 할 수 있다. 이처럼 줄거리를 요약하거나 소개하거나 특정 부분을 간접인용할 때, 실제 작품과는 다소 다르게 윤색하거나 말을 끼워넣는 경우가 종종 발견된다.

② 「만복사저포기」의 서술에서, "주인공 양생은 처녀가 부처 앞에 바친 '발원문'을 본 그때로부터 그 여인은 이미 오래전에 왜적 앞에 항거하다가 목숨을 잃은 저승의 인간이라는 것을 알고 그에 대하여 측은한 위구심도 가지며"(49면)라고 했으나, 실제에 부합하지 않는다. 양생은 당시 처녀가 이 세상 사람이 아님을 분명히 알지 못했다. 그럼에도 이

---

9) 이하, 글의 인용은 북한에서 간행된 책에 의거하되, 면수는 남한에서 간행된 책의 것을 적는다.

책이 위와 같이 서술한 까닭은, 양생이 왜적 앞에 항거하다가 목숨을 잃은 처녀를 측은히 여겨 사랑하게 되었다는 쪽으로 작품 해석을 몰고가려는 의도가 작용한 때문으로 여겨진다.

③ 「수성지」의 서술에서, "작가는 (…) 인간의 마음을 의인화한 주인공의 풍부한 내면세계를 보여줌으로써 작품의 주제사상의 심도를 보장하였다. 주인공은 유교에서 이른바 '중용'사상을 극력 반대하며 고루한 유교도덕을 꺼려하는 반면 '하늘에 수리개 날고 연못에 물고기 뛰노는' 자유분방한 생활을 바라는 인간이다"(76면)라고 했으나, 터무니없는 주장이다. '하늘에 수리개 날고 연못에 물고기 뛰논다'는 말은『중용』의 '연비여천, 어약우연(鳶飛戾天, 魚躍于淵)'에서 가져온 말인데, 자유분방한 생활을 가리키는 것이 아니라 군자의 도〔中庸之道〕가 상하에 두루 드러남을 말한 것이다. 따라서 여기서의 오류는 작품의 오독에서 빚어진 것이다.

④ 「달천몽유록」의 작자 윤계선의 미학적 견해가 진보적임을 강조해, "그는 '붓의 바다에는 알미운 표범들이 엿보고 문학의 꽃동산에는 꽃잎들을 쏠아먹는 마디벌레들이 기어다닌다'고 하면서 애국적이며 진보적인 문학의 꽃동산을 해치려는 보수적이며 반동적인 문학사조를 반대하여 싸웠다"(125면)라고 했으나, 이 역시 오역에 근거한 유견(謬見)이다. 윤계선의 미학적 견해가 진보적임을 입증하는 근거로서 제시된 진하게 표시한 부분의 원문은 '筆海窺豹, 文苑棲蜩'인데, 이는 작자 자신이 문필가로서 식견이 좁고 미미한 존재임을 겸손하게 한 말일 뿐이다.

⑤ 허균이 쓴 「문설(文說)」을 허균의 소설창작론으로 간주하고 있는데, 이는 잘못이다. 「문설」은 '고문(古文)'에 대한 허균의 견해를 피력한 것으로 보아야 옳다. 그러므로 이 경우는 자료를 아전인수격으로 해석했다 할 것이다.

⑥「남궁선생전」의 서술에서, "오랜 세월에 걸쳐 신선이 되려고 무진 애를 쓰다가 끝내 다시 인간세상으로 돌아오고 만 남궁두는 이제부터 사람들이 살고 있는 현실세계에서 낙을 보며 살아가려고 하였다. 그러나 민중들은 그러한 어리석은 자를 사람축에 넣어주지 않았다. 소설에서는 이에 대하여 '(…) 가는 곳마다 젊은이들은 그를 가리켜 사람다운 맛이 없는 누추한 늙은이라고 비웃었다'라고 쓰고 있다. (…) 남궁두는 사람들은 오래전부터 이 땅 위에서 사람답게 살아가면서 행복을 누리려고 하는데 자기만은 '사람다운 맛'이 없으니 세상에 버림받은 몸이 되었다고 한탄하였다는 것이다. (…) 사람들의 조소와 비난에는 민중의 날카로운 비판정신이 깔려 있다"(178면)라고 했으나, 이는 작품의 내용을 크게 왜곡한 것이다. 참고로, 작품의 해당 부분을 필자의 번역으로 제시하면 다음과 같다.

요즘 산중이 자못 적막하여 속세로 내려왔건만, 친구 하나 없고, 가는 곳마다 젊은것들이 나의 늙고 추함을 업신여기니, 도무지 인세(人世)에 흥미가 없소이다. 사람이 세상을 오래 살고자 하는 것은 원래 즐거움을 누리기 위해서인데, 나는 이제 쓸쓸하기만 할 뿐 아무런 즐거움이 없으니, 오래 살아 무엇하겠소. 이 때문에 속세의 음식을 금하지 아니하고, 손자를 품에 안고 어루면서 여생을 보내다가 내 왔던 곳으로 돌아감으로써 천명을 따르고자 하는 것이라오.[10]

---

10) 원문은 다음과 같다: "近日山中, 頗苦閑寂, 下就人寰, 則无一個親知, 到處年少輩, 輕其老醜.了無人間興味. 人之欲久視者, 原爲樂事, 而悄然无樂, 吾何用久爲? 以是不禁烟火, 抱子弄孫, 以度餘年, 乘化歸盡, 以順天所賦也."(「남궁선생전」, 『惺所覆瓿藁』 권8; 『한국한문소설 교합구해』, 417면).

이 대목은 주인공 남궁두가 작자 허균에게 직접 한 말이다. 진하게 표시한 구절의 원문은 "到處年少輩, 輕其老醜, 了無人間興味"이다. 그런데 저자는 '了無人間興味'를 남궁두의 말이 아니라 연소배의 말로 오독했을 뿐 아니라, '조금도 인간세상에 흥미가 없다'라고 해야 할 것을 '사람다운 맛이 없다'라고 오역했다. 또한 '연소배'는 민중을 의미하지 않는다. 그저 '젊은놈들' 정도의 뜻에 불과하다. 그러나 저자는 바로 이 말을 근거로 삼아 이 작품에 "민중의 군상"이 등장하며 작품이 "진보적 의의"를 갖는 것으로 해석했다. 오역과 오독에 바탕한 잘못된 해석이다. 또 이 작품이 "신선이란 허황한 것이라는 견해"를 표현하고 있다고 했으나 작품의 문의(文義)는 사뭇 다르다. 오히려 이 작품은 신선이 거의 될 뻔하다가 못된 남궁두에 대한 소설적 탐구를 통해 신선에 대한 허균의 깊은 관심을 표현해놓고 있다고 해야 진실에 가깝다.

⑦ 허균의 「장생전」의 서술에서, "나는 본시 어릴 적부터 떠돌아다니기를 좋아하였고 또 악한 것을 꺼려하였으므로 자연히 장생과는 매우 가까운 사이에 있었다. 그러므로 장생이 지니고 있는 그 모든 재능과 지향을 누구보다도 잘 알고 있다"(185면)라고 인용한 구절도 원문과는 상당한 차이가 있다. 그 원문을 보이면 다음과 같다: "余少日, 狎游俠邪, 與之諧謔甚親, 悉覩其技."(나는 젊은 시절 협객들과 노닐면서 서로 농지거리를 하며 몹시 친하게 지냈으므로 장생의 기예를 다 보았다.)

저자는 원문의 '其技'를 무리하게 '재능과 지향'이라고 번역했는데, 이러한 무리는 장생이 반봉건적 지향과 애국적 지향을 지녔다는 쪽으로 작품 해석을 몰아가는 것과 관련이 있다고 보인다.

⑧ 「장생전」의 말미에서 장생이 죽어 신선이 되어 동해의 어떤 섬을 찾아가는 것을 두고, "그곳에 가서 무예를 닦아 나라를 지키는 싸움에서

용맹과 슬기를 떨치려고 하였기 때문"(195면)이며, 바로 이 점에서 이 작품의 애국적 경향이 발견된다고 했으나, 근거 없는 주장이다.

⑨「장산인전」의 서술에서, "임진년 봄에 왜적이 나라에 쳐들어왔다는 소식을 듣고 주인공 장산인은 분연히 집을 뛰쳐나와 또다시 소요산 깊은 곳으로 들어갔다. 원수들을 물리치기 위한 힘을 키워나가기 위하여서였다. 산인은 뇌성벽력을 불러일으키며 나라에 쳐들어오는 그 어떤 원수들도 물리칠 수 있는 용맹과 슬기를 지닌 '칼을 든 신선'이 되어 조국의 명산인 금강산으로 들어가는 것으로 끝난다"(198면)라고 했으나, 이는 완전한 왜곡이다. 장산인은 '분연히 집을 뛰쳐나온' 것도 아니며, 집을 처분한 후 소요산에 들어간 것도 왜적을 물리치기 위한 힘을 기르기 위해서가 아니었다. 또 죽은 다음 신선이 되어 금강산으로 들어간 것도 위의 서술이 암시하듯 '원수'에 대처하기 위한 무슨 행동으로서가 아니다. 작품의 실제 문면(文面)에 따르면, 장산인은 단지 앉아서 왜적의 칼을 받았으며, 죽은 후 금강산의 선향(仙鄕)을 찾아갔다고 되어 있을 뿐이다. 따라서 위의 서술은 '허구'에 가깝다. 이런 경우는 오독 때문이 아니라 다분히 의도적인 것으로 판단된다. 이 점은 ⑧도 마찬가지다.

⑩ 작품 중에 '오작교' '칠월칠석' '견우직녀' 등의 말이 슬쩍 언급되기만 해도 우리 민족에 전래하던 '견우직녀 설화'가 작품의 기본구성으로 인입(引入)되었다고 확대해석하는 경우가 여럿 발견되는데(예컨대 「이생규장전」,「영영전」,「동선의 노래」,「심청전」,『춘향전』 등의 서술에서), 견강부회라 할 것이다. 뿐만 아니라 견우직녀 설화는 원래 우리 민족의 고유 설화가 아니며 중국으로부터 전래한 것이다.

⑪「동선의 노래」의 서술에서, "서문생을 비롯한 옥중 사람들은 은밀히 옥중 폭동을 준비하고 있었다. 이 기미를 알아차린 원수들은 옥중 사

람들을 끌어내어 몽땅 없애 치우려고 들었다. 드디어 옥중에서는 오랑
캐 통치배들을 반대하는 폭동이 일어났다. 원수들을 반대하여 용감히
떨쳐나선 옥중 사람들은 옥문들을 까부수고 성벽을 짓부수며 밖으로 뛰
쳐나왔다. 옥중폭동은 끝났다. (…) 소설은 (…) 동선이가 옥중 폭동의
앞장에서 싸우다가 서천강 기슭에 쓰러져 있는 서문생을 만나는 감격적
인 장면을 보여준다"(244면)라고 했으나 작품에는 이런 사실이 없다. 즉
옥중 폭동을 준비하거나 옥중 폭동을 일으킨 사실이 존재하지 않는다.
다만 오랑캐들이 죄수들로 하여금 옥문을 나오게 한 다음 일방적으로
도륙하는 장면만이 서술되고 있을 뿐이다.

⑫ 「임꺽정전」이라 명명한 작품은 원래 소설이라 할 수 없는 글인데,
무장대와 그 지도자를 부각시키기 위해 억지로 소설이라 했다. 이 작품
에 대한 서술은 몰역사적이다. 임꺽정을 이상적 인물로 미화하고자 하
여 사료에도 없는 말을 함부로 했으며, 이따금 소설적 상상력을 발동하
여 서술했다. 그래서 '소설사 서술'이 아니라 '소설 창작'을 한 게 아닌가
하는 의구심을 갖게 한다. 문학 연구자, 특히 문학사가는 냉철하고 엄정
해야 하며, 낭만적 태도를 가져서는 안 된다.

⑬ 『구운몽』이 불교의 금욕주의를 비판하고 있다(315면)고 했으나,
근거 없는 주장이다.

⑭ 『열녀춘향수절가』가 18세기 후반기에 창작되었으며 '원전적 의의'
를 갖는다고 했으나, 잘못이다. 이 작품은 19세기 말에 창작되었으며,
따라서 『춘향전』의 이본으로서는 퍽 후대본에 속한다.

⑮ 『심청전』이 중들의 위선성을 폭로하고 있다(369면)고 했으나, 근
거 없는 주장이다.

⑯ 김려가 창작한 「이안민전」에 대한 서술은 특히 왜곡이 심하다. 다

음 구절은 전부 잘못된 것이다: "이안민은 위정자들의 그릇된 처사와 비행에 가슴을 치며 통탄하고 격분했다."(400면) "이번에 새로 만든 혼의(渾儀)는 결코 통치배들의 오락물이 되어서도 안 되었다."(401면) "그렇지만 과학자로서 이안민은 (…) 더욱 참담한 운명을 겪게 된다. 안민의 뛰어난 재능과 기술을 시기하며 아니꼽게 여겨오던 봉건관료들은 그가 왕의 비위를 거슬려가며 천문관측기구를 만들었다는 것을 트집으로 걸기 시작하였다."(401면) "소설에서 보는 것처럼 안민의 보람차고 자랑스러운 창안제작사업도 봉건위정자들의 비행으로 말미암아 오래 갈 수 없었다. 나라의 경제와 문화를 발전시킬 생각은 하지 않고 부화사치와 공리공담에 사로잡힌 봉건통치배들은 그의 재능과 기술을 아끼고 살릴 대신에 그가 왕조의 비위에 거슬려가며 천문관측기구를 만들었다는 것을 트집으로 하여 탄압을 강화하였으며 끝끝내 그를 멀리 북방 변경인 영원 땅에 내쫓기까지 하였다."(403면)

이러한 내용은 실제 작품에서는 전혀 발견할 수 없다. 거꾸로 이안민은 과학자로서의 공적을 인정받아 현종 임금으로부터 칭찬과 함께 관직을 제수받았으며, 서얼 신분임에도 영원 땅의 수령이 되기까지 했다. 그래서 작자는 논찬에서 "이안민이 위로는 임금의 지우(知遇)를 입었고, 아래로는 현신(賢臣)의 추천을 받았다(安民上而得聖主之知遇, 下而有賢臣之汲引)"라고 한 것이다. 작자는 다만 이런 출중한 재주를 지닌 인물이 신분을 차별하는 현실 때문에 더 크게 쓰이지 못한 것을 슬퍼하고 있다.

⑰ '애정긍정'이 곧바로 '반(反)봉건적'임을 의미하지는 않는다. 애정긍정이 반봉건성으로 연결되기 위해서는 그 내부에 특수한 사회역사적 계기가 담기지 않으면 안 된다. 그러나 이 책의 서술에서는 이 점이 종

종 간과되고 있다고 여겨진다. 다시 말해 '반봉건적'이라는 말을 무차별적으로 사용하고 있다는 느낌이 든다.

이상, 이 책에 보이는 오류 가운데 일부를 제시했다. 왜 이런 오류가 야기되었을까? 다음의 몇 가지 이유를 생각해볼 수 있을 듯하다.

첫째, 이 책의 사관(史觀)이 엄정하지도 변증법적이지도 않고, 종종 몰역사적이거나 낭만적 면모를 보여준다는 점. 저자의 주관적 감정과 자의(恣意)가 통제되지 않고 과잉분출되는 데서 그 점이 잘 드러난다.

둘째, 연구자의 시각이 편향되고 경직되어 시계(視界)가 아주 좁아져 버렸다는 점. 문제는 이러한 편협한 시각이 대상에 대한 왜곡을 낳고 있다는 사실이다. 심지어 고의적이라고 판단되는 왜곡도 없지 않다. 주어진 시각을 견지하기 위해 근거 없는 주장이나 검증되지 않은 생각을 쏟아내고 있음은 물론, 작품의 내용을 실제와 다르게 윤색한 경우가 허다하다.

셋째, 자료를 취급하는 태도가 엄밀하지 못하고 자의적이라는 점. 특정한 결론을 끌어내기 위해 무리와 억지를 행하면서 아전인수나 견강부회를 일삼는 데서 그 점이 확인된다.

넷째, 오역이나 오독이 심하다는 점. 이는 한문소설의 서술에서 대단히 현저한데, 많은 경우 한문 해독의 미숙함에서 연유하는 것으로 판단된다. 한문 해독의 미숙함은 연구자 시각의 편협성과 연결되어 엉뚱하고 터무니없는 작품 해석을 증폭시키고 있다.

5

지금까지 『우리나라 고전소설사』에 보이는 문제점들을 간략히 검토해보았다. 그러나 이 책이 문제점만 가득하고 미덕은 전연 없는 것으로 오해되어서는 안 될 줄 안다. 필자는 문제점에 대한 검토가 특히 긴요하다는 생각에서 주로 그 점에 초점을 맞춰 논의를 전개했지만, 이 책은 문제점 못지않게 미덕과 경청할 만한 견해도 적지 않다. 그렇기는 하나, 앞에서 지적한 문제점들이 너무나 두드러져 미덕이 빛을 잃는 감이 없지 않다.

이 글의 목적은 어느 개인을 평가하는 데 있지 않다. 서두에서도 밝혔듯이 필자의 관심은 북한의 국문학 연구 수준, 특히 고전소설 연구의 수준을 가늠해보는 데 있다. 그 점에서 현재 북한의 국문학 연구를 주도하고 있는 학자의 한 분인 김춘택 교수가 쓴 고전소설사는 큰 관심거리가 아닐 수 없다. 왜냐하면 이 업적은 북한에서 이룩된 고전소설 연구 가운데 최고·최신의 성과로 꼽히기 때문이다. 그러나 검토 결과는 자못 실망스럽다. 하지만 이 글은 북녘을 향한 것만은 아니다. '은감불원(殷鑑不遠)'의 교훈은 우리 자신에게도 필요하다.

이 글을 쓰는 내내 필자의 머리를 맴돈 것은, 국문학 연구에서 '진정한' 민중적 관점이란 어떠한 것이어야 하는가라는 물음이다. 사실, 일부이기는 하지만 남한학계에서도 민중적 관점의 '속화'는 존재한다고 여긴다. 문제는 이러한 민중적 관점의 속화가 결국 진정한 민중적 관점의 입지까지도 취약하게 만들 수 있다는 점이다. 더구나 포스트모더니즘 계열의 이론이 극성을 부리고 있는 현시점에서 민중적 관점이 정당성과 설득력을 얻기 위해서는 '실사구시(實事求是)'와 '변증법'의 정신에 한층 더 충실하지 않으면 안 된다고 생각한다.

『우리나라 고전소설사』를 검토한 결과, 북한학계라 해서 민중적 관점과 변증법에 충실한 것은 아니라는 점이 명백해졌다. 진정한 민중적 관점을 모색하는 것은 남북한 학계 모두에 제출된 과제임이 이제 분명해진 것이다.

고전소설 연구의 방법론 검토와
새로운 방향 모색

1

소설 연구자의 한 사람으로서 그동안 연구하는 과정에서 떠오른 생각들이나 스스로 반성하고 있는 점들을 대략 제시함으로써 토론의 자료로 삼고자 한다. 한 가지 양해를 구할 점은, 이 글이 '새로운 방향 모색'이라는 논제에는 크게 미흡하다는 사실이다. 민족문학사연구소에서 필자에게 의뢰한 이러한 논제를 감당하기에는 필자의 공부와 학문적 역량이 아직 부족하다. 하지만, 이 발표문면을 넘어 연구원들이 활발할 토론을 전개함으로써 이 논제에 대한 사고의 진전이 있기를 기대한다.

2

우선 연구방법론이다.

우리 학계의 고전소설 연구방법론은 다양하지만 그중 주목되는 것은 다음의 네 가지다. ① 역사주의적·변증법적 연구방법, ② 구조주의적 연구방법, ③ 문예미학적 연구방법, ④ 실증주의적 연구방법.

이들 연구방법은 각기 그 나름대로 우리 고전소설 이해의 심화에 기여해왔다. 절대적으로 옳고 모든 문학 현상을 다 탁월하게 해명해주는 방법론이란 존재하지 않는다. 방법론이란 상대적인 것이다. 또 상보적(相補的)이라는 점을 인정해야 한다. 그러나 또한 인정해야 할 것은, 어떤 방법론이든지 그 기저에는 철학적·세계관적 입장이 놓여 있다는 점이다. 한편, 수행하고자 하는 작업, 규명하고자 하는 문제의 성격에 따라 특정 방법론은 다른 방법론에 비해 상대적 우월성을 가질 수 있다는 점도 인정할 필요가 있다. 가령, 소설의 시점(視點) 문제나 서술 문체의 특성을 해명하는 데는 구조주의적 담화분석(談話分析)이 강점을 보이고 있으며, 전형(典型)의 문제나 현실의 예술적 반영을 규명하는 데는 역사주의적·변증법적 방법론이 높은 수준을 보이고 있다.

필자는 특정 방법론만이 유효하다는 입장은 배격하며, 가급적 사고의 유연성을 확보하려는 노력이 필요하다고 여긴다. 방법론은 일종의 '도구'다. 도구를 목적과 혼동해서는 안 될 것이다. 그러나 목적을 달성하는 데 도구는 '관건적' 중요성을 갖기에 방법론이 계속 문제될 수밖에 없다.

현재 전 세계 학계에 제출되어 있는 문학 연구방법론은 자못 다양하다. 그러나 그 다채로운 외관을 뛰어넘어 그 본질에 눈을 돌릴 때 '근본적'으로 두 가지의 입장이 대립되어 있다고 보는 관점은 여전히 유효하지 않은가 한다. 그 하나는 형식주의적 입장이요, 다른 하나는 내용의 우위에서 형식과 내용의 관련을 파악하는 변증법적 입장이다.

형식주의에서도 배울 점은 있다. 가령, 산문 분석에서 '동기화(動機

化)'나 '모티프'의 개념 같은 것은 큰 이점(利點)이 있다. 그러나 형식주의는, 그 스스로 솔직히 인정하고 있듯, 문학예술작품의 질료적 성격을 해명하는 수준을 결코 벗어난 적이 없다. 최근 소개되고 있는 '서사학(narratology)'만 하더라도 이 점에서는 동일하다.[1] 그 관심의 방향은 질료 자체의 요소와 구조에 대한 것일 뿐, 질료의 '의미'와 '현실관련'은 도외시되고 있다. 그러므로 소설 연구와 삶의 문제를 연결시키고자 하는 문제의식을 가진 연구자라면 형식주의적 소설이론에서 크게 기대할 것이 없을 것은 자명하다. 설사 있다 하더라도 그것은 지극히 제한된 수준에 머물 것이다.

이와 달리, 변증법적 소설이론은 '반영론'이 주가 된다. 반영론은 속화(俗化)될 경우 편(偏)내용적인 속류사회학주의(vulgar sociologism)로 될 위험이 있다. 이 점은 경계가 필요하다. 작품의 내용을 우위에 두면서도 그 현실연관성을 기계적·무매개적으로 파악하는 것이 아니라 문학적 특수성을 충분히 고려하면서 형식과의 상호관계 속에서 파악하는 태도야말로 진정한 변증법적 소설이론이 추구해야 할 목표다. 그러나 변증법적 이론의 경우 형식과 내용의 상호관련에 대해 늘상 강조하고 있음에도 불구하고, 실제에 있어서는 형식에 대한 고려가 불충분하다는 지적을 면하기 어렵다. 그러므로 변증법적 소설이론은 소설 형식에 대한 심원한 고려를 기왕의 이론적 성과 속에 통합시키려는 노력을 통해 자신을 확충하고, 풍부히 하며, 심화시켜나가야 할 과제를 안고 있다고

---

1) 최근 국내에 번역 소개된 서사학 관련 책으로는 다음과 같은 것을 들 수 있다: S. 리몬-캐넌, 최상규 역, 『소설의 시학』(문학과지성사, 1985); 제럴드 프랜스, 최상규 역, 『서사학』(문학과지성사, 1988); 시모어 채트먼, 김경수 역, 『영화와 소설의 서사구조』(민음사, 1990).

하겠다. 연구소의 소설연구분과는 이러한 이론적 시도에 큰 힘을 쏟을 필요가 있다.

이와 관련하여 언급해두고 싶은 것은, 형식주의와 변증법을 결합시켜 보려는 시도이다. 필자는 그 대표적 사례를 바흐찐(Mikhail M. Bakhtin) 에게서 발견한다.[2] 바흐찐은 '러시아 형식주의'에 반대해 소설언어의 사회성과 그 다중적(多重的) 성격을 검토하게 되었지만, 그의 소설이론이 상당 부분 형식주의의 성과를 수용하면서 그에 연맥되어 있음을 간과해서는 안 된다. 소설언어에 대한 집중적 조명을 통해 소설의 형식과 내용을 통일적으로 파악해보고자 한 시도 자체는 창조적 정신의 소산으로서 평가할 만하다. 그러나 그의 소설이론이 형식의 문제를 과연 올바른 방향에서 변증법과 결합시켰는가 하는 데 대해서는 의문의 여지가 없지 않다. 유럽소설사를 고대 이래 단계적으로 파악하는 통시적 관점이라든가, 소설의 리얼리즘의 원천을 민속에서 구하는 입장 등은 바흐찐 이론의 돋보이는 부분으로서 우리 고전소설 연구의 방법론 수립에도 참조되는 바가 없지 않을 것이다. 특히 그의 소설이론에서는 루카치(Georg Lukács)의 초기 소설이론이나 골드만(Lucien Goldmann)의 소설론, 지라르(René Girard)의 소설이론과 달리 역사적 접근 태도와 민중적 관점이 견지되고 있는데, 이 점은 소설이론으로서 새로운 지평을 연 것이라 할 만하다.

그러나 이런 평가할 만한 점이 있음에도 불구하고 바흐찐의 소설이론

---

2) 바흐찐의 이론을 국내에 소개한 책으로는 다음과 같은 것들이 있다: 이득재 역, 『바흐찐의 소설미학』(열린책들, 1988); 전승희·서경희·박유미 역, 『장편소설과 민중언어』(창작과비평사, 1988). 이외에 또도로프가 쓴 바흐찐 입문서도 소개되었다. 쯔베땅 또도로프, 최현무 역, 『바흐찐』(까치, 1987).

은, 그 소설언어의 분석에 대한 집착에서 잘 드러나듯 형식주의적 경사를 갖고 있음을 부정하기 어렵다. 바흐찐은 형식주의와 변증법의 결합을 시도한 이론가 중에서 가장 나아가 있는 것으로 보이지만, 그렇다고 꼭 성공적이라고 생각되지는 않는다. 그 결합의 과정에서 변증법은 '훼손'되거나 '약화'되었다. 이 점, 형식의 고려를 변증법과 결합시키려는 시도를 꾀하는 소설 연구자들에게 하나의 감계(鑑戒)가 될 만하다.

바흐찐의 이론적 성과는 다양하고 복합적이어서 수용하기에 따라 형식주의적 수용도 가능하고 변증법적 수용도 가능하다고 생각된다. 형식주의적 수용이 가능함은 또도로프(Tzvetan Todorov)나 크리스테바(Julia Kristeva)의 예에서 확인된다. 뿐만 아니라 단순히 기술적(記述的)인 차원에서 그의 이론을 우리 소설에 적용해보려는 연구자의 경우 거의 대부분 소설의 언어분석(혹은 문체분석)에 매달리게 될 것인바, 이 역시 형식주의적 수용에 다름아니다. 이런 징후는 최근 들어 이미 나타나고 있다. 바흐찐의 소설이론은 실제 작품 분석에 원용될 때 단순화되고 속화(俗化)될 소지를 스스로 내포하고 있는 것이다.

다시, 연구소가 소설을 연구해나감에 있어 어떤 방법론을 취할 것인가 하는 문제로 되돌아가보기로 하자.

이 문제에 있어 중요한 것은 우리가 '어떤' 문제의 해명에 일차적인 관심을 둘 것인가 하는 점이다. 즉 연구자의 관심과 연구의 목적이 방법론에 대한 우선적 규정 요인이 된다 할 것이다. 이 점을 분명히 인식할 필요가 있다. 특히 연구를 통해 공동체적 삶과의 접맥, 더 나아가 말의 넓은 의미에서 학문의 사회적 실천성을 담보하려는 연구자라면, 적어도 자기가 하고자 하는, 또 자기가 수행하고 있는, 작업의 성격이 갖는 의미를 부단히 '객관화'시킬 수 있어야 할 것이다. 그것은 외부를 향해서가 아니라 먼저 연구자 스스로의 '내부'를 향해 끊임없이 던지지 않으면 안 되는 질문이다: "이러한 연구는 대체 어떤 의의와 함축(현실연관)을 갖는가?"

방법론이 진정으로 문제되는 것은 바로 이러한 '재귀적(再歸的) 질문'이 생생하고 절실한 의미를 가질 때에 한해서이다. 그렇지 않다면 방법론의 선택 문제는 자칫 맹목적이거나 현학적인 것이 될 수 있으며, 연구자의 '존재론적 무게'가 실리지는 못할 것이다.

연구소는 고전소설 연구에 있어 어떤 방법론적 원칙들을 선택·수립할 것인가? 이에 대한 해답은 확실하게 마련되어 있지 않다. 아마도 지금 이 시각부터 답을 찾아나서야 할 것이다. 그러나 한 가지 분명한 것은 앞에서도 말했듯이 우리 연구소의 소설분과가 '무엇을 해명하고자 하는가'에 따라 방법론의 틀이 어느 정도 결정되리라는 점이다. 가령, 소설사의 기술을 염두에 두고 공동작업을 해나간다면 일차적으로 관심을 가져야 할 것은 주요한 작품들의 역사적 성격과 가치평가가 될 터인바, 이 경우 적어도 역사주의적 연구방법은 필수적일 터이다.

3

이하, 고전소설의 연구 방향과 관련해 크고 작은 문제들을 제시해본다.

고전소설 관련 논문들을 읽으면서 느끼는 불만 중의 하나는 작품에 대한 연구자의 '가치평가'가 이루어지고 있지 않은 경우가 많다는 점이다. 가치평가의 문제는 도외시한 채 현상을 드러내고 정리하는 '기술적(記述的)' 차원에 머무는 경우가 대부분이다. 물론 연구방법론에 따라서는 처음부터 가치평가나 미학의 문제를 배제하는 것도 있지만(실증주의나 구조시학을 생각하라), 성실한 연구자라면 자신의 입장과 관점에 따라 대상에 대해 어떤 방식으로든 가치판단을 해야 옳을 것이다. 그래야 작품론도 논쟁적으로 전개될 수 있고, 연구의 수준도 향상될 수 있다.

작품에 대한 가치평가를 유보하는 것은 연구자로서 무책임한 태도에 다름아니다. 또한 그것은 고전을 아끼는 태도와도 무관하다. 요컨대, 고전소설 연구에 있어서도 근·현대소설 연구에서처럼 '비평적' 관점의 도입이 대단히 필요하다. 하지만 이는 고전소설의 특성을 충분히 감안하는 위에서 이루어져야 할 것이며, 오늘날의 소설을 재는 척도로써 무분별하게 고전소설을 재단해서는 안 될 것이다.

4

국문소설 연구의 경우 '유형론적 연구'가 성행하고 있다.

국문소설은 그 작자와 창작 연도가 밝혀져 있지 않은 것이 대부분이다. 이 점을 고려한다면 이러한 방법에 그 나름의 장점이 없는 것은 아니다. 문제는 이 유형론적 연구가 초기 연구자들이 보여주던 지적 생기를 상실하면서 점점 더 편향과 매너리즘을 보이고 있다는 점이다. 일정한 유형을 설정한 다음, 다루는 작품이 그 유형에서 발전된 형태인가 아닌가, 정형(定型)에 해당하는가, 혹은 변이형(變異型)인가에 온통 관심을 집중시키다 보니, 작품이 갖는 그것대로의 독자성과 역사성은 간과되거나 무시되고 만다. 말하자면 동태적 유형론이 되지 못하고 정태적 유형 분석으로 귀착되고 있는 것이다. 그러니 이런 유의 논문에서는 지적 권태와 안이함이 느껴질 뿐이다.

그러므로 유형 연구는 새로운 돌파구를 마련할 필요가 있다. 가장 바람직한 것은 유형 연구에 다시 '역사성'을 도입하는 길이다. 가설적이든 실증적 차원의 것이든 이러한 시도가 없다면 유형론적 연구는 결국 '자폐적' 공간에 갇히고 말 것이며, 소설 연구에 있어 지적 수준의 저하를 낳게 될 것이다.

유형론적 연구에 힘쓰다 보니 특정 작품에 대한 내실 있는 연구가 소홀히 된 점도 반성하지 않을 수 없다. 개별 '작품론'에 좀더 깊은 관심을 기울이면서 심도 있는 비평적 연구를 수행할 필요가 있다. 이는 본격적인 작품론이 채 씌어지지 않은 작품들의 경우에는 말할 것도 없고, 작품론이 많이 쓰인 주요 작품들에도 똑같이 해당된다. 새로운 관점의 적용은 늘 필요한 것이기 때문이다. 높은 수준의 새로운 소설사는 이런 성과의 축적 위에서만 씌어질 수 있다.

5

고전소설의 연구에서 이본(異本)의 검토는 대단히 중요하다.

어떤 연구방법론에 입각하든, 검토하는 작품의 이본들에 대한 면밀한 검토는 기본적으로 필요하다. 향후의 고전소설 연구는 기존의 연구 성과를 이본의 검토를 통해 확인하고, 수정하며, 재조정하는 방향으로 나아가게 될 것이다.

이본 연구 그 자체는 특정 연구방법론과 관계를 맺고 있지 않다. 그것은 방법론에 따라 이리저리 활용될 수 있기 때문이다.

필자는 일찍이 『춘향전』의 이본들을 검토한 결과 대단히 흥미로운 사실을 발견할 수 있었다. 즉, 『춘향전』의 이본들에는 민중의식의 역사적 변화상이 여실히 반영되어 있었다.[3] 한편, 일제강점기의 잡지 『문장(文章)』에 소개된 이고본(李古本) 『춘향전』[4]은 육담(肉談)이 많고 방자가 이도령을 능멸하는 부분이 두드러진데, 이는 이 이본이 형성된 '사회권(society)'의 문제와 직결된다. 이 사회권의 문제와 관련하여 작가의식의 문제, 독자층의 문제 등이 줄줄이 연결되어 검토될 수 있다.

또한 이본에서는 작품에 대한 '해석'과 '관점'의 차이가 엿보이는데, 이 점 대단히 주목할 필요가 있다. 이본들은 저마다 하나의 작품이지만 어떤 의미에서는 그 자체가 하나의 '작품론'일 수 있다. 각편(各篇: version)마다 작품에 대한 새로운 '해석'이 첨입될 수 있기 때문이다. 그러므로 이본의 상호대비를 통해 개개의 각편은 물론 이본군 전체에 대한 이해를 심화시킬 수 있다. 고전소설 작품론은 정확히 말해 '이본군'에 대한 연구라고 해도 과언이 아닐 것이다. 그러므로 설사 특정 각편만을 다루더라도 하필 그 각편을 대상으로 삼는 근거가 제시되어야 하며, 아울러 다른 이본들에 대한 검토를 예비적으로 수행할 필요가 있다.

6

이본에 대한 검토는 고전소설 연구의 특수성에 속하면서 동시에 '학

---

3) 졸고 「『춘향전』의 역사적 성격분석」, 『전환기의 동아시아문학』(창작과비평사, 1985).
4) 이명선(李明善) 소장본(所藏本)이다. 『문장』 제2권 제10호(1940. 12)에 소개되었다.

적 엄밀성'의 문제와도 관련된다.

그런데 학적 엄밀성은 이본 연구에서만이 아니라, '텍스트'에 대한 면밀한 검토와 충분한 이해라는 면에서도 강조될 필요가 있다. 요즘 나오는 논문들 중에는 작품에 대한 이해와 감상이 제대로 됐는지 의심스러운 것들이 적잖이 눈에 띈다.

작품 연구는 무엇보다도 먼저 작품에 대한 충분한 이해와 감상에서 출발해야 한다. 그래야만 고전작품에 대한 애정도 생기는 법이고, 좋은 글이 나올 수 있다.

얼마나 자료를 엄밀히 검토하지 않은 채 논문을 쓰고 있는지에 대한 하나의 사례로 「최척전」을 들어본다. 서울대 일사문고본 「최척전」은 원래 행초(行草)로 쓰인 필사본인데 근년에 몇몇 연구자가 활자화하였다. 그런데 이 활자로 옮겨진 텍스트는 서로 상당히 다르다. 현대판 이본이 생긴 것이다. 그런데 이중 완전한 것은 하나도 없다. 따라서 이 활자본으로 읽을 경우, 잘못된 혹은 부정확한 작품의 상(像)을 가질 수밖에 없게 되어 있다. 더구나 원전 자체에도 잘못된 글자가 몇 군데 보이기에 '원전비평'이 필요함은 물론이다. 그럼에도 불구하고 지금까지 이 작품을 연구하는 사람들은 대개 이 활자본에 의거해 작품론을 수행해왔다. 원전을 챙기고자 하는 철저함이 없었던 것이다.

「최척전」이 다소 특수한 경우라고 하고 말 것은 아니다. 여타의 한문소설의 경우도 사정이 비슷할 수 있다. 또한 국문 필사본이라고 해서 자료에 대한 엄밀성의 문제가 근본적으로 달라지는 것은 아니다.

7

비단 고전소설 연구에서만이 아니라 고전문학 연구 일반에서 문제시되는 가치적 범주의 하나는 '민중성'일 것이다.

그런데 이 민중성의 내용과 형식은 역사적으로 부단히 변화해간 것이기에 기계적이거나 도식적인 파악은 곤란하며, 실제에 상응하는 동태적 파악이 필요하다. 가령, 17세기 소설인『홍길동전』과 19세기 소설인『춘향전』의 민중성을 파악하는 시각은 달라져야 할 것이다. 그 역사적 내포가 따져지고, 그 위에서 작품의 성과가 검토되어야 마땅하다. 다른 말로 하면, '역사주의적 원칙'에 충실하게 민중성 개념이 적용되어야 하며, 이러한 원칙 위에서 '사려깊게' 작품의 성취와 한계를 짚어내는 안목이 요구된다 할 것이다.

의욕이 앞서는 일부 연구자의 경우 이것이 잘 안 되는 것 같다. 필자 역시 이 점에 있어서는 자기반성이 필요하다. 작품의 민중성을 비역사적으로 과대하게 미화하는 태도든, 작품이 부분적으로나마 지니고 있는 민중적 요소를 아예 무시한 채 그 부정적 요소만을 들어 과대하게 폄하하는 태도든, 모두 정당하지 않다. 민중성이라는 가치범주의 적용에 관한 한 소설 연구자는 냉철한 '사가적(史家的)' 태도를 갖출 필요가 있다.

영웅소설의 경우 통속성이 강하기 때문에 민중성은 대체로 무시되는 경향이 있으나, 이 경우에도 무시해버리고 말 것이 아니라 어떤 방식으로든 이 범주의 적용을 시도해볼 필요가 있다. 당시 서민들에게 많이 읽힌 국문소설류의 하나인 영웅소설에 당대 민중의 의식과 사고방식이 상당 부분 배어 있다고 보는 것은 자연스럽다. 그러므로 분석을 통해 당대 민중의식의 한계와 긍정적 부분을 분리해내는 작업이 필요하다. 가령,

영웅소설의 대표격인 『유충렬전』에서 국왕이 여러 군데에서 희화화되고 있는 것이라든가, '일조웅(一趙雄), 이대봉(二大鳳)'이라고 일컬어질 만큼 인기가 있었던 『조웅전』에서 남녀 주인공의 결연이 파격적인 혼전 정사로 이루어지고 있다든지 하는 점은 주목함직하다. 물론 이런 면모와 함께 그 한계에 해당하는 부분을 균형 있게 살피면서 그 미적 특성을 전체적으로 검토하는 일도 동시에 진행되어야 옳을 것이다.

고전소설의 민중성은 '통속성'의 문제와 함께 고찰될 필요가 있다. 고전국문소설은 17세기에 그 발전의 기반을 다졌으며, 18세기에 이르러서는 놀라운 양적 팽창을 이룩하였다.[5] 이는 18세기의 여러 문헌들에서 확인되는 사실이다. 이러한 양적 팽창과 독자층의 확대에 따라 18세기 중엽을 전후하여서는 세책점(貰冊店)이 형성되고, 18세기 후반경에는 상업적 목적의 방각본(坊刻本)이 출현할 수 있었다. 소설의 대중화시대가 열리면서 바야흐로 소설이 상품화되기에 이른 것이다. 애초 궁중 및 사대부가(士大夫家) 여성에 한정되어 있던 국문소설의 독자층이 여항인과 서민층으로까지 확대된 현상은 대단히 의미 있는 일이라 할 만하다.

하지만 양적 팽창을 보인 18세기 국문소설에 통속화의 경향이 나타난 것은 불가피한 일이었다. 이 경우 통속화는 저급한 의식, 상투적 세계인식, 현실적 문제의식의 결여, 안이한 흥미 본위의 내용 등으로 특징지어진다. '다중(多衆)'의 정서에 그 원천을 두면서도 다중의 의식을 좀더 높은 방향으로 이끄는 것이 아니라, 다중의 퇴영적·소극적 의식에 영합하는 방향으로 나아갔던 것이다. 루카치가 일찍이 지적했듯, 소설은 자신

---

5) 17세기 국문소설의 성립과 그 18세기적 전개가 보이는 소설사적 문제에 대해서는 임형택, 「17세기 규방소설의 성립과 창선감의록」(『동방학지』 57, 1988) 참조.

의 장르적 본령과 달리 통속화될 수 있는 거의 유일한 문학 장르이다.[6] 시나 극(劇) 장르는 비록 그 수준이 떨어지는 법은 있어도 자신을 한갓 오락물의 차원으로 떨어뜨리지는 않는다. 소설 장르의 본령은 인간의 세계인식, 인간의 주체성과 창조성을 고양시킴에 있다 하겠는데, 통속소설은 오히려 그것을 마비시키는 역기능을 하니 문제다.

그런데 국문소설의 통속화 경향은 19세기에 더욱 심화되면서 20세기 초로 인계(引繼)되었다고 보인다. 가령 딱지본이라고 불리기도 하는 구(舊)활자본소설의 경우 일제의 식민지 지배에 순응하여 이전 소설의 내용을 개악(改惡)하거나 속화시킨 혐의가 적지 않다.

국문소설의 통속화 문제는 장차 본격적인 검토를 요한다고 생각한다. 자료 분석을 통해 통속화 과정의 구체적 경위, 그 양상과 문제를 논리적·실증적으로 규명하는 일은 곧 착수되어야 할 긴급한 과제다.

8

고전소설에서 판소리계소설이 차지하는 위치는 독특하다. 판소리계소설에 대해서는 그동안 많은 연구가 있었지만, 그럼에도 불구하고 이 계열 소설에는 아직도 새롭게 해명되어야 할 부분이 많이 남아 있다. 그만큼 풍부하고 문제성이 많은 고전인 것이다.

판소리계소설 일반의 미적 특성을 규명하고 그 소설사적·정신사적

---

6) Georg Lukács, *Die Theorie des Romans*, Dritte unveränderte Auflage, Neuwied und Berlin: Hermann Luchterhand Verlag, 1965, S.71.

의의를 소상히 밝히는 작업은 대단히 중요하다. 이 문제에 대해서는 그간 단편적인 언급들이 없지 않았으나, 높은 수준의 만족할 만한 성과는 아직 이루어진 바 없다. 필자는 일찍이 『춘향전』의 분석을 통해, 이 작품에 당대 민중의 '미학'과 '정치학'이 어떻게 은밀하게 결합되어 있는가, 이 작품의 민중사상적(民衆思想的) 위상은 무엇인가 하는 점을 주의 깊게 살핀 바 있다.[7] 이후 필자는, 장차 조선후기 민중사상사를 연구한다면 판소리계소설이 대단히 중요한 자료로 다루어져야 한다는 생각을 하고 있다. 조선후기의 풍부하고도 선진적인 민중사상은 판소리계소설을 통해 최고의 문예적 표현을 얻고 있는 것이다. 다만, 분석틀에 따라 이 점이 제대로 포착될 수도 있고, 아예 시야에 들어오지 않을 수도 있다. 그러므로 판소리계소설의 이런 면모를 충분히 드러내기에 적합한 분석틀을 계속 새롭게 만들어내려는 노력이 필요하다.

뿐만 아니라, 판소리나 판소리계소설의 영향을 문체나 풍자의식의 면에서 보여주고 있는 소설들에 대한 다각적인 연구도 긴요하다. 이들 일군의 소설을 포함하여 판소리계소설이 보여주는 '패러디적 언어의식'의 소설사적 문제성에 대한 깊이 있는 검토는 대단히 중요한 과제에 속한다. 판소리계소설은 기존 국문소설의 일원적(一元的) 언어의식에 일대 소설사적 이의를 제기하면서 패러디에 바탕한 '다원적' 언어의식을 보여주고 있기 때문이다. 그것은 판소리계소설 그 자체에만 국한되는 현상이 아니라, 영웅소설 등 여타 국문소설의 언어의식과 현실재현방식에까지 일부 영향을 미치고 있다. 이를테면, 완판본 영웅소설의 언어층위 속에는 판소리계소설의 언어의식이 침투되고 있는 현상이 발견된다(비

---

7) 졸고 「『춘향전』의 역사적 성격분석」, 『전환기의 동아시아 문학』(창작과비평사, 1985).

단 완판본뿐만 아니라 필사본에서까지도 일부 발견된다).

이런 현상은 소설의 장르적 본질의 현현(顯現)과 관련하여 어떤 의미를 갖는가? 그리고 근대소설과의 관계에서 어떤 의의가 부여될 수 있는가? 이러한 질문은 실로 중대한 소설사적 물음이라고 생각된다.

9

고전소설과 그 인접 장르 간의 관계에 대한 연구도 중요하다. 이에는 '소설-설화' '소설-전(傳)'의 관계가 특히 문제가 된다.

소설과 설화의 관계에 대해서는 실증적인 사례 연구가 어느 정도 축적되어 있다. 또 두 장르의 차이에 대한 이론적 검토가 한 차례 시도된 바 있다.[8] 그러나 두 장르가 서로 얽히고 변별되는 양상에 대한 본격적 수준의 역사적·장르론적 검토는 새롭게 착수해야 할 과제이다. 그동안 이루어진 '소설-설화'의 관계에 대한 연구는 대체로 어떤 소설이 어떤 설화적 원천(근원설화)을 가졌는가를 해명하는 수준에 머물고 있다. 설화의 소설화 과정을 살핀 선행 연구들도 크게 다르지 않다.

그러므로 이 문제에 대해 폭넓은 자료를 바탕으로 이론적이면서도 동시에 역사적인 각도에서 고찰하는 것은, 우리 고전소설의 장르적 성격 규명은 물론, 그 전개 과정의 특성, 소설사의 계통적 정리 등에 크게 기여하면서 기왕의 논의 수준을 한층 높은 차원으로 끌어올리는 계기가 될 것이다.

---

8) 조동일, 「자아와 세계의 소설적 대결에 관한 시론」·「소설시대의 이해를 위한 예비적 고찰」, 『한국소설의 이론』(지식산업사, 1977).

소설과 설화의 관계만이 아니라, 소설과 '전(傳)'의 관계에 대한 연구도 시급하다. 전은 본래 교술산문(敎述散文)이지만 조선후기에 이르러 소설과 교섭하면서 복잡하게 변화해갔다. 그리하여 단순히 '소설적 경사'를 보여주는 전에 그치지 않고, 완전히 소설로 장르 전환을 이룩한 전까지 등장했다. 전을 연구하는 사람들은 대개 전 자체의 양식적 특성을 규명하는 데 급급할 뿐 이런 문제에까지 관심을 보이고 있지는 않다. 최근 들어 전과 소설의 관계에 주목하는 연구자들이 한둘 나타나고 있기는 하지만, 전과 소설에 대한 장르적 성격 규정이 불철저하여 문제의 핵심에는 이르지 못하고 있다고 보인다. 조선후기 문학사에서 야기된 전과 소설의 활발한 교섭을 제대로 파악하기 위해서는 전과 소설의 개념규정을 새롭게 시도하는 한편, 자료를 폭넓게 섭렵함으로써 논의 대상을 대폭 확충할 필요가 있다. 그러나 현재의 논의는 자료 섭렵의 면에서도 뚜렷한 한계를 보이고 있다. 그러므로 이 방면의 연구는 '이론'과 '자료'의 양면에서 큰 힘을 쏟아야 할 형편에 있다.

전과 소설의 관계에 대한 깊은 인식이 없었기에, 기왕의 소설사나 소설이론은 전을 소설로 간주하여 소설사를 서술하거나 이론을 구성하는 잘못을 피하기 어려웠다. 그러므로 이 방면의 연구가 진척되면 기존의 성과가 대폭 수정되거나 보완될 것으로 전망된다. 아울러 전에서 소설로 전환된 일부의 작품들을 조선후기 소설사에 편입함으로써 이 시기 소설사는 한층 풍부하게 될 것이다. 이들 작품은 대개 사실주의적 지향이 강하다. 따라서 우리 고전소설에 이상주의적 지향만이 아니라 사실주의적 지향도 상당히 현저했음이 드러나게 되리라 생각한다.[9]

---

9) 이러한 관점의 구체적 적용은 졸고 「17세기 동아시아의 전란과 민중의 삶—「김영철전」

10

고전소설의 전개를 '계통적'으로 파악해내고, 그 주요한 계통에 속한 소설들의 양식적·세계관적·미학적 제반 특성을 구명해내는 작업은 그간 많은 성과를 거두었다. 특히 영웅소설 계열의 소설과 판소리계소설의 연구에서 그러하다.[10] 그러나 이에 그치지 말고 한문단편소설로까지 관심을 확장하는 것이 필요하다. 필자의 연구에 의하면 한문단편소설의 경우 그 계열이 ①전기계(傳奇系), ②전계(傳系), ③야담계(野談系)의 셋으로 대별된다.[11] 각 계열의 고유한 특성, 사적(史的) 전개와 발전 과정, 계열들 간의 상호관계를 밝히는 일은 퍽 중요하다 하겠는데, 사안에 따라 어느 정도 밝혀진 것도 있지만, 전체적으로 볼 때 아직 충분히 해명되지 않은 부분이 더 많다고 여겨진다.

가령 전기계 단편소설의 경우, 논의는 항상 『금오신화』를 위시한 몇몇 작품에 한정되어 있을 뿐, 광범한 자료를 바탕으로 한 이 계열 소설의 전개 양상에 대한 검토는 아직 없는 것으로 알고 있다. 그래서 그 사적 변모 과정이 잘 드러나지 않고 있다. 또다른 문제점은, '전기(傳奇)'

의 분석」, 『벽사이우성교수정년퇴직기념논총』(창작과비평사, 1990. 9; 『한국근대문학사의 쟁점』(창작과비평사, 1990. 11에 재수록)에서 시도한 바 있다. 특히 그 결론 부분을 참조할 것.

10) 이 두 계통 소설의 주요한 차이는 이상택, 「고대소설의 세속화과정 시론」·「고전소설의 사회와 인간」, 『한국고전소설의 탐구』(중앙출판, 1981)에서 검토되었고, 낙선재본 대하소설의 미학적·세계관적 기저는 이상택, 「명주보월빙연구」(같은 책)에서 본격적으로 해명되었다.

11) 졸고 「『청구야담』 연구—한문단편소설을 중심으로」(서울대 석사학위논문, 1981) 및 「조선후기 야담계 한문단편소설 양식의 성립」(『한국학보』 22, 1981) 참조.

의 개념이 주로『금오신화』로부터 추상(抽象)되고 있다는 사실이다. 전기소설(傳奇小說)로서『금오신화』가 중요하지 않다는 말이 아니다.『금오신화』이전과 이후에도 상당히 많은 전기가 확인되는데, 이러한 자료들을 폭넓게 참조하여 전기의 개념이 구성되어야 한다는 뜻이다.『금오신화』는, 비록 기념비적인 작품이긴 하나 전기의 한 특징적 면모를 보여줌에 불과하므로(그것도 소설사의 특정한 단계의), 이에만 의존하여 전기소설의 개념을 구성하는 것은 문제가 없지 않다. 전기의 개념은 지금 통용되는 것보다 한층 확대될 필요가 있다. 적어도 종래 주로 인정되어온 환상적 지향성 외에 '현실적 지향성'이 함께 인정될 필요가 있다. 전기의 현실적 지향성은 이미 당(唐) 전기(傳奇)에서 상당한 비중으로 확인된다. 그리하여 시종 철저하게 현실적 서사(敍事)로 일관하는 작품이 당 전기 중에는 적지 않다.[12] 우리 경우도 통시적으로 보면 중국 전기의 제지향이 두루 나타나고 있는바, 서거정(徐居正)의「월단단(月團團)」,[13] 권필의「주생전」, 조위한(趙緯韓)의「최척전」, 이옥(李鈺)의「심생전」등을 예로 들 수 있다.

다른 분야도 마찬가지겠지만, 극히 한정된 자료를 바탕으로 얼른 논리를 구성하려는 조급증을 고전소설 연구자들은 경계할 필요가 있다.

---

12) 이를테면,「규염객전(虯髥客傳)」,「사소아전(謝小娥傳)」,「이와전(李娃傳)」,「유씨전(柳氏傳)」,「비연전(非烟傳)」,「앵앵전(鶯鶯傳)」,「동성노부전(東城老父傳)」.「곤륜노(崑崙奴)」등이 그러하다.

13) 이 작품은 순암(順庵) 안정복(安鼎福) 구장본(舊藏本)『태평한화(太平閑話)』에 제1화로 실려 있다. 순암의 이 본(本)은 한때 일본인 이마니시 류(今西龍)에게 수장(收藏)되었다가 지금은 일본 천리대학(天理大學) 도서관에 소장되어 있는데,『조선학보(朝鮮學報)』88집(1978)에 소개된 바 있다.

전기소설의 연구만이 아니라 고전소설 연구 일반에서 자료의 섭렵이 갖는 중요성을 필자는 극구 강조해두고 싶다.

11

시각에 따라서는 고전소설 연구의 관점을 우리 소설사의 내재적 발전을 중시하는 관점과 비교문학적 관점, 이 둘로 대별해볼 수 있을 터이다.

고전소설 연구사를 검토해보면 시기에 따라 이 두 관점 중 어느 하나가 우세한 경향을 보였음을 알 수 있다. 대체로 1950년대와 1960년대에는 비교문학적 관점이 우세했었다고 보인다. 그러나 1970년대 이래 지금까지는 내재적 발전론이 우세를 보이고 있는 듯하다.

종종 지적되지만, 비교문학적 연구는 주체적 시각을 결여하기 쉽다는 점이 큰 문제다. 이런 입장의 연구는 대체로 중국소설이 우리 소설에 끼친 영향을 표면적으로 확인하는 데 그칠 뿐이다. 그러니 우리 소설이 갖는 우리대로의 문제성과 발생 배경이 사상(捨象)될 수밖에 없다.

그러므로 비교문학적 시각에 대한 반성에서 출발한 최근의 내재적 발전론은 그 정당성이 일단 인정될 수 있다. 그러나 연구의 수준이 높아진 현 단계에서 볼 때 내재적 발전론에도 문제가 없는 것은 아니다. 무엇보다도 먼저 지적되어야 할 점은, 안목의 협애함과 비변증법적 태도이다. '내인(內因)'을 중심으로 문제를 파악하는 관점 자체는 기본적으로 정당하다 할지라도, 문제의 실상을 제대로 파악하기 위해서는 경우에 따라 '외인(外因)'에 대한 진지한 고려가 불가결하다. 기실 변증법이란 내인 중심으로 사상(事象)을 파악하되 외인에 대한 고려를 배제하지 않는다. 그러나 지금까지의 내재적 발전론은 내인 일변도로 문제를 보아온 편향을 가짐을 부정할 수 없다. 때문에 더러 시각의 균형을 잃거나 '정저와 적(井底蛙的)' 결론에 도달한 경우가 없지 않았다고 보인다.

그러므로 이제는 비교문학적 관점을 대립적으로만 이해할 것이 아니라 그 장점을 내재적 발전론 속에 통합하는 데 힘써야 할 단계에 이르렀다고 여긴다. 그러기 위해서는 중국소설에 대한 기본적 이해를 높일 필요가 있다. 뿐만 아니라 일본소설의 전개에 대해서도 공부해야 할 필요가 있다. 같은 한자문화권이라는 점에서 베트남의 고전소설에 대해서도 알 필요가 있다. 다른 문화권의 소설사에까지 눈이 미치면 더할 나위 없이 좋지만, 그렇지는 못하더라도 적어도 한자문화권에 속한 나라들의 소설사 전개에 대해서만큼은 기본적인 공부가 있어야겠고, 그 바탕 위에서 우리 소설사를 이해하는 넓은 안목을 갖출 필요가 있다.[14] 내재적 발전론은 이처럼 한층 확대된 관점 속에서 자신을 검증하면서 스스로를 새롭게 정립해야 할 과제를 안고 있다.

제1세대 소설 연구자인 천태산인(天台山人) 김태준의 경우 중국과 일본의 고전소설에 자못 해박한 지식을 가졌었다. 물론 지금 입장에서 보면 그리 만족스런 것은 아니지만, 당시의 형편에서 본다면 그는 퍽 선진적으로 내재적 발전론을 기본으로 하면서 외재적 요인들을 고려하고자 했던 것이다. 또한 동아시아 3국의 소설사 전개를 견주어가며 이해하는 관점 위에서 우리 소설사의 '개별성'을 파악하고자 했다. 천태산

---

14) 이러한 관점을 열어보인 최근의 시도로 조동일, 「한국·중국·일본 '소설'의 개념」(『성곡논총』 20, 1989)이 있다.

인의 이와 같은 소설사 이해방식은 바로 현단계에 발전적으로 계승될 만하다.

12

고전소설 연구의 하한선은 어디인가? 이른바 '신소설' 이전까지의 소설인가? 대체로 그렇게들 보고 있는 것 같다.

그러나 그래야 한다는 논리적 근거는 어디서도 발견할 수 없다. 고전문학, 현대문학의 구분 없이 하나의 한국문학을 관심에 따라 연구하는 것이 마땅하다는 주장은 꽤 오래전부터 일부 연구자들이 해왔다. 필자도 이런 주장에 공감하고 있다. 그러나 고전소설 연구자들은 꼭 이런 주장을 따르지는 않더라도 그 연구 영역을 1910년대까지로 확장하는 것이 필요하다. 이렇게 말한다고 해서 현대문학 전공자들이 자기 영역이 축소된다고 싫어할 이유는 없을 것이다. 개항기 이래 1910년대까지의 시기는 당분간 고전소설 연구자와 근·현대소설 연구자가 해후하고, 토론하고, 각축하는 장(場)으로 삼으면 좋지 않을까 생각한다. 안 그래도 가뜩이나 서로에 대해 불만인데, 이런 장을 통해 관점을 교환하고 연구 동향이나 연구의 방법론적 기초를 상호 조명하는 것은 서로에게 크게 유익하다. 따라서 싫어해야 할 일이 아니라 환영해야 할 일이라고 생각된다. 근·현대문학의 연구 영역은 세월이 흐르면서 자꾸 아래쪽으로 내려가게 마련이니, 고전문학의 연구 영역도 그에 따라 조금씩 내려가는 것이 자연스럽다.

뿐만 아니라, 이렇게 해야 '하나의 소설사'를 연속적으로 서술할 수 있는 기초가 마련된다. 그리고 이런 풍토가 차츰 정착되어가면, 고전소설과 근·현대소설 연구자 사이의 전공에 따른 연구의 경계선은 차츰 희미해지고 '한국소설 연구자'라는 호칭만이 의미를 갖게 될지도 모른다.

13

이상으로 평소 필자가 생각해오던 것을 대략 정리해보았다. 이 중에는 필자 스스로 어느 정도 연구의 진척을 보고 있는 영역도 없지 않다. 판소리계소설이 이룩한 새로운 언어의식의 소설사적 검토라든가, 영웅소설의 민중성과 통속성에 대한 문제는 꽤 오래전부터 숙고해온 과제이다. 전과 소설의 관계도 최근 필자가 관심을 기울이고 있는 영역의 하나이다.

그러나 이 글은 모두(冒頭)에 밝혔듯이 무슨 '새로운 방향 모색' 같은 것에는 크게 미치지 못한다. 그저 필자의 좁은 식견으로 문제제기를 한번 해본 데 불과하다. 말하자면, 토론을 위한 하나의 참고자료, 이야기를 끌어내기 위한 허두어인 셈이다. 그러므로 이 글에 구애되지 말고 고전소설 연구의 새로운 방향에 대해 활발하게 각자 견해를 개진하면서 토론해주었으면 한다. 필자도 그저 한 사람의 토론자로서 참여하길 희망한다.

제2부
장르론적 접근

한국고전문학에서 전(傳)과 소설의 관계양상

한문소설과 국문소설의 관련양상

설화적 상상력과 도학자의 소설적 형상화

한국고전문학에서 전(傳)과 소설의 관계양상

1

   본고의 논점을 선명히 드러내기 위해 여기서는 '전(傳)'을 인물전(人物傳) 중에서도 문인(文人)에 의해 창작된 사전(私傳)에 국한시키고, '소설'도 한문단편소설에 국한시켜 논의를 전개하기로 한다. 이 둘의 관계가 특히 문제가 되기 때문이다.[1]

   천태산인 김태준의 『조선소설사』[2] 이래 박지원이 창작한 전(傳)들은 별 이의 없이 소설로 간주되어왔다. 한편, 이가원은 1961년에 『이조한

---

1) 본고는 '전(傳)의 양식적 특성과 문학사적 전개'라는 주제로 열린 제2회 전국한문학 대회(1988)에서 발표된 글을 약간 수정한 것이다. 본고에 앞서 전과 소설의 관계를 다룬 논문으로는 다음과 같은 것이 있다: 최신호, 「傳記, 傳奇, 小說」(『성심어문논집』 5, 1981); 조태영, 「傳의 서술양식의 원리와 그 변동의 원리」(『한국문화연구』 2, 1985).
2) 1933년 청진서관에서 초판이, 1939년 학예사에서 증보판이 간행되었다.

문소설선』[3]이라는 편역서를 냈는데, 이 책에는 그때껏 별로 알려져 있지 않던 실학자 계열 문인들의 전이 다수 수록되어 있다. 이후, 연구자들은 이 책에 수록된 전들을 대체로 소설이라는 관점에서 보아왔다.

그러나 최근에 와서 전을 한문학 장르의 하나로 보아야 한다는 관점이 제출되면서 위의 작품들을 뚜렷한 근거도 없이 소설로 보아온 기존의 통념에 반성이 제기되었다. 이러한 관점의 논자들은 전은 우선 전으로 이해해야 한다면서 소설 장르를 근대문학의 중심적인 것으로 간주하는 서구적인 문학사 이해 시각이 우리 전통문학의 실상을 왜곡했다고 비판하였다. 그 대표적인 연구를 한둘 들면, 「연암문학과 사기」(김명호), 『한국전기문학론』(김용덕) 등이 있다.[4] 전자는 연암의 9전(九傳)을, 후자는 허균의 5전(五傳)을 모두 전으로 새롭게 인식하고 있다.

동아시아 문학의 전통 속에서 전을 전으로 인식하려는 태도는 정당한 것이다. 더구나 전 가운데 내용이 좀 흥미롭거나 문예성이 뛰어난 것은 대개 '소설'로 간주해온 그간의 연구 태도에 내재한 고식성과 자의성을 지적하고 있는 점은 이 방면의 논의를 새로운 차원으로 끌어올리는 계기를 마련했다 할 만하다.

그렇기는 하나, '전'이라는 이름이 붙었으면 무조건 '전'으로 이해해야 한다는 주장은, 문예성이 두드러진 전은 소설로 간주해온 입장만큼이나 소박하고 일면적이다. 또한 이론적 문제로서 제기되고 있는 전과 소설의 복잡한 상호 관련을 무시하거나 단순화시키는 오류를 범

---

3) 이가원, 『이조한문소설선』(민중서관, 1961).

4) 김명호, 「연암문학과 사기」, 『우전신호열선생고희기념논총』(창작과비평사, 1983); 김용
   덕, 『한국전기문학론』(민족문화사, 1987)의 제1부 제4장.

할 수 있다.

　필자는 이러한 점에 유의하여, 전과 소설의 관계를 어떻게 파악하는
게 문학사의 실상에 가급적 접근하는 길이 될 것인지를 시론적으로 검
토해보고자 한다.

2

　우리 문학사에서 전과 소설의 관련이 본격적으로 문제되는 것은 17세기
이래의 조선후기에서이다. 따라서 전과 소설의 관계양상도 이 시기가
주로 문제가 된다. 먼저, 구체적 작품에 대한 거론으로 들어가기에 앞
서, 전과 소설의 장르적 특질—그 차별성과 인접성—을 잠시 살필 필요
를 느낀다. 어떤 작품이 전이고, 어떤 작품이 소설인가를 판별하는 기준
이 있어야만 전과 소설의 관계양상도 해명될 수 있겠기 때문이다.

　전은 '거사직서(據事直書)'의 원칙 위에서 특정한 인간의 삶을 서술하
는, 정통 한문학의 한 장르이다. 비지전장(碑誌傳狀)의 문(文)이 모두 그
러하지만, 전은 '사실에의 직시(直視)'를 그 장르적 본령으로 삼는다. 전
은, 인간의 진실은 '사실'[사마천의 말에 의하면 '행사(行事)'[5]]에서 가장
잘 드러난다는 사고방식에서 성립된 장르이다. 그러므로 그것은 기본적
으로 허구의 장르와 대립된다. 한편, 동아시아의 문(文)은 '의론(議論)의
문(文)'과 '서사(敍事)의 문(文)'으로 대별될 수 있다. 전은 이 중 전통적

---

5) 이 말은 『사기(史記)』「태사공자서(太史公自序)」 중에 보이며, 공자의 말을 인용한 것
　이다. 『색은(索隱)』에 의하면 이 말의 원래 출처는 『춘추위(春秋緯)』이다.

으로 서사의 문에 속한다.

사실의 중시를 그 장르적 본령으로 삼되 그 서술 방식은 '서사'이므로, 전은 '서사적 교술문학'으로 규정될 수 있다.[6]

전은 특정 인간의 삶에서 규범적 가치를 끌어내는 것을 그 핵심적 목표로 삼는다. '포폄(褒貶)'이니 '권징(勸懲)'이니 하는 말이 전과 관련해 자주 사용되는 것은 바로 이 점을 잘 말해준다. 전에서 제시되는 인간상(人間像)은 대체로 이 '규범적 가치'의 구현과 관련된다. 바로 여기서 전이 갖는 주요한 특징적 서술 원리가 도출된다. '일화의 나열적 제시'가 그것이다. 규범적 가치의 정시(呈示)를 요구하는 전의 장르적 속성 때문에 전의 서술자는 입전(立傳)하려는 인물의 생애 중 규범적 가치를 잘 드러내 보여준다고 판단되는 몇 가지 일화들을 선택적으로 나열하여 작품을 구성한다. 이 일화들은 딱히 시간적 계기관계나 이야기 서술상의 인과관계를 가질 필요는 없다. 많은 경우 제시된 일화들은 '분립(分立)' 되어 있다.

그렇다면 전은 그저 산만한 나열을 그 서술 원리로 삼고 있는가? 표면적으로는 그렇게 보일 수 있지만 사실은 그와 정반대이다. 모든 일화는 한 중심을 향해 제시되고 있다. 그 중심이란 입전인물의 덕성(德性), 풀어 말해 도덕적 가치가 되겠는데, 모든 일화들은 이 중심점으로 수렴

---

6) '전(傳)'의 장르 규정으로는 조동일의 '교술문학'설과 성기옥의 '교술적 서사문학'설이 제기되어 있다. 조동일, 『한국문학통사』 제3책(지식산업사, 1984)의 '8.3.1. 전이라고 표방한 소설의 유래'; 성기옥, 「傳의 장르적 검토」(『울산어문논집』 1, 1984). 만일 장르론에서 교술 장르를 인정하지 않고 '서정·서사·극'의 3분법을 따른다면 전은 당연히 서사 장르에 귀속될 것이다. 하지만 교술 장르를 인정하는 4분법을 따른다면 전은 기본적으로 교술 장르에 귀속된다는 것이 필자의 생각이다.

되도록 주도면밀하게 배치된다. 그러므로 일화와 일화 사이에는 직접적 인과관계가 성립되지 않더라도 각 일화와 중심의 관계에서는 내적 인과관계가 성립된다. 이렇게 보면, 전은 그 특유의 서술원리(혹은 구성원리) 위에서 작품의 내적 통일을 이루어내고 있음을 알 수 있다.

한편, 규범적 가치의 정시(呈示)에 초점을 맞추고 있는 전의 속성은 그 장르적 서술원리를 규정할 뿐 아니라, 입전대상(立傳對象)의 선정에도 제약을 가한다. 고전적인 전에서 입전인물의 선택이 당대의 가치규범을 모범적으로 체현하고 있다고 판단되는 인물에 한정되고 있음은 이 점을 입증한다.[7]

이처럼 전은 특정 인물의 덕성이나 인간적 자질을 몇몇 특징적 일화에 의해 드러내는 방식으로 도덕적 규범을 현양(顯揚)하는 장르이다. 이 점에서 전은 가치를 '찾아나가는' 장르라기보다, 이미 찾아낸 가치를 적절한 예화(例話)를 통해 '추인하는' 장르라고 보인다.

바로 이 점에서 전은 소설과 본질적인 차이를 갖는다. 소설은 사건의 인과적 전개 가운데에서 빚어지는 심각한 갈등 속에서 가치를 찾아나가는 형식의 장르이다. 전과 소설은 '인간의 탐색'이라는 점에서는 형식논리상 동일하나 그 접근법에서는 거의 정반대의 양상을 취하고 있는 것이다. 물론 전에서도 제시된 일화가 일정한 갈등을 보일 수 있다. 그러나 그 경우에도 갈등 그 자체를 통해 가치를 추구하는 법은 드물며,[8] 앞

---

7) 일사전(逸士傳), 충효전, 열녀전이 고전적인 전 유형의 중심을 이룬다는 사실을 상기하라.

8) 예외적으로 사마천의 『사기』 열전을 들 수 있다. 사마천의 『사기』 열전은 특정한 가치규범을 추인하고 있다기보다 융통성 있는 사상적 관점에 입각하여 역사 속에서 인간이 겪는 갈등을 사실적으로 재현하고자 하고 있다. 이 때문에 사마천의 열전은 가치를 모

에서 말한 바와 같이, 이미 확보되어 있는 규범적 가치의 정시를 위한 예화(例話)라는 테두리를 크게 벗어나지 않는다. 성현(成俔)이 지은 「진일선생전(眞逸先生傳)」이나 남효온(南孝溫)이 지은 「육신전(六臣傳)」을 예로 들 수 있다. 전자는 청일(淸逸)을, 후자는 지절(志節)을 기리는 데 온 일화가 집중되어 있다. 이러한 규범적 가치를 드러내는 과정에서 세계와의 갈등이나 천도(天道)에 대한 회의가 다소간 제기되기도 하나, 그럼에도 그것은 명백히 부수적인 성격의 것으로 한정되어 있다. 그러므로 전체적으로 볼 때, 다소의 삽의(揷疑)에도 불구하고 규범적 가치는 애초에 의도된 대로 '추인'된다. 갈등 그 자체를 통해 가치가 모색되기는커녕 갈등의 부수적 제시 그나마도 결과적으로는 가치의 추인에 복속하고 마는 것이다.[9]

전과 소설의 이러한 차이는, 전은 가치추인적(價値追認的) 장르로서

색하는 측면을 명백히 갖는다. 『사기』 열전이 소설적이라거나 불순하다고 비난받아온 것도 이런 면과 무관하지 않다. 중국 사서(史書)에서 『사기』의 이와 같은 면모는 대단히 독특하고 예외적인 것이다. 『사기』 열전이 이처럼 인간이 역사 속에서 겪는 갈등을 생생히 그려낼 수 있었던 것은, 종종 지적되듯, 사마천의 독특한 역사관에 힘입고 있는 면 이외에도 '열전'이라는 형식에 힘입고 있는 면도 없지 않다. 즉, 열전의 경우 역사를 기록한다는 차원에서 특정 인간의 삶을 재현하기에 자연히 갈등의 요소가 끼여들면서 서술이 확장될 수 있다. 우리 경우에도 『삼국사기』 열전에서 이런 점을 확인할 수 있다. 가령 「김유신전」 같은 데는 소설적 갈등의 요소가 풍부히 내포되어 있다. 그러나 문인에 의해 작성된 사전(私傳)은 그렇지 않은바, 특정 인간의 역사적 삶의 갈등을 재현하기보다는 그 가치덕목을 추인하는 데 더 비중을 두고 있다. 따라서 사관(史官)의 역사 기록으로서의 성격을 갖는 열전=사전(史傳)과 문인의 문예물로서의 사전(私傳)은 구분될 필요가 있다.

9) 「진일선생전(眞逸先生傳)」과 「육신전(六臣傳)」에 대해서는 졸고 「조선전기의 인물전 연구」(『부산한문학연구』 3, 1988) 참조.

보다 완결적인 회로를 갖고 있으며, 소설은 가치모색적 장르로서 보다 열린 회로를 갖고 있다고 정리될 수 있다. 즉 실질적으로는 동일한 가치를 옹호하는 경우라 할지라도 소설과 전은 가치에 접근하는 방법, 가치를 드러내는 방식이 판이하다. '가치추인'이니 '가치모색'이니 하는 말은 이와 같은 접근법의 상위를 드러내기 위해 사용되었다. 이러한 접근법의 상위 때문에 전은 현존하는 규범적 가치를 현양하는 데에 보다 적합하다면, 소설은 현존하는 규범적 가치를 옹호할 수도 있지만 새로운 가치나 숨겨져 있는 가치를 찾아나서는 시도를 할 수 있다. 전이 직서(直書)를 본령으로 하면서 상상력을 자제하는 데 반해, 소설은 창조적 상상력을 얼마든지 허용하는 것도 이러한 차이와 관련된다.

전은 서사적 교술문학이고 소설은 서사문학인바 그 장르적 성격이 판이한데, 어째서 조선후기에 와서 두 장르의 상호관계가 긴밀해지면서 '전의 소설화 경향'이 중요한 문학 현상으로 대두하게 되었을까?

그것은 성기옥의 지적처럼[10] 전이 애초부터 사실지향성과 허구지향성의 두 축을 장르적 본질로 하고 있기 때문은 아니다. 그보다는 두 장르가 모두 인간의 삶을 서술하고 있다는 공통점 때문에 근접해 갈 수 있었던 게 아닌가 여겨진다. 비지전장(碑誌傳狀) 중에서도 사전(私傳)은 실용성이 강하지 않고 문예성이 특히 강조되었기에 비교적 용이하게 소설 장르로 근접해갈 수 있었다고 보인다. 무릇 인간의 삶은 시간이 흐르면서 허구화되기 마련인데다가 흥미로운 일화를 전에 제시하려는 방향으로 문학적 풍조가 조선후기에 이르러 바뀌자 전에 다소간 허구적 요소가 첨입(添入)되어갔다고 보인다. 이렇게 보면, 전은 '거사직서(據事

---

10) 성기옥, 앞의 논문.

直書)'를 본령으로 삼는 장르이긴 하되, 허구(소설)로 나아갈 수 있는 소지를 자체 내에 품고 있다고 말할 수 있다.

3

조선후기에 전이 소설적 지향을 갖게 된 동인에 대해서는 보다 근본적인 그리고 다각적인 고려가 추가적으로 이루어지지 않으면 안 된다. 그러기에 앞서 잠시 전과 소설의 관계가 역사적으로 어떻게 변모해왔는가를 일별해둘 필요를 느낀다.

11세기까지의 전으로 현전하는 것은 최치원의 「현수전(賢首傳)」,[11] 혁련정(赫連挺)의 「균여전(均如傳)」 등이 있지만, 이들 작품은 소설과 아무 관련이 없다. 12세기 중반, 김부식이 『삼국사기』를 편찬했는데, 그 열전 중 「온달」·「설씨녀(薛氏女傳)」 등에는 소설적 지향이 보인다. 무릇 고대사의 사료라는 것이 역사와 설화가 분간하기 어렵게 착종되어 있음을 고려할 경우, 「온달」 등에서의 전기적(傳奇的) 지향은 사료 자체의 성격에 의해 초래된 것으로 이해하는 게 온당하지 않을까 한다. 더구나 이 경우는 열전[즉 사전(史傳)]이기에 문인의 사전(私傳)을 문제삼는 본고의 직접적 관심 대상은 아니다.

우리나라 사전(私傳)의 전범은 14세기를 전후하여 신흥사대부층에 의해 마련되는데, 이 시기에 창작된 일체의 전은 그 어느 시기의 전보다도

---

11) 본래 명칭은 「당대천복사주번경대덕법장화상전(唐大薦福寺主翻經大德法藏和尙傳)」이다.

장르적 순연성(純然性)을 보여준다.[12] 전의 장르적 순연성은 대체로 16세기까지의 조선전기 전체를 통해 유지된다.[13] 김시습이나 성현의 예에서 잘 드러나듯, 전기소설(傳奇小說)은 어디까지나 전기소설로, 전은 어디까지나 전으로, 엄격히 구분되어 창작되었다.[14] 그러므로 우리는 여말에서 조선전기 사이에 창작된 전들을 '고전적 전'으로 불러도 좋을 것이다.

다만 단 하나의 예외로서 1511년에 지어진 채수(蔡壽)의 「설공찬전(薛公瓚傳)」을 들 수 있다. 이 작품은 전의 외관을 빌어 소설적 상상력을 구현하고 있다. 「설공찬전」은 조선후기 이전의 전사(傳史)에서 '전의 소설화 경향'을 보여준 최초의 작품으로 간주될 수도 있다. 「설공찬전」으로 인해 채수는 파면되고, 유포된 작품은 당국에 의해 수거되어 소각처분된다. '전의 소설화 경향'의 조짐에 제동이 걸린 것이다.[15] 「설공찬전」의 경우, 관점을 달리한다면 '전의 소설화 경향'으로 보지 아니하고 조동일의 주장처럼 '전을 빙자한 소설'로 볼 수도 있을 것이다. 다만 '전을 빙자한 소설'이라고 말하면 작가가 소설을 염두에 두고 전을 지은 게 되니, 소설 쪽에서 사태를 보는 게 된다. 그러나 필자처럼 '전의 소설화 경향'이라고 하면 기본적으로 전 쪽에서 전의 변화를 관찰하는 게 된다.

---

12) 졸고 「고려후기~선초의 인물전 연구」(『부산한문학연구』 2, 1987) 참조.

13) 졸고 「조선전기의 인물전 연구」(『부산한문학연구』 3, 1988) 참조.

14) 김시습은 「예양전(豫讓傳)」, 「오원전(伍員傳)」을 위시해 10편의 전을 짓는 한편, 전기소설 『금오신화』를 지었다. 성현은 「김취영전」, 「진일선생전」, 「부휴자전」을 짓는 한편, 『용재총화』 권5에 전기소설 「안생전(安生傳)」을 남기고 있다.

15) 「설공찬전」의 전사적(傳史的) 의의에 대해서는 졸고 「조선전기의 인물전 연구」에서 자세히 논했다.

사실, 작자가 다소간 소설을 짓는다는 의식을 갖고 전을 지은 경우에는 이러한 관점상의 차이는 그다지 중요하지 않다. 문제는, 조선후기의 전에는 작자가 다소간 소설을 쓴다는 의식을 갖고 쓴 것으로 보이는 경우도 있지만, 그보다는 소설을 쓴다는 의식을 지니지 않은 채 소설적 지향을 갖는 전을 쓴 경우가 더 많다는 점에 있다. 그러므로 사태는 단순히 '빙자'라고 파악할 수 없을 만큼 심각하다. 조선후기의 전은 작자의 개인적 장르의식을 뛰어넘어 어떤 방향으로 운동해갔다고 보인다. 혹은 다른 각도에서 말한다면, 조선후기의 문인들은 뚜렷한 장르의식 없이도—뚜렷한 장르의식을 지닌 사람은 말할 것도 없고—소설적 성향을 갖는 패사소품적(稗史小品的) 전을 창작하고 있다. 이런 문학사적 현상을 설명해내기 위해서는 전 바깥에서 사태를 관찰하는 것으로는 부족하며 전 속으로 들어가는 것이 필요하다. 다시 말해, 소설 쪽에서 전을 볼 것이 아니라 전 쪽에서 소설과의 관련을 동태적으로 파악하는 관점이 필요하다. 이 때문에 '전의 소설화 경향'이란 관점은 정당성을 갖는다.

논의가 잠시 옆길로 빠진 듯한데, 다시 본제(本題)로 돌아가자. 전과 소설의 관련은 17세기 이래 대단히 긴밀해진다. 이전까지는 전과 소설이 자신의 영역을 각각 지키면서 별다른 상호교섭 없이 공존해왔다고 할 수 있는데, 조선후기에 이르자 '전의 소설화 경향'이 활발하게 나타나게 된다. 물론 조선후기라 해서 고전적인 전이 없어진 것은 아니다. 오히려 전시대의 전과 동질성을 갖는 전들이 양적으로는 더 많이 산생되었다고 판단된다. 그러나 이런 전들은 많은 경우 점점 퇴색해가는 중세적 지배이념을 고수하려고 하고 있으며, 이 때문에 생동감을 잃고 매너리즘화하는 추세를 보인다. 그에 반해 실학자들이나 그 주변의 문인들을 중심으로 창작된 전들은 양적으로는 열세이나, 근대이행기라는 당대의 역사적 추이를 반영하면서 전에 새로운 활기를 불어넣고 있다는 점에서 주목된다. 이 경우 새로운 활기는 소설적 지향과 관련되어 있다.

그렇다면, 이들 전에서 나타나는 소설적 지향은 구체적으로 어떤 면모를 말하는가?

몇 가지를 지적할 수 있다. 우선 허구적 상상력의 현저한 개입이다. 이런 양상은 특히 전기적(傳奇的) 취향이 강한 전, 이를테면 신선전(神仙傳) 계열의 전에서 두드러진다.[16] 가령, 허균의 「남궁선생전」 같은 작품을 예로 들 수 있다. 비단 신선전 계열의 전만이 아니라 조선후기의 패사소품적 전은 대체로 전대의 전이나 동시대의 일반적 전에 비해 창조적 상상력이 한층 두드러진다는 특징을 보인다.

그러나 허구적 상상력의 개입은 소설적 지향의 주요한 측면이기는 하나 이것만이 소설적 지향의 전부는 아니다. '사실에의 직시'라는 원칙을 관철하면서도 소설적 지향을 보이는 전도 상당수 있기 때문이다. 이런 작품의 경우 그 소설적 지향은 대체로 두 가지 점에서 확인된다. 그 하나는, 전의 특징적 서술원리인 '일화의 나열적 제시'를 방기하고 인과관계를 따르는 사건의 서술 속에서 갈등을 통해 주제를 탐색하는 소설적 서술원리를 택하는 경우이다. 이항복의 「유연전(柳淵傳)」 같은 작품

---

16) 이에 대해서는 졸고 「이인설화와 신선전」(『한국학보』 53·55, 1988·1989) 참조. 조선후기의 전과 전기소설은 대단히 밀접한 관련을 보이고 있어 양자의 얽힘에 대해 보다 깊은 연구가 필요하다. 전기소설 중에는 처음부터 전기소설로 창작된 작품도 있지만 (「운영전」이나 「주생전」 등), 전을 짓는다고 지은 것이 전기소설적 요소를 갖게 되거나 더 나아가 전기소설이 되어버린 작품도 있다. 또한 전을 빙자하여 암암리에 전기소설을 지은 경우도 있다. 이 중 처음부터 명백히 전기소설로 창작된 경우를 제외하고는 정도의 차는 있지만 모두 전과 전기소설의 관련을 보여준다.

이 그 좋은 예가 된다. 다른 하나는, 비록 전의 고유한 서술원리인 일화의 나열적 제시가 견지되고는 있되, 그것이 이전처럼 규범적 도덕의 추인을 위해서가 아니라 현실 속에 존재하는 다양한 인간면모를 경험적으로 관찰함으로써 가치를 탐색하기 위한 것으로 전환되고 있는 경우이다. 박지원의 「광문자전」이나 「민옹전」, 이옥의 「유광억전」·「이홍전」 등이 그 좋은 예가 된다. 이러한 서술원리상의 변화와 허구적 상상력의 개입이 서로 결합된 작품도 많다. 오도일의 「설생전」이나 김려의 「장생전」 같은 작품을 예로 들 수 있다.[17]

이쯤에서, 조선후기의 일부 전에 이처럼 소설적 지향이 나타나게 된 동인을 검토해보기로 하자.

무엇보다도 먼저 언급해야 할 사실은, 조선후기는 전대의 규범적 가치가 심하게 동요되었을 뿐 아니라 회의(懷疑)되어간 시대라는 점이다. 그러므로 진지한 사상적 모색을 시도했던 실학자들이나 예민한 감성을 지닌 문사(文士)들은 기존의 관념을 반성하거나 유보하면서 현실 그 자체 속에서 인간의 삶을 관찰해갈 수밖에 없었다. 역사철학적으로 볼 때, 이 시대는 해답이 이미 마련되어 있고 그것을 추인하기만 하면 되는 그런 시대를 지나, 현실에서 해답을 찾아나가야 하는 그런 시대였던 것이다. 이 시기의 주목되는 전들이 입전(立傳)의 소재를 시정세계(市井世界)에서 주로 구하면서 기존의 가치를 단순히 재확인하기보다는 새로운 가치를 발견해나가는 면모를 보여주는 것은 바로 이에 연유한다.

이는 결국 조선후기가 신흥문예인 소설이 성행할 수 있는 역사철학적 토대가 굳건히 마련되었기 때문이라는 말도 된다. 사실, 이 시기의 전에

---

17) 이들 작품에 대해서는 졸고 「이인설화와 신선전」에서 자세히 다루었다.

소설화 경향이 표출된 데는 당대에 성행한 소설의 영향이 크다고 생각된다.

이 점과 관련하여 우리는 이 시기의 전에 설화나 야담이 활발히 수용된다든지 패사소품적 희기취향(喜奇趣向)이 두드러지게 보인다든지 하는 면에 대해서도 주목하게 된다.[18] 이러한 면모들은 이 시기 '전의 소설화 경향'과 밀접한 관련을 갖고 있다고 여겨진다.

4

조선후기에 전이 소설화되고 있다는 지적은 그 자체만으로는 새로운 것이 아니다. 그러므로 우리는 논의를 좀더 진전시킬 필요를 느낀다. 당장 문제가 되는 것은, 소설화 경향을 보이는 작품들을 대체 어떤 장르로 보아야 하는가이다.

이 문제의 해결을 위해 우리는 조선후기의 전에 다음과 같은 세 개의 범주를 설정해볼 수 있을 것이다.

　　(가) 전으로서 안정된 작품
　　(나) 소설화 경향을 보이면서 전과 소설 사이에서 불안정하게
　　　　운동하고 있는 작품
　　(다) 소설로서 안정된 작품

---

18) 조선후기의 전에 설화나 야담이 수용된다든가 패사소품적 희기취향이 두드러진다든가 하는 데 대해서는 위의 졸고에서 자세히 검토했다.

이중 (나)는, 소설화 경향을 보이고 있되 전 쪽에 근접한 작품과, 소설화 경향을 보이고 있되 소설 쪽에 근접한 작품, 이 둘로 나뉜다. 전자를 (나-1), 후자를 (나-2)라 하자.

이러한 범주화의 이론적 근거는 앞에서 이미 제시된바 두 가지다. 그 하나는, 내용적 측면에서 가치추인적인가 가치모색적인가 하는 점이고, 다른 하나는 형식적·서술원리적 측면에서 일화의 나열적 제시인가 서사적 갈등구조인가 하는 점이다. 이러한 근거를 토대로 각 범주에 고유한 속성을 제시하면 다음과 같다.

(가)의 속성: 가치추인적이면서 일화가 나열적으로 제시됨

(나)의 속성: 가치모색적이나 서사적 갈등구조가 미흡함

(나-1)의 속성: 가치모색적이나 일화가 나열적으로 제시됨

(나-2)의 속성: 가치모색적이면서 서사적 갈등구조가 약간 있음

(다)의 속성: 가치모색적이면서 서사적 갈등구조가 뚜렷함

가치추인적이면서 일화가 나열적으로 제시됨은 고전적 전의 일반적 속성이다. 조선후기에도 이런 고전적 성격의 전이 엄존했다. 한편, 소설화 경향을 보이는 전은 (나)에, 특히 (나) 중에서도 (나-1)에 집중되어 있다. (다)는 전이 장르 전환을 이룩하여 완전히 소설의 경역(境域)으로 들어와버린 경우다.

위에 제시된 기준 외에도 범주 설정의 부차적 고려사항으로 여러 가지를 생각할 수 있을 것이다. 이를테면, 허구적 요소의 유무, 작가가 창작에 임한 태도—강한 입전의식을 갖고 창작에 임했는가 아니면 이야기의 재미를 목적으로 창작에 임했는가, 즉 전기가(傳記家)로서 임했는가

아니면 소설가로서 임했는가의 여부—, 패사소품적 취향의 유무, 작품의 미의식(숭고·비장한가 아니면 세속적이거나 비속하거나 풍자적·해학적인가), 주인공의 성격을 무매개적으로 드러내고 있는가 아니면 인물들의 상호얽힘 속에서 매개적으로 드러내고 있는가의 여부, 작품의 당대적 수용 양상 등등을 염두에 둘 수 있을 터이다. 위에 제시된 기준은 대강의 기준으로는 유효하다 하겠으나 실제적 적용에 있어서는 그 그물코가 너무 크다는 흠을 가지므로 개별 작품의 귀속을 결정하고자 할 때에는 이러한 부차적 측면들까지 면밀히 검토하는 것이 필요하다.

(가), (나), (다)의 장르 귀속을 따질 때, (가)와 (나-1)은 전으로, (나-2)와 (다)는 소설로 간주할 수 있다. 그러나 필요하다면 (가), (나), (다)를 전사(傳史)에서, (나), (다)를 소설사에서 취급해도 무방할 것이다. 각각 개별 장르사의 문제의식에 입각해 다루면 될 터이기 때문이다. 중요한 것은 '장르운동'을 보이고 있는 특정 작품에 대해 '전이냐 소설이냐'는 식의 이분법적 판단을 하는 데 있지 않고, 조선후기의 전에서 야기되고 있는 장르운동의 실상과 의미를 문학사의 흐름 속에서 가급적 정확히 포착해내는 것을 담보하는 보다 포괄적인 관점을 확보하는 데에 있다.

시험적으로 허균과 박지원의 전을 위의 범주에 의거하여 나누어보면 다음과 같이 될 것이다.

(가): 「엄처사전」, 「손곡산인전」, 「광문자전」, 「우상전」, 「열녀함양박씨전」
(나-1): 「장산인전」, 「장생전」, 「민옹전」, 「예덕선생전」, 「김신선전」
(나-2): 「마장전」
(다): 「남궁선생전」, 「양반전」, 「허생전」

물론 분류 자체가 능사는 아니다. 이렇게 분류할 수 있는 근거가 작품 분석을 통해 심도 있게 밑받침되어야 할 것이고, 또 허균과 박지원의 전이 위와 같이 분류되는 것이 함축하는 서사문학사적 의미가 충분히 논의되어야 할 것이다. 그러나 본고가 갖는 제약상 이에 대해서는 상론을 피한다.[19]

허균이나 박지원의 전에서 단적으로 알 수 있듯, 'ㅇㅇ전'이라고 명명했다고 해서 무조건 전으로만 보려는 입장은 대단히 단순하고 안이한 것이다. 또한 반대로 이들 작품을 무조건 소설로 보려는 입장 역시 그대로 수긍될 수 없다. 이 두 입장은 일면적 타당성을 가지긴 하나 동시지양(同時止揚)될 필요가 있다.

뿐만 아니라 허균이나 박지원의 전 전체를 '전을 빙자한 소설'이라고 보는 견해도 수긍하기 어렵다. 허균과 박지원의 전 가운데 (가)에 해당하는 것이 존재한다는 사실이 그 점을 입증한다. 이 견해는 또한 (나)의 존재를 제대로 설명하기 어렵다. 전을 빙자한 소설로 파악할 경우 (나)에 속한 작품들의 장르적 위상을 정당하게 읽어낼 수 없다. 소설화 경향을 보이는 작품 중 이 범주의 작품이 가장 많은 수를 점하니 더욱 문제다. 하지만 이 입장은 특정한 작품에 한정해 적용될 때는 타당할 수 있다. 하지만 '소설화 경향'이라는 관점을 대체하여 조선후기 전의 변화일반을 설명하는 관점으로는 인정받기 어렵다.

사실, 허균과 박지원이 남긴 전의 장르 귀속이 '전'인가 '소설'인가를 이분법적 견지에서 논란하는 사이에 실제 작품들이 보이는 장르운동이

---

19) [보주] 이 글을 토대로 이론적으로 좀더 정치한 논의를 펼친 것이 필자의 박사학위논문인 「조선후기 전(傳)의 소설적 성향 연구」이다.

나, 그러한 장르운동이 함축하는 문학사적 의미는 간과되고 만다. 잘못된 단선적(單線的) 문제제기가 논의를 그릇된 방향으로 이끄는 것이다. 그러므로 허균이나 박지원의 전을 온전하게 이해하기 위해서는 전과 소설의 '사이'에서 운동하는 작품들의 양상을 그 전체로서 파악하는 관점이 필요하다. 이러한 관점에서만 전과 소설의 구분이 유의미할 것이다.

17세기 이래 조선후기 서사문학의 장르 체계는 심히 유동적이었기에, 인접 장르 간의 상호관계나 특정 장르 내부의 장르운동에 주목하지 않을 경우, 이 시기 서사문학사의 동적 전개 및 그러한 동적 전개가 던지는 심중한 문학사적 의미는 제대로 포착하기 어렵다. 이 시기는, 작게는 한 작가의 작품군 내부에서, 크게는 문학사의 흐름 내부에서, 전이 활발한 장르운동을 일으키면서 소설로 근접해간 특징을 갖는다. 그러므로 기존의 관점으로는 설화·야담·전·소설이 복잡하게 얽혀 제각기 활발한 장르운동을 경험한 조선후기 서사문학사를 동태적으로 읽어내기 어렵다. 전사(傳史)와 소설사(小說史)의 독자성은 기본적으로 인정하면서도, 기왕에 제출되어 있는 관점을 수정하거나 통합하는 방향에서 제3의 관점을 마련할 필요성이 여기서 대두한다.

5

필자는 두어 해 전부터 사전(私傳)의 역사적 전개양상에 관한 연구를 진행해왔다. 고려후기의 전, 조선전기의 전, 조선후기의 전에 대한 일련의 연구가 그것이다. 다분히 역사주의적 입장에서 전개되어온 이러한 연구를 이론적·장르론적 방향으로 수렴하기 위해 막 준비하는 과정에서 본고가 작성되었다. 따라서 충분히 곰씹어지거나 엄밀하게 논증되지 못한 채 생각의 골격만이 제시된 한계가 없지 않다. 골격을 교정하거나 그에 살을 채워나가는 작업은 향후의 과제로 남긴다.

한문소설과 국문소설의 관련양상

1. 한문소설과 국문소설의 넘나듦

한국한문소설은 나말여초(羅末麗初)에 처음 창작되었다. 국문소설은 17세기에 와서야 창작되었다.[1] 한문소설과 국문소설은 그 표기문자가 다르다. 이 점은 각각의 작품내적 특질과 향수층(享受層)을 상이하게 만드는 중요한 규정 요인이 된다. 그러나 이 점을 원칙적으로 인정하면서도 두 종류의 소설이 비교적 활발하게 서로 넘나들었다는 사실 또한 인정하지 않으면 안 된다.

한문소설과 국문소설의 넘나듦은 16세기 초까지 소급될 수 있으니, 채수(蔡壽)가 창작한 「설공찬전」에서 그 점이 확인된다. 「설공찬전」은

---

1) 본고는 1998년 고전문학회와 한국한문학회가 '한국문학에 있어서 국문문학과 한문문학의 관련양상'이라는 주제로 공동개최한 학술대회에서 발표한 글을 약간 수정한 것이다.

원래 한문으로 창작되었으나, 곧 국역되어 경향(京鄕)에 유포되었다. 한문소설과 국문소설의 넘나듦은 국문소설이 본격적으로 창작된 17세기에서 18세기 초엽에 이르러 더욱 활기를 띤 듯하다. 「주생전」, 「운영전」, 「강로전(姜虜傳)」 등 16세기 말에서 17세기 초에 창작된 한문소설들이 바로 이 시기에 국역된 것으로 보이며, 또한 17세기 후반에 창작된 『창선감의록』, 『사씨남정기』, 「설소저전」 등의 국문소설이 바로 이 시기에 한역(漢譯)된 것으로 추정된다. 『구운몽』에 국문본과 한문본의 두 가지 버전이 존재하는 것도 이런 소설사적 현상을 반영한다.

이처럼 16세기 초 이래 한문소설이 국문소설로 번역되고, 국문소설이 한문소설로 번역되는 양상을 드물지 않게 목도할 수 있다. 그러나 주의해야 할 사실은, 국문작품이 한문으로 한문작품이 국문으로 번역되는 데 그치지 않고, 국역된 것이 다시 한역되거나 한역된 것이 다시 국역되기도 했다는 점이다. 국역된 것이 다시 한역된 사례로는 「강로전」을, 한역된 것이 다시 국역된 사례로는 『사씨남정기』·『구운몽』을 들 수 있다. 국역되거나 한역되면서 원작의 면모는 다소 변개될 수도 있다. 이건(李健)이 국역본을 바탕으로 재한역(再漢譯)한 「강로전」이나 김춘택이 한역한 『사씨남정기』에서 그 점이 확인된다. 이런 점을 고려한다면 원작이 국문인가 한문인가의 여부가 중요하지 않다고는 말할 수 없을 것이다. 그렇긴 하지만 이 문제에 지나치게 집착할 필요 역시 없는 게 아닌가 생각된다. 소설사에서 주요하게 거론되는 몇몇 소설들의 경우 그 표기가 국문이나 한문의 어느 한 쪽만으로 고정되어 있지 않으며, 서로 넘나들면서 '형태 전환'을 보여주고 있기 때문이다.

2. 전기소설이 국문소설에 미친 영향

한문소설과 국문소설의 관련은 단지 '번역'을 통해서만 확인되는 건
아니다. 사실 번역을 통해 확인되는 것은 단순한 양상에 불과하다. 한
문소설과 국문소설의 적극적 관련은 오히려 그 '영향관계'에서 확인
되지 않으면 안 된다. 이 점은 여러 작품을 거론하며 다각적으로 살필
필요가 있지만, 여기서는 다만 몇몇 주요 작품만을 예로 들어 검토하
기로 한다.

1) 전기소설이 『구운몽』·『창선감의록』·『사씨남정기』 등
  발흥기의 국문소설에 미친 영향

(1) 『구운몽』의 경우

『구운몽』·『창선감의록』·『사씨남정기』는 모두 17세기 후반에 창작
된 한글소설이다. 이 소설들은 초기 국문소설이면서도 예술적 창의성
과 성취 면에서 고전국문소설을 대표하는 작품들에 속한다. 그런데 이
작품들에는 전시대의 지배적 소설 장르인 전기소설(傳奇小說)의 영향이
상당 부분 스며 있다. 물론 그 영향의 정도는 작품마다 다르다. 전기소
설이 17세기 소설들에 어떻게 수용되었는가 하는 문제는 근년 김대현에
의해 한 차례 검토된 바 있다.[2] 필자는 그 주장에 공감하는 바가 적지 않
다. 그렇기는 하지만 조금 다르게 생각하는 부분도 없지 않으며, 보충해

---

2) 김대현, 「17세기 소설사의 한 연구」(성균관대 박사학위논문, 1993).

서 말하고 싶은 것도 얼마간 있다. 그러므로 여기서는 필자의 생각을 밝히는 데 주력하기로 한다.

세 작품 가운데 전기소설의 영향이 가장 강하게 느껴지는 작품은 『구운몽』이다. 다음의 몇 가지 사실에서 그 점이 확인된다.

첫째, 남녀의 만남에 대한 서술 방식이다. 가령 양소유와 진채봉이 만나는 대목을 보자.

양생이 과거(科擧) 기한이 멀었음을 인(因)하여 하루 수십 리씩 행하여 산수를 찾고 고적(古跡)을 물어 손의 길이 적막치 아니터니 멀리 바라보니 버들 수풀이 푸르고 푸르렀는 데에 작은 누(樓)가 그 사이에 비치어 가장 유아(幽雅)하여 뵈거늘 채를 드리우고 말을 밀어 날호여 나아가 버들가지 가늘고 길어 땅에 드리워 푸른 실을 풀어 바람에 부치는 듯하니 십분(十分) 구경하염직한지라 양생이 생각하되 "우리 초(楚)땅에 비록 아름다운 나무가 많으나 이런 버들은 보지 아녔노라" 하고 양류사(楊柳詞)를 지어 읊으니 그 글에 가랐으되

양류청여직(楊柳靑如織),

장조불화루(長條拂畵樓).

원군근재식(願君勤栽植),

차수최풍류(此樹最風流).

버들이 푸르러 베를 짠 듯하니

긴 가지가 아름다운 누(樓)에 떨쳤도다.

원컨대 그대는 부지런히 심으라

이 나모 가장 풍류로우니.

양류하청청(楊柳何靑靑),

장조불기영(長條拂綺楹).

원군막반절(願君莫攀折),

차수최다정(此樹最多情).

버들이 자못 푸르고 푸르니

긴 가지가 아름다운 기둥에 떨쳤도다.

원컨대 그대는 부질없이 꺾지 말라

이 나모 가장 정이 많으니.

옳는 소리 맑고 호상(豪爽)하여 금석(金石)에서 나는 듯한지라 봄바람이 거두쳐 누상(樓上)으로 올라가니 누(樓) 가운데 옥(玉)같은 사람이 바야흐로 봄잠을 들었다가 글 소리에 깨어 창을 열고 난간을 의지하여 두루 바라보더니 정히 양생으로 더불어 두 눈이 맞추이니 구름같은 머리털이 귀밑에 드리웠고 옥차(玉釵) 반만 기울었는데 봄잠이 족치 못하여 하는 양이 천연(天然)히 수려하여 말로 형용하기 어렵고 그림을 그려도 방불치 못할러라. 양인이 서로 보기만 하고 아무 말도 못하고 있더니 양생의 서동(書童)이 따라와 부르되 "낭군아, 석식(夕食)이 올려졌나이다." 미인이 문득 창을 닫치니 가만한 향내 바람에 날아올 뿐이라. (…) 이때 어사(진채봉의 아버지─인용자) 경사(京師)에 가고 소저(小姐: 진채봉─인용자) 홀로 집에 있더니 천만 뜻밖에 양생을 만나보고 마음에 생각하되 "여자의 장부(丈夫)를 좇음은 종신(終身)의 대사(大事)라 일생영욕(一生榮辱)과 고락(苦樂)이 달렸으니 문군(文君)은 과부라도 오히려 상여(相如)를 좇았으니 이제 나는 처자(妻子)의 몸이니 비록 스스로 중인(仲姻)하는 혐의를 피(避)치 아니하나 부녀의 절행(節行)에는 해롭지 아니하고 하물며 이 사람의 성명과 거주를 알지 못하니 부친께 취품(取稟)하여 정한 후 중매를 부리려 하면 동서남북의 어디 가 찾으리요." 급급히 화전(花箋)을 펴고 두어 줄 글을 써 봉하여 유모를 주어 왈 "이를 가지고 앞 객점중(客店中)에 가 나귀 타고 내 집 누하(樓下)에 와 양류사(楊柳詞) 읊던 상공을 찾아 전하고 나의 인연을 맺어 일생을 의탁(依託)하려 하는 줄을 알게 하되 이는 나의 종신대사(終身大事)니 삼가 허수히 말라.[3]

이 인용문에서 볼 수 있듯 양소유와 진채봉의 만남은 전기소설의 남녀 주인공이 만나는 방식을 그대로 따르고 있다. 남녀의 내적 욕구에 따른 결연, 만남이 이루어지는 상황의 설정 방식, 여성의 적극성, 시의 수창(酬唱)에 따른 감정의 교감(交感) 등등 여러 가지 점에서 전기소설의 관습을 읽어낼 수 있다. 전기소설의 문법, 전기소설의 미적 원리가 『구운몽』이라는 텍스트 속으로 '인입(引入)'된 것이다. 담론 이론의 용어를 빌린다면, 현저한 '상호텍스트성(intertextuality)'이 확인되는 셈이다.

진채봉은 양소유의 양류사에 화답하는 시를 지어 보냈다. 그 시는 다음과 같다.

누두종양류(樓頭種楊柳),
의계낭마주(擬繫郎馬住).

---

3) 정병욱·이승욱 교주(校注), 『구운몽』(한국고전문학대계 9, 민중서관, 1972), 29~33면. 원래는 국한문 혼용체로 되어 있는데, 필자가 한자를 한글로 바꾼 뒤 괄호 속에 병기하는 식으로 바꾸었다. 그리고 시의 번역도 조금 수정했다.

여하절작편(如何折作鞭),

최하장대로(催下章臺路).⁴

누(樓) 앞에 버들을 심어

낭군의 말 매어 머물게 하려 했는데

어찌하여 꺾어 채찍 만들어

재촉하여 장대(章臺) 길로 내려가시나.

양소유는 다시 다음과 같은 시를 지어 유모로 하여금 전하게 했다.

양류천만사(楊柳千萬絲),

사사결심곡(絲絲結心曲).

원작월하승(願作月下繩),

계전춘소식(繼傳春消息).⁵

버들이 일천 일만 실이나 되니

실마다 마음이 맺혀 있도다.

원컨대 월하노인 노를 만들어

봄소식을 전했으면 하노라.

『구운몽』의 전기소설적 연관이, 남녀가 시의 수창(酬唱)을 통해 자신의 은밀한 내면을 표백(表白)하는 방식 '자체'에만 있는 것은 아니다. 두 사람이 읊은 네 수의 양류사는 전기소설적 교양을 전제하지 않고서는

4) 위의 책, 37면.
5) 위의 책, 39면.

그 의미를 제대로 해득하기 어렵다. 이 시들은 특히 당(唐) 전기소설인 「유씨전(柳氏傳)」과의 상호텍스트성을 보여주는데, 「유씨전」에는 이런 시구가 나온다.

장대의 버들, 장대의 버들
옛날에 푸르렀는데 지금도 있는지?
긴 가지 옛날처럼 드리웠다 해도
남의 손에 응당 꺾였을 테지.
章臺柳章臺柳,
昔日靑靑今在否?
縱使長條似舊垂,
亦應攀折他人手.[6]

『구운몽』에 나오는 네 수의 양류사는 바로 이 시구를 패러디한 것임에 틀림없다. 뿐만 아니라 『구운몽』의 양류사에는, 진채봉이 나중에 적몰(籍沒)되어 궁궐의 시비(侍婢)가 되었다가 우여곡절 끝에 양소유와 다시 만나 부부로 맺어지는, 이후 전개되는 사건의 복선이 깔려 있다. 하지만 「유씨전」에 대한 배경지식이 없다면 여기에 복선이 깔려 있음을 전연 알아차릴 수 없다. 진채봉이 유폐된 궁궐은 유씨가 유폐된 사타리(沙吒利)의 집에 대응된다. 양소유의 화답시 중에 보이는 "원작월하승(願作月下繩)"이라는 말도 범상히 보아넘길 말이 아니다. '월하승(月下繩)'이라는 단어는 꼭 전기소설에서만 보이는 것은 아니지만, 전기소설

---

6) 楊家駱 主編, 『唐人傳奇小說』(臺北: 世界書局, 1975), 52면.

에서 애용되는 말임에 분명하다. 가령 「만복사저포기」의 "월로이전금슬선(月老已傳琴瑟線)", 「이생규장전」의 "종금월로전승거(從今月老纏繩去)", 「하생기우전」의 "홍승계족, 자유정명(紅繩繫足, 自有定命)" 등에서 그 점이 확인된다. 그러므로 미세하게 본다면 시구 하나, 단어 하나에서도 전기소설적 연관을 포착해낼 수 있다. 그리고 시구 하나, 단어 하나는 단순히 시구 하나, 단어 하나에 그치지 않고 그 배후에 상호텍스트성이 작동하고 있음을 간과할 수 없다.

둘째, 양소유와 정경패가 남다른 예술적 취향을 갖고 있다는 사실이다. 필자는 일찍이 전기소설의 남녀 주인공들이 예술적 취향에 의해 서로 연결되면서 깊은 유대를 확보한다는 사실을 지적한 바 있다.[7] 양소유는 도인(道人)에게서 음률의 묘한 이치를 배우는데, 양소유가 하산(下山)할 때 도인은 이렇게 말한다.

지음(知音)을 만나기는 옛 사람의 어려워하던 바이라. 이제 거문고와 퉁소를 주나니 후일에 필연 쓸 곳이 있으리라.[8]

도사의 이 말은 퍽 의미심장하다. 양소유는 거문고 연주를 통해 정경패라는 지음(知音)과 인연을 맺을 수 있었기 때문이다. 정경패 역시 음률에 정통하여 그 예술적 식견이 초범(超凡)한 것으로 그려진다.

'지음'은 애정전기에서 대단히 중시되는 모티프다.[9] 어떤 의미에서 지

---

7) 졸고 「전기적 인간의 미적 특질─전기소설 서사문법의 규명을 위한 예비적 작업」(『민족문학사연구』 7, 1995) 참조.
8) 정병욱·이승욱 교주, 『구운몽』, 45면.
9) 졸고 「전기적 인간의 미적 특질─전기소설 서사문법의 규명을 위한 예비적 작업」 참조.

음은 애정전기의 남녀 주인공이 추구하는 이상(理想)이랄 수 있다. '지음(知音)'에서 '음(音)'은 시(詩)가 될 수도 있고 음악이 될 수도 있다. 바로 이 점에서 애정전기의 남녀 주인공은 다분히 문인적·예술가적 면모를 띤다고 말할 수 있다. 그런데『구운몽』의 양소유는 영웅적이거나 구도자적 면모만을 갖는 것이 아니라 바로 이런 예술가적 면모를 지니고 있다. 양소유의 다정다감함도 이와 무관하지 않다.[10] 정경패 역시 예술가적 면모를 지니고 있다. 정경패만이 아니라 진채봉, 계섬월도 마찬가지다. 심지어 비자(婢子)인 가춘운까지도 문예 취향을 갖고 있어 시를 읊조리고 있다. 그러나『구운몽』에서 양소유와 가장 표나게, 그리고 가장 우아하게 지음으로 맺어지는 상대는 단연 정경패와 난양공주다. 여기서 우리는 다시 위의 인용문을 상기할 필요가 있다. 양소유가 도사에게서 전해받은 건 거문고와 통소다. 거문고가 양소유와 정경패가 지음임을 확인해주는 매개물이라면, 통소는 양소유와 난양공주가 지음임을 확인해주는 매개물이다. 다음 구절을 보자.

양상서(楊尙書: 양소유—인용자) 높은 누(樓)에 올라 난간을 비겨 월색(月色)을 바라더니 홀연 바람결에 얼프시 통소소리 불어오거늘 귀를 기울여 들으니 희미하여 곡조를 분변치 못할러라. 상서 원리(苑吏)를 불러 술을 부으라 하고 벽옥(碧玉) 통소를 내어 두어 곡조를 농(弄)하니 맑은 소리 구소(九霄)에 올라 난봉(鸞鳳)이 우는 듯한지라 청학(靑鶴) 한 쌍이 금중(禁中)으로 좇아 내려와 배회하며 춤추니 모든 원리(苑吏)들이 서로 전하여 이르되 왕자진(王子晉)이 인간(人間)에 내려왔다 하

---

10) "양생은 본디 다정(多情)한 사람이라."(정병욱·이승욱 교주,『구운몽』, 131면)

더라. 원래 양상서의 들은 퉁소는 심상한 사람의 곡조 아니라. 이때 황후 (皇后) 두 아들과 한 딸을 두어 계시니 황상(皇上)과 월왕(越王)과 난 양공주(蘭陽公主)라. 공주 탄생할 제 태후(太后) 꿈에 신선의 꽃과 붉은 진주를 보았더니 및 자라매 용모 기질이 완연히 신선같아여 한 점 세속 태도 없고 문장과 일마다 사람에게 지나고 또한 기이한 일이 있으니 측 천황후(則天皇后) 시절에 서역(西域) 대진국(大秦國)이 백옥(白玉) 퉁 소를 공(貢)하니 제도(制度) 극히 기묘하되 아무도 들을 이 없더니 공주 꿈에 선녀(仙女)를 만나 곡조 전하니 세상 사람은 아는 이 없으나 공주 매양 퉁소를 불면 모든 학이 내려와 춤추니 태후(太后)와 상(上)이 기이 히 여겨 진(秦) 목공(穆公)의 딸 농옥(弄玉)의 일을 생각하여 부디 소사 (簫史) 같은 부마(駙馬)를 얻으려 하시는 고로 공주 이미 장성하였으되 오히려 하가(下嫁)한 데 없더니 이날 우연히 월하(月下)에서 한 곡조를 불어 청학 한 쌍을 길들이더니 곡조 그치며 그 학이 날아 옥당(玉堂)으 로 가니 궐중(闕中) 사람이 성히 전하되 양상서 퉁소를 불어 선학(仙鶴) 을 내리게 한다 하니 천자 이 말을 들으시고 공주 인연이 이곳에 있는 줄 알으사 (…)[11]

이처럼 『구운몽』의 인물들에게서 강한 문예적 취향이 나타나는 것은 애정전기의 장르 관습이 인입된 결과다.

셋째, 전기소설에서 '난리'는 남녀 주인공의 이별을 초래하는 중요한 서사 적 장치인데, 이 서사적 장치가『구운몽』에 그대로 구사되고 있다는 점이다. 『구운몽』에서 양소유가 알게 되는 첫 번째 여자는 진채봉이다. 그러

---

11) 위의 책, 171~173면.

나 양소유와 진채봉은 서로 장래를 약속했으면서도 당장 맺어지지는 못한다. 갑자기 난리가 터지고, 그에 연루되어 진채봉이 경사(京師)로 잡혀가 궁녀가 됨으로써다. 양소유와 진채봉의 상봉은 『구운몽』의 뒷부분에 가서야 이루어진다. 진채봉 이야기만 떼어놓고 본다면 그 자체가 1편의 전기소설이라 할 만하다.

넷째, 진채봉 이야기만 그런 게 아니라, 양소유와 각 여인이 부부로 맺어지는 이야기는 저마다 다소간 전기소설의 면모를 보여주거나 전기소설을 패러디하고 있는 면이 있다. 한두 예를 들어보기로 한다.

먼저 가춘운이 귀신으로 행세하며 양소유를 속이는 이야기부터 보자. 이 삽화는 인귀교환(人鬼交驩)을 제재로 한 전기소설을 패러디한 것이다. 양소유는 선계(仙界)와 방불한 공간에서 서왕모(西王母)의 시녀라는 장녀랑(張女郞: 가춘운)을 만나 운우지락(雲雨之樂)을 나눈다. 둘은 이튿날 새벽 이별하면서 시를 주고받는다. 양소유는 눈물을 뿌리고 집으로 돌아온다. 그후 양소유는 장녀랑을 잊지 못해 다음과 같이 축원(祝願)한다.

유명(幽明)이 비록 다르나 정(情)은 가리이지 아녔으니 꽃다운 영혼(靈魂)은 나의 정성을 살려 오늘 밤에 서로 모듬을 바라노라.[12]

이 축원의 어조와 투식은 '유혼(幽婚)'을 제재로 한 전기소설의 그것과 동일하다. 요컨대 '가춘운위선위귀(賈春雲爲仙爲鬼)' 삽화는 전기소설의 창조적 번안이라 할 만하며, 전기소설적 교양 위에서 성립된 것이 분명하다.

---

12) 위의 책, 131~133면.

자객 심요연이나 용녀(龍女) 백능파 이야기에서도 전기소설의 면모 내지 영향을 확인할 수 있다. 심요연에게서는 검협류(劍俠類) 전기(傳奇), 특히 「섭은랑(聶隱娘)」이나 「홍선전(紅線傳)」 등 여협(女俠)을 주인공으로 한 작품들의 영향이 감지된다. 백능파 이야기는 「유의전(柳毅傳)」을 전제하지 않고서는 온전한 독해가 이루어지기 어려울 만큼 그 상관관계가 높다. 가령 다음 구절을 보자.

① 첩의 맏형이 경수(涇水)에 서방 맞아 가더니 개가(改嫁)하여 유진군(柳眞君)의 아내 되니 구족(九族)이 다 공경하여 대접함을 다른 형제로 같이 아니하더니(…)[13]

② 왕왈(王曰) "이 곡조(曲調) 수부(水府)에도 예는 없더니 과인(寡人)의 맏딸이 경하(涇河)에 시집갔더니 욕을 보거늘 전당(錢塘) 아이 경양(涇陽)에 가 싸움 이기고 여자를 데려오니 궁중 사람이 글을 만들어 「전당파진악(錢塘破陣樂)」과 「귀주환궁악(貴主還宮樂)」이라 하여 이따금 궁중 잔치에 쓰더니 이제 원수(元帥) 남해태자(南海太子)를 파(破)하고 부자(父子) 서로 모이니 전일(前日)로부터 방황(彷佛)할새 이 곡조를 진(進)하고 이름을 고쳐 「원수파진악(元帥破陣樂)」이라 하나이다." 상서(尙書) 대열(大悅)하여 왕께 사뢰되 "이제 유선생(柳先生)이 어디 있나니꼬 가히 서로 보리이까." 왕왈 "이제 유랑(柳郞)이 영주(瀛洲) 선관(仙官)이 되어 직사(職仕)되었으니 마음대로 오지 못하리이다."[14]

---

13) 위의 책, 219면.
14) 위의 책, 231면.

①은 백능파의 말이고, ②는 백능파의 부친인 용왕(龍王)과 양소유가 나눈 말이다. ①, ②의 서술 모두 「유의전(柳毅傳)」에 대한 사전 지식 없이는 제대로 이해하기 어렵다. ①의 경수(涇水), 서방 맞아 감, 개가(改嫁), 유진군(柳眞君), ②의 수부(水府), 경하(涇河), 욕을 봄, 전당(錢塘) 아이, 경양(涇陽)의 싸움에서 이김, 여자를 데려옴, 「전당파진악(錢塘破陣樂)」, 「귀주환궁악(貴主還宮樂)」, 유선생(柳先生) 등은 죄다 「유의전」에서 유래한다. 「유의전」이 레퍼런스(reference), 곧 준거가 되고 있는 것이다.

①, ②를 통해 알 수 있듯 양소유는 「유의전」의 남자 주인공인 유의(柳毅)와 동서간이다. 정확히 말해 유의는 양소유의 손위동서다. 양소유는 유의를 '유선생'이라 칭하며 그 행방을 궁금해하고 있다. 『구운몽』에는 이처럼 유의가 비록 작품에 직접 등장하지는 않지만 양소유와 동서관계로 설정되어 있다. 어떤 점에서 보면 백능파의 이야기는 「유의전」의 후속담(後續談)으로서의 면모를 갖고 있다. '유의 이야기'가 끝난 뒤의 용궁사(龍宮事)라는 점에서 그러하다. 후속담은 앞의 이야기를 전제로 하게 마련이다. 이 점에서 「유의전」의 패러디는 위에서 거론한 「유씨전(柳氏傳)」의 패러디나 유혼전기(幽婚傳奇)의 패러디와는 그 성격을 달리한다. 백능파 이야기는 『구운몽』이 전기소설의 성과를 풍부하게 참조하고 활용하여 창작되었음을 여실히 보여준다.

다섯째, '서사공간'의 성격과 관련해서다. 『구운몽』은 천상세계와 선계(仙界), 용궁 등 광대한 서사공간을 보여준다. 서사공간의 이런 면모는 전기소설로부터 물려받은 것이라 생각된다. 전기소설이 이계(異界)나 별계(別界)에 큰 관심을 쏟아 천상, 지옥, 수부(水府), 선계(仙界) 등을 그 서사공간으로 삼았다는 데 대해서는 자세히 언급할 필요가 없을 줄 안다. 『구운몽』은 바로 이런 전기소설의 전통 위에 있다.

여섯째, '문체'와 관련해서다. 전기소설은 한문을 표기문자로 삼는 장르이고, 『구운몽』은 한글로 창작된 소설이다. 따라서 양자의 문체를 비교하는 것은 적절치 않다. 그러나 그 점을 인정하면서도 제한된 테두리 내에서 『구운몽』과 전기소설의 문체를 서로 비교해보는 것은 가능하고 또 필요한 일이다.

우선 『구운몽』의 문체가 썩 전아(典雅)하다는 사실을 지적할 수 있다. 『구운몽』의 문체는 아주 격조가 있으며, 사용된 고사(故事)나 전거(典據)도 문아유여(文雅有餘)한 사대부적 교양을 보여준다. 이 점에서 『구운몽』은 표기문자의 차이를 넘어 그 문체적 특징이 전기소설의 문체적 특징과 상통하는 바가 있다. 가령 한국 전기소설의 기념비적 작품인 『금오신화』와 『구운몽』을 나란히 놓고 한번 생각해보자. 두 작품은 그 시간적 상거(相距)가 말해주듯 일견 아무런 유사성이나 관련성이 없는 것처럼 보이지만, 꼭 그런 것만은 아니다. 두 소설은 각각 별개의 역사적 장르(historical genre)로서 표기문자와 서사문법이 다름에도 불구하고 문체적으로 근접해 있으며, 문체적 상사(相似)를 보여준다. 이는 『구운몽』이 전기소설의 교양과 지반(地盤) 위에서 창작된 결과다.

『구운몽』에는 여러 편의 시(詩)가 보이는데, 서사과정(敍事過程)에서 시를 적절히 활용하는 기법 역시 전기소설의 전통을 수용한 것이라 할 만하다. 뿐만 아니라 『구운몽』은 위곡(委曲)한 어조, 정황묘사나 심회토로(心懷吐露)의 면모, 특정한 전고(典故)의 사용 등에서도 전기소설과의 연관성을 보여준다. 몇 가지 예를 들어본다.

(가1) 생(生: 양소유—인용자)을 인(引)하여 정자(亭子) 위에 가 주객(主客)으로 나눠 앉고 여동(女童)이 주찬(酒饌)을 드리더니

(가2) 미인이 탄식하고 가로되 "옛 일을 이르려 함에 사람의 슬픈 마음을 돕는도다. 첩은 본디 요지왕모(瑤池王母)의 시녀(侍女)러니 낭군의 전신(前身)이 곧 상천선자(上天仙子)라. 옥제명(玉帝命)으로 왕모(王母)께 조회(朝會)하더니 첩을 보고 신선의 실과(實果)로 희롱하니 왕모(王母) 노하시어 상제(上帝)께 사뢰어 낭군은 인세(人世)에 떨어지고 첩이 또한 산중(山中)에 귀양 왔더니 이제 기한이 차 도로 요지(瑤池)로 갈 것이로되 부디 낭군을 한번 보아 옛 정을 펴려 하는 고로 선관(仙官)에게 빌어 한 달 기한을 주니 첩이 진실로 낭군이 오늘 오실 줄 알더니이다."

(가3) 이때 달이 높고 은하 기울었으니 밤이 깊었는지라 서로 이끌어 침석(寢席)에 나아가니

(가4) 마치 유(劉)·완(阮)이 천태산(天台山)에서 선자(仙子) 만남 같아 황홀하여 가히 형상(形狀)치 못할러라.[15]

(나1) 이 날 양한림(楊翰林)이 화원(花園)에서 밤 들도록 선녀(仙女)를 생각하여 잠을 이루지 못하더니 나무 그림자 창에 가득하고 달빛이 몽롱한 중에 사람의 발자취 소리 있거늘 창을 열어 보니 수풀 사이에 한 고운 계집이 담장소복(淡粧素服)으로 월하(月下)에 섰거늘 자시 보니 자각봉(紫閣峰)에서 만나 보던 선녀라. 정을 이기지 못하여 나아가 손을 이끌어 한 가지로 방에 들어감을 청한대

15) 위의 책, 125~127면.

(나2) 여자 사양왈(辭讓曰), "첩의 근본을 낭군이 벌써 알아 계시니 낭군은 홀로 아처한 마음이 없으니이까. 첩이 처음으로 만나서 마땅히 바른대로 아뢸 것이로되 낭군이 두려워할까 하여 거짓 신선을 의탁(依託)하여 하룻밤 침석(寢席)을 모시니 첩의 영화 극(極)하고 마른 뼈 썩지 아닐러니 금일(今日)에 낭군이 첩의 집을 돌아보고 술을 뿌려 외로운 넋을 위로하니 첩이 감격함을 이기지 못하여 한번 얼굴을 대하여 사례(謝禮)할지언정 어이 감히 유음(幽陰)의 더러운 재질(才質)로 군자를 가까이 하리요. 한번 이 이미 의심하니 어찌 감히 가까이 모시리이까."[16]

(다) 한림(翰林)이 가로되 "홍랑(鴻娘)의 높은 뜻은 양월공(楊越公)의 홍불기(紅拂妓)라도 밎지 못하리로다. 다만 스스로 이위공(李衛公)의 재조(才操) 없음을 부끄러워하나이다."[17]

(가1)에서 (가4)까지는 의사(擬似) 선계공간(仙界空間)으로 인도된 양소유가 의사(擬似) 선녀(仙女)와 관계를 맺는 장면의 묘사다. (가1)과 (가3)은 정황묘사에 해당하고, (가2)는 여인의 심회토로에 해당한다. (가4)는 고사를 빌어 두 남녀의 운우지락(雲雨之樂)을 말하고 있다. (가1)에서 (가4)에 이르기까지의 일련의 서술은 전기소설의 서술방식과 방불하다. 그리고 (가4)의 유(劉)·완(阮)은 유신(劉晨)과 완조(阮肇)인데, 유혼전기(幽婚傳奇)에 종종 인거되는 인물이다. 가령 나말여초의 전기소설인 「최치원(崔致遠)」의,

---

16) 위의 책, 133면.
17) 위의 책, 169면.

이에 치원이 두 여인을 도발하며 말했다.

"일찍이 들으니 노충(盧充)이 사냥하다가 홀연 좋은 인연을 만났고, 완
조(阮肇)가 선인(仙人)을 찾다가 아름다운 배필을 만났다고 합니다. 만일
꽃다운 정을 허락하신다면 짝이 될 수 있을 테지요."[18]

라는 구절이나 "완조와 유신은 평범한 인간(阮肇劉晨是凡物)"[19]이라는
구절을 예로 들 수 있다. 이 두 인물의 고사는 중국이나 베트남 전기소
설에서도 자주 인거된다. 물론 이 하나만을 갖고서 『구운몽』과 전기소
설이 그 전고(典故) 사용에 있어서 연관성이 있다고 단정적으로 말할 수
는 없을 것이다. 그러나, 여기서 일일이 예거할 수는 없지만 『구운몽』이
애정전기에 흔히 동원되는 염정고사(艶情故事)나 유혼고사(幽婚故事)를
빈번히 전고(典故)로 활용하고 있음은 분명한 사실이다.

(나1)은 정황묘사이고, (나2)는 심회토로이다. 한글로 표기되었다는
차이만 있을 뿐 한문으로 쓰인 전기소설에서 익히 보던 문투임을 간취
할 수 있다.

(다)는 홍불기(紅拂妓)와 이위공(李衛公)이라는 인물을 끌어와 자신들
에 대해 말하고 있다. 이런 서술법은 전기소설에서 자주 볼 수 있다. 전
기소설에서는 이런 경우 변려문(駢儷文)을 구사하면서 대우(對偶)를 맞
추곤 한다.

---

18) "致遠乃挑二女曰: 嘗聞盧充逐獵, 忽遇良姻. 阮肇尋仙, 得逢嘉配. 芳情若許, 姻
好可成."(박희병 校注, 『한국한문소설』, 한샘, 1995, 46면)

19) 「최치원」, 위의 책, 49면.

(2) 『창선감의록』과 『사씨남정기』의 경우

『창선감의록』과 『사씨남정기』는 『구운몽』만큼 현저하게 전기소설과의 연관을 보여주지는 않는다. 그렇기는 하나 전기소설과의 연관성이 없는 것은 아니다. 『창선감의록』에는 서사과정상 7수의 한시가 제시되는데, 이는 전기소설의 서사기법을 수용한 것이다.[20] 『창선감의록』과 전기소설의 연관성은 그 제10회에 등장하는 안남(安南) 출신의 여자객(女刺客) 이팔아(李八兒)에서도 확인되는바, 이팔아는 곧 여협류(女俠類) 전기소설에서 유래하는 인물이다.

『사씨남정기』에서 사씨는 장사(長沙) 근처에 이르러 사세(事勢) 궁함을 느껴 자살을 시도한다. 그러나 유모와 차환(叉鬟)의 만류로 뜻을 이루지 못한다. 그녀는 통곡하다가 기운이 빠져 잠시 잠이 드는데, 꿈속에서 순임금의 2비(二妃)인 아황(娥皇)과 여영(女英), 위국부인(衛國夫人) 장강(莊姜), 한나라 반첩여(班婕妤) 등과 만나 이야기를 주고받는다. 이 대목은 전기소설, 특히 몽유록과의 연관이 두드러진다. 다음은 그 입몽(入夢) 부분이다.

　　사씨 문득 기운이 시진(澌盡)하야 유모의 무릎을 의지하야 잠간 조으더니 비몽사몽간에 한 여동(女童)이 와 이르되 "낭랑(娘娘)이 부인을 청하시더이다." 사씨 놀라 가로되 "낭랑은 뉘시뇨?" 여동이 가로되 "가시면 자연 알으시리다." 사씨 이에 여동을 따라 한 곳에 이르니 한 전각(殿

20) 이 점은 진경환, 「창선감의록의 작품구조와 소설사적 위상」(고려대학교 박사논문, 1992), 80면에서 지적된 바 있다.

閣)이 강변에 있어 광활한지라 여동이 부인을 다리고 전각으로 들어가더니 이윽고 발을 걷어치고 전상(殿上)에서 소래하야 가로되 "오르라!" 하거늘 사씨 동자를 따라 전상에 오르니 양위(兩位) 낭랑이 교의(交椅)에 않았고 좌우에 모든 부인이 모셨더라. 사씨 예를 마치매 그 부인이 좌(座)를 주고 가로되 "우리는 다른 사람이 아니라 순(舜)임금의 두 왕비라. 상제(上帝)께서 우리의 정상(情狀)을 측은히 여기시고 이곳 신령을 시키신 고로 이에 있나니 이러므로 고금(古今) 절부(節婦) 열녀(烈女)를 가으말아 세월을 보내더니 그대 이제 일시 화를 만나 이 속에 이름이로다. 천정(天定)한 수(數)니 아모리 죽고저 하나 무가내하(無可奈何)라 마음을 너그럽게 하라." 사씨 일어나 사배(四拜)하고 가로되 (⋯)[21]

다음은 각몽(覺夢) 부분이다.

(⋯) 사씨 일어나 사례(謝禮)하야 가로되 "오늘 이 여러 부인의 면목을 이렇듯 뵈옴은 뜻하지 아닌 바니 어찌 영광이라 아니하오리까." 여러 부인이 흔연히 답사(答謝)하더라. 사씨 인하야 하직하니 낭랑(娘娘)이 가로되 "매사를 힘써 하면 오십 년 후 이곳에 자연 모일 것이니 다만 삼가 보중(保重)하라" 하고 청의여동(靑衣女童)을 명하야 "모셔가라!" 하니 사씨 절하고 뜰아래 나릴 새 전상(殿上)에서 열두 주렴(珠簾) 지우는 소리에 놀라 잠을 소소치니 유모 등이 부인이 오래도록 혼절(昏絶)함을 망극(罔極)하야 깨기를 기다리더니 오래 동안에야 몸을 움즈기거늘 기

21) 박성의 주석(註釋), 『구운몽 · 사씨남정기』(정음사, 1959), 185~186면. 원래는 국한문 혼용체로 되어 있는데, 필자가 한자를 한글로 바꾼 뒤 괄호 속에 병기하는 식으로 바꾸었다.

뼈하야 급히 구하니 사씨 일어나 어느 때나 되었음을 물으니 잠든 후 서너 시간이나 되었다 하더라.[22]

2) 전기소설이 군담소설에 미친 영향

전기소설은 군담소설에도 영향을 미쳤다. 전기소설과 군담소설은 그 발생 배경, 향유층, 미적 지향이 전연 다른 두 개의 역사적 장르(historical genre)인바, 얼핏 생각하기엔 영향관계가 있을 성 싶지 않다. 그러나 찬찬히 살펴보면 의외로 영향관계가 확인된다. 여기서는 『조웅전』과 『남정팔난기』 두 작품을 검토한다.

『조웅전』은 군담소설 중 대단히 인기를 끌었던 작품이다. 이 작품은 다음의 두 가지 점에서 전기소설의 영향이 확인된다.

첫째, 시(詩)·가(歌)의 광범한 활용이라는 점에서다.

『조웅전』에는 서사과정상 수많은 시가가 나타난다. 가령 관동(冠童)들의 시절가, 장소저의 탄금가, 조웅의 화답가, 금련의 기롱가(譏弄歌), 매화의 상별곡(相別曲)·설매가(雪梅歌)·태평곡(太平曲), 여동(女童)의 채약가(採藥歌) 등을 예로 들 수 있다. 이들 시가는 한시, 시조, 가사(歌辭)를 망라한다. 한시만이 아니라 시조와 가사를 소설 속에 끌어들인 건 새로운 경지를 개척한 것이라 하겠지만, 서사과정상에 시(詩)·가(歌)를 적절히 활용하는 수법은 역시 전기소설의 시(詩)·사(詞) 전통에서 유래하는 것으로 여겨진다.

둘째, 조웅과 장소저의 결연방식에서다. 조웅과 장소저는 서로 음악

---

22) 위의 책, 189~190면.

에 이끌린다. 다음이 그 점을 잘 보여준다.

(조웅이—인용자) 황혼에 명월을 대하여 풍월도 하며 노래도 부르더니 이윽하여 안으로서 쇄락(灑落)한 금성(琴聲)이 들리거늘 반겨 들으니 그 곡조에 하였으되

"초산(楚山)의 남글 베어 객실(客室)을 지은 뜻은

인걸(人傑)을 보렸더니 영웅은 간 데 없고 걸객(乞客)만 흔히 온다.

석상의 오동 베어 금(琴)을 만든 뜻은

원앙을 보렸더니 원앙은 아니 오고 오작(烏鵲)만 지저귄다.

아이야 잔 잡아 술부어라 만단수회(萬端愁懷)를 지어 볼까 하노라."

웅이 듣고 심신이 쇄락하여 혼자 즐겨 왈 "이 곡조를 들으니 분명 신통한 사람이로다. 이러한 가운데 내 어찌 노상걸객(路上乞客)이 되어 대(對)를 못하리요?" 하고 행장의 통소를 내어 거문고 그치매 초당(草堂)에 높이 앉아 월하에 슬피 부니 위부인과 소저 통소 소리를 듣고 대경(大驚)하여 급히 중문에 나와 들으니 초당에서 부는지라 소리 쟁영(崢嶸)하여 구름 속에 나는지라 그 곡조에 하였으되

"십 년을 공부하여 천문도(天文圖)를 배운 뜻은

월궁에 솟아올라 항아(姮娥)를 보렸더니

세연(世緣)이 있었더니 은하에 오작교 없어 오르기 어렵도다.

소상(瀟湘)의 대를 베어 통소를 만든 뜻은

옥섬(玉蟾)을 보려 하고 월하에 슬피 분들 지음(知音)을 뉘 알리요?

두어라 알 이 없으니 수회(愁懷)를 위로할까 하노라."[23]

23) 조희웅 교주(校註), 『조웅전』(형설출판사, 1978), 63~64면. 원래는 국한문 혼용체로

전기소설의 남녀 주인공은 음악적 공감(共感)을 중시한다. 장소저의 거문고 연주에 조웅이 퉁소로 화답한 것은 전기소설의 서사문법이 인입된 결과다.

한편 조웅은 장소저와의 결연 과정에서 '충동적 인간'의 면모를 여실히 보여주는데, 이 역시 전기소설의 전통에서 유래하는 것으로 판단된다.[24] 가령 다음 대목을 보자.

(조웅은—인용자) 활달한 마음을 이기지 못하여 중문을 열고 내정(內庭)에 들어가니 인적은 고요하고 월색(月色)은 삼경이라 후원 별당에 등촉(燈燭)이 영롱한데 풍월(風月) 소리 나는지라 조용히 문을 열고 완연히 들어 앉아 사면을 둘러보니 분벽사창(粉壁紗窓)에 병풍을 둘렀는데 풍월 하는 옥녀(玉女) 침금(枕衾)에 빗겻다가 웅을 보고 대경(大驚)하여 침금을 무릅쓰고 전신(全身)을 감추거늘 웅이 등하(燈下)에 앉아 예성(曳聲) 왈 "소저는 놀라지 마오. 나는 초당(草堂)에 유(留)하온 손이옵더니 객리(客裏)에 월야(月夜)를 당하여 층층한 수회(愁懷)로 배회하옵더니 풍월 소리 들리거늘 행여 귀댁(貴宅) 공자신가 하여 시흥(詩興)을 탐하여 들어왔삽더니 이러한 심규(深閨)에 남녀 봉착(逢着)하였사오니 바라건대 진퇴(進退)없는 자취를 인도하소서." 소저 침금 속에서 아무리 생각하여도 피할 길이 없는지라 마지 못하여 답왈 "천지가 불변하고 예절이 끊치지 아니하였거늘 신명(身命)을 불고(不顧)하고 이렇

───────────

되어 있는데, 필자가 한자를 한글로 바꾼 뒤 괄호 속에 병기하는 식으로 바꾸었다.

24) 전기적 인간의 충동성에 대해서는 졸고 「전기적 인간의 미적 특질—전기소설 서사문법의 규명을 위한 예비적 작업」 참조.

듯 범죄하니 바삐 나가 잔명(殘命)을 보존하소서." 웅이 답왈 "꽃 본 나비 불인 줄 어찌 알며 물 본 기러기 어옹(漁翁)을 어찌 두려워하리요? 신명을 아낄진대 이렇듯 방자하리이까? 바라건대 소저는 빙설(氷雪) 같은 정절을 잠깐 굽혀 외로은 자취를 이웃삼기 어떠하여이까?" 하며 나아가 앉으니 소저 형세 가장 급한지라. (…) 침금에 나아 드니 민부태산지상(蚊負泰山之象)이요 우물에 든 고기라 원앙비취지락(鴛鴦翡翠之樂)을 뉘라서 금하리요. 인연을 맺었으니 도망키 어렵도다.[25]

장소저와의 결연 과정 중 조웅이 보여주는 면모는 전기소설인 「주생전」의 주생이나 「위경천전」의 위경천이 보여주는 면모와 닮은꼴이다.[26]

『남정팔난기』는 19세기에 창작되었으리라고 추정되는 소설이다. 이 작품 역시 『조웅전』과 마찬가지로 썩 많은 시(詩)·가(歌)를 서사과정에 활용하고 있다. 『남정팔난기』의 이런 면모는 작자가 꼭 전기소설의 전통을 '직접' 계승한 데서 나타난 결과라고만은 볼 수 없다. 단언할 수는 없지만, 『구운몽』·『창선감의록』·『사씨남정기』 이후에 창작된 국문소설들은 이들 작품을 매개로 전기소설의 서사기법이나 문법, 모티프 등을 수용하기도 했으리라 추정된다. 말하자면 '간접적' 수용인 셈이다. 요컨대 조선후기 국문소설에 끼친 전기소설의 영향은 두 가지 각도에서 생각할 수 있다. 그 하나는 『구운몽』에서 보듯 직접적인 영향관계이고, 다른 하나는 간접적인 영향관계이다. 이 두 가지가 뒤섞인 경우도 생각해볼 수 있을 것이다.

---

25) 조희웅 교주, 『조웅전』, 65~67면.
26) 「주생전」과 「위경천전」에 대해서는 졸고 「전기소설의 문제」(『한국전기소설의 미학』, 돌베개, 1997) 참조.

3) 전기소설이 판소리계소설에 미친 영향

전기소설은 군담소설에만 영향을 미친 것이 아니라 판소리 혹은 판소리계소설에도 일정한 영향을 미친 것으로 보인다. 『춘향전』에서 그 점이 확인된다.

『춘향전』에는 여러 삽입가요가 나타나는바, '사랑가' '옥중자탄가'를 대표적으로 꼽을 수 있다. 이들 삽입가요는 전기소설의 시(詩)·사(詞)에 상응한다. 판소리나 판소리계소설의 삽입가요는 전기소설의 시사전통(詩詞傳統)을 창조적으로 전용(轉用)하거나 확대·발전시킨 것으로 생각된다. 사랑가·옥중자탄가 등의 삽입가요는 첫째 서사적 지연(遲延)을 야기하며, 둘째 작중 인물의 내면(內面)과 심회(心懷)를 표현하고, 셋째 정황이나 분위기를 고조시키며, 넷째 사건 전개의 한 특수한 과정이라는 점에서 기본적으로 전기소설의 시·사와 그 기능을 같이한다.

한편, 『춘향전』에서 이도령과 성춘향 두 남녀 주인공은 자신들의 뜻에 따른 자유분방한 결연을 보여주는데, 이런 결연방식의 소종래(所從來)는 전기소설에 있지 않은가 한다. 특히 재자(才子)와 아리따운 기녀(妓女)와의 사랑은 「왕경룡전(王慶龍傳)」에서 보듯 애정전기의 주요한 제재 가운데 하나다.

『춘향전』과 전기소설의 또다른 연관은 춘향의 몽중(夢中) 황릉묘행(黃陵廟行)에서 발견된다. 이 대목은 이본(異本)에 따라 나타나기도 하고 나타나지 않기도 하는데, '별춘향전' 계열이나 『열녀춘향수절가』에서는 나타난다.[27] 그런데 이 몽중 황릉묘행 대목은 전기소설, 특히 몽유록

---

27) 신재효본 「남창 춘향가」에 "다른 가객 몽중가는 황릉묘에 갔다는데 이 사설 짓는 이는

(夢遊錄)의 서사전통(敍事傳統)을 수용한 것이라 생각된다. 널리 알려져 있는 대목이지만, 눈으로 확인할 필요가 있으므로 해당 부분을 인용한다.

애고애고 섧이 울다 홀연히 잠이 드니 비몽사몽간에 호접(胡蝶)이 장주(莊周)되고 장주(莊周)가 호접(胡蝶)되어 세우(細雨)같이 남은 혼백 바람인 듯 구름인 듯 한 곳을 당도하니 천공지활(天空地闊)하고 산명수려(山明水麗)한데 은은한 죽림간(竹林間)에 일층(一層) 화각(畵閣)이 반공(半空)에 잠겼거늘 대체 귀신 다니는 법은 대풍기(大風起)하고 승천입지(昇天入地)하니 침상편시춘몽중(枕上片時春夢中)에 행진강남수천리(行盡江南數千里)라. 전면(前面)을 살펴보니 황금대자(黃金大字)로 '만고정렬황릉지묘'(萬古貞烈黃陵之廟)라 뚜렷이 붙였거늘 심신이 황홀하여 배회터니 천연(天然)한 낭자 셋이 나오는데 석숭(石崇)의 애첩 녹주(綠珠) 등롱(燈籠)을 들고 진주 기생 논개(論介), 평양 기생 월선(月仙)이라. 춘향을 인도하여 내당(內堂)에 들어가니 당상(堂上)에 백의(白衣)한 두 부인이 옥수(玉手)를 들어 청하거늘 춘향이 사양하되 "진세간(塵世間) 천첩(賤妾)이 어찌 황릉묘를 오르리까." 부인이 기특히 여겨 재삼 청하거늘 사양치 못하여 올라가니 좌(座)를 주어 앉힌 후에 "네가 춘향인다? 기특하도다. 일전(日前)에 조회차(朝會次)로 요지연(瑤池宴)에 올라가니 네 말이 낭자키로 간절히 보고 싶어 청하였으니

___

다른 데를 갔다 하니 좌상 처분 어떨는지"(강한영 校注, 『신재효 판소리사설집(全)』, 민중서관, 1972, 49면)라고 한 것으로 보아, 신재효 당대의 판소리 「춘향가」에 이 대목이 있었음이 확인된다.

심히 불안토다."춘향이 재배(再拜) 주왈(奏曰) "첩이 비록 무식하나 고서(古書)를 보옵고 사후(死後)에나 존안(尊顔)을 뵈올까 하였더니 이렇듯 황릉묘에 모시니 황공비감(惶恐悲感)하여이다."상군부인(湘君夫人) 말씀하되 "우리 순군(舜君) 대순씨(大舜氏)가 남순수(南巡狩)하시다가 창오산(蒼梧山)에 붕(崩)하시니 속절없는 이 두 몸이 소상죽림(瀟湘竹林)에 피눈물을 뿌려 놓니 가지마다 알롱알롱 잎잎이 원한이라. 창오산붕상수절(蒼梧山崩湘水絶)이라야 죽상지루내가멸(竹上之淚乃可滅)을, 천추에 깊은 한을 하소할 곳 없었더니 네 절행(節行) 기특키로 너더러 말하노라. 송건28 기천년(幾千年)에 청백(靑白)은 어느 때며 오현금(五絃琴) 남풍시(南風詩)를 이제까지 전하더냐."이렇듯이 말씀할 제 어떠한 부인, "춘향아! 나는 기주명월음도성29에 화선(化仙)하던 농옥(弄玉)일다. 소사(蕭史)의 아내로서 태화산(太華山) 이별후에 승룡비거(乘龍飛去) 한(恨)이 되어 옥소(玉簫)로 원(怨)을 풀제 곡종비거부지처(曲終飛去不知處)하니 산하벽도춘자개(山下碧桃春自開)라."이러할 제 또 한 부인이 말씀하되 "나는 한궁녀(漢宮女) 소군(昭君)이라. 호지(胡地)에 오거(誤居)하니 일부청총(一阜靑塚)뿐이로다. 마상(馬上) 비파 한 곡조에 화도성식춘풍면(畵圖省識春風面)이요 환패공귀원야혼(環佩空歸月夜魂)이라 어찌 아니 원통하랴?"한참 이리할 제 음풍(陰風)이 일어나며 촛불이 벌렁벌렁하며 무엇이 촛불 앞에 달려들거늘 춘향이 놀라 살펴보니 사람도 아니요 귀신도 아닌데 의의(依依)한 가운데 곡성(哭

---

28) '송건'은 '송군(送君: 임을 보냄)'의 오기가 아닌가 한다.

29) '기주명월음도성'은 '거주명월옥소성(擧酒明月玉簫聲: 퉁소 소리 들으며 밝은 달 아래 술을 마심)'의 오기가 아닌가 한다.

聲)이 낭자하며 "여봐라 춘향아! 네가 나를 모르리라. 나는 넋고 하니 한 고조(漢高祖) 아내 척부인(戚夫人)이로다. 우리 황제 용비(龍飛) 후에 여후(呂后)의 독한 솜씨 나의 수족(手足) 끊어 내어 두 귀에다 불지르고 두 눈 빼어 음약(瘖藥) 먹여 측간(厠間) 속에 넣었으니 천추에 깊은 한 을 어느 때나 풀어 보랴." 이리 울 제 상군부인(湘君夫人) 말씀하되 "이 곳이라 하는 데가 유명(幽明)이 노수(路殊)하고 항오자별(行伍自別)하 니 오래 유(留)치 못할지라." 여동(女童) 불러 하직할새 동방(東方) 실 솔성(蟋蟀聲)은 시르렁, 일쌍(一雙) 호접(胡蝶)은 펄펄, 춘향이 깜짝 놀 라 깨어보니 꿈이로다.[30]

인용문은 그 자체로 완결성을 갖는 1편의 몽유록(夢遊錄)으로서의 면 모를 보여준다. 그러나 『춘향전』의 몽중 황릉묘행 대목에서 이 점만 확 인할 것은 아니다.

이 대목은 『사씨남정기』에서 주인공 사씨가 몽중에 황릉묘의 아황·여영을 만나는 대목과 서로 통한다. 사실 『춘향전』의 이 대목은 『사씨남 정기』의 영향일 수 있다. 사씨는 자살 시도 직후에 몽유(夢遊)를 경험하 며, 춘향은 형장(刑杖)을 받은 후 옥에 갇혀 죽음을 각오할 무렵 몽유를 경험한다. 『춘향전』이든 『사씨남정기』든 주인공이 '죽음'에 직면했을 때 몽유가 나타난다는 점이 공통된다. 전기소설 같으면 이 대목에서 여주 인공은 일단 죽었다가 남편(혹은 연인)과의 미진한 정 때문에 귀신이 되

---

30) 『열녀춘향수절가』, 구자균 교주(校註), 『춘향전』(민중서관, 1970), 157~161면. 원래 는 국한문 혼용체로 되어 있는데, 필자가 한자를 한글로 바꾼 뒤 괄호 속에 병기하는 식으로 바꾸었다.

어 일정 기간 동안 남편(혹은 연인)과 계속 관계를 맺는 것으로 설정되게 마련이다. 『춘향전』이나 『사씨남정기』는 전기소설이 아니기에 전기소설의 이런 설정을 따르지 않고 그 대신 주인공으로 하여금 특이한 몽유를 경험하게 했다. 그러므로 이들 작품에서 '몽유'는 전기소설 여주인공의 '죽음'에 상응한다. 그리하여 전기소설에서 여주인공의 죽음이 작품의 중대한 전환점이 되듯, 『사씨남정기』나 『춘향전』은 이 몽유 부분을 '경계'로 이야기가 새로운 국면으로 접어든다.

이상의 사실을 토대로 우리는 다음과 같은 좀더 확대된 논의를 펼 수 있다: 『사씨남정기』나 『춘향전』의 몽유 대목은 전기소설에서의 여주인공의 죽음을 '바꿔치기'한 것이다. 그러므로 『춘향전』은 플롯이나 미적 지향이나 디테일 등 구체적인 면에서는 전기소설과 판연히 다른 소설 양식이지만, 추상화된 '구조'의 차원에서는 전기소설과 일정한 '상동성(相同性: homology)'[31]이 없지 않다. 상동성의 결정적 근거는 바로 이 '몽유'에서 찾아진다. 이 몽유 대목은 『춘향전』이 비록 전기소설의 구조를 알아보기 어렵게 완전히 변형시켰기는 하지만 그럼에도 그 구조를 수용했다는 숨길 수 없는 '흔적'이다.[32]

---

31) '상동성'이 원래 생물학적 용어로서, a·b 두 생물의 기관이 그 형태와 기능은 서로 다르나 그 기원이 같은 것을 가리키는 말임을 상기하라.

32) 『춘향전』이나 『사씨남정기』의 이 대목을 전기소설의 '극복'으로 이해할 수도 있지 않을까? 이 대목이 전기소설과는 달리 현실성의 강화를 낳고 있음을 고려한다면 그런 관점은 충분히 설득력이 있다. 그러나 '극복'이란 것 역시 어느 정도 '영향'을 전제로 할 때 가능한 이야기이고 보면 그런 관점을 인정한다고 해서 전기소설의 영향이 부정되는 것은 아니다. 사실 국문소설의 전기소설 수용은 많든 적든 전기소설의 극복 과정과 분리해 생각하기 어렵다. 필자가 말하는 '영향'이란 것도 이런 맥락을 무시하고 있지 않다. 따라서 엄밀히 말한다면, 국문소설에 있어 전기소설의 영향이란 전기소설을 수용하

이러한 지적은『심청전』에도 해당될 수 있다.『심청전』은 전기소설과
는 거리가 멀어 보인다. 우선 그 제재부터가 그렇다. 그렇기는 하나 인
당수에 투신한 심청이 용궁(龍宮)으로 갔다가 환생한다는 설정만큼은
전기적(傳奇的)이다.『심청전』의 이 대목은 전기소설의 주요한 모티프
인 죽음 및 화귀(化鬼: 귀신으로 화하는 것)와 밀접한 관련이 있다. 다만
'화귀(化鬼)'가 '환생'으로 바뀌었다.[33] 이렇게 본다면『심청전』은 그 제
재나 인물 설정, 플롯 등과는 별도로 적어도 죽음과 환생이라는 점에 있
어 전기소설과 구조적 상동성을 보여준다고 할 만하다.[34]

3. 전기소설이 국문소설에 미친 영향에 대한 음미

이상의 논의를 통해 알 수 있듯 전기소설은 국문소설의 형성과 발전
에 적잖은 작용을 하였다. 전기소설의 예술적 성과는 국문소설의 창작

고 활용하면서 동시에 그것을 극복해가는 과정이랄 수 있다.

33) 전기소설 자체에도 '환생' 모티프가 없는 것은 아니다. 가령 「하생기우전(何生奇遇
傳)」이나 당(唐) 전기(傳奇)의 한 작품인 「정덕린(鄭德璘)」에서 그 점이 확인된다. 특
히 「정덕린」에서 정덕린의 처 위씨(韋氏)는 동정호에 빠져 죽었다가 용왕의 명령으로 환
생한다. 또한 후대 소설이기에 파격성을 가지기는 하나 그럼에도 전기소설의 범주 속에
포함시킬 수 있는 「유생전(劉生傳)」 같은 작품에서도 여주인공은 죽었다가 환생한다.

34) 말이 나온 김에 덧붙인다면, 주인공이 죽음과 환생을 경험한다는 점에서 한문장편소
설인『삼한의열녀전(三韓義烈女傳)』역시 전기소설의 구조와 상동성을 갖는다고 말
할 수 있을 터이다. 죽음과 환생, 혹은 의사(擬似) 죽음과 의사(擬似) 환생은 전기소설
이 전기소설 이외의 소설들에 퍼뜨린 유력하고도 중요한 모티프라고 생각된다.『사씨
남정기』,『춘향전』,『심청전』,『삼한의열녀전』 등은 이 모티프를 결절점(結節點)으로
하여 상동적 구조를 형성한다.

에 다각도로 활용되었으며, 국문소설은 전기소설의 전통에서 자양분을 구하면서 장르적으로 새로운 영역을 개척해갈 수 있었다. 전기소설은 '높은 장르'라 하겠는데, 국문소설에는 높은 장르와 '낮은 장르'가 공존한다. 『소현성록』·『완월회맹연』 등의 가문소설이나 『구운몽』·『사씨남정기』·『창선감의록』 같은 소설이 높은 장르에 속한다면, 『조웅전』과 같은 군담소설이나 『춘향전』·『심청전』 등의 판소리계소설은 낮은 장르에 속한다 할 것이다. 전기소설은 스스로는 높은 장르지만, 높은 장르의 국문소설은 물론이고 낮은 장르의 국문소설에까지 영향을 미쳤음이 확인된다.

소설 문체의 면에서 본다면 전기소설의 문체는 『구운몽』과 같은 높은 장르의 국문소설에 가장 뚜렷한 영향을 미치지 않았나 생각된다. 전아하고 격조 있는 어조, 세련된 어휘, 한문학 교양에서 우러나오는 적절한 전고(典故)의 구사 등에서 그 점이 확인된다.

서사과정에 시가를 적절히 활용하는 전기소설의 서사원리는 『구운몽』·『창선감의록』을 비롯하여 『조웅전』·『춘향전』 등에 두루 나타나는바, 높은 장르와 낮은 장르를 가리지 않고 영향을 미쳤다고 보인다. 소설은 생(生)의 재현이다. 이 점은 소설이 반예술적(半藝術的: halbkünstlerisch)이며,[35] 따라서 통속적으로 흐를 수 있는 가능성이 상존함을 의미한다. 말하자면 소설 장르는 예술성을 어떻게 확보할 것인가 하는 것이 늘 문제가 된다. 그런데 전기소설이 물려준 이런 시문교직(詩文交織)의 서사원리는 국문소설의 예술성 확보에 상당히 기여하고 있다고 판단된다.

---

35) Georg Lukács, *Die Theorie des Romans*, Dritte unveränderte Auflage, Neuwied und Berlin: Hermann Luchterhand Verlag, 1965, S.71.

서사공간이라는 면에 있어서도 국문소설은 전기소설을 계승, 발전시키고 있다. 전기소설은 인세(人世)만이 아니라 천상(天上), 용궁(龍宮), 선계(仙界) 등으로 서사공간을 광대하게 확장하고 있는데, 국문소설은 전기소설이 안출(案出)한 이런 서사공간을 수용하고 있다.

인물의 면에서 볼 때에도 국문소설은 전기소설에 자주 등장하는 문예적 취향을 지닌 재자가인형(才子佳人型) 인물을 수용하고 있다. 이 점은 『구운몽』에서만이 아니라 심지어 낮은 장르의 국문소설인 『조웅전』에서도 확인된다. 『춘향전』의 남녀 주인공은 꼭 문예적 취향을 지녔다고 말할 수 없을지 모르지만 재자가인형 인물임에는 분명하다. 더군다나 태탕(駘蕩)한 성격의 사족(士族) 출신이 남자 주인공으로 설정되고 적극적인 면모를 지닌 기녀(妓女)가 여자 주인공으로 설정됨은 애정전기에서 드물지 않게 볼 수 있는 인물 구성이다. 애정전기는 '지음(知音)'과의 만남을 이상화하고 있는데, 전기소설의 이런 미학은 국문소설에 계승되고 있다. 『구운몽』, 『조웅전』 등에서 그 점이 뚜렷이 확인된다.

남녀의 결연방식에서도 국문소설은 전기소설의 틀과 서술법을 끌어다 쓰고 있다. 즉 『구운몽』이나 『조웅전』, 『춘향전』 등에서 청춘남녀가 부모의 허락을 받지 않고 자신들의 욕망에 따라 자유분방하게 혼전관계(婚前關係)를 맺는 것은 전기소설의 결연법을 수용한 결과라고 생각된다.

국문소설은 모티프의 면에서도 전기소설의 영향이 확인된다. 가령 전란으로 인한 이별, 몽유, 죽음과 환생 등이 그러하다.

전기소설은 주인공, 특히 여주인공의 죽음을 계기로 이야기가 중대한 전환을 맞는 구조를 보여주는데, 이런 구조는 변형된 채 국문소설에로 전이(轉移)되고 있다. 예컨대 『사씨남정기』, 『춘향전』, 『심청전』 등에서 그 점이 확인된다. 이런 양상은 문체, 서사원리, 인물, 결연방식, 모티프 등 구체적인 수준에서 확인되는 것이 아니라 추상의 수준을 높여야 비로소 확인되기에 쉽게 인지되는 건 아니다. 그렇기는 하나 이런 구조적 상동성은, 전기소설의 영향이 요소적이거나 부분적인 데 국한되지 않고 작품의 전체적인 틀에까지 미치고 있음을 보여준다는 점에서 중요하다.

이상 몇 가지 측면으로 나누어 전기소설이 국문소설에 어떻게 수용되고 계승되었는가를 검토했다. '텍스트'의 관점에서 본다면 전기소설과 국문소설 간에는 상당히 폭넓은 상호텍스트성이 확인되는 셈이다. 또한 국문소설의 전기소설 수용과 인거(引據)는 단순한 방식으로 이루어지기만 하는 것이 아니라 뒤집기도 하고 비틀기도 하고 변형하기도 하는 등 다양한 패러디가 이루어진다는 점을 지적할 필요가 있다.

본고는 지금까지 국문소설이 전기소설의 어떤 측면을 수용하고 계승했는지를 확인하는 데에 급급했다. 사실 이 점은 여태껏 제대로 해명된 적이 없다. 그러니 본고의 논의는 의의가 없지 않다. 하지만 우리는 이제 비로소 이런 질문을 던질 수 있게 되었다: 국문소설에 전기소설의 영향이 발견된다고 해서 그게 어쨌단 말인가? 단순히 영향과 수용을 현상적으로 확인하는 게 능사가 아니고 전기소설이 국문소설의 형성과 발전에 '의미 있게' 기여한 바가 무엇인지 해명하는 것이야말로 본질적으로 중요한 게 아닐까? 이 질문에 대한 대답 삼아 다음의 몇 가지를 언급한다.

첫째, 국문소설은 전기소설을 수용, 계승함으로써 문학사의 오랜 기간 동안 전기소설이 이룩하고 키워온 예술적 성과와 역량을 활용할 수 있었다. 국문소설의 전기소설 수용은 다른 각도에서 보면 상층문학의 성과를 전(全) 계층적으로 확산시킨 의의를 갖는다. 국문소설은 그것이 높은 장르든 낮은 장르든 관계없이 두루 전기소설의 영향을 받았다는 사실이 확인되기 때문이다. 지식과 예술적 성과를 인민이 공유하게 되어간 것, 이는 분명 의미 있는 일이다.

둘째, 국문소설, 특히 군담소설류는 외면성에 치중할 뿐 인간 내면에 대한 고려가 부족하다. 그러나 전기소설을 수용한 국문소설의 경우 작중인물의 문예적 취향를 부각시킨다든가 심리묘사를 어느 정도 보여줌으로써 내면성의 부족을 일부나마 보완하고 있는 것처럼 보인다.

셋째, 전기소설의 '몽유 모티프'를 창조적으로 활용한 결과『구운몽』과 같은 불멸의 고전이 탄생될 수 있었다. 이 사실 하나만으로도 국문소설의 전기소설 수용은 커다란 의미를 부여받을 수 있다고 본다.

넷째,『춘향전』,『심청전』등은 전기소설이 보여주는 죽음, 화귀(化鬼), 환생을 창조적으로 활용한 결과 명편(名篇)을 이룩할 수 있었다.『춘향전』은 반권력(反權力), 반예교적인(反禮敎的)인 애정전기의 우량한 전통을 흡수하여 그것을 민중적인 방향으로 발전시킨 의의가 있다. 이 점에서『춘향전』은 애정전기가 아니면서도 애정전기의 최대의 계승자라 할 만하다. 물론『춘향전』은 애정전기만이 아니라 다른 여러 요인이 그 성립에 관여하고 있지만, 애정전기와의 관련만을 놓고 말할 때 그렇게 말할 수 있다. 한편『심청전』은 죽음과 환생의 모티프를 효(孝)와 결부시킴으로써 새로운 소설의 영역을 개척했다.

그러나 전기소설이 국문소설에 미친 영향이 모두 긍정적인 것만은 아니다. 전기소설에 내재해 있던 운명론이 국문소설에 이르러 도식화되고 정형화(定型化)된다는 점, 그 결과 사건전개에서 우연성이 남발된다는 점, 선인형(善人型)의 주인공들은 천정(天定)에 의해 그 미래가 보장되기에 그들에게서 생(生)에 대한 '실감나는' 분투(奮鬪)를 기대하기는 어렵다는 점 등이 문제로 지적될 수 있다. 뿐만 아니라 국문소설의 남녀 주인공은 지나치게 재자가인 중심으로 설정되어 있는바, 이는 현실반영의 폭을 제한하는 요인이 된다. 이들 문제점들의 기원은 전기소설로 소급된다.

그러나 국문소설이 보여주는 이런 제반 문제점들을 전기소설의 탓으로만 돌리는 것은 부당한 일이다. 국문소설의 전기소설 수용은 동시에 전기소설의 극복 과정이기도 하기에 국문소설에 나타난 문제점들은 궁극적으로 국문소설 스스로가 책임져야 할 사안이기 때문이다.

4. 전기소설과 국문소설의 지향점의 차이

우리는 지금까지 전기소설과 국문소설의 관련성에 대해서 '만' 논의했다. 그러나 이런 방식의 논의는 자칫 우리를 편향된 인식으로 이끌 우려가 있다. 관련성만을 말한다면 '차이'가 도외시되기 때문이다. 사실 관련성이란 차이를 전제로 할 때에만 성립될 수 있으며, 또한 그때에만 대상의 온전한 이해에 기여할 수 있다. 이 점에서 잠시 전기소설과 국문소설의 차이를 살피는 것은 적절한 일이다.

전기소설과 국문소설의 차이는 표기문자를 비롯하여 여러 각도에서 논의될 수 있을 것이다. 그러나 여기서 이 점을 자세히 논의할 겨를은 없으므로 다만 전기소설과 국문소설의 근본 지향점의 차이만을 간략히 지적하고자 한다.

전기소설과 대부분의 국문소설(판소리계소설을 제외한)은 '사랑'에 대한 의미부여에서 전연 다른 면모를 보여준다. 전기소설이든 국문소설이든 사랑은 체제 내부에서 이루어진다. 그러나 전기소설의 경우 사랑은 종종 권력에 대한 문제를 제기하며, 제도의 경계를 아슬아슬하게 넘나든다. 물론 구경(究竟)에는 제도의 내부로 들어와 안착(安着)하는 경우도 없지 않다. 그러나 시종 예술적 긴장(혹은 작품과 현실 간의 긴장)을 잃지 않고 있는 「운영전」이나 「심생전」 등의 경우 끝내 사랑은 체제 안으로 들어오지 않는다. 이들 전기소설에서 사랑은 체제 내부의 현상이면서도 체제에 '이의'를 제기하고 체제에 '저항'하며 체제를 '부정'하는 힘이다.

그러나 국문소설은 이와 대조적이다. 국문소설에서 사랑은 권력의 일부이며, 권력의 확대 과정이다. 설사 사랑이 권력으로부터 부당한 박해를 받는 경우가 있다 할지라도 그것은 일시적인 현상일 뿐 결국 사랑은 권력과 통일된다. 이 점과 관련해 국문소설이 보여주는 흥미로운 현상은 '일부다처'이다. 국문소설은 사랑 그 자체를 문제삼지 않으며, 사랑은 권력과 통일될 때에만 의미를 갖기 때문에 남성중심성과 가부장제적 면모가 강화된다. 『구운몽』에서 진채봉은 "남의 둘째 되기를 혐의(嫌疑)치 아니하"[36]며, 계섬월은 조금도 "전총(專寵)할 뜻을 두"지 아니하고 양소유에게 "높은 가문의 어진 부인을 취한 후에 천첩(賤妾)도 버리지 마소서"[37]라고 간절히 당부한다. 그러므로 『구운몽』은, 양소유와 여인들의 만남이 비록 풍부한 전기소설적 연관을 보여줌에도 불구하고 그 지향점은 전기소설과 대조적이라고 말할 수 있다.

전기소설에서 두 남녀의 만남과 사랑은 그 자체가 '전부'이며, 따라서

---

36) 정병욱·이승욱 교주, 『구운몽』, 35면.
37) 위의 책, 67면.

절대적이다. 국문소설의 경우 설사 여성 주인공이 지모(智謀)나 영웅적 능력을 발휘하여 권력의 중심으로 성공적으로 편입된다 할지라도 이 때문에 국문소설이 견지하는 남성중심성과 가부장제적 면모가 크게 달라지는 건 아니다. 여성 영웅소설인 「정수정전」에서 보듯, 전장(戰場)에서의 남녀의 역전된 관계에도 불구하고 가정 내에서의 관계나 일부다처제에 대한 어떤 의미 있는 문제제기가 이루어지지는 못하기 때문이다. 사랑과 권력이 통일되어 있다는 점, 그리고 그 권력의 기반이 남성중심성 내지 가부장제에 있다는 점에서는 아무런 변화도 찾을 수 없다. 이 점에서 여성 영웅은 다분히 '남성화된' 여성이다. 여성 영웅은 남성 중심성을 그 본질로 삼는 권력의 한 '부수적'인 존재로 현상된다. 그러므로 여성 영웅은 적어도 '사회적 관계' 속에서 본다면 기존의 권력을 강화하고 온존시키는 역할을 할 뿐이다. 이 때문에 여성 영웅은 그 존재 의의에도 불구하고 권력, 체제, 현존 질서, 가부장제, 일부다처제라는 서로 얽혀 있는 이 관계망의 그 어느 측면에 대해서도 심중한 '물음'이 되지 못한다.

이처럼 국문소설이 보여주는 사랑은 대체로 체제내적이며, 사랑의 힘으로 체제의 경계에 바짝 다가서거나 그 바깥으로 나가본 적이 없다. 이는 국문소설의 문제의식, 문제설정, 추구하는 가치가 전기소설과 근본적으로 다른 데서 연유한다. 말하자면 근본 지향점이 다른 셈이다. 전기소설이 생(生)에 있어 사랑의 의미를 절대화하면서 그 자체에 최대·최고의 의미를 부여한다면, 국문소설에서는 사랑과 권력이 결코 분리되지 않으며, 둘은 궁극적으로 통일된다.

전기소설 역시 남성적 관념의 산물이며, 따라서 꼭 남성중심적이 아니라고 말할 수는 없다. 그러나 전기소설은 국문소설과 비교할 때 남성중심적 면모가 상대적으로 약하지 않나 생각된다. 전기소설이 주로 일부일처의 면모를 보여준다는 점, 남자 주인공이 국문소설에서처럼 영웅적이거나 권력지향적이지 않다는 점, 남녀 주인공이 성별(性別) 차이(差異)를 넘어 '인간'으로서의 공통 자질과 교감을 확대해 보여준다는 점 등이 그런 생각을 뒷받침해준다. 이 점에서도 전기소설이 제도와 현존 질서를 넘어서고자 하는 지향을 일정하게 지녔음을 확인할 수 있다. 전기소설의 이런 지향은 사랑의 '전복적 힘'에서 유래한다. 어느 시대건 '철저'하고 진정한 사랑은 체제 내에서 체제를 뒤엎는 힘을 갖는다.

국문소설은 서사적 편폭과 현실반영의 확대라는 점에서 큰 진전을 이룩했음에도 전기소설의 이런 문제의식과 지향을 계승, 발전시키지는 못했다. 국문소설은 전기소설을 수용하면서도 전기소설과는 다른 자기대로의 가치틀, 자기대로의 지향점을 형성해갔던 것이다.

지금까지 '국문소설'이라고 했을 때 판소리계소설은 제외되었다. 하지만 판소리계소설을 고려할 경우 사정은 달라진다. 특히 『춘향전』은 사랑을 통해 현존 질서를 부정하고, 계급을 뛰어넘고, 권력에 대한 저항을 보여준다는 점에서 전기소설의 문제의식 및 가치지향을 잇고 있다. 하지만 전기소설의 사랑과 달리 『춘향전』의 사랑은 '민중적' 연관을 획득하고 있다. 이 점에서 『춘향전』은 한국 고전소설사에서 전기소설의 우량한 전통을 가장 발전적으로 계승하면서 새로운 고양(高揚)을 이룩한 작품으로 평가할 수 있을 터이다.

5. 여언(餘言)

이 글은 한문소설, 특히 전기소설과 국문소설의 관련양상에 대해 주로 검토했다. 그리하여 전기소설이 국문소설에 어떤 영향을 미쳤으며 또 어떻게 수용되고 계승되었는지를 다각도로 살폈다.

그러나 국문소설은 전기소설의 영향을 받기만 한 것이 아니라, 거꾸로 전기소설에 영향을 주기도 했다. 「유생전(劉生傳)」 같은 작품에서 그 점이 확인된다.[38] 이 작품은 전기소설적 구성과 인물 설정을 보여주고 있음에도 불구하고 남녀 주인공이 그 부모들에 의해 소싯적에 정혼(定婚)한다는 점에서 국문소설의 문법이 부분적으로 인입되어 있음을 발견할 수 있다. 20세기에 창작된 신작(新作) 구소설(舊小說)인 「유문성전」은 기실 바로 이 「유생전」을 저본으로 삼아 내용을 확대 부연한 것이다. 그리하여 「유문성전」은 앞부분은 애정전기인 「유생전」이며, 부연된 뒷부분은 유생(劉生)의 영웅으로서의 활약상에 대한 묘사이다. 두 부분은 사뭇 성격이 맞지 않으며 서어하다. 애정전기와 영웅소설을 무리하게 결합시킨 탓이다. 또한 「유생전」은 일부일처인데, 「유문성전」에서는 일부다처로 바뀌었다.

비슷한 양상이 「왕경룡전」과 20세기 초에 창작된 「용함옥(龍含玉)」의 관계에서도 확인된다.[39] 「용함옥」은 「왕경룡전」을 토대로 내용을 확대 부연한 작품인데, 부연된 뒷부분을 영웅소설적으로 꾸며놓았다. 그러므

---

38) 이 작품은 이상택 편, 『해외수일본(海外蒐佚本) 한국고소설총서(韓國古小說叢書)』(태학사, 1998)의 제8책에 수록되어 있다.

39) 「용함옥」에 대해서는 정환국, 「애국계몽기 한문소설의 성격 규명을 위한 시론—『대한일보』 연재소설을 중심으로」(『한국한문학연구』 21, 1998) 참조.

로「유문성전」에서 했던 지적은 이 작품에도 해당된다.

「유문성전」이나「용함옥」은 국문소설의 영향으로 전기소설이 '통속화' 되는 방향으로 개작되었음을 보여주는 사례다. 적어도 이들 작품에서 국문소설이 한문소설에 끼친 '의미 있는' 영향을 읽어내기는 어렵지 않은가 생각된다.

설화적 상상력과 도학자의 소설적 형상화
―「김하서전」고(攷)

1. 머리말

하서(河西) 김인후(金麟厚, 1510~1560)는 조선전기 말에 활동한 저명한 도학자의 한 사람이다. 그가 학문 활동을 한 시기는 조선조 도학의 완성기라 할 16세기였다. 퇴계 이황, 화담 서경덕, 남명 조식, 율곡 이이 같은 대학자들이 이 시기의 인물들이다. 하서는 퇴계 및 화담과 특별한 관계에 있었던바, 퇴계와는 성균관(成均館)과 호당(湖堂)에서 함께 수학·강론한 벗이었으며, 화담과는 신묘년(1531) 사마시(司馬試)의 동방(同榜)이었다.[1]

16세기에 위대한 도학자가 여럿 나타날 수 있었던 것은 사화(士禍)로 점철된 당시의 정치 현실과 밀접한 관련이 있다. 위험하기 그지없는 환

---

1) 신호열 역, 『국역 하서전집(하)』(하서선생기념사업회, 1988)의 「연보」 참조.

로(宦路)를 떠나 향리에 은둔해 학문에 침잠하는 과정에서 도학의 발전이 이룩될 수 있었기 때문이다. 하서 역시 마찬가지다.

그러나 다 같은 도학자라 할지라도 사람에 따라 개성과 취향의 차이가 존재한다. 하서는 괴로운 현실을 잊거나 초월하기 위해 술에 탐닉하였으며, 현실에 대한 불만과 비분강개를 시로 읊곤 하였다. 이 점에서 그는 다른 도학자들과 면모를 달리한다. 하서는 잘 알려진 대로 빙호추월(冰壺秋月)과 같은 인품의 소유자였지만, 술에 탐닉한 그의 행위는 도학자로서는 자못 분방한 것이었다고 하지 않을 수 없다. 뿐만 아니라 그의 시편들에는 도학자들의 시에서 흔히 볼 수 있는 온유돈후(溫柔敦厚)의 시풍(詩風)과 거리가 있는, 자신의 감정을 격렬하게 직설(直說)한 작품들이 상당수 발견된다. 퇴계나 율곡과 달리 하서가 '민간의 상상력'을 바탕으로 소설의 주인공으로까지 설정될 수 있었던 것은 그의 이런 면모가 민간에 친근한 느낌을 준 때문이 아닐까 생각된다.

본고에서 검토할 작품은 「김하서전(金河西傳)」이다. 이 작품은 『잡기유초(雜記類抄)』[2]라는 단편소설집에 수록되어 있는데, 본고에서 처음

---

2) 국립중앙도서관에 소장되어 있는 1책의 필사본인데, 편찬자는 알 수 없다. 「손순효전(孫舜孝傳)」·「감여기응전(堪輿奇應傳)」·「안상서전(安尙書傳)」·「장순손전(張順孫傳)」·「피장전(皮匠傳)」·「전우치전(田禹治傳)」·「홍상국전(洪相國傳)」·「김하서전(金河西傳)」·「조중봉전(趙重峯傳)」 아홉 작품이 수록되어 있는데, 이 중 「조중봉전」만 전(傳)이고 나머지 작품은 모두 소설이다. 소설의 경우 전반적으로 야담적 취향이 두드러지지만, 「안상서전」은 17세기 후반의 문인인 권칙(權伏)이 창작한 소설로 전기소설(傳奇小說)에 해당한다. 「안상서전」에서 확인되듯, 그리고 그 책이름에서 감지되듯, 『잡기유초』는 편찬자가 직접 창작한 작품들의 모음집이라기보다 다른 사람들의 글을 여기저기서 옮겨놓은 것으로 짐작된다. 아홉 작품의 주인공 가운데 제일 후대의 사람이 안상서인데, 그는 17세기 중·후반의 실존 인물이다. 따라서 이 책의 편찬 시기를 17세기 후반 이전으로 올려잡을 수는 없다. 필자는 이 책이 17세기 말에서 18세기 전반 사

소개한다. 허구이기 때문에 실제의 하서와는 다른바, 이 점을 충분히 감안하여 읽어야 할 작품이다. 그렇기는 하지만 이 작품을 통해 우리는 도학자인 하서가 '민간'에서 어떻게 받아들여졌던가 하는 점의 일단을 살필 수 있다. 양반사대부 사회에서 하서가 훌륭한 학자로 인정받아왔다는 것은 누구나 다 아는 사실이지만, 민간에서 하서가 어떻게 관념되었던지는 잘 알려져 있지 않다.

여기서 본고에서 사용하는 '민간'이라는 말에 대해 잠시 언급해둘 필요를 느낀다. 본고에서 쓰는 '민간'이라는 말은 '민중' 혹은 '민중세계'라는 말보다 그 범위가 훨씬 넓다. 이 용어는 하층의 민중만이 아니라, 상층과 하층 사이에 다양한 형태와 방식으로 존재하던 부류들을 함께 포함한다. 이런 부류는 일종의 사회적 '중간층'이라 할 수 있을 것이다. 조선후기 사회로 갈수록 도시와 향촌에서 이 부류는 확대되며, 의미 있는 사회계층을 형성했다고 생각된다. 이 부류는 정치적·사회적으로만이 아니라 문학적·문화적으로도 중요한 의미를 가진다. 상층 지배층과 하층 민중은 그 언어와 문화를 서로 '직거래'하기도 했으나, 많은 경우 두 계급의 언어와 문화의 교섭에는 중간층의 매개가 있었다. 말하자면 이 중간층은 상층과 하층의 경계에 존재하거나 상층과 하층을 넘나들면서 상층 언어와 문화의 일부를 민중층으로 전달하거나 거꾸로 민중의 언어와 문화를 상층으로 전달하는 역할을 수행했던 것이다. 이 계층이 담당한 이런 역할은 '이야기', 특히 '인물 이야기'에서 아주 잘 확인된다. 상

이에 편찬되지 않았을까 추정한다. 「김하서전」의 창작 시기도 이에 준해서 생각해볼 수 있겠는데, 작품의 구성이나 전개 등을 고려할 때 조선전기에 창작된 것일 수는 없고, 본격적 야담이 등장하는 17세기 후반 전후에 창작되지 않았을까 생각한다.

층 사대부의 인물 이야기는 사실적 성격의 일화(逸話)가 그 주류를 이루는데(물론 상층 사대부의 인물 이야기가 모두 일화는 아니며, 전설도 존재한다. 하지만 그 중심을 이루는 것은 역시 사실적 성격의 일화라고 여겨진다), 이 일화는 중간층을 통해 하층으로 하강(下降)되면서 민중의 생기발랄한 상상력이 보태져 초현실적 성격의 인물전설(人物傳說)로 변형된다. 하층의 인물전설은, 어떤 계기에 의해 직접 상층에 전달될 수도 있으나, 대개는 다시 이 중간층을 통해 상층에 전달되었다고 생각된다. 뿐만 아니라, 이 중간층은 상하층의 매개 역할을 하는 데 그치지 않고 그 자신이 직접 상하층의 언어와 문화를 뒤섞어 이야기를 만들어내기도 했다고 여겨진다.

이처럼 중간층에 해당하는 부류들은 상·하층의 언어와 문화를 유통시키면서 이야기를 변형하고 풍부하게 만드는 데 아주 긴요한 역할을 했다고 할 만하다. 특히 이들 중간층은 야사(野史)나 야담의 형성과 발전에 핵심적 역할을 수행했다고 여겨진다. 또한 후술하듯, 허황된 내용의 설화나 야담적 이야기에 더러 유식한 문자나 시구(詩句) 같은 것이 보이는 것도 이 중간층의 존재 및 역할과 관련해 설명되어야 하리라 생각한다. 중간층은 기층민중(基層民衆)처럼 무지렁이도 아니었고, 상층 양반처럼 많은 한문 소양과 지식을 갖추지도 못했지만, 약간의 한문 소양과 지식은 갖고 있었기에 이런 이야기의 형성(혹은 이런 이야기로의 변형)에 상당한 정도로 관여할 수 있지 않았나 생각된다.

이 중간층은 고정되어 있지 않고 사회의 발전에 따라 변화해갔다고 보인다. 18세기에 이르면 중서층(中庶層)이 확대되고 몰락양반과 부민(富民)이 대두함에 따라 중간층이 보다 두터워지고 다양해지는바, 시정인, 무변(武弁), 한량, 유랑지식인 등이 추가된다. 이 중 중인서리층을 중심으로 한 이른바 여항인(閭巷人)은 자의식을 지닌 하나의 사회세력을 형성할 정도로 성장해갔다. 그래서 중간층 하면 얼른 조선후기의 여항인을 떠올리게 되나, 꼭 여항인만이 중간층은 아니다. 여항인은 조선후기에 경제적·문예적으로 주목할 만한 활동을 보여주면서 중간층 가운데서 가장 눈에 띄는 세력으로 부상했지만, 그렇다고 해서 여항인이 곧 중간층 '자체'(혹은 전체)를 의미하는 것은 아니다. 필자의 중간층 개념은 여항인을 핵심에 두되 그보다 더 넓은 외연을 갖는다. 여항인은 서울을 중심으로 한 중인서리층을 주로 염두에 둔 다분히 지역적인 개념인바, 향촌사회까지 포함해 전국을 고려하는 필자의 중간층 개념과는 차이가 있다.

본고에서 '민간'이라는 용어를 사용할 때 거기에는 민중은 물론이려니와 서울과 지방, 도시와 향촌의 중간층 부류들이 모두 포함된다. 특히 지방과 향촌의 중간층 부류는 그간의 문학 연구에서 그 중요성이 간과되어온 느낌이 없지 않은데, 구전문학(口傳文學)이나 야담의 연구에서 새롭게 주목할 필요가 있다. 가령 후술되는 「죽은 김세억을 이승으로 되돌려보낸 하서선생」 같은 설화의 형성에는 16세기 향촌사회의 중간층이 깊이 관여했다고 보인다.

이렇게 본다면 '민간'이라는 말은 아주 유용한 문예학 용어가 될 수 있다. 그러므로 사유를 좀더 정밀하게 가다듬으면서 그 의미를 재규정하여 생산적 개념으로 발전시킬 필요가 있다고 생각된다.

민간의 상상력이 집약되어 있는 장르는 설화이다. 「김하서전」은 바로 이 설화를 바탕으로 창작된 소설이다. 하지만 설화에도 여러 가지가 있다. 「김하서전」은 '사실 여부'를 중요시하는 인물전설과 달리 이야기의 '흥미' 쪽에 무게중심을 두고 있다. 그러므로 좀더 정확히 말한다면, 「김하서전」은 단순한 '인물전설'이 아닌 '야담적 이야기'가 소설로 정착된 경우라 할 것이다.

본고를 통해 설화와 소설의 장르적 관련과 차이에 대한 인식이 보다 제고되리라 기대한다. 또한 본고는 야담계소설의 초기적 면모의 이해에도 보탬이 되리라 생각한다.

2. 김인후에 관한 인물전설

「김하서전」에 대한 검토에 앞서 김인후에 관한 인물전설을 간단히 살펴두고자 한다.

김인후와 관련된 인물전설 가운데 특히 유명한 것은 「죽은 김세억을 이승으로 되돌려보낸 하서선생」이다. 이 설화는 아마도 김인후의 몰후(歿後) 전라도 지방을 중심으로 형성되어 민간에 널리 회자되다가 급기야 사대부 사회로까지 전파되어 기록에 오르게 된 것으로 보인다. 이 설화의 최초의 기록은 상촌(象村) 신흠(申欽, 1523~1597)의 문집인 『상촌집』 중에 수록된 「산중독언(山中獨言)」에서 발견된다. 하서가 몰(歿)한 것은 1560년이니, 하서가 세상을 뜬 지 그리 많은 시간이 흐르지 않은 시점에 기록으로 정착되었음을 알 수 있다.

「산중독언」의 관련 기록을 보이면 다음과 같다.

공(김인후―인용자)이 죽고 몇 년 지나서 그 이웃인 세억이라는 자가 병으로 죽었다. 어느날 그는 죽었다 살아나 그 아들에게 다음과 같이 말했다.

"내가 숨이 끊어질 때 어떤 사람에게 잡혀가듯 하여 어떤 큰 관청으로 들어갔는데, 건물이 굉장히 크고 아전과 나졸이 가득하더라. 나는 공손히 걸어들어갔는데, 대청에 한 재상이 앉아 있더구나. 그 분은 나를 보더니 왜 여기에 왔느냐고 물었다. 그리고는 내 이름을 부르며, '올해는 네 수명이 다하지 않았는데 네가 잘못 왔구나. 나는 네 이웃에 살던 김아무개다'라고 말하고는 종이에다 다음과 같은 시를 써 주었다.

'이름은 세억이요, 자는 대년인데

구름 헤치고 멀리 자미선(紫微仙)을 부르네.

훗날 77세 되면 또다시 만나리니

세상에 돌아가 이 말 함부로 전하지 말라.'"

세억이라는 자는 한자를 몰랐지만, 능히 이 시를 세상에 전했다. 세억은 과연 77세가 되어 죽었다고 한다.[3]

이 설화에서 한시는 이야기의 전개와 긴밀히 맞물리면서 중요한 기능을 하고 있다.[4] 즉 이 시는 김세억이 77살에 죽으리라는 사실을 암시하고 있는데, 그 암시대로 김세억은 77살에 죽는다.

이 설화는 민간세계가 도학자인 하서를 어떻게 관념하고 있었던가에 대해 몇 가지 사실을 말해준다.

첫째, 하서에 대한 존숭(尊崇)의 태도가 발견된다. 하서가 죽어 자미

---

3) "公歿數年, 公之隣人名世億者, 病死. 一日, 絶而復甦, 因語其子曰: '氣絶之時, 有若爲人所押, 詣一大衙門, 館宇深邃, 吏卒騈闐. 世億趨蹌前進, 堂上坐一宰相, 見世億, 詢其來由, 呼而言曰: '今年, 非爾限也. 爾誤來爾. 我卽爾之隣人金謀也.' 書一紙以授曰: '世億其名字大年, 排雲遙叫紫微仙. 七旬七後重相見, 歸去人間莫浪傳.' 世億者, 不解文字而能傳之. 世億果七十七而死云."(『상촌집』, 권49)

4) 필자는 앞에서 이 설화의 형성에 16세기 향촌사회의 중간층이 깊이 관여되어 있는 것으로 보았는데, 하서의 이웃집에 살았다는 김세억이 등장한다든가, 한시가 작품에서 중요한 기능을 하고 있다는 점이 그러한 추정을 뒷받침한다.

궁(紫微宮)의 신선이 되어 인간의 운명을 관장하고 있다고 생각하는 데서 그 점이 확인된다. 더구나 살아 있을 때는 그리 높은 벼슬을 하지 못했지만, 사후(死後) 천상세계에서 재상이 되었다고 생각하는 데서, 하서가 무척 훌륭하고 덕이 높은 인물이라고 여기고 있음을 알 수 있다.

둘째, 하서에 대한 '친근감'이 발견된다. 김세억은 한자를 몰랐다고 한 것으로 보아 일반 백성이거나 적어도 일반 백성과 별 다름없는 처지의 인물이었으리라 짐작된다. 또한 그는 하서의 생전에 그 이웃에 살았던 인물로 설정되어 있다. 이런 자가 죽은 후 하서를 만나 다시 살아나게 된다. 따라서 이야기의 설정 방식에서부터 이미 하서에 대한 친근감이 반영되어 있음을 알 수 있다. 뿐만 아니라 하서는 김세억을 보자마자 그가 자신의 이웃에 살던 자임을 대뜸 알아보고 "나는 네 이웃에 살던 김아무개다"라고 말하고 있으며, 세억의 자(字)까지도 기억하고 있다. 역시 친근감을 갖고 하서를 그리고 있음을 알 수 있다.

하서의 인물전설에서 발견되는 이 두 가지 면모는 소설 「김하서전」을 이해하는 데 중요한 단서가 된다.[5]

김인후의 인물전설 가운데 또다른 유명한 것으로 다음을 들 수 있다.

공은 벼슬을 버리고 고향에 돌아가자 마침내 발에 병이 생겼다고 핑계하고는 문밖을 나서지 않았다. 명종(明宗)이 교리(校理)로 불러 부임길에 올랐는데 도중에 두어 섬 술을 싣고 가다가 주막에 대나무와 꽃이 있

---

5) 「산중독언」의 기록은 『연려실기술』 권9 '인종조(仁宗朝) 고사본말(故事本末)'의 '김인후'조에 전재(轉載)되어 있다. 이 설화는 또 대동소이한 형태로 『서애잡록(西崖雜錄)』과 조선후기의 야담집인 『기문총화(記聞叢話)』에 실려 있다.

으면 문득 말에서 내려 술을 마셨다. 그러니 10여일 동안 간 거리가 고작 3, 4일 간 거리밖에 되지 않았다. 마침내 술이 다 떨어지자 병을 핑계하고 가지 않았다.[6]

박동량(朴東亮)의 『기재잡기(寄齋雜記)』에 실린 이야기다. 이 설화는 「죽은 김세억을 이승으로 되돌려보낸 하서선생」처럼 허황되지 않고, 어느 정도 사실을 바탕으로 만들어진 것으로 보인다.[7] 이 설화는 난세(亂世)를 대하는 하서의 자세와 고민을 잘 보여준다. 또한 이 설화에 그려진 하서의 모습은 근엄하기만 하거나 법도에 얽매인 형상이 아니다. 호방하고 탈속적(脫俗的)이며 풍류를 아는 인물로 그려져 있다. 도학자의 일반적인 상(像)과는 분명 다른 면모이다.

우리가 살핀 두 설화는 민간에서 하서를 어떻게 생각했는지를 특징적으로 보여주는 자료라 할 수 있다. 이 설화들은 실제 사실에 근거한 것이 아니거나 실제 사실과는 상당한 거리가 있다. 그러나 여기서 실제 사실은 그다지 중요하지 않다. 중요한 것은 민간세계가 하서를 어떻게 관념했던가 하는 점이다.

---

6) "公棄官歸, 遂稱寒澁, 不出戶庭. 明廟以校理徵之, 應召登途. 於行路載數石酒, 村店有竹有花, 輒下馬引酌, 十餘日所行, 纔數日程. 及酒盡, 稱疾不行."(『연려실기술』 권9 '仁宗朝 故事本末'에서 재인용) 이 이야기는 여러 야사·잡록류에 실려 있다.

7) 김하서는 44세 때인 명종 8년(1553)에 홍문관 교리에 제수되어 서울로 가던 중 중도에서 전(箋)을 올려 병으로 사퇴하고 돌아온 적이 있다(『국역 하서전집(하)』의 연보 참조). 이 설화는 실제 있었던 이 일에 근거하고 있다.

3. 「김하서전」의 내용

「김하서전」은 다음과 같이 서두를 열고 있다.

　김하서 선생이 소시(少時)에 전라도에서 상경하는 길인데, 때는 6월
이었다. 산아래에 이르자 뒤에서 말을 타고 오던 어떤 여인이 공(公)을
스쳐 지나갔는데 그때 갑자기 회오리 바람이 일어나 그 여자가 쓴 너울
을 날려 버렸다. 그 여자는 쫓아가 너울을 잡고자 했으나 여의치 않았다.
공이 그 여자의 얼굴을 보니 방년(芳年)에다 몹시 아리따와 세상에 둘도
없는 미색이었다. 그 여자는 잠시 후 너울을 다시 쓰고 떠났다. 공은 큰
욕망이 일어났다. 그러나 곧 마음 속으로 "사족(士族)의 여자에게 이런
나쁜 마음을 품어선 안 되지" 하고 생각했다. 하지만 욕정이 사그라졌는
가 하면 다시 타올라 종시 억제할 수가 없었다. 그래서 그 뒤를 따라갔다.
그 여자는 몇 리 안 가서 산모퉁이를 향해 들어갔는데, 거기에 기와집이
한 채 보였다.[8]

　상당히 핍진한 장면묘사다. 특히 김하서의 내면적 갈등에 대한 묘사
가 썩 빼어나다. 도심(道心), 즉 이성적 판단에 따라 욕망을 억누르고자
하는 도학자 김하서와 인심(人心), 즉 자연스런 인간적 욕구를 어찌하지
못하는 자연인 김하서가 서로 심한 갈등을 일으키고 있다. 한국 고전소설사

---

8) "河西金先生, 少時自南中上京. 時六月, 行到山下, 有一女行, 從後馳來. 掠過之際,
　一陣旋風猝起, 捲去羅兀, 趁後捉羅兀未易. 公見其婦人顏面, 稚年絶艶, 世間無比.
　俄而改着羅兀而去. 公大欲隨生, 旋卽語心曰: '於士族女, 何敢萌此惡念?' 然欲情
　之心, 隨窒隨熾, 終不自抑. 尾而隨之, 行未數里, 向入山隅, 見有一座瓦屋."

에서 도학자의 심리적 갈등을 묘사한 소설은 이 작품 말고 달리 없다.

도학자의 '부동심(不動心)'을 보여주는 설화로 정암(靜庵) 조광조(趙光祖)가 자신의 방에 뛰어든 이웃집 처녀를 준엄하게 꾸짖어 돌려보냈다는 이야기를 들 수 있지만, 조광조 설화에 그려진 조광조의 모습과 소설 「김하서전」에 그려진 김인후의 면모는 퍽 대조적이다. 조광조 설화에서 이웃집 처녀는 조광조에게서 받은 마음의 상처 때문에 병들어 죽게 되는바, 설화는 훗날 조광조의 비극적 최후가 이 처녀의 원념(怨念) 때문임을 시사하고 있다.[9]

하지만 소설 「김하서전」은 후술하듯 김하서가 단지 도학자로서의 근엄함만이 아니라 인간적 면모를 지녔기에 복을 받았다는 쪽으로 이야기를 끌어가고 있다. 조광조 설화의 의미지향과 정반대라 할 것이다.

회오리바람에 여인이 쓴 너울이 벗겨짐으로써 사건이 시작되는 「김하서전」의 설정은 얼핏 이옥(李鈺)이 창작한 전기소설 「심생전(沈生傳)」의 서두를 연상케 한다. 「심생전」 역시 회오리바람에 여인이 쓴 보가 걷힘으로써 그 미모가 확인되면서 이야기가 본격적으로 전개되기 때문이다. 하지만 「심생전」의 주인공인 심생은 「김하서전」의 김하서와 달리 여인을 처음 본 순간 심리적 갈등을 느끼지는 않는다. 심생은 김하서처럼 도학자이지 않고 "풍정태탕(風情駘蕩)"[10]한 청년이었기에 그저 자신의 욕망이 이끄는 대로 움직이면 그만이었다.

「김하서전」의 주인공은 내적 갈등을 겪지만 결국 자신의 욕망을 따른

---

9) 조광조 설화의 각편(各篇) 가운데에는 결말을 다르게 맺고 있는 것도 있다. 하지만 우리가 주목하는 것은 조광조의 꾸짖음을 받은 처녀가 죽는 것으로 끝나는 이야기다.

10) "沈生者, (…), 容貌甚俊韶, 風情駘蕩."(『梅花外史』, 『薝庭叢書』권21)

다. 여인을 뒤쫓아간 주인공의 그 다음 행동이 궁금하지 않을 수 없다.

여인의 집은 상당한 규모를 갖춘 반가(班家)였다. 김하서는 행객(行客)이라면서 하룻밤 묵고 가기를 청했으나, 그 집 하인은 과부집이라는 이유를 들어 거절했다. 하지만 간청 끝에 겨우 유숙할 수 있었다. 밤이 되자 김하서는 담을 넘어 여인이 거처하는 내방(內房)으로 몰래 다가가 창틈으로 그 동정을 훔쳐보았다. 여인은 어떤 젊은 중과 한창 서로 희롱 중이었다. 이 광경을 보고 의분을 느낀 김하서는 중이 잠들기를 기다렸다가 단검을 갖고 들어가 그 등을 찔러 죽였다. 여인은 덜덜 떨면서 살려달라고 빌었다. 김하서는 여인더러 너는 사족(士族)의 여자거늘 어찌 중과 짜고 남편을 죽인 후 이런 음행(淫行)을 일삼느냐고 꾸짖었다. 여인은 일이 이에 이르렀으니 무얼 숨기겠느냐며 지초지종을 말한다. 여인의 입을 빌려 서술되는 이 부분은 서사시간(敍事時間)의 역전(逆轉)에 해당한다. 여인의 말을 직접 들어보자.

제 남편은 연소재자(年少才子)로서 여러 번 향시(鄕試)에 합격했지요. 지난 해 여름, 친구들과 함께 절에 가서 공부할 때 이 중을 집에 보내 쌀과 반찬을 가져오게 했답니다. 중이 온 뒤 큰 비가 3일 밤낮을 쏟아부어 집앞의 시냇물이 불어나 4일째가 되어서야 비로서 건널 수 있게 되었는데, 그 동안 이 중은 행랑방에 묵고 있었어요. 여름비가 내리는 밤이라 그 습습함을 견디지 못해 저는 창문을 열어 놓고 잠을 잤는데, 이 중이 밤에 몰래 들어왔어요. 저는 깊이 잠든 탓에 그만 몸을 더럽히고 말았지요. 그때 죽지 못한 것은 죽을 죄겠지요. 그러나 남편을 죽인 것은 제가 아니고 중이예요.[11]

11) "姜之夫婿, 年少才子, 累中發解. 上年夏, 與友人上寺做工之時, 下送此僧, 要取

자기는 남편을 죽이지 않았다는 여인의 이 말은 거짓이다. 나중에 드러나지만 이 여인은 뒤에 또 한 차례 거짓말을 해서 열녀문(烈女門)을 하사받기까지 한다. 얼굴은 아리땁지만 마음은 간사한 여인이었던 것이다.

김하서는 여인을 꾸짖은 후 그 방을 나왔다. 그리고 얼핏 잠이 들었는데, 꿈에 그 여인의 남편이 나타나, 자기 처와 중이 결탁하여 자신을 살해한 후 집뒤의 대나무숲에 암매장하고는 사람들에게 범한테 물려갔다는 말을 퍼뜨렸음을 밝힌다. 이 때문에 원한이 맺혔지만 군자를 만나지 못해 복수를 못하다가 이제야 군자를 만났다고 말한다. 회오리바람을 일으켜 여인의 너울을 날아가게 만든 것, 그리하여 김하서에게 여인의 얼굴을 보게 해 그 자색에 이끌려 따라오게 만든 것도 다 자기가 한 짓이라고 밝힌다. 이 대목에 이르러, 너울이 바람에 벗겨진 것이 소설 구성상 하나의 복선이었음이 드러난다. 이 복선은 별다른 예술적 기교 없이 다분히 설화조(說話調)로 서술되는 듯하던 「김하서전」이 의외로 구성상의 책략을 깔고 있으며, 플롯에 대한 상당한 배려를 하고 있음을 알게 해준다.

남편의 말은 계속 이어진다. 그는 김하서가 자신의 복수를 해주었으니 그 은혜를 갚겠다면서, 서울에 올라가면 칠석 절일제(七夕節日製)[12]가 있을 텐데 시험 문제는 '칠석(七夕)'이라는 제목으로 부(賦)를 지으라는 것이니, "금풍삽이석기, 옥우확기쟁영(金風颯而夕起, 玉宇廓其崢嶸)"

粮饌. 僧才下來, 大雨連注三晝夜, 前溪水漲, 四日而後, 始得過涉. 其間此僧棲在行廊. 夏雨之夜, 蒸鬱難耐, 開窓而睡. 此僧中夜潛入, 熟睡中身被汚辱, 只缺一死, 死罪矣, 至於殺夫, 則非我也, 僧也."

12) 칠월 칠석의 명절을 기념해 선비들에게 보이던 시험을 일컫는 말인데, 줄여서 '칠석제(七夕製)'라고도 한다.

이라는 구절로 첫머리를 삼는다면 반드시 장원을 할 것이며 전시(殿試)
에 직부(直赴)[13]하여 급제할 수 있을 것이라 하였다.

김하서가 상경하니 나라에서 과연 칠석제(七夕製)를 보이는데, '칠석
(七夕)'이라는 제목으로 부(賦)를 짓는 것이 시험 문제였다. 하서는 귀
신이 가르쳐준 대로 하여 마침내 과거에 급제할 수 있었다. 다음은, 작
중에서 당시 지관사(知館事)로서 시험을 관장한 모재(慕齋) 김안국(金安
國)이 보인 반응이다.

> 모재(慕齋)는 공이 지은 첫 구절을 듣고 깜짝 놀라며 말하기를,
> "이건 귀신의 말이다!"
> 라 하였다. 그 아래 구절을 듣자,
> "이건 문장가의 솜씨다."
> 라고 했으며, 1편을 다 읽자 다시 말하기를,
> "첫 구절 외에는 모두 한 사람이 지은 글이다."
> 라 하였다.[14]

실제 김인후는 19세 때인 1528년에 「칠석부(七夕賦)」를 지은 바 있
다.[15] 당시 용재(容齋) 이행(李荇)이 문형(文衡)으로 있었는데, 칠석날을
당하여 '칠석(七夕)'을 제목으로 하여 성균관에서 선비들에게 시험을 보

---

13) 절일제(節日製)에 합격한 사람에게 문과(文科)의 복시(覆試)나 전시(殿試)에 응시
   할 수 있는 자격을 주는 것을 일컫는 말이다.
14) "聞公初頭, 大驚曰: '此必鬼語也!' 及聞下句, 曰: '此則文章之人手段也.' 讀盡一
   篇, 又曰: '初頭外, 皆一人作也.'"
15) 『국역 하서전집』의 「연보」 참조. 「칠석부」는 『하서집(河西集)』 권1에 실려 있다.

였다. 김인후는 이때 일등을 했으며, 이후 그의 「칠석부」가 뭇 사람들에게 회자되었던 것으로 전해진다.[16]

『하서집(河西集)』에 전하는 「칠석부」의 모두(冒頭)는 "추풍삽이석기, 옥우확기쟁영(秋風颯以夕起, 玉宇廓其崝嶸)"으로, 「김하서전」의 서술과 별 차이가 없다.[17] '옥우(玉宇)'란 가을하늘을 일컫는 말이다. 이 구절은 그 의경(意境)이 범상치 않을뿐더러 기상(氣像)이 청상(淸爽)하고 격조(格調)가 고매하다. 아마도 이런 점 때문에 이 구절은 사람의 말이 아니요 귀신의 말이라는 이야기가 전파되었던 듯하다. 이 사실을 확인해주는 자료가 있다. 『지수염필(智水拈筆)』의 다음 기록이 그것이다.

전기(錢起)는 여관에서 잘 때 "곡종인불견, 강상수봉청(曲終人不見, 江上數峯靑)"이라는 시구를 얻어들었고, 하서(河西)는 과거 보러 가는 길에 어떤 행인을 만나 "추풍삽이석기, 옥우확이쟁영(秋風颯而夕起, 玉宇廓而崝嶸)"이라는 구절을 얻어들었다. 전기와 하서는 모두 이 때문에

---

16) 『지봉유설(芝峯類說)』 권15 성행부(性行部) 「염퇴(恬退)」조(條)에 "金河西, (…)少時館課, 「七夕賦」第一, 名聲籍甚"이라는 말이 보인다. 또 『어우야담』에 "河西先生, (…)年十九來京師. 時七夕賦試士泮宮, 容齋李荇爲大提學, 賦以七夕爲題, 河西入二上格爲魁, (…)至今爲東人傳誦"(만종재본 권1, 23면)이라는 말이 보인다. 홍한주(洪翰周)는 『지수염필(智水拈筆)』(서벽외사 해외수일본 13, 아세아문화사, 1984)에서 조선후기에 과시(科詩)로 유명했던 석북(石北) 신광수(申光洙)와 한원(漢源) 노긍(盧兢)에 대해 거론하면서 김인후의 「칠석부」도 언급하고 있다. 관련 기록은 다음과 같다: "河西「七夕賦」, 亦科作, 而實有漢唐詞賦體, 至入『東文選』."(『지수염필』, 168면) 이들 기록을 통해 김인후의 「칠석부」가 김인후 당대만이 아니라 후대에도 과시(科詩)로 회자되었음을 알 수 있다.

17) 「김하서전」에서는 '金風'이라 하고 『하서집』에서는 '秋風'이라고 한 차이가 있으나, 그 뜻은 같다.

과거에 급제하였다.[18]

　전기(錢起)는 당나라 시인인데, 그가 "곡종인불견, 강상수봉청(曲終人不見, 江上數峯靑)"이라는 귀어(鬼語)를 얻어 과거시험에 장원급제했다는 사실은 널리 알려진 시화(詩話)인바, 홍만종(洪萬宗)이 찬(撰)한『소화시평(小華詩評)』에도 실려 있다.[19]『소화시평』은 이와 함께 정지상(鄭知常)이 산사에서 공부하다 귀신에게서 시구를 얻어 장원급제한 고사를 소개하고 있다.[20] 이밖에도 꿈에서 어떤 사람에게 시구를 얻어 과거에 급제했다는 이야기는 야사나 고담(古談)에서 종종 발견된다.

　이처럼 중세사회에는 선비가 귀신에게서 시의 경구(驚句)를 얻었다든가, 그 경구로써 과거에 급제했다든가 하는 이야기가 심심찮게 있었던 것이다. 「김하서전」은 「칠석부」와 관련해 전해지던 이런 종류의 이야기를 작품의 한 중요한 모티프로 삼았다고 할 수 있다.

　하지만 「김하서전」에서 김하서가 「칠석부」를 지어 장원을 하고 그 덕에 이듬해 직부급제(直赴及第)한 것으로 서술한 것은 실제 사실과 다르다. 또한『지수염필』에서 김인후가 「칠석부」로 급제했다고 한 것 역시 사실이 아니다. 실제 사실이 어떠했는가 하면, 김인후는 22세 때인 1531년에 비로소 성균관 사마시에 입격(入格)했으며, 이로부터 9년 뒤 31세 때 비로소 별시문과(別試文科) 병과(丙科)에 급제했다. 19세 때 「칠석부」를 지은 지 12년 만에 문과급제를 한 것이다.

---

18) "錢起宿旅店, 聞'曲終人不見, 江上數峯靑'之句, 河西赴擧, 路逢行人, 聞'秋風颯而夕起, 玉宇廓而岧嶸'之賦, 起與河西, 皆以此取科."(『智水拈筆』, 264면)

19)『小華詩評』卷上,『홍만종전집(하)』(태학사, 1980), 32면.

20)『소화시평』, 위의 책, 33면.

뿐만 아니라, 김안국이 어쩌고 한 것 역시 실제 사실이 아니다. 김안국은 훗날 김인후가 별시문과에 응시했을 때 독권관(讀券官)이었다.[21] 김안국은 일찍이 전라도 관찰사였을 때 어린 김인후에게 『소학』을 가르쳤던바, 두 사람은 사제의 연(緣)을 맺고 있었다. 어쩌면 두 사람의 이 밀접한 관계가 「김하서전」의 착각을 초래했을 수 있다.

하지만 「김하서전」의 내용이 실제 사실과 다르거나 착각이 있다고 하여 「김하서전」이 잘못되었다고 말할 수는 없다. 작품에 서술된 내용이 사실과 일치하는가의 여부는 이 경우 하등 중요하지 않다. 「김하서전」은 전기소설(傳記小說)이 아니며, 민간의 이야기를 바탕으로 성립된 일종의 야담계소설에 해당하기 때문이다. 그러므로 우리가 주목해야 할 것은 민간의 상상력이 실제 사실을 어떻게 변형하면서 김인후의 형상을 새롭게 창조하고 있는가 하는 점이다.

「김하서전」은 김하서가 귀신의 도움으로 과거에 급제하는 데서 끝날 수도 있지 않았을까? 설화였다면 이쯤에서 이야기가 끝났을 터이다. 하지만 이야기는 더 계속된다. 만일 「김하서전」이 주인공 김하서가 급제하는 데서 끝났다면 그 구성과 플롯은 비교적 단순한 것이 되고 말았을 것이다. 그러나 「김하서전」은 다시 '가짜 열녀담'을 보탬으로써 이야기를 새로운 국면으로 발전시키고 있다. 「김하서전」은 그럴 여지를 미리서부터 은밀히 마련해놓았다 할 것이다. 김하서로 하여금 중을 징치(懲治)케 하면서도 여인은 그대로 둔 채 떠나게 한 데서 그런 여지를 읽을 수 있다.

---

21) 『국역 하서전집(하)』, 719면. '독권관'은 조선시대 과거시험 가운데 최종시험인 문과 전시(殿試)의 시험관을 이르는 말이다. 2품 이상의 관원이 맡았으며, 시험을 감독하는 일 외에 답안지를 채점하고, 어전에서 우수한 답안을 읽는 일을 맡아 했다.

「김하서전」의 후반부에 나오는 가짜 열녀담의 내용은 다음과 같다.

김하서가 과거에 급제한 후 영친(榮親)하기 위해 고향으로 내려오다
가 이전의 그 과부집을 지나게 되었는데, 새로 열녀문(烈女門)이 세워져
있었다. 근처에 투숙하여 까닭을 물어보니, 야밤에 과부를 겁탈코자 침방
(侵房)한 중을 과부가 칼로 찔러 죽인 후 소리를 질러 사람들에게 알렸
는데, 나라에서 그 절행(節行)을 표창하여 정문(旌門)한 것이라 했다. 이
튿날 김하서가 고을 수령을 만나 자초지종을 말하니, 수령은 하서의 고
의(高義)를 칭송하였다. 죽림(竹林)을 파헤치니 과연 시신이 나왔는데,
얼굴빛은 살아 있는 듯했고, 목 졸린 흔적이 뚜렷이 남아 있었다. 과부를
잡아와 다그치자 그 죄를 실토하였다. 마침내 열녀문을 헐어버리고, 강상
죄(綱常罪)를 범한 과부를 의금부로 압송했다. 이 날 밤, 죽은 선비가 다
시 김하서의 꿈에 나타나 원수를 갚아준 것과 자신을 후장(厚葬)해 준
데 감사하면서 결초보은하겠노라고 했다.[22]

이런 종류의 가짜 열녀담은 전연 새로운 것은 아니며, 야담에서 이따
금 발견된다. 『어우야담』에서 한 예를 들어본다.

서울에 사는 어떤 무사(武士)의 별업(別業)이 밀성(密城)에 있었다.
그는 성주(星州)·상주(尙州)를 왕래할 때 늘 친한 유생(儒生)의 집에
들러 자고 가곤 하였다. 그러나 4,5년 사이 서울의 일로 겨를이 없어 왕
래하지 못했다. 만력(萬曆) 10년(1582), 다시 밀성에 가게 되어 행로에

---

22) 필자가 내용을 요약한 것이다.

상주·성주 사이의 그 친구집을 찾게 되었다. 그러나 그 친구는 이미 죽은 지 3년이었다. 날이 저문지라 다른 데로 갈 수도 없어 행장을 풀고 잠시 쉬었다 가고자 했다. 그 부인이 안에서 듣고 몹시 슬프게 울었으며, 하인에게 분부하여 객실을 소제해 모시게 하였다. 무사는 옛일을 생각하매 마음이 아파 밤늦도록 잠을 이루지 못했다. 객실의 북쪽 담은 매우 높고 뜨락에는 대나무가 무성하여 숲을 이루고 있었다. 당시 달빛이 희미했는데, 대나무 사이로 부스럭거리는 소리가 들렸다. 무사는 범이나 삵괭이가 아닌가 싶어 몸을 숨긴 채 주시했는데, 까까머리 중이 대나무 숲에 들어가 두리번거리더니, 이윽고 몸을 솟구쳐 곧장 규방으로 향하는 것이었다. 무사는 살금살금 따라가 보았다. 규방 창문에는 등불이 비치고 있었다. 무사가 손가락 끝에 침을 묻혀 창호지에 구멍을 내어 안을 들여다 보니, 농염하게 단장한 젊은 여인이 숯불이 이글거리는 청동 화로에 고기를 굽고 술을 데워 중에게 대접하고 있었다. 그것을 다 먹고 난 중은 등불 아래서 마음껏 여인을 희롱하였다. 무사는 분을 참지 못해 화살을 뽑아 활에 먹여 창문 구멍으로 들이쏘았다. 중은 외마디 비명을 지르며 쓰러져 죽었다. 무사는 활을 감추고 잠자리로 가 일부러 드르렁드르렁 코고는 시늉을 하였다. 조금 있으니 안에서 부인이 다급하게 부르는 소리가 들리고, 온 집안의 종들이 사방에 소리를 지르며 시끄러웠다. 무사가 놀란 척하며 일어나 그 연유를 물으니,

"주인집은 사족(士族)이고 마님이 수절 중인데, 밤에 미친 중놈이 안방으로 뛰어들므로 마님이 칼을 빼 그 중을 죽이고 몸을 갈기갈기 찢은 후 자신의 손가락을 자르고 자살하려는 것을 집안 사람들이 힘써 구해내 제지했읍지요."

라 하였다. 무사는 실소를 참고 탄식하면서 그 집을 떠났다. 이듬해에 다

시 그 마을을 지날 적에는 이미 절부(節婦) 정문(旌門)이 서 있었다.[23]

간단한 이야기이기는 하나 그 기본적 상황 설정이 「김하서전」과 유사함을 볼 수 있다. 「김하서전」은 이런 설화에다 김하서와 관련된 설화를 접맥함으로써 구성과 플롯을 좀더 복잡하게 발전시킬 수 있었던 것이다. 『어우야담』에 실린 설화에서는 여인이 징치(懲治)됨이 없이 종결됨으로써 풍자적 효과가 극대화되고 있는 데 반해, 「김하서전」에서는 여인이 종내 징치됨으로써 사필귀정이 강조된다. 「김하서전」의 이런 귀결은 도학군자로서의 김인후의 평판을 고려한 결과일 것이다. 작중 인물 '김하서'가 아무리 허구화된 존재라고는 하나 실제인물 '김인후'에 따라다니는 이미지와 평판으로부터 자유로울 수는 없었던 것이다. 그 점은 앞서 귀신이 김하서에게 '이제야 자신의 원수를 갚아줄 군자(君子)를 만났다'고 한 말에서도 확인되지만, 풍속과 강기(綱紀)의 부정자(扶正者)처럼 그려진 결미부의 김하서 형상에서도 또한 확인된다.

---

23) "京城武士, 別業在密城, 往來星州·尙州間, 尋所善儒生, 常多留宿, 而四五年不遑京家事, 不得往來. 萬曆十年, 復下密城, 於行路尋其友尙·星間, 其友亡已三年矣. 日暮不得之他, 仍解裝暫歇. 其妻自內聞之, 哭聲極悲, 命蒼頭掃客室處之. 武士念舊疚心, 夜久不寐. 客室北墻垣甚峻, 階上有密竹成林. 時月色微明, 竹間勃窣有聲, 疑其有虎豹狸狌, 潛身而熟視之, 有僧露頂, 闖亂竹裡四顧, 俄而挺身而直入向閨閣. 武士輕步而隨, 見閨窓照燈, 唾指端, 鑽紙而窺之, 年少婦女淡粧濃艶, 方熾炭靑銅爐, 燒肉煖酒以餉僧. 僧喫訖, 於燈下恣其歡戲. 武士不勝其忿, 抽矢滿彎, 從窓穴射之, 僧乃一吼而斃. 武士藏弓就寢, 陽作軒睡聲. 良久聞自內婦人高聲疾呼, 擧家奴婢叫四隣而喧閙. 武士驚起而問之, 則曰: '主家士族也而寡居, 夜間狂僧冢突, 寡婦拔劍殺其僧, 剮其百軆, 仍自斷指毁形欲自殺, 家人力救而止之.' 武士藏笑發歎而去. 越明年復過其間, 已竪節婦旌門矣."(만종재본 『어우야담』, 권1, 36면)

「김하서전」은 끝부분에 작자가 직접 등장하여 실제인물 '김인후'와 소설적 주인공 '김하서'의 거리를 좁히려는 노력을 보여준다. 김인후가 화관(華貫)을 역임하고 그 명성이 한 시대에 높았던 것, 그리고 그의 기세(棄世) 후 사람들이 서원을 건립하여 천추에 제사를 받든 것은 실로 그의 도덕과 문장, 충의 때문이지만, 남의 원수를 갚아줌으로써 음덕을 쌓은 일 역시 얼마간 작용했으리라는 발언이 곧 그것이다. 작자는 민간적 상상력에 크게 의존하고 있는 「김하서전」 주인공의 형상이 실제인물 김인후의 이미지와 어긋나는 점이 계속 마음에 걸렸던지 작품 맨끝에 굳이 다음과 같은 논단(論斷)을 첨부하고 있다.

사족(士族)의 여인을 보고 나쁜 마음을 일으킴은 약간 지식이 있는 사람이라도 반드시 하지 않는 짓이거늘, 하물며 선생과 같이 학식과 의리를 지닌 분이 일으키지 말아야 할 그런 마음을 일으킬 리가 있겠는가. 실로 이는 하늘이 그 마음을 유혹하여 그 손을 빌려 악인을 없애고 원혼의 억울함을 풀고자 해서일 것이다. 그렇지 않다면 어찌 이런 말도 안 되는 일이 있을 수 있겠는가.[24]

이는 사실 불필요한 말이다. 「김하서전」의 '김하서'는 민간의 상상력에 따라 허구적으로 새롭게 창조된 인물이기 때문이다. 물론 '김하서'가 실제인물 김하서와 아무 관련이 없는 것은 아니며 그를 모델로 삼고 있

---

24) "見士族女, 萌動惡心, 卽人之稍有知識者, 亦必不爲, 況以先生之學識行義, 敢生必不生之心者? 實是天誘其衷, 假手而除凶, 且雪冤魂之憤鬱也. 不如是, 豈有如此萬萬無謂之事乎?"

음은 분명하지만, 그렇다고 해서 '김하서'가 곧 실제인물 김하서는 아니다. 요컨대 '김하서'는 민간의 상상력에 의해 허구적으로 새롭게 창조된 인물인바, '김하서'와 실제의 김하서를 혼동할 필요는 없다 하겠다.

4. 「김하서전」의 구성

앞절에서 「김하서전」의 특징적 내용을 검토했으니, 여기서는 그 구성에 대해 간단히 살펴보기로 한다.

「김하서전」은 김하서가 과거길에서 겪는 사건을 그리고 있다. 작품에서 주인공인 김하서는 문제의 해결자로 등장한다. 그는 불의한 중을 징치(懲治)함으로써 억울하게 죽은 선비의 원한을 풀어준다. 그리고 그 선비의 보은 덕에 과거에 장원급제한다. 일종의 '보은담'이다.

보은담이라 하더라도 그 구체적 내용은 이야기에 따라 퍽 다양할 수 있겠는데, 그럼에도 그 기본 구조가 '주인공의 문제해결→주인공에게 도움을 받은 자의 보은'으로 되어 있다는 점에서는 대개 일치한다. 「김하서전」 역시 이런 보은담의 구조를 충실히 따르고 있다. 만일 「김하서전」이 단순한 보은담이라면 주인공이 과거급제하는 데서 이야기가 종결되는 것이 그 구조상 완결적이다.

그러나 「김하서전」은 여기서 끝나지 않고 계속 이어진다. 「김하서전」이 이 대목에서 종결되지 않으리라는 것은, 앞서 지적했듯, 중과 사통한 음부(淫婦)가 그 자리에서 어떤 징치도 받지 않은 데서 어느 정도 예상되는 일이다. 작자는 다음 사건을 전개하기 위해 음부를 잠시 방치해둔 것이다. 이런 점에서 「김하서전」은 '단순한' 보은담과는 구별된다.

보은담에 이어지는 이야기는 '가짜 열녀담'이다. 여기서 작품은 음부가 관(官)으로부터 열녀문(烈女門)을 하사받는다는 아이러니한 사태의 서술을 통해 좀더 심각한 메시지를 담게 된다. 작품에서 음부는 사부가(士夫家)의 여자로 설정되어 있다. 조선조 사회가 여성에게 열(烈)을 강요했음은 잘 알려져 있는 사실이다. 이런 풍조 때문에 열녀문의 하사는 가문의 큰 영광으로 간주되었다. 그리하여 열녀를 날조하는 일까지도 발생하곤 했다. 이런 일은 당연히 주로 사부가(士夫家)에서 일어났다. 「김하서전」에서 음부가 열녀문을 하사받는다는 내용은 이런 사회역사적 현실을 일정하게 반영하는 면이 없지 않다.

이상의 논의를 통해 볼 때, 「김하서전」은 전반부의 보은담과 후반부의 가짜 열녀담이 결합되어 있다고 말할 수 있다. 물론 후반부의 가짜 열녀담도 전반부의 보은담과 연관된 측면을 갖고 있고 그런 점에서 본다면 작품 전체를 '확장된' 보은담으로 간주할 수 있는 여지도 없지 않다.

사실 설화나 야담 중에는, 비록 그 구체적·세부적 내용에서는 다르다고 할지라도 그 기본 모티프에 있어서는 「김하서전」의 앞부분과 유사한 작품들이 발견된다. 그러나 그런 이야기들에서 「김하서전」의 뒷부분은 거의 발견되지 않는다. 거꾸로 「김하서전」의 뒷부분과 유사한 설화가 없는 것은 아니나, 그런 설화가 「김하서전」의 앞부분과 유사한 내용을 갖춘 것은 아니다. 이렇게 본다면 「김하서전」과 유사한 내용을 갖는 설화나 야담과 「김하서전」을 구별짓는 주요한 변별점의 하나는 바로 보은담과 가짜 열녀담의 절묘한 결합에 있다고 하지 않을 수 없다. 「김하서전」은 이 두 이야기를 자연스럽게 결합한 결과 유사한 설화나 야담에 비해 생(生)과 사회를 반영하는 서사적 편폭을 좀더 확장할 수 있었으며, 단순 구성을 탈피해 좀더 발전된 구성과 플롯을 취할 수 있었다고 보인다.

「김하서전」의 구성과 관련해 한 가지만 더 언급한다면, 시부(詩賦)가 중요한 기능을 하고 있다는 사실이다. 시부가 중요한 기능을 함은 설화인 「죽은 김세억을 이승으로 되돌려보낸 하서선생」도 마찬가지인데, 두 이야기는 모두 하서의 출중한 시재(詩才)를 말하고자 한 일면이 없지 않다.

이상, 「김하서전」의 구성상의 특성을 지적했지만, 「김하서전」의 특성을 그 구성에서만 찾을 것은 아니다. 「김하서전」은 대부분의 야담계소설처럼 문장의 필치가 유려하지는 못하다. 하지만 도학자의 심리적 갈등에 대한 묘사는 비교적 빼어난 것으로서, 이 작품이 거둔 성과를 거론할 때 이 점을 빠뜨려서는 안 되리라 생각한다.[25]

5. 「김하서전」과 다른 도학자 이야기의 비교

16세기는 도학의 시대라 해도 과언이 아니다. 이 시대의 위대한 도학

---

25) 「김하서전」과 비슷한 내용을 갖는 야담이 『기문총화』에 실려 있다. 그러나 『기문총화』의 이야기에는 「김하서전」에서 핵심적인 의의를 갖는다 할 주인공의 심리적 갈등이 전연 묘사되지 않고 있다. 이 점에서 『기문총화』의 이야기는 「김하서전」이 거둔 문학적 성과와 견주기 어렵다. 「김하서전」과 『기문총화』의 해당 부분을 원문으로 제시하면 다음과 같다. 「김하서전」: "河西金先生, 少時自南中上京. 時維六月. 行到山下, 有一女行, 從後馳來. 掠過之際, 一陣旋風猝起, 捲去羅兀, 趁捉羅兀未易. 公見其婦人顔面, 稚年絶艶, 世間無比. 俄而改着羅兀而去. 公大欲隨生, 旋卽語心曰: '於士族女, 何敢萌此惡念?' 然欲情之心, 隨窒隨熾, 終不自抑. 尾而隨之, 行未數里, 向入山隅, 見有一座瓦屋(…)" 『기문총화』: "金河西麟厚, 少時自南中上京, 路見一女, 從後來. 風捲羅兀, 見有姿色. 隨去一村(…)"

자로는 퇴계, 율곡, 화담, 남명을 들 수 있다. 고유한 학문적 입장과 개성을 지닌 이들 학자는 이야기 속에서도 사뭇 다른 면모를 보여주고 있어 흥미롭다.

퇴계나 율곡을 주인공으로 한 설화에서는 여색(女色)과 관련된 이야기가 거의 발견되지 않는다. 이는 이들이 도학자로서 워낙 근엄한 몸가짐을 가졌기에 민간의 상상력으로도 이들을 여색과 관련짓기는 어려웠기 때문이 아닐까 싶다.

화담의 경우 황진이와의 유명한 일화에서 볼 수 있듯 여색과 관련된 이야기가 없지 않다. 그러나 이 이야기는 도학자로서 화담의 부동심(不動心)의 경지를 말하기 위한 것이지, 여색에 침혹되거나 여색에 일시 미혹됨을 그린 것은 아니다. 이 이야기 외에 화담을 주인공으로 한 설화들은 대부분 화담의 도통한 면모나 신통력을 말하고 있다는 특징을 보인다. 이런 면모는 퇴계나 율곡의 설화에서는 별로 발견되지 않는다. 화담 설화가 화담이 지닌 신통력을 강조하고 있는 현상은 화담이 돈오(頓悟)를 중시한 기철학자(氣哲學者)였다는 점과 어느 정도 관련이 있지 않나 생각된다.

남명의 설화에는 여색과 관련된 것이 더러 발견된다. 『어우야담』에서 한 예를 들어본다.

남명 조식과 청송(聽松) 성수침(成守琛)은 초년에 벗이 되었다. 둘은 모두 약관(弱冠)의 나이에 화류계(花柳界)에 드나들었는데, 어떤 미인과 자리를 함께 하기로 약속을 했으나 마침 사사로운 일이 생겨 모임에 갈 수 없게 되었다. 남명은 "장부가 여자와 한 약속을 어길 수 없다"면서 굳이 갔다. 사람들이 이 이야기를 듣고 기이하게 여기며, "조생(曺生)은

훗날 반드시 대인(大人)이 될 것이다"라고 하였다.[26]

남명 설화에 여색과 관련된 이야기가 있는 것은 남명의 기상이 호탕했던 것과 무관하지 않다.[27] 남명의 그런 면모가 민간의 상상력을 촉발하면서 여색과 관련된 이야기를 형성했을 것으로 보인다.

한편 장르적으로 본다면, 퇴계 및 율곡의 이야기는 대체로 인물전설에 해당하며, 화담의 경우 인물전설뿐만 아니라 소설 「서화담전」[28]도 존재한다. 이 작품은 이른바 신작(新作) 구소설(舊小說)에 해당하는데, 화담의 신통력을 보여주는 에피소드들을 옴니버스식으로 구성하고 있다. 남명의 경우, 간단한 인물전설과 흥미 위주로 윤색된 야담이 함께 존재한다. 남명을 주인공으로 한 야담들 중 남녀사(男女事)와 관련된 어떤 이야기는 「김하서전」과 유사한 모티프를 보여주고 있어 주목된다.

이상의 논의를 통해 볼 때, 「김하서전」과 비교해봄직한 이야기는 제일 마지막의 것, 즉 남명을 주인공으로 한 야담이다.

남명을 주인공으로 한 야담은 『동패낙송(東稗洛誦)』에 실린 것이 원조(元祖)가 아닐까 생각된다.[29] 편의상 이 작품의 제목을 「남명의 음부

---

26) "曺南溟植、成聽松守琛早與相友, 皆弱冠縱步花柳場. 與佳人約會, 適有私故, 將不得赴會. 南溟曰: '丈夫與女子約, 不可負.' 强之行. 聞者奇之曰: '曺生異日必作大人.'"(만종재본 『어우야담』, 권1, 35면)

27) 남명, 특히 소년시절의 남명이 호탕했다는 기록은 야담이나 잡기에 종종 보인다. 일례로 『동패낙송(東稗洛誦)』(서벽외사 해외수일본 26, 아세아문화사, 1990), 343면에 "南溟少時, 豪氣不羈"라는 기록이 보인다.

28) 광동서국(光東書局)에서 1926년에 간행되었다. 우쾌제 편, 『구활자본 고소설전집』(인천대학 민족문화연구소, 1984) 제21책에 영인본이 실려 있다.

29) 서벽외사 해외수일본 『동패낙송』, 343~344면에 실려 있다. 이하의 논의는 이 자료에

징치(淫婦懲治)」라 부르기로 하자.[30] 「남명의 음부징치」의 줄거리를 요약하면 다음과 같다.

남명이 소시에 호탕하여 준마와 보검과 명희(名姬), 이 셋을 얻고자 했는데, 준마와 보검은 얻었으나 미희(美姬)는 얻지 못했다. 원근을 두루 다니던 중 강원도 산골길을 가게 되었는데, 한 여자가 빨래를 하고 있었다. 그 여자는 대단한 미인이어서 남명은 넋을 잃은 채 쳐다보았다. 그 여인은 국색(國色)을 보고 싶으면 자기를 따라오라고 했다. 그리고는 남명을 자기 집 후원(後園)으로 데리고 가, 누각 위에 한 미인이 나타날 테니 여기서 기다리라고 했다. 조금 있으니 색태(色態)가 천연(天然)한 한 미인이 나타났는데 누군가를 기다리는 듯한 눈치였다. 그때 홀연 웬 중이 담장을 넘어 오더니 누각의 미인을 끌어안았다. 두 사람은 방으로 들어가더니 술을 마시며 온갖 음희(淫戲)를 일삼았다. 남명은 두 사람이 잠든 후 그 방에 돌입하여 칼로 둘의 목을 베어 버렸다. 이때 빨래터에서 만난 그 여종이 울면서 들어와 잘린 머리를 소반에 담아 영궤(靈机)에 놓더니 곡을 하였다. 그리고는 남명을 자기 방으로 데려가 백 번 절하며 감사하고는 자초지종을 말하였다. 그 말에 의하면 여종의 주인은 서울의 사족인데 과거공부를 하는 사이 부인이 우연히 중과 눈이 맞아서 함께 음모를 꾸며 남편과 시아버지를 죽였으며, 노복들 가운데 음모에 가담치 않은 자들도 모두 죽였다는 것이었다. 자기는 늘 하늘에 주인의 원수를

의거한다. 『동패낙송』의 이야기는 『청야담수(靑野談藪)』, 『화헌파수록(華軒罷睡錄)』 등에 전재(轉載)되어 있다.

30) 원래 『동패낙송』의 이야기에는 제목이 붙어 있지 않다.

갚아달라고 빌어 왔는데 오늘 다행히 그 뜻을 이루었다고 했다. 남명은 이 말을 듣자, 미색(美色)에 유혹되어 하마터면 평생을 그르칠 뻔했다면서 자책하였다. 이에 준마를 놓아주고 칼을 분질러 버린 후 독서하여 대유(大儒)가 되어 세상의 존경을 받았다.

줄거리를 통해 알 수 있듯, 「남명의 음부징치」는 「김하서전」과 닮은 점이 많다. 과거공부 중인 남편, 바람난 아내, 중, 이 셋의 관계설정이라든가, 젊은 선비가 사악한 부인과 중을 징치한다는 내용, 주인공이 여색에 일시나마 미혹된다는 내용, 주인공이 훗날 도학자로 이름을 날리게 된다는 것 등이 모두 같다. 요컨대, 두 작품은 다음의 점에서 동일한 전개를 보여준다 할 수 있다.

① 젊은 선비가 미색에 이끌림
② 음행을 일삼고 남편을 죽인 부인과 중을 선비가 징치함
③ 선비는 이후 도학자로 명성을 얻음

그러나 두 이야기에는 공통된 점만이 아니라 상이한 점도 많다. 이를테면 「김하서전」에서는 주인공이 귀신의 조화로 여인의 집으로 오게 되는 데 반해, 「남명의 음부징치」에서는 여종이 주인공을 여인의 집으로 데리고 온다. 이와 관련되지만 「김하서전」에서는 귀신(=죽은 남편)의 존재가 작품 전개에 중요한 역할을 하는 데 반해, 「남명의 음부징치」에서는 귀신이 등장하지 않는다. 「김하서전」에서 '보은' 모티프가 대단히 중요한 반면, 「남명의 음부징치」에서 보은 모티프가 나타나지 않는 것도 이와 관련된다. 보은 모티프의 유무 여부는 귀신의 등장 여부와 맞물

리면서 상이한 심미효과(審美效果)를 낳고 있다. 즉 「김하서전」의 경우 초현실적 환상이 극도의 신비감을 자아낸다면, 「남명의 음부징치」는 경험적 사실의 교훈적 수용을 낳고 있다.

뿐만 아니라 「김하서전」은, 앞서 지적했듯 보은담이 가짜 열녀담과 결합되면서 이야기가 확장되고 새로운 사회적 의미가 추가되는 데 반해, 「남명의 음부징치」의 경우 가짜 열녀 모티프는 나타나지 않는다.

요컨대 귀신의 등장 여부, 보은 모티프 및 가짜 열녀 모티프의 존재 여부가 두 작품의 심미효과, 구성, 의미에 큰 차이를 초래하고 있다.

이런 차이점을 인식하는 것도 중요한 일이지만, 두 작품에서 주인공이 모두 일시적이나마 미색에 혹했다는 사실이 함축하는 바를 따져보는 일 역시 긴요하다. 두 주인공은 미색에 혹했다는 점에서는 동일하나, 그 과정에서 보여주는 반응은 사뭇 다르다. 「김하서전」의 경우 이미 지적한 대로 주인공은 심한 심리적 갈등을 겪는다. 그것은 도심(道心)과 인심(人心)의 싸움이다. 이와 달리 「남명의 음부징치」에서 주인공은 아무런 심리적 갈등을 보여주지 않는다. 이는 당연한 것이다. 작품에서 남명은 작심하고 미녀를 찾아나섰기 때문이다. 그런데 두 주인공은 예상치 못한 사태에 직면케 되고, 의분(義憤)을 일으켜 중과 음부를 징치하게 된다.

사건이 종결된 다음 두 주인공은 자신이 일시나마 미색에 혹했던 데 대해 어떤 반응을 보이는가? 두 작품에서 이 점은 아주 다르게 처리되어 있으며, 그에 따라 작품의 의미지향에도 큰 차이가 생기고 있다. 우선 「김하서전」에서는 '군자'인 김하서가 미색에 유혹된 것은 귀신이 해원(解怨)을 위해 조화를 부렸기 때문이라 서술해놓고 있다. 이는 귀신 스스로의 말이다. 하지만 「김하서전」의 작자는 이것만으로는 부족하다 싶었던지 직접 작품의 전면에 나서서 주인공 김하서가 미색을 보고 음

욕을 발한 것은 억울하게 죽은 자의 복수를 위해 하늘이 그렇게 만든 것이라고 주장하고 있다. 그러나 귀신의 말이든 작자의 주장이든 김하서가 일시나마 미색에 욕념이 동(動)한 사태를 납득할 수 있게 설명해주지는 못한다. 가령 귀신의 말을 수긍한다 하더라도 귀신의 조화에 넘어가 욕념을 발한 주체는 주인공 자신이기 때문에 문제는 여전히 남는다.

그렇다면 「남명의 음부징치」는 어떠한가? 이 작품은 「김하서전」과 달리 아주 명쾌한 처리를 해놓고 있다. 주인공 남명은 미색에 혹했던 것이 잘못임을 대오각성하고 이후 학문에 힘써 큰 유학자가 된 것으로 결말을 맺고 있기 때문이다.

자, 그러면 여기서 한번 생각해보자. 주인공이 미색에 혹했던 것을 어떻게 귀결짓고 있는가 하는 문제에 관한 한 「김하서전」보다 「남명의 음부징치」가 더 나은 것일까? 꼭 그렇게 말할 수는 없다고 여겨진다. 두 작품에서 이야기의 초점과 관심은 각기 다른 데 맞추어져 있으며, 이에 따라 그 의미지향 역시 다르게 설정되었기 때문이다. 「김하서전」의 경우 귀신의 보답으로 주인공이 장원급제한 사실에 초점이 맞추어져 있다면, 「남명의 음부징치」는 남명이 미색에 미혹된 것의 잘못을 깨닫는 데에 의미의 중심이 두어져 있다. 다시 말해 「김하서전」은 미색에 미혹됨의 잘못을 문제삼거나 거기서 어떤 의미를 끌어내기 위해 만들어진 서사가 아니다.

그런데 두 이야기는 하필 도학자들 가운데서도 하서와 남명을 주인공으로 내세운 것일까? 이 지점에서 우리는 민간적 상상력의 속성 내지 경향에 대해 생각해보아야 할 것 같다. 우선 민간의 상상력은, 도학자로 이름 높은 인물조차도 일시 인간적 감정에 휩싸일 수 있다는 것, 그렇기는 하지만 궁극적으로는 도리를 지켜야 세상으로부터 존경을 받을 수 있다는 것을 꾸며낸 이야기를 통해 말하고 싶었던 게 아닌가 하는 점이다. 또다른 하나는, 민간의 상상력은 도학자들 가운데서도 방정(方正)하고 근엄(謹嚴)하기만 한 것으로 평판이 나 있는 인물보다는 호탕한 면이나 풍류스러운 면도 있으며 기이한 면모 같은 것도 있어 인간적 친근감을 주는 인물에 더 흥미를 느껴, 그런 인물을 주인공으로 삼아 공상의 나래를 펴 엉뚱한 이야기를 만들어내는 경향이 있는 게 아닌가 하는 점이다. 하서와 남명은 민간적 상상력에 내재하는 이러한 속성 내지 경향에 다른 도학자들보다 상대적으로 더 어울린다고 여겨져 이야기의 주인공으로 선택된 게 아닐까.

지금까지 「김하서전」과 「남명의 음부징치」를 비교해보았다. 두 작품은 도학자와 여색의 문제라는 미묘한 사안을 건드리거나 주인공이 음부를 징치하고 있다는 점에서 외양상 유사하다고 하겠으나, '장르적'으로는 엄연히 다르다. 「김하서전」은 소설인 데 반해, 「남명의 음부징치」는 단순한 인물전설보다는 묘사나 서술에서 진전된 모습을 보여주긴 하나 그럼에도 소설의 수준에는 미치지 못하고 있는바, 대체로 '설화를 윤색한 야담' 정도로 그 성격이 규정되어야 하지 않을까 한다.

6. 맺음말

「김하서전」에서 우리는 김인후에 대한 민간세계의 어떤 태도와 관념을 읽을 수 있는가? 이 점을 간단히 언급함으로써 이 글을 마칠까 한다. 두 가지 사실을 지적할 수 있다.

첫째, 「김하서전」에서 김인후는 근엄하기만 한 도학자나 궁색한 시골 선비가 아니라, 인간적 감정과 체취를 지닌 인물로 관념되고 있다.

둘째, 불의와 악을 참지 못하는 의롭고 강개한 인물로 관념되고 있다. 악승(惡僧)을 몸소 징치하거나 열녀로 행세하는 음부를 처벌케 한 데서 그 점이 잘 드러난다.

이 두 가지 점은 하서와 관련된 설화를 살피면서 확인한 바 있는 두 가지 사실과 상통한다. 즉 설화가 보여주는 하서에 대한 친근감과 존숭(尊崇)의 염(念)이 소설인 「김하서전」에서도 그대로 확인된다. 말하자면 하서를 보는 태도에 관한 한 소설과 설화는 그 장르적 차이를 넘어 동질성을 보여준다. 이 점은 어떻게 설명해야 할 것인가? 설화와 소설이 공히 하서에 대한 민간의 일반적 인식을 그 기저로 삼은 데서 나타난 결과라 할 수 있다. 더구나 「김하서전」은 구전되는 이야기를 바탕으로 성립된 소설이기에 그 정신적 기저를 설화와 공유할 수 있었다.

「김하서전」은 비록 그 예술적 성취가 아주 높은 것은 아니지만, 민간의 이야기를 바탕으로 창작된 소설이기에 몇 가지 흥미로운 점들을 보여준다. 특히 민간의 상상력에 의거해 도학자를 소설로 형상화했다는 점은 소설사상(小說史上) 특기할 만한 사실이라고 생각된다.

제3부
문예사회학적 접근

『청구야담』 연구

『춘향전』의 역사적 성격 분석

『청구야담』 연구
─한문단편소설을 중심으로

1. 머리말

『청구야담』은 대체로 19세기 전반(前半)에 편찬된 것으로 추정된다. 그러나 그 편찬자 및 정확한 편찬연대는 미상이다.

본고는 소설사적 문제의식에서 『청구야담』을 연구한다. 『청구야담』에 대한 이런 고찰은 여기서 처음 시도된다.[1]

『청구야담』에 실린 한문단편소설(즉 야담계 한문단편소설)[2]은 판소리

---

1) 조희웅, 『조선후기 문헌설화의 연구』(형설출판사, 1980)에서 『계서야담(溪西野談)』, 『동야휘집(東野彙輯)』과 함께 『청구야담』이 검토된 바 있다. 하지만 이는 순전히 설화적 관점에서의 접근이다.

2) 『청구야담』에 실린 한문단편소설들과 양식적으로 동일한 작품들이 18~19세기에 생산된 각종 저록 속에서 광범하게 발견되는데, 이 양식을 여타의 한문단편소설 양식과 구별해 '야담계 한문단편소설'로 지칭하기로 한다. 본고에서 야담계 한문단편소설은 '야담계 단편소설'이나 '야담계소설'로 약칭되기도 한다.

계소설과 함께 18~19세기의 대표적인 소설 형식으로 파악될 수 있다. 이 두 소설 형식은 봉건사회 해체 및 근대사회로의 이행이라는 이 시기 역사에 대응되어 발생하고 발달한 것이다. 따라서 양자는 표기문자, 장르, 현실반영방식, 작품의 구성원리, 성립 과정 등에서 차이가 있음에도 불구하고 작품의 세계관적 기반에서는 기본적으로 적지 않은 동일점을 갖고 있다.

그런데 조선후기 소설사에서 판소리계소설이 차지하는 위치와 의의는 충분히 주목되어왔다고 할 수 있으나, 야담계 한문단편소설은 제 몫에 값하는 주목은커녕 아직 '소설'로 제대로 인정받지 못하고 있는 실정이다.

조선후기의 한문단편소설로 지금까지 주목받고 연구되어온 것은 주로 연암 박지원의 소설이나 문무자(文無子) 이옥(李鈺)의 소설을 비롯한 실학파 문인들의 열전계(列傳系) 한문단편소설[3]에 한정되어 있다.

야담계 한문단편소설은 비록 무명 작자의 것이 대부분을 차지하고 있고, 또 그 발생도 설화적인 특수한 과정을 거치는 것이기는 하나, 그 내용과 형식에서 열전계 한문단편소설을 능가하는 작품들이 적지 않다. 뿐만 아니라 양적으로도 열전계소설이 미치지 못할 정도로 방대하다. 요컨대 야담계 한문단편소설은 그 질과 양으로 볼 때 조선후기 단편소설사에서 지배적 위치를 차지한다. 열전계 및 전기계 한문단편소설[4]이 애초 사대부의 필요에 따라 사대부적 세계관에 의거해 사대부에 의해 성립된 것이라면, 야담계 한문단편소설은 애초 당대 민중(특히 도시 시정인)의 필요에 따라 민중적 세계관에 의거해 민중에 의해 발생·발달한

---

3) 열전계 한문단편소설에 대해서는 나중에 상론된다. 본고에서 열전계 한문단편소설은 '열전계소설'로 약칭되기도 한다.
4) 전기계(傳奇系) 한문단편소설에 대해서는 나중에 상론된다. 본고에서 전기계 한문단편소설은 '전기계소설'로 약칭되기도 한다.

소설적 이야기들이 특정 작자의 손을 거쳐 기록으로 옮겨진 것이다.

이처럼 조선후기 단편소설사에서 지배적인 양식으로 등장했던 야담계 한문단편소설은 지금까지의 소설사 기술에서 외면되어왔다.[5] 이로 인해 풍성했던 이 시기 우리 단편소설사는 실제와 달리 빈약하게 기술될 수밖에 없었으며, 근대적 소설로 발돋움해간 우리 단편소설의 주체적이며 자생적인 발전 양상도 제대로 확인될 수 없었다. 야담계 단편소설은 우리 소설의 역동적 발전 양상을 잘 보여준다.

『청구야담』은 종래 풍부한 '고담집(古談集)', 방대한 '설화집'으로만 인식되어왔다. 그러다가 최근 이우성·임형택이 역편(譯編)한 『이조한문단편집』에 의해 그 '한문단편집'으로서의 성격이 처음으로 부각된 바 있다.[6] 이 편역서에 실린 작품은 18~19세기의 각종 개인 문집이나 잡록류 등에서 초선(抄選)된 것도 있으나, 그 대부분은 이 시기에 나온 야담집들에서 초선되었다. 야담집 중에서도 『청구야담』에 수록되어 있는 작품이 가장 많이 발췌되었다. 이것은 『청구야담』이 이 시기의 가장 대표적인 야담집이었기 때문이다.

이 편역서는 야담 속에 설화와 구별되는 '한문단편'이 존재함을 학계에 알린 의의가 있다. 그러나 거기서 제시된 '한문단편'이라는 장르 개

---

5) 근자에 나온 장덕순, 『한국문학사』(동화문화사, 1975)와 김동욱, 『국문학사』(일신사, 1976)에서는 이우성·임형택의 성과가 수용되어 야담계 한문단편소설에 대한 언급이 조금 보이기는 하나, 그 소설사적 의의에 값하는 충분한 서술이 이루어졌다고 하기는 어렵다.

6) 이우성·임형택 역편, 『이조한문단편집』(일조각, 상권 1973, 중·하권 1978). 이 책 하권에 실린 「출전해제(出典解題)」, 435면의 『청구야담』에 대한 해설에서, "책 이름은 야담(野談)으로 되어 있지만, 요즈음 말하는 야담이 아님은 물론, 한문단편의 집대성(集大成)에 속한 전형적 형태의 단편집의 하나"라고 했다.

넘에는 문제점이 없지 않다. 임형택은 이 편역서에 수록된 작품들을 설화가 아닌 소설로 인정하고 있으나, 이것들이 서구의 short story처럼 근대 시민사회를 배경으로 하여 성립된 것은 아니기 때문에 '단편소설'이라고는 할 수 없다며 이것들을 '한문단편'이라는 새로운 장르 개념으로 파악하고자 했다.[7] 하지만 필자는 이들 작품을 '단편소설' 장르로 인정 못할 하등의 이유도 없다고 본다. 서구의 short story만 '단편소설'은 아니며, 우리의 전통적인 '단편소설'도 충분히 인정될 수 있다.

영미(英美) 쪽 short story의 경우 단편소설=근대 단편소설이라는 등식이 성립되지만,[8] 유럽 대륙 쪽 Novelle의 경우 이 등식이 성립되지 않는다. 1353년에 성립된 보카치오의 『데카메론』에서 알 수 있듯, Novelle는 근대 시민사회 형성 이후가 아니라 중세사회에서 근대사회로의 이행기(Übergangsperiode)에 출현했다고 보아야 할 것이다.[9] Novelle가 근대적 Novelle(근대 단편소설)로 되는 것은 그 내적 자기발전을 거쳐 18세기 이후에야 비로소 가능했다고 할 수 있다.[10] 이처럼 서구 쪽 사정만 하더라도 short story와 Novelle의 경우는 동일하지 않으니, 전자를 준거로 삼아 근대 단편소설만을 '단편소설' 장르로 규정할 수는 없다. 이러한 사정을 고려할 때 꼭 근대적인 것은 아니더라도, 우리의 전통적 '단편소

---

7) 임형택, 「한문단편 형성과정에서의 강담사」(『창작과비평』 49, 1978), 105~107면.

8) Ian Reid, 김종운 역, 『단편소설』(서울대학교 출판부, 1979), 43면.

9) 르네상스의 이 시기를 문학사의 이행기로 파악한 것은 Water Dietze, "Raum, Zeit und Klasseninhalt der Renaissance", in: Werner Bahner Hrsg., *Renaissance · Barock · Aufklärung: Epochen- und Periodisierungsfragen*, Kronberg/Ts: Scriptor Verlag, 1976, S. 72 참조.

10) Benno von Wiese, *Novelle*, Stuttgart: Metzler, 1969의 'Ⅱ. Teil: Geschichte der Novelle' 참조.

설'은 충분히 인정될 수 있다.

만일 우리의 전통적인 단편소설 장르를 인정하지 않는다면, 김시습의
『금오신화』나 허균의 「장생전(蔣生傳)」과 같은 18~19세기 이전에 창작
된 단형 한문소설 작품들은 문학사에서 어떻게 처리되어야 할 것인가?
임형택에 의하면, '한문단편'은 "18~19세기의 문학으로서 자기 존재의
고유한 의의를 갖는다."[11] 그렇다면 이것들은 '한문단편'도 아니다.
이런 문제점을 어떻게 해결할 것인가? 우리의 전통적 단편소설 장르
를 승인하고 그 속에서 나타나는 역사적인 양식적 차이를 문제 삼는
것이 조선후기까지의 우리 소설사의 맥락을 일관성 있게, 그리고 발
전적으로 살피는 데 바람직한 게 아닌가 한다. 이런 입장은 전통적 한
문단편소설과 개화기에 형성된 새로운 단편소설의 관계를 소설사적 연속
성 속에서 파악할 수 있게 해줄 것이며, 궁극적으로 고전문학과 현대문학을
통틀어 '하나의 한국단편소설사'의 기술을 가능하게 하는 데 도움이 된다.

그런데 실제에 있어 지금까지 거의 대부분의 소설사 서술에서는 김시
습의 소설이든 박지원의 소설이든 묵시적으로 모두 '단편소설'로 간주해왔
다고 할 수 있다. 따라서 문제는 지금까지의 이러한 소설사 서술 속에 야담
계 한문단편소설을 여하히 편입해 넣을 것인가 하는 데 있다 할 것이다.

이처럼 본고는 '한문단편'을 '한문단편소설'로 파악하고자 하며, 또
'한문단편소설'이라는 장르 내부에 역사적·발생적으로 상이한 몇 가지
양식을 인정하고자 한다.

『이조한문단편집』은 주로 야담집에서 소설이라 할 만한 것들을 뽑아
놓았지만, 야담집에 그런 작품들만 있는 것은 아니다. 거기에는 민담,

---

11) 임형택, 「한문단편 형성과정에서의 강담사」(『창작과비평』 49), 106면.

전설, 소화(笑話), 일화(逸話) 등의 장르에 해당되는 작품도 포함되어 있다. 그러므로 야담 내부에서 소설 장르가 차지하는 비중을 객관적으로 파악해내기 위해서는 야담집을 본격적으로 검토하는 작업이 요청된다. 이러한 작업은 야담 내의 여타 단형서사(短形敍事) 장르와 단편소설의 장르적 관련 및 차이를 분명히 해줄 뿐 아니라, 야담계 한문단편소설 자체의 양식적 특성을 밝히는 데도 필요불가결한 것이다.

그런데 야담집은 다수 존재한다. 그러나 위의 과제를 효과적으로 수행하기 위해서는 『청구야담』이 최적의 자료로 보인다. 이 때문에 본고는 『청구야담』을 고찰 대상으로 삼았다. 『청구야담』을 왜 최적의 자료로 보았는가? 다음의 두 가지 이유에서다. 첫째, 전대의 야담으로부터 당대의(19세기 초엽) 야담에 이르기까지 작품을 광범하게 수록해놓고 있다는 점. 둘째, 질적 수준에서 가히 최고의 야담집에 해당된다는 점.

그러므로 우리는 『청구야담』의 검토를 통해 조선후기에 성립된 야담계 한문단편소설 양식 전체와 관련된 제 문제—예컨대 그 성립 과정 및 내용적·형식적 특징 등—에 대한 답을 얻어낼 수 있을 것이며, 궁극적으로 야담계 한문단편소설의 소설사적 의의와 위상을 궁구하는 데까지 나아갈 수 있을 것이다.

끝으로, 자료에 대해 언급해둔다. 본고에서 저본으로 삼은 『청구야담』은 일본 동양문고(東洋文庫) 소장의 필사본 8권 8책이다.[12] 『청구야담』은 이 외에도 서울대 가람문고본과 고도서본, 성대본, 미국 버클리대학 동아시아도서관본,[13] 서울대 규장각에 소장된 국문본 등 다수의 이

---

12) 국내에서는 '서벽외사해외수일본(栖碧外史海外蒐逸本) 갑(甲)'으로 소개된 바 있다.
13) 국내에서는 '서벽외사해외수일본(栖碧外史海外蒐逸本) 을(乙)'로 소개된 바 있다.

본이 존재한다.[14]

필자가 이 중 동양문고본을 저본으로 삼은 것은 다음의 두 가지 이유에서다. 첫째, 이본 중 그 작품 수가 제일 많다는 점(총 266편).[15] 둘째, 서울대 고도서본처럼 내용이 축약되지 않고 원래의 형태를 유지하고 있는 것으로 추정된다는 점.

동양문고본에 실려 있지 않으나 타 이본에 실려 있는 작품이 일부 있는데, 이런 경우 그 이본을 참고하였다. 다른 이본에 실린 작품이 언급될 경우는 그때마다 출처를 밝히도록 하겠다. 각 이본의 차이나 그 선후 관계를 구명하여 정본을 확정하는 기초적인 실증 작업 역시 중요하나, 필자의 능력 부족으로 거기까지 손을 대지는 못했다.

2. 작품의 성립 과정

1)『청구야담』의 성격과 체재

『청구야담』은 대체로 19세기 초엽에 편찬된 것으로 보인다.[16] 편자는

---

14) 보다 상세한 것은 「출전해제」,『이조한문단편집』 하권, 435~436면; 조희웅, 앞의 책, 19~22면을 참조할 것.

15) 버클리대본은 권6이 결권(缺卷)이며, 권1 26편, 권2 32편, 권3 20편, 권4 28편, 권5 36편, 권7 28편, 권8 30편, 권9 36편, 권10 22편, 총 258편이다.

16) 임형택은 편찬연대를 19세기 초엽 순조(純祖) 초(初)로 보고 있으나(「출전해제」,『이조한문단편집』 하권, 435면), 조희웅은 그보다 약간 내려잡아 19세기 중엽 전후로 추정하고 있다(『조선후기 문헌설화의 연구』, 18면). 필자가『청구야담』에 실린 작품들을 통해 그 편찬 시기를 추정해본 바로는 적어도 1820년대 중반 이후가 분명했다. 즉 작품

미상이다.

『청구야담』은 이전에 나온 여러 저록(著錄) 속의 이야기들을 옮겨 실어놓고 있다. 이외에 편저자가 새로이 저록해 넣은 것도 있을 것으로 본다.[17] 이처럼 『청구야담』은 한 작자의 창작집이 아니라 일종의 총집(總集)으로 여겨진다.

『청구야담』은 어떤 문헌에 실린 작품을 전재(轉載)했는가? 현재 분명히 확인되는 것으로는 『학산한언(鶴山閑言)』과 『계서잡록(溪西雜錄)』을 꼽을 수 있다. 『학산한언』은 학산(鶴山) 신돈복(辛敦復)이 저술한 필기서(筆記書)인데, 그 속에 여러 편의 야담이 제목 없이 실려 있다.[18] 신돈

내에 설정된 시대 배경 중 가장 후대의 것을 보여주는 작품은 「김공생취자수공업(金貢生聚子授工業)」(권4)인데, 이 작품에 "갑을(甲乙) 양년의 흉년에 김 공생(貢生)이 (…) 가족을 데리고 김제·만경 두 고을 사이의 큰 벌판으로 이사했다(及當甲乙之歉, 金也, (…), 率往于金堤萬頃兩邑之間大坪)"라는 말이 보이는바, '갑을(甲乙) 양년의 흉년'이란 1814년 갑술년과 1815년 을해년의 흉년을 가리킨다. 그리고 다시 작품 말미에서, "이사한 뒤 10여 년에 (…) 김 공생의 마을은 수백호의 대촌이 되었다(後十有餘年, (…)其金村爲數百戶大村)"라고 한바, 이는 1825년 이후에 해당된다.

17) 이원명(李源命)이 편찬한 『동야휘집(東野彙輯)』은 『청구야담』보다 몇 십 년 뒤의 야담집인데, 1869년에 작성된 서문 중에 "余於長夏調痾, 偶閱『於于野談』·『記聞叢話』, 頗多開眼處. 惟是記性衰耗, 無以領略萬一, 遂就兩書, 撮其篇鉅話長堪故實者, 旁及他書之可資該洽者, 并修潤載錄, 又采閭巷古談之流傳者, 綴文以間之"라 하여, 이 책이 기존의 야담집에서 전재(轉載)한 것과 여항(閭巷)에서 구연되던 고담(古談)을 자신이 채록한 것, 이 둘로 이루어져 있음을 밝히고 있는데, 『청구야담』도 비슷하지 않을까 추측된다. 다만 『동야휘집』과 『청구야담』 간에 현저히 다른 점이 있다면, 전자가 17세기 초에 저작된 『어우야담(於于野談)』의 이야기까지 전재해놓았고, 기존 문헌에 있는 작품들을 전재할 때 흥미 본위로 대폭 윤색해놓은 데 반해, 후자는 주로 18~19세기의 문헌에 수록된 작품들을 대체로 원형 그대로 실어놓은 것으로 보인다는 사실이다.

18) 『청구야담』이 『학산한언』에 실린 야담을 30여 편 이상 전재해놓고 있음은 조희웅, 『조

복은 노론계 학인으로서, 서울 근교인 금천(衿川)에서 태어났으며, 숙종 40년(1714)에 진사시에 합격해 음직(蔭職)으로 봉사(奉事)를 지냈다. 뒤에 황해도 배천으로 이주해 독서와 농학 연구에 힘썼다. 단학(丹學)에도 깊은 조예가 있었다.

『계서잡록』은 계서(溪西) 이희평(李羲平, 1772~1839)이 저술한 잡록으로, 19세기 초에 성립되었다. 이희평은 예조참판을 지낸 이태영(李泰永)의 아들로, 순조 10년(1810) 사마시에 합격했으며, 음직으로 전주 판관, 황주 목사 등을 지냈다.[19]

『청구야담』과 직접적인 관련은 없지만 『청구야담』류의 야담이 실려 있는 문헌 가운데 저자가 확인되는 것으로는 어떤 것이 있는가? 『천예록(天倪錄)』, 『동패낙송(東稗洛誦)』, 『삽교만록(霅橋漫錄)』, 『동야휘집(東野彙輯)』, 『차산필담(此山筆談)』을 들 수 있다.

『천예록』은 임방(任埅, 1640~1724)이 저술한 야담집이다. 임방은

선후기 문헌설화의 연구』, 31면 참조.

19) [보주] 이후 야담 연구의 성과가 축적되면서 『후재집(厚齋集)』이라는 문집과 『기리총화(綺里叢話)』라는 필기서(筆記書)에 실린 작품들이 『청구야담』에 전재되었다는 사실이 추가로 밝혀졌다. 『후재집』은 후재(厚齋) 김간(金幹, 1646~1732)의 문집이다. 김간은 박세채(朴世采)와 송시열(宋時烈)의 문인으로, 대사헌과 우참찬을 지냈으며, 『논어차기(論語箚記)』, 『맹자차기(孟子箚記)』, 『중용차기(中庸箚記)』 등을 남겼고, 예설(禮說)에 관심이 많아 『동유예설(東儒禮說)』이라는 책을 편찬했다. 『후재집』 별집(別集) 권2의 『수록(隨錄)』에 실린 이야기 중 4편이 『청구야담』에 전재되었다. 이 사실은 임완혁, 「『청구야담』에 대한 문헌학적 연구」(『한국한문학연구』 25, 2000) 참조. 『기리총화』는 기리(綺里) 이현기(李玄綺, 1796~1846)의 저술이다. 이현기는 보은 군수, 선산 부사 등을 지낸 이형회(李亨會)의 아들로, 당색이 소론이었으며, 벼슬을 하지 못했다. 김영진, 「『기리총화』에 대한 일고찰―편찬자 확정과 후대 야담집과의 관련 양상을 중심으로」(『한국한문학연구』 28, 2001) 참조.

1701년 문과에 급제하여 장령·승지·공조판서를 역임하였다.

『동패낙송』은 노명흠(盧命欽, 1713~1775)이 저술한 야담집이다. 노명흠은 신분은 양반이나 빈한하여 평생토록 벌열인 홍봉한(洪鳳漢)의 집에 기탁했으며, 벼슬은 하지 못했다.[20]

『삽교만록』은 삽교(霅橋) 안석경(安錫儆, 1718~1774)이 쓴 필기서인데, 그 속에 야담이 일부 포함되어 있다. 안석경은 평생 처사로 살았으며, 강원도 횡성의 삽교에 은거할 때 이 책을 썼다.

『동야휘집』은 이원명(李源命, 1807~1887)이 저술한 야담집으로, 전대의 야담에 수식(修飾)을 가한 작품들이 대부분이다. 이원명은 1829년에 문과에 급제했으며, 이조판서를 지냈다. 『동야휘집』은 치사(致仕)한 뒤 산림에 있으면서 쓴 책이다.[21]

『차산필담』은 차산(此山) 배전(裵婰,1843~1899)이 저술한 야담집이다. 배전은 본래 김해의 아전이었는데, 강위(姜瑋)가 주도한 중인층 시사(詩社)인 육교시사(六橋詩社)에 참여하기도 했다.[22]

---

20) [보주] 김영진,「조선후기 사대부의 야담창작과 향유의 일 양상—노명흠(盧命欽)·노긍(盧兢) 부자와 풍산(豊山) 홍봉한가(洪鳳漢家)와의 관련을 중심으로」(『어문논집』 37, 1998); 임형택,「『동패낙송』 연구—야담의 기록화과정과 한문단편의 성립」(『한국한문학연구』 23, 1999) 참조.

21) 이원명의 생애에 대해서는 권태을,「동야휘집 소재(所載) 야담의 유형적 연구」(영남대학교 석사학위논문, 1979) 참조.

22) [보주] 김종철,「차산 배전 연구(1)—생애와 사상을 중심으로」(『한국학보』 13, 1987); 이성혜,『차산 배전 연구』(보고사, 2002) 참조. 『청구야담』류의 야담이 수록된 문헌으로서 저자가 확인되는 것으로는 이외에도 임매(任邁)의 『잡기고담(雜記古談)』, 이운영(李運永)의 『영미편(潁尾編)』, 서유영(徐有英, 1801~1874)의 『금계필담(錦溪筆談)』이 있다. 임매(1711~1779)는 임방의 손자로서, 영조 30년(1754)에 진사시에 합격했으며, 담양 현감을 지냈다. 도가사상에 경도된 인물이다. 이운영은 단릉(丹陵) 이윤

이상 거론된 야담의 작자들을 통해 18~19세기에 활동한 야담 작자들의 성격을 정리해보면 대략 다음과 같다.

　① 상층 양반이 작자일 경우 그는 적어도 이야기에 많은 관심과 흥미를 지닌 인물이다. 그는 기존의 화집(話集)에 있던 이야기를 윤색하거나 여항에 떠돌던 이야기를 어떤 기회에 얻어 들어 기록화했다.

　② 한사(寒士)나 하위직 관료와 같은 하층 양반이 작자일 경우 그는 평소 여항과 접촉할 기회가 좀더 많았으며, 그래서 여항에 떠도는 이야기들에 더 큰 흥미를 느낀 것으로 보인다.

　③ 중인서리층이 작자일 경우 그는 스스로가 여항세계에 속해 있었으므로 자기 세계의 이야기들을 기록으로 남긴 것으로 보인다.

이렇게 본다면 야담의 작자는 크게 보아 여항의 이야기에 관심을 가졌던 양반 사(士)·대부(大夫) 및 중서층 인물로 한정된다고 할 수 있다. 실제 조선 시대에 한문을 구사하고 한문을 읽을 수 있는 소양을 지닌 사람은 이들밖에 없었기에 이런 사실은 새삼스러운 것이 아니다. 『청구야담』에 실린 작품들의 작자군(作者群)의 성격 파악은 여기서는 이 정도로

영(李胤永)의 동생이며 임방의 매부다. 영조 35년(1759) 진사시에 합격했으며, 금산 군수를 지냈다. 해학을 즐겼으며, 가사(歌辭)를 창작하기도 했다. 서유영은 철종 1년(1850) 생원시에 합격했으며, 의령 현감을 지냈다. 생활이 곤궁했으며, 한문장편소설 『육미당기(六美堂記)』를 짓기도 했다. 진재교, 「잡기고담의 저작연대와 작자에 대하여」(『서지학보』 12, 1994); 신현웅, 「옥국재 『영미편』의 자료적 특성과 가치」(『한국한문학연구』 46, 2010); 이승복, 『옥국재 가사 연구』(월인, 2013); 장효현, 『서유영 문학의 연구』(아세아문화사, 1988) 등 참조.

그친다. 이는 아직 지극히 개략적인 것에 불과하다.

여러 작자들에 의해 저록된 이야기들의 집대성이라는 점에서 『청구야담』의 작품들은 혹 공통점을 갖고 있지 못한 게 아닌가 하는 생각을 해볼 수 있다. 작자들의 생존 연대가 서로 다를 수 있고,[23] 또 그 입장이나 취향, 사회적 위치 등이 다를 수 있겠기 때문이다. 그러나 실제에 있어서는 작자들의 차이와 별 상관없이 어떤 강한 일반적인 공통성이 『청구야담』 각 작품의 근저에 자리하고 있음을 발견하게 된다. 대체 무엇이 작품들로 하여금 그 작자들의 상이함에도 불구하고 그토록 강한 동질성을 갖게 만들었을까?

작자들의 차이에도 불구하고 『청구야담』의 작품들이 공통성을 가질 수 있었던 것은 작품들이 경유한 '일반적인 공통의 발생 과정'에 기인한다고 생각된다. 그러므로 우리는 이제 다음의 두 가지 점을 궁구해야 한다.

① 작품들이 경유한 일반적인 공통의 발생 과정은 어떠한가?
② 공통의 발생 과정 내부에 존재하는 특수성(혹은 특수한 발생 과정)은 무엇인가?

이 두 가지 문제에 대한 해명을 토대로 우리는 『청구야담』에 실린 작품들의 장르에 대한 논의로 들어갈 수 있게 될 것이다.

앞에 제기된 두 가지 문제를 충분히 해명하기 위해서는 좁게는 문학

---

23) 작자들의 생존 연대는 다를 수 있지만 대체로 17세기 후반에서 19세기 초엽에 살았던 인물들일 것으로 여겨진다.

사적 현실에서부터, 넓게는 정신사적·문화사적 현실, 더 넓게는 사회전체사적 현실까지 변증법적으로 상호 조응해 파악할 것이 요구된다. 문학내재적으로만 파악하려 드는 한 일면적이어서 문제의 참된 핵심까지는 건드릴 수 없으며, 정신사적 현실을 최종적이거나 유일한 토대로 설정하여 문제에 접근하는 방법도 진리의 전체성(Totalität)을 획득하기 어렵다. 그 한계의 극복을 위해서는 사회전체사를 단순히 고립적이고 기계적인 방식으로 문학 현실의 '전제'로 삼을 것이 아니라,[24] 포괄적이면서 최종적인 현실 토대로서 교호적(交互的)·운동적(運動的) '관련' 속에서 파악할 필요가 있다. 이 점에 특히 유념하면서 항목을 달리해 이 문제를 검토해보기로 한다.

2) 작품의 성립 과정

(1) 구연 단계

『청구야담』에 수록된 작품들은 거의 대부분 작자가 견문(見聞)한 사실을 기록으로 옮긴 것이다. 작자는, 중서층 인물이 혹 일부 있을지도

---

24) 이는 실증주의적 문학 연구방법론의 나쁜 버릇이다. 실증주의적 문학 연구방법은 외적(外的)으로는 역사적 현실을 충분히 고려하고 있는 듯이 보이지만, 그것은 단순히 역사적 현실을 문학 현실과는 별개의 것으로 고립적이고 기계적으로 전제하는 것에 불과하다. 그러므로 정작 역사적 현실과 긴밀히 관련되어 있는 문학적 현상을 그 본질에 있어 내적(內的)이고 매개적(媒介的)으로 파악해야 하는 것이 요청되는 경우에는 그리 하지 못하게 되고 만다. M. M. Grisebach, *Methoden der Literaturwissenschaft*, München: Franke Verlag, 1977, S. 21 참조.

모르나, 양반층 인물이 대부분이므로, '견문한 사실'은 응당 양반과 관련된 내용이 지배적이지 않을까 생각해볼 수 있다. 즉 지배층 인물이 주인공으로 등장할 뿐만 아니라 주인공이 보여주는 사고방식이나 행동방식, 가치태도, 취미 등이 모두 양반적인 것이지 않을까 생각해 볼 수 있다. 하지만 이러한 생각은 완전히 잘못된 것이다. 즉『청구야담』의 이야기들에는 서민층 인물이 적잖이 주인공으로 등장할 뿐 아니라,[25] 양반층 인물이 주인공으로 되어 있다 할지라도 작품이 보여주는 분위기나 정취는 여항·시정세계의 것인 경우가 많다.

앞에서『청구야담』의 이야기들은 작자가 견문한, 즉 '보거나 들은' 사실을 기록한 것이라고 말했지만, 실제에 있어서는 작자가 남에게서 '들은' 이야기를 기록한 것이 대부분일 것으로 추정된다.[26] 여기서 '남'은 우선 그 범위가 제한되지 않는 모든 부류의 사람일 수 있다. 왜냐하면 이야기를 갖고 있지 않거나 한마디쯤 할 줄 모르는 사람은 지배층과 피지배층을 막론하고 없으리라 생각되기 때문이다. 그러나 여항·시정세계의 분위기나 정취가 짙게 투영된 이야기는 그 발생 범위가 대폭 제한될 수밖에 없다. 전통적인 양반 사회를 발원지로 하여 이런 이야기가 형성될 수는 없다. 따라서 이것은 기본적으로 여항·시정공간을 발원지로 한 이야기들, 즉 여항과 시정의 부류들에 의해 주로 형성되고 유포된 이

---

25) 필자가 대략 따져본 결과, 저본으로 삼은 동양문고본『청구야담』에 실린 총 266편의 작품 중 주인공의 신분이 평·천민이나 중서층인 경우가 약 30퍼센트가량 되었다.

26) 물론 작자가 직접 경험한 것을 기록화한 것도 혹 있을 수 있다. 가령『어우야담』같은 데에는 작자가 직접 보거나 경험한 사실이 제법 수록되어 있다.『청구야담』에도 그런 것이 전연 없다고는 할 수 없을 것이다.

야기들이라고 봄이 타당하다.[27] 따라서 '남'은 우선 시정의 여항인들일 것으로 추정할 수 있다. 한편 여항 및 시정세계와 가까이 접촉할 기회가 많았던 한미한 출신의 양반이나 실질적으로 여항인화했거나 하고 있었던 양반들[28]에게서도 이런 종류의 이야기가 형성될 수 있었으리라 본다. 이들 역시 여항세계의 주변에 속해 있었던 것으로 보아 과히 틀리지 않을 것이다.[29]

여항·시정공간을 중심으로 형성·유포된 이야기들은 여러 가능한 경로를 거쳐 작자에게 전달되고,[30] 작자는 이 이야기를 기록으로 전화(轉化)시킨다. 『청구야담』의 작품들은 거개 여항·시정세계의 이야기가 이런 전달 과정을 거쳐 정착된 것으로 보인다.

---

27) 『청구야담』과 중복되는 작품을 상당히 많이 수록해놓은 『선언편(選諺篇)』이라는 화집(話集) 제목에서 이 점이 확인된다. '선언편(選諺篇)'은 항간(巷間)의 이야기를 뽑아 수록한 책이라는 뜻이다. 한편 이원명은 『동야휘집』의 자서(自序)에서 "又采閭巷古談之流傳者"라며, 자신이 여항에 유전(流傳)하는 이야기를 채록했음을 밝히고 있다.

28) 몰락하거나 영락한 양반들, 양반층에서 떨어져 내려와 그 생활정형(生活情形)이 중인이나 평민과 별반 다를 게 없게 된 부류들을 생각하면 좋을 것이다.

29) 조선후기에 이들의 사회적 위치는 특이하다. 즉 양반사회와 평민사회가 겹치는 지점에 위치하여 형식적으로는 아직 양반이나 실질적으로는 서민의 생활에 접근해가고 있었다. 이들이 처한 이러한 특이한 위치로 인해 그들은 여항의 주변에서 놀기도 했고 양반의 사랑방에서 놀기도 했다. 그리하여 이들은 여항세계의 흥미로운 이야기들을 양반사회로 옮기는 '가교' 역할을 담당하기도 했다. 이를테면 '허생의 이야기'를 연암 박지원에게 전한 윤영(尹映)이나 연암의 작품 「민옹전」에서의 민옹이 그러한 인물에 해당한다고 할 수 있다.

30) 임형택은 「18·9세기 '이야기꾼'과 소설의 발달」(『한국학논집』 2, 1975)에서 이야기의 제보자로서 전문적인 '이야기꾼'과 작자의 관계를 검토한 바 있다. 그러한 전문적인 이야기꾼이 이야기의 대단히 중요한 제보자임에는 틀림없을지라도 이야기의 제보자가 그러한 전문적인 이야기꾼에만 한정된다고 할 수는 없다.

그런데 본고에서는 아직 '여항'이라는 용어의 내용을 한정하지 않은 채 사용해왔다. 본고에서 쓰는 '여항'이라는 말은 꼭 중인층의 거주 공간만을 지칭하지 않으며, 도시 평민층의 거주 공간까지 포괄한다. 따라서 그것은 '시정'이라는 말과 의미상 상당 부분 중첩된다. 『청구야담』의 작품들을 처음에 이야기로서 발생·유포시킨 여항·시정인의 성격에 대한 좀더 구체적인 파악은 조금 뒤에 이루어질 것이다.

여기까지 오면 이제 다음과 같은 의문이 제기된다: 그러면 여항·시정인들에 의해 광범하게 이런 종류의 이야기[31]가 형성·회자된 이유는 무엇인가? 그리고 그렇게 회자된 시기는 대체로 언제쯤부터인가? 또 어떤 이유에서 일정 시기 이후 광범하게 회자될 수 있었던가?

여항·시정에서의 이야기 발생과 관련된 이러한 의문들이 해명되면 작품들에 투영되어 있는 서민적 태도·가치관·관심 등의 윤곽이 좀더 뚜렷이 잡히게 될 것이다. 그리고 이는 『청구야담』 작품군의 '일반적' 성격과 '특수한' 성격을 논의하는 데 대단히 중요한 이론적 기초를 제공해 줄 것이다.

그러면 먼저 『청구야담』에 수록된 작품들이 여항·시정에서 이야기로 회자되던 시기를 살펴보는 데서부터 문제를 풀어나가도록 하자.

---

31) 일반적 의미에서의 '이야기'는 어느 시대에나 존재할 수 있겠으나 『청구야담』에 수록된 유의 이야기는 역사적으로 어느 시기에 와서야 비로소 광범하게 발생되기 시작한 것이라고 말할 수 있다. 즉 『청구야담』의 이야기들은 기본적으로 '조선후기의 역사적 산물'이다. 이 점은 『청구야담』에 수록된 '소설적 이야기'는 말할 나위도 없고 설화에도 어느 정도 해당된다. 설화는 상대(上代)로부터 존재해온 것이나 『청구야담』에 수록된 설화는 세부묘사가 자세해지고 좀더 발전된 서사를 보여주는 등 이전의 설화와 상당히 다르다.

『청구야담』의 작품들은 주로 18세기 영·정조를 중심으로 하여 위로는 17세기 후반, 아래로는 19세기 초엽 사이에 이야기로 회자된 것이라 보인다. 세 가지 근거를 들 수 있다.

첫째, 작품들의 시대적 배경을 보면, 그 대부분이 선조조·광해조로부터 인조조·효종조·숙종조·영조조·정조조에 몰려 있다. 선조조 이전의 것도 혹 없지는 않으나 양적으로 별로 문제가 안 된다. 한편 선조조 시대를 배경으로 한 이야기들은 그 대부분이 임진왜란과 관련된 내용인데, 그 전체 맥락을 보면 대개 임진왜란 종결 이후의 시점에서 이야기된 것임을 알 수 있다. 그렇다면 대체로 17세기에 와서 이야기로 성립되고 회자된 것이라 볼 수 있다.[32] 한편 하한선을 19세기 초엽으로 본 이유는, 『청구야담』의 작품 중에 이 시기를 배경으로 한 것이 발견되기 때문이다.

둘째, 『청구야담』에 수록된 작품들 원 출전의 저작 연대가 대체로 18세기에서 19세기 초엽 사이라는 사실이다. 이들 문헌에 수록된 작품은 대개 당대 이야기의 채록으로 보인다.

셋째, 『청구야담』의 작품들에 반영되어 있는 사회상(社會相)은, 새로운 사회관계의 형성, 봉건 지배층 내부의 부패·모순, 몰락양반의 심각한 현실, 중서·평민층에서의 신흥부자의 대두, 자유분방하고 생기발랄한 시정 풍속, 상품화폐경제의 발달에 따른 새로운 윤리관 및 가치관의 형성 등이다. 이러한 사회현상들이 현저하게 나타나기 시작한 것은 대

---

32) 17세기 초의 문학 현실을 반영해놓고 있는 문헌으로 『어우야담』을 들 수 있는데, 이 책에 수록되어 있는 이야기들과 『청구야담』에 수록되어 있는 이야기들을 서로 비교해보면 질적으로 큰 차이가 발견된다. 따라서 『청구야담』의 이야기들이 17세기 초엽에 구연되던 것이라고는 보기 어려우며, 좀더 후대에 와서야 이런 이야기들이 구연되기 시작했다고 보는 것이 자연스럽다.

체로 17세기 후반부터라고 할 수 있다.[33] 『청구야담』의 이야기들에는 이런 조선후기의 현실과 분위기가 반영되어 있다.

이 세 가지 근거에서 『청구야담』에 실린 작품들은 대체로 17세기 후반과 19세기 초엽 사이에 여항세계에서 구연되던 이야기들이 기록으로 정착된 것이라 판단된다.

그런데 이 시기에 이런 유의 이야기가 광범하게 형성·유포되고 급기야 이런 이야기들이 기록된 이유는 무얼까? 전시대에는 그렇지 않았는데 왜 이 시대에 와서 이런 문학 현상들이 대거 나타나게 된 걸까? 이러한 문학 현상은 결코 우연적인 것이 아니며 그 근저에 어떤 필연성이 자리하고 있는 게 아닐까? 이 물음들에 답하기 위해서는 이런 문학 현상의 '토대'를 문제 삼아야 할 듯하다. 그러니 조선후기 역사의 전개 과

---

33) 이러한 현상들이 이 시기에 와서 갑작스럽게 나타난 것은 아니다. 임·병 양란으로 인해 지배 질서가 흔들림에 따라 서서히 나타나기 시작하다가 17세기 후반 무렵에 와서 현저해지게 된 것으로 여겨진다. 이 점에서 17세기 후반은 사회사적으로 대단히 주목되어야 할 시기다. 17세기 후반은 비단 사회사적으로뿐만 아니라 정신사적·문학사적·예술사적으로도 분기점을 이루는 시기이기에 중요하다. 이 시기 이후 화폐(동전) 사용이 일반화되어 도시는 말할 것도 없고 향촌도 상품화폐경제권으로 포섭되었고, 서울과 지방의 도시들이 크게 성장하기에 이르렀으며, 그에 따라 상업자본과 고리대자본이 집적되기 시작했고, 이는 향촌사회를 뒤흔드는 중요한 계기가 되었다. 17세기 후반 이래의 이러한 사회경제사적 변화는 도시 사람이고 향촌 사람이고 할 것 없이 모두를 그 소용돌이 속에 휘몰아넣어 사람들의 가치관과 인식태도가 현실적이고 물질적인 방향으로 변화되어갔으며, 풍속의 변화가 야기되었다. 이 시대 사람들의 이러한 가치관과 관심, 현실인식 태도의 변화는 문학의 내용과 형식에까지 영향을 미치게 되고, 새로운 문학 장르를 탄생시키는 원동력이 되었다. 강만길, 『조선후기 상업자본의 발달』(고려대 출판부, 1974); 조기준, 『한국경제사』(개정판, 일신사, 1974); 유교성, 「한국상공업사」, 『한국문화사대계』 Ⅱ(고대민족문화연구소, 1975); 원유한, 『조선후기 화폐사 연구』(한국연구원, 1975) 등 참조.

정을 개략적으로나마 일별해둘 필요가 있다.

조선후기의 역사적 성격을 한마디로 규정한다면 봉건사회의 급속한 해체기라고 할 수 있을 것이다. 다음 몇 가지 점이 주목된다.

첫째, 봉건사회의 기층부를 이루는 농민층의 분해다. 이는 봉건사회의 제 관계를 유지하는 기본 토대가 와해되고 있음을 의미한다. 농민층 분해는 17세기 후반 이래 도시에서의 상품화폐경제의 발달과 그것의 농촌에의 침투에 의해 촉진되며, 이것은 농촌 자체 내에서 진행되어온 농업 생산력의 향상과 결합되면서 더욱 가속화된다. 또 봉건 지배층의 내부 모순은 화폐경제의 전국적 유통에 의해 더욱 격화될 수밖에 없었고, 부세나 군역을 통한 봉건 말기 지배층의 가중화된 농민 수탈은 농촌 공동체의 해체를 더욱 촉진시키면서 농민의 토지로부터의 포망(逋亡)을 야기했다. 농민층 분해는 이러한 제 요인이 서로 복합적으로 관련되면서 진행되고 촉진되었다. 이리하여 그것은 크게 두 방향으로 진행되었는데, 그 하나는 새로이 부를 집적한 소수의 부농층의 성립이요,[34] 다른 하나는 빈농 및 토지로부터 축출된 무토민(無土民)의 광범한 성립이다.

한편 토지에서 이탈한 농민들은 도시에서 걸식하거나 상공업에 종사하기도 하고, 혹 광산으로 흘러들어가 광산 임노동자로 전환되기도 했으며, 농촌에서 농업 노동에 종사하거나, 도적 집단이 되기도 했다.[35]

둘째, 상품화폐경제의 발달로 인한 평민·중서층 신흥부자의 대두다. 전국적 상업 유통이 아직 원활하지 못했기에 가격차를 이용한 양도이윤(讓渡利潤)을 통해 부를 축적할 수 있는 길이 광범하게 열려 있었고, 또

---

34) 김용섭, 『조선후기 농업사 연구(Ⅰ)』(일조각, 1970).
35) 정석종, 「이익의 성호사설」, 역사학회 편, 『실학연구입문』(일조각, 1973), 83면.

한 외국 무역을 통해 큰 부를 집적할 수 있었다. 부상대고(富商大賈)들은 이렇게 축적한 부를 상업자본이나 고리대자본으로 활용함으로써 부를 확대할 수 있었다. 이런 부상대고와 함께 중소상인, 수공업자들도 성장해가고 있었다.[36]

이런 상업의 발달은 농촌 공동체의 해체를 촉진해 무토민의 도시로의 유입을 초래함으로써 빈민, 중소 도시민(중소 상공인층), 대도시민(부상대고) 등으로 도시 시정인의 계층분화를 야기하기 시작했다.

셋째, 봉건적 신분관계의 동요다. 농민층 분해를 통한 부농층의 형성과 상업 발달에 의한 도시 신흥부자의 형성은 평민층과 시정인의 신분상승을 초래하였다. 평민이나 천민은 경제력에 의해 양반 신분을 사거나 노비 신분을 속량(贖良)할 수 있었다. 이에 따라 형식적 신분관계는 점점 무력해져가고 실질적 경제관계가 유력해졌다.[37] 평민층의 신분 상승과 함께 주목되는 것은 양반층의 몰락이다.

이 시기의 이런 사회역사적 변화와 시정·여항공간을 중심으로 새로운 성격의 이야기가 광범하게 형성·유포된 현상 간에는 서로 어떤 관련이 있는가? 이제 이 점을 따져보기로 하자.

앞에서 살펴본 역사 현상은 도처에서 경험적·객관적 '사실(事實)'로서 자신을 드러낸다. 이러한 경험적 사실은 이전에는 발생하지 않았거나, 설사 발생했다고 하더라도 도처에서 발생하여 사람들에게 일반적

---

36) 강만길, 앞의 책; 유교성, 앞의 책; 조기준, 앞의 책; 김영호, 「조선후기에 있어서의 도시상업의 새로운 전개」(『한국사연구』 2, 1968); 송찬식, 『이조후기 수공업에 관한 연구』(서울대 한국문화연구소, 1973) 등 참조.

37) 김용섭, 앞의 책; 정석종, 「조선후기에 있어서의 신분제 붕괴에 대한 일소고(一小考)」(서울대 석사학위논문, 1968) 참조.

인 것으로 인지될 정도까지는 아니었다고 할 수 있다. 그러나 사회와 역사의 발전에 따라 이전에는 발생하지 않았거나, 혹 발생했다 하더라도 고립적·예외적인 것에 불과했던 사실들이 이제 눈에 잘 띄게 발생하기에 이른다. 농촌 공동체의 해체 및 상품화폐경제의 발달과 관련하여 다양하게 야기된 이 시기 봉건사회 내부의 여러 변화는 현실의 경험적 장(場)에서 구체적이고 실제적인 사실로서 현현(顯現)되었다. 처음에는 아직 그렇게 지배적이지는 않더라도 점점 더 발생의 빈도가 많아짐에 따라 어느 단계에서 '사실'들은 '이야기'로 구성되고 전화되기에 이른다. 즉 어떤 종류의 경험적 사실들이 집적되는 과정에서 '이야기'에로의 질적 전화가 일어난 것이다. 이른바 양(量)의 질(質)로의 전환이다.

이런 전화가 일어날 수 있는 것은 어떤 종류의 경험적 사실이 양적으로 축적됨에 따라 그것이 인간의 인지에 전환을 가져다주기 때문이다. 특히 그러한 '사실'들과 직접·간접으로 밀접히 관련된 사람들의 인지에 질적인 전환을 가져다주게 된다. 그리하여 그들의 의식과 태도 등 현실 인식과 가치관의 전반적 변화를 초래한다. 이는 이들의 구체적·현실적 생활이 그러한 '사실'들과 일정한 관련을 맺고 있기에 그에 대해 애초부터 강한 '관심'을 가질 수밖에 없는 데 기인한다.

'관심'은 긍정·부정·비판·원망(願望)·동정·연민·신념 등 여러 측면에서 나타날 수 있다. 이런 사람들의 이런 관심으로 인해 이 시기에 대두된 새로운 경험적 사실들은 마침내 '이야기'라는 새로운 형태의 구성물로 만들어지게 된다. 다시 말해, '사실'의 '이야기'에로의 질적 전화가 이루어지는 것이다.

사실에서 이야기로의 전화 과정의 사이에는 매개항(媒介項)이 개입하고 이 매개항을 담당하는 주체가 바로 화자(話者)이다. 화자=주체는 일단 이야기가 발생된 다음 그것이 구연되는 상황에서는 그 신분이 다양할 수 있지만 그때에도 그 중심적 신분은 대체로 한정되어 있다. 더구나 발생의 원 상황(Ur-Situation)에서는 그 사회적 신분이 더욱 한정되어 있다. 이 주체의 중심을 이루는 부류는 시정·여항공간의 인간들, 즉 도시 상공인이나 중서층 인물들이다.[38]

이렇게 추정할 수 있는 근거로는 『청구야담』 작품들의 공간적 배경이 거의 다 도시라는 점을 들 수 있다. 남문(南門) 밖, 자하동(紫霞洞), 종로, 동묘(東廟), 장동(壯洞), 동현(銅峴), 창의동(彰義洞), 모화관(慕華館), 동소문(東小門) 밖, 동교(東郊), 서문(西門) 밖, 만리현(萬里峴), 성균관 등, 서울 혹은 그 근교를 배경으로 삼고 있는 경우가 많다. 그밖에도 감영이나 관아가 있는 지방 행정도시나 상업적으로 발달한 경제도시를 배경으로 삼고 있는 이야기들이 대부분이다. 배경이 농촌으로 되어 있는 작품은 소수에 불과한바, 서울 및 지방 도시가 주무대로 설정되어 있는 작품들 수에 비해 아주 적다.

---

38) 당대의 도시 시정에서 이런 새로운 이야기들이 성립되고 유포된 것은 근원적으로 이 시대 신흥사회층, 특히 도시 신흥사회층의 활발한 경제활동 및 경제력의 향상과 직접·간접으로 관련된다. 그들로 하여금 새로운 이야기를 형성하게끔 만든 가치관과 인식 태도의 변화만 하더라도 바로 그 경제활동의 결과인 것이다. 이 도시 신흥사회층 중에서도 이야기를 성립시킨 기층부(基層部)를 이룬 것은 그 하층(下層)에 해당하는 중소상공인층, 즉 당대의 중소도시민층이었을 것으로 본다. 이들은 부상대고(富商大賈)와 도시빈민(都市貧民)의 중간에 위치해 있었기에 이 두 계층의 세계관을 어느 정도 공유하면서 두 계층에 모두 주목할 수 있었던 듯하다. 『청구야담』의 작품들에 중소도시민의 현실은 물론이고 이 두 계층의 현실이 모두 잘 반영되어 있는 것은 이런 사정에서 연유하는 것으로 생각된다. 뿐만 아니라 이들은 양반사회의 현실과 동향에도 관심을 가졌던 듯하다. 당대 사회의 계급 구성에서 볼 때 이들 중소도시민은 '민중'의 일원으로 포함되고, 따라서 이들에 의해 성립된 문학·예술은 본원적으로 민중문학·민중예술이다.

대부분의 작품에서 사건이 전개되는 주요 공간이 서울을 비롯한 지방 감영이나 관아, 장시(場市) 등이 위치한 도시로 설정되어 있다는 사실은 단순하고 우연적인 것이 아니다. 이는 그 원래의 이야기가 주로 도시의 시정인들에 의해 성립·회자된 것이기에 나타난 필연적인 결과인 것이다. 도시를 중심으로 한 각종 사건과 소재들이 주로 다루어지고 있는 건 이 때문이다.[39] 『청구야담』의 작품들이 전체적으로 당대 도시 생활의 움직임과 분위기, 감각을 여실히 보여주는 것도 바로 이러한 사정에 기인한다. 『청구야담』 작품들을 저류(底流)하고 있는 것은 바로 이 도시적 감각과 정취다.

이 시기의 도시에는 여러 부류의 다양한 인간들이 함께 섞여 생활했다.[40] 비단 서울만이 아니라 평양, 전주, 대구, 개성, 청주, 안동, 진주 등 지방 도시가 모두 그러했다. 거기에는 지배층 관료와 그 친지들, 기식하는 막객(幕客)들, 겸인(傔人)과 비복들, 관아의 이서배(吏胥輩), 엿장사, 건달, 유협, 한량패, 기생, 좀도둑, 사기꾼, 협잡배,[41] 광대, 비렁뱅이, 풍

---

39) 이 점에서 일반적으로 민담 등이 농촌 공동체를 그 주기반(主基盤)으로 하고 있는 것과 크게 대조된다.

40) 손정목은 「조선시대 후기 도시의 변화과정 연구」(『향토서울』 34, 1976)에서 17세기 후반기부터 시작된 서울의 급격한 인구 증가를 지적하면서 그 원인을 도시 상공업의 발달 및 농촌에서의 인구 유입으로 보고 있다(100~101면). 또한 이 시기 도시의 인구 집중 현상은 비단 서울에만 국한된 게 아니고 개성, 평양, 의주, 전주, 상주, 해주, 충주, 청주, 진주, 나주, 공주, 원주, 안주, 안동, 동래, 밀양, 광주 등 당시의 큰 도시와 작은 도시들에 공통된 것이었음이 지적되고 있다(114면). 또 김용섭, 『조선후기 농업사 연구 (Ⅱ)』(일조각, 1971), 140면에서 "농촌인구의 증가는 토지로부터 배제된 인구를 도시로 유출케 하였고 여기에 도시인구도 팽창하게 되었다. 서울은 그 대표적인 예이지만 그밖의 도시도 마찬가지였다"라고 했다.

41) 문무자(文無子) 이옥(李鈺)의 소설 「유광억전(柳光億傳)」의 다음 대목은 부산한 도

각쟁이,[42] 부호, 바람난 과부, 빈민, 벼슬을 얻기 위해 체류하는 무변(武弁), 과거에 응시하기 위해 하향(遐鄕)에서 올라온 시골 선비, 몰락양반, 별 하는 일 없이 소일하는 서생, 공장(工匠), 의원, 약국 주인, 각종 사상(私商)과 시전 상인, 점원, 포교, 도망한 노비, 벼슬을 하고 있는 친구나 친족에게 도움을 청하러 먼 데서 찾아온 궁박한 한사(寒士), 이야기꾼, 도시에 기생하여 살아가는 각종 어중이떠중이 등 실로 다양하고 다채로운 인간들이 서식하고 있었다. 당대의 사회역사적 현실 속에서 이들 인간들이 서로 얽히고 설킴에 따라, 그리고 한 지방에서 다른 지방으로 옮겨감에 따라, 다양한 일들이 발생하기도 하고 다른 지방에서의 일들이 전파되기도 했을 터이다.

이러한 이야기들에는 상층의 인물과 하층의 인물이 두루 포함되어 있다. 그러나 하층의 인물이 주인공으로 등장하는 경우는 말할 나위도 없고 상층의 인물이 주인공으로 등장하는 경우에도 도시 시정인의 생활감정과 사유방식이 강하게 침투되어 있다. 또 대부분이 도시를 배경으로

시 서울의 한 단면을 잘 보여준다: "온 세상을 법석대며 오가는 사람은 모두들 이익을 위해서다. 그리하여 이 세상에선 이익을 숭상한 지가 오래였다. (…) 서울은 온갖 장인(匠人)과 장사치들이 모여드는 곳인 만큼 대체로 물건을 살 수 있는 수많은 전방이 별처럼 벌여 있고 바둑처럼 깔렸다. 어떤 이는 남에게 손으로 품을 팔아 먹는 자도 있고 혹은 어깨와 등을 파는 자도 있거니와 뒷간을 치는 자, 칼을 갈아 소를 죽이는 자, 그의 얼굴을 화려하게 꾸며서 매음하는 자도 없지 않으니, 천하의 사고팖이 극도에 이르렀다."(이가원 역편, 『이조한문소설선』, 민중서관, 1961, 426면)

42) 판소리 「변강쇠가」에는 각설이, 사당패, 풍각쟁이 등 도시와 장시(場市)를 찾아 옮아다니며 생활해가는 떠돌이 인간들이 많이 등장하는데, 이런 부류의 인간들이 얼마나 도시에 서식했고, 또 이런 부류의 인간들이 살기에 도시가 얼마나 좋은 공간이었는지 잘 알 수 있다. 강한영 교주(校注), 『신재효 판소리사설집(全)』(민중서관, 1972), 540~543면, 587면, 607면 참조.

한 이야기들이지만, 농촌을 배경으로 하고 있는 이야기 역시 대체로 도시민의 흥미와 관심에 따라 성립·회자된 것으로 보인다. 농촌이 배경인 『청구야담』의 작품들 가운데 도시민의 관심과 무관해보이는 이야기는 좀처럼 찾기 어렵다.

그러므로 『청구야담』의 작품들에 동질성을 부여하고 있는 것은 도시적 감각과 관심인 것이다. 역사는 도시를 낳았고, 도시는 새로운 이야기를 낳았다고 할 수 있다.[43]

지금까지 우리는 이 시대에 왜 주로 도시에서 새로운 성격의 이야기가 발생·유포될 수 있었던가를 사회역사적 현실과의 관계 속에서 파악해보았다.[44] 당대의 새로운 경험적 사실들을 이야기로 전화시키고 유포시킨 주 집단은 상공인층을 중심으로 한 당대의 신흥 도시민이었음을 알 수 있었다. 이제 마지막으로 이러한 집단에 의해 사실에서 이야기로 전화되는 과정과 관련된 몇 가지 문제를 검토해보기로 하자.

경험적 사실들이 이야기로 전화되는 구체적 양상은 지극히 복잡하고

---

43) 이 시대 도시에서 이야기가 이루어지는 분위기를 잘 보여주는 흥미로운 작품으로 「청취우약상득자(聽驟雨藥商得子)」(권4)가 있다. 이 작품의 도입부는 액자(額字: Rahmen)로 되어 있는데, 바로 이 액자 부분이 도시 시정공간에서 이야기가 이루어지는 조건과 분위기를 잘 보여준다. 해당 부분의 원문을 보이면 다음과 같다: "壯洞藥僧, 老而鰥居, 無子無家, 輪回藥肆而宿食. 時英廟方幸毓祥宮, 時當四月, 驟雨注下, 溝渠漲流, 觀光諸人, 避雨於藥肆房室簷廡, 彌滿簇立. 藥僧時在房中, 忽發言曰: '今日之雨, 若吾少時, 踰鳥嶺時雨也.' 傍人曰: '雨豈有古今哉?' 曰: '其時經可笑事, 故尙今不忘.' 傍人曰: '可得聞乎?' 曰: '某年夏, (…)'" 이야기를 하는 약주릅과 그 청중은 모두 도시 중소민층으로 파악된다.

44) 이러한 파악은 아직은 충분히 구체적이지 못하다. 나중에 살펴보겠지만, 이 시기에 이르러 새로이 성립된 '소설적 이야기'와 사회역사적 현실의 상호관계가 해명될 때 비로소 완전히 구체적이게 될 것이다.

다양하리라고 생각된다. 비단 사회학적 문제만이 아니라 인식론적 문제, 심리학적 문제도 관련되기에 복잡미묘하며 간단히 접근하기 곤란한 문제로 여겨진다. 더구나 이야기의 내용·형식과 그 발생의 사회역사적 토대를 무시한 채 사실로부터 이야기가 전화되는 과정 자체[45]만을 일반론적·원론적으로 검토함은 본고의 문제 영역 밖에 있다 할 것이다. 따라서 본고에서는 단지『청구야담』에 실린 이야기들의 발생 과정 내부에 '특수하게' 자리하고 있는 몇 가지 양상들 및 이것이『청구야담』에서 각각 차지하는 비중과 의의를 파악하고 명확히 하는 데 필요한 한도 내에서만 이 문제를 검토할 생각이다. 이처럼 이야기로의 전화 과정 내부에 깃든 몇 가지 특수한 양상을 검토하는 이유는, 그것이 나중에 이루어질『청구야담』작품들의 장르 분석을 위한 기초가 되기 때문이다.

이미 말했듯 문제 자체가 너무 복잡미묘하니 '추상'에서 시작해 '구체'로 나아가는 접근법을 택하도록 하자.

'주관-객관'의 관계에서『청구야담』의 이야기들은 크게 다음 세 가지 전화 방식을 보여준다.

① 이야기 중에는 경험적 사실을 충실히 재현하는 것이 있을 수 있다. 이때에도 객관적 소여(所與)로서의 사실은 주체의 인식 태도와 관심에 따라 포착되고 이야기로 전화되기 마련이지만, 최소한 없는 사실이 보태지거나 허구적인 창작이 이루어지지는 않는다. 이러한 전화 방식을 거친 이야기는 '사실의 기록'과 기본적으로 동일하다. 문학장르적으로는 '전(傳)'과 같은 교술 장르가 이에 해당한다.『청구야담』에 실려 있는

---

45) 이러한 의미의 '전화 과정'은 비단 조선후기만이 아니라 모든 시대의 보편적인 현상이라 할 것이다.

작품 중 이런 전화 방식을 거친 것으로 보이는 것들은 대개 그 내용에 있어 봉건적인 이상(예컨대 충·효·열과 같은)을 구현하고 있음이 특징적이다. 그러므로 이 전화 방식의 이야기들은 꼭 이 시대의 변별적인 것이라고 하기 어렵다. 이전 시대에도 존재해온 것들이기 때문이다. 이런 전화 방식을 거친 것으로 보이는 작품들은 『청구야담』에서 양적으로 극히 제한되어 있기에 그다지 문제가 되지 않는다.

② 이 두 번째 전화 방식은 대단히 주목을 요한다. 양적으로 『청구야담』 작품들의 가장 많은 것이 이 방식에 해당되어 그 가장 지배적인 전화 방식을 이루기 때문이다. 이 전화 방식은 객관적 소여를 충실히 재현하는 게 아니다. 여기서는 ①과 달리 대단히 적극적이고 창조적인 주관성(Subjektivität)이 개입한다. 이러한 창조적·적극적 주관성에 의해 객관적 소여들은 여러 가지 양상과 정도로 변화되고 허구화된다. 그리하여 소재가 된 사실에 대한 창조적 변형, 첨삭, 과장은 물론, 때로는 초현실적 요소의 첨가까지도 야기된다. 이 전화 방식에서는 객관성이 주관성에 의해 지양되고 있으며, 또 주관성 쪽에서 본다면 그것이 지니는 자의적이고 초월적이며 허무맹랑한 속성이 객관성에 의해 제약되고 있다고 볼 수 있다. 따라서 이러한 전화 방식을 거친 작품들은 설사 그것이 부분적으로 초현실적 요소를 지닌다 하더라도 전체적으로는 엄연히 현실적인 내용을 지닌다는 특징을 보인다. 즉 작품에 따라 기이하고 환상적 요소를 부분적으로 지니기도 하나, 그 역시 작품 전체의 맥락 속에서 현실적인 의미를 갖게 된다.

『청구야담』의 이야기들에 특징적이고 지배적으로 나타나는 '관심'은 바로 이 전화 방식의 주관성 속에 내포된 '관심'이며, 이것은 그 대부분이 이 시대에 와서 비로소 특징적으로 나타나는 '관심'에 해당된다. 개괄적으로 말해서, 이 관심은 현실적인 것을 향한 관심이다(이 점은 나중에 좀더 구체적으로 검토된다). 이 창조적 주관성에 내포된 현실적인 것을 향한 관심은, 이 시대의, 따라서 『청구야담』의, 본질적인 것에 해당한다.

특히 소재에 당대 역사의 필연적 계기가 내포된 경우, 이야기의 내용은 더욱 높은 현실성을 지니게 되는데, 이러한 성격의 소여들에 관심을 갖고서 그것을 주시하는 데서부터 거기에다 창조적 요소를 적극적으로 가미하여 이야기로 구성하는 것까지가 모두 이 주관성의 작용이다.

객관성과 창조적 주관성이 상호제약하면서 결합되어 전화된 이런 이야기들의 대다수는 '소설적 이야기들'이다.[46] 이에 대해서는 『청구야담』 작품들의 장르적 성격을 검토하는 자리에서 상론하기로 한다.

③ 여기서의 주관성 역시 창조적인 것임에는 틀림없으나, 천진한 상태의 것에 불과하다. 그것은 현실적 객관성을 포섭·지양하고 있지 못하다. 이 때문에 역사적 실존 인물이 소재로 된 경우에도 객관적 소여가 주관성의 자의성을 제약하지는 못한다. 객관성을 토대로 하여 주관성이 작용하는 듯이 보이지만 실제로는 거꾸로 주관성의 토대 위에 공허한 객관성이 외피(外皮)로 부착된 데 가깝다. 따라서 여기서의 객관성이란 별 능산성(能産性)과 의미가 없으며, 우연적이다. 힘과 의미를 지니는

---

46) 이런 '소설적 이야기들'이 기록되는 과정에 작자의 창의가 다소간 가미되면서 마침내 '야담계 한문단편소설'이 현현된다. 한편 이 두 번째 유형에는 소수이긴 하나 소설적 이야기와는 다른 성격의 이야기도 포함되어 있다. 『청구야담』에서 이들은 소설적 이야기와 대단히 근접해 있다. 그러나 이들과 소설적 이야기가 모두 '현실적'인 것에 주목한다는 점에서는 동일하나 그 구체적인 역사적·이론적 성격은 전혀 상이하다(이 점은 나중에 『청구야담』의 장르 구성을 살펴보는 자리에서 자세히 논의된다). 『청구야담』에서 두 번째 유형 이야기의 절대 다수를 점하고 있는 것은 소설적 이야기인바, 여기서는 되도록 이를 중심으로 논의를 전개했다.

것은 주관성이다. 즉 현실적인 객관세계 대신에 주관성의 작능(作能)으로 초현실적이고 환상적으로 채색된 객관세계의 가상(假像)이 만들어진다. 따라서 이 유형의 이야기에서 현실성이나 역사성을 찾아보기 어려움은 자연스러운 일이다. 이러한 전화 방식의 이야기에서 주체가 표시하는 주 관심은 무엇보다도 '기이(奇異)' 그 자체에 대한 것이고, 현실적인 것에 대한 관심은 별로 나타나지 않는다. 주관성은 그 자의성에 따라 객관세계를 초현실적 · 환상적이며 기이한 것으로 해석하고 조형(造形)하며, 자신의 그러한 행위를 즐긴다. 이러한 주관성은 그것이 아직 현실적 객관성을 문제 삼아 그와 서로 불가분적으로 얽히는 것이 아니라는 점에서 유아적(幼兒的)일 뿐 아니라 천진하다. 이러한 전화 과정을 거친 초현실적인 설화적 이야기들은 『청구야담』에 상당수 실려 있다(대체로 삼분의 일 이상을 점할 것이다). 그러니 두 번째 유형의 이야기보다는 양적으로 좀 적지만,[47] 두 번째 유형과 함께 『청구야담』을 구성하는 두 주요 부분을 이룬다.

이 세 번째 유형 이야기의 전화 방식은 이 시대의 변별적인 것이라고 할 수 없다. 그것은 이미 오래전부터 존재해온 것이고, 이 시대에 와서 처음 나타나고 문제가 된 것은 아니다.

지금까지 객관적 소여와 그것을 이야기로 전화시키는 주체의 관계를 세 가지 유형으로 파악해보았다.

첫 번째 유형은 객관적 사실과 너무 가깝고, 세 번째 유형은 객관적

---

47) 그러나 양만이 꼭 중요한 것은 아니다. 설령 두 번째 유형이 세 번째 유형보다 양적으로 적다 하더라도 그것이 두 번째 유형의 문학사적 의의를 약화시키지는 못한다. 이렇게 본다면 이야기의 양이 아니라 질이 문제가 된다.

사실과 너무 멀다. 달리 말해 전자는 단순한 객관성을 주관성으로 지양하지 못하고 있으며, 후자는 단순한 주관성이 객관성에 의해 지양되고 있지 못하다고 할 수 있다. 이 두 유형은 비단 이 시대에만 나타난 게 아니고, 오래전부터 존재해온 것이다. 그런데 두 번째 유형의 대다수를 점하고 있는 '소설적 이야기들'은 첫 번째 유형과 세 번째 유형이 지닌 일면성을 모두 지양하면서 역사적으로 새로이 이 시대에 와서 집중적으로 나타난 것이라 할 수 있다.

이 두 번째 유형의 이야기들은 역사성과 현실성을 띤 당대의 경험적 소여들이 주관성과 상호제약적으로 결합된 것이다. 이때 창조적 주관성이 다양한 양상과 정도로 개입하게 되나, 그럼에도 그것이 소재의 현실성을 손상시키지는 않는다. 때로는 주관성의 관심의 방향이나 해석이 객관적 소여가 보여주는 운동의 방향이나 추세와 배치될 수도 있으나, 이때에도 주관성은 어디까지나 객관성 위에서 작용하고 있기에 객관적 소여의 현실성을 완전히 손상시키지는 않는다. 이는 경험적 사실이 이야기로 전화될 때 일면에서는 경험적 사실이 주관성에 의해 다소 변형되면서도 타면에서는 경험적 사실이 주관성을 제약하기 때문에 가능했다. 따라서 경험적 소여가 반영하는 현실의 운동과 제 경향은 주관성의 작용에 따라 그 강도(强度)와 명도(明度)가 다소 달라질 수는 있으나, 그것에 내포된 제 계기는 기본적으로 그대로 이야기 속으로 이월된다. 현실적인 경험적 소여, 특히 인간의 구체적 생활조건으로서의 물질과 관련된 것들이 주관의 주목을 받고, 또 그것이 주관성을 강하게 제약하기 시작한 것은 전혀 이 시대에 와서의 일이었다.

우리는 앞에서 '주체'라는 추상적 용어를 쓴 바 있는데, 그 사회역사적 실체가 도시 시정인임은 췌언이 필요 없다. 따라서 전화 방식의 세

유형에서 나타나는 주관성은 그 차이에도 불구하고 모두 이 도시 시정
인의 주관성이다. 한편 주체의 '관심'이란 곧 시정인의 관심이 되겠는
데, 시정인의 관심은 세 유형의 이야기에서 현실적인 것에 대한 관심[48]
과 초현실적인 기이한 것에 대한 관심의 두 가지로 대별된다. 첫 번째와
두 번째 유형의 이야기에서는 전자가 주로 나타나고, 세 번째 유형의 이
야기에서는 후자가 주로 나타난다.

현실적인 것에 대한 관심은 이 시기에 와서 크게 달라진 사회역사적
현실로 인한 '인식론적 요청'에서 야기된 것이다. 『청구야담』에 실린 작
품들에서 세부묘사가 한층 구체적이고 자세해지는[49] 것도 이러한 현실
인식적 요청과 밀접히 관련되어 나타난 현상이다.

이러한 현실인식적 측면은 흥미·오락적 측면과 결코 분리되지 않는
다. 시정인이 중심이 된 이야기의 화자(話者)와 청자(聽者)는 이야기를
통해 당대 사회를 인식하는 일에서 큰 흥미를 느꼈을 수 있다. 또한 1차
적으로는 흥미와 오락을 위해 이야기가 구연되고 청취되었다 할지라도
이야기의 내용에서 현실인식에 대한 욕구가 충족될 수 있다.

조선후기의 사회역사 발전에 따라 민중의 인식력, 특히 도시 시정인
의 인식력은 보다 합리적이고 현실적인 방향으로 향상되었는데, 이전의
설화 장르로는 더 이상 그 발전된 인식의 욕구를 충족시켜줄 수 없게 되
었다. 따라서 새로운 이야기 장르가 절실히 요청되었다. 이 때문에 도시

---

48) 『청구야담』에서 현실적인 것에 대한 관심은 그 소설적 이야기에서 가장 현저히, 그리
고 가장 높은 수준으로 표명된다.

49) 장르의 차이를 막론하고 『청구야담』의 작품들에서 전반적으로 관찰되는, 묘사가 상세
해지거나 서술이 늘어나는 현상은 단지 작자의 창의가 가미되었기 때문만이 아니고 이
미 이야기 단계에서 어느 정도 그렇게 되어 있었기 때문으로 생각된다.

시정인들은 현실적인 것에 대한 적극적 관심이 표명된 '소설적 이야기들'을 형성·유포하게 된 것이다.

그러나 그러한 새로운 이야기 장르와 함께 기존의 설화 장르도 여전히 통용된다. 장르란 하루아침에 발생하고 하루아침에 소멸하는 게 아니다. 실제 장르사는 어떤 장르가 비록 그 발생과 향수(享受)의 사회역사적 기반이 사라지더라도 그 내적 관성력에 의해 상당 기간까지 존속될 수 있음을 보여주는데, 더욱이 이 시기는 봉건사회 해체기 및 근대사회로의 이행기에 대응하여 소설적 이야기들이 광범하게 발생할 수 있는 사회역사적 토대가 한편으로는 새롭게 마련되었지만, 다른 한편으로는 아직 설화 장르가 통용될 수 있는 사회역사적 기반이 소멸된 것은 아니었으며 그것은 그것대로 엄연히 존속했다(특히 농민층에게는 여전히 설화 장르가 큰 힘을 발휘했다). 뿐만 아니라 이 시대에 와서 도시 시정인의 인식이 보다 합리적·현실적으로 발전하기는 했지만 그럼에도 근대 부르주아지의 그것처럼 철저하고 전면적인 것은 아니었으며 비합리적 요소도 여전히 존재했다. 요컨대 당대 현실의 '이행적' 추이에 따라 이 시대의 도시 시정인들은 현실적인 것에 관한 적극적 관심과 함께 이전처럼 초현실적인 기이한 것에 대한 관심도(물론 이전보다는 상대적으로 약화되어 가고 있었다고 보이지만) 동시에 갖고 있었다고 생각된다.

시정인의 관심이 이처럼 복합적이면서 이행적이니 이야기들도 복합적이면서 이행적일 수밖에 없다. 즉 시정인의 관심이 초현실적인 기이한 것에서부터 현실적인 것에까지 걸쳐 있음에 따라 이야기도 초현실적이며 환상적인 성격의 설화에서부터 현실적 성격이 강한 소설적 이야기에까지 걸쳐 있게 되며, 또 시정인의 관심이 전자로부터 후자로 그 비중이 옮아감에 따라 이야기도 그러한 방향으로 비중이 옮아간다. 『청구야담』은 이러한 사정을 잘 반영해놓고 있다.

지금까지 우리는 이야기의 전화 과정과 관련된 문제들을 검토해왔지만 경험적 소여가 이야기로 전화되는 원 상황에서 이야기가 확정되는 것은 아니다. 이야기는 계속 구연·회자되어가면서 변화되고 부연된다. 또 그렇게 구연되는 과정에서 다른 종류의 이야기들과 상호 영향을 주고받을 수도 있으며, 그 속에서 새로운 이야기가 파생되어 나올 수도 있다. 이런 가능성들은 충분히 인정되어야 할 것이다. 그러나 그런 가능성들이 인정되더라도, 이야기의 성격이 기본적으로 그 원 발생 과정의 성격에 의하여 규정되고 제약될 수밖에 없음은 분명하다. 본고가 이야기의 전화 과정에 초점을 맞춰 논의를 전개한 까닭이 이에 있다.

(2) 기록 단계

우리는 지금까지 어떻게 이 시대에 와서 도시 시정인의 관심을 반영한 새로운 이야기들이 대거 발생할 수 있었는지와 관련된 몇 가지 문제를 검토해보았다. 도시 시정인들을 주체 집단으로 하여 발생된 이야기들은 마침내 양반(혹은 중인) 작자들에 의해 한문으로 기록되기에 이른다.[50] 여기서는 이야기들을 한문으로 기록하는 과정과 관련된 몇몇 문

---

50) 우리는 지금 구연되던 이야기가 최초로 기록되는 데 대해 말하고 있다. 따라서 이때의 작자는 '원작자'에 해당하고, 그 작품은 '원작'에 해당할 것이다. 도시 시정인층이 이런 이야기를 성립시켰으니 작품의 원천적인 작자는 도시 시정인층이라고 할 수 있을지도 모르나 여기서는 다만 이야기를 최초로 기록으로 전화시킨 사람을 원작자로 부르기로 한다. 이것은 나중에 나타나는 '개작자'와 구별하기 위해서다. 그런데 이러한 원작자의 원작품은 나중에 다른 작자(혹은 편자)에 의해 다소 변개되면서 재창작될 수 있다.

제들을 고찰하기로 한다.

먼저 작자층[51]의 성격부터 살펴보자. 이미 언급한 바 있지만『청구야
담』에는 여러 작자들의 작품들이 수록되어 있는 것으로 보인다. 하지만
아직 이름이나 신분이 밝혀진 작자는 얼마 되지 않는다. 사정이 이러하
니 여기서 엄밀하게 작자층의 성격을 말하기는 어려우며 기껏해야 개략
적 추정만이 가능하다.

우리는 앞에서『청구야담』에 수록된 작품들의 작자들이 크게 보아 양
반 사대부 및 중서층 인물임을 살펴둔 바 있다. 그런데 이것은 너무나
포괄적이고 당연한 사실이기에 범위를 조금 더 압축시켜볼 필요가 있
다. 즉 넓게 보면 사(士)와 대부(大夫) 및 중서층이 모두 포함되겠으나
그 중에서도 다시 어느 계층이 그 중심적인 위치를 점하는가를 검토할
필요가 있다. 하지만 유감스럽게도『청구야담』에 수록된 작품들의 작자
는 극소수만 알려져 있을 뿐이니『청구야담』류의 야담을 저록한 작자들
을 함께 검토하는 것이 문제 해명에 도움이 되리라 본다. 다음에서 ①은
『청구야담』에 수록된 작품의 작자이고, ②는『청구야담』류의 야담을 저

예컨대『동야휘집』에 수록되어 있는 작품들의 대부분은 편자에 의해 원작이 크게 개작
되었다.『청구야담』에도 원작자의 원작품이 다소 변개되어 수록된 것이 없지 않으나 그
변개의 폭은 극히 제한된 범위의 것으로 여겨지며, 대부분의 작품은 원작의 충실한 전
재(轉載)가 아닌가 한다.

51)『청구야담』에 수록된 작품들 중 가장 흥미롭고 문제적인 것은 야담계 한문단편소설이
다. 야담의 작자들은 이런 종류의 이야기에 큰 관심을 가졌던 것으로 보인다.『청구야
담』의 작자들은 꼭 야담계 한문단편소설만 저록한 것은 아니며 여타 단형서사 장르의
작품을 저록하기도 했다. 그렇기는 하나 적어도 야담계소설을 저록했다는 점에서 그들
은 야담계소설의 작자라고 말할 수 있다. 그렇다면『청구야담』작자층의 성격 규명은
곧 야담계 단편소설 작자층의 성격 규명이 될 수 있다.

록한 작자이다.

① 신돈복(『학산한언』), 이희평(『계서잡록』)
② 임방(『천예록』), 노명흠(『동패낙송』), 안석경(『삽교만록』), 이원명
(『동야휘집』), 배전(『차산필담』)

신돈복, 이희평은 소과에 합격해 음직으로 말단 벼슬을 하는 데 그쳤
다. 임방은 문과에 급제해 공조판서까지 지냈다. 노명흠과 안석경은 아
무 벼슬도 하지 못했으며 평생 처사로 살았다. 이원명은 문과에 급제해
이조판서까지 지냈다. 배전은 김해의 아전 출신이다.

이들의 신분을 분석해보면, 벼슬을 하지 못하고 평생 한사·포의에 머
물렀던 인물이 둘, 음직으로 말단 벼슬을 한 인물이 둘, 고위직을 지낸
인물이 둘, 중서층 인물이 하나다.[52]

그러므로 벼슬을 하지 못하고 평생 한사·포의에 머물렀던 인물과 음

---

52) [보주] 이후의 야담 연구에서, 김간(金幹)의 『후재집(厚齋集)』 별집 권2의 『수록(隨
錄)』과 이현기(李玄綺)의 『기리총화(綺里叢話)』에 실린 이야기들이 『청구야담』에 전
재되었음이 새로 밝혀졌다. 김간은 고위 관료를 지냈고, 이현기는 평생 벼슬을 하지 못
한 채 처사로 지냈다. 임완혁, 「『청구야담』에 대한 문헌학적 연구」; 김영진, 「『기리총
화』에 대한 일고찰—편찬자 확정과 후대 야담집과의 관련 양상을 중심으로」 참조. 한
편 야담집의 저자로 새로 밝혀진 인물로는 임매(『잡기고담』), 이운영(『영미편』), 서유
영(『금계필담』)이 있다. 임매, 이운영, 서유영은 모두 소과에 합격해 말단 벼슬을 했다.
진재교, 「잡기고담의 저작연대와 작자에 대하여」(『서지학보』 12, 1994); 신현웅, 「옥국
재 『영미편』의 자료적 특성과 가치」(『한국한문학연구』 46, 2010); 장효현, 『서유영 문
학의 연구』(아세아문화사, 1988) 등 참조. 새로 밝혀진 인물들을 포함시켜 다시 통계를
내면, 벼슬을 하지 못하고 평생 한사·포의에 머물렀던 인물이 셋, 음직으로 말단벼슬을
한 인물이 다섯, 고위직을 지낸 인물이 셋, 중서층 인물이 하나다.

직으로 말단 벼슬을 한 인물이 다수를 차지한다고 말할 수 있다. 말단벼슬을 한 인물도 관료라기보다는 문예에 종사한 문인이거나 경세가를 자부한 학자에 가깝다. 이들은 대체로 양반 계급 내에서도 사계층(士階層)에 해당한다.[53]

이렇게 본다면 『청구야담』에 실린 작품을 저록한 작자의 다수는 사계층에 속하며, 혹 벌열층 작자와 중서층 작자도 일부 포함되어 있을 수 있다고 생각된다.

그렇다면 어떤 이유에서 사계층이 『청구야담』 작자층의 중심이 될 수 있었을까? 조선후기에 사계층은 비록 양반 신분이기는 하나 그 정치·사회적 위치에서 벌열층인 상층 집권층 양반과 구별되었다. 사계층은 벌열층과 서민의 중간에 위치해 있는 존재로서 특이한 계급적 상황에 처해 있었다.[54] 이들은 상층의 고위 관료가 될 수 있는 교양과 자질을 갖추고 있으면서도 정치 제도의 모순 때문에 권력 구조에서 소외되어 있었다. 따라서 이들은 권력을 독점한 상층의 집권층에 불만을 품을 수밖에 없었고, 때로 그들에 대해 통렬한 비판도 사양치 않았다. 권력에서

---

53) 이우성은 이조 봉건사회의 계급 구성에서 사계층(士階層)과 벌열층(閥閱層)의 위치를 다음과 같이 제시한 바 있다(이우성, 「실학연구 서설」, 역사학회 편, 『실학연구입문』, 일조각, 1976, 10면). 이에 의하면 사계층은 상층의 벌열과 하층의 서민 사이에 위치해 있다.

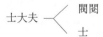

士大夫 ─〈 閥閱
        士

庶民 ─ 農·工·商

54) 이우성은 위의 논문, 위의 책에서, 하층 양반으로서의 '사(士)'의 위치가, "신분적으로 벌열층과 다를 바 없는 사대부이었으나 현실적 처지는 농·공·상의 서민들과 별반의 차가 없다고 할 정도가 되기까지 하였다"라고 했다.

배제된 이들은 평민층에게 상대적으로 좀더 친화감을 가질 수 있었다.

이처럼 그 계급적 특수성에서 사계층은 시정인들과의 접촉면이 좀더 넓었을 뿐 아니라 그 동향에 관심을 가질 수 있었다. 그러다 보니 자연 그 세계에 대한 견문도 많게 되고 시정에서 회자되는 이야기들에도 강한 흥미와 관심을 가질 수 있었다.[55]

이제 시정의 이야기가 어떤 경로를 통해 작자에게 닿는가를 몇 가지 예를 통해 살펴보기로 하자.

우선 작자는 시정인들과 직접 접촉해 이야기를 제보받을 수 있다. 예컨대 『청구야담』 권4의 「풍인객오물음선해(諷吝客吳物音善諧)」에 주인공으로 등장하는 오물음(吳物音)은 시정의 '이야기꾼'으로서[56] 서울의 양반사회 내에 다수의 청자(聽者)를 확보하고 있었던 듯하다. 작자는 꼭 오물음과 같은 전문적인 이야기꾼은 아니라 할지라도 시정의 인물이 전하는 이야기를 듣고서 그것을 작품화할 수 있다. 한편 작자는, 시정인들과 접촉할 기회가 많아 시정의 이야기들을 비교적 잘 알고 있었던 한족(寒族)이나 몰락양반이나 무변(武弁) 등의 하층 양반에게서 이야기를 제보받을 수도 있다. 또 시정에서 발원한 이야기가 양반사회에 두루 유포되다가 어느 작자에 의해 기록으로 정착될 수도 있다. 박지원이 쓴 「민옹전」에서의 민옹이나 「허생전」에서의 윤영(尹映)은 하층 양반의 제보자에 속한다. 박지원은 윤영에게서 허생의 이야기를 비롯해 염시도(廉時道), 배시황(裵時晃), 완흥군부인(完興君夫人) 등에 대한 이야기를 여

---

55) 사계층은 그 존재 여건 때문에 시정·여항에서 회자되는 이야기들 중에서도 특히 시사적(時事的)·현실적이고 세태를 잘 보여주는 소설적 이야기들에 많은 관심을 표했을 것으로 보인다.

56) 임형택, 「18·9세기 '이야기꾼'과 소설의 발달」(『한국학논집』 2, 1975) 참조.

러 날 밤을 끊이지 않고 들었다고 했다.[57]

『삽교만록』의 저자 안석경은 작품의 서두 부분에 이야기의 출처 및
제보자를 밝혀놓고 있어 이야기가 작자에게로 전달되는 과정을 살피는
데 큰 도움이 된다. 예컨대, "다음은 단옹(丹翁)이 호남 사람에게서 들은
이야기다"[58]라든가 "다음은 변사행(邊士行)에게서 들은 이야기다"[59]라는
식으로 그 제보자를 밝히고 있다. 이를 통해, 단옹(丹翁)이라는 사람이
어떤 호남 사람에게서 전해들은 이야기를 작자인 안석경에게 다시 전했
으며, 변사행이라는 인물 역시 안석경에게 이야기를 전했음을 알 수 있
다. 안석경이 산중에 거(居)한[60] 일개 한사(寒士)였던 점으로 보아 그와
친교를 맺고 있던 단옹이나 변사행 역시 사계층의 인물이 아닐까 한다.

또 이강(李矼)·이연(李硏) 형제의 공동 시문집인 『가림이고(嘉林二
稿)』에 수록된 「의도기(義島記)」라는 작품 후기 중에도, "일찍이 우리 백
부 하정공(荷亭公)께서 서울에서 이야기를 듣고 돌아와 우리 형제에게
들려주었다"[61]라며 그 제보 과정을 밝혀놓고 있다. 이로써 서울에서 이
야기를 얻어듣고 온 작자의 백부가 작자에게 다시 이를 이야기함으로

---

57) "余年二十時, 讀書奉元寺, 有一客能少食, 終夜不寢, 爲導引法, 至日中輒倚壁
坐, 少合眼, 爲龍虎交, 年頗老, 故貌敬之. 時爲余談詐生事及廉時道、裴時晃、完
興君夫人, 亹亹數萬言, 數夜不絶, 詭奇怪譎, 皆可足聽, 其時自言姓名爲尹映,
此丙子(1756년―인용자)多也."(「玉匣夜話」, 『熱河日記』; 『이조한문단편집』하권,
429~430면에서 재인용)

58) "丹翁曰: '聞之湖南人.'"(『이조한문단편집』중권, 351면)

59) "邊士行曰."(위의 책, 374면)

60) 안석경은 강원도 횡성의 삽교라는 산골에 살 때 『삽교만록』을 썼다.

61) "始伯父荷亭公, 聞之京師, 歸說與矼兄弟."(『가림이고(嘉林二稿)』권3; 『이조한문
단편집』상권, 456면에서 재인용)

써 작품화된 것임을 알 수 있다. 이를 통해 서울에 유포된 이야기가 멀리 충청도의 가림(嘉林)[62]에 살던 사계층의 작자에까지 전달되는 과정을 엿볼 수 있다.

이처럼 이러저러한 경로를 통해 이야기를 제보받은 작자는 그 이야기를 '기록'함으로써 작품화한다. 그런데 여기서 분명히 해야 할 점이 하나 있다. '기록'이라는 것이 이야기를 충실히 그대로 옮겨놓은 것을 말하는가, 아니면 다소간 작자의 창의가 가미된 것을 말하는가?

『청구야담』에는 작품에 따라서 혹 견문된 사실을 거의 사실 그대로 충실하게 기록해놓은 것처럼 보이는 것도 없지는 않으나, 대부분은 작자의 창의가 다소간 가미되어 있다고 판단된다. 하지만 작자의 창의가 가미되었다 할지라도 작품은 원 이야기의 내용과 전개에 의해 기본적으로 제약된다. 이 점을 충분히 강조해둘 필요가 있다. 그래야만 작자의 창의에 대한 인정이 과장되지 않고 정당한 것이 될 수 있겠기 때문이다.

원 이야기에서도 화자의 형상력은 큰 의미를 갖지만, 문자화된 작품에서 작자의 형상력은 말할 수 없이 중요하다. 작자는 원 이야기에서의 형상력을 한층 높은 단계로 발전시킬 수 있다. 특히 유능한 작자는 단순하거나 저급한 원 이야기의 형상력을 보다 높은 수준으로 발전시킬 수 있다. 즉 작자는 원 이야기의 내용을 부연하거나 각색할 수 있으며, 세부묘사를 훨씬 자세한 방향으로 가져갈 수도 있다.[63] 또한 시공간적 배경이나 인물 설정 등에 구체성을 부여할 수 있고,[64] 행위와 장면 묘사,

---

62) 충청남도 부여 지역의 옛 지명이다.

63) 한 예를 들어 『청구야담』 권7의 「이무변궁협격맹수(李武弁窮峽格猛獸)」 같은 작품에서 보이는 뛰어난 세부묘사는 이야기로는 도저히 기대될 수 없는 성질의 것이다.

64) 시공간적 배경은 원 이야기에서는 막연했는데 기록화되는 과정에서 구체적으로 설

인물의 성격창조에서 이야기에서는 기대되기 어려운 정도의 치밀성을 구현할 수 있다.[65]

뿐만 아니라 작품은 구연된 이야기에 비해 구성(構成)이 보다 정연할 수 있다. 작자는 이야기의 화자에 비해 일층 '반성적(反省的)' 차원에서 서사를 펼칠 수 있기 때문이다.

게다가 작품에서는 작자의 '이념'이 문제가 된다. 작자의 이념으로 인해 원 이야기의 내용이나 지향이 다소간 바뀔 수 있다. 작자의 주제의식과 문제의식이 투철하면 할수록 그 세계관이 침투될 여지가 커지며, 그에 따라 원 이야기는 변형되거나 재구성될 수 있다.[66] 그러나 『청구야담』에서 긍정적으로든 부정적으로든 이렇게까지 적극적으로 작자의 이념이 개입된 작품은 그리 많아 보이지 않는다. 대부분의 경우 소극적으로 작자의 이념이 개입할 뿐이고, 따라서 원 이야기에 대한 적극적인 이념적 변형은 그다지 야기되고 있지 않다고 보인다.[67] 이 점에서 『청구야

정되는 경향이 있다. 이러한 현상은 양반(혹은 중서층) 작자의 특성으로 인해 서사(敍事)에 신빙성과 사실성을 부여하고자 한 데서 초래된 것으로 여겨진다.

65) 예컨대 『청구야담』 권8 「결방연이팔낭자(結芳緣二八娘子)」에서 두 주인공의 성격 부각은 놀라울 정도로 치밀하다.

66) 그 좋은 예가 박지원이라는 작가다. 그는 '허생 이야기'를 이용후생파(利用厚生派)의 세계관으로 변형·재구성해 작품화했다고 할 수 있다. 시정에서 회자되던 허생 이야기를 기록한 야담으로 「식보기허생취동로(識寶氣許生取銅爐)」(『청구야담』 권4)가 있다. 이 작품과 박지원의 「허생전」을 비교해보면 박지원이 작품에 자신의 이념을 어떻게 투사했는지 알 수 있다. 그렇기는 하나 박지원의 「허생전」은 야담은 아니다. 작자의 이념에 따른 원 이야기의 변형은 크게 두 가지 방향으로 이루어질 수 있다. 그 하나는 본래의 이야기가 내포하는 진보적 가치를 손상·왜곡하는 방향이고, 다른 하나는 그 가치를 보다 고양하는 방향이다.

67) 그러므로 양반층이라는 작자의 신분적 제약에도 불구하고 『청구야담』의 작품들은 대

담』의 작품들은 대체로 이야기에 표출되어 있는 세계관을 충실히(그것이 혹 모순·혼란된 것이라면 모순·혼란된 대로) 반영해놓고 있는 편이라고 생각된다.

지금까지 우리는 『청구야담』의 작품들이 원 이야기의 단순한 기록에 불과한 것이 아님을 논증하였다. 『청구야담』의 작품들에는 특히 형상력과 구성에 있어서 적지 않은 창의가 가미되어 있다고 생각된다. 그렇기는 하나 그러한 창의적 요소는 기본적으로 원 이야기의 내용과 전개에 의해 제약되어 있다는 사실에 유의할 필요가 있다.[68]

3. 장르적 및 문학사적 검토

1) 『청구야담』의 장르 구성

『청구야담』은 민담, 전설, 소화(笑話), 일화, 단편소설 등 서사 장르

체로 원 이야기에 내포되어 있던 시정적 세계관의 현실태와 가능태 모두를 비교적 잘
드러내 보여주고 있다고 판단된다. 그렇기는 하나 『청구야담』 작품들 중에는 양반적 세
계관이 강하게 침투해 있는 것도 없지는 않은데, 이런 작품은, ①시정적 세계관 내부에
자리하고 있던 양반적 세계관의 잔재가 원 이야기가 형성될 때 작용했기 때문이든지,
②순연히 시정적 세계관에 입각하여 형성된 이야기가 전파되어 나가던 중 양반층 세계
관의 침투를 받게 된 경우든지, ③순연히 시정적 세계관에 입각해 있던 원래의 이야기
가 나중에 작자의 세계관으로 왜곡된 결과이든지, 대체로 이 세 가지 중의 어느 하나에
해당되든지 아니면 그 몇의 결합에 해당되든지 할 것이다.
68) 이 점에서 『청구야담』의 작품들, 특히 그 소설 작품들은 순수한 '집단적 구전문학'이
라고만도 하기 어렵고 순수한 '개성적 창작문학'이라고만도 하기 어렵다. 대체로 그 중
간적 형태, 혹은 둘을 지양한 형태로 보는 것이 타당하지 않을까 한다.

에 속하는 작품들과 '전(傳)'과 같이 교술 장르[69]에 속하는 작품들로 구성되어 있다. '전(傳)'은 실재 인물의 행적을 사실 그대로 기술한 일종의 전기(傳記)이다. 그러므로 허구성이 문제가 되는 서사문학은 아니며, 사실의 축조(築造)에 힘쓰는 교술문학에 속한다. 이 장르에 해당되는 작품들[70]은 그 내용상 대체로 충(忠)이나 효(孝)나 열(烈)을 구현하는 봉건적 인물상을 제시하고 있음이 특징적이다. 이런 특징은 『청구야담』의 지배적이고 본질적인 것은 아니지만, 그 작은 한 부분임에는 틀림없다. 이 교술 장르에 속하는 작품들은 전체적으로 그리 많지 않기에 별로 문제가 되지 않는다.[71]

『청구야담』 작품들의 대부분은 서사 장르에 속한다. 민담, 전설, 소화, 일화, 단편소설은 모두 '단형서사 장르'에 속한다는 점에서 일치한다. 이들은 서로간에 공통점을 지니기도 하고, 때로는 그 장르 경계가

---

69) '교술 장르(didaktische Gattung)'에 대한 개념 규정에는 보다 엄밀히 되어야 할 부분도 없지 않으나—특히 그 문학적 적용 범위 및 비문학(非文學)과의 관계 등에 있어—제 문학 형태를 체계화·조직화하는 데 대단히 유용하고 효과적인 개념임에는 틀림없다. 따라서 필자는 이 장르를 인정하는 입장에 선다. 한국문학 연구에서 이 장르를 최초로 제론(提論)한 분은 조동일이다. didaktische Gattung을 '교술 장르'라고 번역한 분 역시 조동일이다. 본고에서는 이 역어(譯語)를 그대로 사용한다. 조동일, 「18, 19세기 국문학의 장르체계—장르이론의 새로운 모색을 위한 一試論」(『고전문학연구』 1, 1971) 참조.

70) 이런 작품들을 들어보면 「이절부종용취의(李節婦從容取義)」(권4), 「박남해강개수공(朴南海慷慨樹功)」(권4), 「절부당란판고의(節婦當亂辦高義)」(권4), 「이후종역행효의(李後種力行孝義)」(권8), 「입묘석공장감효부(立墓石工匠感孝婦)」(권6), 「박천군지인효충(博川郡知印效忠)」(가람본 권3) 등이 있다.

71) 이 장르는 본고의 제2장 제1절에서 언급된 이야기의 3가지 전화 방식 중 첫 번째의 것에서 현출(現出)된다.

유동적(流動的)으로 되기도 하지만, 전체적으로는 엄연히 구별된다. 이제 이들 단형서사 장르가 『청구야담』 내에서 차지하는 위치와 비중, 또 그 상호간의 관계 등을 검토해보기로 한다.

(1) 민담

민담에 해당되는 작품은 그리 많지 않다.[72] 외견상 민담적 색채가 농후하나 실제로는 소설에 해당되는 작품들이 있어 주의가 필요하다.[73] 이것들은 전래하는 민담에 사회역사적 관련을 갖는 현실적 내용이 대거 침투한 결과 소설로 발전된 것이라 할 수 있다.[74] 혹은 소설 전개의 한 계기로 민담적 모티프가 차용(借用)된 것이라고 볼 수도 있다. 이들 작품에서 초현실적인 민담적 요소는 그 사회적 맥락으로 인해 실질상 현실적인 의미를 갖는 것으로 전환된다.

(2) 전설

전설에 해당되는 작품은 상당수 되는데,[75] 그 대부분이 인물전설에 해

---

72) 민담의 장르적 특징에 대해서는 장덕순·조동일·서대석·조희웅, 『구비문학개설』(일조각, 1977), 52~74면 참조.

73) 예컨대 「궤반탁견곤귀매(饋飯卓見困鬼魅)」(권7), 「획중보혜부택부(獲重寶慧婦擇夫)」(권6), 「택부서혜비식인(擇夫婿慧婢識人)」(권8), 「노온여환납소실(老媼慮患納小室)」(권6) 등을 들 수 있다.

74) 유사한 예로 『흥부전』을 들 수 있다.

75) 대체로 전체 작품의 30퍼센트쯤 된다.

당된다. 전설은 현실 친근성을 가지므로 일단 구체적이고 역사적인 시공간과 인물이 설정되나, 그럼에도 그것은 대개 사회역사적으로 별 전형성을 갖지 못하는 개별적인 것이다. 더구나 서사가 초현실적인 세계로 들어감에 따라 작품 내용은 전체적으로 비현실적·신비적 성격을 띠게 된다. 이러한 전설이 이야기로서 회자되거나, 기록으로 옮겨지거나, 읽히거나 할 때, 그 주된 관심은 대체로 '기이함'에 있는 것으로 보인다. 즉 구체적인 현실적 사실이 아니라 불가사의하고 괴이한 사건 자체에 관심이 있다. 전자는 후자를 부각시키는 데 필요한 한에서만 요청될 뿐이다. 따라서 이들 작품에서는 인식론적 측면에서 기껏해야 원초적·추상적 세계인식만을 찾아볼 수 있다.

하지만 이런 면모는 전대의 전설에도 보인다. 그렇기는 하나 『청구야담』에 실린 전설에서 확인되는 세계인식의 비중은 전시대 전설의 그것에 비해 훨씬 약화되어 있다. 해명적 성격을 갖는 자연전설이나 장소전설은 별로 보이지 않고 흥미 위주의 인물전설이 대부분이라는 사실은 이와 무관하지 않다. 이는 전설에서 구하던 세계인식적 측면이 약화되고, 그에 따라 상대적으로 흥미·오락적 측면이 강화되는 쪽으로 변화가 생겼음을 말해준다.[76] 실제 『청구야담』의 전설들은 대체로 이야기의 골격만 제시되던 전시대의 전설에 비해 흥미 위주로 대폭 부연이 가해지고 세부묘사가 자세히 이루어지기도 해 작품이 길어지는 경향을 보인다.

한편 그 기본 줄거리와 내용은 초현실적이고 괴이하지만, 당대의 전

---

76) 이것은 『청구야담』의 작품들을 성립시킨 두 주요 계층인 도시 시정인층과 사계층(士階層)의 사회역사적 존재 상황 및 그로부터 야기된 인식론적 변화와 밀접히 관련된다.

형적 현실이 다소간 첨입(添入)되어 있는 작품도 없지 않다. 당대의 사회역사적 조건이 크게 변화함에 따라 전설 장르도 그 영향을 받지 않을 수 없었던 것이다. 이런 전설 가운데 사회역사적 현실이 보다 강력하게 침투된 작품의 경우 그 원래의 설화 구조는 해체되고 현실에 활짝 열려 있는 장르인 소설로 이행해가기도 한다.[77]

민담과 전설이 초현실적인 데 관심을 쏟는 장르라면, 지금부터 서술될 소화, 일화, 단편소설은 주로 현실적인 데 관심을 쏟는 장르들이라는 점에서 본질상 다르다.[78] 민담과 전설은 초현실의 세계로 자유로이 넘나들거나 그 세계와 교통(交通)한다. 현실과 초현실의 경계는 존재하지 않는다. 이에 반해 소화, 일화, 소설은 현실 세계를 중심으로 하여 사건이 전개된다. 간혹 초현실적인 데까지 접근하거나, 초현실적인 것이 암시되거나 제시되는 경우가 있다 하더라도 작품이 전체적으로 제시하고 의미하는 것은 현실적인 것이다.

(3) 소화

소화에 해당되는 작품은 그리 많지 않다.[79] 소화는 그 현실적인 성격

---

77) 예컨대 「설유원부인식주기(雪幽寃夫人識朱旗)」(권1) 같은 작품은 이런 이행 과정을 보여준다.

78) 민담과 전설이 본고 제2장 제2절에서 언급된 이야기로의 전화 방식 중 세 번째의 것에서 현출(現出)하는 장르라면, 일화, 소화, 단편소설은 두 번째의 것에서 현출하는 장르다.

79) 예컨대 「수형장조대풍월(受刑杖措大風月)」(권6), 「선희학일시우거(善戲謔一時寓居)」(권8), 「재상희국매화족(宰相戲掬梅花足)」(권8) 등을 들 수 있다.

때문에 소설에 근접해 있는 장르다.[80] 특히 익살소설과의 경계는 유동적이다. 그러나 전체적으로 이 장르는 소설과 엄연히 구별된다. 소설이 사건을 통해 인생과 사회를 탐색하며 물음을 제시하고자 함에 반해, 소화는 사건 그 자체의 흥미로움에 관심이 집중되어 있는 장르다. 즉 소설에서는 보다 높은 진실이 문제됨에 반해, 소화에서는 그러한 문제성(問題性)이 없다. 간혹 교훈을 내포하는 경우도 없지는 않으나, 그 경우에도 한계가 분명하며, 일반적으로 단순한 오락거리를 벗어나지 못한다. 이 점에서 소설은 정신적으로 보다 생산적이며, 소화는 보다 소비적이다. 소설은, 특히 익살소설은 표면적으로는 소화적일 수 있으나 그 이면에 심각한 문제성이 내포되기 마련인데, 소화는 순수히 익살·해학적일 뿐이며 그 내부에 진지성이나 문제성이 내포되기 어렵다. 소화 중에서도 외설담은 그 대표적인 형태다.

소화는 조선후기에 민담, 전설, 일화 등과 공존했다. 하지만 소화는 이들 장르보다 늦게 문학사에 등장했다. 소화가 채록된 문헌이 나타나기 시작한 것은 조선초기에 와서의 일이었다.[81]

---

80) 장덕순은 소화의 문학사적 중요성을 강조하면서 "서화는 남녀 관계라는 특수한 내용과 각양각색의 인물이 등장, 그리고 그 모랄에 있어서 한문단편과 직접 연결되고 이것은 본격적인 단편소설로 발전할 수 있는 것"(장덕순, 『한국문학사』, 동화문화사, 1975, 176면)이라고 했다.
81) 조선초기에 이르러 비로소 『태평한화골계전(太平閑話滑稽傳)』, 『촌담해이(村談解頤)』, 『어면순(禦眠楯)』 등의 소화집이 출현하게 된다. 장덕순, 「한국의 해학」(『동양학』 4, 1974), 7면 참조.

(4) 일화

일화에 해당되는 작품 역시 그리 많지 않다.[82] 일화는 소화와 함께 단
편소설에 대단히 근접해 있는 장르다. 때때로 이 장르는 소화보다 훨씬
더 소설과 구별하기 힘들 때가 있다. 그만큼 일화는 소설에 근접한 장르
다. 그러므로 양 장르 사이의 경계는 유동적일 수도 있다. 그러나 일화
는 소설과 엄연히 구별된다. 일화는 대개 유명한 역사적 인물을 소재로
하여 그 인물의 재능이나 재치, 임기응변, 개성 등을 단면적으로 포착하
여 제시하는 장르다. 그러므로 일화는 대개 하나의 첨예한 중심점을 갖
는 특징이 있는 것으로 알려져 있다.[83] 이 중심점에서 해학이나 뜻밖의
언행, 재치 있는 해결 등이 결정적으로 제시된다(단편소설도 물론 이와
같은 첨예한 중심점을 가질 수 있으나, 일화만큼 그리 특징적이지는 않다).
이처럼 일화는 주체의 능력이나 재치, 개성을 부각시키고자 하기에
문제제기보다 해답을 더 중시한다. 이 점에서 문제제기를 중시하는 소설
과 크게 다르다. 일화가 주체를 거의 일방적으로 부각시킴에 반해 소설은
주체와 객체가 대등한 입장에서 상호 얽혀 팽팽하게 맞서면서 전개된다.
일화는 오래전부터 통용되어온 장르인데, 임·병 양란 이후 사회 변화
로 인해 사대부 사회와 시정에서 보다 활발하고 광범하게 유포된 것으

---

82) 예컨대 「이청화수절둔세(李淸華守節遯世)」(권7), 「차오산승흥제화병(車五山乘興
題畵屛)」(권2), 「차오산격병호백운(車五山隔屛呼百韻)」(권8), 「한석봉승흥쇄일장
(韓石峰乘興灑一障)」(권8) 등을 들 수 있다.

83) Johannes Klein, *Geschichte der deutschen Novelle*, Wiesbaden: Franz Steiner Verlag, 1956,
S. 11; Helmut Prang, *Formgeschichte der Dichtkunst*, Stuttgart: W. Kohlhammer Verlag,
1971, S. 55~57.

로 보인다.[84]

일화는 소설로 발전될 수 있고, 소설은 그 속에 일화적 요소를 부분적으로 포함할 수 있다. 실제 『청구야담』의 소설 작품 중 상당수는 일화가 소설로 발전된 것이라 할 수 있다.[85]

　(5) 단편소설

단편소설은 『청구야담』에 수록된 제 장르 중 작품수가 가장 많다. 이 장르는 양적으로만이 아니라 질적으로도 『청구야담』을 대표한다. 앞의 제 장르는 이전 시기에도 존재했으나 야담계 단편소설이 나타나기 시작한 것은 순전히 조선후기의 문학적 현상인데, 『청구야담』은 조선후기의 이러한 상황을 아주 잘 반영하고 있다.

『청구야담』은 크게 보아 초현실적인 데 관심을 쏟는 장르와 현실적인 데 관심을 쏟는 장르로 구성되어 있다. 양자는 공존하고 있으나, 후자가 훨씬 큰 비중을 점하고 있으며, 후자에서도 소설 장르의 비중이 가장 높다. 이는 근본적으로 사회적 토대 변화와 관련된다. 봉건사회 해체기, 근대 이행기에 해당하는 이 시대의 사회적 토대는 민중, 특히 도시 시정인의 인식력을 현실적이고 합리적인 방향으로 추동(推動)하였다. 이에 따라 도시 시정인은 현실세계를 보다 합리적이고 현실적으로 인식하고자 하는 욕구를 갖게 되었다. 이러한 인식적 욕구는[86] 다른 어

---

84) 이경우, 「『어우야담』 연구」(서울대 석사학위논문, 1976), 28면, 32면.

85) 한 예를 들어 「긍박동영성주혼(矜朴童靈城主婚)」(권3) 같은 작품은 박문수 일화가 소설로 발전된 것이라 할 수 있다.

86) 이런 인식적 욕구가 오락적 욕구와 불가분적으로 결합되어 있음은 앞서 언급했다.

느 단형서사 장르에서보다 소설 장르에서 충족될 수 있다. 왜냐하면 소설은 본질상 사회역사적 시공간 속에서 주체와 객체가 구체적으로 서로 뒤얽혀 대결하는 것을 문제 삼는 장르이기 때문이다.[87] 이 때문에 이 시기에 와서 소설적인 이야기들이 시정에서 광범하게 형성되었고 그것이 다시 광범하게 기록으로 옮겨지면서 야담계 한문단편소설이 유행할 수 있었다.

민담, 전설, 소화, 일화는 야담계 단편소설의 역사적 선형태(Vorform)에 해당한다. 이 때문에 야담계소설은 그 형식에 있어 이들의 영향을 받기도 했다. 그리하여 그 속에 민담적 모티프가 차용·혼입되는 등 더러 설화적 외피(外皮)를 보여주기도 한다. 그러나 잔존하는 이런 설화적 외피에도 불구하고 야담계소설 장르는 그 본질상 여타의 단형서사 장르와 완전히 다르다. 그것은 이 장르가 근본적으로 사회적 토대의 변화로 인한 새로운 요구에 부응하여 발생한 데 기인한다.

지금까지 『청구야담』의 장르 구성에 대해 살펴보았다. 민담, 전설, 소화, 일화, 단편소설 등의 단형서사 장르는 이 시기에 공존했고, 그에 따라 『청구야담』은 그런 공존의 양상을 일정하게 반영하고 있다. 『청구야담』은 이들 장르의 공존뿐만 아니라, 민담·전설·소화·일화의 소설로의 이행을 보여주기도 한다는 점에서 주목된다.

이제 이상의 논의를 바탕으로 『청구야담』에 실린 소설의 양식적 특성을 고찰해야 할 차례다. 『청구야담』에 실린 소설들의 형식적·내용적 특

---

87) 이 점은 단편소설과 장편소설을 막론하고 동일하다. 다만 장편소설이 총체성(Totalität)을 문제 삼는 장르라면, 단편소설은 그 각 국면이나 계기를 문제 삼는 장르이다.

성은 어떠한가? 또 그 이전에 존재해왔거나 혹은 동시대에 공존한, 다른 양식의 한문단편소설과의 관계는 어떠한가? 다음 항에서 이런 의문들에 대한 답을 모색해보기로 한다.

2) 『청구야담』 소재(所載) 단편소설의 양식적 특성

야담계 한문단편소설에 선행한 한문단편소설 양식으로 열전계소설(列傳系小說)과 전기계소설(傳奇系小說)[88]이 있다. 이들은 모두 한문단편소설이라는 장르의 상이한 양식들로 볼 수 있다. 이들은 후대로 가면 양식적으로 서로 섞이기도 하지만 전체적으로 그 양식적 주조는 구분된다.

전기계소설은 나말여초(羅末麗初)에 성립되고 열전계소설은 고려시대에 성립되었지만, 야담계소설은 조선후기에 이르러서야 성립되었다. 이처럼 양자의 발생 간에는 사회역사적 토대의 차이가 존재한다. 그에 상응해 발생 과정, 원천적인 양식 담당층, 작품의 형식 원리, 그 내용성 등에서 상이함을 보여준다.

전기계 및 열전계소설은 대체로 사대부적 현실, 사대부적 의식 상태, 사대부적 관심에서 성립된 양식이다. 따라서 소재 선택의 범위와 그 서

---

88) 이 용어는 일찍이 이가원이 사용한 바 있다(이가원, 「해설」, 『이조한문소설선』, 민중서관, 1961, 13면). 본고에서는 이 용어를 준용(遵用)하되 그 개념 규정은 이가원의 그것과 좀 달리한다. 본고에서 사용하는 '열전계소설', '전기계소설'이라는 용어는 열전계 한문단편소설, 전기계 한문단편소설을 말한다. 열전계소설은 '전(傳)'의 형식을 빌어 창작된 소설을 지칭한다. 열전계소설은 그 형식에 상응하는 그 나름의 제재적·내용적 특징을 지닌다. 전기계소설은 전기소설(傳奇小說)의 특징을 지닌 소설을 말한다. 그 양식적 '계보'를 드러내기 위해 '전기소설'이라 하지 않고 '전기계소설'이라고 한다.

사공간도 사대부 세계에 주로 한정되어 있다. 그에 반해 야담계소설은 원천적으로 시정인의 관심과 시정인의 의식 상태, 시정인의 현실에 근거하고 있다. 이에 따라 그 소재와 서사공간이 대폭적으로 확대되었다.

세 양식은 조선후기에 공존했다. 당대 시정의 소설적 이야기들이 야담계 한문단편소설로 실현되는 과정에서 선행 양식들은 일정한 영향을 미쳤다. 작품에 따라서는 열전계소설의 영향이 엿보이기도 하고, 전기적(傳奇的) 색채가 느껴지는 것도 없잖아 있다. 반면 야담계 한문단편소설이 성립, 발전함에 따라 선행 단편소설 양식에도 변화가 야기된다. 이러한 변화는 물론 야담계 단편소설 양식을 출현시킨 사회적 토대의 변화에 기인하기도 하지만, 성립된 새로운 야담계 단편소설 양식의 영향 때문이기도 하다. 특히 열전계소설 가운데에는 그 소재 및 내용에 있어 야담계소설의 정취(情趣)를 얼마간 보여주는 것들이 발견된다.[89] 이런 작품들은 민중의 삶과 그 현실을 문제삼고 있는 점이 주목된다. 그렇기는 하나 야담계소설은 전기계소설이나 열전계소설과 근본적으로 다른 발생 배경과 발생 과정을 거쳐 성립된 것이기에 그 양식적 특징이 기본적으로 다르다.

본고의 제2장 제2절에서 밝혔듯이, 야담계소설은 주로 도시 시정에서 회자되던 이야기에 유래하기에 원 이야기의 형식 원리가 기본적으로 유지된다. 이 점에서 이미 '선험적'으로 주어져 있는 문법을 의식하면서 창작해야 하는 열전계소설이나 전기계소설과는 판연히 다르다. 즉 소재를 향(向)한 작자의 창작적 '태도'나 '관계'가 전혀 상이하다.[90] 요컨대

89) 박지원의 「광문자전」이나 「허생전」 같은 작품을 예로 들 수 있다.

90) 이 점에서 야담계소설은 중국 명말(明末)에 성립된 『삼언(三言)』, 『이박(二拍)』 등

열전계 및 전기계소설의 형식 원리가 애초 사대부적 세계관에 기반해 형성된 것이라면, 야담계소설의 형식 원리는 애초 민중적 세계관에 기반해 형성된 것이다.

각 양식의 문체가 다른 것 역시 이와 관련된다. 전기계소설 및 열전계소설의 문체는 사대부적 취미와 교양을 반영하는 세련되고 전아한 것임에 반해, 야담계소설의 문체는 투박하고 비속하다. 전자의 문체는 우리말의 어투가 느껴지지 않는 데 반해, 후자의 문체는 평이해 우리말 어투가 느껴진다.[91] 따라서 후자의 문체는 전자와 비교할 수 없을 만큼 구어적(口語的) 생기가 있으며, 생활세계(Lebenswelt)에 밀착된 감수성을 보여준다.[92]

이러한 차이는 단순한 문체상의 차이가 아니며 성립 과정을 둘러싼 세계관상의 차이와 관련되어 있다. 전기계·열전계소설과 야담계소설은 적어도 최종적으로는 모두 똑같이 주로 양반 작자에 의해 작품화된 것이라 할 수 있는데 왜 이런 판이한 결과가 초래되었을까? 전기계·열전

의 단편소설집에 수록되어 있는 단편소설들과 비슷하다. 특히 『이박』에 수록된 단편소설의 대부분은 '설화인(說話人)'이라는 직업적인 이야기꾼에 의해 구연된 이야기들에 작자가 조금 손을 대 이루어진 것이다. 루쉰(魯迅), 정범진 역, 『중국소설사략(中國小說史略)』(범학사, 1978), 223~234면; 前野直彬, 『中國小說史考』(東京: 秋山書店, 1975), 237~241면.

91) 임형택은 「18·9세기 '이야기꾼'과 소설의 발달」(『한국학논집』 2, 1975), 302~303면에서, 한문단편의 문체가 비정통적인 우리나라식 한문이요 일상생활을 표현하기에 적절한 한국식 백화문(白話文)이라고 했다.

92) 야담계소설이 18~19세기에 광범하게 창작됨에 따라 열전계소설도 그 영향을 받아 문체가 다소 바뀌기도 했음은 박지원의 「민옹전」, 「김신전전」 같은 작품에서 확인된다. 그렇기는 하나 야담계소설과 비교해보면 여전히 큰 차이가 있다. 야담계소설은 훨씬 더 우리말 구어에 바탕해 있다.

계소설은 기본적으로 사대부적 세계관 위에서 창작되었다. 뿐만 아니라 전기계·열전계소설은 기존의 규범에 맞게 창작되어야 했다. 특히 열전계소설에서는 설령 시정에 유포된 이야기가 작품화된다 하더라도 야담계소설에서처럼 그 이야기가 직접 기록으로 전화되는 것은 아니다. 이야기는 단지 작품의 소재 내지 원천이 될 뿐이다. 작자는 전통적 형식에 의거해 기존의 이야기를 재조직해야 했다. 그러니 사대부적 교양과 문예 취미가 문체상 짙게 포출될 수밖에 없다.

이와 달리 야담계소설은 그 시원(始原)에서부터 평민층(특히 도시 시정인)의 세계관에 근거하고 있다. 시정인들에게 회자되던 이야기가 기록으로 옮겨진 것이니 당연하다. 또 이 선(先) 단계의 이야기는 작품의 단순한 소재 정도에 머물지 않고 작품의 기본적인 결정자(Determinante) 역할을 했다. 그리하여 작자는 자신이 들은 이야기를 가급적 충실히 옮기는 것이 우선적으로 요청되었다. 거기에 다소간 창의를 보태거나 하는 것은 그 다음의 문제였다. 여기에는 전통적으로 요구되는 문학 형식이란 것이 주어져 있는 것도 아니었고, 다만 청취된 이야기를 가다듬어 서술해놓기만 하면 그것으로 형식은 충족되었다. 따라서 작자는 전통의 무게를 의식할 필요도 없었고, 장르 문법의 구속을 받을 필요도 없었다. 그러니 미사여구를 애써 동원하거나 전거(典據)를 억지로 갖다붙일 필요가 없었다. 기본적으로 이야기를 들은 대로 평이하게 기록하기만 하면 되었기 때문이다. 성립 과정과 관련된 이러한 사정상 이 양식의 문체가 현란한 수식이 없고, 평이하고 소박한 것은 당연한 일이다.[93]

---

93) 야담계소설과 '형식적'으로 유사한 성립 과정을 거친 15·16세기의 소화 역시 비슷한 문체적 특징을 보여줘 참조가 된다. 이름이 확인되는 야담계소설의 작자 중 그 학식이

한편 작품 창작의 세계관적 출발점이 상이함에 따라 각 양식의 내용
에도 차이가 생긴다. 특히 소재의 범위 차이는 현저하다. 열전계소설은
이 시기에 와서 그 초기의 소재적 협소성을 크게 벗어나기는 했으나(예
컨대 평민층 인물을 그 자체로서 긍정적으로 취급하는 등), 그럼에도 야담
계소설과 비교하면 그 범위가 대단히 한정된 것임을 알 수 있다.[94] 야담
계소설은 총체적 현실의 각 계기 중 소재로 삼지 않는 것이 거의 없다
고 할 정도로 그 소재가 다양하다. 예컨대 아둔한 양반, 무능한 관리, 악
질적인 탐관오리, 매관매직 행위, 과거시험의 부정, 몰락양반의 비참한
현실 등으로부터 상인의 이익 추구 행위, 지배층 인물을 우롱하는 약삭
빠르고 재치 있는 하인, 도망하여 신분 상승을 꾀하는 노비, 현실적이고
진취적인 중인층 인물, 수전노적인 혹은 도량이 큰 신흥 평민 부자, 재
치와 예지로써 자신의 생을 개척해나가는 평민 여성, 봉건 지배층에 항
쟁하는 군도(群盜), 추노(推奴)하러 온 옛 상전을 살해하려는 비복, 도시
를 배경으로 한 각종 남녀의 정사(情事) 등에 이르기까지 퍽 다양하다.
이처럼 소재의 범위가 거의 당대 현실 전체로 확대된 것은 이 양식이 전
체 현실 속에서 야기되고 있는 주·객체의 대립을 그 관심사로 온전히
포섭했음을 뜻한다. 그에 따라 이 양식은 주·객체 대립이 아직 추상적

부족한 사람은 단 한 명도 없다. 이로 볼 때 야담계소설의 문체가 평이하고 비속한 것
은 작자의 교양이나 학식과는 아무 관련이 없다 하겠다.

94) 이는 이 양식의 역사적 변신에도 불구하고 그 세계관적 기초에 내포된 제약 때문으로
보인다. 따라서 이 양식이 여기까지 변화한 것은 그 규범을 깨뜨리지 않는 한도 내에서
는 최대의 내용적 전환을 꾀한 것이라 할 만하다. 열전계소설은 평민층 인물을 소재로
할 경우에도 그 제약으로 인해 대체로 그 은자적(隱者的)·일사적(逸士的) 면모를 부
각시키는 데 그치는 경향이 있다.

이고 대체로 사대부 현실 내에만 국한되어 있던 전기계 및 열전계 초기
소설의 한계를 극복했다.

이상, 열전계소설, 전기계소설, 야담계소설의 양식적 차이를 검토해
보았다. 이를 통해 야담계소설이 이전의 한문단편소설과 전혀 다른 새
로운 양식이며, 이전 양식의 한계를 내용·형식적으로 극복하면서 단편
소설의 새로운 지평(地平)을 열었음을 알 수 있다.[95]

이제 논의의 범위를 보다 축소시켜 야담계 단편소설 자체의 내적 특
징을 살펴보기로 한다. 개별 작품에 대한 자세한 논의는 본고의 제4장
으로 미루고 여기서는 다만 작품들을 관통하는 일반적인 특징만을 개괄

---

95) 여기서 다음과 같은 의문이 제기될 수 있다: 이 시기에 한문단편소설 말고 국문단편소
설은 존재하지 않았는가? 극소수이긴 하지만 국문단편소설이라 할 만한 작품들도 존
재했다. 예컨대 『삼설기(三說記)』 같은 것은 일종의 한글단편소설집에 해당한다. 『삼
설기』에는 9편의 작품이 실려 있다(김동욱 교주역(校注譯), 「해설」, 『단편소설선』, 민
중서관, 1976, 14면). 9편 중 어느 작품도 뚜렷이 조선후기를 배경으로 설정한 것은 없
으나(대개 '옛적'이라고 막연히 배경을 설정해놓고 있다), 작품에 따라서 판소리계소
설에서 특징적으로 나타나는 타령조의 사설이나 장황한 열거적 수사가 발견되는 것으
로 보아 조선후기에 성립된 것임에 틀림없다. 한글로 쓰인 이런 단편소설은 한문단편
소설이 광범하게 창작됨에 따라 나타날 수 있었으리라 생각된다. 그러나 이 9편 외에는
다른 한글단편소설이 별로 없는 것으로 보아 이 시기에 광범하게 나타났던 장르라고는
보기 어렵지 않은가 한다. 본고에서 이들 작품에 대해 자세히 논할 겨를은 없으므로 여
기서는 다만 이 작품들 역시 당대 시정의 이야기들이 토대가 되어 창작되었다는 것, 그
렇기는 하나 한문단편소설을 표기문자상 한글로 옮겨놓은 데 그치는 것이 아니라 그
독자적인 수사(修辭), 이야기 서술 방식을 가지고 있다는 것(작자의 창작태도가 야담
계 한문단편소설과 좀 다르다. 즉 원 이야기에 덜 제약되어 있다), 또 작품 중에는 「오
호대장기(伍虎大將記)」나 「황주목사계자기(黃州牧使戒子記)」, 「황새결송(決訟)」,
「삼자원종기(三子遠從記)」처럼 소설로서 비교적 안정된 것이 있는가 하면 설화적 요
소를 강하게 지녀 소설로서 다소 불안정한 것도 있다는 것 등의 사실만 간단히 지적해
둔다.

하기로 한다.

야담계소설에서는 당대의 일상현실 속에서 살아숨쉬는 구체적 인간들의 구체적 인간관계가 그 중심을 이루고 있다(이것은 근대 단편소설에서는 새삼스러운 게 아니나, 야담계소설 이전의 단편소설에서는 찾아보기 어려운 면모다). 그에 따라 각 계급이나 계층의 현실 및 그 상호간의 대립관계가 현실적인 방식으로 문제시된다. 야담계소설은 비록 소재적으로 퍽 다양하나 그 근저의 실체는 이것이라고 말할 수 있다.

지배층 내부의 모순이나 부패, 대립, 갈등이 그려지기도 하고, 피지배층 내부의 계층적 분화나 대립, 그 성장과 자각, 혹은 그 비참한 현실이 형상화되기도 한다. 그러나 무엇보다도 현저하고 주목되는 것은 양반과 평·천민 계급 간의 대립이다. 몰락한 양반 상전과 도망하여 요족하게 살아가고 있는 노비들 간의 대립(이것은 왕왕 살인으로 귀결될 만큼 첨예한 성격을 띤다), 몰락양반과 소농민 간의 대립, 양반과 신흥 상인층 간의 대립, 신흥 평민 부자와 양반 간의 대립, 토지에서 유리(流離)한 빈농이나 도망한 노비들로 구성된 군도(群盜)와 봉건 지주 간의 대립은 지극히 격렬하고 첨예하다. 현실적 힘의 대립 관계에서 패배한 쪽은 어느 쪽이든 비참해지기 마련이고, 심지어 자신의 생명까지 바쳐야 할 경우도 있다. 현실은 도덕성의 문제가 힘의 문제로 된다. 그러나 피지배층 인물이 무참히 패배하게 되는 경우에 있어서조차 이 시기의 야담계소설이 객관적으로 반영하고 있는 것은 양반 계급의 몰락과 평민 계급의 상승이라는 역사의 장대한 운동 방향이다.

이처럼 야담계 단편소설 양식은 각 계급이나 계층의 현실 및 그들의 상호관계에 기초해 있다. 당대의 풍속이나 세태를 흥미롭게 그려놓고 있는 작품들 역시 그 이면에는 이런 사회관계의 변화가 숨겨져 있다.

한편 이 시기의 물질적 토대 변화는 아직 이행적인 것이었기 때문에 그에 상응하여 상부(上部)의 이념적 제 형태도 이행적인 성격을 띨 수밖에 없었고, 평민층의 세계관 역시 이행적 성격을 벗어날 수 없었다. 거기에는 기존의 양반적 세계관에 침윤된 부분이 불식되지 않은 채 새로운 세계관적 요소와 혼재해 있었다. 여항 평민층의 세계관은 이런 모순 속에서 진보해갔다. 평민층 세계관의 이런 제약과 추이는 야담계소설 양식에 충실히 반영되어 있다.[96]

3) 전대 야담집의 단편소설

『청구야담』은 19세기 초반에 성립된 야담집이다. 『청구야담』의 특성을 잘 이해하기 위해서는 이 책 이전에 편찬된 야담집은 말할 나위도 없고 단형서사 장르가 수록된 전대의 필기류나 소화집을 검토할 필요가 있다.

조선 초기(15세기)에 나온 필기서로는 『용재총화(慵齋叢話)』가 주목된다. 이 책은 풍속, 지리, 제도, 문물에 대한 기록, 문장에 대한 평가, 시화(詩話), 인물평[97] 등 교술 장르에 해당하는 글과 민담, 소화, 전설, 일화 등 서사 장르에 해당하는 글로 이루어져 있다. 전체적으로 전자에 더 큰 비중이 주어져, 교술문학이 주(主)가 되고 서사문학이 부(副)가

---

96) 사회역사발전단계의 이행적 성격에 상응하여 야담계 단편소설 양식이 지니게 된 이런 이행적 성격은 당대 문학사에서 높이 평가되어야 할 진보적 의의와 함께 엄연한 역사적 한계 또한 갖는다. 이에 대해서는 나중에 다시 언급된다.

97) '인물평(人物評)'은 어떤 인물에 대한 작자의 생각을 기록한 것이기에 허구적 성격의 '일화'와는 다르다.

되는 구성을 취하고 있다. 전설이나 일화에 해당되는 작품 중에는 『청구
야담』의 그것과 성격이 비슷한 것이 더러 없지 않으나, 소설에 해당되는
작품은 거의 없다.[98]

이 시기(15세기)에는 서거정의 『태평한화골계전(太平閑話滑稽傳)』이
나 강희맹(姜希孟)의 『촌담해이(村談解頤)』 같은 소화집이 나오기도 했
다. 소화집 편찬의 전통은 16세기 후반에서 17세기 초 사이에 나온 『어
면순(禦眠楯)』과 『속어면순(續禦眠楯)』으로 이어진다. 이런 소화집에는
민담이나 우화도 일부 실려 있으나, 소화가 대부분이다. 소화집에 실린
것은 거개가 촌야(村野)의 이야기들이다.[99] 소화집의 작품들은 『청구야
담』의 작품들과 적어도 형식적으로는[100] 동일한 성립 과정을 거쳤다.

17세기 초(1621년)에 어우(於于) 유몽인(柳夢寅)은 『어우야담(於于野
談)』을 저술했다.[101] 한국문학사에서 '야담'이라는 명칭이 들어간 책은
『어우야담』이 처음이다. 유몽인은 민중과 널리 접촉할 기회가 많았기에
이 책을 쓸 수 있었다. 이 책은 민간풍속이나 저자 자신의 신변사, 논설,

---

98) 『용재총화』 권5에 수록되어 있는 안생(安生)과 재상가(宰相家) 비자(婢子) 간의 비
    극적 사랑의 이야기는 소설로 간주될 수 있다. 이 작품은 전기적(傳奇的) 색채가 짙다.
    그러나 이런 작품은 『용재총화』에서 예외적인 것에 속한다.
99) 「어면순발(禦眠楯跋)」에서 "收拾村野戲談, 著爲一錄"이라고 했으며, 「촌담해이서
    (村談解頤序)」에서 "與村翁劇談, 採其言而可解頤者, 筆之於書"라고 했다(『고금
    소총(古今笑叢)』, 민속학자료간행회, 1958, 157면, 201면).
100) 『청구야담』에 실린 작품들과 15·16세기의 소화들은 민간에 유포된 이야기가 주로
    양반 작자에 의해 기록된 것이라는 점에서 '형식적'으로는 동일해 보이나, 민간에서 이
    야기를 유포시킨 계층 및 그것을 기록한 양반 작자층의 사회적·역사적 성격이 같지 않
    다는 점에서 '내용적'으로는 상이하다. 15·16세기의 소화는 도시의 시정공간을 기반으
    로 하고 있다고 하기 어려우며, 주로 농촌 공동체사회를 기반으로 하고 있다고 판단된다.
101) 이경우, 『『어우야담』 연구』, 188면.

고사(故事) 등을 수필식으로 기록한 교술 장르와 일화, 전설, 소설 등의 서사 장르로 구성되어 있다. 이 책에서는 『용재총화』와 반대로 후자에 더 큰 비중이 주어져 있다. 『어우야담』에서 부분적으로 확인되는 교술적 특징은 전대 필기류의 그것이 불식되지 않은 채 잔존해 있는 것이라 할 수 있다.

초기 야담집인 『어우야담』을 통해 야담집 역시 소화집과 마찬가지로 필기류로부터 분화(分化)되어 나왔음을 알 수 있다.[102] 후대의 야담집은 필기류의 복합적 내용 중 전설, 일화, 소설 등의 서사 장르 부분을 독립시킨 것이라고 할 수 있다.

전체적으로 볼 때 『어우야담』에서 교술 장르는 아주 축소되어 있고 서사 장르가 압도적으로 우세한 지위에 있는데, 서사 장르의 대부분을 차지하는 것은 일화와 전설이다. 소설에 해당되는 것은 아직 그리 많지 않다.[103] 또 일화와 전설 가운데 그 구성이 견고하거나 풍부한 서사적 전개를 보여주는 작품은 그리 흔치 않다. 대부분은 견문한 사실의 골격만 제시한 데 가깝다. 그래서 작품의 길이도 대체로 짤막한 편이다. 이는 『청구야담』에 실린 전설이나 일화가 비교적 풍부한 서사를 펼쳐, 편폭이 보다 길어지는 경향을 보이는 것과 사뭇 대조된다. 이러한 차이는

---

102) 『학산한언』이나 『삽교만록』 같은 18세기의 필기서에 야담이 일부 실려 있는 현상도 이런 견지에서 이해할 필요가 있다. 즉 『학산한언』과 『삽교만록』의 저자는 순수한 야담집을 저술하는 대신 필기류 속에 야담을 끼워놓았다. 필기류의 글쓰기 전통에서는 이런 것이 허용된다. 다만 18세기의 『학산한언』이나 『삽교만록』에 실린 야담은 17세기의 『어우야담』에 실린 야담보다 서사성이 풍부해졌다. 문학사 발전의 결과다.

103) 소설 혹은 소설에 근접한 작품이라 할 만한 것으로는 토정 이지함 이야기, 김인겸 이야기, 충주 부자 고비(高蜚) 이야기, 상인 박계쇠(朴繼釗) 이야기 등을 들 수 있다.

단순히 작자 역량의 차이에서 기인하는 것이 아니라—즉 유몽인은 견문한 사실을 서사적으로 충분히 발전시키지 못했음에 반해『청구야담』작품들의 작자들은 그렇게 할 수 있었다는—두 책이 기반하고 있는 사회 역사적 토대가 달라서 생긴 것으로 생각된다. 즉『청구야담』의 작품들은 주로 18세기·19세기초에 성립되었는데, 봉건사회 해체기라는 이 시대의 복잡한 역사적 현실로 인해 전설이나 일화를 포함한 시정의 이야기들은 이전의 그것에 비해 보다 부연되고 자세해지고 길어지지 않을 수 없었다. 복잡해진 현실을 포착·인식하기 위해서만이 아니라 흥미를 자아내기 위해서도 그런 변화가 불가피했다.

시정의 이야기 자체가 이리 변화했으니, 그것을 옮겨 기록화한『청구야담』의 작품들이『어우야담』의 그것에 비해 보다 길어지고, 충분한 서사적 전개를 보여주는 것은 당연하다. 게다가 이런 상황에서 작자는 창의를 발휘하고자 하는 욕구를 좀더 가질 수 있었을 터이다.

『어우야담』에 실린 이야기는 대체로 16세기에서 17세기 초에 구연된 것으로 여겨진다. 이 시기 시정의 이야기는 민중의 인식 수준을 고려할 때 18~19세기의 이야기에 비해 단순했으리라 생각된다. 이 시기 사람들은 이런 형태의 이야기로도 충분히 흥미를 느끼지 않았나 한다. 그러니 기록화 과정에서도『청구야담』의 작품들과 달리 묘사와 형상화에 대한 고려가 덜 필요했을 수 있다. 이 때문에『어우야담』의 전설과 일화들은 대체로 구성이 좀 엉성하고, 세부묘사가 부족하며, 서사의 전개가 불충한 게 아닌가 생각된다.

한편 아직 그리 많지는 않으나『어우야담』에 소설이라 할 만한 작품이 일부 들어 있다는 사실은 주목을 요한다. 아직 그리 많지는 않다는 사실과, 그렇기는 하나 일부가 포함되어 있다는 사실에는, 간과되어서는 안 될 두 가지 중요한 의미가 내포되어 있다고 보인다. 즉 후자의 사실은, 이 시기에 이르러 야담계 한문단편소설이 태동하기 시작했음을 의미하고, 전자의 사실은, 그렇기는 하나 그것이 아직 일반적인 문학 현상으로까지는 발전하지 못했음을 의미한다. 다시 말해 두 사실은 『어우야담』이 성립된 17세기 초엽 무렵 문학 현실의 추이를 말해준다.

요컨대 17세기 초엽의 사회적 토대 변화는 서서히 야담계 단편소설을 태동시키기 시작했으나, 그것은 전설·일화 등 여타의 단형서사 장르와 비교해볼 때 아직은 예외적인 것이었다. 『어우야담』에서 지배적 위치를 차지하는 장르는 전설과 일화였다. 야담집에서 단편소설이 지배적인 장르가 되는 때는 좀더 기다리지 않으면 안 되었다.

17세기 후반의 사회적 현실을 반영하면서 편찬된 소화집으로 홍만종(洪萬宗)의 『명엽지해(蓂葉志諧)』가 있다. 이 책은 촌로(村老)에게서 들은 이야기를 그때그때 기록해두었다가 편찬한 것인데,[104] 주목되는 것은 이 중에 야담계소설에 해당하는 것이 간혹 들어 있다는 사실이다. 17세기 후반에서 18세기 초반에 이르면 이제 본격적인 야담계 한문단편소설 양식이 성립되는 것으로 보이는데, 이런 문학사적 추이에 따라 소화집에도 야담계 단편소설이 끼여들기 시작한 것으로 여겨진다(18세기 이후에 저작된 『파수록(破睡錄)』이나 『교수잡사(攪睡襍史)』 등의 소화집도 마찬가지다). 바야흐로 이 시기에 이르러 야담계 단편소설 양식은 이제 서사문학사에서 예외적인 것이 아니라 일반적인 것으로 자리잡아 가게 된다.

---

104) 『명엽지해』의 자서(自序)에, "餘病臥湖庄, 杜門養眞, 時有園翁村老來門, 輒報以齊諧之說, 或聽了笑罷, 擇其最可絶倒者, 而折曆書, 書其背, 課日較得, 因成一篇"(『古今笑叢』, 219면)이라 했고, 허격(許格)이 쓴 발(跋)에서도, "取其閭里瑣語、村野劇談, 錄爲一篇"(「蓂葉志諧跋」, 『古今笑叢』, 290면)이라 했다.

야담사(野談史)의 새로운 전기를 마련한 화집(話集)은 18세기 초에 나온 임방(任埅)의 『천예록(天倪錄)』이다. 이 책에는 『어우야담』과 달리 완숙한 야담들이 수록되어 있으며, 야담계소설도 여럿 포함되어 있다. 임방은 작품을 만든다는 목적의식을 비교적 뚜렷하게 갖고서 이 책을 썼다고 생각된다. 이 책의 특징 중의 하나는 매 작품마다 「지리산노미봉진(智異山路迷逢眞)」, 「관동로조우등선(關東路遭雨登僊)」과 같이 대체로 7자의 제목을 붙여놓았다는 점이다. 이런 방식은 『청구야담』에 그대로 계승된다.

『천예록』에 실린 이야기들은 기괴하고 초현실적인 내용이 많다. 이 점에서 현실적 성향의 이야기들이 돋보이는 『청구야담』과 구별된다.

18세기 중엽경에는 노명흠(盧命欽)에 의해 『동패낙송(東稗洛誦)』이 저술된다. 이 책은 『천예록』을 잇는 본격적인 야담집인데, 『천예록』과 달리 사회역사적 현실을 반영하는 야담계소설들이 실려 있는바, 이 점에서 『청구야담』과 연결된다.

19세기로 넘어오면서 단편소설이 수록된 야담집은 보다 활발하게 저술된 것으로 보인다.[105] 이런 추세 속에서 마침내 지금까지의 야담계소설을 집성한 화집(話集)인 『청구야담』이 성립되었다.[106]

주목해야 할 점은, 초기 야담집인 『어우야담』과 달리 『청구야담』에서는 소설이 중심적인 장르가 되고 전설·일화 등은 부차적인 장르가 되는 쪽으로 커다란 변화가 일어났다는 사실이다.

---

105) 편자 미상의 『기문총화(記聞叢話)』와 이희평의 『계서야담』을 예로 들 수 있다.

106) 『청구야담』이 순전히 다른 문헌의 작품들을 전재(轉載)해놓기만 한 책이라고 단정할 근거는 없다. 편자 자신이 저록해 보탠 작품도 일부 포함되어 있을 가능성을 배제할 수 없다.

4) 야담의 장르 규정

우리는 이 장의 제1절에서『청구야담』의 장르 구성에 대해 살펴본 바 있다. 그에 의하면『청구야담』에는 소설이 지배적인 장르로서 포함되어 있고, 부수적으로 전설·일화·민담·소화·전이 포함되어 있었다.[107] 이 와 달리『어우야담』에는 전설이나 일화 등이 지배적인 장르로서 포함 되어 있고, 소설은 부수적으로 포함되어 있었다. 이로부터 이 절에 서 분명히 해두려는 사실, 즉 야담은 하나의 장르 개념으로 규정될 수 없으며 그 속에 여러 단형서사 장르들이 포함되어 있다는 사실이 도 출된다.

야담에 포함된 제 단형서사 장르의 비중은 역사적으로 전설로부터 소 설 쪽으로 옮아간다. 야담의 다양하고 복합적인 성격은 통시적·공시적 으로 그것이 포괄하고 있는 제 장르의 다양성과 복합성에서 야기된 다. 다시 말해 야담의 성격은 야담이 포괄하고 있는 제 장르의 성격의 종합인 것이다. 따라서 야담은 단일 장르로 규정될 수 없다. 그것은 마치 전통적 의미의 '패관소설(稗官小說)'이나 '고담(古談)'을 단일 장르로 규정 할 수 없는 것과 마찬가지다. 전통적 의미에서의 패관소설이나 고담에는 전설이나 민담 등의 설화 장르뿐만 아니라 소설 장르도 내포되어 있기 때문이다.

근대 국문학 연구가 성립된 이래 가장 오래된 입장에 속하지만, 야담

---

107) 전설, 일화, 민담, 소화, 전 가운데 전설의 비중이 제일 높고, 민담이나 소화의 비중은 낮다. 야담집과는 별도로 소화만을 중점적으로 수록한 소화집이 존재했기에 소화는 야 담 내에 별로 들어오지 못한 게 아닌가 생각된다.

전체를 '설화'[108]로 파악하는 입장이 있어왔다.[109] 이런 입장은 초기 국문학 연구자들에 의하여 제기된 이래 최근까지 학계에서 별다른 이의 없이 받아들여져 왔다. 최근까지 별다른 이의가 제기되지 못한 것은, 무엇보다도 그동안 야담 자체에 대한 본격적인 연구가 없었기 때문이다. 야담에 대한 본격적인 연구가 없었던 이유는 야담을 저급한 설화 문학으로 가치판단하여 국문학 연구의 중심 영역에서 밀어내버렸기 때문이다.[110] 일종의 선입견이다.

---

108) 설화는 3분법에 의거해 신화, 전설, 민담으로 파악되는 게 보통이나, 본고의 입장에 의하면 '소화'와 '일화' 장르도 설화에 포함될 수 있다. 그러나 분명히 해두어야 할 것은 전설이나 민담이 초현실적이고 환상적 성격의 설화임에 반해, 소화나 일화는 현실적 성격의 설화라는 사실이다. 이에 따라 같은 설화이면서도 전설·민담과 소화·일화의 내적 발생 과정은 전연 다르다.

109) 대표적인 예로 김태준, 『증보조선소설사』(학예사, 1939), 51~52면; 조윤제, 『국문학개설』(동국문화사, 1955), 51면을 들 수 있다. 한편 가람 이병기 역시 대체적으로는 야담을 설화로 파악하는 입장을 취했으나, "(『청구야담』 속에는—인용자) 단편소설로 된 것도 있"(이병기·백철, 『국문학전사』, 신구문화사, 1959, 156면)다거나, "(『청구야담』 속에는—인용자) 현대의 단편소설에 비겨 본다더라도 오히려 우수한 작품임즉한 것도 더러 있다. (…) 그때 언어 풍속 관습 등을 해당(該當)히 쓴 것은 물론이고 그 결구와 수법도 묘하다 않을 수 없다"(이병기, 「해설」, 『요로원야화기 외 11편』, 을유문화사, 1949, 99면)라는 발언에서 보듯, 야담 내에 단편소설이 존재함을 소극적으로나마 인정하고 있다. 필자가 아는 한 야담에 단편소설이 포함되어 있음을 지적한 분은 이병기가 처음이 아닌가 한다. 그러나 이병기는 그 점을 단초적으로 언급했을 뿐 더 이상의 아무런 실증적·이론적 작업도 하지 않았다. 이병기의 견해는 애석하게도 그 자신에 의해서도 논증되지 않았을 뿐 아니라, 1970년대에 들어올 때까지 그 어떤 연구자로부터도 주목받지 못했다.

110) 종래 야담은 "이야기꾼들이 늘어 놓는 '고담(古談)' 따위"(장덕순, 「한문소설의 재인식」, 『창작과비평』 31, 1974, 132면)로 인식되거나 "소화나 외설담의 총서(叢書)로만 알려져서 진지한 학구적인 대상이 못 되는 것처럼 인식되어 왔었"(같은 글, 같은 책, 136면)고, 따라서 문학사에서는 무시되거나 경시되었다. 초창기 한국문학 연구 이래

그런데 근자에 이르러 야담 자체의 개념을 새로 정립하려는 시도가 학계의 일각에서 나타난 바 있다.[111] 이러한 시도는 야담이 전통적인 설화와 다른 측면을 지니기도 한다는 사실의 발견에서 비롯된다. 야담 자체의 개념을 정립하려는 이런 시도는 야담을 설화와 소설의 중간에 위치한 이행적 존재로 파악하는 데로까지 나아간다.[112]

이 입장은 초기 학설보다 일층 진전된 것이라고 할 수 있으나, 그럼에도 문제의 핵심에는 아직 이르지 못한 것으로 보인다. 즉 이 입장은 야담의 이행적 성격을 포착하기는 했으나 야담 내부에 소설이 존재한다는 사실을 인식하지는 못했다. 게다가 야담이 그 전체로서 설화와는 다른 어떤 장르인 듯 주장함으로써, 야담에 엄연히 포함되어 있는 설화 장르를 부정해버려 초기 학설과는 또다른 새로운 문제점을 야기하고 있다.

설화가 소설로 이행할 수도 있음은 군말이 필요 없다. 하지만 설화가 그 형태상 다소 변모했다고 해서 설화가 아니라는 논리가 꼭 성립될 수 있는 것은 아니다. 설화도 설화로서 역사적으로 변모할 수 있다. 중요한

오랫동안 지속되어온 이러한 학문적인 편견은(모든 편견이 그렇듯이 종래의 이러한 편견은 순전히 피상적 관찰의 결과다) 야담에 대한 본격적 연구를 직·간접으로 방해해왔던 것이다. 야담은 양적인 면에서뿐만 아니라 질적인 면에서도 민중문학의 소중한 유산인바, 야담을 도외시하고서는 이 시기 민중문학의 실상을 재구해내지 못할 것은 물론, 양반층에 의해 창작된 서사문학의 변화 과정조차 제대로 설명하기 어렵다. 왜냐하면 양반층의 서사문학 역시 야담의 영향을 받아 그 내용과 형식에 변화가 일어났기 때문이다.

111) 이석래, 「고대소설에 미친 야담의 영향」(『성곡논총』 3, 1972); 현길언, 「야담의 문학적 의의와 성격」(『한국언어문학』 15, 1978); 권태을, 「동야휘집 소재(所載) 야담의 유형적 연구」(영남대 석사학위논문, 1979); 이경우, 「『어우야담』 연구」(서울대 석사학위논문, 1976).

112) 현길언, 위의 논문; 이경우, 위의 논문.

것은 그 장르적 규정 문제이다. 야담에는 설화와 소설의 이행 관계를 보여주는 중간적 성격의 작품도 없지는 않으나, 전체적으로 보아 그런 작품보다는 설화나 소설의 어느 쪽에 귀속되는 작품이 압도적으로 많다고 생각된다.

초기 학설과 근자의 학설은 설화와 소설을 함께 포함하고 있는 야담의 '장르혼합적' 성격을 인식하지 못하고 있다는 점에서는 동일하다. 즉 이들 학설은 야담이 보여주는 ①설화적 측면, ②설화에서 소설로의 이행적 측면, ③소설적 측면 가운데 ①과 ②만을 각각 일면적으로 파악하고 있을 뿐이다.

이처럼 두 입장은 야담의 소설적 측면을 정당하게 파악하지 못함으로써 소설사 인식에 맹점을 보인다. 즉 이들 입장은 전기계 및 열전계소설은 소설로 인정하면서도 이들 소설과 비교해 손색이 없을 뿐만 아니라 어떤 면에서 이들 소설의 한계를 극복하고 있기까지 한 야담 내부의 소설을 소설로 인정하지 않아 소설사에서 누락시키는 문제점을 낳고 있다 할 것이다.[113] 따라서 이런 입장에 설 경우, 우리 단편소설사의 전개 과정을 제대로 규명하기 어렵다. 조선후기에 판소리계소설과 쌍벽을 이루면서 한문단편소설의 새로운 지배적 양식으로 등장했던 많은 야담계소설이 소설사적으로 정당하게 평가받기는커녕 소설사에서 배제되어버리게 되는 것이다. 판소리계소설이 한글소설의 영역에서 귀족적인 이상주의적 경향으로부터 평민적인 현실주의적 경향으로의 일대 소설사적 전

---

113) 장덕순은 『한국문학사』, 175면에서 "『동야휘집』에 수록되어 있는 「영만금부처치부(贏萬金夫妻致富)」는 「허생전」과 거의 꼭 같은 주제를 다루었을 뿐 아니라 어느 면에서는 그것을 능가하는 작품인데, 소설사에서는 소외되고 말았다. 이는 무명씨(無名氏)의 작(作)이고, 또 야담류를 수집한 문집에 들어 있기 때문"이라고 했다.

회(轉回)를 이룩했다면, 야담계소설은 한문단편소설의 영역에서 사대부적 세계관으로부터 평민적 세계관으로의 소설사적 전회를 이룩했다. 판소리계소설이 조선후기에 구연(口演) 과정을 거쳐 새롭게 등장한 당대에 가장 주목되는 한글소설이듯, 야담계소설 역시 조선후기에 구연 과정을 거쳐 새롭게 등장한 당대에 가장 주목되고 가장 지배적인 한문단편소설이었다. 판소리계소설을 뒷전으로 돌리고서 조선후기 한글소설의 전개를 논할 수 없는 것처럼 야담계소설을 제쳐두고서 조선후기 한문단편소설사를 논할 수는 없다.

그런데 앞의 두 입장은 왜 조선후기 한문단편소설사에서 이렇게 중요한 위치를 차지하는 야담 속의 단편소설들을 소설로 인식하지 못한 것일까? 여기에는 몇 가지 이유가 있다고 생각된다.

첫째, 이들 입장에는 장르 규정을 위한 이론이 결여되어 있다. 즉 각 장르의 성격을 규정하고 그에 따라 작품들의 장르를 판별해내는 이론적인 기준이 부재한다. 그 결과 어떤 작품은 소설로 인정하면서도 어떤 작품은 엄연히 소설인데도 소설로 인정하지 않는 모순이 초래되었다.

둘째, '야담'이라는 명칭과 야담의 일반적인 설화적 발생 과정에도[114] 일단의 이유가 있는 듯하다. 그 명칭이나 그 일반적인 설화적 발생 과정

---

114) '일반적인 설화적 발생 과정'은 이야기로 구연되다가 기록으로 전화된 것을 말한다. 야담 내의 제 장르는 그것이 어떤 것이든 간에 이러한 일반적인 설화적 발생 과정을 거친다. 그러나 이미 밝혔듯이 야담 내의 제 장르의 차이를 야기하는 것은 이러한 단순히 외적(外的)이고 형식적(形式的)인 '일반적인 설화적 발생 과정'이 아니라 내적(內的)인 '특수한 발생 과정'이다. 즉 이미 이야기 단계에서 소설적 이야기는 그 나름의 현실 반영 방식과 그 나름의 필요성에 따라 특수하게 발생하며, 여타의 장르도 각각 그 나름의 현실 반영 방식과 그 나름의 필요성에 따라 특수하게 발생한다.

때문에 쉽게 야담 전체를 설화로서 규정해버리게 된 것이다. 비단 야담을 설화로 규정하는 입장만이 아니라 설화에서 소설로의 이행적 장르로 파악하는 입장에서도 야담이라는 명칭 및 그 일반적인 설화적 발생 과정에 미혹되어 야담 내부의 소설 작품을 정당하게 읽어내지 못하고 있지 않은가 한다.

셋째, 근대문학 형성 이래의 야담에 대한 일반적 통념 및 그 본래 개념의 변질·타락에도 일단의 이유가 없지 않은 듯하다. 즉 근대 단편소설에 대비되어 야담은 전체적으로 단순히 고담적(古談的)인 것, 어쨌든 소설은 아니고 소설보다 저급한 설화적인 상태의 것 등으로 이해되어 왔다.[115] 이러한 이해는 전적으로 서구 근대 단편소설을 기준으로 한 것이고 한국고전소설사에 대한 고려 속에서 이루어진 것이 아니므로 정확한 것도 정당한 것도 아니다. 초기 국문학 연구자들이 근대에 형성된 이러한 통념의 영향을 받지 않았을 리 없으며, 지금의 연구자들이라고 해서 이러한 통념과 편견에서 완전히 자유로운 것 같지도 않다.

이러한 입장들과 달리 야담에 포함된 소설을 적극적으로 인식하고 정당하게 평가하려는 움직임이 최근 학계의 일각에서 나타나 주목된다. 이러한 움직임의 맨 첫 자리에 이우성, 임형택이 있다. 두 분은 1973년

---

115) 이러한 통념이 표출된 대표적인 예로 김동인(金東仁)·박용구(朴容九) 등이 집필한 『한국야담사화전집(韓國野談史話全集)』(동국문화사, 1959)을 들 수 있다. 여기에는 야담 전체를 소설보다 저급한 것, 설화적인 것으로 보려 하는 통념이 관철되고 있다. 그리하여 우리는 여기서 사용되고 있는 '야담'이라는 용어의 의미가 조선후기의 그것과는 달리 폄훼(貶毁)되고 속화(俗化)되었음을 보게 된다. 이 전집에서는 순전히 이 시대의 통속적인 흥미에 맞추어 원 야담을 마음대로 변형해놓고 있는데, 이로 인해 야담은 원래 지녔던 역사성과 현실성이 파괴·손상되고 오락 위주의 천박한 통속문학이 되고 말았다.

이래 상·중·하 세 권의 『이조한문단편집』을 역편(譯編)한 바 있는데, 이 속에는 부분적으로 야담계소설이 아닌 것도 있지만(예컨대 이옥·김려의 작품이라든가 부록으로 넣은 박지원 소설의 일부는 열전계소설에 해당한다) 그 대부분은 『청구야담』을 비롯한 각종 야담집이나 필기서에서 뽑은 야담계소설이다. 이우성은 이 책의 서문에서,

그 중에는 원래 민담계(民譚系)의 것, 동화(童話) 전설계(傳說系)의 것, 그리고 견문된 사실을 소재 그대로 남겨둔 것 등이 간혹 섞여 있으나, 대부분의 작품들이 당시의 사회와 인생에 관한 심각한 문제의 일면을 다뤄 놓은 것이다.[116]

라면서 이 작품들을 통해 "우리나라 문학사의 재구성"[117]이 이루어질 수 있으리라 보았다.

이 책의 출현은 학계에 큰 파문을 일으켰다. 장덕순은 이 책 상권의 서평에서, 종래 이런 작품들은 단순한 고담(古談)이나 한갓 소화, 외설담으로만 알려져서 진지한 학구적 대상이 못 된 채 문학사에서 소외되어왔는데 기실 이런 작품들은 "한갓 소화(笑話)나 외설담 등의 설화적 경지에 머물러 있는 것이 아니라 훨씬 문학적으로 승화된 소설"[118]이라고 할 수 있다며, 그것들을 소설 작품으로 적극 인정하는 입장에 섰다.[119] 이처럼

---

116) 이우성, 「서(序)」, 『이조한문단편집』 상권, 3면.

117) 같은 글, 같은 책, 4면.

118) 장덕순, 「한문소설의 재인식」(『창작과비평』 31, 1974), 135면.

119) 조동일도 『이조한문단편집』에 대한 서평에서, "이 책이 나오면서 지금까지의 (야담에 대한─인용자) 편협한 태도가 시정되지 않을 수 없게 되었고, 국문학 유산의 중요한

이 책은 야담에 대한 학계의 기존 인식을 전면적으로 수정하게 했다는 점에서 획기적 의의를 갖는다.

5) 『청구야담』 소재(所載) 단편소설의 문학사적 위상

여기서는 『청구야담』에 실린 단편소설이 한국문학사에서 점하는 위상을 검토하기로 한다. 지금까지의 논의가 『청구야담』의 새롭고 긍정적인 측면을 주로 강조해왔다면 여기서는 그 역사적 한계도 자세히 들여다볼 것이다. 이를 통해 논의의 객관성을 좀더 높이고자 한다.

『청구야담』 및 그 단편소설은 전체적으로 중세 해체기이자 근대 이행기인 조선후기의 역사발전단계에 조응한다. 그러므로 당대의 역사가 이행적인 것임에 상응하여 『청구야담』 및 그 단편소설은 전반적으로 이행적인 성격을 띠게 된다.[120] 『청구야담』에 표출되어 있는 세계관, 그 장르 구성, 소설의 내용 및 형식 등에서 모두 그러하다.

당대의 이행기적 성격으로 인해 『청구야담』에 표출된 시정적 세계관 역

영역의 하나를 되찾게 되었다"(「이우성 · 임형택 편역 이조한문단편선」, 『한국학보』 제4권 제3호, 1978, 193면)라고 하면서 그 의의를 적극 인정한 바 있으며, 이재선도, 입장은 좀 다르지만, 이 책에 수록되어 있는 작품들을 근대 단편소설의 전신(前身)으로서의 단형서사문학으로 이해하고 있다(이재선, 『한국단편소설연구』, 일조각, 1975, 27면).

120) 강만길은 『이조한문단편집』에 대한 서평에서, "『한문단편집』을 읽으면 한 시대의 역사와 문학이 거의 빈틈없이 만나고 있다는 느낌을 가지게 된다"(「역사학이 찾은 '시대'와 소설이 담은 '시대'」, 『세계의문학』 9, 1978, 175면)고 했는데, 이는 문학 연구자가 아니라 역사 연구자 쪽에서 이 시대 역사와 소설의 대응성(Korrespondenz)을 확인해 준 발언이라는 점에서 소중하다. 이 서평에서는 소설의 내용에 국한되어 그 대응 관계가 파악되었으나 후술하듯 비단 내용만이 아니라 소설 형식에서도 대응성이 확인된다.

시 새롭고 진보적인 국면과 낡고 보수적인 국면이 혼재해 있을 수밖에 없었다. 그렇긴 하나 양자는 단순히 공존하고 있기만 한 게 아니라 모순과 대립 속에서 전체적으로 새로운 방향으로 이행하고 있음 역시 분명하다.

『청구야담』에 실린 작품들의 장르가 다양함은 이미 살핀 바 있다. 그러나 그 다양함 속에서도 무게 중심은 소설에 있다. 즉 설화와 소설은 공존하고 있되 단순히 정태적인 공존 관계에 있는 것이 아니라 어떤 장르적 운동성을 보여주고 있다. 설화에서 소설로의 이행을 보여주는 중간 형태의 작품들이 더러 있다는 사실이 그 점을 입증한다.

한편 『청구야담』에 실린 소설들은 그 소재가 아주 다채로우며, 어떤 특정한 소재에 국한되지 않는다. 시정의 소재뿐만 아니라 양반층 주변의 소재까지 다루고 있는 데서 확인되듯 그 폭이 아주 넓다. 이를 통해 『청구야담』의 소설들이 현실의 변화에 열려 있으며, 퍽 유연한 태도를 취하고 있음을 알 수 있다. 이처럼 『청구야담』의 소설들에는 당대 현실의 추이가 소재적·내용적으로 잘 반영되어 있다.

『청구야담』의 소설 형식은 완결된 성질의 것이 아니며, 계속 열려 있는 상태에 가깝다. 어떤 완숙한 것으로서의 견고한 장르적 형식 같은 것은 아직 존재하지 않는다. 우선은 이 때문에(즉 그 '잠정적'인 형식성 때문에) 그 내용이 풍부하게 될 수도 있었다. 그러나 타면 이는 소설적 이야기를 형성한 시정세계를 적극적으로 대변하는 작자가 아직 배출되지 못했음을 의미하기에 역사적 한계이기도 하다. 『청구야담』에 실린 단편소설을 근대 단편소설과 비교해보면 그 형식적 미숙성이 더욱 뚜렷이 드러난다. 이런 형식적 미숙성은 무엇보다 시정세계의 인민을 계급적으로 대변하는 전문적 작자 집단이 아직 형성되지 못한 데 기인한다. 이런 전문적인 작자들이 아직 형성되지 못한 것은 상공인층을 주축으로

한 당대 신흥 도시민의 계급적 성장이 아직 충분치 못한 데 연유하고 그
것은 다시 이행기로서의 이 시대의 한계에 연유한다 할 것이다. 이 시대
신흥 도시민은 사회적 경제력을 차츰 장악해갔으나 그럼에도 그것은 아
직 상부구조를 의미 있게 변혁하지는 못했다고 보인다.

하지만 이런 이행기적 상황으로 인해 전시대와는 달리 도시의 시정인
들을 중심으로 소설적 이야기가 대거 발생하고 향수될 수 있었다. 이것
은 당대 도시민의 경제력과 인식력(認識力)의 향상에 따라 그들이 탄생
시킨 그들의 새로운 문예라고 할 수 있다. 따라서 이것은 토대의 변화가
상부구조에 어느 정도의 변화를 야기한 것이라 할 수 있다.[121]

그러나 역시 그 이행기적 상황으로 인해 그 이상은 발전될 수 없었다.
새로운 문예 형태로서의 소설적 이야기가 신흥 도시민의 취미와 기호
를 일층 선도(先導)하는 방향으로 형식·내용에 있어 보다 완숙되고 반
성적(反省的)으로 고양되기 위해서는 구연적(口演的) 향수(享受)의 단계
에 그치지 말고, 그들을 대변하는 작가들에 의해 한글로 재창작되었어
야 했다.[122] 그러나 당대의 신흥 도시민은 그러한 역할을 수행할 자신의

---

121) 土臺(Basis)와 上部構造(Überbau)의 관계에 대해서는 Dietrich Steinbach,
   *Grundlagen einer theoretisch-kritischen Literatursoziologie: Die dialektische Theorie und
   Methode*, in: J. Bark Hrsg., *Literatursoziologie: Begriff und Methodik*, Bd. 1, Stuttgart: W.
   kohlhammer Verlag, 1974, S. 41~43 참조.
122) 당대에 한글이 평민층에게 과연 어느 정도 보급되었는지 구체적으로 확인되지는 않
   지만 아직 널리 사용된 단계가 아니었던 것만큼은 분명하다. 그들 중 극히 일부만이 한
   문이나 국문을 해독할 수 있었고 나머지 대다수는 문맹자였을 것으로 생각된다. 이런
   상태에서 한글로 저술 활동을 하면서 그들을 대변하고 선도하는 작자가 나오는 것은
   불가능하다. 한편 이 시대 국문소설의 주독자층은 양반·중인 부녀자층이었던바, 시정
   의 소설적 이야기가 국문으로 기록될 경우 그 주독자층은 바로 이 양반·중인 부녀자층
   이었을 가능성이 높다. 이 경우 한글로 쓰인 야담계소설은 영웅소설·가문소설 등의 국

작가를 아직 배출하지 못했다. 그리하여 이들 이야기는 시정세계에 대해 국외자로서 관심을 가졌던 양반 작자에 의해[123] 한문(漢文)으로 기록될 수밖에 없었다. 이들이 시정세계에 관심을 가졌다는 점은 의의가 있지만 그럼에도 이들의 한계는 명백했다. 그들은 기본적으로 양반층이 지닌 전통적 한문학관의 자장(磁場) 속에 있었다. 그러니 그들에게 야담계소설이 한문학의 정통 형식인 시문(詩文)과 대등한 것일 수는 없었다. 양반 작자들은 일반적으로 시문을 창작할 때 그 형식적 완성도를 높이

문소설과 경쟁관계에 놓일 수밖에 없는데, 야담계소설의 사회적·현실적 내용이 영웅소설·가문소설 등이 보여주는 흥미 본위의 통속적 내용만큼 양반 부녀자층을 매료시키기는 어렵지 않았을까 한다. 시정·여항의 이야기가 방각본으로 출판된 것이 『삼설기』 외에는 그다지 눈에 띄지 않는다는 사실은, 한글로 쓰인 야담계소설이 설사 나왔다 할지라도 당시 국문소설의 주독자층인 양반·중인 여성에게 그다지 어필하지 못했을 것이며, 따라서 상업적 흥행에 성공하기 어려웠으리라는 추정을 하게 한다. 시정의 소설적 이야기가 활발하게 국문으로 옮겨지고 또 그것이 출판되기 위해서는 한글 독자층이 양반 부녀자층으로부터 평민층으로 확대되지 않으면 안 되었는데, 이 시대는 아직 이 단계까지 충분히 이르지 못했다고 할 수 있다. 이러한 사정으로 인해, 시정의 소설적 이야기를 내용·형식적으로 일층 고양시키는 것은 차치하고서라도 그것을 충실히 한글로 옮긴 작품조차 나오기 어려웠던 것이다.

123) 『청구야담』의 작품들은 주로 양반 작자에 의해 창작된 것으로 보이지만 혹 중서층 작자에 의해 창작된 작품도 있을 가능성을 배제할 수 없다. 중서층 작자는 중간계급에 속하기에 시정세계에 대한 태도가 양반 작자와 좀 다를 것으로 기대되지만, 실제로는 양반 작자와 거의 매일반으로 시정에서 회자된 이야기를 내용·형식적으로 한 단계 더 고양시키지 못했으리라 생각된다. 이는 중서층 작자가 그 의식의 국면에서(그 실제 행동의 국면이야 어떻든) 양반의 세계관을 애써 모방하려 한 데에도 일단의 이유가 있지만(조선후기 여항시인들의 의식상태가 대체로 양반 문인들의 아류에 가까웠음은 정옥자, 「조선후기의 위항문학운동─옥계시사(玉溪詩社)를 중심으로」, 서울대 석사학위논문, 1976, 38면 참조), 더 큰 이유는 역시 당대 역사단계의 제약성에서 찾아야 하리라 생각한다.

기 위해 큰 힘을 쏟는다. 야담계소설의 작자들이 작품의 형식적 완성도를 높이기 위해 이런 정도의 노력을 기울였다고는 생각되지 않는다. 그들은 다만 시정에 떠도는 이야기에 흥미를 느껴 다소의 창의를 보태어 붓 가는 대로 그것을 작품화했을 뿐이다. 따라서 그 형식이 원래의 이야기에 비해 어느 정도는 정제(整齊)될 수 있었다 하더라도 보다 적극적인 창조가 이루어지지는 못했다.

이처럼 당대의 이행기로서의 사정과 작자층의 계급적 한계를 고려해볼 때, 야담계 단편소설의 형식적 미숙성은 어느 정도 불가피한 것이었다.

도시 시정인에 의해 소설적인 이야기라는 신흥 문예가 탄생하고 향유되다가 그것이 다시 양반 작자에 의해 기록화된다는, 이야기로서의 발생·향유와 그 기록 및 기록된 작품의 향유 간에 나타나는 계급적 이원성(二元性)은 이 시대 및 야담계 단편소설 양식의 이행기적 성격을 그 무엇보다 잘 말해준다.

지금까지 몇 가지 측면에서 『청구야담』 및 그 단편소설이 갖는 이행기적 성격을 파악해보았지만, 이러한 성격은 상인층을 중심으로 한 당대 신흥 도시민의 계급적 성장 및 그 한계와 긴밀히 연관되어 있다. 중세 해체기, 근대 이행기라는 이 시기의 역사에서 그들은 아직 근대 시민 계급으로까지는 발전하지 못했다. 그들은 소농 계급에서 분화(分化)되어 나왔지만 이제 그 계급과는 구별되었고, 타면 양반 사대부 계급과도 구별되었다. 따라서 이들은 그 사이에서 실질적으로 제3신분으로 성장해가고 있었다. 그러나 이러한 과정은 아직 진행 중에 불과했고, 이 신분이 새로운 근대적 생산 양식을 담당하는 사회계급으로 분화·발전되려면 아직 갈길이 멀었다. 그렇게 되기 위해서는 이 계급 내부에서, 또 이 계급 밖에서, 보다 많은 계층 분해 과정이 필요했다.

상인층을 중심으로 한 당대 신흥 도시민의 이러한 계급적 단계에서 근대 시민문화는 아직 성립될 수 없었다. 따라서 이들에 의해 성립된 문예는 시민적 문예라기보다는 도시를 중심으로 한 '시정적·민중적 문예'라고 규정되는 게 옳을 것이다.[124] 그러나 이 신흥 문예는 또한 시민적 문예를 지향해가는 도정에 있는 것이었고, 따라서 문학사적으로 그 바로 전단계에 해당되는 것이었다는 사실도 첨언해둘 필요가 있다. 야담계 단편소설과 같은 시정적인 신흥 문학과 시민문학과의 거리가 그렇게 먼 것으로 보이지는 않는다. 야담계소설 내부에는 이미 시민문학의 각 계기들이, 비록 복합적이고 모순적이며 이행적인 양상 속에서이기는 하나, 일정하게 자리하고 있다 할 것이다. 이 점에서 야담계 단편소설은 가히 근대 단편소설의 바로 전신에 해당된다고 할 만하다. 다시 말해 그것은 근대 단편소설로 이행해가는 도정에 있는 소설이다. 야담계 단편소설에는 근대 사실주의[125]의 제 계기와 그로 향(向)한 추동성(趨動性)이 이미 내포되어 있다. 그것들이 보여주는 디테일의 구체성이나 전체적 내용의 현실성 및 인물에 있어서의 전형 창조는 일반적으로 이전 소설에서는 찾아볼 수 없던 것으로, 근대적 사실주의의 정신에 접근한다.

---

124) 이 점은 본고에 앞서 임형택, 「18·9세기 '이야기꾼'과 소설의 발달」(1975); 「한문단편 형성 과정에서의 강담사」(1978)에서 어느 정도 밝혀진 바 있다. 두 논문의 입장은 다소 차이가 있다. 즉 전자에서는 한문단편을 '시민문화'로 파악하고 있음에 반해, 후자에서는 그 주장을 철회하여 '시정문화(市井文化)'로 파악하고 있다. 본고는 후자의 입장에 선다. 본고에서는 이 입장의 근거를 문예사회학적으로 충분히 밝히고자 했고, 또 당대의 시정적인 신흥 문학인 야담계 단편소설과 장차 도래할 근대 단편소설의 관계를 '이행적'이라는 측면에서 파악하고자 했다.

125) 단순한 문예사조가 아니라 근대소설의 세계관적 기초로서의 사실주의를 말한다.

그러나 거기에는 앞서 지적된 대로 근본적인 한계 역시 보이므로, 필자는 이 점을 고려해 야담계 한문단편소설 양식의 소설사적 단계를 '이행적 사실주의'로 규정하고자 한다. '이행적 사실주의'는 근대 사실주의의 바로 전단계에서 그것을 향해 나아가는 도정에 있는 사실주의를 지칭한다.

4. 『청구야담』 소재(所載) 단편소설의 특징

편의상 일곱 개의 절로 나누어 작품 분석을 시도한다. 이를 통해 『청구야담』 단편소설의 내용·형식적 특징을 구체적으로 파악할 수 있게 될 것이며, 그 과정에서 앞서 이루어진 이론적 논의들을 검증할 수 있을 것이다.

각 절에서 논의되는 작품들, 특히 구체적인 분석의 대상이 된 작품들은 대개 문예성이 높은 것들이다. 작품에 대한 가치 판단에는 연구자의 역사관과 세계관이 개입하게 되며, 필자는 이 점을 조금도 회피하거나 부정하고자 하지 않는다. 필자는 모든 정신과학(Geisteswissenschaft)에서와 마찬가지로 문예학에서 가치중립성(Wertfreiheit)은 존재하지도 않고, 존재할 수도 없는 일종의 허구에 불과하다고 믿고 있다. 본고에서는 특히, 작품에 반영되어 있는 특수한 현실이 당대의 전체적 역사 과정에서 보편성과 전망을 획득하는 것인가 하는 점에 주목하고자 했음을 밝혀둔다.

1) 새로운 사회 관계의 형성

『청구야담』의 소설 작품들에는 당대의 각 사회 집단 간의 대립상이 잘 반영되어 있다. 그 중에서도 특히 상승해가는 평(천)민 계급과 몰락해가는 양반 계급의 대립이 중심적인 것으로 반영되어 있다. 이러한 대립 관계는 이전 시기에도 잠재적으로는 얼마든지 존재해왔겠으나, 첨예하게 현재화(顯在化)되어 노정되기 시작한 것은 이 시대에 와서의 일이다. 역사 전개에 따라 야기된 이러한 대립 관계는 마침내 구 신분 질서를 파괴하고, 새로운 사회 관계를 형성해가게 하는 추동력이 된다.

우선, 봉건사회 신분 질서의 맨 아래에 위치한 노비층과 그 상전 양반 간의 대립 관계를 형상화시킨 작품부터 보도록 한다.

「걸부명충비완삼절(乞父命忠婢完三節)」(권7), 「겁구주반노수형(劫舊主叛奴受刑)」(권2), 「노온여환납소실(老媼慮患納小室)」(권6)[126] 등의 작품은 모두 추노(推奴) 과정을 둘러싼 이야기들이다. 즉 몰락한 양반이 자신의 경제적 곤궁을 타개하기 위한 방책으로, 멀리 도망치거나 혹은 외거 노비로서 자작일촌(自作一村)하여 살고 있는 선대의 노비들을 찾아가 신공(身貢)을 받고 속량(贖良)해주는 것을 둘러싸고 이야기가 전개된다. 이들 이야기에서 공통적으로 주목되는 것은, 상전 양반들이 모두 노비들에게 살해될 뻔하다가 구사일생으로 겨우 생명을 건지게 된다는

---

126) 『청구야담』의 작품들에는 이처럼 7자 혹은 8자의 제목이 달려 있다. 조희웅은 이것이 명대(明代) 통속소설(通俗小說)의 영향임을 밝힌 바 있다(『조선후기 문헌설화의 연구』, 52~55면). 명말에 나온 풍몽룡(馮夢龍)의 『삼언』에 실린 단편소설에는 모두 7자 혹은 8자의 제목이 붙여져 있다. 『청구야담』은 특히 『삼언』을 참조한 게 아닌가 한다. 『청구야담』뿐 아니라 『동야휘집』의 작품들에도 7자 내지 8자의 제목이 붙어 있는데, 편저자 이원명은 이에 대해 "매 편의 머리에 제목을 적었으니, 대개 소설의 규례(規例)에 의거한 것이다"(每篇之首, 題句標識, 槩依小說之規: 『동야휘집』 序)라 하여, '소설의 규례'에 따라 제목을 붙였음을 밝히고 있다. 이를 통해 『동야휘집』이나 『청구야담』의 편저자들에게 소설책을 편찬한다는 의식이 있었음을 알 수 있다.

사실이다. 다음은 「노온여환납소실(老媼慮患納小室)」의 앞부분이다.

옛날에 한 재상 내외가 해로했다. (…) 몇 년 뒤에 재상 내외는 구몰(俱歿)하고, 그 재상의 자제도 죽었으며, 손자가 장성하였다. 그 사이에 가세가 여지 없이 몰락하여 살아갈 방도가 없었다. 손자는 선대의 노비 중에 여러 곳에 산재해 있는 자들이 많으니 만약 추노(推奴)를 나가면 한 재산을 얻으리라 생각하고 단신으로 집을 나섰다. 먼저 한 곳으로 가서 여러 사람을 불러다 놓고 호적을 내보이며 말했다.

"너희들은 다 우리 집 선대의 노비들이다. 내가 이번에 신공(身貢)을 받으러 몸소 내려 왔다. 모름지기 너희는 남녀의 머리 수에 따라 일일이 신공을 바쳐라."

그들은 입으로는 그렇게 하겠다고 했으나, 내심은 불량한 생각을 품고 있었다. 방 하나를 정하여 거처케 하고 석식(夕食)을 대접했다. 그리고 밤에 작당해서 그 양반 상전을 살해하기로 작정했다. 양반은 그것도 모르고 곤히 잠을 자다가 밤 중에 사람들이 웅성거리는 소리를 듣고 잠이 깨어 의심쩍은 생각에 가만히 귀를 기울였다. 노속들이 방문을 먼저 열고 들어 가라고 다투고 있는 것이 아닌가. 비로소 양반은 사태를 깨닫고 와락 겁이 났다. 가만히 몸을 일으켜 뒷문을 박차고 뛰쳐 나갔다. 노속들은 더러는 칼이나 낫, 더러는 몽둥이나 작대기를 들고 혹은 방 안으로 해서 혹은 부엌으로 돌아서 도주하는 양반의 뒤를 쫓았다. 양반은 살길을 찾아 도망할 방책이 없었다. 드디어 나지막한 울타리를 뛰어 넘자, 홀연 범 한 마리가 덤벼 들어 그를 물어 갔다. 그들은 양반이 범에게 물려 가는 것을 보고 서로 돌아보며 좋아했다.

"우리들이 수고할 것이 없이 되었네. 호랑이가 물어갔으니 이야말로

하늘이 하신 일이지. 길이 걱정이 없게 되었네."¹²⁷

　이처럼 추노하러 온 상전에 대한 노비들의 저항은 극렬하다. 그동안 대대로(이 작품에서는 대략 3대 이상이다) 고생해가면서 어렵게 생활의 기반을 다져 이제 허리를 좀 펴고 요족하게 살아보려 하자, 웬 양반이 상전이라며 나타나 노비 문서를 내보이면서 "너희들은 다 우리 집 선대의 노속들(汝輩皆吾先世之奴屬也)"이라며 그 자손들까지 하나도 빠짐없이 머리수대로 신공을 바치라 하니 상전에게 필사적으로 저항할 것은 당연하다. 상전의 입장에서 보면 그것은 반란이요 주노(主奴) 간의 인륜을 거역하는 것이지만, 노비의 입장에서 보면 그것은 자신의 생존을 지키기 위한 정당한 투쟁이 된다.

　무릇 노예란 주인이 그를 부양할 능력이 있을 때에만 주인-노예 관계가 성립한다. 주인이 노예의 부양 능력을 상실했을 때 노예는 이미 노예가 아니다. 마찬가지로 주인은 이미 주인이 아니다. 그런데 이 시대의

---

127) 「曙」, 『이조한문단편집(중)』, 175~177면. 원문은 다음과 같다: "昔有一宰相, 內外偕老. (…) 其後幾年, 宰相內外俱歿, 其子亦已死, 其孫已稍長矣. 家計剝落, 無以資活, 忽思先世奴婢散在各處者多, 若作推奴之行, 則可得要賴之資. 遂單身發行, 先往某處, 招致諸漢, 示以戶籍曰: '汝輩皆吾先世之奴屬也. 吾今收貢次下來, 須從汝輩人口男女之數, 一一備出.' 厥漢輩, 口雖應諾, 心懷不良, 定一房而居之, 備夕飯以待之, 將於其夜, 聚黨而謀殺之. 其班不知而困眠矣. 忽於夜半, 聞有多人聲跡, 心竊疑之, 潛聽之, 則以開戶先入, 互相推諉, 始乃覺之, 大生驚怵, 潛身起來, 蹴倒北壁而出. 厥漢輩, 或持刀釰, 或持椎杖, 或從房中, 或從廚後而逐來. 其班無計逃生, 遂超越短籬, 忽有一虎突前捉去. 厥漢輩見其人爲虎所捉去, 相顧大喜曰: '不勞吾輩之犯手, 自爲虎狼所噉, 豈非天哉! 永無患矣.'" 본고에서 검토되는 『청구야담』의 소설 가운데 이 작품처럼 『이조한문단편집』에 이미 번역되어 있는 것은 그 번역을 따랐다. 단 필자가 더러 수정하기도 했으나 일일이 밝히지는 않는다.

양반 계급은, 특히 몰락양반은 이미 경제적으로 노비를 부양할 능력을 상실해가고 있었다. 따라서 봉건적 신분 규범으로 묶어놓았던 주(主)-노(奴) 관계는 실질적으로 해체되어갈 수밖에 없었다. 물질적으로 노비를 부양하지 못하니, 도덕적 허울로도 양반은 주-노 간 인륜의 정당성을 더 이상 유지하기 어렵게 된다. 이 작품의 상전 역시 몰락한 양반 자제로, 자신의 극심한 경제적 곤궁을 타개하기 위해 추노를 나섰던 것이고, 주-노 관계는 이미 내용적으로 사라졌고, 남은 것은 형식뿐이다. 이 작품에서 상전이 노비들에게 호적을 내보이는 것은 그러한 현실의 아이러니한 정시(呈示)다.

한편 이 시대의 주노 관계에서 상전이 이미 실질적인 상전 자격을 상실해감에 따라 노비도 이미 실질적으로 노비 신분을 탈피해가고 있었다. 위 작품의 노비들은 적극적이고 현실적인 방식으로 그들의 생활을 개척해나갈 수 있었고, 그에 따라 옛 신분에서 벗어나 자립적인 인간으로 탈바꿈했다. 그러니 그들이 상전에 대해 벌이는 투쟁은 생사를 건 필사적인 것일 수밖에 없게 된다. 노속들이 칼이나 낫, 몽둥이나 작대기를 들고 도주하는 양반의 뒤를 쫓는 것은 역전된 힘의 관계를 인상적으로 보여준다. 노속들은 범이 나타나 상전을 물어간 것에 대해 "하늘이 하신 일(豈非天哉)"이라고 거침없이 말할 정도로 자신들의 행동이 정당한 것이라 믿고 있다.

이 작품에서 양반은 범에 업혀, 오래전 그 조부 때 집을 나간 여종의 집 앞으로 오게 된다. 그 여종은 이미 할멈이 되어 부요(富饒)하게 살고 있었는데, 옛 상전의 손자인 그 양반을 곧 알아보고 반갑게 맞이하며, 자신의 여러 아들과 손자들을 불러들여 현신(現身)하게 한다. 그러나 할멈의 여러 자식들은 다음에서 보듯 양반에게 극히 적대적인 반응을 보인다.

할멈의 여러 자식들은 기상이 걸걸하고 신수 훤앙하며 재산도 부요해서 일향(一鄕)에 호령하고 지내던 사람들이었다. 이제 뜻밖에 그 어미가 일개 거렁뱅이 같은 것을 상전으로 부르고, 자기들로 하여금 손수 노속이 되게 하니 분노가 끓어올랐다. 향중(鄕中)에 이런 수치가 있는가. 그러나 그 어미의 성품이 엄하여 자제들은 감히 그 뜻을 거역하지 못하고 마지 못해 순종하였다.[128]

한 마을에서 부자로 떵떵거리며 살고 있는 이들에게 그 과거의 뿌리를 들추어내는 상전은 용납될 수 없는 존재다. 이들 역시 앞서의 노비들과 마찬가지로 상전을 없애버림으로써 옛 신분에서 완전히 해방되고자 한다. 하지만 자식들의 의도는 모친의 꾀에 의해 좌절되고, 양반은 다시 겨우 그 목숨을 부지하게 되는 것으로 이야기는 종결된다. 이 작품에서 양반 상전은 시종 초라하고 무력한 꼴을 보인다. 이는 기존의 신분 관계가 해체되고 새로운 사회 관계가 형성되고 있음을 반영한다. 여종의 자식들은 "기상이 걸걸하고 신수 훤앙(壯健傑驚)"하다고 하고 그 상전은 "일개 거렁뱅이(一介流乞之人)" 같다고 한 데서 역전된 관계가 잘 드러난다.

이 작품은 전체적으로는 극히 현실적인 내용인데 흥미롭게도 환상적인 민담적 요소가 내포되어 있다. 범의 개입이 그것이다. 이 환상적인 민담적 장치에 의해 몰락양반 상전이 죽음의 위기를 극복하고 옛 여종을 만나게 되어 그 도움으로 마침내 곤궁한 형편을 타개하게 된다는 것은, 거꾸

---

128) 「서(曙)」, 『이조한문단편집(중)』, 178면. 원문은 다음과 같다: "老嫗諸子, 皆是壯健傑驚, 有風力, 財産富饒, 行號令於一鄕者, 今忽不意其母以一介流乞之人, 稱之以上典, 使渠輩盡爲其奴屬, 憤怒撑中, 又爲鄕中羞恥. 然其母性嚴, 諸子莫敢違其志, 不得不黽勉從令."

로 뒤집어 해석하면 그만큼 현실적으로는 그 위기에서 신명(身命)을 보존하기가 어려웠고, 몰락양반이 경제적 곤궁을 타개하기 어려웠음을 뜻한다. 따라서 이러한 민담적 계기는 작품의 현실적 의미를 별반 손상시키지 않는다. 그것은 현실을 다만 '특수하게' 반영하고 있을 따름이다.[129]

전체적으로 보아 이 작품은, 양반 집안은 3대째에 몰락하고 노비들은 적극적인 노동을 통해 생활을 개척하여 마침내 자립하게 되는 상반되는 두 과정을, 추노를 둘러싼 주노 대립을 통해 형상화함으로써, 양반 계급의 몰락과 천민 계급의 실력 상승이라는 당대의 역사 과정을 포착하고 있다 하겠다.

이 작품에서는 양반을 살해하려 한 노비들이 아무런 징계를 당하지 않지만, 「걸부명충비완삼절(乞父命忠婢完三節)」이나 「겁구주반노수형(劫舊主叛奴受刑)」 같은 작품에서는 가혹한 징계가 뒤따른다. 즉 노비 중의 주모자는 관가에 붙들려가 즉각 처형되고, 그 나머지 무리들도 엄벌된다.[130] 노비들 역시 실패하면 이처럼 죽음을 각오해야 함을 모를 리 없고, 그러기에 싸움은 그만큼 첨예한 것이 된다. 그러나 이러한 처벌에도 불구하고 이들 작품이 객관적으로 보여주는 것은 앞의 작품과 마찬가지로 양반층의 몰락과 노비의 해방이라는 역사의 전개방향이다.

---

129) 현실을 사실적으로 반영하고 있지 못하다는 점에서 이것은 사실주의의 한계로 지적될 수 있을지도 모른다. 하지만 사실주의를 기계적으로 적용하지 말고 그 개념을 확장하면 평가가 달라질 수 있다.

130) 즉 「걸부명충비완삼절(乞父命忠婢完三節)」에서는 "官捕已迫, 無得脫者. 邑倅卽報上司, 盡戮之"라고 했고, 「겁구주반노수형(劫舊主叛奴受刑)」에서는 "騎馬送官, 且厥奴輩一並結縛, 驅入於官庭. 厥輩造謀首犯者, 枚擧報營, 斷以一律. 其餘衆漢, 從輕重, 一一嚴治"라고 했다.

봉건사회 신분 질서의 최하위에 있는 노비의 신분 상승을 보여주는 또다른 작품으로 「송반궁도우구복(宋班窮途遇舊僕)」(권6)을 들 수 있다. 몰락한 사족(士族)인 송씨 집안의 노비 막동(莫同)은 도망하여, 부지런히 노력해 치부(致富)하고 마침내 벼슬까지 하여 갑족(甲族)으로 행세한다. 송생은 극심한 빈궁을 견디기 어려워, 강원도의 어느 고을원으로 있는 친지에게 의탁하고자 길을 나선다. 다음은 송생이 길을 가던 중 어느 마을 유지 집에 묵다 마침 그 집 주인인 막동과 해후하는 장면이다.

　　최승지는 차근차근 이야기를 꺼냈다.
　　"소인은 댁의 옛 종 막동입니다. 생전의 두터운 은혜를 입고 몰래 도주를 하였으니 첫째 죄요, (…) 성을 모칭(冒稱)하고 세상을 속여 외람되게 벼슬을 누렸으니 셋째 죄요(…)"
　　송생은 도리어 송구한 마음에 어찌 할 줄 몰랐다. (…) 송생이 비로소 입을 열었다.
　　"설사 공(公)의 말씀대로라 하더라도, 이제 돌아 보건대 이미 지나간 옛 일이라 물이 흘러갔고 구름이 흩어진 셈인 걸 구태여 끄집어 내어 주객간에 피차 곤란하게 만들 것이 무어 있겠습니까?"[131]

상전 집 아들인 송생은 도망간 종인 막동의 현재 지위를 인정하지 않을 수 없었다. 송생이 "도리어 송구한 마음에 어찌할 줄 몰랐다(生瞿然

---

131) 「구복막동(舊僕莫同)」,『이조한문단편집(중)』, 141~142면. 원문은 다음과 같다: "承宜曰: '小人卽貴奴莫同也. 厚蒙主恩, 暗地逃竄, 一罪也. (…) 冒姓誑世, 猥占祿仕, 三罪也.' (…) 生瞿然無所容措. (…) 生曰: '設如公言, 顧今時移事往, 水流雲空, 何必提起, 使賓主俱困?'"

無所容措)"라고 한 데서 구 신분 질서가 해체되면서 새로운 질서가 형성되어가고 있던 당대 사회의 추이를 읽을 수 있다. 이처럼 이 작품은 몰락한 상전 집안의 송생과 신분상승한 구복 막동 간의 역전된 관계를 통해 집약적이고 생생하게 당대의 역사적 운동을 형상해놓고 있다.

송생이 새로운 질서에 순응하는 인물이라면, 그의 종제(從弟)는 완강하게 구질서의 명분에 집착하는 인물이다. 송생은 종제에게 자신이 막동에게 재물을 얻어오게 된 내막을 실토하는데(송생은 막동에게 만 냥의 돈을 얻어서 돌아와 논밭을 사고 집을 장만하여 하루아침에 부자가 된다), 다음은 그 말을 들은 종제의 반응이다.

> "형님은 그런 수치를 참아 가며 반노(叛奴)의 두터운 뇌물을 받았단 말이오? 형님 동생 하면서 강상(綱常)을 어지럽히다니 세상에 그런 대단한 치욕이 있소? 내 당장 고성으로 달려가서 그 놈의 패륜상을 폭로하여 먼저 형님이 당한 오욕을 씻고 다음에 말세(衰世)의 기강을 바로 잡겠소."[132]

종제 스스로가 당세를 말세(衰世)라고 말할 정도로 봉건적 구 신분 질서는 와해되었다. 다음 대목은, 구질서에 집착하는 몰락한 지배층 인물인 종제가 노비 출신인 막동에게 사형(私刑)을 당하면서 처참하게 굴복하는 모습을 보여준다.

---

132) 위의 책, 145면. 원문은 다음과 같다: "兄長包羞忍耻, 反受叛奴之厚賂, 呼兄呼弟, 亂其綱常, 豈非大段羞辱乎? 我當直走高城, 悉暴此奴悖狀, 一以雪兄長汗蠛, 一以扶衰世綱紀."

최승지는 대침(大針) 하나를 들고 부랑아를 가둔 곳간으로 혼자 들어 갔다. 부랑아는 처음에 입을 놀려 욕설을 퍼붓는 것이었다. 최승지는 들은 척도 않고 대들어 바늘로 난자하여 그 피육이 다 까졌다.

그는 고통을 이기지 못하여 살려달라고 애걸하였다. 그래도 아랑곳 않고 그냥 푹푹 침질을 해댔다. 그가 애걸복걸해 마지 않자 최승지는 비로소 정색을 하고 꾸짖었다.

"내가 너의 종형에게 본분을 지켜 먼저 나의 내력을 토로하였으니 너도 마땅히 좋게 나를 대해야 옳지 않느냐? 이제 군이 나의 험을 적발하여 나를 기어이 파멸시키고 말려 하느냐? 내가 바닥에서 이만한 기틀을 세운 사람인데 너같이 용렬한 놈에게 실패를 볼 성 싶으냐? 당초에는 중도에 자객을 보내 너를 해치우려고 하였다. 허나 선세의 은정을 생각해서 우선 생명은 살려 준다. 만약에 네가 마음을 고치고 뜻을 달리 한다면 너를 부자가 되게 할 수도 있지만, 불량한 심사를 고집한다면 너를 죽이고 말 터이다. 나는 기껏 실수해서 사람을 죽인 서투른 의원밖에 더 되겠느냐? 너 좋을 대로 정하여라."

부랑아는 이 충후한 말에 감동하였을뿐더러, 이해를 따져서 대답했다.

"만약에 개전하지 않으면 내가 개자식이오."

"내일 아침부터 나를 아저씨라 부르겠느냐? 그리고 사람들이 물으면 대답을 이러이러하게 하겠느냐?"

"감히 명하시는 대로 좇지 않으리까. 아버지라 부르래도 감지덕지하지요."[133]

---

133) 위의 책, 145~147면. 원문은 다음과 같다: "承宣持一大針, 獨造潑皮見囚處. 潑波 張口肆辱, 承宣全不採聽, 以針亂刺, 皮肉盡綻. 潑皮不堪痛楚, 願活縷命. 承宣一

말세의 흐트러진 기강을 바로잡아 보겠다고 벼르던 종제는 무참하게 패배한다. 작품은 이를 희화화해 보여준다. 송생이 긍정할 수밖에 없었던 현실은 종제와 막동의 관계를 통해 더욱 확고히 긍정된다. 특히 이 작품은 노비에 동조하는 입장에서 이야기가 전개되고 있음이 주목된다.

『청구야담』의 단편소설들에는 지금까지 살펴본 양반 상전과 노비의 대립 관계뿐 아니라, 양반과 평민의 대립 또한 나타난다. 「여수의이화접본(呂繡衣移花接本)」(권6)을 예로 들 수 있다. 이 작품의 줄거리는 다음과 같다.

영남 우도 어사 여동식이 진주 땅에 이르자 날이 저물었다. 근처에 유숙할 만한 곳이 없고 길가에 한 초가가 있을 뿐이어서, 그리로 가 하룻밤 기숙할 것을 청한다. 그 집에는 반족(班族)의 두 남매가 살고 있었는데, 나이가 이미 찼으나 아직 혼인을 못하고 있었다. 어사가 이상히 여겨 연유를 물으니 총각이 대답하기를, 집이 빈곤하여 아무도 청혼을 않는다고 했다. 그리고 또 말하기를, 앞마을 평민 부자의 집과 의혼(議婚)한 적이 있는데 그 집에서 자신의 빈곤함을 혐의하여 돌연 언약을 어기고 다른 곳에 의혼하여 내일 식을 올린다고 했다. 이 말을 듣고 어사는 다음

向深刺, 潑皮萬端哀乞. 承宣乃正色厲責曰: '我自守本分, 先陳來歷, 則固當好言相對, 而今忽摘發釁累, 計欲湛滅乃已乎? 我自地捌開, 豈無智慮而被汝庸愚者所敗耶? 初欲以釰客 邀擊汝于中路, 而特念先世之恩, 姑存性命, 汝若革心改圖, 則當成一富兒, 若迷執前失, 則我不過爲殺人之庸醫, 唯汝自裁!' 潑皮感其忠厚, 量其利害, 乃曰: '如不悛改, 便爲狗子.' 承宣曰: '自今昧爽, 必呼我以叔, 諸人如有所問, 則汝必答以如此如此.' 潑皮曰: '敢不唯命, 雖呼爺亦甘心矣.'"

날 걸객으로 가장해 그 평민 부자 집을 찾아간다. 고대광실의 그 집에는 뜰에 빈객이 가득 차고 노비가 나열해 있었으며 성찬이 즐비했다. 말석에 앉은 어사는 냉대를 받았다. 이에 어사는 대청에 올라가 양반을 말석에 앉혀놓고 박대한다고 주인을 나무랐다. 주인은 대로하여 노복배에게 명해 어사를 끌어 내치게 했다. 마침내 어사는 어사 출도를 외쳐 주인을 혼내주고, 그 총각의 혼사를 이루어준다.

줄거리에서 드러나듯, 이 작품에서 주목되는 것은 농촌의 신흥 평민 부자와 몰락한 향반의 대립이다. 조선 왕조에서 양반은 양반끼리 혼인했으며, 평민에서 그 처를 구한다는 것은 일반적으로 있을 수 없는 일이었다. 그러나 이 시기는 이러한 계급혼(階級婚)의 규범이 깨어져가고 있었다. 이 작품은 이를 보여준다. 집이 가난해 결혼 상대를 구하지 못한 몰락양반 총각은 평민층 여자와 혼인하기를 바랐으나,[134] 평민 부자는 그의 빈곤을 혐의하여 이미 이루어진 약혼을 일방적으로 파기해버린다.

평민 부자는 평민이라는 자신의 신분에도 불구하고 그 경제력 때문에 힘이 생겼고, 양반 총각은 양반이라는 자신의 신분에도 불구하고 그 경제적 빈곤 때문에 무력해졌다. 평민 부자는 그래서 양반을 모멸하거나 제압할 수 있었다. 몰락한 양반의 행색으로 찾아간 어사가, 양반을 박대한다고 주인을 나무라다가 오히려 그 노복들에게 낭패를 당할 뻔한 것 역시 이 점을 말해준다.

이 시대의 농민층 분해에 따라 한편으로 상승해가는 쪽이 있었는가 하면, 다른 한편으로는 룸펜, 빈민 등으로 전락해가는 쪽도 있었는데,

---

134) 계속 보겠지만 『청구야담』에서 몰락양반 자제는 천민녀나 평민녀를 아내로 맞곤 한다.

이 평민 부자는 물론 전자에 해당한다. 이쪽의 인물들은 경제 관념이 철저했고, 재부의 축적에 악착같았다. 『흥부전』의 놀부 같은 인물이 그 전형에 해당된다.[135] 평민 부자가 몰락양반 자제의 빈곤을 혐의하여 일방적으로 약혼을 파기한 것은 이 집단의 속물적 경제 관념에서 비롯된다 할 것이다.

어사 출도를 통하여 비로소 평민 부자 딸과 양반 총각 간의 혼사가 이루어질 수 있었다는 것은 힘이 세진 평민과 무력해진 양반 사이의 대립이 당대 현실에서 예사롭지 않음을 반영하고 있다고 여겨진다. 평민층의 힘이 향상됨에 따라, 비단 경제적으로 강성한 대민(大民)만이 아니라 일반 중소민도 양반을 업신여기는 일이 생겨났다. 예컨대 「송부원금성녀격고(訟夫冤錦城女擊鼓)」(권2)에서는, 밭 가는 농민이 그 이웃의 사족(士族) 처녀를, "너 같은 양반은 내 집 마루 밑에 우물우물 수두룩하다(如汝兩班, 吾家廳底井井多矣)"라고 조롱하자 그 처녀가 분함을 이기지 못해 집에 돌아와 자살하면서 이야기가 펼쳐진다.

양반과 평민의 대립만이 아니라 양반과 중서층의 대립도 보인다. 다음 인용문은 부유한 중서층이 몰락한 양반을 얼마나 하찮게 보았는지 잘 보여준다.

수의(繡衣)가 신분을 감추고 홍천읍 수리(首吏) 집을 찾아갔는데, 때는 오시(午時)였다. 그 집으로 들어가니 수리는 청상에 앉아서 한 기생과 마주해 점심을 먹고 있었다. 수의가 그 곁에 앉아 말했다.

"나는 서울의 과객(過客)으로 우연히 이곳에 이르렀는데, 마침 밥때를 놓쳤네. 한 그릇 밥을 얻어 먹어 요기를 했으면 하네."

---

135) 임형택, 「『흥부전』의 현실성에 관한 연구」(『문화비평』 4, 1969), 821~823면.

당시는 흉년을 당하여 관가에서 진휼하던 때였다. 그 서리는 눈을 들어 아래 위를 훑어 보더니 머슴을 불러 물었다.

"아까 개 해산을 위하여 끓여 놓은 죽이 남아 있느냐?"

머슴이 있다고 대답하니, 서리는 저 걸인에게 한 그릇 갖다 주라고 분부했다. 머슴은 한 그릇 겨죽을 가져 와서 수의 앞에 갖다 놓았다. 수의는 노하여 말했다.

"그대는 비록 요족(饒足)하나 이서배(吏胥輩)요, 나는 비록 빌어먹고 다니나 사족이다. 밥때를 놓쳐 밥을 좀 달라고 했건만 (⋯) 개, 돼지가 먹고 난 찌꺼기를 사람에게 주다니 이게 무슨 도리인가?"

그 말을 들은 서리는 눈을 부릅뜨고 욕을 퍼부었다.

"네가 양반이면 어찌 네 집 사랑에 앉아서 양반을 하지 않고 여기 와서 이따위 행사를 하느냐? 이제 흉년을 당하여 이런 것이라도 사람들이 못 얻어 먹어 야단인 판에 너는 어떤 놈인데 감히 그따위 말을 하느냐?"

그러고는 죽 그릇을 들어 내려치니, 이마가 깨어져 유혈이 낭자하고 죽물이 온 몸에 가득했다.[136]

「홍천읍수의노종(洪川邑繡衣露踪)」(권1)의 한 대목이다.

---

136) "底尋首吏家, 時當午時. 入其家則首吏坐於廳上而喫午飯, 傍有一妓亦對飯. 公坐於廳邊而言曰: '吾是京中過客, 偶到此處而失時, 願得一盂飯而饒飢焉.' 時當歉歲, 設賑時也. 其吏擧眼熟視上下, 呼雇奴曰: '俄者, 爲産狗而煮粥者有之乎?' 曰: '有矣.' 吏曰: '以一器給此乞人.' 已而, 雇奴以一器糟糠之粥來置于前. 公怒曰: '君雖饒居, 君則吏輩也. 吾雖行乞, 卽士族也. 失時覔飯, (⋯) 乃以狗彘口吻餘物饋人, 此何道理乎?' 其人圓睜怪眼而辱之曰: '汝旣兩班, 則何不坐於汝之舍廊, 而作此等行也. 今當慘歉之歲, 雖此物, 人不得喫, 汝是何人, 而乃敢如是云?' 而擧粥椀打之, 傷額血流, 粥汁遍於身上."

중인서리층은 중간 계급에 속한다. 이들은 봉건사회의 신분 구성상 양반과 평민의 중간에 위치한다. 조선후기에 서리층은 지배 계급의 최하위에 있으면서 농민을 가혹하게 수탈하는 데 한몫을 했다.

그러나 중서층은 양반 계급과는 분명히 구별되었다. 이들은 양반 계급과 달리 전문기술직에 있거나 실무 행정을 담당했기에 사고방식 자체가 대단히 현실적이고 물질적이었으며, 이 점에서는 평민층과 통했다.

이처럼 중서층은 한편에서는 지배 계급의 말단으로서 기본적으로 양반 계급과 이해를 같이 하며 소농 계급과 대립했지만, 다른 한편에서는 양반 계급과 대립하면서 신흥 평민 세력과 연결되기도 했다. 이 작품은 중서층의 양반 계급과의 대립을 잘 보여준다.

이상으로, 『청구야담』의 소설들이 당대에 노정된 각 사회 집단 간의 대립을 어떻게 형상화해놓고 있는지를 살펴보았다. 양반과 노비의 대립 양상은 아주 격렬하다. 평민층·중서층과 몰락양반의 대립은 전자가 우위에 서는 역전을 보여준다. 이들의 관계에서 공통적으로 확인되는 것은 노비, 평민, 중서층 인물이 경제적으로 유력한 반면, 양반층 인물은 경제적으로 무력하다는 사실이다. 따라서 이들 사이의 대립은 그 본질상 '신분과 부', '형식과 내용' 간의 대립이다.

이 시대의 사회적 대립 관계는 벌열층 양반과 몰락양반, 신흥 평민층 부자와 중소 평민 간에도 나타나는데, 이에 대해서는 나중에 따로 살펴보기로 한다.

2) 지배층의 부패

『청구야담』의 소설들 중에는 지배층 내부의 부패상을 그린 것들이 적지 않다. 특히 매관매직과 과거 시험의 부정을 그린 작품이 주목된다.

「이절도궁도우가인(李節度窮途遇佳人)」(권6)은 당대의 매관매직 풍토를 놀랄 만큼 사실적(寫實的)으로 그려 보여준다. 이 작품은 그 구성도 대단히 치밀한 편이다. 앞부분의 줄거리는 다음과 같다.

인조 때 황해도 봉산 땅에 한 무변(武弁)이 살았는데, 재산이 넉넉하고 성품이 활달하여 어려움을 말하는 자가 있으면 아낌없이 도와주었다. 그러다 보니 가산이 점점 쇠하여져 마침내 부지하기 어려운 지경에 이르렀다. 말단 벼슬을 했으나 무슨 일로 파직하고, 낙향하여 이미 여러 해가 지났다. 가세가 빈한해져 전답을 모두 팔아 3백냥을 마련해 사생결단의 각오로 벼슬을 구하기 위해 상경하였다. 무변은 서울 근교 벽제의 주점에서 자칭 병조판서댁 수노(首奴)라는 사기꾼을 만나게 된다. 사기꾼은 무변의 사정을 들은 뒤, 자기 상전께 잘 주선해주겠다며, 자금을 얼마쯤 가지고 왔는지 묻는다. 무변이 3백냥이라고 하자, 그 정도면 겨우 되겠다며 그를 인도해 병판댁 근처에다 여관을 잡아준다.

다음에서 보듯 사기꾼은 벼슬 주선을 빙자하여 무변의 돈을 갈취한다.

그자가 집으로 돌아간 지 수일이 되도록 소식이 없었다. 속임을 당했나 보다고 걱정하던 참에 그자가 다시 나타났다. 무변은 크게 기뻤다.

"그새 여러 날 무슨 일로 못 왔더냐?"

"나리를 위해서 주선하는 일이 어찌 창졸히 될 일입니까? 한 곳에 길을 뚫었는데 매우 요긴한 자리라 마땅히 백냥은 쓰셔얍지요."

무변이 급히 묻자,

"대감님의 누님이 과거(寡居)하여 모(某) 동리에 계시온데, 대감님께 오서 극진히 생각하시와 누님의 소청이라면 거절하시는 법이 없읍지요.

소인이 나리의 일로 그 댁에 사뢰었더니 백냥을 내면 좋은 벼슬을 즉시 도모해 주마 하십니다. 나리, 능히 백냥을 안 아끼실는지요?"

"나의 돈은 전혀 이 일을 위한 것이다. 물어 볼 것이 무어 있느냐?"

무변은 곧 전대를 풀어놓고 돈을 셈해 주었다.[137]

무변의 돈은 이제 2백냥 남았다. 사기꾼이 얼마나 교묘하게 무변의 돈을 갈취해가는가는 계속 주시될 필요가 있다. 당대에 만연한 매관매직의 일면을 보여준다고 생각되기 때문이다.

이튿날 사기꾼은 다시 들러 다음과 같이 능청을 떤다.

"그 댁에서 돈을 받으시고 매우 기꺼워하시며, 즉시 대감님께 말씀을 드려 산정(散政: 정기적 인사 외에 벼슬을 임면任免하는 일—인용자) 때에 적당한 자리가 생기면 꼭 수망(首望: 벼슬아치를 임용하기 위해 추천하는 세 명 중 으뜸의 후보자—인용자)에 넣어 달라고 간청하였더니, 대감님께오서도 승낙하셨답니다. 헌데 신뢰하는 분의 조언이 있으면 일이 더욱 튼튼합지요. 아무 동(洞)의 아무 벼슬아치와는 평소 교분이 깊어, 말씀이 계시면 반드시 좇으십니다. 쉰냥만 던지면 반드시 크게 힘을 보겠지요."

---

137) 「봉산무변(鳳山武弁)」, 『이조한문단편집(중)』, 296면. 원문은 다음과 같다: "其漢歸家數日不來. 李謂以見欺, 大爲疑慮. 已而來見, 李喜極, 如漢王之得亡何, 問數日何爲不來, 曰: '爲進賜圖官, 豈可倉卒耶? 有一處蹊逕甚緊, 而當用百金.' 李急問之. 厥漢曰: '兵判有妹氏, 寡居在某洞, 大監極念之, 所言必從. 小人以進賜事, 告于厥宅, 則內主要得百金, 美官可立致. 進賜能無吝乎?' 李曰: '此金之用, 專爲此, 更何問?' 卽出橐, 計數而付之."

무변은 그도 그렇겠다 싶어 주선해 보라고 했다. 그자는 돌아와 기쁜 낯빛으로 말했다.

"기꺼이 허락하십디다."[138]

무변의 돈은 이제 백오십냥쯤 남았다. 사기꾼은 다시 와서 말한다.

"대감님 별실이 있읍지요. 자색이 뛰어나 매우 사랑하시는 터에 낳은 사내애까지도 썩 기특하게 생겼답니다. 그 아기의 돌이 가까왔지요. 잔치를 잘 차리고 싶지만 준비해 둔 돈이 없어 몹시 상심하고 있는데 만약 쉰 냥을 들여 놓으면 일이 십분 완전할 것입니다."

무변은 다시 쉰냥을 내주었다. 그자는 가지고 가더니 이내 돌아왔다.

"별실이 과연 대희하여 마땅히 극력 주선하겠다 합니다. 나으리, 좋은 벼슬을 얻는 것이 조석지간입니다. 그저 앉아서 기다리시기만 하시지요."[139]

무변에게는 이제 백냥밖에 남지 않았다. 그런데 그 사기꾼은 이제 곧 임관될 것이니 관복을 마련해야 한다며 다시 쉰냥을 뜯어갔다. 사기꾼은 과연 그 중 얼마를 들여 관복을 들여왔다. 그리하여 무변은 곧 관복

---

138) 같은 책, 296~297면. 원문은 다음과 같다: "'內主得金甚喜, 卽送言于大監, 懇以散政有當窠, 必首擬毋泛, 大監諾之. 然必有言重者傍助, 然後事益牢固矣. 某洞有某官, 素爲大監親重, 有言必從, 又以五十金投之, 則必喜, 可大得力.' 李深以爲然, 令圖之. 厥漢來, 有喜色曰: '果樂聞矣.'"

139) 같은 책, 297면. 원문은 다음과 같다: "'大監有小室, 國色絶愛之, 生男甚奇, 懸弧不遠, 欲厚設具, 而無私儲, 甚憂之, 若又進五十金, 則事可十分完全矣.' 李又以五十金出給. 厥漢持去卽還曰: '姬果大喜, 言當竭力周旋. 進賜好官非朝卽夕, 當坐而俟之.'"

을 차려 입고 마침내 병판댁으로 찾아간다. 병판댁은 벼슬을 얻기 위해 찾아온 무변들로 문전성시를 이루었다.

무변은 병판을 알현해 그간의 경력과 현재 형편을 아뢰고 애걸하니, 턱만 몇 번 끄덕일 뿐 종시 한 마디 동정의 말도 없었다. 무변은 병판이 의례 그러는 것이거니 생각했다. 그 후 다시 가보았으나 여러 무변들과 줄지어 문안드리는 대열을 면치 못하였고, 달리 얼굴을 돌려 남달리 대접하는 기색이 없었다.[140]

무변은 그 후 정목〔政目: 벼슬아치의 임면(任免)을 적은 기록〕이 나올 때마다 빌어보았으나, 자기 이름자는 그때마다 없었다. 초조해진 무변은 더욱 사기꾼의 환심을 사기 위해 그가 나타나기만 하면 무시로 주머니 돈을 꺼내서 고기를 사고 술을 받아다가 실컷 대접하여 나머지 쉰냥마저도 날려버렸다. 이렇게 하여 사기꾼은 무변이 벼슬을 사기 위해 가지고 올라온 돈 3백냥을 한 푼도 남김없이 다 갈취했다.

다음은 사기꾼이 잠적하기 전 무변에게 한 말이다. 아직도 자신의 정체를 눈치 채지 못하고 있는 우직한 무변을 한껏 우롱하면서 사기의 끝을 깔끔하게 마무리 짓고 있다.

"대감께오서 어느 날이라 나리를 잊으리까마는 상납(上納)이 나리보

---

140) 같은 책, 297~298면. 원문은 다음과 같다: "登謁, 備具履歷情勢, 告訴哀乞. 兵判頷之而已, 非不假借, 終無一言矜惻. 李以爲此不過兵判之常事. 其後復往, 亦不免同諸武逐隊問安而已, 無賜顏款接之意.."

다 더할수록 더욱 긴하게 되는지라 언제 나리에게 차례가 오겠습니까?
허나 이제 우선 긴한 사람이 다 벼슬을 하였으니 후일 산정(散政) 때에
는 대감이 나리를 모직(某職)에 추천하시겠다 하옵니다. 매우 좋은 자리
이니 기다려 보시지요."

다음 정목(政目)에서도 소식이 없었다. 그 자가 와서 하는 말이,

"모 양반과 매씨댁이 대감님께 극력 청하여서 이번에는 반드시 될 줄 믿
었는데 불의에 아무 대신께서 아무를 청탁하시기로 거행하지 않을 수 없
었지요. 세력자(勢力者)의 소탈인 걸 어찌하겠습니까? 그러하나 또 6월
도정(都政: 매년 6월에 관원의 성적을 매겨 출척黜陟을 행하는 것—인
용자)이 머잖았으니 아무 관서의 직이 소득이 매우 풍부하다기로 소인
이 이미 매씨댁과 아무 벼슬아치와 별실에 두루 여쭈어 여럿이 합력해서
대감님께 청한바 벌써 쾌한 승낙을 받아 두었읍죠. 이번에는 결단코 될
것이니 기다려 보옵소서."[141]

사기꾼의 입을 빌려 관직을 둘러싼 집권층 내부의 매관매직 및 청탁
양상이 여실히 폭로된다. 이 작품은 이 사기꾼을 통해 구사(求仕)하러
온 무변을 풍자하고 있을 뿐만 아니라 부패한 당대의 집권층을 풍자하
고 있다. 사기꾼은 이러한 자신의 소임을 완수하고 유유히 사라진다.

---

141) 같은 책, 298면. 원문은 다음과 같다: "大監何日忘進賜, 而奈有所納者, 加於進
賜, 則尤爲緊, 進賜何以得參. 然此輩得意者已多, 聞後日散政, 大監將擬進賜某
職, 此極腴官, 試俟之.' 及政目出, 又無聞. 厥漢來見曰: '某官及內主, 力請於大
監, 可必得, 忽有大臣託以某人, 不容不施, 爲其所奪, 當奈何. 然六月都政不遠, 某
司之職, 財用甚饒, 小人已白於內主某官及小室, 合請於大監, 已得快諾, 此則決
不失矣, 且俟之.'"

이 작품의 사기꾼은 조선후기 매관매직 풍토의 산물이다. 이 사기꾼은 그 '세련된' 수법으로 보아 이미 이런 사기 행각이 한두 번이 아닌 듯하다.

사생결단의 비장한 각오로 시골의 전 재산을 처분해 마련한 3백냥을 다 날려버리자, 호걸풍의 우직한 이 무변은 마침내 자살을 기도한다. 처자를 구렁텅이에 몰아넣었고, 일가와 동리 사람들의 비웃음을 받게 된 지금, 비렁뱅이 신세가 되어 구차하게 연명하는 것을 스스로 용납할 수 없었던 것이다. 처음에는 한강에 투신하나 자살 미수에 그친다. 자살이 쉬운 일이 아니니 남에게 맞아 죽는 것이 낫겠다 싶어 다음날 아침 술을 잔뜩 퍼마신 뒤 사모관대를 두르고 팔척 장신을 이끌고서 종로로 향한다.

사람들이 그 거구를 보고 모두 깜짝 놀라 신인(神人)이 나타난 듯이 여기었다. 무변은 여러 사람들 중에서 용력 있고 건장해 보이는 사람에게 달려들어 발길을 날려 한번 박차니, 그 사람은 비명을 지르며 엎어졌다가 급히 일어나 내빼는 것이었다. 무변은 뒤쫓아 가다가 따르지 못하고 심히 개탄했다. 또 둘러보다가 자기를 해치움직한 사람 앞에 버티고 서서 눈을 부라리니 꼭 미친 사람 같았다. 부릅뜬 눈길이 닿으면 모두들 꽁무니를 빼, 거리에 사람이 없어졌다. 남의 손에 맞아 죽으려 하였으나 도리어 사람들이 그에게 다칠까 겁내는 판인데 어디서 죽음을 얻을 것인가? 날이 이미 저문지라 무변은 크게 한탄하며 돌아왔다.[142]

---

142) 같은 책, 300면. 원문은 다음과 같다: "人人大驚, 視以爲神人, 而李方揀取衆中偉幹獰貌似有勇力者, 直前搏之, 飛脚大踢. 其人一聲跌仆, 急起疾走, 追之不及. 李甚慨恨, 又環視衆中, 有可勝己者, 將赴之, 佇立睢盱, 狀若狂者, 目之所觸, 莫不潰然迸走, 街上空無一人. 李雖欲爲人所打死, 而人方畏爲李所打死, 死可得乎? 日已暮矣, 大悵而歸."

앞에서와는 다른 양태로이기는 하나 풍자는 그치지 않고 계속된다. 작품의 서두에서 이 무변은 풍신이 거룩하여 보는 사람마다 장차 영달할 것으로 기대했다고 했다. 위 인용문에서도 팔척장신의 그가 종로를 활보하자 사람들은 신인(神人)이 나타난 줄 알고 깜짝 놀랐다고 했다. 그 웅위한 풍골에 놀랐던 것이다. 영웅의 풍모를 지녔다고 할 수 있는 그런 사람이 말단벼슬 자리 하나 못 얻어, 돈으로 구사(求仕)하려다가 마침내 사기까지 당해 전 재산을 날려버리고, 궁극에는 죽기 위해서 희한한 소동까지 벌이고 있다. 이 작품이 전체적으로 빚어내는 코믹한 효과는 무변의 '영웅'으로서의 풍모와 실제 현실의 꼬락서니 사이의 심한 상위(相違)에서 나온다. 무변은 누구나 인정하는 훌륭한 풍골을 타고 났으나, 그의 삶은 비천하기만 하다. 이 비천함은 영웅소설에서 흔히 볼 수 있는, 주인공에게 궁극적으로 보장된 고귀함을 한층 빛내기 위해 주인공이 도중에 겪게 되는 그런 장식적 과정으로서의 고난이나 비천함과는 성격을 달리하며,[143] 그 자체로서 현실의 심각한 문제를 제기한다. 그러므로 영웅소설의 그런 패턴이 이 작품에서는 나타나지 않으며, 현실의 반어적(ironisch) 상황이 이를 대신하고 있다. 영웅적 풍모를 지닌 주인공이 시종 희화화되고 마는 것은 당대의 이 '반어적 현실'에서 초래된 것이다. 따라서 이 작품은 무변이 맞닥뜨린 당대의 반어적 현실을 통해 부패한 집권층을 풍자하고 있다고 볼 수 있다.

무변은 그러던 중 한 중인층 여자를 만나 신국면을 맞게 된다. 이 결말 부분은 우연적이다. 이 작품은 이런 약점에도 불구하고 '이행적 사실

---

143) 영웅소설에 대해서는 조동일, 「소설의 성립과 초기소설의 유형적 특징」, 『한국소설의 이론』(지식산업사, 1977), 255면의 각주 110 참조.

주의'를 구현하고 있는 소설이라 하기에 충분하다.

한편 당대의 과거 시험에 얼마나 부정이 횡행했는지를 잘 보여주는 작품으로 「궁유궤계득과환(窮儒詭計得科宦)」(권6)이나 「편향유박영성등과(騙鄕儒朴靈城登科)」(권2)를 들 수 있다. 이 두 작품에는 모두 돈을 받고 과장(科場)에서 직업적으로 대작(代作)해주거나 대필(代筆)해주는 사람이 등장한다. 당시 이런 대작자나 대필자가 실제 적잖이 있었던 듯하다. 「궁유궤계득과환」에 등장하는 대작자가 "국중에 유명하다(有名於國中)"라고 한 것으로 보아, 과거 시험에서의 대작 행위는 만연한 현상이 아니었던가 한다.[144] 이 작품들의 주인공은 문필이 부족하거나 혹은 아예 문필이 없는 인물들인데, 대작자나 대필자를 협박하거나 여타의 간교한 술수를 동원해 차작차필(借作借筆)함으로써 아주 우수한 성적으로 과거에 합격한다. 특히 「궁유궤계득과환」의 주인공은 "불문불필(不文不筆)"의 인물인데, 이런 방법으로 과거에 합격한 후 이조판서를 속여 벼슬까지 한다.

이런 만연한 부정 때문에 정말 재능이 있는 사람이 과거에 낙방하는 일이 벌어진다. 「천장옥수재대책(擅場屋秀才對策)」(권3)이나 「설별과소년고중(設別科少年高中)」(권1) 같은 작품의 주인공은 누구보다 빼어난 실력을 가지고 있으면서도 과거에 낙방했고, 그리하여 평생 뜻을 펴지 못한 채 불우한 삶을 산다. 작품은 이를 그 사람의 운명과 결부시키고 있지만, 실은 과거 시험의 부조리와 부정에 기인하는 바 크다고 할 것이다. 관료를 등용하는 공식적인 문호인 과거 시험에 이처럼 부정과 부조

---

144) 이옥의 「유광억전(柳光億傳)」에 "鄕之俗, 多以賣擧子業爲生者, 而光億亦利之" (이가원 역편, 『이조한문소설선』, 민중서관, 1961, 426면)라는 말이 보인다.

리가 만연했다는 것은 그만큼 집권 지배층이 부패했고 그 내부 모순이 심화되었음을 말해주는 것이다.

3) 몰락양반의 현실

몰락양반의 현실을 반영하고 있는 작품들은 대단히 많다. 다음은 「의유읍재상상구은(擬㑀邑宰相償舊恩)」(권6)이라는 작품의 서두인데, 아사할 지경에까지 이른 몰락양반의 비참한 현실을 생생하게 보여준다.

유진사(柳進士)는 집이 가난하여 조석도 차리지 못하는 형편이었다. 더욱이 흉년을 만나 살아갈 길이 막연했다. 긴긴 여름날에 연 5일이나 솥에 불을 넣지 못했다. 허기를 견디기 어려워서 사랑방에 누워 있었다. 내당에서 오랫동안 사람의 소리도 없이 적연한 것을 이상하게 생각하고 몸을 일으켜 들어가 보려 하였으나 기운을 낼 수 없었다. 엉금엉금 기어서 안방으로 들어가니, 마침 그의 처는 입에 무언가 우물거리고 있다가 유진사가 들어오는 것을 보고 당황하여 감추면서 얼굴을 붉혔다.

"여보, 무얼 혼자 먹고 있다가 나를 보고 숨기오?"

"먹을 만한 것이 있으면 저 혼자 먹겠어요? 아까 정신이 어지러워 쓰러져 있을 때 수박씨가 벽에 말라 붙어 있는 것을 보고 집어다 씹으니 빈 껍질이었어요. 그래서 한숨이 나오다가 들어오시는 것을 보고 그만 겸연쩍어졌답니다."

하고 손에서 수박씨를 내보이는 것이었다. 부부는 서로 눈물을 흘렸다.[145]

---

145) 「서과핵(西瓜核)」, 『이조한문단편집(중)』, 59~60면. 원문은 다음과 같다: "古有柳

이 작품의 유진사는 옛적 같이 공부했던 친구가 음으로 극력 주선한 덕분에 아사 직전 벼슬에 등용될 수 있었지만 몰락한 양반 중에는 이처럼 굶다가 죽은 사람도 있었을지 모른다. 조선후기에 이르러 양반의 수가 크게 늘어나 관리 후보자는 증대했지만 관직의 수는 제한되어 있었다. 이 때문에 "세벌(世閥)과 문묵(文墨)의 집안에서도 굶주리면서 홍패(紅牌: 과거 합격증—인용자)를 어루만지며 탄식하는 자가 이루 헤아릴 수 없게"146 되었다. 이 작품의 유진사 역시 그러한 처지에 있다가 요행히 구제된 것이다. 양반 중에서도 대대로 물려받은 전답이 있는 경우에는 벼슬을 하지 않더라도 지주로서 안락한 생활을 누릴 수 있었으나, 전답도 없고 사환(仕宦)도 못한 양반의 경우 생계가 막막하기 짝이 없었다. 이들은 그야말로 삼순구식(三旬九食)을 예사로 했을 터이다. 『청구야담』의 소설들에서 궁지에 몰린 몰락양반은 몇 가지 행동 방식을 보여주는데, 그 중의 하나는 형편이 괜찮은 친구나 친척에게 도움을 청하는 것이다. 이런 인물이 주인공으로 등장하는 작품으로는 「쇄음낭서백농구우(鎖陰囊西伯弄舊友)」(권6)나 「노옥계선부봉가기(盧玉溪宣府逢佳妓)」(권5)를 들 수 있는데, 이들 작품에서 몰락양반은 도움을 청하러 간 친구나 친척에게 심한 박대나 조롱을 받게 된다. 특히 「쇄음낭서백농구

姓進士, 家貧朝不謀夕, 又値歉歲, 無以資生. 時當長夏, 連五日未炊, 飢困特甚, 頹臥外舍矣. 內堂寥闃, 久無人聲, 柳怪之, 起而欲入, 不能作氣, 匍匐而至于內, 則妻方以物口嚼, 見其入, 慌忙掩匿, 面帶羞色. 柳曰: '君何獨喫某物, 見我掩匿乎?' 妻曰: '吾若有物可喫, 豈忍獨嘗乎? 俄於昏倒時, 見西瓜核, 枯付壁上, 取而剖嚼, 則乃空殼, 方爲恨歎, 見君入來, 不覺枏然.' 仍於手中, 出示西瓜空核, 相與歔欷.'

146) "世閥之門, 文墨之戶, 蟬腹龜腸, 撫紅牌而嗟恨者, 不可勝記."(「朋黨論」, 『星湖集』권30)

우」는 구걸 행각에 나선 몰락양반이 겪게 되는 말 못할 수모를 해학적인 방식으로 그려놓았다.

한편「궤반탁견곤귀매(饋飯卓見困鬼魅)」(권7) 같은 작품은 남의 집에 기식(寄食)하는 굶주린(그리하여 파렴치해진) 몰락양반의 모습을 환상적인 방식으로 그려놓고 있다. 이 작품의 주인공 심생(沈生) 역시 몰락양반으로서, 벼슬하는 그의 동서 도움을 받아 겨우 죽으로 연명하는 처지다. 남의 도움으로 연명하는 이 곤궁한 심생에게 어느 날 느닷없이 한 굶주린 귀객(鬼客)이 찾아온다. 다음은 귀객이 심생에게 밥을 요구하는 대목이다.

작년 겨울에 대낮에 한가히 앉아 있는데 문득 대청 반자 위에서 쥐 다니는 소리가 들렸다. 심생은 담뱃대로 반자를 두들겼다. 쥐를 쫓는 수법이었다. 그런데 반자 속에서 이런 소리가 들려왔다.

"나는 쥐가 아니라 사람이라오. 당신을 보려고 산을 넘고 물을 건너 찾아왔거늘 이렇게 박절하게 대하지 마오."

심생은 깜짝 놀라서 도깨비가 대낮에 나올 리도 없고 참 이상하다고 생각하였다. 눈이 휘둥그레져 있는데 다시 반자 속에서 소리가 났다.

"내가 먼 길을 오느라 시방 몹시 배가 고프니 밥 한 그릇만 먹여 주오."

심생은 대꾸도 않고 바로 안으로 들어가서 그 사실을 이야기했다. 집안 식구들은 누구도 곧이 들으려 안했다. 말이 끝나기가 바쁘게 공중에서 소리가 들렸다.

"당신들 서로 모여서 이러쿵저러쿵 내 장단(長短)을 이르지 말아요"

여자들은 기겁을 해서 달아났다. 귓것은 부인을 따라 다니며 연방 소리를 질렀다.

"겁내 도망칠 것 없어요. 내가 장차 댁에 오래 머물러 있게 되어 한 집 안 식구와 같으니 무어 소원하게 대할 것이 있겠어요?"

서쪽으로 달아나고 동쪽으로 숨어도 가는 곳마다 머리 위에서 밥 찾는 소리가 따라 다녔다. 하는 수 없이 한 밥상을 차려 마루 한가운데 놓았다. 밥을 씹고 물을 마시는 소리가 나더니 눈깜짝할 사이에 밥상이 말끔히 비워지는 게 아닌가. 보통 귀신은 흠향만 하고 그칠 뿐인데, 이 귀신은 음식을 다 먹어 치워 버렸다. 주인은 크게 놀라서 물었다.

"너는 무슨 귀신인데 무슨 인연으로 내 집에 들어 왔느냐?"

"나는 이름을 경관(慶寬)이라 하오. 돌아다니다가 우연히 귀댁에 이르러 이제 한번 포식을 하였으니 나는 그만 가오."[147]

그후 이 귀객은 매일 찾아와 밥을 얻어먹고는 사라진다. 밥을 안 내놓으면 욕설을 퍼붓고 그릇을 부수며 밤새도록 행패를 부리기도 했다. 그러다가 하루는 자기 집이 있는 문경(聞慶)으로 돌아가겠다며, 노잣돈을 좀 마련해달라고 한다. 요구한 노잣돈 열냥을 구해다 주자, 귀객은 마침내 고향으로 내려간다. 온 집안 사람이 경사가 난 듯 모두 뛰고 기뻐했

---

147) 「귀객(鬼客)」, 『이조한문단편집(중)』, 28~29면. 원문은 다음과 같다: "昨年冬, 白日閑居, 忽聞外堂板子上有鼠行之聲, 沈生以烟竹仰擊, 盖逐鼠活法也. 自板子中有聲曰: '我非鼠也, 人也. 爲見君跋涉至此, 勿以此相薄也.' 沈生驚訝, 意謂魍魅, 而白晝焉有動見之理, 正在眩惑間, 又於板子上有聲曰: '我遠來飢甚, 以一飯見饋.' 沈生不應, 直入內閨, 道其狀, 家人莫有信者. 言訖, 空中有聲曰: '君輩毋得相聚道我長短也!' 婦人輩驚甚走出, 那鬼隨婦人連呼曰: '不必駭走. 我將久留貴第, 便同家人, 則何有疎遲爲也.' 婦人西走東竄, 處頭上連呌索飯, 無如之何, 淨備一卓飯饌, 置于堂中, 有吃食飮水之聲, 頃刻便盡, 非若他鬼之歆之也. 主人大駭, 問之曰: '汝是何鬼, 緣何入吾家?' 鬼曰: '我是慶寬. 周行之際, 偶入貴第, 今得一飯, 從此可往.'"

는데, 열흘쯤 뒤 경관의 처라는 귀신이 나타나 "이 집에서 귀신을 잘 대접한다는 말을 듣고 불원천리하고 이렇게 찾아왔다(聞君家善待鬼, 故不憚遠程, 有此委訪)"고 하면서 매일 심생의 집에 걸식하러 오는 것으로 이야기는 끝난다.

이 작품은 현실반영 방식에 있어서 흥미로울 뿐 아니라, 소설과 민담 간의 친근 관계를 보여준다는 점에서도 흥미롭다. 이 작품에서 귀객은 '걸신(乞神)', 즉 빌어먹는 귀신이다. 이 걸신은 굶주려 남의 집을 전전하며 살아가는 몰락양반을 상징한다. 이 작품은 걸신을 하필 심생이라는 몰락양반에게 기식케 함으로써 더할 수 없는 풍자적 효과를 거두고 있다. 이 걸신을 통해 남에게 기생해 살아가는 몰염치한 몰락양반이 풍자될 뿐 아니라, 심생 자신도 풍자된다. 심생이 몹시 귀찮아하는 이 귀객은 역설적으로 자기 자신의 모습이기도 하다. 이렇게 본다면 이 작품에서는 묘하게도 이중의 풍자가 이루어지고 있다.

이 작품의 '귀매(鬼魅)'는 민담에서 차용된 모티프다. 그러나 이 모티프에는 민담에서와 달리 심중한 사회역사적 내용이 내포되어 있다. 이 작품은 형식적으로 민담적 요소와 분위기를 차용하고 있지만 장르적으로 민담은 아니며, 당대의 역사적 현실을 반영하면서 주·객체의 대립을 문제 삼고 있는 소설이다.[148]

이 작품은 환상적·상징적 방식으로 현실을 반영하고 있되, 작품의 주제는 지극히 현실적이다. 이와 같은 환상적·상징적 반영 방식은 『청구

---

148) 18세기 독일 낭만주의 시대의 노벨레(Novelle)에서도 민담적 요소와 분위기의 차용이 성행했다. 우리 경우와 마찬가지로 노벨레에서도 그 차용된 민담적 계기는 민담에서와 달리 강한 현실성과 역사성을 지닌다. Benno von Wiese, *Novelle*, S. 51~59.

야담』의 소설들에서 제법 찾아볼 수 있지만, 주류라고는 하기 어렵다. 주류를 이루는 것은 사실적(寫實的) 반영 방식이다. 야담계 단편소설은 그것이 구현한 이행적 사실주의에 맞게 그 현실반영 방식에서도 전자와 후자의 공존과 함께 전자에서 후자로의 이행을 보여주고 있다 할 것이다.

몰락양반은 그 곤궁한 생활을 타개하는 한 방책으로 멀리 추노(推奴)를 나가기도 한다(이에 대해서는 본장의 제1절에서 살핀 바 있다). 궁지에 몰린 몰락양반은 자살을 시도하기도 한다. 예컨대 「봉환상궁유면사(逢丸商窮儒免死)」(권2)의 주인공이 그러하다. 중년에 상처(喪妻)한데다가 가세가 워낙 적빈해서 숙수(菽水)도 잇기 어려운 형편에 처하자 이 궁유(窮儒)는 자살을 결심한다. 그런가 하면 어려운 처지에서도 독서를 하여 끝내 과거에 합격해 벼슬에 진출함으로써 빈곤에서 탈출하는 몰락양반도 있다. 「사궁유유통사수보(赦窮儒柳統使受報)」(권1)의 한 궁유는 당시 법으로 금한 술을 밀조해 팔아가면서 책을 읽어 마침내 과거에 합격해 벼슬을 한다.

그러나 굶주리면서 언제까지고 독서를 할 수는 없다. 굶주리는 것도 정도 문제지, 생사존망(生死存亡)의 지경으로 절박한 상태가 되면 독서는 물론 양반의 체면까지 내팽개쳐 버리게 된다. 앞에 든 작품들의 몰락양반은 그래도 양반의 근본은 고수해온 편이라 할 수 있는데, 다음 작품들의 몰락양반은 그 근본마저도 방기해버리고 실질적으로 평민화된다. 「연초동김생작월로(憐樵童金生作月老)」(권4)의 총각은 세가(世家)의 후예지만 나무꾼으로서 살아가며, 「게점사이정익식인(憩店舍李貞翼識人)」(권5)에 나오는 반족(班族) 인물 역시 섶을 팔아 생계를 이어간다. 「획중보혜부택부(獲重寶慧婦擇夫)」(권6)의 오생(吳生)은 짚신 장사로 연명하며, 「점명혈동비혜식(占名穴童婢慧識)」의 김생(金生)은 고용살이 하는 머슴으로까지 전락했다. 이들은 교육을 받지 못해 문자도 읽지 못할 정도로 몰락한 양반 후예들이다. 그러므로 이들이 생계를 유지하기 위해서 할 수 있는 일이란 애초부터 농(農)·공(工)·상(商) 외에는 달리 없었다. 이와 달리 조금 문자를 아는 몰락양반의 경우, 서리(胥吏) 노릇이나 서리의 서기(書記) 일을 해 생계를 도모하기도 한다. 「입이적궁유성가업(入吏籍窮儒成家業)」(권3), 「반동도당고초중(班童倒撞藁草中)」(권2)의 주인공들이 각각 그에 해당한다. 그러나 이는 다소 특수한 사례라 할 수 있고, 양반이 심하게 영락하면 할수록 농·공·상의 평민적 생산 활동에서 호구지계를 구하는 것이 일반적이다.

지금까지 거론된 작품들에서는 말할 것도 없고, 몰락양반이 주요 인물로 등장하는 여타의 작품에서도 몰락양반 자신은 대부분 무능하고 현실에 아둔한 인물로 그려져 있다. 무능한 그는 대개 남의 도움(그것도 예기치 않은)으로 자신의 가난한 처지를 탈피하게 된다. 특히 앞에 든 작품들에서는 우연히 만난 여성의 도움으로 몰락양반이 구제되는 경우가 많다. 「점명혈동비혜식(占名穴童婢慧識)」과 「획중보혜부택부(獲重寶慧婦擇夫)」의 비자(婢子), 「반동도당고초중(班童倒撞藁草中)」의 평민녀, 「노옥계선부봉가기(盧玉溪宣府逢佳妓)」의 관기(官妓) 등이 그러한 여성에 해당한다. 이들의 신분은 모두 평민 아니면 천민인데, 몰락양반과는 대조적으로 대단히 적극적인 행동 방식과 지혜를 겸비하고 있어 현실 타개 능력이 뛰어나다. 몰락양반은 이들 여성과 서로 부부로 결합되는데, 그 결합은 여성 쪽의 주도로 이루어지고 있으며, 양반은 수동적으로 이끌려갈 뿐이다. 이런 사정을 「획중보혜부택부」를 통해 좀더 구체적으로 살펴보기로 한다.

이 작품의 남성 주인공인 몰락양반 오생(吳生)은 양산 사람인데, 사람됨이 무척 어리석다. 짚신을 삼아서 살아가는데, 그 솜씨가 또한 형편없었다. 하루는 어느 서울 소년이 지나가다가 그 짚신을 보고 우스개소리로 서울 가져가면 1냥은 받겠다고 하자, 그 말을 곧이 듣고 짚신을 싸 가지고 서울로 올라온다. 올라와 장터에 며칠을 앉아 있었으나 한 짝도 팔리지 않았다. 혹 값을 물어보는 사람마다 1냥이라는 대답에 비웃고 지나간다. 그러던 중 우연히 재상집 하녀를 만나게 된다. 다음이 그 대목이다.

그때 어느 재상집의 하녀가 용모가 예쁘장한데다가 민첩하고 총명하며 나이 방년 열여섯인데, 정해 주는 혼처는 마다하고 일찍부터 제 스스로 마음에 드는 사람을 골라서 짝을 맺겠노라고 말해 왔다. 하루는 우연히 오생이 짚신을 늘어 놓은 곳을 지나다가, 짚신 값을 턱없이 불러 전혀 사는 사람이 없음을 보고 마음속으로 이상히 여겼다. 3, 4일 연달아 나가 봐도 매양 똑같았다. 이에 오생에게 말을 붙였다.

"이 짚신을 내가 전부 사겠어요. 값이 얼마예요?"

"일곱 죽(한 죽은 짚신 열 켤레—인용자)이니 70냥이오."

"나와 같이 가서 돈을 받아 가시면 어때요?"

"좋소."

(…) 하녀는 그를 자기 거처인 행랑으로 데려갔다. 오생은 자리에 앉자 짚신 값을 독촉했다. 하녀는

"내일 아침에 드릴께요. 하룻밤 묵어 가세요."

하고 좋은 술과 안주를 내왔다. (…) 밤이 되자 그 여자는 이리 말했다.

"손님이 이왕 이렇게 오셨으니 오늘 밤은 나와 함께 자리에 드시는 게

어때요?"[149]

소극적이고 사리에 어두운 몰락양반 오생과 적극적이고 현실적인 비자의 행동 방식은 뚜렷이 대조된다. 비자는 비단 혼사(婚事)만이 아니라 이후의 모든 일을 주도한다. 비자는 오생에게 글을 배우게 하고, 장사를 하게 하며, 벼슬까지 얻어 하게 한다. 비자의 생각은 대단히 주도면밀하고 계획적이다.

오생과 비자의 결합 및 그 결합 양태는 당대의 사회사적 추이를 반영한다. 신분 질서가 공고했던 중세 안정기에 양반과 평·천민이 부부로 결합되는 것은 생각하기 어려운 일이지만, 양반계급의 몰락이 야기되고 평천민층의 실력이 향상되어가던 중세 해체기에는 사정이 달랐다. 오생은 내려앉는 계급의 일원이요 비자는 올라서는 계급의 일원이었던바, 하강과 상승의 중간 도정에서 둘은 서로 결합된 것이다. 이것이 몰락양반 오생과 비자의 결합이 갖는 사회사적 의미다.

한편 결합 당시, 그리고 결합 이후, 비자가 주도권을 갖는 것은 몰락양반과 하층민의 세력 관계 및 양자의 역사적 추이를 시사한다. 즉 상승하는 하층계급의 역량이 몰락하는 양반의 역량을 능가하고 있음을 보여

---

149) 「비부(婢夫)」, 『이조한문단편집(상)』, 30~31면. 원문은 다음과 같다: "時有一宰相家婢子, 容貌嬋娟, 性度敏慧, 年方二八, 不肯許婚, 嘗言自擇可人, 以作其配. 一日, 偶過吳列屨之處, 見其呼價之太過, 人無買者, 心竊異之. 三數日 連往見之, 則一直如此. 於是謂吳曰: '吾當盡買, 爲幾何?' 吳曰: '七竹價七十兩.' 婢曰: '與吾偕往, 持價而去, 何如?' 吳曰: '諾.' (…) 婢引入其所居之廊. 坐定, 吳索屨價. 婢曰: '明朝當出, 姑留一宿.' 仍進美酒佳肴. (…) 及暮, 婢曰: '客旣來此, 今夜與吾同褐如何?'"

줄 뿐만 아니라, 상승의 추세와 하강의 운명이 거스르기 어려운 것임을 예감케 한다. 이러한 예감을 강하게 뒷받침해주는 것은 양 계급 인물의 극히 대조적인 행동 방식 및 사고방식이다. 비자의 그것은 진취적이고 적극적이며 현실적이어서 강한 현실 변혁력을 지님에 반해, 오생의 그것은 오활하고 소극적이며 비현실적이어서(비록 가난한 자에 대한 연민의 정은 돋보이지만) 현실 타개 능력이 결여되어 있다. 이것이 오생과 비자의 결합 양태가 지니는 사회사적 의미다.

요컨대 이 작품에서 오생과 비자의 관계 및 그 각인(各人)의 성격은 몰락하는 양반 계급과 상승하는 평민 계급의 관계 및 그 각각의 속성을 보여주는 것으로 해석될 수 있을 터이다. 이 작품과 유사한 성격의 작품들이 상당수 존재한다는 사실이 이런 해석의 타당성을 뒷받침한다.[150]

이 작품에서는 몰락양반 오생과 빈민(貧民) 간의 친화성(親和性)이 발견된다. 아내의 말에 따라 장사하러 나간 오생은 굶주리고 헐벗은 빈민들에게 돈을 전부 흩어버리고 만다. 양자 간에 어째서 이런 친화감이 형성될 수 있었을까? 둘은 계급적 처지는 상이하나, 봉건사회의 해체로 인해 몰락해간 집단이라는 점에서는 공통된다. 몰락한 양반층은 벌열층 양반과도 대립하고 상승하는 신흥 평민층과도 대립했다. 한편 당대의 농민층 분해에 따라 광범하게 형성된 빈민층은 벌열층 및 양반 지주층과 대립할 뿐 아니라, 부유한 신흥 평민층과도 대립했다. 이처럼 몰락양반층과 빈민층은, 비록 서로 다른 입장에서이긴 하나, 상층의 양반 및 신흥 평민층과 모두 대립했는데, 이러한 사회적·경제적 이해 관계에서

---

150) 대표적인 것으로 「점명혈동비혜식(占名穴童婢慧識)」(권7), 「반동도당고초중(班童倒撞藁草中)」(권2), 「노옥계선부봉가기(盧玉溪宣府逢佳妓)」(권5) 등을 들 수 있다.

서로 친화감을 형성할 수 있었으리라 보인다.

앞에 거론된 작품들에서 보았듯, 몰락한 양반은 농·공·상의 평민적 생산 활동에 뛰어들어 생계를 도모하기도 했다. 하지만 이는 궁지에 몰려 어쩔 수 없어 그랬던 것이지, 노동에 대한 어떤 새로운 인식의 전환이 있어 그리 한 것은 아니었다. 이들이 자신의 생산 활동에 임하는 태도는 지극히 소극적이었으며, 양반적 의식과 실제 존재 간의 괴리를 탈피하지 못하였다. 과거는 집요하게 현재를 구속하며, 그 사이의 모순에서 이들은 표류한다. 그러므로 이들이 평민적 생산 활동에 종사하면서도, 그에 서투르고 또 소극적인 것은 당연한 일이다. 그리하여 하층민의 눈에는 이들의 능력과 인물됨이 대개 볼품없고 바보스러운 것으로 비친다. 양반의 무능함과 바보스러움을 본 하층민은 이제 드러내놓고 양반을 경멸하고 조롱하게 된다.[151]

하지만 비록 좀 예외적이기는 해도, 앞의 작품들이 보여주는 이런 인물 유형과 달리 양반의 신분 의식을 과감히 탈피하는 몰락양반이 전연 없는 것은 아니다. 예컨대 「치산업허중자성부(治産業許仲子成富)」(권5)의 주인공 허중자가 그런 인물에 해당한다. 그는 극도의 근검절약, 적극적인 노동, 합리적인 농업 경영과 영리 활동 등의 새로운 윤리와 생활 방식을 통해, 당초의 곤궁한 처지를 탈피하고 만석꾼의 대토지 소유자로 부상하게 된다. 이 인물이 보여주는 합리적이고 계획적인 생활 방식과 윤리는 양반의 것이 아니고, 신흥 평민층의 것이다. 그러므로 이 작품의 주인공 허중자는 시대의 변화에 맞추어 적극적으로 의식과 행동의

---

151) 「점명혈동비혜식(占名穴童婢慧識)」에 등장하는 몰락양반 자제는 명문의 후예로서 남의 머슴살이를 했는데, 동네 사람이 모두 그 용렬함을 비웃었다고 했다.

전환을 꾀한 인물이라고 할 수 있다.

몰락양반층에서는 그 특수한 사회적 위치로 인해 비판적 지식인이 나오기도 한다. 「식보기허생취동로(識寶氣許生取銅爐)」(권4)의 허생(작품의 줄거리는 좀 다르지만, 이 작품의 허생은 박지원이 지은 「허생전」의 허생과 동일 인물이다)이 바로 그런 인물이다. 그는 "한 나라 백성의 근심과 고통(一國生民之愁苦)"을 말하면서 봉건 지배층을 준열하게 비판한다.

4) 신흥 사회층의 대두

앞의 절에서 『청구야담』의 소설들이 몰락한 양반의 현실을 어떻게 그려놓고 있는지를 살펴보았다면, 이 절에서는 『청구야담』의 소설들이 당대의 신흥 사회층 및 새로운 인간형의 대두를 어떻게 그려놓고 있는지를 살펴보기로 한다.

이 시대에는 농촌의 신흥 평민 부자, 도시의 부상대고(富商大賈), 부유한 중서층 등 신흥 사회층이 국중의 경제력을 장악해갔고, 그에 따라 그들 속에서, 혹은 그들 주변의 시정세계에서, 이전과는 다른 새로운 인간 유형들이 대두했다. 이들의 의식과 가치관은 종래의 양반과 달랐으며, 평민 계급 중에서도 특히 상승하는 계층의 의식을 보여준다. 신흥 사회층은 고답적이고 도덕적인 양반 계급과 달리 대단히 솔직하고 물질적이며 개방적인 태도를 갖고 있었다. 그들은 그 철저한 물질적 세계관 때문에 때로 천박한 속물근성을 드러내기도 한다.

「영산업부부이방(營産業夫婦異房)」(권1)은 부농(富農)의 성립 과정을 흥미롭게 보여준다. 김생이라는 머슴살이 하는 총각이 있었는데, 빈한하여 늦게서야 돈을 조금 모아 장가들 수 있었다. 아내는 시집 온 다음

날, 부부 생활을 전폐하고서 치산(治産)에만 힘쓸 것을 제안한다.

우리 부부 두 궁상끼리 서로 만나 동침하게 되면 자연 자녀를 낳게 되리니, 만약 금년에 아들을 낳고 명년에 딸을 낳으면 자손지락(子孫之樂)이 좋기야 좋지만은 그동안에 식구가 불고 가환이 생겨, 들게 될 재물을 무엇으로 감당하겠어요. 당신은 웃방에서 짚신을 삼고, 나는 아랫방에서 길쌈을 하여 10년을 기한하고 날마다 죽 한 그릇으로 배를 채우며 치산해 봄이 어떨까요?[152]

그리하여 아래윗방에 따로 거처하면서 치부에 힘을 쏟는다. 다음은 치부 과정을 보여주는 대목이다.

날이 저물면 부부가 매일 밤 뒷뜰에 나가서 구덩이 예닐곱을 파고 들어왔다. 그리고 섣달이 되자 주머니를 많이 만들어 대촌(大村)의 머슴들에게 나눠 주면서 개똥 한 섬으로 그 값을 정했다. 초봄 해동할 무렵 파놓은 구덩이를 전부 개똥으로 메우고 봄보리를 파종했다. 그해 큰 풍작이어서 거의 백여짐을 거두었다. 또 이어서 담배를 심어 수십냥 돈을 손에 쥐었다. 이처럼 근면하게 하여 6, 7년이 지나자, 돈과 곡식이 집에 가득 찼으나 여전히 죽으로 끼니를 삼았다. 9년을 마치는 섣달 그믐날 남편이 아내에게 밥을 먹자고 청했다. 그러자 아내가 이리 말했다.

---

152) 「부부각방(夫婦各房)」, 『이조한문단편집(상)』, 18~19면. 원문은 다음과 같다: "吾夫婦兩窮相合, 同寢則自然生産, 若今年生子, 明年生女, 子孫之樂好則好矣, 這間食口之添, 疾病之苦, 其所捐財, 當何如哉? 君處上房而悃[捆]屨, 吾處下房而織衽[紝], 以十年爲限, 日喫一器粥, 以成家業如何?"

"우리가 10년을 기한하고 죽을 먹기로 작정한 걸 하룻밤 새를 못 참아 경솔하게 먼저 파계해서 되겠어요?"

김생이 무안하여 물러섰다. 10년 후에 과연 도내(道內)의 갑부(甲富)가 되었다.[153]

이 부부의(특히 그 아내의) 사고방식은 대단히 합리적이고 계획적이며, 치부를 위한 집념 역시 대단하다. 치부를 위해 부부 생활까지도 전폐한다. 자식을 낳으면 부를 성취하는 데 방해가 되니, 계획적·의식적으로 부부 생활을 중단해버린 것이다. 이는 기존의 봉건적 가족 관념이나 부부 관념에서 본다면 가히 혁명적인 사고의 전환이라 할 만하다. 기존의 전통적 사고방식이 치부의 필요성 앞에서 여지없이 타파되었다. 부를 성취해야겠다는 욕구는 그 어떤 것보다도 강렬하다. 치부에의 강렬한 욕구가 이 부부로 하여금 기존의 봉건적 관념에서 탈피해 새로운 합리적 사고를 갖게 한 것이다.

부를 이룩해가는 과정 역시 합리적이고 계획적이다. 치산 기간을 미리 설정해놓고, 극도의 근검절약, 토지 생산성의 제고, 수익성 상품 작물의 재배 등에 의해 성공적으로 부를 이룬다. 인용된 부분만으로도 잘 알 수 있듯, 이 작품은 대단히 사실주의적이다. 전형의 창조에 있어서

---

153) 위의 책, 19면. 원문은 다음과 같다: "於昏後, 夫與妻必鑿土坑於後園, 每夕以六七坑爲定. 又當窮臘, 製囊許多, 播及於大村雇奴, 以狗糞一石定價. 春初解氷時, 盡塡狗糞於所鑿土坑, 以種春牟, 當年大稔, 殆近百餘負. 仍繼種南草, 又得數十兩錢. 如是勤業, 至六七年, 錢穀充滿, 而食粥則如一. 至九年之終, 臘月之晦, 其夫請喫飯. 其妻曰: '吾輩旣以十年喫粥爲限, 則不忍一宿之間, 徑先破戒可乎?' 生撫[憮]然而退. 以後, 果成大富, 甲於一道."

도 훌륭하지만, 디테일의 묘사는 놀랍도록 정확하다. 이 점에서 비록 편폭은 짧아도 야담계 단편소설의 특징을 유감없이 잘 보여주는 작품이라 할 만하다.

한편 「책형처청사화인맹(責荊妻淸士化隣氓)」(권2)은 앞의 작품과는 다른 측면에서 상승하는 농민층 인물의 심성을 보여준다. 이 작품에 등장하는 농민은 부농으로 상승해가는 도정에 있는 인물로 보인다. 이 인물은 농사짓기를 부지런히 하여 생활이 넉넉한 편이지만, 성품이 조촐하지 못해 남의 것 도둑질하기를 잘한다. 바로 그 이웃에 굶기를 예사로 하는 독서하는 한 몰락양반이 살고 있었는데, 여간 가사를 다 팔아 먹고 남은 거라곤 밥 짓는 솥 하나뿐이었다. 이 작품은 농민이 이 솥을 훔치러 왔다가 몰락양반에게 감화를 받아 회개한다는 내용이다. 문제는 이 농민이 단순한 좀도둑이라기보다 워낙 치부에 적극적이다 보니 도둑질까지 하게 된 것으로 보인다는 사실이다. 재물욕이 많아 수단과 방법을 가리지 않고 부를 축적해간, 말하자면 '놀부형' 신흥 평민층 인물이라 할 수 있다.[154]

앞의 두 작품에서 부를 축적하는 인물들이 등장한다면, 「여수의이화접목(呂繡衣移花接木)」(권6)에서는 부를 일단 성취하고 난 후의 평민 부자가 등장하는데, 이 인물은 잔칫집에 온 걸객을 쫓아내려 할 정도로 재물에 인색한 심성을 보여준다.

지금까지는 농촌 부농층의 등장을 살펴보았지만, 도시에서는 상인층이 성장하고 있었다. 우리는 이 시기 대상(大商)의 모습을 「왕남경정상행화(往南京鄭商行貨)」(권3)를 통해 생생하게 엿볼 수 있다. 이 작품

---

154) 임형택, 「『흥부전』의 현실성에 관한 연구」 참조.

의 주인공인 대상(大商) 정씨는 호탕하고 기국(器局)이 크며 금전 거래에 있어서 철저히 신용을 지키는 인물로 그려져 있다. 그는 그러한 신용과 뛰어난 상술을 바탕으로 중국과의 해외 무역을 함으로써 막대한 돈을 번다. 평안감사는 이런 정상(鄭商)을 "영웅"이라고 극구 찬양한다.[155] 집권층 벼슬아치가 영웅이라고 부를 정도로 당대 부상(富商)의 지위가 상승했음을 읽어낼 수 있다. 정상(鄭商)은 이식(利殖)을 위해 국내외에서 종횡으로 활약했던 이 시기 상인의 전형(典型)이라고 할 수 있다. 정상과 동일한 상인상(商人像)은 「식보기허생취동로(識寶氣許生取銅爐)」(권4)나 「익시신해쉬상은(匿屍身海倅償恩)」(권6) 등의 작품에서도 보인다. 이들 작품에 등장하는 상인들은 하나같이 국량이 크고 관대한 인물로 그려져 있다.

한편 「획생금김부자동궁(獲生金金父子同宮)」(권1)은 이와는 다소 다른 측면의 상인상을 조명해놓고 있다. 개성 상인인 조동지(趙同知)는 재산이 수만금이요, 그 차인(差人)[156]만 해도 팔도에 안 깔려 있는 데가 없을 정도의 대상이었다. 그러나 자식이 없어 평소 근심해왔는데, 어느 날 대문에서 밥을 비는 거지 아이가 자기와 같은 배천 조씨임을 우연히 알게 되어 그를 양자로 들인다. 자라면서 서로 정을 붙여 친자와 다름없이 되었고, 마침내 며느리까지 맞이한다. 조동지는 재산 출납을 양자에게 일임했는데, 그는 부지런하고 주밀해서 조동지의 뜻에 맞았다. 하루는 양자가 조동지에게 자기도 이제 평안도 도회지로 나가 장사를 해보

155) "此人眞英雄也."
156) 개성 상인은 차인(差人), 서사(書士), 수사환(首使喚), 사환(使喚)을 두었는데, 이 중 '차인'은 주인의 지원을 받아 특정 지역에 파견되어 상업에 종사한 고용인을 이른다.

고 싶다고 하자, 조동지는 좋은 말이라며 5천냥을 주어 장사를 내보낸다. 그런데 평양에 간 양자 조생은 기생에 혹해 몇 년 사이에 돈을 다 날려버리고 만다. 그리하여 조생은 면목이 없어 집에 돌아오지도 못하고 기생집 사환 노릇을 하며 지내는데, 부친 조동지는 이 기별을 듣고 조생을 다시는 자기 자식으로 안 보겠다며 그의 생모(조생에게는 생모가 있었는데, 조동지의 집에 들어와 함께 살고 있었다)와 며느리를 집에서 내쫓아버린다. 그러던 중 조생은 우연히 생금덩이를 얻게 되어, 그것을 가지고 집으로 돌아온다. 다음은 귀향해 부자가 상면하는 대목이다.

조생은 당장 그 금덩이를 말등에 싣고 귀향했다. 때는 연말이었다. 대개 그때쯤에는 개성의 장사나갔던 사람들이 많이 귀가하는데, 가족들이 저마다 성찬을 차려 오리정(五里程)에 마중 나왔다. 조동지도 이때 귀환하는 차인(差人)들을 맞이하느라 마침 오리정에 나와 있었다. 조생이 떨어진 두루마기에 짚신을 끌고 거기 나타나서 마주치게 되었는데, 조생은 부친에게 나아가 인사를 못 드리고 한 구석에 웅크리고 있었다. 그밖의 허다한 차인들은 주객 간에 모두 희색이 감돌았으나, 조생의 경우 아비는 보고도 못 본 척하고 자식은 뵙고도 감히 나서지 못했다.[157]

상품화폐경제의 발달에 따라 종전의 봉건적 인간 관계는 금전적이며

---

157) 「개성상인」, 『이조한문단편집(상)』, 89~90면. 원문은 다음과 같다: "趙生卽馱而來. 時當歲末, 凡松人之出商者, 必盡歸家, 各其家眷, 亦備大饌, 而迎之于五里程. 伊時趙同知, 亦以候差人之故, 方出來于五里程矣. 趙生弊袍草履, 亦會于其中, 未敢出現其父, 踟躕一隅. 其外許多差人, 主客莫不喜色, 而至於趙生, 則其父知而若不知, 其子亦知而不敢現."

실리적인 것으로 바뀌기 시작했다. 이러한 변화는 평민 계급에서, 평민 계급 중에서도 상승해가는 평민층에서, 상승해가는 평민층 중에서도 특히 상인층에서 두드러지게 나타났다. 상인층은 어느 계층보다 이윤의 추구와 확대에 철저했으며, 그들의 욕망은 이 시대에 이르러 크게 팽창 하였다. 자본의 축적과 확대에 대한 그들의 욕망은 워낙 강렬하고 그 무 엇보다 선차적(先次的)이어서, 여타의 것은 모두 그에 종속되거나 부차 적인 것이 되었다. 기존의 윤리와 도덕 및 정신적·관념적 제 범주는 바 야흐로 상품화폐 관계에 의해 치환되어갔다.

이 작품은 부자간의 인륜 관계 역시 화폐 관계에 의해 하루아침에 깨 어져버릴 수 있음을 보여준다. 이 작품에서 조동지가 그의 양아들 조생 이 돈을 탕진해버린 것을 알고 비정하게 그 부자 관계를 끊어버리는 것 은, 부자간의 인륜보다도 돈을 더 중시하는 조동지의 사고방식에서 기 인한다 할 것이다. 다음 대목에서 그 점이 더욱 분명히 드러난다.

이튿날 조생은 편지와 함께 금을 겹겹으로 싸서 아내를 주며 아버지에 게 갖다 드리라고 했다. 조동지는 이른 아침부터 여러 차인들과 한창 회 계를 하느라 방 안에 있었다. 조생의 아내는 감히 방 안으로 들어가지 못 하고 하인을 불러 조동지에게 통지하고 먼저 금과 편지를 들여 보냈다. (…)

조동지는 즉시 성문을 나가 조생을 만났다. 조생이 절하고 뵙자, 조동 지가 대뜸 물었다.

"네가 보낸 금가루가 적지 않던데 어떻게 얻은 거냐?"

조생이 대답했다.

"그걸 가지고 무얼 많다고 하겠읍니까? 커다란 순금덩어리가 있는데요."

"어디 두었니?"

조생이 행장을 들추어 꺼내 보였다. 조동지는 일견에 눈이 휘둥그레지고 입이 딱 벌어지더니 그만 까무러치는 것이었다. 이윽고 일어나서 조생의 등을 쓰다듬으며,

"상(相)이 틀릴 리 없지. 네 관상을 보니 만석군이 될 상이더구나. 그래서 거두어 양자를 삼았더니, 오늘 과연 이 금덩이를 가지고 왔구나. 이걸 녹여서 팔면 우리집 재산의 10배는 되겠다. 이밖에 또 무얼 바라겠느냐. 지난날 한때의 외도는 젊은이의 항용 있을 수 있는 일이니 다시 거론할 필요 없다. 어서 집으로 돌아가자."

하고 머리를 돌려 조생의 생모에게 말했다.

"아주머니, 요즘 추운 날씨에 기한이 오죽하셨소? 내 곧 교자를 보낼 테니 전에 사시던 집으로 돌아가시지요."

조동지는 집에 돌아간 즉시 전부 솔가해 가 다시 부자간이 처음처럼 되었다.[158]

조동지가 조생의 아내에게서 금가루를 받고 난 후 보여주는 태도의

---

158) 위의 책, 90~91면. 원문은 다음과 같다: "其明日, 裁書與金封重裹, 出給其妻, 使納于其父. 其父方與諸差人, 早起會計, 坐房中. 其婦不敢造次入門, 呼其奴子, 通之于同知, 而先入金封. (…) 仍卽出城見其子, 其子拜謁. 其父曰: '汝之所送金屑, 不少, 何以得之乎?' 其子曰: '此何爲多也? 又有許大全塊金矣.' 曰: '置之何處?' 其子披行橐中, 出示之. 同知一見, 圓着眼大開口, 旣爲驚倒. 良久起而拊背曰: '相不可誣矣. 吾初見汝相, 有萬石君格, 收所以爲子, 今果得此金來, 若其鑄出也, 十倍於吾家本産也. 此外復何望哉? 向日一時外入, 亦是少年例事, 勿復云云, 卽卽入來也!' 回頭語其生母曰: '嫂氏近日日寒, 得無飢寒乎? 吾今備轎出送, 卽返舊室也!' 歸家後, 盡爲率去, 復爲父子若初."

표변은 '돈'의 노예로서 그의 속물 근성을 여지없이 보여준다. 조생은 돈을 주고 부친의 용서를 샀고, 조동지는 돈을 받고 아들에게 용서를 팔았다. 아들과 아버지는 돈으로 부자 관계를 사고 판 셈이다. 이처럼 이들 사이의 부자 관계는 일종의 '교환 관계'에 기초해 있다. 즉 인륜이 상품화폐 관계로 치환되어 있는 것이다.[159] 이 작품의 조동지는 '돈'에 대한 끝없는 욕망의 충족이 그의 존재 의의이다. '돈'에 대한 그의 욕구가 얼마나 강렬한지는 그가 생금덩어리를 보고 좋아 까무러치는 데서 잘 드러난다.

앞의 「왕남경정상행화(往南京鄭商行貨)」의 정상(鄭商)이 양반과는 다른 긍정적 인간 심성을 보여준다면, 이 작품의 조동지는 양반과는 다른 부정적 인간 심성을 보여준다. 정상과 조동지는 각각 이 시대 신흥 상인층의 양면을 보여준다고 할 만하다. 새로운 긍정적 측면과 새로운 부정적 측면은 동전의 양면과 같은 것일 수 있다. 당대의 상인층은 이런 두 얼굴로 역사의 무대에 등장한 것이다.

『청구야담』의 소설들은 상승하는 평민층의 생활뿐 아니라 중서층(中胥層)의 요족한 생활상도 잘 보여준다. 중서층 중에서도 특히 역관은 공식적·비공식적으로 해외 무역에 관계했기에 큰 부를 축적한 이가 적지 않았다. 예컨대 「결방연이팔낭자(結芳緣二八娘子)」(권8)의 주인공인 김령(金令)[160]은 국중 갑부로서 그 이름이 원근에 파다하게 전파되어 "가

159) 작자가 작품 말미에 붙인 논평 중의 "噫! 父子之親, 俄頃而解, 俄頃而合, 貨利所在"라는 말은 정곡을 찌른 것이라 할 만하다.
160) '령(令)'은 '영공(令公)' 즉 '영감(令監)'이라는 뜻이니, 조선시대에 정3품과 종2품의 관원을 이르는 말이다.

졸(街卒)과 전부(田夫)도 다 그 존함을 알고 있을"[161] 정도다. 다음은 채생(蔡生)이라는 몰락양반 자제가 집 주인 김령의 안내를 받아 그의 딸이 거처하는 소당(小堂)으로 가는 대목이다.

채생은 김령의 안내를 받아 회랑(回廊)으로 들어갔다. 돌아서 한 화원(花園)에 이르니 그 둘레가 수백보인데, 사방을 채색한 담장으로 꾸며 놓았으며, 담장 안 가득히 연못을 파 놓았다. 연못가에는 작은 배를 대어 놓았는데, 겨우 두세 사람이 탈 정도였다. 배를 타고 건너는데, 연(蓮)의 자태가 빼어났고, 지척을 분간할 수 없었다. 그윽히 향내를 맡으며 한참을 거슬러 올라가자 홀연 동산이 나타났는데, 무늬가 박힌 돌로 축대를 쌓아 놓았고, 그 가운데로 층계를 만들어 위로 올라가게 해 놓았다. 채생은 배에서 내려 계단을 밟았다. 계단이 끝난 곳에 열두 난간이 있었는데, 화문석이 화려했고 주렴이 휘황하였다. 주인은 채생을 남겨 놓고 그 안으로 들어갔다. 채생이 우두커니 서서 사방을 훔쳐보니, 진기한 풀, 묘한 돌, 이름난 꽃, 아름다운 새들이 마치 바다 속의 신기루 같아 황홀하여 이루 형언할 수 없었다.[162]

저택의 규모가 어느 정도인지 가히 짐작할 수 있다. 비록 좀 문학적

---

161) "街卒田父, 皆知貴名."
162) 「김령(金令)」, 『이조한문단편집(중)』, 7면. 원문은 다음과 같다: "携入行閣, 轉到一座花園, 廣周數百步, 四圍以粉墻約之, 墻之內, 滿鑿池塘, 小艇艤其涘, 劣容兩三人. 乃同乘而濟, 菡萏挺立, 尺尋莫辨, 溯入異香中者差久, 塢嶙斗立, 以文石築起, 中設階梯, 以達其上. 生下舟登階, 階盡而有十二欄干, 茵席炳爛, 簾箔瑩透. 主翁留生而入. 生停立儵視, 則奇草異石, 名花彩禽, 如入海觀市, 悅惚不可名狀."

과장이 있음을 감안하더라도 어느 정도는 현실을 반영하고 있다고 보아 무방할 것이다. 중요한 것은, 당시 중인층이 이렇게까지 호화롭게 해놓고 살 정도로 막대한 재부를 소유하기에 이르렀다는 사실이다. 중인층의 이런 부의 과시는 "부서진 창과 비 새는 천장으로 찬 바람이 들어와 뼈가 사무치고, 부들자리, 삼베 이불에 벼룩과 빈대가 들끓는"[163] 방에서 생활하며, "빚은 산처럼 쌓이고"[164] 집안 식구들이 며칠씩 밥을 먹지 못하여 "죽음을 눈앞에 둔"[165] 몰락양반 채생의 빈궁함과 현격한 대조를 이루기에 더욱 주목된다. 역관으로서 많은 부를 소유하고 호화로운 생활을 누리는 인물은 김령 이외에도 「유상사선빈후부(柳上舍先貧後富)」(권5)의 현지사(玄知事), 「환옥동재상상채(還玉童宰相償債)」(가람본 권3)의 경중(京中) 거부(巨富) 홍동지(洪同知), 「이절도궁도우가인(李節度窮途遇佳人)」의 역관 등을 들 수 있다.

한편 「김공생취자수공업(金貢生聚子授工業)」(권4)이라는 작품은 한 서리 출신 인물이 서리를 그만두고 장사를 하다가 농업 경영으로 전환하여 마침내 부자가 되는 것을 흥미롭게 보여준다. 그는 장돌뱅이로서 장터를 떠돌아다니며 가는 곳마다 여색을 가까이하여 아들만 도합 83명을 두었다고 했다. 다음은 흉년을 만나, 각처에 흩어져 있던 그의 자식들을 불러모아 귀농하는 대목이다.

갑을(甲乙) 양년(1814·1815년—인용자)의 흉년 때, 김공생(金貢

---

163) "破窓漏簷, 寒風透骨, 蒲褥麻衾, 騷蝎甚熾."

164) "債如山積."

165) "死之迫在呼吸."

生)[166]은 파락호(破落戶) 신세인데다 이미 나이까지 늙었다. 하루는 자기가 낳은 자식들을 불러 모으니 오기도 하고 안 오기도 하여 모인 아들이 70여 명이었다. 이들을 모두 이끌고 김제(金堤), 만경(萬頃) 두 고을 어름의 들녘으로 이사했다. 그곳에 긴 행랑 100여 칸을 지어, 칸칸이 칸막이를 하여 70여 명의 아들들을 들였다. 각자 장기를 살려 농사를 짓거나 다른 생업을 일삼았는데, 자리 짜는 놈도 있고 신 삼는 놈도 있고, 질그릇장이, 대장장이 등 두루 구색을 갖춘 셈이어서 김공생 부처는 편안히 앉아서 밥을 먹게 되었다. 그곳 벌판은 본래 어영청 둔전(屯田)으로 여러 해 묵어 있었다. 이른 봄철을 맞아 김공생은 여러 아들들을 거느리고 부지런히 개간을 하여 메밀을 파종해 여름에 6,7백 석을 거두었다. 이듬해는 보리, 콩, 팥 등속을 심어서 근 천 석을 수확했고, 그 다음해는 작답(作畓)하여 벼를 심어 그해 추수가 전년의 곱절이나 되었다. 이같이 하기를 3년에 가산이 점차 요족해졌다. 김공생은 자신이 어영청에 가서 진전(陳田)을 개간한 사실을 대장에게 아뢰고, 헐하게 도지(賭地)[167]를 내어 영구히 마름[舍音]이 되는 입지(立旨)[168]를 받아 지금까지 경작해 오고 있다.[169]

---

166) 김씨 성의 '공생(貢生)'을 말한다. '공생'은 원래 향교의 교생(校生)을 이르는 말인데, 조선후기에 와서 향교에서 사역(使役)하는 이서배를 가리키는 말로 쓰였다.

167) 경작자가 지주에게 내는 토지 사용료를 이른다.

168) 신청서 끝에 신청한 사실을 입증하는 뜻을 부기(附記)하는 관부(官府)의 증명을 이른다.

169) 「경영형(經營型) 부농(富農)」, 『이조한문단편집(상)』, 22면. 원문은 다음과 같다: "及當甲乙之歉, 金也依舊破落, 年且衰暮. 一日, 盡招集其所生子, 則或來或不來, 所會者爲七十餘人矣. 盡數會合後, 率往于金堤萬頃二邑之間大坪, 作舍爲長行廊樣百餘間, 而每間隔間, 盡區處七十餘子. 各以長技, 畊且爲業, 有織席者, 有捆

이 작품의 주인공 김공생이 사내 자식을 80여 명 두었다[170]는 것은 그가 풍류남아임을 해학적으로 과장한 말로 여겨진다. 그는 이 많은 자식들의 노동력을 활용함으로써 농업 경영을 성공적으로 수행할 수 있었다. 귀농한 김공생과 그의 아들들은 가내 수공업과 농사에 힘쓴다. 특히 그들은 여러 해 동안 황무지로 버려져 있던 어영청 둔전을 개간해 노동력을 집약적으로 투입하여, 첫해에는 메밀, 둘째 해에는 보리·콩·팥, 셋째 해에는 벼, 이렇게 그 경작물을 수익성이 보다 높은 것으로 점차 바꾸어가면서 생산량을 매년 곱절씩 증대시킨다. 이처럼 확대재생산이 이루어짐에 따라 그들은 3년 만에 요족해질 수 있었다. 김공생은 황무지를 자신이 개간했다는 사실을 어영청에 신고하고 그 땅의 영구 마름이 된다. 김공생은 이러한 합리적인 농업 경영으로 이후 계속 부를 축적해갈 수 있었던 듯하다. 그리하여 십여 년 후에는 김공생이 살던 곳이 그 자손들로 수백호의 대촌(大村)을 이루었다고 했다.[171] 이처럼 이 작품은 한 아전 출신 인물이 부농이 되는 과정을 통해, 서리층이 지닌 현실 타개력과 재부 축적의 능력을 보여준다는 점에서 주목된다.

임기응변에 뛰어나고 약삭빠르며 교활한 서리배의 면모를 보여주는 작품들도 있다. 예컨대, 서리배가 연합하여 교지(狡智)로써 아둔한 고을

履者, 以至陶冶工匠, 無不畢具. 厥父夫妻, 安坐而食. 其坪乃御營廳屯田, 年久陳
廢者也. 及其開春, 金也率其衆子, 勤力開墾, 先種蕎麥, 當夏收六七百石. 翌年,
或麥或豆太, 秋穫近千石. 又其翌年, 乃作畓種稻, 當秋所收, 尤倍於前. 如始三年,
家産漸饒. 金也乃親詣御營廳, 以陳田開墾事, 告于大將, 以歇數作賭, 永爲舍音,
立旨成出, 至今耕食."
170) "所生之子, 合爲八十三人."
171) "後十有餘年, 生子生孫, 人口漸盛, 其金村爲數百戶大邨."

원을 축출하는 「선기편활서농치쉬(善欺騙猾胥弄癡倅)」(권7)나 「축관장지인타협(逐官長知印打頰)」(권2) 같은 작품이라든가, 영리한 서리배 주인공이 재치로써 양반을 기만하여 난국을 타개하고 소기의 목적을 성취하는 「진제수영리기이반(進祭需嶺吏欺李班)」(권5)이나 「신겸권술편재상(新傔權術騙宰相)」(권5) 같은 작품을 들 수 있다. 서리배가 지닌 이런 심성은 그들의 농민 수탈에서 유감없이 발휘된다. 「면대화무녀새신(免大禍巫女賽神)」(권3), 「홍천읍수의노종(洪川邑繡衣露踪)」(권1) 등의 작품에는 민중의 적으로서 악질적 서리배의 모습이 그려져 있다.

중서층 속에서는 진실하고 정직하며 양반처럼 자질구레한 법도 따위에 구애되지 않는 호협하고 자유분방한 인간 타입이 나오기도 했다. 「활인병조의행침(活人病趙醫行針)」(권7), 「염의사풍악봉신승(廉義士楓岳逢神僧)」(권8), 「연천금홍상서의기(捐千金洪象胥義氣)」(권8) 등은 이러한 타입의 인간을 생생하게 잘 보여주는바, 그 주인공들은 한결같이 염개(廉介)하고 의로운 인간성을 지니고 있다.

한편 중서·평민층의 실력이 상승해감에 따라 천민녀를 포함한 시정 여성들의 의식과 행동에도 큰 변화가 나타났다. 봉건 유교 규범에 속박되어 규중에 갇혀 자신의 능력을 사회적으로 실현할 수 있는 기회를 박탈당한 채 남성의 예속적 존재로 살아야 했던 양반 여성과 달리, 시정의 여성들은 비교적 유교 규범의 속박을 덜 받은데다가 이 시기의 사회적 변화에 따라 전통적 규범에서 탈피해 새로운 생활 방식으로 나아가는 것이 보다 용이했다. 그리하여 시정의 여성들은 남성의 예속물에서 벗어나, 경제 활동, 생산 활동 등의 사회적 활동에서 남성과 대등하거나, 혹 남성을 선도하기까지 했다. 『청구야담』의 소설들은 현실적·합리적 사고와 적극적인 행동으로 자신의 생을 주체적으로 개척해나가는 시정의 여성들을 일일이 예거할 수 없을 정도로 많이 보여주는데, 이들 여성은 대개 용기와 지혜, 강한 생활력 등의 새로운 자질과 미덕을 갖추고 있다.

「책훈명양처명감(策勳名良妻明鑑)」(권4)의 주인공은 천민녀(기녀)인데, 권력층 주변의 인물이나 부잣집 자제를 마다하고 자기 마음에 드는 가난하나 진실한 한 남자를 택해, 부모의 만류에도 아랑곳하지 않고 결혼한다. 이 여성은 평소 배우자를 스스로 선택해 결혼하겠다는 생각을 갖고 있었는데, 권력의 횡포에도 굴하지 않고, 돈이나 외모의 번드레함에도 유혹됨이 없이, 이런 생각을 초지일관 관철하고 있다. 다음 대목에서 그 점이 확인된다.

그녀는 자신이 비록 천한 기녀지만 꼭 한 남편을 섬겨 일생을 마치리라 결심했다. 그때 마침 영본부(營本府) 책객(冊客)과 비장(裨將)이 그녀의 자색을 탐하여 매양 가까이하고자 했으나, 그녀는 죽기로써 거절했다. 그 때문에 형장(刑杖)을 베풀고, 또 그 부모를 잡아 가두기까지 했으나, 그래도 끝내 마음을 바꾸지 않았으므로, 영읍(營邑) 사람들은 모두 그녀를 괴물이라 칭했다. 그 부모는 늘 그 남편 될 사람을 구하고 있었는데, 그녀는 말하기를,

"남편은 백년지객이니 내 스스로 택하겠다."

라고 했다. 이 말이 원근에 한번 퍼지자, 풍문을 접하고 오는 자 중에 미남자 호풍신(好風身)이 아닌 사람이 없고, 부가자제(富家子弟)와 호협(豪俠)한 무리가 저녁마다 문에 가득했으나, 그녀는 일절 허락치 아니했다. 하루는 그녀가 대동문루(大同門樓)에 앉았다가 문밖의 나무지고 가는 노총각을 보고는 그 부친을 불러 여쭈었다.

"저 총각을 제 집으로 맞아 들이셔요."

그 부친이 보고 한심하게 여겨 꾸짖었다.

"네 심성이 이상도 하다. 네 자색을 흠모하지 않는 이가 없으니, 위로 는 본관 사또의 별실이 됨직하고, 가운데로는 호방비장(戶房裨將)과 책 실(册室)의 수청을 듬직하고, 아래로는 아무개 집 도령과 아무개 집 도 령이 있건만, 모두 다 물리치고 천하에 흉악한 걸인을 얻으려 드니 이게 도대체 무슨 심보냐?"

그러나 딸아이의 그러한 성정(性情)은 아비의 위엄으로도 또한 어찌 할 수 없다는 것을 이미 알고 있는 터라, 이에 그 총각을 맞이하여 혼인 시킬 수밖에 없었다.[172]

이 여성이 돈이나 권력이 있는 남자를 굳이 마다하고 가난한 한 나무 꾼 총각을 남편으로 택한 것은, 우선 그의 순박하고 진실해 보이는 인 간성이 마음에 들었기 때문이기도 하지만, 다른 한편으로는 미천한 처 지의 남성과 결혼해야만 남성의 노리개가 되지 않고(돈이나 권력이 있 는 남자의 별실로 들어갈 경우 그리 될 것이다), 여성으로서 자신의 능력

---

172) "以爲妓雖賤物, 當守一夫以終身. 營本府裨將、册客, 悅其姿色, 每欲近之, 而萬 不聽從, 以至刑之杖之, 枷囚父母, 而終不變移, 營邑上下, 無不稱之以怪物焉. 其 父母, 每求其作夫者. 厥妓曰: '夫者, 百年之客, 吾自擇之.' 此言一播遠近, 聞風而 來者, 莫非美男子、好風身, 豪富之類, 日夕盈門, 而厥妓一幷不許之. 一日, 厥妓坐 大同門樓, 見門外有負柴老總角, 呼其父語之曰: '必邀致吾家也.' 其父見之, 不覺 寒心, 責之曰: '汝之心情異常矣. 汝之姿色, 莫不慕悅, 上可以爲使道本官別室, 中 可以爲戶裨册客之隨廳, 下不失某家郞某家郞, 而一幷不願, 欲得天下凶惡寒乞 兒者, 是何心腸?' 然旣知其女之性情, 雖以其父之威, 亦無可奈何, 乃邀厥童 而作夫."

과 주체성을 발휘하면서 살아갈 수 있으리라고 판단했기 때문이기도 하다고 여겨진다. 기실 이 여성이 남편으로 택한 사람은 일자무식한 초부(樵夫)에 불과했다. 하지만 이 때문에 이 여성은 자신이 늘 꿈꾸어온 대로 남편을 힘껏 도우며 자신의 능력을 유감없이 펼칠 수 있었다. 즉 결혼하자마자 그녀는 남편에게 서울로 올라가 산업을 이루자고 제안하며, 마침내 상경하여 술장사를 한다. 그러던 중 그녀는 자신이 지닌 영리함과 식감(識鑑)의 힘으로 그 남편을 출세시키고, 자신은 면천(免賤)되기에 이른다. 이렇게 본다면 이 작품의 여성 주인공은, 각성해가는 이 시대 하층 여성의 전형으로 간주되어온 『춘향전』의 '춘향'보다도 더 철저하고 주체적으로 여성의 능력을 발현해보이고 있다 하겠다.

이 작품의 여주인공과 같은 인물은 「획중보혜부택부(獲重寶慧婦擇夫)」(권6)나 「택부서혜비식인(擇夫婿慧婢識人)」(권8)에서도 발견된다. 이 두 작품의 주인공들 역시 천민녀(여종)이다. 「획중보혜부택부」의 여주인공은 그 상전이 정해주는 혼처를 마다하고 일찍부터 "마음에 드는 사람을 스스로 택해 짝을 맺겠노라(自擇可人, 以作其配)"고 공언하며, 「택부서혜비식인」의 여주인공은 서울의 청루(靑樓)에 출입하는 부잣집 자제들이 다투어 자신을 취하려 함에도 모두 거절하고 "세상에 마음에 드는 사람이 없으면 차라리 빈 방에서 늙고 말겠다(若非天下有心人, 寧甘老空房)"고 결심한다. 마음에 드는 남자를 직접 택해 결혼하는 이들 여성은 혼인 과정에서부터 이미 주도적인 위치에 서게 된다.[173] 이들이 적극적이며 현실적인 행동 방식으로 남편을 이끌어가는 것은 「책훈명양

---

173) 평·천민 여성과 몰락양반 남성이 결합될 때 나타나곤 하는 '여성 주도'의 사회사적 의미는 앞에서 논의한 바 있다

처명감(策勳名良妻明鑑)」의 여주인공과 동일하다.[174]

한편 앞에서 이미 자세히 분석된 작품이지만, 「영산업부부이방(營産業婦夫異房)」(권1)의 평민 여주인공은 생산 활동에서 남성보다 훨씬 더 적극적인 면모를 보여준다. 이 여성 역시 남편에게 수동적으로 의탁하지 않고, 오히려 지혜와 강한 실천력으로써 남편을 고무시켜가면서 자신의 생을 스스로 개척해나가는 인물이다. 기존의 규범이나 운명 따위에 굴복하지 않으면서 적극적으로 자기 자신의 생을 개척해나간다는 점에서는 「창의병현모육자(倡義兵賢母勗子)」(권2)에 등장하는 김병사의 어머니 또한 똑같다. 이 여성은 과부였는데, 마침 동네 부자가 그 부친에게 만금의 돈을 바치고 사위 되기를 청한다는 말을 전해듣고는 부친에게 다음과 같이 말한다.

우리 무리는 천한 사람이니 어찌 소위 수절이 있겠습니까? 하물며 납채(納采: 신랑집에서 신부집으로 혼인을 청하는 의례―인용자)만 받았을 뿐이요 더불어 혼례를 올린 적이 없어 죽은 지아비의 얼굴도 알지 못하거늘, 종신 수절하는 일이 또한 아무런 의미가 없습니다. 바라건대 부친께서는 속히 그 사람을 오라고 청해 허혼하십시오.[175]

---

174) 이밖에도 비슷한 여주인공들을 보여주는 작품으로 「점명혈동비혜식(占名穴童婢慧識)」(권7)과 「우변부방득현녀(禹弁赴防得賢女)」(권3)를 들 수 있다. 「우변부방득현녀」에 등장하는 여성 주인공의 의식과 행위를 검토함으로써 당대의 활동적인 시정 여성상을 재구해내려 한 논문으로 서경희, 「이조후기 한문단편의 연구―「조보(朝報)」를 중심으로」(성균관대 석사학위논문, 1977)가 있다.

175) "吾輩賤儕, 豈有所謂守節? 又況只受其采而已, 未嘗與之合巹, 而未識亡夫之面目, 守此終身, 亦無意味. 願父親速請其人回來, 仍爲許之也."

평민인 이 여성은 양반과의 신분적 차이를 자각하여 과감히 수절을 포기하고 개가한다. 인용문에 보이는 이 여성의 말은 수절은 양반이나 하는 일이고, 평민은 평민의 가치관과 생활 방식에 따라 행동해야 마땅하며 양반의 그것을 따를 필요가 없다는 생각을 표출하고 있기에 주목된다. 이는 양반 계급의 전통적 규범으로부터 의식적으로 벗어나고자 한 이 시대 평민 여성의 사고방식을 보여주는 것이라 할 만하다. 이밖에도 「이상서원소결방연(李尙書元宵結芳緣)」(권4)이나 「청양처혜리보영명(聽良妻惠吏保令名)」(권4) 등의 작품은 난국의 타개나 경제 활동에서 합리적 사고와 실천으로 남성을 이끌어나가는 여성들을 보여준다.

이밖에도 시정 여성의 진취적 생활 태도와 그 능력 발휘를 보여주는 작품들이 적지 않다. 이들 작품은 하나같이 여성들이 지혜와 계획성, 합리성, 실천성 등의 미덕을 지니고 있음을 보여준다.

5) 농민의 빈궁화와 저항

앞 절에서 우리는 『청구야담』의 소설들이 당대 신흥 사회층을 어떻게 형상화해놓고 있는지를 살펴보았다. 봉건사회의 기층부에 있던 소농층에서 볼 때 이 신흥 사회층은 종래의 관료 및 양반 지주와 더불어 새로이 등장한 착취 계급이었다. 이 시대 봉건적 수탈의 강화와 상품화폐경제의 발달은 농민층의 양극 분해를 일으켰고, 그에 따라 농민층의 일부는 부농으로 성장할 수 있었던 반면, 대다수의 농민들은 빈궁화와 급속한 생계 수단의 상실을 겪게 되었다. 즉 정부의 농민 수탈이 가중화되고, 도시의 상인 지주나 부농들이 고리대 자본을 통해 영세농을 착취하고 헐가로 그 땅을 매득하여 토지를 집중해감으로써 이 시대 농민들의 파산과 토지에서의 이탈은 점점 심화되고 있었다.

『청구야담』의 몇몇 소설들은 토지에서 유리(流離)된 농민들이 산중(山中)이나 해도(海島)로 들어가 도적 집단을 형성하여 조직적으로 봉건 정부 및 착취 계급에 투쟁하고 있음을 보여주기에 주목된다. 다음은 「녹림객유치심상사(綠林客誘致沈上舍)」(버클리대본 권10)의 한 대목이다.[176]

여기는 지도에 빠진 곳이며, 그 직책도 관지(官志)에는 없는 것이옵니다. 저희들은 동서남북으로 유랑하던 사람들로, 배불리 먹고 마음 놓고 살기 위해서 사방에서 개미떼처럼 모여 들어 한 부대를 이룬 것입니다. 어질지 않은 부자의 재물을 빼앗고, 빈곤하여 갈 데 없는 사람들을 받아 들이는 것이 우리가 늘상 하는 일이지요.[177]

군도(群盜)가 심진사를 산중으로 모셔와 대장으로 추대하면서 그들의 내력을 말하는 대목인데, 도적 집단의 형성 과정 및 형성 목적, 그 구성원의 성격, 그들의 투쟁 대상 등이 언급되고 있다. 이에 의하면, 이 도적 집단은 "동서남북으로 유랑하던 사람들"이 관부의 힘이 미치지 못하는 깊은 산중으로 "사방에서 개미떼처럼 모여 들어 한 부대를 이룬" 것이고, 그 형성 목적은 봉건 정부의 수탈과 지주의 착취가 낳은 기아(饑餓)로부터 해방되어 "배불리 먹고 마음 놓고 살기 위해서"였으며, 그 구성원은 형성 과정과 형성 목적이 말해주고 있듯 토지로부터 이탈하여 유

---

176) 이 작품은 동양문고본 『청구야담』에는 실려 있지 않다.

177) 「홍길동 이후」, 『이조한문단편집(하)』, 33면. 원문은 다음과 같다: "弊府旣漏於版籍, 是任又外於官志. 僕等以東西南北之人, 爲飽暖放從之計, 鳩合蟻附, 萃成一軍, 攫取不仁富之財, 招納窮無告之人, 日以爲常耳."

랑하던 농민들이었다. 따라서 그들의 항쟁 대상은 그들을 도적으로 내몬 봉건 정부와 지주들일 수밖에 없었다. "어질지 않은 부자의 재물"을 빼앗는다고 한 것으로 보아, 그들은 자신들의 행위를 정당한 것으로 여기고 있다. 그런데 "한 부대(一軍)"를 이루었다고 한 것은 무슨 말일까? 다음의 인용이 이에 대한 구체적 이해를 돕는다.

산마루 하나를 더 넘어서자, 아래로 광막한 들이 펼쳐진 곳에 만기(萬騎)가 머물며 예를 표하는데, 대오(隊伍)가 바둑판처럼 정연하고, 성루 방책이 철통 같고, 장막이 구름처럼 펼쳤으며, 창검이 번득였다. 가마 밑에서 군령을 전하는 화살이 날아가자, 함성이 일어나 우뢰처럼 울려 마치 수만의 적병이 눈앞을 가로막는가 싶었다. 심생이 그 진벽(陣壁) 안으로 들어가자, 장령(將領)들과 연리(掾吏)들이 문안을 드렸으며, 다시 가마에 타기를 청하였다. 5리쯤 가니 견고한 성이 둘러 있고, 치첩(雉堞: 방어하기 위해 성 위에 낮게 쌓은 담—인용자)이 흰 벽과 같았다. 성 안으로 들어가자 가옥이 즐비했고 점포가 쭉 이어졌다. 붉은 대문 셋을 지나니, 널따랗고 화려한 수백 칸의 집이 규모가 으리으리했으며, 금벽(金碧)이 휘황하게 빛났다.[178]

심진사가 들어오면서 본 산채의 규모를 묘사해놓은 대목인데, 적지

<hr>

178) 위의 책, 32면. 원문은 다음과 같다: "行到一崗, 崗後大野曠漠, 萬騎留禮, 隊伍井井, 疊栅堂堂, 帷幕連雲, 釰戟如星, 轎下令箭乍傳, 喊聲相應, 大吹大擂, 有若敵在呼吸者然. 俄而生馳入其壁, 將領掾吏, 禮謁旣畢, 復請生乘轎. 行五里許, 有金湯周遭, 雉堞如粉, 入城而舍屋櫛比, 市肆連亘, 度朱門三重, 敞畫堂數百楹, 制度宏麗, 金碧耀煌."

않은 수사적 과장이 있다고 생각되기는 하나 당대의 도적 집단이 꽤 조직화되어 있음을 반영하고 있는 것으로 볼 수 있치 않을까 한다.[179]

군대를 거느린 봉건 정부와, 사병(私兵)으로 동원될 수 있는 많은 수의 노비를 거느린 지주[180]에 대항하여 그 재물을 탈취하기 위해서는 상당한 정도의 조직과 무장이 필요했을 것이다.

이 작품의 도적 집단은 대지주와 큰 고을 관부를 주로 약탈한다. 관아를 습격하는 것을 보면 이들이 단순한 도적이 아니라 봉건 체제에 맞서고 있다고 할 수 있다. 따라서 군도 집단은 장차 민란 혹은 농민전쟁 등의 형태로 농민층이 수행하게 되는 반봉건 항쟁의 단초를 보여주는 것이라 할 만하다.

군도에 초치(招致)되어 그 영수가 된 심진사는 어떤 인물인가? 다음 서술이 참조된다.

---

179) 『이조한문단편집』 하권에 수록되어 있는 「명화적(明火賊)」이라는 작품은 영·정조 때의 학자 이재(頤齋) 황윤석(黃胤錫)의 저술인 『이재속고(頤齋續稿)』 권12의 「만록(漫錄)」에서 뽑은 것인데, 실화를 바탕으로 한 이야기로 여겨진다. 여기서도 도적 집단이 깊은 산중에 근거지를 확보하고서 상당히 조직화되어 있음을 볼 수 있다. 이 밖에도 『청구야담』 권6에 실린 「어소장투아세부객(語消長儦兒說富客)」의 도적 집단은 그 규모가 수천 명에 이르는데, 병장기(兵杖器)로 무장해 있음은 말할 나위도 없고 군복까지 갖추어 입고 있다. 또 군율(軍律)이 엄중히 시행되고 있음으로 보아 군제(軍制)가 짜여져 있음을 알 수 있다. 「유의리군도화양민(諭義理群盜化良民)」(권6)의 군도 역시 그 규모가 수천 명에 이른다고 했는데, "그 거처의 성곽이며 누각들이 감영이나 병영을 방불케 했다(城郭樓閣, 宛一監兵營樣矣)"라고 서술되어 있다.

180) 「녹림객유치심상사」에서는 대지주인 이진사의 집을 "하인 수백 명이 갑옷을 입고 활을 들고 밤새 순찰을 돈다(蒼頭數百人, 帶鎧甲持弓矢, 達夜巡更)"라고 했으며, 「어소장투아세부객」에서는 양반 대지주의 집을 호위하는 노비들의 수가 근 천여 명이나 된다고 했다. 다소의 과장이 있을지라도, 대지주의 노비들이 사병(私兵)으로 동원될 수 있음은 분명하다.

> 심진사는 명문 사족이다. (…) 일찍 진사시(進士試)에 합격했으나 더 이상 과거공부에 흥미를 느끼지 못했고, 또 음직(蔭職)으로 나가는 길도 구하지 않았다. 혹 누가 그 이유를 물으면 다만 한번 껄껄 웃고 말 뿐이었다.[181]

심진사는 비록 명문 출신의 사족이기는 하나 당시의 부패한 정치현실에 불만을 품은 인물이 아니었던가 한다. 그러니 도적 집단에 초치되어가 그들을 이끄는 대장으로 추대되는 것을 수락했고, 또 그들을 적극 지도하여 대지주와 관아를 성공적으로 약탈케 했을 것이다.

「녹림객유치심상사」와 달리 「어소장투아세부객(語消長偸兒說富客)」(권6)의 도적 집단은 해도(海島)를 근거지로 삼고 있으며, 영남 강벽리(江壁里)의 한 양반 지주집을 약탈한다. 이 지주는 거느리고 있는 하인들의 집이 2백여 호이고 하인들의 수가 천여 명이나 되는 대토지 소유자이다. 이 작품에서 군도 대장은 지주에게 "재물은 천하의 공유물(財物天下公器)"이라고 일장 훈시까지 하면서, 그들의 행위가 도적질이 아니라 떳떳한 일인 것처럼 말하고 있다. 군도 대장의 이 말은 사회적 재화란 소수의 사람에게 독점되어서는 안 되고 모든 사람들에게 고루 분배되어야 한다는 생각을 함축하고 있다. 대장의 이런 생각은 그가 거느린 몇 천 명 군도의 생각을 대변하고 있다고 할 만하다.

「어소장투아세부객」과 달리 「유의리군도화양민(諭義理群盜化良民)」(권6)에서는 평민 지주의 집이 약탈된다. 이 작품에 등장하는 호남의 한

---

181) 「홍길동 이후」, 『이조한문단편집 하』, 30면. 원문은 다음과 같다: "有沈進士者, 簪紳名閥也. (…) 早得進士第, 更不屑科臼業, 亦不求蔭階進取, 人或詰其由, 則但頎然一笑而已."

평민 지주는 사방 10리 안의 소작인들만도 7백여 명이나 되는 만석꾼의 대지주다.

「녹림객유치심상사」와 「어소장투아세부객」이 군도의 입장에서 이야기가 전개되고 있다면, 이 작품에는 양반의 입장이 강하게 침투해 있다. 그 점은 작품의 결미 부분에서 잘 드러난다. 즉 앞의 두 작품은 도적 집단이 지주나 관아를 약탈한 뒤에도 계속 도적 집단으로 남는 것으로 종결되지만, 이 작품은 초치된 양반 대장이 나중에 포유문(布諭文)을 돌려 군도를 개과천선시켜 각자의 고향으로 돌려보내 양민이 되게 하는 것으로 종결된다. 포유문은 다음과 같은 말로 시작된다.

> 사람이 금수와 다른 것은 오륜(五倫)과 사단(四端)이 있어서다. 너희들은 왕화(王化)에서 벗어난 무뢰한 백성들로 (…)[182]

이에서 보듯 양반 지배층의 이데올로기를 설파해놓고 있다. 도적들은 원래 농민이었는데 봉건 정부와 지주의 가혹한 수탈·착취 때문에 어쩔 수 없이 토지에서 유리(流離)하여 군도가 된 것이고, 따라서 몇 푼의 돈을 가지고 고향에 다시 돌아가봤자 기다리고 있는 것은 예의 그 착취와 수탈밖에 없을 터이다. 그러므로 양반적 도덕 관념에 감화되어 순순히 원래의 피착취 상태로 되돌아갔다고 한 결말 처리는 실제의 현실과는 너무 동떨어진 것이다. 이런 식의 결말 처리가 원 이야기 단계에서 지배층의 이데올로기가 침투되었기 때문에 초래된 것인지, 아니면 작자

---

182)「성동격서(聲東擊西)」,『이조한문단편집(하)』, 61면. 원문은 다음과 같다: "人之異於禽獸者, 以其有五倫四端, 而汝輩以化外頑氓(…)"

가 자신의 양반적 세계관으로 원 이야기를 왜곡·변형시켰기 때문에 초래된 것인지는 정확히 알 수 없지만,[183] 분명한 것은 이 작품에 양반의 입장이 강하게 작용하고 있고 이 때문에 앞의 두 작품과 전연 다른 방식으로 종결된다는 사실이다.[184] 그리하여 이 작품은 소재와 구성, 내용과 형식 간의 심한 모순을 보여준다. 그럼에도 우리는 이 작품을 통해 최소한 군도와 지주 간의 첨예한 대립 양상을 엿볼 수 있다.

6) 민중의 유토피아 희구

봉건사회 해체기의 가혹한 착취와 수탈은 민중으로 하여금 착취와 수탈로부터 해방된 새로운 세계를 강렬히 염원하게 했다. 그들이 염원한 이 새로운 세계는 지배-예속 관계와 빈곤이 없는 평등하고 요족한 세계상(世界像)으로 표출된다. 유토피아로서의 이 새로운 세계는, 물을 것도 없이 현실에 대한 정신적 부정성(Negativität)으로서 구축된 것이다.

당대 민중의 유토피아에 대한 희구를 가장 잘 보여주는 작품은 「방도원권생심진(訪桃源權生尋眞)」(가람본 권3)이다.[185] 이 작품에 그려진 이상향을 통해 당대 민중이 어떤 사회를 염원하고 있었는지를 엿볼 수 있다.

날이 저물고 황혼이 되었다. 조금 있으니 멀리서 사람들이 부르는 소리가 났다. 첨지는

---

183) 본고 제2장의 각주 55 참조.
184) 이 작품과 「녹림객유치심상사」는 모두 도적 집단이 진사 신분의 주인공을 대장으로 초치해 간다는 점에서 공통되며, 그 전반부의 결구(結構)가 동일하다.
185) 이 작품은 동양문고본 『청구야담』에는 실려 있지 않다.

"이리 오게!"

하고 대꾸했다.

권진사가 소 잔등 위에서 본즉 수십 개의 횃불이 고개를 넘어 오는데, 모두 젊은 촌맹(村氓)들이었다. 횃불을 앞에 밝히고 고개를 넘어 가니, 희미한 가운데 한 대촌(大村)이 있어 골짜기를 모두 차지하고 있었다. 닭 우는 소리와 개 짖는 소리, 절구 찧는 소리가 인근 사방에서 들려 왔다. 한 집에 당도하여 소에서 내려 안으로 들어가니, 창문이 깨끗하고 가옥이 훤출하여 산중 백성이 사는 곳 같지 않았다. 이튿날 문을 열고 두루 살펴보니, 마을 집이 족히 이백여 채나 되고 앞 벌판이 훤히 트여 양전옥토(良田玉土) 아닌 곳이 없었다. 그 넓이를 물어 보니, 사방 이십여 리라고 했다. 과연 세상 밖의 무릉도원이었다. 또, 벽을 가로막은 서너 칸 방에서 밤마다 글 읽는 소리가 들리기에 웬 소리냐고 물으니, 마을 소년들이 헛되이 시간을 보내면 안 되므로, 늘 가을과 겨울에는 낮에 밭 갈고 밤에 글을 읽는데, 반드시 이곳에 모여 같이 공부한다고 했다. 권진사가 팔도를 돌아 보면서 한번이라도 도원을 구경하는 것이 소원이었는데, 지금 우연히 첨지를 만나 이러한 곳에 이르게 되었으니 마음이 몹시 기뻐 첨지에게 경의를 표하며 무릎 꿇어 절한 뒤 물었다.

"주인장은 신선이옵니까? 귀신이옵니까?"

첨지는 깜짝 놀라서 괴이히 여기며 말했다.

"진사님께서 어찌 갑자기 경대(敬待)하십니까? 저는 별다른 사람이 아닙니다. 선대(先代)에는 본디 고양(高陽)에서 살았는데 증조부가 마침 이곳을 발견해 집을 정리해 들어왔는데, 당시 촌수가 가까운 친척들, 외가나 처가의 촌수가 가까운 인척들, 사돈 되는 사람들 가운데 따라오기를 원하는 자가 도합 30여 가나 되어 함께 들어왔지요. 서로 의논하기를 '한번 들어간 후에는 다시 세상과 왕래치 말자' 하고, 다만 경서(經書)와 소금, 간장 등만 가지고 들어와서 한 쪽의 땅을 개간하여 전답을 일구어 식량을 조달하고, 결혼은 마을의 제족(諸族)끼리 해 서로 대대로 인척이 되어 마침내 대촌(大村)을 이루었지요. 그후 자손이 번성하여 한 우물 먹는 집이 이백여 가나 되기에 이르렀답니다."

권진사가 다시 물었다.

"의식은 이 속에서 자급자족해 부족하지 않을 듯합니다만 소금 마련하기는 어렵지 않습니까?"

첨지가 대답했다.

"진사님께서 어제 타고 오신 소는 하루에 2백여 리를 가는데, 증조부가 여기 들어오실 때 데리고 들어온 소가 낳은 것이지요. 이 소는 걸음 잘 걷는 소를 매번 한 마리씩 낳아 인근 장(場)에 왕래할 때에는 반드시 이 소에다 소금을 실어 오는데, 마을 사람 모두가 이 소가 싣고 오는 소금에 의지하지요. 또 고기는 노루, 사슴, 멧돼지, 산양 고기를 먹습니다. 산 기슭에는 벌통 2,3백 개를 두었는데, 마을에 따로 주인이 없고 서로 치고 있답니다."[186]

186) "日已西沒, 時向黃昏. 少焉, 遠遠地有人呼聲, 僉知亦應呼曰: '來矣!' 權從牛背見之, 則有數十把火炬, 越嶺而來, 皆是少年村氓. 以炬前導, 踰嶺而下, 依微之中, 有一大村, 專占一壑, 鷄狗之聲, 砧杵之響, 起於四隣. 卽當一家, 下牛入門, 房櫳精灑, 棟宇豁敞, 不似山中峽氓之所居. 其翌, 開戶周視, 則洞中人戶, 恰爲二百餘數, 前坪一望平鋪, 無非美土. 問其周廻, 則爲二十餘里, 隱然是世外桃源也. 又隔壁數間房內, 夜夜有讀書聲, 問之, 則以爲洞中年少, 不可浪遊, 每當秋冬, 晝畊夜讀, 必會此而課業云. 權周覽八域, 一見桃源之願, 耿耿于中, 今此邂逅到此, 不覺欣然, 與俄者僉知, 忽爲致敬, 跪而問之曰: '主人仙乎? 鬼乎?' 僉知驚怪曰: '進士主何爲忽地敬待乎 吾非別人也. 先世本居高陽, 吾之曾祖, 適得此處, 撤家入來,

이 작품은 권진사라는 팔도를 주유(周遊)하고 다니는 한 여행자가 어떤 첨지의 인도로 심산궁협에 있는 이 마을을 방문하는 것으로 시작된다. 따라서 이 권진사라는 외부 인물의 눈을 빌려 이상사회의 모습이 제시된다.

이 마을은 비록 친인척으로 구성되었다고는 하나 원시공동체 사회의 성격을 강하게 지닌다. 기본적으로 마을 내부의 생산에 의해 의식주가 자급자족되고, 소금과 같이 자체 생산될 수 없는 것만 외부에서 조달될 뿐이다. 생산과 분배가 어느 정도까지 공동으로 이루어졌는지 확실하게는 알 수 없지만, 개인 소유주가 없이 마을 공동으로 수백 개의 벌통을 쳐 그 생산물을 같이 나누어 먹었다든지, 소금을 공동으로 외부에서 구득하여 분배했다는 사실 등으로 미루어보아, 생산과 소비가 상당히 마을 단위로 공동으로 이루어진 듯하다. 이를 바탕으로 마을 청소년들을 한 곳에 수용하여 공동으로 교육할 수 있었을 것이다.

이 마을에는 신분의 차이나 고하가 존재하지 않는 듯이 그려져 있으며, 기생하거나 유식(遊食)하는 사람 없이 모두가 노동에 종사하고 있는 듯하다. 소년들조차 공연히 놀지 않고, 낮에 노동하고 밤에 공부한다고 했다. 말하자면 이 마을에는 자신의 노동을 착취하거나 수탈하는 사람이 따로 존재하지 않으며, 모든 사람이 자발적으로 노동을 해 그 결과

時, 同姓堂內至親, 外家妻家堂內之族或姻妞之願從者, 合三十餘家, 與之偕入, 相議以一入之後, 勿爲往來於世, 只持經書鹽醬而來, 一邊起墾作畓而食, 至於婚嫁, 則此中諸族, 代代爲茲葛, 便成朱陳之村. 伊後, 子孫繁盛, 同井之室, 殆近二百餘家矣.' 曰: '衣食則此中畊食, 似無不足, 而至於鹽事, 得無艱哉?'曰: '進士主昨日所騎之牛, 日行二百餘里, 曾祖入此時, 所携來之牛所產, 如是善步者, 每生一疋, 隣場往來, 必以此牛, 貿鹽而來, 故一洞鹽政, 專賴於此牛. 至於山肉, 則有獐鹿猪羊之屬, 蜜筒數三百個, 列置于山底, 一洞別無主者, 互相推矣.'"

를 자신이 소유하는 방식으로 공동체의 삶이 영위되고 있는 것처럼 보인다. 즉 지배-예속 관계가 존재하지 않는 사회인 것이다. 가렴주구와 학정, 심한 사회적·경제적인 불평등이 판을 치고 있는 바깥의 세계에서 온 권진사는 이 요족하고 평등한 세계를 보고 깜짝 놀랄 수밖에 없었고, 그래서 지금까지의 태도를 싹 바꾸어 공손히 무릎을 꿇고 첨지에게 "신선이옵니까? 귀신이옵니까?" 하고 묻게 된다. 이 웃지 못할 장면을 통해 우리는 바깥의 현실 세계가 어떤지를 암시받게 된다. 첨지는 그러한 질문을 괴이하게 여기면서, 자기는 별다른 사람이 아니라며, 이 마을이 이루어진 내력을 이야기해준다. 첨지의 증조부 및 그 내외 일가는 수탈과 빈곤을 피해 이리로 들어온 것이다. 고향에서 걱정 없이 살아갈 수만 있다면 굳이 고향을 버리고 낯선 산중으로 옮겨와 살 까닭이 없다. 게다가 이들은 이곳으로 들어오자, 이구동성으로 다시는 바깥 세상에 나가지 않을 것을 다짐한다.

요컨대 이 작품에 그려진 이런 원시공동체적 이상사회에는 봉건적 착취와 수탈로부터의 해방을 염원한 당대 민중의 꿈이 담겨 있다고 할 만하다.

한편 「홍사문동악유별계(洪斯文東岳遊別界)」(권3)나 「점천성심협봉이인(覘天星深峽逢異人)」(권1) 등의 작품도 「방도원권생심진」과 대동소이한 유토피아를 그려놓고 있는데, 특히 「점천성심협봉이인」에서는,

밭 갈아서 먹고, 베를 짜서 옷을 입으며, 시비가 이르지 않고, 조세를 내지 않으니, 다만 낙엽이 지면 가을인 줄 알고 꽃이 피면 봄인 줄 안다.[187]

---

187) "耕田而食, 織布而衣, 是非不到, 租稅不出, 只以葉落爲秋, 花開爲春."

라고 하여, 이 마을이 정부의 권력이 미치는 밖에 있어 그 수탈을 받지 않는다는 점을 밝히고 있어 주목된다. 이 마을은 봉건적 수탈뿐만 아니라 전쟁의 화(禍)까지도 받지 않는 곳으로 그려져 있는데, 이는 전란의 고통을 받지 않기를 희구한 조선 민중의 염원을 표현한 것일 수 있다.

이밖에도 「식단구유랑표해(識丹邱劉郎漂海)」(가람본 권3)[188]는 동해 바다 한가운데 있는 한 이상향을 그려놓고 있는데, 이곳 역시 온갖 압제와 수탈로부터 해방된 곳이며, 농사를 짓지 않고 신기한 물만 마시고도 살 수 있다고 했다. 농사를 짓지 않고도 살 수 있다고 한 것은 당시 농민들이 처한 엄혹한 현실을 반영한다. 농사를 애써 지어놓으면 이런저런 명목으로 지주와 정부가 다 뺏아가버려 생계조차 잇기 어려웠으니 차마 죽지 못해 농사짓는 것이지 즐겨 하는 일이 아니었던 것이다.

이처럼 유토피아에 투영되어 있는 민중의 '꿈'은 그것이 어떤 것이든 간에 모두 현실의 부정성(否定性)으로서 제시된 것이다.

7) 세태·풍속

이 시대 상품경제의 발달과 사회관계의 변화에 따라 세태와 풍속도 변화하게 된다. 세태와 풍속의 변화에는 서민과 시정인층의 물질주의적 세계관이 큰 작용을 한 것으로 보인다. 『청구야담』에는 봉건적 도덕의 굴레에서 벗어나 솔직하고 자연스럽게 인간 본연의 감정과 욕망을 좇는 인물들이 많이 등장한다. 심지어 욕망이 너무 지나쳐 비설(卑褻)하고 추악해보이는 경우까지 있다.

---

188) 이 작품은 동양문고본 『청구야담』에는 실려 있지 않다.

「청취우약상득자(聽驟雨藥商得子)」(권4)나 「과동교백납인부(過東郊白衲認父)」(권4) 같은 작품은 성(性)에 대한 서민의 자유분방한 태도를 잘 보여준다. 한편 「청기어패자등제(聽妓語悖子登第)」(권2)는 신분을 뛰어넘은 남녀 간의 순수한 사랑을 보여준다. 이 작품에서는 극적인 계기로 이런 사랑이 사회적으로 승인되지만, 「최곤륜등제배방맹(崔崑崙登第背芳盟)」(권2) 같은 작품에서는 사랑이 비극으로 종결되고 만다. 재기과인(才氣過人)하고 자의식이 강한 여주인공인 시정 상인의 딸을 자살로 내몬 애정 갈등은 다름아닌 신분 갈등에서 말미암는다. 동일 신분 사이의 사랑이든 다른 신분 사이의 사랑이든 이들 작품이 그리고 있는 남녀의 사랑은 모두 시정을 중심으로 한 이 시대 남녀 관계의 단면을 보여준다.

「치우상빈승봉명부(治牛商貧僧逢明府)」(권2), 「청주쉬권술포도(淸州倅權術捕盜)」(권8), 「긍초상고의양재(矜草商高義讓財)」(권6) 등은 사기, 협잡, 도둑질이 횡행하는 이 시대 저자 주변의 동향을 생생히 보여주는 작품들이다.

「치우상빈승봉명부」는 짚신을 삼아서 생활하는 한 중이 짚신을 팔러 저자에 나왔다가 길에서 20냥 돈을 주워 그 주인인 소장사에게 돌려주자, 주인은 고맙다는 말은커녕 중이 가진 2냥 돈에 욕심을 내어 그 돈이 자기 것이라고 생떼를 쓰므로, 마침내 관가에 들어가 변정(辨正)한다는 이야기이고, 「청주쉬권술포도」는 한 종이 장사가 백지 한 뭉치를 시장에 지고 와 잠깐 짐을 벗어놓고 소피를 보러 간 사이에 도둑놈이 잽싸게 그 짐을 훔쳐가, 관가에서 꾀로써 그 도둑놈을 잡는다는 이야기이며, 「긍초상고의양재」는 한 시골 사람이 담배 세 바리를 팔기 위해 서울에 올라왔다가 한 협잡배에게 사기를 당하는데, 어떤 시정의 협객이 물건을 되찾아준다는 이야기다. 이 작품들은 저자 주변의 일들을 통해 당시

세태의 한 단면을 보여준다.

저자 주변의 일을 그린 것은 아니지만, 「소연로충복명원(訴輦路忠僕鳴寃)」(권3)은 이 시대에 '돈'이 얼마나 큰 마력(魔力)을 지니게 되었는지를 잘 보여준다. 이 작품의 줄거리는 다음과 같다.

영천에 김조술이라는 큰 부자가 있었다. 그는 한 동리에 사는 박씨라는 수절 과부를 범하려다 실패하자, 박씨가 자기와 사통해 잉태한 지 이미 서너 달이 되었다는 거짓 소문을 퍼뜨린다. 박씨가 관아에 고소하자, 김조술은 돈을 관속에게 나누어 주면서 고을원에게 거짓말을 해달라고 부탁한다. 김조술에게 매수된 관속의 말을 믿은 고을원은 박씨를 관아에서 내쫓게 한다. 박씨는 쫓겨나와 통곡하다가 억울함을 견디지 못해 자살한다. 그후 박씨의 종이 서울에 올라가 격쟁(擊錚)하여 조사관이 내려와 다시 조사하게 된다. 그러자 김조술은 수천 금을 동리 사람과 영읍(營邑) 관속들에게 나누어줘, 박씨의 죽음은 자결이 아니라 잉태했다는 말이 창피해서 약을 먹고 죽었다고 거짓말하게 시키고, 또 약을 무역하는 노파와 약 파는 상인도 돈으로 매수해 모두 거짓 증언을 하게 만든다. 그리하여 서울에서 내려온 조사관 역시 송사(訟事)를 가리지 못하고 만다.

이 작품에서 보듯 이제 '돈'으로 안 되는 것이 없는 세상이 되었다. '돈'은 만능이다. 관리와 동리 사람들, 약 무역하는 노파와 약 파는 장사, 진실과 사람의 양심, 이 일체를 돈을 주고 살 수 있게 되었다.

「과장부서화만태(誇丈夫西貨滿馱)」(권6)라는 작품에서는 돈과 관련된 이러한 몰윤리성(沒倫理性)이 또다른 측면에서 제기된다. 이 작품의 줄거리는 다음과 같다.

남편을 둔 한 여인(이 작품의 여성 주인공이다)이 자기 집에서 유숙하고 있는 과거 보러 올라온 선비와 사통(私通)한다. 그 남편은 이 장면을 목격하나 자기 아내가 아닌 딴 여자인 줄 알고 자리를 피해준다. 남편은 그후 그 선비가 평안감사가 되었다는 소식을 전해듣고 혹 재물을 좀 얻어올 수 있을까 해서 찾아가나 박대만 받고 돌아온다. 이번에는 그 아내가 찾아가 많은 재물을 얻어서 돌아온다. 남편은 자기가 찾아갔을 때에는 박대를 받았는데 아내가 많은 재물을 얻어온 게 이상해 그 연유를 묻자, 아내는 웃으며 그때의 일을 사실대로 말해준다. 이에 그 남편은, "만일 그때 네가 아래에 있는 줄 알았다면 내가 만 번도 더 눈을 깜박거렸을 텐데, 오늘 얻은 재물이 어찌 한갓 이에 그치겠나?"[189]라고 말한다. 부부는 재물을 얻은 것을 좋아하며 서로 박장대소한다.

이 줄거리에서 드러나듯 이들 부부에게는 윤리보다 재화가 더 중요하다. 좀더 강하게 말한다면 재물을 얻을 수만 있다면 윤리 따위는 아무 문제가 되지 않는다. 아내는 많은 재물을 얻어오자 지금까지 감추어왔던 자신의 불륜을 얼굴에 웃음을 띤 채 당당히 말한다. 불륜이야 어쨌든 그것이 재물을 가져다주었기 때문이다. 남편 역시 아내의 부정을 조금도 탓하지 않고 있으며, 평안감사에게 더 많은 돈을 뜯어내지 못한 것을 아쉽게 여기고 있을 뿐이다. 그 아내에 그 남편이라 할 만하다. 부부가 좋아하며 서로 박장대소했다는 이 작품의 결말은 많은 여운을 남기면서 이 시대 세태·풍속의 엄청난 변화를 느끼게 해준다.

이밖에도 『청구야담』에는 과부가 된 양반 여성의 개가(改嫁)를 긍정하는 작품들이 제법 수록되어 있다. 인간 본연의 욕구를 적극적으로 긍

---

189) "若知其時汝在下, 則吾豈不百番瞬目, 而今日所得, 又豈但止於此耶?"

정한 시정의 분위기가 일정하게 반영되어 이런 소설들이 나타날 수 있었을 것이다.

5. 맺음말

본고는 문예사회학적 방법론에 입각해 『청구야담』의 성립 과정, 장르구성, 내용적 특징 등을 종합적으로 고찰했다.

본고는 특히 『청구야담』에 수록된 단편소설의 장르적 성격과 소설사적 위상을 구명하는 데 큰 힘을 쏟았다. 그 결과 국문소설인 판소리계소설과 여러 가지 점에서 비견됨직한 야담계 한문단편소설의 특징을 이론적 및 역사적 측면에서 새롭게 밝혀냈다고 생각한다.

본고에서 논의된 것들을 간단히 요약하면 다음과 같다.

첫째, 『청구야담』은 주로 18세기에서 19세기 초에 성립된 저록들에 실린 이야기들을 전재(轉載)해놓고 있다. 이외에 편자가 지은 작품도 있을 것으로 추정된다.

둘째, 『청구야담』에 실린 작품들은 기록으로 정착되기 전 시정세계를 중심으로 '이야기'로 구연되었다. 『청구야담』의 작품들에 시정적 분위기나 정취가 짙은 것은 이에 연유한다.

『청구야담』의 작품들이 이야기로서 회자된 시기는 18세기 영·정조를 중심으로 하여, 위로는 17세기 후반, 아래로는 19세기 초엽 사이라고 본다. 이야기는 어느 시대에나 존재하지만, 『청구야담』에 실린 이야기들, 특히 그 소설적 이야기들은 조선후기 봉건사회의 해체와 밀접히 연관되면서 형성되어 그 내용과 형식에서 역사적 대응성을 보여준다.

『청구야담』의 이야기들은 주로 조선후기 신흥 도시민에 의하여 발생·유포되었다. 『청구야담』의 작품들이 전체적으로 당대 도시 생활의 움직임이나 분위기, 감각을 여실히 보여주는 것이 이를 뒷받침한다. 이 시대의 역사는 도시를 낳았고, 이 시대의 도시는 이러한 이야기를 낳았다고 할 수 있다.

『청구야담』의 작품들은 이야기로 구연되던 단계에 이미 두 가지 유형이 있었다고 판단된다. 그 하나는 초현실적이고 환상적인 세계에 주된 관심을 보이는 유형이고, 다른 하나는 현실적인 객관 세계에 강한 관심을 보이는 유형이다. 후자에 속하는 소설적 이야기들은 17세기 후반 이후 광범하게 나타났다. 소설적 이야기들이 이 시기에 광범하게 나타날 수 있었던 것은 이 시기 사회역사발전에 따른 도시 시정인의 인식력의 향상과 서사(敍事)에 대한 새로운 요구 때문이었다.

셋째, 시정세계를 중심으로 형성·유포된 이야기들은 여러 가능한 경로를 통해 작자에게 전달되고, 작자는 이 이야기를 기록으로 전화시켰다. 한편 작자는 사계층이 다수를 이루면서 중심적 위치를 차지할 가능성이 제일 높고, 벌열층이나 중서층 작자가 거기에 부수된다고 보았다.

『청구야담』의 작품들은 원 이야기의 단순한 기록에 불과한 것이 아니다. 거기에는 특히 형상력과 구성에 있어 작자의 창의가 가미되어 있다. 그러나 그러한 창작적 요소는 기본적으로 원 이야기의 내용과 전개에 의해 제약되고 있음이 유의되어야 한다.

넷째, 『청구야담』에는 민담, 전설, 소화, 일화, 단편소설 등 주로 단형 서사 장르에 해당되는 것이 실려 있다. 이들 장르 중 지배적인 위치를 점하는 것은 단편소설이다.

민담·전설·소화·일화와 같은 장르는 이전 시기에도 존재해 온 것이나, 야담 속에 소설이 다수 포함된 것은 전혀 조선후기의 문학 현상에 속한다. 급변하는 현실 세계를 합리적이고 현실적으로 파악·인식코자 하는 욕구가 어느 때보다도 절실하게 당대 시정인들에게 대두되었는데, 이런 욕구는 다른 장르보다 소설에서 충족될 수 있다. 따라서 이 시기에 이르러 소설적 이야기들이 시정에서 대거 발생했고, 그것이 다시 광범하게 기록으로 옮겨지면서 야담계 한문단편소설로 현현될 수 있었다.

다섯째, 이러한 야담계 한문단편소설에 선행한 한문단편소설 양식으로 전기계 한문단편소설과 열전계 한문단편소설이 있다. 이들은 모두 한문단편소설이라는 단일 장르의 상이한 양식들로 볼 수 있다. 이들은 후대로 가면 양식적으로 서로 섞이기도 하지만, 그 양식적 주조는 기본적으로 구분된다. 전기계 단편소설은 나말여초에, 열전계 단편소설은 고려시대에 성립되나, 야담계 단편소설은 조선후기에 이르러서야 성립되었다. 즉 양자의 발생 간에는 역사적 토대의 차이가 존재한다. 전기계 및 열전계소설은 사대부적 현실, 사대부적 의식 상태, 사대부적 관심에서 성립된 양식이다. 따라서 소재의 범위와 그 서사공간도 사대부 세계에 주로 한정되어 있다. 그에 반해 야담계소설은 시정인의 관심과 시정인의 의식 상태, 시정인의 현실에서 출발된 양식이다. 그에 따라 소재의 범위와 그 서사공간이 대폭 확대된다.

요컨대 전기계 및 열전계소설 양식이 애초 사대부적 세계관에 기반해 형성된 것이라면, 야담계소설 양식은 애초 민중적 세계관에 기반해 형성된 것이다.

여섯째, 17세기 초에 최초의 야담집인 『어우야담』이 저술되는데, 이 책은 교술 장르와 일화·전설·소설 등의 서사 장르로 구성되어 있다. 『어우야담』은 이전의 잡록류와 달리 전자보다 후자에 비중이 있고, 후자 중에서도 일화와 전설이 그 대부분을 차지한다. 소설에 해당되는 작품은 아직 얼마 되지 않는다. 이는 이 시대에 아직 소설적인 이야기들이 시정에서 일반적인 것으로 발생하고 유포되는 단계로까지는 발전하지 못했음을 반영한다.

하지만 18세기가 되면 야담계 단편소설이 대거 수록된 화집들이 출현하며, 급기야 19세기 초엽에 와서 한국의 대표적인 야담집이라 할 『청구야담』이 성립된다.

일곱째, '야담'은 하나의 장르 개념으로 규정될 수 없다. 야담에는 전설, 일화로부터 단편소설에 이르기까지 여러 단형서사 장르가 내포되어 있다. 따라서 야담을 그 전체로서 설화 장르, 혹은 설화와 소설의 중간적인 장르로 파악하려는 입장은 적절하지 않다.

여덟째, 『청구야담』 및 그 한문단편소설은 전체적으로 중세 해체기이자 근대 이행기인 조선후기의 역사발전단계에 조응한다. 당대 역사가 이행기적임에 상응해 『청구야담』 및 그 단편소설도 전반적으로 이행기적 성격을 지니게 된다.

『청구야담』 및 그 소설이 지니는 이러한 이행기적 성격은 당대 도시 시정인층의 계급적 성장 및 그 한계와 긴밀히 연관된다. 이 시기의 역사에서 이들은 아직 근대 시민계급으로까지 발전하지 못했다. 당대 도시민의 이러한 계급적 단계에서 아직 근대 시민문화는 성립될 수 없었다. 따라서 이들에 의해 성립된 문학은 '시민적 문학'이라기보다 도시를 중심으로 한 '시정적·민중적' 문학이라고 규정되는 게 적당하다.

아홉째, 『청구야담』에 실린 소설들은 새로운 사회 관계의 형성, 지배층의 부패, 몰락양반의 현실, 신흥 사회층의 대두, 농민의 빈궁화와 저항, 민중의 유토피아 희구, 세태·풍속 등 당대 전체 현실의 각 국면을 폭넓게 반영하고 있다. 이것은 근대이행기라는 이 시기의 역사 방향과 부합한다.

  야담계 한문단편소설은 18세기에서 19세기 중반까지는 현실을 적극적으로 반영했던바, 선진적이며 생동하는 장르일 수 있었다. 야담계 한문단편소설은 개항(開港) 전후까지도 계속 창작되거나 읽혀져 왔던 것 같다. 그러나 19세기 후반 무렵 이 양식은 생동감을 상실한 채 사멸되어 가기 시작한 것으로 보인다. 이 양식으로는 이제, 내부적으로 계급모순이 격렬해지고 외부적으로 제국주의 침략이 시작되면서 민족모순이 첨예화한 19세기 후반, 20세기 초의 현실에 대처하기 어려웠다. 무엇보다도 현실을 담는 그릇인 '형식'이 느슨하다는 게 문제였다. 게다가 향유층을 고려할 때 표기문자에도 문제가 있었다.

  이처럼 양식 자체로는 시효가 다했지만 야담계 한문단편소설이 변신의 노력을 보여주지 않은 것은 아니다. 20세기 초에 간행된 각종 신문이나 잡지 등에 야담계 한문단편소설들이 적지 않이 번역되어 실리고, 더러는 새로이 한글로 창작되기도 한 게 그것이다. 애국계몽기에 이러한 역할을 담당했던 계층과 이전의 야담계 단편소설 작자층의 관계, 이 시기 야담계 한문단편소설이 보여준 전환 양상의 전모, 그리고 이러한 전환이 「소경과 앉은뱅이 문답」이나 「거부오해(車夫誤解)」 등 애국계몽기에 이루어진 새로운 한글단편소설의 형성에 미친 영향 등에 대해서는 앞으로 별도의 연구가 필요하다.

  야담계 한문단편소설이 조선후기 소설사에서 점하는 위치를 보다 전면적으로 구명하기 위해서는 『청구야담』만이 아니라 야담계소설들이 수록된 문헌 전반에 대한 연구가 필요하다. 이 점에서 본고는 앞으로의 연구를 추동(推動)하는 서설적 연구에 가깝다 할 것이다.

한편 본고에서는 야담계 단편소설 양식의 특징을 부각시키는 데 필요한 한도 내에만 전기계 및 열전계소설 양식의 특징을 검토했다. 그러나 본고에서의 성과를 토대로 이후 전기계 및 열전계소설 역시 그 자체의 양식적 특징이 본격적으로 구명되어야 비로소 야담계 단편소설 양식의 특징과 문학사적 위치가 상대적으로 보다 선명하게 드러나게 되리라 본다. 이 세 가지 한문단편소설 양식의 특징과 소설사적 성격이 모두 검토되면 이들과 장편소설 장르와의 상호관계를 검토하는 것이 그 다음으로 요청될 것이다. 야담계 한문단편소설 양식의 고유한 소설사적 위치는 궁극적으로 이러한 전체적 관계 속에서만 정당하게 파악될 수 있을 것이다. 이들 과제는 차후의 연구 대상으로 남겨둔다.

『춘향전』의 역사적 성격 분석
―봉건사회 해체기적 특징을 중심으로

1. 접근 방법

『춘향전』[1] 연구사는 국문학 연구사와 그 폭과 깊이를 같이하고 있다고 말해도 과언이 아닐 만큼 근 50년 동안 『춘향전』에 대해서는 많은 논의가 있었다. 그 중에서도 특히 근년의 주요한 업적으로는 김동욱, 이상택, 조동일의 연구가 주목된다.[2] 본고는 근년의 성과들에 대한 비판적

---

1) 본고에서는 판소리 「춘향가」와 소설 『춘향전』을 아우르는 말로 '춘향전'이라는 말을 사용한다. 따라서 꼭 필요한 경우가 아니면 둘을 구별하지 않는다.

2) 김동욱, 『증보춘향전연구』(연세대학교 출판부, 1976); 김동욱·김태준·설성경, 『춘향전 비교연구』(삼영사, 1979); 이상택, 「춘향전연구―춘향의 성격 분석을 중심으로」(서울대 석사학위논문, 1966); 조동일, 「갈등에서 본 춘향전의 주제」(『계명논총』 7, 1970). 한편 『춘향전』 연구사로는 김동욱, 「춘향전 연구는 어디까지 왔나」(『창작과비평』 40, 1976)와 이상택, 「춘향전 연구사 반성」(『한국학보』 5, 1976)이 참조된다.

음미 위에서 출발한다.

본론에 들어가기에 앞서 본고의 과제 및 그 접근 방법을 적시(摘示)해 둔다.

첫째, 본고는 『춘향전』을 조선 봉건사회 해체기, 곧 17세기 후반에서 19세기 사이의 역사적 전환기에 민중의 현실인식과 이상을 반영하는 작품으로 파악한다.[3] 이러한 사실은 그간 판소리 문학 전반에 대한 학계의 연구를 통해 두루 확인되고 검증되어왔기에 이제는 새삼스러울 것도 없는 이야기에 속한다. 본고는 이처럼 두루 통용되고 인정되는 상식에서 출발한다. 이에 본고에서는 『춘향전』의 배후에 이 시대 민중의 시선과 숨결이 도사리고 있음에 유의하기로 한다.

둘째, '춘향전 문학'에 관한 본고의 논의는 소설로서의 『춘향전』과 판소리 사설로서의 『춘향전』(즉 「춘향가」)을 아우른다. 그러나 현전 『춘향전』 이본(異本)들의 대부분이 소설 『춘향전』이기에 작품 분석은 어쩔 수 없이 소설 『춘향전』을 중심으로 이루어질 것이다. 소설로서의 『춘향전』과 판소리 사설로서의 『춘향전』은 디테일, 서술의 간복(簡複) 등에서 차이가 인정되나, 그 기본 내용이나 문제의식 등은 동일하다고 생각된다.

---

3) 『춘향전』이 이 시대 민중의 꿈과 원망(願望)을 반영하고 있음은 김동욱, 『증보춘향전 연구』의 여러 곳에서 확인된다. '춘향전 문학'의 성립 시기는 대체로 18세기 초엽으로 보는 견해가 유력하다(정병욱, 『한국의 판소리』, 집문당, 1981, 87면; 김동욱, 같은 책, 44면, 52면). 본고는 일단 이 견해에 따라 '춘향전 문학'이 18세기 초두에 성립되어 17세기 후반 이래의 봉건사회 해체기의 사회상(社會相)을 반영하고 있는 것으로 본다. 『춘향전』은 비록 이 시기에 성립되었지만, 그 적층문학(積層文學)으로서의 성격 때문에 19세기 민중의 현실인식까지 반영한다. 현전 『춘향전』 이본(異本) 중 최고본(最古本)인 만화본(晚華本)의 성립 시기는 영조(英祖) 30년인 1754년이다. 이 본(本)을 통해 이 시기 이전에 이미 『춘향전』의 '기본 골격'이 완성되었음을 알 수 있다.

그러므로『춘향전』의 기본 내용이나 문제의식을 특히 문제삼는 본고에서는 양자의 차이가 그리 강조되지 않는다. 본고는 '소설 춘향전'에 관한 연구라기보다 '춘향전 문학'에 관한 연구라고 하는 편이 옳을 것이다.

셋째, 본고는『춘향전』에 여하한 양상으로 민중의 현실인식과 비전이 표출되어 있는가를 분석적으로 고찰하고자 한다. 이 경우 작품의 배후에 도사리고 있는 민중과 가장 직접적으로 연결되어 있는 인물은 춘향이다. 굳이 말할 것도 없는 사실이지만,『춘향전』은 '춘향의 이야기'인 것이다. 그러므로 우리는 춘향의 의식과 행동이 그 시대 민중의 현실인식을 어떻게 매개하며 어떻게 구현하고 있는지를 구명(究明)할 생각이다. 한편 민중과 가장 가까운 인물이 춘향이긴 하지만, 민중의 시선이 춘향에게만 고정되어 있는 건 아니다. 이도령과 방자, 변학도, 관아의 서리, 월매, 초동(樵童), 농부만이 아니라『춘향전』에 잠시 등장하는 뭇 서민군상(庶民群像) 속에도 민중의 시선과 의식이 속속들이 투영되어 있다. 따라서 이들이 각각 어떻게 묘사되고 기술되는가를 살피는 것은 대단히 중요한 일이 된다. 특히 각 인물간의 관계 설정이나 각 인물에 대한 서술 태도를 통해 우리는 이 시대 민중의 입장을 더듬어볼 수 있으리라 기대한다.

넷째, 그러므로 본고는 궁극적으로『춘향전』의 성립과 발전은 한 개인의 소산이 아니라 집단(민중)의 소산이라는 인식에 바탕을 둔다. 광대, 특히 비가비⁴나 광대와 문인(文人)의 결합(tie-up)에 의해『춘향전』

─────────

4) 양반 출신 광대를 이른다.

이 성립되었다는 학설이 이미 강하게 제기되어 있으나,[5] 설사 그렇다고 하더라도 사태는 조금도 달라지지 않는다. 즉 그 경우 작자는(혹은 작자들은) 집단의 세계관을 충실히 매개했을 뿐인바, 작품의 궁극적인 사회적 귀속(歸屬)은 집단으로 파악됨으로써다. 한편 후대(19세기 후반)에 이르러 『춘향전』 개작(改作)에 양반의 기호(嗜好)가 반영된다고 하는 것은 이와는 다른 차원에서 검토되어야 할 문제로 생각된다.[6]

---

5) 김동욱, 앞의 책 17~32면; 김동욱, 『한국가요의 연구』(을유문화사, 1961), 308면.

6) 양반적 취향에 의해 판소리가 속화(俗化)·변질되는 현상에 대해서는 김흥규, 「판소리의 사회적 성격과 그 변모」(『세계의문학』 제3권 4호, 1978)가 참조된다. 김흥규는 이 논문에서 "19세기의 일반 청중들은 이제 판소리 전승이나 평가에 주역을 담당할 수 있는 존재로서의 권위를 거의 상실했다"고 보아, 19세기의 전(全) 역사를 통해 판소리 향수가 양반층을 중심으로 이루어지고 그에 따라 양반적 취향으로 작품이 개작되는 것으로 이해했다. 이러한 견해는 사태를 지나치게 과장하고 있는 것으로서 실제의 판소리사(史)와는 부합되지 않는 것으로 보인다. 19세기에 접어들어 일부 양반층이 판소리에 적극적인 관심을 보이기 시작한 것은 사실이나, 헌종(憲宗)·철종(哲宗) 연간까지는 여전히 민중이 그 중심적인 향수층으로서 그 예술적 성격을 결정짓고 있었던 것으로 판단된다. 판소리의 문학적 내용이 양반 향수층의 개입에 따라 다소 변질되는 것은 대원군(大院君) 집정기(執政期)와 고종(高宗) 연간에 이르러 비로소 시작된다고 본다. 이러한 사실은 대표적인 판소리 문학의 하나인 『춘향전』의 이본사(異本史)를 더듬어보면 알 수 있다. 현전하는 『춘향전』의 이본들은 대개 19세기의 소산으로서 이 시기의 판소리 사설들이 그대로 정착되거나 소설로 발전된 것이라 할 수 있는데, 신재효본(申在孝本), 완판(完版) 84장본, 박기홍조(朴起弘調) 『춘향전』 등 대원군 집정기, 고종 연간에 성립된 서너 개의 본을 제외한 대부분의 이본들은 여전히 그 특유의 민중적 기반 위에 있다. 특히 그 성립연대가 확인되는 『남원고사(南原古詞)』(1864~1869)의 경우 양반적 취향으로 속화되기보다는 『춘향전』 본래의 진보적 계기나 반(反)지배·반(反)수탈의 민중 지향이 일층 강렬하게 확대되고 있음을 보여준다. 따라서 양반층의 판소리 수용과 관련하여 19세기 말엽에 야기된 『춘향전』 내용의 개작은 한 특수한 역사적 현상일 뿐, 이 때문에 『춘향전』 애초의 민중적 발생 배경이나 민중적 성격이 달라지는 것은 아니다. 『춘향전』의 양반적 취향으로의 개작 문제는 본고에서 검토되지 않는

다섯째, 그리하여 본고는 조선 봉건사회 해체기에 있어 민중의 정신사(精神史) 구명을 그 최종 목표로 삼는다. 민중의 정신사란 무엇인가. 그것은 민중의 의식, 다시 말해 민중의 현실인식과 그에 토대를 둔 민중의 현실 개조 욕구가 역사적 현실 속에서 자기전개(自己展開)하고 발전해가는 운동 과정이다. 그것은 문학·예술에서 가장 섬세하고 포괄적인 표현을 획득한다. 우리는 『춘향전』이라는 한 정신적 구조물의 분석을 통해 당대 민중의 미학과 정치학이 서로 어떻게 결합되어 있으며 그 정신사적 단계가 어떠한지를 살펴볼 수 있을 것이다.

여섯째, 본고는 『춘향전』의 이본(異本)과 관련하여 다음과 같은 태도를 취한다.

우선 『춘향전』의 이본군(異本群)을 '기생계(妓生系)'와 '비기생계(非妓生系)' 둘로 구분한다.[7] 전자는 춘향의 원래 신분이 기생으로 설정되어 있는 계통을, 후자는 양반 서녀(庶女)로 되어 있는 계통을 지칭한다. 현전 최고본(最古本)인 만화본(晚華本) 「춘향가」를 비롯하여 경판(京版) 16장본·30장본·35장본,[8] 안성판(安城版) 20장본, 완판(完版) 30장본·33장본,[9] 고대본(高大本), 『남원고사(南原古詞)』, 이고본(李古本) 등

다. 이는 고(稿)를 달리해 검토할 사안이라고 생각된다.

7) 이러한 구분은 김동욱에 의해 처음 이루어졌다. 김동욱·권영철·김태준 공편(共編), 「해설」, 『春香傳寫本選集(一)』(명지대학 국어국문학과 국학자료간행위원회, 1977), 3면 참조.

8) 경판 30장본은 파리 동양어학교(東洋語學校) 소장본이고, 경판 35장본은 일본 규슈(九州)대학 소장본인데, 김동욱이 1975년과 1977년에 처음 소개했다.

9) 완판 30장본은 한창기(韓昌基) 소장본 『별춘향전(別春香傳)』을, 완판 33장본은 병오판(丙午板) 『열녀춘향수절가(烈女春香守節歌)』를 말한다. 전자는 강한영이, 후자는 김동욱이 1976년 학계에 소개했다. 이러한 최근년의 신출자료(新出資料) 때문에도 기

대다수의 이본이 기생계에 해당된다. 비기생계에는 신재효본(申在孝本) 『남창(男唱) 춘향가』, 완판 84장본, 박기홍조(朴起弘調) 『춘향전』등 극히 소수의 이본만이 해당된다. 다수본(多數本)인 기생계 이본은 기본적으로 전대본(前代本)의 면모를 유지하고 있고,[10] 소수본(少數本)인 비기생계 이본은 대원군(大院君) 집정기와 고종(高宗) 연간에 이르러 판소리가 양반적 취향에 의해 속화(俗化)되는 분위기 속에서 생산된 후대본이라 판단된다.

일곱째, 본고는 일반적 연구 관행과 달리 비기생계 이본의 대표격인 완판 84장본을 텍스트로 삼지 않고 다수본인 기생계 이본군을 텍스트로 삼는다. 이는 『춘향전』원래의 기본구도[11]가 소수의 비기생계 이본에서

존의 『춘향전』 연구는 재검토가 불가피하다.

10) 이들은 대부분 19세기 초·중엽에 성립된 것으로 추정된다. 그러나 이중에는 이고본(李古本)처럼 19세기 말엽에 성립된 것도 있다. 이로 보건대 후대본 중에도 예외적으로 전대본의 면모를 지닌 것이 있음을 알 수 있다. 이러한 현상은 새로운 이본이 어떤 선행 이본의 영향하에 만들어지는가, 또 어떤 문학적 환경 속에서 만들어지는가에 따라 결정되는 것으로 보인다. 이고본의 성립 시기에 대해서는 조희웅, 「이고본 춘향전 연구」(『국어국문학』 58~60 합병호, 1972)를 참조할 것.

11) 『춘향전』의 '기본구도'는, 기생 신분의 춘향과 이도령이라는 양반 자제가 사랑으로 결합해 그들 사랑의 적인 악질 양반 관료 변학도를 제거하는 서사구조를 이른다. 이 속에는 민중의 신분해방 요구 및 기존 질서의 변혁 요구가 반영되어 있다. 이 기본구도의 인물 배치에서 춘향은 시종일관 적극적이고 강인한 성격의 여성으로 창조된다. 그리하여 이도령과의 결연도 춘향이 직접 하고, 월매는 단지 부수적인 역할만을 할 뿐이다. 또 월매와 방자는 영리(營利)를 추구하는 기회주의적 인물의 전형으로 배치된다. 방자는 양반층을 야유하는 민중의 의식을 매개하는 역할을 부여받기도 한다. 『춘향전』의 기본구도에서 춘향의 신분이 기생으로 설정된 것은 중대한 의미를 지닌다. 즉 그것은 봉건사회 신분 구성에서 최하층에 있는 천민인 기생을 주인공으로 내세워 민중의 요구와 이상을 대변하게 한 의미를 갖는다. 따라서 춘향의 신분은 이래도 좋고 저래도 좋은 그런 것이 아니고 전 작품의 내적 구조, 나아가 그 세계관적 의미관련과 서로 긴밀히 맞

가 아니라 다수의 기생계 이본에서 잘 표출되고 있고, 후대본인 비기생계 이본에서는 양반적으로 속화·변질되고 있다고 보이기 때문이다.[12]

　여덟째, 기생계 이본군은 서사 전개의 기본구도에서는 공통되지만, 그럼에도 개개의 이본은 각기 그 나름의 특수한 부분과 디테일을 가지고 있다. 본고에서는 이 개개의 이본이 지니는 특수한 부분과 디테일이 『춘향전』의 기본 성격으로부터의 이탈이 아니라 그 강화·발전이라고 판단되는 경우 그 차이에 구애받지 않고 적극적으로 활용하도록 하겠다. 이는 본고의 논리 전개에 이본을 광범하게 참조할 수 있게 하는 방법적 근거가 된다.[13]

물리는 자리에 위치해 있다고 할 것이다.

12) 이 점에서 필자는 완판 84장본 중심의 기존 연구 태도에 대한 김동욱의 비판(「춘향전 연구는 어디까지 왔나」)에 동의한다. 완판 84장본을 텍스트로 하여 '춘향전상(春香傳 像)'을 정립할 경우 일반적인 춘향전상에서 이탈할 위험이 대단히 크다. 그것은 완판 84장본이 『춘향전』 이본사에서 차지하는 특이한 위치 때문이다. 완판 84장본은 신재효 본 『남창 춘향가』와 함께 춘향의 신분을 고귀한 양반의 서녀로 무리하게 격상시켜 놓고선 그에 맞추어 각 인물의 성격이나 스토리 전개를 변개(變改)하고 있다. 그러나 다른 한편 『춘향전』의 기본 성격상 도저히 손댈 수 없는 부분들은 또 그대로 놓아두고 있다. 바로 이 때문에 각 인물의 성격이나 작품내 각 부분의 상호관계에 심각한 모순이 초래되었다. 완판 84장본은 이러한 기본구도의 이탈로 인해 『춘향전』 이본들이 일반적으로 표출하고 있는 문제의식을 다소 속화시키고 있다.

13) 『춘향전』 연구에서 이본에 대한 검토는, 때때로 한 이본이 다른 이본의 미비처·의문처를 밝혀주는 것이 되기도 하고, 또 때때로 이본 그 자체가 『춘향전』에 대한 하나의 훌륭한 '해석'이기도 하다는 점에서 필수적으로 요청된다. 따라서 특히 『춘향전』의 논란처에 대해서는 연구자가 성급하게 자신의 해석을 내놓기에 앞서 각 이본들이 그것을 어떻게 해석해놓고 있는지를 먼저 검토해보는 작업이 필요하다.

2. 춘향이라는 인물

[1] 『춘향전』은 춘향에 대한 이야기이다. 그러므로 다른 인물에 앞서 춘향이 어떤 인물이며, 그녀의 의식과 행동이 어떤 의미를 갖는지를 먼저 살필 필요가 있다. 한국인에게 춘향만큼 친근한 여성도 없을 것이다. 따라서 춘향이 어떤 인물인지를 알아보자는 이런 말은 듣기에 따라서는 엉뚱한 이야기 같기도 하다. 그러나 실상 우리가 춘향에 대해 갖고 있는 오해와 편견은 생각보다 깊고 커, 누구나 잘 알고 있는 것으로 믿고 있는 이런 문제에 대한 점검에서부터 논의를 시작할 필요가 있다.

우선 춘향과 이도령이 광한루에서 결연(結緣)하는 과정부터 보기로 하자.

광한루에 구경나온 이도령은 근처 숲 속에서 그네 뛰는 한 여성을 발견한다. 방자에게 물으니 기생 춘향이라고 한다. 이도령은 방자를 시켜 춘향을 데려오게 한다. 이리하여 방자와 춘향 간에 가자느니 안 가겠다느니 하며 실랑이가 벌어지는데, 이본에 따라 이 대목은 보다 순순히 응하거나 보다 완강히 버티거나 하는 차이가 있다. 하지만 이 대목에서 주목되는 것은 다음에서 보듯 춘향이 자신이 평소 지녀온 뜻을 이도령에게 거침없이 천명하고 있다는 사실이다.

① 도련님 들읍소서. 이몸이 ○○하와 천한 몸이 되었사오나 평생에 원하기를 열녀불경이부지행(烈女不更二夫之行)만 본받고자 뜻일러니 한 번 인연 맺은 후 부창부수(夫唱婦隨)하고 여필종부(女必從夫)하여 유자유손(有子有孫) 뜻일러니 도련님은 귀공자요 소녀는 천인이라 일시 호탕 못 이기어 한번 보고 버리시면 임자 없는 이내 몸이 춘향 백발

혼자 늙기 그 아니 원통하오. 그런 분부 마옵소서.[14]

② 소녀의 몸이 비록 창가(娼家) 여자오나 마음은 북극천문(北極天門)
에 턱을 걸어 남의 별실(別室)이 되지 말자 맹세하였으니 도련님 분부가 이
러하시나 이는 봉행(奉行)치 못하리로소이다.[15]

①은 고대본『춘향전』에서의 인용이고, ②는 경판 16장본에서의 인용
이다. 한편 방자는 이도령에게 춘향을 이렇게 소개하고 있다.

저 아이는 과연 본읍(本邑) 기생 월매 딸 춘향이라. 춘광(春光)은 십
육이오 인물은 일색이오 행실은 백옥(白玉)이오 재질은 소약란(蘇若蘭)
이오 풍월은 설도(薛濤)요 가곡은 섬월(蟾月)이라. 아직 서방을 ○○않
고 매몰하고 교만한 품이 영소보전(靈霄寶殿)에 턱을 건 줄로 아뢰오.[16]

춘향이 강한 성격의 소유자임은 작품 후반의, 변학도의 엄명으로 군
노사령(軍奴使令)들이 춘향을 데리러 가는 장면에서도 거듭 확인된다.

형방(刑房)이 청령(聽令)하고 관속(官屬) 불러 분부하니 관속들이

---

14) 고대본『춘향전』, 구자균 교주, 『춘향전』(민중서관, 1970), 313면. 이하 고대본의 인용
   은 이 책에 의거한다.
15) 경판 16장본, 구자균 교주, 같은 책, 231면. 이하 경판 16장본의 인용은 이 책에 의거
   한다.
16) 경판 35장본(『한국학보』9, 1977), 253면. 이하 경판 35장본의 인용은 이 자료에 의거
   한다. 다만 표기는 인용자가 현대어로 바꾸었다.

분부 듣고 한걸음에 바삐 나와 춘향이 부르러 갈 제, 춘향이 본디 사재고 도고하여 매몰하고 도뜬지라 관속들이 혐의터니(…)[17]

　이상의 인용들을 통해 알 수 있는 것은, 춘향이 비록 기생 신분이긴 하나 그 평소의 꿈이랄까 뜻은 뭇 남성에게 몸을 허락하는 기생 신분을 탈피하여 하나의 자존적(自尊的) 인격으로서 일부종사(一夫從事)하는 것이었다는 사실이다. 즉 자기 마음에 드는 한 지아비를 얻어 부부가 한평생 단란하게 자식을 거느리고 사는 것이 춘향의 평소 꿈이며 뜻이었다고 할 수 있다. 이는 기본적이며 원초적인 인간의 욕구에 해당할 터이다. 여기에서 이미, 기생 신분임에도 불구하고 자신의 기생 신분을 부정하고서 보다 인간다운 삶을 희구하며 인간으로서의 정당한 요구와 권리를 실현하려는 문제적 개인으로서의 춘향의 면모가 드러난다. 이처럼 자신의 현실적 신분을 부정하는 인간은 강인한 성격을 지니기 마련이고, 이 때문에 현실 속에 안주하는 여느 사람들에게는 "사재고 도고하여 매몰하고 도뜬" 것으로 비쳐짐직하다. 『춘향전』의 서두에 제시된 춘향의 이러한 '뜻'은 나중에 현실의 거대한 장벽으로 인해 때로 흔들리기도 하지만, 기본적으로 『춘향전』의 전체를 관통하는 하나의 축(軸)이 되고 있다. 그러므로 『춘향전』의 출발점에서 표출된 춘향의 이 '뜻'과 강인한 성격은 특히 유의될 필요가 있다.

　평소 이런 다부진 뜻을 품고 있던 춘향은 우연히 이도령을 만나 첫눈

---

17) 『남원고사(南原古詞)』, 김동욱·김태준·설성경 공저, 『춘향전 비교연구』, 248면. 이 책은 『춘향전』의 이본 연구일 뿐만 아니라 『남원고사』의 주석서(註釋書)이기도 하다. 이하 『남원고사』의 인용은 이 책에 의거한다. 현대어 표기는 인용자가 한 것이다.

에 그에게 반하게 된다.

　　춘향이 거동 보소. 추파를 잠깐 들어 이도령을 살펴보니 만고의 호걸
이요 진세간(眞世間) 기남자(奇男子)라. 천정(天庭)이 높았으니 소년공
명 할 것이요 오악(五嶽)이 조귀(朝歸)하니 보국충신(輔國忠臣)될 것이
매 춘향이 흠모하여 아미를 숙이고 염슬단좌(斂膝端坐)뿐이로다.[18]

　여기서 춘향이 보여주는 '지인지감(知人之鑑)'은 조선후기 사회사를
잘 반영하고 있는 야담계 한문단편소설 중의 평·천민 여주인공들이 예
외 없이 지니고 있는 자질과 상통한다는 점에서 주목된다.[19] 춘향은 야

---

18) 완판 33장본, 『문학사상』 47, 1976, 338면. 이하 완판 33장본의 인용은 이 자료에 의거
　　한다. 다만 한자 병기는 인용자가 한 것이다.

19) 예컨대, 동양문고본 『청구야담(靑邱野談)』 권4에 수록된 「책훈명양처명감(策勳名良
　　妻明鑑)」의 주인공 역시 기녀인데, 평소 마음에 맞는 사람을 스스로 택해 결혼하겠노
　　라고 다짐한다. 그리하여 권력의 횡포에도 굴하지 않고 재물에도 유혹됨이 없이 초지
　　일관 그 생각을 관철하고 있다. 이 작품의 여주인공과 같은 인물은 「획중보혜부택부(獲
　　重寶慧婦擇夫)」(같은 책, 권6)나 「택부서혜비식인(擇夫婿慧婢識人)」(같은 책, 권8)
　　에서도 발견된다. 이 작품의 주인공들 역시 천민녀이다. 「획중보혜부택부」의 여성은 그
　　상전이 정해주는 혼처를 마다하고 "일찍부터 제 스스로 마음에 맞는 사람을 골라서 짝
　　을 맺겠노라(嘗言自擇可人, 以作其配)"고 공언하며, 「택부서혜비식인」의 여성 역시
　　서울의 청루(靑樓)에 출입하는 부호가 자제들이 다투어 자신을 취하려 함에도 그것을
　　모두 거절하고 "세상에 마음에 드는 사람이 있지 않으면 차라리 빈 방에서 늙고 말겠다
　　(若非天下有心人, 寧甘老空房)"고 결심한다. 이리하여 이들은 모두 자신이 지닌 지
　　인지감(知人之鑑)에 따라 마음에 드는 남자를 자기가 직접 선택해 결혼하고 있다(졸
　　고 「『청구야담』 연구─한문단편소설을 중심으로」, 153~158면; 본서 386~390면 참
　　조). 춘향과 야담계 단편소설의 여주인공들이 지인지감, 재치, 생기발랄함, 현실의 제약
　　을 넘어서려는 의지, 주체적인 사고방식, 적극적인 태도 등의 자질을 공유할 수 있었던
　　것은 민중의 힘이 부상하던 조선후기라는 시대적 배경에 말미암는 것으로 보인다.

담계 단편소설의 여주인공들처럼, 자신의 마음에 드는 배우자와 결혼하겠노라고 평소 생각해온 것으로 이해되는데, 이도령이 바로 그러한 대상으로 눈앞에 나타난 것이다. 그러나 이 경우 이성지합(二姓之合)을 맺어보자는 이도령의 제의에도 불구하고, 춘향에게는 다음과 같은 사실이 하나의 난점으로 제기될 수밖에 없었다.

① 소녀 비록 천인이오나 마음인즉 빙옥(氷玉) 같사와 남의 부실(副室) 가소(可笑)하고 장화호접(墻花胡蝶) 불원(不願)하오니 말씀 간절하시나 그는 죽어도 봉행치 못하리로소이다.[20]

② 충불사이군(忠不事二君)이요 열불경이부절(烈不更二夫節)은 옛글에 있사오니, 도련님은 귀공자요 소녀는 천첩이라 한번 탁정(托情)한 연후에 인하여 버리시면 독수공방 홀로 누워 우는 내 아니고 뉘가 할고. 그런 분부 마옵소서.[21]

즉 춘향은 자신의 지인지감에 따라 이도령이라는 인간에 첫눈에 반하기는 했으나, 현절한 두 사람의 신분적 차이 때문에 일부종사라는 자신의 평소 뜻을 이루기가 곤란하리라 여겼던 것이다. 그 때문에 춘향은 일단 이도령의 구애를 위의 인용에서처럼 거부할 수밖에 없었다. 그런데 춘향의 마음속에 싹튼 이도령에 대한 흠모의 감정, 사랑의 감정은 이몽룡이라는 인간 자체에 연유하는 것이지 사또 자제라는 그의 현재 신분

20) 경판 35장본, 『한국학보』 9, 255면.
21) 완판 33장본, 『문학사상』 47, 338면.

때문은 아니었음이 강조될 필요가 있다. 오히려 그와 정반대로, 춘향은 자기와 다른 이도령의 사회적 신분으로 인해 사랑의 감정에 갈등을 느끼지 않으면 안 되었다. 자신이 평소 지녀온 '뜻' 때문이다.

한편 이도령은 계속 집요하게 구애하면서, 결코 버리지 않을 것과 초취(初娶)처럼 여길 것을 다짐하며 춘향이 지닌 불안감을 불식하려 한다. 마침내 춘향은 불망기(不忘記)를 받은 후 이도령의 구애를 허락하기에 이른다. 춘향은 이도령에게 깊이 반했던 것이다. 이때 춘향이 불망기를 받은 것은 타산적인 고려에서라기보다 기생 세계의 문화 관습에 젖어 있던 춘향으로서 이도령의 신의를 담보하기 위한 방편 정도의 의미를 띠는 것으로 봄이 온당할 것이다.

이리하여 춘향은 이도령과 사랑에 빠지게 된다. 이는 춘향 자신이 지닌 인간적 감정의 솔직한 발로였다. 또한 그것은 춘향 자신이 평소 지녀온 뜻과 배치되는 것이 아니라 오히려 그 관철의 과정이었다. 즉 처음에 이 양자(춘향의 뜻과 사랑의 감정)는 하나의 모순으로 부각되었지만, 이도령의 굳은 다짐과 불망기로 인해 그 모순은 적어도 두 사람 사이에선 일단 해소된 것으로 되었다. 그러나 이러한 해소는 물론 극히 형식적인 것에 불과한 것이었고, 따라서 그것이 실질적인 내용을 획득하기 위해서는 장차 두 사람 간에 보다 깊은 신뢰와 애정이 형성되지 않으면 안 되었다. 또 두 사람의 사이에서는 그렇다손치더라도 그들을 둘러싸고 있는 현실에서 그 모순은 해소는커녕 이제 막 제기된 것일 뿐이었다.

2 춘향의 이도령에 대한 사랑에는 이미 그 자체 속에 현실 부정, 현실에 대한 반항의 계기가 확고히 자리하고 있음을 간과해서는 안 된다.

그러므로 춘향의 사랑이 순수하면 할수록, 그리하여 그녀가 자신의 인간적 감정과 요구에 충실하면 할수록, 그것이 띠는 사회적 의미는 한층 더 기존 질서에 대한 부정, 현존 사회관계에 대한 도전으로 나타나게 된다. 왜냐하면 춘향의 사랑은 자기 신분을 부정하는 것에 의해서만, 다시 말해 현실의 신분관계를 그대로 인정하지 않는 것에 의해서만 비로소 성립될 수 있기 때문이다. 춘향은 기생이면서 기생이기를 단호히 거부하고 있고, 또 기생이면서 감히 기생으로서는 넘보아서는 안 될 것을 요구하고 있다. 바로 이 점에서, 춘향이 이도령에게 자신의 평소 뜻을 당당히 밝힌 것은 가히 '폭탄적 선언'이라 할 만한 것이었다.

우리는 이쯤에서 춘향의 평소 뜻이 어떠했는지를 다시 한번 상기할 필요가 있다. 기생 신분을 벗어나 한 사람의 지어미로서 가정을 꾸며 자식들, 지아비와 더불어 행복하게 살아가기를 희구했다는 것은 단순히 신분상승에의 욕구라기보다 자신의 신분에 부과된 봉건적 제약과 구속으로부터의 해방의 요구로 이해된다. 다시 말해 신분의 봉건적 제약으로 인해 박탈되었던 인간으로서의 기본적인 권리를 요구한 것으로 이해된다. 그러므로 춘향이 이도령에게서 '호걸'과 '기남자'를, 또 '소년공명'과 '보국충신'을 읽고선 흠모지정(欽慕之情)을 품게 되고 급기야 사랑에 빠지는 것도 현실의 신분관계를 부정하고서 이런 훌륭한 남성을 천민인 자기도 사랑할 수 있다는 스스로의 생각을 실천한 것일지언정, 한 귀족 자제가 지닌 특권에 마음이 발동하여 타산적으로 사랑을 하게 되었음[22] 을 뜻하는 것은 아니라고 본다. 요컨대 춘향이 이도령을 사랑하게 된 것은 자신이 평소 품어왔던 자기 신분으로부터의 해방의 요구와 이상에

---

22) 이상택, 앞의 논문; 오세영, 「춘향의 성격변화」(『국어국문학』 70, 1976).

따라 자신의 인간적 감정을 충실히 좇은 데서 결과된 것일 따름이지, 부귀영달과 상류사회에로의 신분상승을 미리 계산한 어떤 의도적인 것은 아니었다고 생각된다.

광한루에서 만나 서로 사랑에 빠지게 된 춘향과 이도령은 춘향집에서의 하룻밤을 통해 그 애정이 더욱 깊어지게 된다. 춘향이 이도령을 만난지 하루도 안 되어서 몸을 허락한 것이라든가 그 성희(性戲)가 요란했던 것에 대해 다음과 같은 두 가지 견해가 제기될 수 있다. 그 하나는, 춘향이 이도령의 구애를 허락한 것은 신분상승이라는 욕구를 달성하기 위해 자기 몸을 판 창녀적 행동에 다름아니었는데 바로 이 부분이 그것을 입증하고 있다는 견해이고, 다른 하나는, 이 대목이 『춘향전』이 원래 구현하려 한 고결하고 정신적인 사랑의 이념, 열녀로서의 춘향의 이미지에 손상을 가하고 있다는 견해이다. 춘향을 창녀 아니면 열녀로 전제하고 있는 이 두 견해는 춘향의 가상(假像)을 좇고 있다는 점에서 서로 통한다. 이 때문에 현실 속에서 생동하는 춘향의 원 모습과는 상당히 거리가 있는 춘향상(像)이 그려지고 있다.

우리는 우선, 춘향 시대의 애정 표현, 사랑의 방식이 근대의 그것과 사뭇 달랐다는 점을 인정할 필요가 있다. 애정의 유무를 캐묻거나 확인하는 따위는 적어도 근대사회 성립 이후의 일에 속할 터이다. 전근대 사회에서 애정의 확인은 일반적으로 묵식(默識)의 형태로 이루어졌다고 생각된다. 남녀가 서로 반하여 이내 인연을 맺는 것은 우리의 고전소설이나 야담에서 어렵지 않게 찾아볼 수 있다. 이런 사랑이 순수하지 않다거나 진실하지 못하다고 한다면 그것은 근대인의 통념 때문이 아닌가 한다. 그 시대 사랑의 방식은 근대의 그것과 역사적 · 풍속적으로 상이했음으로써다. 따라서 춘향과 이도령의 사랑은 근대인의 관점으로가 아니라, 당대 시정(市井)의 문화사·풍속사 속에서 이해되어야 마땅하다. 그럴 경우 그것은 하등 이상할 게 없는 극히 자연스러운 일로 파악된다. 왜냐하면 그 시대에는 사랑을 느끼면 곧바로 육체적 결합으로 들어간 것으로 보이기 때문이다.[23] 그러므로 근대인의 척도로 춘향 시대의 사랑을 재려고 하는 것은 일종의 만용에 속한다. 더군다나 양반 세계에서와 달리 당대 민중의 의식과 생활에 있어서 육체와 정신은 서로 분리되지 않았던 것으로 보인다. 『춘향전』에서 이도령과 춘향이 벌이는 사랑놀음이 당대 민중의 의식과 생활의 문학적 반영이라는 것을 의심할 사람은 아마 없을 터이다. 그러므로 춘향의 사랑을 두고 육체적인 사랑이니 정신적인 사랑이니 하고 구분지으려는 것부터가 벌써 역사적 현실에서 동떨어진 다분히 관념적인 발상의 소치로밖에는 보이지 않는다. 당대인의 사랑, 특히 당대 민중의 사랑이 그러했듯이, 춘향의 사랑도 정신적인 것과 육체적인 것이 현실에 있어 통일된 모습을 띠고 있다. 다시 말해, 춘향의 사랑은 순수히 정신적인 것만도 아니고 순수히 육체적인 것만도 아닌, 양자가 현실에 있어 생동하는 것으로 결합되어 있는 그런 사랑이었다.

이렇게 보면 사부가(士夫家) 규수와 달리 대담하고 적극적이었던 춘향의 사랑의 행위는 양반적 규범, 양반적 가치관에 부합되지 않는, 어찌 보면 비속하면서도 또 어찌 보면 더없이 생기발랄하고 강인한 민중적 삶의 한 단면, 한 영위 방식을 보여주는 것일지언정 춘향의 창녀적 면모

---

23) 조선후기의 풍속사를 여실히 반영하고 있는 야담계 한문단편소설들은 이러한 이 시기 시정(市井)에서의 사랑의 관습을 잘 보여준다. 이에 대해서는 이우성·임형택 역편, 『이조한문단편집(중)』(일조각, 1978)의 '제3부 세태 I'과 '제4부 세태 II'를 참조할 것.

를 보여주는 것은 아니다. 바꾸어 말해, 『춘향전』의 이 대목은 고답적이고 위선적인 양반의 생활 태도, 문화에 대한 반문화(Gegenkultur), 반명제(Antithese)로 떠오르던 당대 민중의 생활감각과 가치 태도를 묘출(描出)하고 있는 것이지 춘향의 창녀적 행위를 그리고 있는 것은 아니다. 창녀란 생활하기 위해 뭇 남자에게 자기 몸을 파는 여자가 아닌가. 춘향은 기생이긴 했지만, 이미 이런 의미의 창녀는 아니었다. 그녀는 자신이 지녔던 평소 뜻의 관철로서 이도령을 사랑했던 것이지, 사랑의 대가로 어떤 것을 얻기 위해 자기 몸을 팔지는 않았던 것이다. 그러므로 『춘향전』은 춘향이 창녀이기를 부정하는 데서 시작하여, 창녀이기를 결국 부정한 데서 끝나는 이야기라 할 수 있다.

한편, 우리는 춘향의 창녀로서의 측면이 따로 있고 그와 대립되는 곳에 또 열녀로서의 측면이 따로 있는 것으로 이해해서도 안 된다. 이러한 대립항은 잘못 설정된 것으로 보인다. 춘향은 창녀도 열녀도 아니며, 그 모두는 더더구나 아니다. 그녀는 일견 이 양자에 방불한 면모를 지닌 것 같지만, 주의해서 관찰해보면 그러한 생각이 극히 피상적이며 잘못된 것임을 깨닫게 된다. 그녀는 기생이면서 기생이기를 거부하는 삶을 살았고, '열(烈)'을 표방하면서도 전통적 의미의 열녀는 아니었기 때문이다(춘향의 '열'에 대해서는 나중에 변학도에 대한 항거 대목에서 자세히 검토하기로 한다).

③ 춘향집에서의 하룻밤 이후 두 사람의 사랑은 더욱더 깊어간다. 그에 따라 이도령은 춘향을 점점 새로이 인식하게 된다. 즉 처음 만났을 때는 춘향의 미모와 태도 등 주로 외적인 것에 마음이 끌렸다면, 이제는 춘향이 지닌 인간성, 그 뛰어난 자질과 덕성 등 내면적인 가치를 발견하게

된다.[24] 이도령은 특히 반가(班家) 여성과는 다른 춘향의 서민적인 생기 발랄함, 자잘한 예의범절이나 형식적인 체면치레에 얽매이지 않는 솔직 하고 꾸밈없는 인간성과 행동에 강한 매력을 느꼈으리라 생각된다. 춘향 역시 이도령과의 사랑이 깊어감에 따라 그 인간성에 점점 더 깊은 신뢰를 느끼게 되었을 것으로 생각된다. 더구나 이도령은 양반 신분임에도 불구 하고 호방한 감정, 예교(禮敎)에 얽매이지 않는 태도, 진솔함 등의 서민적 체취를 지녔기에 춘향과의 친화감이 쉽게 형성될 수 있었으리라 여겨진다.

이런 과정이 약 1년간 지속되다가 두 사람은 이별을 맞게 된다. 다음 은 이별의 상황이 도래하기 직전의 장면인데, 두 사람이 도달한 애정의 깊이가 얼마만한 것인지를 엿볼 수 있다.

> 양인(兩人)이 서로 만나곳 보면 녹수(綠水)의 원앙이오 화간(花間)의 접무(蝶舞)로다. 춘화류(春花柳) 하청풍(夏淸風) 추월명(秋月明) 동설 경(冬雪景)에 아무도 없이 단 둘이 만나 놀 제, 회두일소백미생(回頭一 笑百媚生)이라 백화명월(百花明月)도 무안색(無顔色)일다. (…) 안거 라 보자, 서거라 보자. 유리 같은 각장장판(角壯壯版)의 고은 발은 외씨 같다. 사뿐 회똑 걸어올 제 회목 단죽(短竹) 칠 양이면 제가 절로 안기인 다. 안고 떨고 진저리치고 몸서리치고 소름 돋칠 제 인간지락(人間至樂) 이 이뿐인가 하노매라.[25]

---

24) 『남원고사』에는 이도령이 춘향과 이별한 후 서울로 올라가며 마부와 수작하는 대목이 나오는데 다음의 구절이 주목된다: "어허 이놈 들어보아라. 우리 춘향이야 어엿브더니라. 인물이 탁월하여 장부 심장을 놀래고 백태(百態)가 구비하며 재덕(才德)이 겸전(兼全) 하고 품질(稟質)이 절승(絕勝)하더니라."(『남원고사』, 『춘향전 비교연구』, 208면)

25) 『남원고사』, 위의 책, 170면.

춘향과 이도령은 형세상 이별하지 않을 수 없게 된다. 이별시(離別時) 춘향이 보여주는 극렬한 행동에 대해, 작품의 서두에 제시된 춘향의 다소곳한 이미지와 서로 모순된다거나, 춘향이 본시 복합적인 성격, 이율적(二律的)인 행동 체계를 지녔기에 이런 강포한 행동이 나올 수 있었다거나 하는 견해가 제기되어 있으나,[26] 이는 완판 84장본을 토대로 내려진 해석들이기에 여타의 이본들에 확대 적용되기 어렵다. 즉 완판 84장본에서는 춘향이 여염집 규수처럼 점잖고 다소곳하며 순종적인 처녀로 그려져 있고, 이도령과의 결연도 다른 이본들과 달리 현숙하고 양반적인 품위를 지닌 월매가 앞에 나서서 주도하고 있다. 그리하여 춘향은 그 본래의 주체성을 상실해버리고 다소곳이 월매의 치맛자락 속에 숨어버리고 만다. 그러나 완판 84장본은 이 이별의 대목에까지 이처럼 변개시킨 춘향상을 관철시키지는 못하고 있다. 그리하여 이 대목에서는 다시 '일반적'인 춘향상을, 즉 강인하고 적극적이며 당찬 여성으로서의 춘향상을 제시하고 있다. 그러므로 춘향의 이미지가 모순적이라거나 춘향의 성격, 춘향의 행동 체계가 이중적이라는 주장은 이 완판 84장본에는 해당될지 몰라도 여타의 이본들에는 해당되지 않는다. 대부분의 이본들에서 춘향은 시종 강인하고 적극적이면서도 동시에 사랑스러운 인물로 형상화되어 있기 때문이다. 따라서 이들 이본을 중심으로 『춘향전』의 일반구도를 재구(再構)할 경우 이 이별하는 대목에서의 춘향의 발악적인 비탄은 그녀의 본래 성격과 하등 모순될 게 없으며 도리어 자연스럽기

---

26) 이상택, 앞의 논문; 오세영, 앞의 논문; 최진원, 「판소리문학고(考)—『춘향전』의 합리성과 불합리성」(『대동문화연구』2, 1966); 윤성근, 「완판본 열녀춘향수절가 연구」(『어문학』16, 1967).

만 하다. 그동안 그만큼 깊은 정이 들었고 또 그만큼 사랑했기에 이별을 당하여 그처럼 앙탈하는 것은 당찬 성격의 춘향으로서는 극히 자연스러운 행동이다.

이 이별의 대목에서 우리가 조금 유의해서 봐야 할 것은 신물(信物) 교환 장면이다. 이도령은,

> 오냐. 제발 울지 마라. 내가 간들 아주 가며 아주 간들 잊을쏘냐. 돌아오마 돌아오마. 석양천(夕陽天) 그늘같이 시원하게 돌아오마. 강남에서 나온 제비같이 너울너푼 돌아오마. 네 절개를 내가 안다. 송백(松柏)같이 푸른 절개 홍로(紅爐)에도 녹지 말고 쇠끝같이 굳은 절개 상설(霜雪)에도 변치 말고 나 오기를 기다려라.[27]

라고 하면서 "장부의 굳은 마음 명경(明鏡) 빛과 같을진대 변색할 배 있을쏘냐"[28]며 춘향에게 신물(信物)로서 면경(面鏡)을 내어준다. 춘향은 이에 앞서 옥지환(玉指環) 한 짝을 벗어주면서 "여자의 깊은 절개 옥지환과 같을지라. 만년(萬年)이 지나간들 투색(渝色)할 배 있으리까. 이것으로 신(信)을 삼아 날 본 듯이 잊지 마오"[29]라고 당부하고 있다. 이전에 춘향이 이도령에게서 받은 불망기(不忘記)가 일방적일뿐더러 내용을 결여한 하나의 형식에 불과했다면, 이제 이 신물 교환은 쌍방적일 뿐 아니라 내용과 형식을 모두 갖추고 있다. 그것이 공허한 형식에 머물지 않는

---

27) 고대본, 구자균 교주,『춘향전』, 354면.

28) 고대본, 위의 책, 359면.

29) 고대본, 위의 책, 357면.

것은 그들의 신뢰감과 애정이 너무 깊어져 있었기 때문이다. 그 점에서 불망기와는 질적으로 상이하다. 그러므로 이 신물 교환은 양인에게 더 없는 상호신뢰의 확인, 장래에 대한 확호한 상호약속의 의미를 갖는다. 나중에 춘향의 '열'이 결코 일방적이거나 맹목적인 것이 되지 않는 이유가 바로 이에 있다. 달리 말해, 춘향의 '열' 그것은 춘향과 이도령이 처음 만나 지금까지 서로 쌓아온 사랑의 전 과정의 궤적, 그 깊이와 넓이에서 귀결되는 것이었다고 할 수 있다. 이처럼 신물 교환 대목은, 춘향의 '열'이 상호약속에 기반해 있다는 점, 두 사람의 깊은 사랑의 결과라는 점을 알게 해준다.

한편 이 이별의 장면에 이르러 춘향은 '결단코 남의 별실이 되지 않겠다'던 이전의 폭탄적 선언과는 달리 이도령의 별실에 만족하려는 듯한 발언을 하고 있어 주목된다.[30] 사실, 처음 이도령과 결연할 때 춘향은 고집스레 자신의 이 평소 맹세를 관철할 것임을 이도령에게 주지시켰고 또 이도령은 형식적으로나마 그것을 수락함으로써 자신의 구애를 달성할 수 있었다. 그러나 실제 이도령이 그 선언을 곧이곧대로 받아들였을 리는 만무하고 춘향 스스로도 이 선언의 관철을 그리 확신하지만은 못하는 상태였을 것이다. 그만큼 그들의 신분 차이는 현절했고 그들을 둘러싼 인습의 벽은 두터웠다. 이후 그들의 사랑과 신뢰는 더욱 깊어갔지만, 그 사랑이 현실 속에서 진행되는 것인 한 이 두터운 인습의 벽은 오히려 그들의 사랑의 깊이에 비례하여 점점 더 그들을 압박해왔을 것이다. 그들의 이별은 바로 이러한 국면에서 맞이되었다. 따라서 이 국

---

30) 완판 84장본이 가장 심하지만 『남원고사』, 이고본, 완판 33장본, 완판 30장본 등에서도 확인된다.

면에서 춘향의 의식, 평소의 뜻이 흔들리게 됨은 대단히 자연스럽고 현실적이다. 우리가 춘향의 애초의 선언에만 시선을 고정시킬 경우 이러한 사실은 인정하기 곤란한 하나의 모순으로 부각될 터이고, 그와 반대로 이도령의 측실(側室)에 만족하는 듯한 이 부분에만 시선을 고정시킬 경우 『춘향전』의 리얼리즘은 왜소화를 면치 못하게 된다. 이 양자는 모두 일면적이다. 이 양자를 모두 포괄하면서 그것을 넘어서는 자리에 『춘향전』의 리얼리즘, 그 탁월함이 있는 것으로 파악된다. 다시 말해 출발점에서의 폭탄적 선언에도 불구하고 이 중간 부분에 이르러서는 현실의 거대한 벽을 인식하면서 스스로 갈등하는 춘향을 형상화함으로써 이 시대 역사 속에 정말 살아 있음직한 생동하는 한 전형을 창조하고 있는 것이며, 또 그것을 다시 넘어서서 작품의 결말에서는 이 부분에서의 춘향 자신의 주관적인 표백(表白)과 그녀에 대한 주변세계의 통념적 인식을 지양(止揚)하고 그 출발점에서의 폭탄적 선언을 끝내 관철시킴으로써, 작품이 궁극적으로 드러내고자 했던 객관적 의미를 확실히 해놓고 있는 것이다. 이 점에서 『춘향전』은 그 출발과 종결이 하나의 변증법적 원환(圓環)을 형성하고 있다고 할 만하다.

④ 이도령과의 이별 후 춘향은 신관(新官) 변학도의 수청 요구에 직면한다. 앞에서 살펴보았지만, 춘향의 사랑은 이미 그 자체 속에 현실 부정, 현실에 대한 저항의 계기가 내포되어 있었다. 따라서 신분적 차별에 기초해 있는 당대 현실과의 충돌이 춘향에게는 불가피했다. 춘향의 사랑이 지닌 저항적 계기는 변학도라는 악질 탐관오리와의 충돌을 통해 비로소 '현실화'된다. 즉 잠재적 상태로 머물러 있던 것이 현실태(現實態)로 전환되기에 이르는 것이다. 그러므로 우리는 이 부분에 이르러서

야 비로소 『춘향전』이 지닌 많은 비밀, 그것이 잠재적으로 내포하고 있던 '의미들'을 보다 확실하게, 그리고 보다 객관적으로 현시(顯示)받을 수 있게 된다.

기생이기를 거부하고 한 남성과의 사랑을 통해 단란한 가정을 꾸려 인간다운 삶을 이룩하기를 희구한 춘향에게 변학도의 수청 강요는 자신의 인간적 요구와 권리를 짓밟는 '폭력'에 다름아니었다. 이본에 따라서는 춘향이 이도령을 이별한 후 대비정속(代婢定屬)했다고 해놓은 것도 있고, 춘향을 계속 기생 신분으로 남겨놓은 것도 있다.[31] 전자의 이본들은 그것들이 형성된 시기의 역사적 변화, 즉 광범하게 신분상승이 이루어지던 당시의 현실을 일정하게 반영하면서, 이러한 현실의 변화를 결코 인정치 않으려는 완강한 보수적 지배층 인물과의 대립을 표현하고 있다고 파악된다. 그러므로 합법적으로 대비정속하여 면천(免賤)한 춘향이 변학도의 수청 요구를 거부한 것은 당시의 실정법상(實定法上) 정당한 것이 되고,[32] 현실의 변화를 인정하지 않고 춘향을 계속 천민 신분=기생으로 간주했던 변학도는 실정법을 무시하면서 봉건

31) 계속 기생 신분으로 남겨둔 이본으로는 만화본, 고대본, 완판 30장본, 완판 33장본 등이 있고 대비정속하여 면천(免賤)한 것으로 해놓은 이본으로는 경판 16장본, 경판 30장본, 안성판 20장본, 이고본, 『남원고사』 등이 있다. 현전 최고본(最古本)인 만화본 (1754년)에 기생 신분이 계속 유지되고 있는 것으로 보아, 성립기의 『춘향전』에서는 대비정속이 없었을 것으로 여겨진다. 그러다가 18세기 후반에서 19세기 전반 사이의 어느 시기에 당시의 사회적 변화와 관련해 새로이 대비정속을 첨입(添入)한 이본이 생겨난 게 아닌가 추정된다. 이렇게 본다면 대비정속은 달라진 역사적 현실의 일반영(一反映)이라고 할 수 있을 것이다.
32) 대비정속이 나타나는 이본의 경우, 그렇지 않은 이본들과 달리, 춘향이 변학도의 수청 강요를 거부할 때 자신이 대비정속하여 면천했음을 밝히고 있는데, 이는 춘향 스스로 자신의 수청 거부가 법적으로 정당하다고 인식했음을 보여주는 것이다.

적 전횡과 권력의 횡포를 자행한 것이 된다. 춘향이 대비정속되는 이본에서는 봉건 권력의 이런 횡포가 폭로 · 비판되고 있다고 할 수 있다. 그리하여 춘향은 변학도로 대변되는 당대 현실의 극보수적(極保守的) 부분과 투쟁하는 역할을 떠맡게 된다.

하지만 후자의 이본들에서 춘향은 실정법의 테두리 밖에 있다. 그러므로 이 경우 춘향의 행위는 훨씬 더 전복적 · 혁신적인 의미를 띠며, 그녀가 당대 현실에 대해 벌이는 싸움도 이른바 비합법투쟁의 양상을 띠게 된다.

이처럼 대비정속의 과정이 없는 이본과 있는 이본 간에는 다소의 의미 차이가 있긴 하나, 그럼에도 춘향이 자신의 평소 의지를 꿋꿋이 관철시키고 있다는 점에서는, 즉 인간의 기본적 욕구와 권리를 변학도로 표상되는 가혹한 봉건적 압제 하에서도 떳떳이 주장하고 있다는 점에서는, 차이를 갖지 않는다. 달리 말해, 춘향의 사랑에 애초부터 내포되어 있던 저항적 측면이, 사랑을 부정하는 현실 계기를 만나자마자 즉각 발로(發露)된다는 점에서는 동일하다.

변학도에 항거하는 이 대목과 관련해서는 종래 상반된 두 견해가 제기되어 있다. 그 하나는, 춘향의 변학도에 대한 항거는 단순히 수청 요구에 대한 것일 뿐 봉건주의에 대한 반항이라고 볼 수 없다는 견해이고,[33] 다른 하나는 그것이 봉건주의에 적극적으로 반대하여 인격의 주장과 사민평등(四民平等)의 요구를 제기하고 있다는 견해이다.[34]

---

33) 오세영, 앞의 논문; 윤성근, 앞의 논문; 김우종, 「항거없는 성춘향」(『현대문학』 3권 6호, 1957); 김대행, 「춘향의 성격문제」(『선청어문』 8, 1977); 김진영, 「춘향가 논의의 몇 가지 반성」(『선청어문』 9, 1978).

34) 조윤제, 『국문학사』(동방문화사, 1949), 323면; 김태준, 『증보조선소설사』(학예사,

필자가 보기에 춘향의 수청 거부는 필연적으로 변학도의 민중수탈에 대한 비판 및 봉건주의에 대한 반대로 발전된다. 나중에 살펴보겠지만, 이렇게 발전할 수밖에 없었던 바로 여기에 『춘향전』이 그 시대 민중에 사랑받은 소이연이 있으며, 또 『춘향전』이 여느 통속적 염정류(艶情類) 소설과 달리 조선후기 민중의 정치적 입장을 반영하면서 당대 민중의 세계관적 정점(頂點)에 도달할 수 있었던 비밀이 있다. 수청 강요에 대한 춘향의 항거는 자신의 평소 뜻과 그것의 현실적 실현인 이도령과의 사랑을 고수하기 위해서는 불가피한 것이었다. 그런데 춘향의 평소 뜻과 그것의 현실적 실현인 이도령과의 사랑은, 이미 살펴두었지만, 기생=천민이라는 자신의 신분 및 당시의 사회적 신분관계의 부정을 전제로 하고 있었다. 자신의 신분 및 당시의 사회적 신분관계의 부정은, 그것이 명시적(明示的)이든 그렇지 않든 간에 곧 현실의 부정, 봉건사회를 지탱하고 있는 제도의 부정을 뜻한다. 봉건적 현실의 부정, 봉건적 제도의 부정이 봉건지배층의 민중 수탈, 그 전횡에 대한 비판 내지 항거로 표출되기는 가히 어렵지 않다. 이처럼 두어 개의 매개항만 거치면 춘향의 수청 거부는 봉건주의에 대한 반대, 변학도의 민중 수탈에 대한 항거로 이어지게 된다. 사실 봉건제도에 대한 반대는 그것을 '공언(公言)'할 때에만 성립되는 것은 아니다. 『춘향전』은 얼핏 표면적으로는 그것을 공언하고 있지 않은 것처럼 보이지만, 작품의 전 과정, 춘향의 사랑의 전 과정을 통하여 시종 줄기차게 그것에 대한 반대를 제기하고 있다고 할 수 있다.

첫 번째 견해와 달리 춘향의 항거가 봉건제도의 부정, 인간평등의 요

1939), 209면; 김기동, 「춘향전의 내용적 고찰」(『자유문학』 3, 1958).

구를 의미한다고 이해하는 두 번째 견해는 그 자체로서는 물론 옳다고 보인다. 그러나 이 견해는, 춘향의 변학도에 대한 항거가 춘향의 사랑에 이미 내포되어 있던 저항적 계기의 필연적 귀결이라는 점을 인식하고 있지 못한 것 같다. 바꾸어 말해, 이 양자를 상호 매개시켜 파악하지 못하고, 춘향의 변학도에 대한 항거만을 고립적으로 강조하여 결론을 끌어낸 인상이 짙다. 그러므로 거기서는 춘향의 사랑과 변학도에의 항거가 봉건적 현실의 부정이라는 점에서 서로 어떻게 연관되는 것인지 잘 드러나지 않는다. 춘향의 사랑이 있음으로 해서 변학도에의 항거가 야기될 수 있었고, 변학도에의 항거가 있었기에 춘향의 사랑이 그 '현실적' 의미를 명확히 할 수 있었다. 이처럼 이 양자는 상호규정적인 관계에 있다. 그런데 이 견해는 『춘향전』의 전 과정이 이와 같이 이 양자의 상호관계에 의해 규정되며, 작품의 처음서부터 끝까지 봉건적 신분관계의 부정, 인간평등의 요구가 제기되어 있음을 간파하지 못하고, 변학도에 항거하는 대목만을 부각시킴으로써 설득력을 약화시키고 있다고 여겨진다.

한편, 춘향이 변학도에 항거하는 대목을 주목해 춘향을 열녀로 이해하거나 『춘향전』이 열녀의 교훈을 제시하고 있다는 견해가 제기되어 있기도 하다.[35] 이러한 견해 역시 그대로 수긍하기 어렵다. 왜냐하면 춘향의 '열'[36]에는 내적으로 봉건적인 의미의 열과 다른 내용과 지향이 담겨 있음으로써다. 이 말은 춘향의 '열'이 전통적 의미의 열에서 이탈하고

---

35) 조윤제, 「춘향전 이본고」, 『교주춘향전(校註春香傳)』(을유문화사, 1957), 272~273면; 박성의, 『한국고대소설사』(일신사, 1958), 422면; 장덕순, 『국문학통론』(신구문화사, 1976), 390~391면; 조동일, 「갈등에서 본 춘향전의 주제」(『계명논총』 7, 1970).
36) 이하 춘향의 열을 봉건적 의미의 열과 구별하기 위해 '열'로 표시한다.

있음을 뜻할 뿐 아니라, 어떤 면에서는 그것과 대립적이기도 함을 뜻한다.[37] 비록 춘향 스스로는, 그리고 당대 민중은, 아직 이러한 의미의 '열'을 봉건적 이념으로서의 열과 그 의식 내부에서 구별하지 못했으며, 그래서 종래 써오던 열이라는 용어를 그대로 끌어다 쓰고 있기는 하나, 춘향의 '열'은 다음의 몇 가지 점에서 봉건적 의미의 열과 본질상 구별된다.

첫째, 그것은 봉건적 이념으로서의 열처럼 도덕 혹은 상황적 압력에 의해 강요된 것이 아니라 자유의지(freier Wille)에 의한 것이다.

둘째, 그것은 봉건도덕의 외관(外觀)을 뒤집어쓰고 있기는 하나, 실제로는 봉건적 신분관계의 부정을 뜻하고 있다. 그러므로, 이를 정확하게 간취한 변학도가 춘향의 '열'에 노발대발하는[38] 것도 당연하다.

---

37) 이러한 생각의 단초는 이미 몇몇 선학들에 의해 제기된 바 있다. 이를테면 장경학, 「춘향전의 법률학적 접근(하)」(『사상계』 9, 1953), 100~101면에서는 "춘향이가 이런 혼인관을 자기의 것으로 가질 수 있게 된 것은 유교의 교리의 영향에서 온 것이라고 하는 것은 물론이지만 그러나 춘향의 혼인관은 강요당한 유교의 열녀의 사상 자체는 결코 아니었다. 여기에 유교의 사상 밑에 놓여 있던 사회의 생활 자체 속에서는 그런 사상과는 대립되는 것에로의 질적인 변천의 비약의 발아(發芽)가 서서히 엄트고 있었던 것"이라며 상당히 정확하게 사태를 파악하고 있고, 또 김동욱, 『증보춘향전연구』, 42면에서도 "(…) 애브노오말한 춘향의 행동 자체는 양반들의 포악에 대한 항변이며, 양반적 열녀의식의 서민적 지양(止揚)이라고 할 것이며 근대 서민의식의 강렬한 발효라 할 만하다. 그러므로 이조말기에 있어서 춘향전을 보고 좋아했을 양반들의 체내에는 벌써 분열된 자아가 자신의 만종(挽鍾)을 울리며 도사리고 있었음을 잊어서는 안 된다"라고 하여 문제의 핵심에 접근하고 있다. 하지만 이런 견해가 학계에서 충분히 주목받은 것 같지는 않다.

38) 고대본에는 "사또 보고 분(忿)을 내어, 장두(牆頭)에 붉은 꽃과 노방(路傍)에 푸른 버들 인개가절(人皆可折)이어든, 까마귀 학이 되며 우마(牛馬)가 기린 될까. 요망창녀(妖妄娼女)로다 별(別) 형장(刑杖) 들이라"(구자균 교주, 『춘향전』, 387면)라고 되어 있고, 경판 30장본에는 "신관이 증(症)을 내어 분부하되 고이하다 너 같은 노류장화(路柳牆花)가 수절이란 말 고이하다. 네가 수절하면 우리 마누라는 기절할까. 요망

셋째, 따라서 그것은 봉건적 의미의 열처럼 양반적 통치질서의 온존을 위해서가 부정을 위해 요청되었다. 다시 말해 봉건적 이념으로서의 열이 현실옹호적인 것이라면, 춘향이 보여주는 '열'은 그와 정반대로 현실부정적이다.

넷째, 그것은 맹목적인 것이 아니라 사랑과 신의, 인간으로서의 존엄을 지키기 위한 합목적적인 성격을 지닌다.

다섯째, 그것은 일방적인 것이 아니라 약속의 이행, 신의의 관철로서 쌍방의 상호관계에 입각해 있다. 즉, 앞서 신물(信物) 교환 대목에서 미리 살펴두었지만, 춘향의 '열'은 이도령과 한 약속의 이행이라는 의미를 갖는다.

이렇게 분석해놓고 보면, 춘향의 '열'은 말만 열이지, 전통적 의미의 열과 그 내적 맥락과 함의(含意)가 크게 다르다. 춘향의 '열'이 전통적 의미의 열과 공통되는 점이 있다면 표면적으로 '일부종사(一夫從事)', '열녀불경이부(烈女不更二夫)'를 내세우고 있다는 점밖에 없다. 그러나 이는 형식적인 동일함에 불과하다. 그 구체적 내용은 위에서 분석한 것처럼 같지 않다. 이처럼 춘향의 '열'은 비록 겉으로는 전통적 의미의 열과 똑같이 '일부종사'나 '열녀불경이부'의 구호를 내걸고 있기는 하나, 그 지향 및 내포가 달라짐에 따라 자연 그 의미에도 차이가 야기되었다.

한 말 말고 오늘부터 수청 거행하라"(김동욱, W. E. Skillend, D. Bouchez 공편,『景印古小說板刻本全集』제5권, 나손서옥, 1975, 948면. 한자 병기 및 현대어 표기, 띄어쓰기는 인용자가 임의로 함. 이하 경판 30장본의 인용은 이 책에 의거함)라고 되어 있으며,『남원고사』에는 "신관 이 말 듣고 놀라 하는 말이 어허 세상의 변괴(變怪)로다. (…) 본디 기생년이 수절 말이 가소롭다. 가마귀 학이 되며 각관기생(各官妓生) 열녀 되랴"(『춘향전 비교연구』, 24면)라고 되어 있다.

내부적으로 '개념의 역사적 변천'이 초래된 것이다.

이러한 사실을 인정한다면, 춘향은 전통적 의미의 열녀라 하기 어렵다. 비록 당대 민중이 그 차이를 엄밀히 구별하지 못했다 하더라도, 전통적 의미의 열과 춘향이 보여주는 '열' 사이에는 명백한 질적 상위(相違)가 있음으로써다. 이 경우 당대 민중이 춘향의 행위를 그냥 '열'이라고 하는 것 이외에 달리 그것을 표현할 능력이 없었다거나, 그들이 춘향의 행위와 전통적 의미의 열 사이의 차이를 이론적으로 명확히 인식하지 못했다거나 하는 것은 그다지 문제가 되지 않는다. 왜냐하면 그들이 비록 그 차이를 '머리'로는 정확하게 인식하지 못했다 할지라도 '몸'으로는 그 차이를 느꼈던 것으로 이해되기 때문이다.

그러므로 필자는 단순히 그 외관만을 좇아 춘향을 전통적 의미의 열녀로 파악하는 관점에 반대한다. 이런 관점에는 다음과 같은 난점이 따른다. 즉 춘향의 '열'을 전통적 의미의 열과 구별하여 이해하지 아니함으로써, 변학도에 대한 항거=봉건적 현실에 대한 저항이 바로 이 춘향의 '열'로부터 유래한다는 점을 도저히 설명할 수 없게 된다. 그러므로 이 관점에서는, 열이라는 봉건적 이념이 그것을 산출한 봉건적 현실과 투쟁하는 것이 하나의 모순으로 받아들여질 수밖에 없다. 이는 춘향의 '열'과 전통적 의미의 열 사이의 의미 차이를 구별하지 못하고 그 양자를 혼동한 데서 초래된 모순이다.

따라서 그것은 춘향 스스로가 지닌 모순이 아니라 연구자가 야기한 모순이라 할 것이다. 실제로는 봉건적 이념이 봉건적 현실에 저항한 게 아니라 봉건적 이념의 외피에 덮인 내용적으로 새로운 어떤 이념이 봉건적 현실에 저항한 것으로 이해된다. 봉건이념으로서의 열이 맹목적이고 무조건적이며 여성에게만 일방적으로 강요되는 봉건적 당위임에 반해, 춘향이 표방한 '열'은 합목적적이고 쌍방의 사랑·약속·신뢰 위에서 자발적으로 성립되는 새로운 이념이다. 다시 말해 춘향에게서 '열'은 남성에 대한 맹목적인 정절 고수를 뜻한다기보다 서로 약속된 사랑, 또 그 사랑 밑에 전제되어 있는 자신의 인간적 요구를 관철하기 위한 열렬한 태도나 강고(强固)한 신념 같은 것에 가깝다. 그러니 춘향의 '열'은 그녀의 사랑과 인간적 요구의 결과인 것이다. 이 양자는 뗄래야 뗄 수 없도록 서로 깊이 맞물려 있다. 그리하여 춘향의 사랑이 봉건적 신분관계, 봉건적 현실을 부정하면서 자신의 인간적 요구를 주장한 것인 한, 그녀의 '열'도 그러한 현실을 부정하면서 자신의 인간적 요구를 주장한 것이 된다. 왜냐하면 봉건적 사회관계를 부정하는 인간적 요구가 그녀의 사랑에 전제되어 있듯이, '열'에는 다시 그녀의 그러한 사랑이 전제되어 있기 때문이다.

춘향의 '열'과 봉건적 의미의 열은 그 형식적 동일함에도 불구하고 지금까지 지적한 몇 가지 점에서 그 내용이 상이할뿐더러 대립적이기까지 하다. 춘향의 '열'이 이럴진대 거기서 봉건적 현실에 대한 강렬한 저항이 우러나오는 것은 지극히 자연스럽다. 이런 신념, 이런 지향을 그 '열'의 내용으로 하는 여성을 어떻게 봉건적 의미의 열녀라고 할 수 있겠는가? 춘향을 전통적 견지의 열녀로 이해하는 기존의 여러 견해에 필자가 이의를 제기하는 이유가 바로 이에 있다.

그런데, 근년에 이르러, '열녀 춘향'이라는 유교적 교훈은 한갓 표면적 주제요 '인간적 해방의 주장'이 보다 의미 있는 이면적 주제라고 설명함으로써 기존 견해의 모순을 해소시켜보고자 한 시도가 있었다.[39]

---

39) 조동일, 「갈등에서 본 춘향전의 주제」(『계명논총』 7, 1970).

하지만 이 양자는 그렇게 분리될 성질의 것이 아니다. 왜냐하면 춘향의 '열'이라는 측면은 그녀의 인간해방의 주장을 그 가장 핵심에서 뒷받침해 주고 있고, 또 춘향의 인간해방의 주장은 이 '열'이 존재함으로써 비로소 가능했기 때문이다. 즉 이 둘은 상호의존적인 것이지 서로 대립적인 것이 아니다. 그러므로 "열녀의 교훈은 인간적 해방의 주장을 부정하고 인간적 해방의 주장은 열녀의 교훈과 배치된다"[40]는 견해는 작품이 지니는 각 계기의 내적 연관 및 '열'이라는 개념의 '역사적 운동'을 간과한, 다분히 정태적이며 형식주의적 입각점에 서 있는 것이 아닌가 여겨진다.

⑤ 춘향의 사랑이 애초에 지니고 있던 저항의 계기가 현실화되는 곳인 이 변학도에의 항거 대목 이후서부터 민중은 자신의 모습과 목소리를 일정하게 작품 속에 드러내게 된다는 사실에 주목할 필요가 있다. 예컨대, 춘향이 곤장 맞는 것을 지켜보고 선 남원부민(南原府民)들이 모두 울먹였다든가, 농민들이 변학도를 지독한 민중수탈자로 비판하면서 춘향의 주장이 전적으로 정당하다고 지지해주었다든가, 주막집 영감이나 초동·농부 등의 입을 빌어 지배층인 양반에 대한 민중의 적대감을 노골적으로 표현하고 있다든가 하는 등등이 그에 해당한다. 이처럼 민중은 직접 작품내에 등장하여 춘향을 위로하고 지지할 뿐만 아니라, 간접적으로 자신의 목소리를 드러내기도 한다. 즉,

관속들이 어사 내려온단 말을 듣고 관전(官錢)·목포(木布)·환상(還上)·전결(田結)·복수(卜數)·무척(巫尺) 닦을 적에 4결(四結)에는 한

---

40) 조동일, 위의 논문, 27면.

짐 열 말, 6결(六結)에는 석 짐 열닷 뭇이요, 동창(東倉) 서창(西倉) 미전(米錢) 목포(木布)를 무턱으로 내입(內入)이라 꾸몄더라.[41]

라고 한 것이나,

또 한 곳에 다다르니, 풍헌(風憲)·약장(約長)들이 발기[件記]를 들고 민간수렴 하는고나. 이 달 이십칠일이 본관 생일이라 대중소호(大中小戶) 분등(分等)하여 전곡(錢穀)을 회계하니 민원(民冤)이 철천(徹天)이라.[42]

라고 한 것 등이 곧 그것이다. 이는 '서술적' 방식으로 말해지고 있기는 하나, 그 속에 부패한 지방권력, 가혹한 민중수탈을 고발하고 야유하는 민중의 목소리가 담겨 있다.

이러한 현상은 비유컨대 마치 지금까지 춘향과 이도령이라는 두 꼭두각시의 결연과 사랑을 한편으로 조종하면서도 다른 한편으로는 관객의 입장에서 숨죽이며 지켜보고 섰던 배후의 인형조종자가 변학도라는 꼭두각시를 새로 등장시키면서 부지불식간에 자신의 모습을 불쑥 드러낸 것과 같다. 다시 말해, 춘향과 이도령의 결연과 사랑이 진행되던 과정에서는 잘 드러나지 않던 『춘향전』의 배후, 그 정체가 변학도가 등장하면서부터 명확히 드러나기 시작한 것이다. 완만하고 잠재적인 형태로 제기되던 『춘향전』의 메시지, 춘향의 사랑의 의미는 변학도의 등장을 계

---

41) 경판 16장본, 구자균 교주, 『춘향전』, 277면.
42) 경판 35장본, 『한국학보』 9, 281면.

기로 비로소 첨예해지고 선명해지는바, 이 상황에서『춘향전』의 배후가 전면(前面)에 나타나는 건 이해할 만한 일이다. 그리하여 민중이 처음서부터 춘향의 배후에 숨어 있었다는 사실은, 춘향과 봉건적 현실 간의 충돌이 첨예해지는 이 대목에 이르러 갑자기 민중의 모습과 목소리가 불쑥 나타나 춘향에 대한 아낌없는 지지, 봉건권력의 전횡에 대한 비판, 활발한 정치평론 등을 보여준다는 데서 자명해진다. 때문에 우리는 이 대목에 이르러 지금까지의 춘향의 요구가 바로 민중의 요구를 대변하는 것이었음을 깨닫게 된다. 이처럼『춘향전』의 배후에 민중이라는 실체가 도사리고 있음을 고려할 경우, 작품에서 춘향에 대한 변학도의 수청 강요가 곧바로 지배층의 민중수탈과 관련지어져 비판되고 있는 현상이 아주 자연스럽게 이해된다.

　『춘향전』을 통속적인 고담(古談)과 구별짓는 계기 역시 바로 이 춘향의 변학도에 대한 항거 대목에서 마련된다. 그러므로 이 대목은『춘향전』에서 가장 주목되어야 할 부분이라 할 만하다.『춘향전』의 출발과 종결은 바로 이 부분에 의해 '매개'되면서 통일된 미적 체계를 형성한다.『춘향전』이 단순한 풍속담에 머물지 않고, 그 앞과 뒤가 일관성 있게 연결되어 하나의 이념적 체계를 이루면서 세계관적 높이를 얻은 것도 바로 이 대목이 존재함으로써 가능했다.[43] 바꾸어 말해,『춘향전』이 연애의 이야기이면서도 단순히 연애 이야기에 머물지 않고 당대 민중의 요구와 사회정치적 입장을 미적으로 표현한 사회소설로 도약할 수 있었

---

43) 춘향과 이도령이 이별하는 데서 작품이 종결되는 신재효본『동창(童唱) 춘향가』가 결국 풍속(風俗)의 테두리 안에 머물고 이념(理念)의 차원에까지 올라가지 못하고 만 것에 상도한다면, 이 변학도에의 항거 대목이『춘향전』에서 얼마나 중요한지 잘 알 수 있다.

던 것은 바로 이 대목이 '고리'로서의 역할을 적절히 함으로써 가능했다. 이 대목으로 인해 『춘향전』의 앞부분은 그 현실성을 명확히 부여받을 수 있었고, 이 대목으로 인해 『춘향전』의 뒷부분은 그 필연성을 획득할 수 있었다. 즉 이 중간 부분을 통해 춘향의 사랑이 지니는 사회적 의미가 분명해졌으며, 춘향과 이도령의 최종적인 결합이 준비되었던 것이다.

이렇게 볼 때, 춘향과 이도령의 최종 결합은 결코 이도령의 일방적인 시혜(施惠)에 의한 것이 아니다. 이도령 역시 현실의 장애에도 불구하고 춘향에 대한 사랑과 신의를 저버리지 않았지만, 춘향이 이도령에 대한 사랑과 신의를 지키기 위해 현실과 벌인 싸움은 훨씬 더 힘들고 처절한 것이었다. 그러므로 신분이 다른 이 두 청춘 남녀가 현실의 간난함을 헤치고 서로 부부로 결합할 수 있었던 것은 바로 이 상호신뢰와 연대감의 소산에 다름아니다. 그리고 나중에 살펴보겠지만, 이 연대감은 춘향의 주도로 형성될 수 있었다.

이렇게 하여 춘향은 작품의 출발에서 제기했던 자신의 뜻과 맹세를 작품의 결말에서 실현하고, 마침내 인간으로서의 기본적 요구와 권리를 쟁취하기에 이른다.

3. 이도령이라는 인물

『춘향전』은 춘향에 관한 이야기이다. 그러나 이 경우 '춘향에 관한 이야기'란 이도령·변학도 등 그녀를 둘러싸고 있는 인물들과 그녀의 사이에서 이야기가 전개된다는 뜻이다. 그러므로 『춘향전』을 정당하게 이해하기 위해서는 춘향이라는 인물만이 아니라, 그녀와 직접 간접으로 관계를 맺고 있는 인물들에 대해서도 살펴볼 필요가 있다. 이러한 독법(讀法)은 춘향에만 즉(卽)해서 춘향을 살필 경우에 잘 드러나지 않는 사실들을 밝혀내는 데에도 도움이 된다. 그러므로 그것은 결국 다른 각도에서 춘향을 더욱 깊이 알게 해줄 것이다.

그간의 『춘향전』 연구에서는 이도령이라는 인물에 대해서는 별로 주목하지 않았던 것 같다. 그러나 『춘향전』은 춘향의 이야기일뿐더러 춘향과 이도령의 이야기이기도 하기에, 우리는 이도령이라는 인물에 대해 좀더 자세히 알 필요가 있다.

대다수 이본들의 서두에서 이도령은, 좋게 말해 풍류를 아는 호탕한 남아로 그려져 있다. 다음은 경판 30장본에서의 인용이다.

나도 서울서 삼월춘풍(三月春風) 화류시(花柳時)와 구월추풍(九月秋風) 황국시(黃菊時)에 화조월석(花朝月夕) 빈 날 없이 주사청루(酒肆青樓)에 만준향온(滿樽香醞)을 진취(盡醉)하고 절대가인(絶代佳人)을 결연하여 청가묘무(淸歌妙舞)로 세월을 소견(消遣)하였거니와 금일 너를 보매 세간인물(世間人物)이 아니로다. 정신이 황홀하여 불승탕정(不勝蕩情)이라 탁문군(卓文君)의 거문고에 월노승(月老繩) 맺어두고 백년가약을 세세생생(世世生生)으로 누릴까 부름이라.[44]

이도령이 광한루로 건너온 춘향에게 한 말인데, 이도령의 탕아적 면모가 잘 드러난다. 이도령의 이러한 면모는 방자의 다음 말에서도 확인된다.

---

44) 경판 30장본, 『景印古小說板刻本全集』 제5권, 942~993면.

바른 대로 말이지 도련님이 오입장이러라. 곧 오매지상(烏梅之上)이
요, 초병 마개요, 말에 차인 엉덩이요, 돌에 차인 복숭아뼈요, 산 개얌이
밑궁이요, 경계주머니 아들일너라.[45]

그러니 이도령이 방자에게서 숲속에서 그네 타는 여성이 "본읍 일등
명기 월매 딸 춘향이라 하는 기생"[46]이라는 대답을 듣자마자 "얼싸 좋을
씨고. 제 본(本)이 창녀면 한번 구경 못할소냐. 방자야 네가 불러오라"[47]
며 좋아한 일이 이해가 되고도 남는다. 즉 이도령이 춘향을 처음 보고
느낀 감정은 귀족 자제로서의 심심파적인 유희의 감정을 벗어나지 않는
다. 더군다나 이도령의 부친이 남원 부사 부임초에 책방 하인에게 분부
하기를,

    책실 근처에 기생 하나 비뜩하거나 웬 놈이 도련님을 날로 똑 따다가
    곶감 대심을 하는 놈이 있으면 다른 형벌 아니하고 끝 좋은 돌이 송곳으
    로 유월도(六月桃) 복사뼈를 맛이 있게 잘 비비어 웬 호초 하나를 불에
    따뜻이 구워 봉박을[48]

것이라고 다짐한 바 있어, 이도령은 그간 책실에 갇혀 지냈던 것이다.
    이처럼 애초 이도령은 탕아로서의 유희적 감정으로 춘향을 대하였다.
그러나, 춘향과 접촉하고 춘향과 대화하면서 사태는 달라지기 시작한

---

45) 『남원고사』, 『춘향전 비교연구』, 77면.
46) 고대본, 구자균 교주, 『춘향전』, 305면.
47) 경판 16장본, 구자균 교주, 『춘향전』, 225면.
48) 고대본, 구자균 교주, 『춘향전』, 293면.

다. 야무지게 자신의 결의, 자신의 평소 뜻을 말하는 춘향에게서 이도령은 여느 기생과는 다른 면모를 인정하지 않을 수 없게 된다. 춘향을 새로 인식하는 첫 계기가 주어진 셈이다. 그리하여 그 구애도 춘향의 요구를 형식적으로나마 수락함으로써 뜻을 이룰 수 있었다. 그러나 그렇다고 해서 탕아로서의 이도령이 애초에 춘향에 대해 지녔던 감정이 겨우 이런 정도로써 청산되었을 리는 만무하다. 이도령이 처음의 유희적 감정을 청산하고 춘향에게 순수하고 깊은 애정을 느끼며 그 인간적 요구를 진정으로 이해하고 그 인간성을 신뢰하게 되는 데에는 적지 않은 시간이 필요하였을 것이다. 이 과정은 작품에선 생략되어 있으나, 그 후의 이야기 전개를 통해 우리는 그러한 과정을 추상(追想)해볼 수 있다. 이를테면, 이별할 때 그 슬픔을 이기지 못하여 눈물을 비오듯이 흘렸다든가, 절개를 지켜 기다려달라는 부탁을 거듭하고 있다든가, 후일 약속을 지켜 수의(繡衣)로 내려오고 있다든가, 또 춘향이 이미 죽었다는 선비들의 거짓말에 속아 그 초빈(草殯)이라고 가리켜 준 곳에 가,

  애고 이것이 웬일이냐. 오매불망 춘향이가 죽단 말이 웬 말이니. 초빈을 탕탕 두드리며 애고 답답 내 일이야. 삼월춘풍 화개시(花開時)에 너를 찾아 오마 하고 천번 만번 언약키로 천리 만리 원정(遠程) 먼먼 길에 불피풍우(不避風雨) 내려와서 애고 애고 내 일이야. 좀 일어나거라 얼굴이나 다시 보자. 촌촌전진(寸寸前進) 내려올 때 고생한 말을 어찌 하리. 날 못 잊어서 왜 죽었노. (…) 적막한 북망산에 무슨 일로 누웠느냐. 나 올 줄을 모르느냐. 일어나거라. 생즉동생(生卽同生) 사즉동혈(死卽同穴)하자 하고 백년언약 맺었더니 날 버리고 죽단 말가 (…) 날 잡아가거라. 나로 하여 죽었으니 내가 살면 무엇하리. 몹쓸 놈의 사자(使者)로다.

수일만 살았으면 생전에 만나 보지. 염탐이나 말았다면 살아서나 만나 보지. 수의어사 자원키를 너 보려고 하였더니 이 지경이 웬일이냐. 원통하여 못 살겠네.[49]

라고 비통해하며 시체를 안고 데굴데굴 뒹굴면서 울었다는 것 등이 곧 그것이다. 이도령의 춘향을 향한 사랑이 얼마나 깊은 데 이르렀던가 하는 것은 이러한 이별시(離別時)의 태도와 이별 후에 보여주는 그의 연모지정에서 확인되는 것이다. 그때쯤이면 이미 애초의 유희적 감정은 조금도 남아 있지 않다.

한편 처음에는 철없는, 귀족의 망나니 자제로만 보이던 이도령이 나중에는 애민적(愛民的) 인물로 변모하게 되는 계기 역시 춘향과의 사랑의 과정에서 마련된다. 즉 이도령은 춘향과의 애정 결합에 의해 처음의 탕아적 면모를 쇄신하고 민중과 연대된 인물로 변화하기에 이른다. 춘향으로 인해 이도령의 성격이 변화한 것이다. 이것은 일견 객체적 입장에 있는 듯 보이던 춘향이 내적으로는 오히려 주체적 입장에서 이도령이라는 양반 자제를 친민중적(親民衆的)인 인물로 변모시켰음을 의미한다. 그러므로 『춘향전』은 가히 제목 그대로 춘향의 이야기요, 춘향이 주체의 위치에 있는 이야기라 할 만하다. 작품 후반에서 이도령이 수의어사로 등장하여 부패한 지방수령의 가렴주구, 농민수탈에 분개하며 저 유명한 "금준미주천일혈(金樽美酒千人血), 옥반가효만성고(玉盤佳肴萬姓膏)"의 시를 읊조리는 것도 이런 맥락에서 이해될 필요가 있다. 이 경

---

49) 이고본, 『문장』 제2권 제10호, 1940, 232면. 한자 및 현대어 표기는 인용자가 임의로 했다. 이하 이고본의 인용은 이 자료에 의거한다.

우 이도령은 이미 탕아는 아니며, 농민을 그 중심으로 하는 당대 민중의 분노와 고통을, 비록 양반의 처지에서이긴 하나, 자신의 분노와 고통으로 간주하고 있다 할 것이다. 이러한 이도령의 변모는 춘향이 만든 것이었다. 이런 관점에서 볼 때, 춘향이 탐관오리의 전형인 변학도에 대해 벌이는 항거에는 이도령과의 연대가 뒷받침되고 있고, 또 이도령이 수의어사로서 변학도에 응징을 가하는 데에는 춘향으로 전형(典型)된[50] 민중과의 연대가 뒷받침되고 있다고 할 만하다. 이 연대의 계기는, 이미 말했듯이, 민중을 전형(典型)하는 춘향에 의해 마련되었다는 사실이 주목되지 않으면 안 된다.

이는 민중의 열등감이나 패배의식의 소산이 아니라, 그 상승하는 자신감의 표현으로 이해된다. 즉 당대 민중은 그 상승하는 자신감을 배경으로 자신이 주도권을 잡아 양심적 양반과 연합을 이룩하고, 그 힘을 빌어 당면의 적인 탐관오리를 제거하려 했던 것으로 보인다. 이도령의 집안이 충신의 후예이며 그의 부친이 선정(善政)으로 칭송이 자자했다고 서술해놓고 있음도 이와 관련하여 이해되어야 옳을 것이다.

하지만 이도령은 부친의 권위 뒤에 숨겨져 있는 비리나 위선을 들춰내기도 하는바, 아버지 세대와는 다른 면모, 예컨대 솔직함이나 호방함, 다정다감함 등 민중세계에 보다 친근할 수 있는 기질을 소유한 것으로 그려져 있다. 이도령이 애초 탕아로서의 유희적 기분으로 춘향에 집근했으나 마침내 민중세계에 견인되어 친민중적 인물로 변모될 수 있었던 것도 그가 지녔던 이런 긍정적 자질에 힘입은 바 크다 할 것이다. 이처

---

50) '전형(典型)되다' '전형(典型)하다'는 말은 우리말에는 없는데, 필요상 조어(造語)해 사용한다. 이 말은 대상의 본질적 면모를 형상적으로 묘출(描出)함을 뜻한다.

럼『춘향전』의 작자 집단은 이도령을 양질(良質)의 양반, 양심적 양반의 전형으로 제시하고, 그와 대립적으로 변학도를 악질적인 탐관오리, 부패한 양반 관료의 전형으로 설정하고 있다. 이 두 대립적 전형의 하나를 춘향과 더불어 새로운 세대에, 다른 하나를 구세대에 속하는 것으로 각각 설정한 것도 의미심장한 점이다.

끝으로 한 가지만 더 지적한다면, 이도령이 춘향과의 최종적 결합을 위해 극복하지 않으면 안 되었던 현실적 역경은 춘향이 겪었던 것보다야 훨씬 덜 가혹한 것이었지만, 그럼에도 그 또한 만만한 것은 아니었다는 사실이다. 이도령은 자신이 소속된 양반 지배층의 계급적 편견은 물론, 춘향을 에워싼 민중이 제기하는 배신의 의혹[51]을 헤쳐나가지 않으면 안 되었다. 이 양자를 모두 극복함으로써 이도령은 춘향과의 최종적 결합, 그 결속을 굳게 할 수 있었다.

4. 변학도·월매·방자

① 춘향전은 춘향·이도령·변학도 세 사람의 관계축 위에서 벌어지는 이야기다. 춘향과 이도령에 대해서는 지금까지 살펴보았으니, 이제 변학도라는 인물에 대해 알아보기로 한다.

이미 말했지만 변학도는 부패한 지방 수령의 전형으로 그려지고 있

---

51) 거의 모든 이본에서 남원 민중은 이도령이 춘향을 버린 것으로 보고 그에게 입에 담기 어려운 악담과 저주를 퍼붓는다. 그 중 하나만 인용한다: "(…) 구관(舊官)의 아들인지 개 아들인지 한번 떠난 후 종무소식(終無消息)하니 그런 쇠자식이 어디 있으리오."(경판 16장본, 구자균 교주,『춘향전』, 275면)

다. 이고본(李古本)에서 한 농민이,

> 남원부사 말을 마오. 욕심이 어떠한 도적놈인지 민간 미전(米錢) 목포
> (木布)를 고래질하여 백성이 모두 거상지경(居喪之境)이오.[52]

라며 변학도를 "도적놈"이라고 신랄하게 비난하고 있다면, 경판 35장
본의 다른 농민은,

> 남원부사의 말을 마오. 다른 공사(公事)는 고사하고 백옥(白玉) 같은
> 춘향을 겁탈하려다가 욕을 보고 엄형하옥(嚴刑下獄)하여 (⋯)[53]

라며 그를 겁탈자로 간주하고 있고, 또 완판 33장본에 등장하는 한 늙
은 농민은,

> 원님은 노망(老妄)이요 죄수는 주망(酒妄)이요 아전은 도망(逃亡)이
> 요 백성은 원망(怨望)이니 사망이 물밀 듯하지요.[54]

라며 변학도에 대한 민중의 드높은 원성을 대변하고 있다. 다른 한편,
경판 16장본은 남원부의 민중 수탈상을 다음과 같이 적고 있다.

---

52) 이고본, 『문장』 제2권 제10호, 230면.
53) 경판 35장본, 『한국학보』 9, 280면.
54) 완판 33장본, 『문학사상』 47, 350면.

(어사가—인용자) 남원성중에 들어가 수근숙덕 염문(廉問)할 제, 관속들이 어사 내려온단 말을 듣고 관전(官錢), 목포(木布), 환상(還上), 전결(田結), 복수(卜數), 무척(巫尺) 닦을 적에, 1결에는 4짐 10말, 6결에는 1짐 15뭇이요, 동창 서창 미전(米錢) 목포(木布)를 무턱으로 내입(內入)이라 꾸몄더라.[55]

부정한 방법으로 농민들을 수탈하여 지방관 자신의 배를 채우고 있는 현실을 폭로하고 있다. 『남원고사』에서 변학도는 이에 만족하지 않고 민간수렴(民間收斂)까지 강요한다. 실로 '불탈불염(不奪不厭)'이다. 다음은 남원부 어느 노인의 말이다.

이번에도 48면(面) 가가호호에 백미 3승(升) 돈 7푼에 계란 3개씩 거두어 잔치하니 거룩하고 무던하지요.[56]

변학도의 탐관오리로서의 전형성을 가장 잘 형상화해놓고 있는 이본은 뭐니뭐니해도 이 『남원고사』인데, 다음은 생일잔치에서 자신의 입으로 자신의 부정을 폭로하고 있는 대목이다. 가히 백미(白眉)라고 보이기에 다소 길지만 인용한다.

여보 임실(任實), 나는 묘리(妙理) 있는 일이 있소. 심심한 때면 이방

---

55) 경판 16장본, 구자균 교주, 『춘향전』, 277면.
56) 『남원고사』, 『춘향전 비교연구』, 439면. 이와 비슷한 내용은 경판 35장본과 완판 30장본에서도 보인다.

(吏房) 놈과 모든 은결(隱結) 뒤어내어 단 둘이 쪽반(半)하니 그런 재미
또 있는가. 여보 함열(咸悅) 현감, 준민고택(浚民膏澤) 말자 하였더니
할밖에는 없는 것이 정없는 별봉(別封)이 근래에 무수하고 궁교(窮交)·
빈족(貧族)·걸패(乞牌)들이 끊일 적이 바이 없고 원천강(袁天綱) 예
봉(例封)도 전(前)보다가 배(倍)가 되니 실살구는 할 수가 없어 주야경
륜(晝夜經綸) 생각하니 환자묘리(還上妙理)도 할 만하고, 또 사십팔면
(四十八面) 부민(富民)들을 낱낱이 추려내어 좌수차첩(座首差牒), 풍헌
차첩(風憲差牒), 아전의 환방(換房) 같은 것 내어주면 은근한 묘리가 있
고, 또 봄이면 민간에 계란 하나씩 가을이면 연계일수(軟鷄一首) 받아들
여 수합(收合)하면 여러 천수(千首) 맛득하고 흉년이면 관포(官布) 받고
헐가(歇價)주기, 이런 노릇 아니하면 지탱할 길 과연 없소.[57]

이 대목은, 변학도의 농민 수탈이 한 개인 차원의 문제에 머무는 것이
아니라 조선 봉건사회 전체의 구조적 모순, 병폐와 관련된다는 인식을
보여준다. 그러므로 이 경우 탐관오리로서 변학도의 전형 창조는 그만
큼 성공하고 있다고 해도 좋다.[58]

---

57) 『남원고사』, 『춘향전 비교연구』, 452면.
58) 완판 84장본이나 박기홍조(調) 『춘향전』 등 일부 후대본에서는, 변학도가 고집불통이
고 호색하는 등 성벽에 다소 결함이 있어서 그렇지, 풍채 좋고 문식(文識)이 유여(有
餘)한 호걸남아로 서술되고 있다. 그리하여 그의 실정은 개인적 결함에서 연유한 것으
로 치부되고, 탐관오리로서의 전형성은 그만큼 약화되어 있다. 이와 관련하여 이들 이본
에서는 변학도의 농민 수탈과 학정을 폭로·비판하는 대목들이 거의 다 제거되어 있다.
특히 박기홍조 『춘향전』에서는 작품 말미에서 수의어사(이도령)가 "남아(男兒)의 탐
화(貪花)함은 영웅열사(英雄烈士) 일반(一般)이라 (…) 본관(本官)이 아니오면 춘향
정절 어찌 아릿가. 본관의 수고함이 얼마쯤 감사하오"(『春香傳寫本選集(一)』, 294면.

『춘향전』의 작자 집단은 춘향에 대한 변학도의 수청 강요를 이러한 민중 수탈의 일환으로 파악하고 있다. 즉 "민간 미전 목포를 고래질"하는 것이나 "민간수렴"[59]을 하는 것이 부당한 것처럼 춘향에 대한 수청 강요도 부당한 수탈로 이해하고 있다. 바꾸어 말해 변학도는 '성 수탈'을 자행하여 "무죄한 춘향"[60]을 하옥한 것으로 간주된다. 그리하여 그의 행위는 어떤 농민에 의해 "겁탈"[61]로 표현되기에 이른다. 이러한 사회 상황에서는 치자(治者)에게건 피치자에게건 법은 무용지물에 가깝다. 치자 쪽에서 법을 무시하고 수탈과 전횡을 자행하니 피치자 쪽에서도 법을 인정하지 않는다. 그리하여 부패한 권력과 민중은 법의 테두리를 넘어 서로 적대적으로 대립한다. 춘향의 수청 거부는 기실 이러한 사회적 대립의 한 상징적 표현으로 보인다. 그러므로 『춘향전』을 정당하게 이해하기 위해서는 그것이 농민을 중심으로 한 민중적 기초 위에 있으며, 부패한 권력과 상승하는 민중의 힘이 서로 적대적으로 대립되던 사회 상황의 소산이라는 사실에 유의하지 않으면 안 된다.

한편 변학도 주변에는 부하들인 이속(吏屬)·군노사령(軍奴使令) 등이 있어 지방관아의 부패상과 비리를 드러낸다. 이들은 변학도와 더불어 서로 그 부정함을 폭로하고, 서로를 희화화시킨다.

한자 병기 및 현대어 표기, 띄어쓰기는 인용자가 임의로 함)라며 변학도를 용서하기까지 한다.

59) 경판 35장본, 『한국학보』 9, 281면.

60) 완판 30장본, 『문학사상』 40, 1976, 376면. 완판 30장본이나 완판 33장본은 춘향을 대 비정속시키지 않고 기생으로 그대로 남겨두고 있는 이본이다. 이들 이본에서 농민들은 변학도의 수청 명령을 거부한 기생 춘향이 '무죄'라고 여기고 있다. 이를 통해 농민들이 실정법에 개의치 않고 있음을 알 수 있다.

61) 경판 35장본, 『한국학보』 9, 280면.

2 춘향·이도령·변학도가 작품의 기본축을 이루는 인물들이라면, 월매와 방자는 그에 부수되어 작품을 더욱 풍부하고 흥미롭게 만드는 인물들이다. 월매와 방자는 그 역할과 개성의 차이에도 불구하고, 봉건권력에 기생하여 삶을 영위해 가는 인물들이라는 점에서는 동일하다. 이들은 봉건사회 신분구성의 최하층에 해당하는 천민들이라는 점에서 당대 민중의 한 성원으로 포함되지만, 그 기회주의적 속성으로 인해 춘향으로 전형되는 일반적 민중의 성격과는 구별된다. 특히 월매는 여러모로 춘향과 대조적인 인물이다. 작품은 이 양자의 흥미로운 대비를 통해, 자신의 신념에 따라 현실의 장애에도 불구하고 인간다운 삶을 실현하기 위해 올바른 가치를 추구해나가는 춘향이 옳고, 현실의 추세에 따라 그때그때 기회주의적인 태도를 취하는 월매가 그르다는 점을 보여준다.『춘향전』의 작자집단은 방자와 월매를 통해서는 당대 민중이 지닌 제 속성 중 기회주의적이며 부정적인 측면을, 춘향을 통해서는 그 건강하고 진보적인 측면을 각각 드러내보이고 있다. 물론 월매와 방자 역시 억눌린 당대 민중의 일원임에는 틀림없는바, 그 기회주의적 속성에도 불구하고 지배층에 일정하게 반항하면서 그를 야유하기도 한다. 그러나 이 경우에도 그들은 명백한 한계를 지니며, 춘향이 보여주는 것과 같은 그런 강렬한 저항성, 현실부정성은 갖고 있지 못하다.

월매가 어떤 인물인가 좀더 구체적으로 살펴보자.

춘향의 이도령에 대한 사랑이 현실의 신분관계에 반대하여 인간다운 삶을 실현하기 위한 인간적 요구의 발로였음에 반해, 월매는 사랑 자체보다는 사랑을 통해 획득되는 부귀영화에 관심이 있을 뿐이다. 월매의 이런 면모는 태형(笞刑)을 받고 나오는 춘향을 붙들고 자탄(自嘆)하는 다음 대목에서 잘 드러난다.

애고애고 설운지고 남을 어이 원망하리. 이것이 다 네 탓이라. 네 아무리 그러한들 닭의 새끼 봉(鳳)이 되며 각관기생(各官妓生) 열녀 되랴. 사또 분부 들었으면 이런 매도 아니 맞고 작히 좋은 깨판이랴. (…) 이진정소(利盡情疎) 송구영신(送舊迎新) 기생 되고 아니하랴. 나도 젊어서 친구 볼 제 치치면 감·병·수사(監兵水使) 내리치면 각읍수령 무수히 겪을 적에 돈 곧 많이 줄 양이면 일생 잊지 못할네라. 심란하다 수절 수절, 남절(濫節)이 수절이냐. 훗날 만일 또 묻거든 잔말 말고 수청들어 실살귀나 하려무나.62

주어진 현실, 주어진 신분질서를 거역하지 말고 일신상의 이익이나 취할 일이라는 사고방식이 잘 나타나 있다. 닭의 새끼는 봉이 될 수 없고 기생은 열녀가 될 수 없다는 월매의 생각은,

장두(牆頭)에 붉은 꽃과 노방(路傍)에 푸른 버들 인개가절(人皆可折)이어든, 까마귀 학이 되며 우마(牛馬)가 기린 될까. 요망창녀(妖妄娼女)로다.63

라는 지배층의 의식과 다르지 않다. 그러므로 현실의 봉건적 신분질서를 부정하고 인간으로서의 기본적 권리를 스스로 쟁취하고자 한 춘향으로서는 변학도가 보여주는 지배층의 인식뿐만 아니라, 월매로 표상되는 자기 계층의 체념적 태도나 기회주의적 의식 역시 거부하지 않으면

---

62) 『남원고사』, 『춘향전 비교연구』, 303면.
63) 고대본, 구자균 교주, 『춘향전』, 387면.

안 되었다. 예컨대 월매가,

　　이 아이야 못생겼다. 너만 못한 계월이도 임실 아전 수행하여 잘 있더
라. 못생긴 박금이도 책방 양반 수청하여 제 몸 호의호식하고 제 어미까
지 팔자 좋아 배부르고 등더운 게 이 세상에 제일이지 네 고집 어찌하여
천리 이별 보낸 서방 일신 수절하여 늙은 어미 간장 썩이느냐.[64]

며 춘향을 설득하자 춘향은,

　　어머니 하는 말씀 영영 불초자(不肖子)지 성군자(聖君子)는 아니로
세. 어머니 아는 것이 다만 재물만 알지 사람은 몰라 보니 그런 말씀 마
옵소서.[65]

라며 월매의 태도를 힐난하면서 자신의 생각을 조금도 굽히려 하지
않는 것도 그런 맥락에서 이해된다. 월매가 '재물'이라는 세속적 가치에
만 관심이 있는 인물이라면, 춘향은 현실이 자기에게 용납하지 않는 인
간다운 삶을 진정한 가치로서 추구하는 인물이다. 그러므로 전자는 현
실에 영합하며 권력과 이해의 향배에 따라 기회주의적 삶의 태도를 취
하게 되고, 후자는 현실과 싸우면서 끝까지 자신이 추구하는 가치를 실
현하려 든다. 또 전자가 봉건적 예속과 굴종 속에서 "배부르고 등더운"[66]

---

64) 고대본, 위의 책, 391면.
65) 고대본, 위의 책, 391면.
66) 고대본, 위의 책, 391면.

동물적 욕구에만 만족한다면, 후자는 그것을 거부하고 보다 높은 인간적 가치를 추구한다. 변학도의 수청 강요에 대한 반응에서 드러나는 두 사람의 입장 차이나, 거지 차림으로 내려온 이도령을 대하는 두 사람의 상반된 태도는 이처럼 양자의 삶의 자세가 다른 데서 연유한다. 월매의 눈에는 춘향의 이런 삶의 방식이 매우 어리석은 것으로 보였을 수 있으나, 춘향의 눈에는 월매의 태도가 도리어 속물적인 것으로 보였음직하다.

거의 대립적인 삶의 이 두 가지 태도 가운데『춘향전』이 고귀한 것으로 제시해놓고 있는 것은 말할 것도 없이 춘향이 지닌 삶의 태도다. 여기에서 우리는『춘향전』이 민중의 힘의 원천을 지극히 정당하게 파악하고 있음을 간취하게 된다. 즉『춘향전』은 민중 내부에 존재하는 두 가지 경향 중 약삭빠른 기회주의 쪽의 손을 들어주고 있는 것이 아니라 진실한 인간성, 강인한 의지, 불요불굴의 정신으로써 자기 삶의 조건을 변혁해나가는 쪽의 손을 들어주고 있는 셈이다.『춘향전』은 궁극적으로 이러한 결론을 끌어내기 위해 월매와 춘향이라는 두 전형이 지닌 삶의 태도를 대조적으로 제시한 것일 수 있다.[67]『춘향전』은 기회주의적인 인간 생리에 대한 놀라우리만큼 생동감 있는 묘사를 여러 군데에서 보여준다.『춘향전』의 리얼리즘, 그 전형 창조의 탁월성은 이런 데서도 확인된다.

영리(營利)를 추구한다는 점에서 방자 역시 월매와 동일한 유형의 인물이다.[68] 방자에게서는 월매에게서와 마찬가지로 춘향이나 농민들이

---

67) 월매를 부덕(婦德)이 있는 현숙한 인물로 설정해놓은 완판 84장본에서는『춘향전』원래의 이러한 문제의식이 상실되었다.

68) 방자형(房子型) 인물에 대한 논의로는 권두환·서종문,「방자형 인물고」, 한국고전문학연구회 편,『한국소설문학의 탐구』(일조각, 1978); 김흥규,「방자와 말뚝이: 두 전형

지닌 성실하고 꿋꿋한 인간성이 발견되지 않는다. 그의 본성은 교활함과 약삭빠름인 것처럼 보인다.

방자는 월매와 달리 양반적 지배질서를 기롱하는 서사적 역할을 부여받기도 하는데, 그러나 이 경우에도 자신의 속성을 벗어나면서 그 역할을 수행하는 것은 결코 아니다. 방자는 교활하게도 자신의 몸을 훼상(毁傷)하지 않는 범위 내에서 이 작업을 수행한다.

방자의 의뭉하고 교활한 성격은 작품 내에 등장하는 농민들의 소박하고 단순한 성격과 대조가 된다. 또 농민들이 봉건적 현실을 '직시(直視)'하고 있다면, 방자가 현실을 보는 시선은 다분히 '사시적(斜視的)'이다. 다시 말해 방자의 양반에 대한 야유나 조롱은 현실로부터 한걸음 비켜서 있는 자리에서 나오는 것이고, 농민들의 그것은 현실과 정면으로 대치된 절박한 자리에서 나오는 것이다. 이는 양자의 사회적 생산관계 내에서의 상이한 위치 때문에 초래된 것으로 이해된다.

민중의 힘은 교활한 데서 나오는 것이 아니라 단순하고 소박한 데서 나온다. 즉『춘향전』은 당대 민중의 정화(精華)를 농민에 안받쳐져 있는 춘향으로 제시해놓고 있는 것이지, 방자나 월매로 제시하고 있다고는 보이지 않는다. 따라서, 비록 사랑스럽고 생동하는 면모를 지니고 있긴 하나, 방자가 이 시대 민중상을 대표하는 것으로 오해해서는 안 된다. 이런 방자형 인물은 권력과 민중의 대립이 존속하는 한, 어느 시대에도 그 중간 지점에 존재하게 된다. 그리하여 그는 일면에서 민중적인 속성을 보유하나, 타면에서 반민중적으로 될 수 있는 가능성을 항상 지니고 있다. 후자의 측면을 보여주는 예로는, 방자가 춘향과 이도령의 결연을

의 비교」(『한국학논집』 5, 1978)가 있다.

주선하면서 그것을 통해 손에 넣고자 한 관청 수노(首奴)의 자리가 봉건 권력의 민중수탈 메커니즘의 말단부분에 해당한다는 사실을 지적하는 것으로 족하다.[69]

5. 전환기 문학으로서의 『춘향전』

　① 지금까지 우리는 춘향의 의식과 행위가 지니는 의미를 검토해보았다. 춘향을 비롯해 『춘향전』에 등장하는 제 인물은 저마다 하나의 '전형'으로서의 면모를 보여주는데, 각 전형 및 전형 상호간의 관계 이면에는 그것을 바라보는 민중의 시선이 도사리고 있다. 이에 우리는 『춘향전』의 각 계기를 그 민중적 기반과 관련지어 이해하고자 했다. 그렇기는 하나 지금까지의 논의는 어디까지나 작품내적 연관을 문제삼는 데 국한된 것이었다. 바꾸어 말해, 『춘향전』이 연애담이라는 형태의 미적(美的) 구성물이라는 테두리 내에서의 논의였다고 할 수 있다. 이제 이 장에서는 시각을 좀 확대해 『춘향전』 미학의 세계관적 의미에 대해 궁구해보기로 한다.

　이미 살펴보았지만, 춘향의 이도령에 대한 사랑에는 신분적 차별 위에 구축된 봉건적 현실에 대한 부정이 전제되어 있었다. 천민 신분인 기생도 양반 자제와 인격적으로 대등하게 사랑을 나눌 수 있음을 제기한 것은 현실에 존재하는 신분관계를 부정하는 의미를 갖는다. 그러므로 춘향은 신분적 현실의 부정을 다시 부정하는 변학도에게 필사적인 항거

---

69) 이를테면, 『남원고사』에서 방자는 춘향에게 "네 덕에 나도 관청고자(官廳庫子)나 하여 거드럭거려 호강 좀 하여 보잣고나"라고 말하고 있다.

를 할 수밖에 없었다. 그런데 바로 이 3자의 관계 속에는 『춘향전』이 형성된 그 시대 민중의 세계관이 집약적으로 표현되어 있으니, 춘향은 봉건적 질곡과 압박에서 벗어나 인간적인 삶을 희구하는 당대 민중을, 이도령은 양반층 내부의 양심적인 부분을, 변학도는 다시 그 내부의 반민중적인 부분, 즉 탐관오리를 각각 표상한다. 그리하여 춘향의 이도령에 대한 사랑 및 변학도에 대한 항거에는 양반층 내부의 양심적 분자와 결탁하여 양반층 내부의 민중수탈적 분자를 제거함으로써 봉건적 현실을 개조하고 자신의 사회경제적 처지를 향상시키기를 바란 당대 민중의 정치적 이상[70]이 반영되어 있다고 할 것이다. 이처럼 『춘향전』에 반영되어 있는 세계관은 민중과 양질(良質)의 양반이 연합하여 반민중적인 악질 양반 관료를 몰아낸다는 극히 선명하고 간단한 것이다. 이는 양반층 내부를 차별적으로 파악하여 그 중의 친민중적인 부분과의 제휴를 통해 자신의 삶의 조건을 개선시켜 보려던 입장이 민중 내부에 팽배해 있던 역사단계의 소산으로 보인다. 남녀 연애 이야기의 형태를 취하고 있는 『춘향전』의 '미학' 속에는 이처럼 『춘향전』이 형성된 시대의 민중의 '정치학'이 용해되어 있다. 그런데 여기서 다음과 같은 의문이 제기된다: 당대 민중은 왜 스스로의 힘으로 탐관오리와 싸우지 않고 다른 양반을 끌어들이고 있는가? 이 의문에 대한 답을 구하다 보면 『춘향전』의 정신사적 위상, 전환기 문학으로서의 그 역사적 성격이 밝혀지리라 기대한다.

　우선, 『춘향전』의 정치적 입장이, 전(全) 봉건시대에 걸쳐 있어 온, 피

---

70) 여기서 말하는 '정치적 이상'은 그 이념적 지향에서는 '반봉건(反封建)'을, 그 방법론적 지향에서는 '정치적 삼각관계'를 그 내용으로 한다. 하지만 이 용어는 종종 방법론적 지향에 초점을 맞춰 사용되기도 한다.

지배층이 지배층에게 시혜를 간구(懇求)하는 태도와는 본질적으로 상이하다는 사실을 명확히 해둘 필요가 있다. 왜냐하면『춘향전』에 나타나고 있는 민중과 양심적 양반 간의 결합은 조선후기, 특히 18세기 민중의 상승하는 힘이 바탕이 되고 있음으로써다. 이와 관련해, 작품에서 외관상 결연을 주도하는 사람이 이도령인 것처럼 보임에도 불구하고 실질상 양인(兩人)의 관계를 주도하는 인물은 춘향이라는 사실이 주목될 필요가 있다. 즉 유희적인 가벼운 마음으로 접근하던 이도령을 변화시켜 마침내 상호신뢰의 관계 위에서 연대를 구축할 수 있게 한 것은 전적으로 춘향의 힘이다. 뿐만 아니라 작품 결말의 의미도 이런 맥락에서 이해되어야 한다. 즉,『춘향전』의 결말은 춘향이 이도령과 봉건군주의 일방적 시혜에 의해 신데렐라처럼 고귀한 귀족 신분에 편입될 수 있었음을 뜻하는 것이 아니라, 춘향의 주체적 노력과 고통스런 항거의 결과 이도령과의 연대 관계가 공고히 되고[71] 그럼으로써 어떤 성취를 이룰 수 있었던 것으로 이해되어야 할 것이다. 다시 말해 그것은 친민중적 양반과의 연합에 의해 부패하고 불의한 탐관오리를 제거하면 봉건적 현실이 개선되고 자신의 사회적 처지가 향상되어 그 삶의 조건이 나아질 수 있으리라 기대했던 당대 민중의 정치적 입장이 표현된 것으로 이해되어야 하리라 본다. 그러므로 변학도가 제거된 뒤 봉건군주의 축복 속에서 춘향과 이도령이 정식 부부로 맺어지는 것은, 동반자 관계를 이룩한 민중과 양심적 양반이 만들어갈 새로운 시대의 출발을, 그에 대한 민중의 염원을 표현한 것에 다름아닐 터이다. 그러므로,『춘향전』의 결말을 양반 지배층의 일방적 시혜에 의한 춘향의 양반계급으로의 편입으로 해석함은

---

71) 본고의 제2절에서 살펴본 춘향의 '열'은 이런 각도에서 재음미될 필요가 있다.

옳지 못하다. 그런 해석에는 민중적 '쟁취'의 측면이 외면되고 있다.

『춘향전』의 이러한 정치적 이상은 『춘향전』이 형성된 조선후기, 특히 18세기 민중의 상승하는 힘을 배경으로 표출될 수 있었지만, 그럼에도 당대 민중의 역량은 '자립적으로' 사회정치적 변혁을 이룩할 만큼 성장해 있었다고는 보이지 않는다. 이런 역사발전단계에 상응해 봉건사회의 메커니즘에 대한 민중의 인식은 전체적이 아니라 부분적이며, 현실적이 아니라 다분히 환상적일 수밖에 없는 제약을 내포하고 있었다.

요컨대, 18세기 물질적 토대의 발전은 그에 상응해 봉건적 사회관계의 모순을 심화시켜갔고, 역사의 이러한 행정(行程) 속에서 민중은 점차 자아각성을 이루어가면서 봉건적 예속과 억압에 반대하여 신분해방을 염원하며 인간다운 삶을 희구하게 된 것으로 여겨지는바, 민중이 양심적인 양반과의 제휴를 통해 자기 삶의 조건을 변혁할 수 있으리라는 정치적 이상을 제기한 것은 바로 이런 국면에서였던 것이다. 그리하여 아직 자립적으로 봉건체제에 대항할 힘이 부족했기에 양질의 양반과 제휴해 소기의 목적을 달성코자 한 것이다. 작품에서, 민중이 여성으로, 양심적 양반이 남성으로 설정된 것은 이런 정치적 염원과 일정한 관련이 있지 않나 한다. 외국문학사에서도 이런 현상이 나타나는지는 좀더 검토가 필요하지만,[72] 흥미롭게도 우리 문학사에서는

---

72) 우선 쉽게 떠올릴 수 있는 예로 새뮤얼 리차드슨(Samuel Richardson)의 1740년 작 『패밀라(Pamela)』를 들 수 있다. 이 작품은 지방귀족인 B와 그의 하녀 패밀라(Pamela) 사이의 사랑과 갈등을 다루고 있는데, 신분이 다른 두 남녀가 난관을 극복하고 결혼하고 있어 내용상 『춘향전』과 비슷한 점이 적지 않다. 그러나 이 작품은 신흥 시민계급의 가치관을 표현한 것이라는 점에서 『춘향전』과 그 역사적 배경을 달리한다. 『패밀라』에 대해서는 이상옥, 「소설의 발생과 리차드슨의 패밀라」(백낙청 편, 『서구 리얼리즘소설

이 시기에 이런 현상이 하나의 '경향적' 흐름으로 나타나고 있다. 이를 테면 조선후기에 산생된 야담계 한문단편소설들에서 이런 경향성이 뚜렷이 확인된다.[73]

하지만 『춘향전』에 담긴 18세기 민중의 정치적 이상에는 엄연한 한계가 내포되어 있었다. 당대 민중은 봉건권력 내부에 양심적인 세력이 별도로 존립하기가 사실상 어렵다는 것, 또 설사 만에 하나 존립한다 할지라도 그 세력과의 연합에 의해 봉건적 현실을 변혁하고 봉건적 예속으로부터의 해방을 달성할 수는 없다는 것, 또한 성역(聖域)으로 간주되고 있는 봉건군주가 실은 민중을 수탈하고 압박하는 봉건제 메커니즘의 최정점(最頂點)에 위치해 있다는 것, 그러므로 그에 기대어 봉건적 사회관계를 허물어뜨릴 수는 없다는 것 등의 사실들을 현실적으로 정확히 인식하지 못하고, 봉건군주와 일부 양반층의 선의(善意)에 지나친 기대와 환상을 품고 있었던 것으로 여겨진다. 이러한 환상은 결국 당대 민중이 봉건제의 속성을 아직 제대로 이해하지 못한 데서 나온 것이라 할 만하다.

이처럼 18세기 민중의 정치적 이상은 시대적 제약 때문에 '낭만적 환상'을 내포하게 되었지만, 그럼에도 그 이상은 당대 민중의 향상된 힘이 있었기에 펼쳐질 수 있었던 것임이 유의되지 않으면 안 된다. 이렇게 본다면 『춘향전』에 표명된 정치적 이상은 그 한계에도 불구하고 18세기 민중이 도달한 세계관의 높이를 보여주는 것으로 해석할 수 있다.

이처럼 『춘향전』의 정치적 이상은 방법론상 낭만적인 환상성이 그 기

연구』, 창작과비평사, 1982) 참조.
73) 졸고 「『청구야담』 연구—한문단편소설을 중심으로」, 132~136면, 153~158면; 본서 366~370면, 386~390면.

본 골격을 이루고 있다고 할지라도 그 내부에는 또한 다음 단계 역사에서 씨름해야 할 많은 진보적 계기가 포함되어 있다. 우리가 『춘향전』을 18, 19세기 봉건사회 해체기의 전 과정을 포괄하는 문학으로 이해하는 이유도 바로 여기에 있다. 즉 『춘향전』은 그것이 처음 형성된 단계의 역사를 비추고 있을 뿐 아니라, 다음 단계의 역사를 비추는 진보적인 계기들도 지니고 있다. 이 점에서 『춘향전』은 가히 '전환기의 문학'이라 할 만하다.

2 18세기가 물질적 기초의 발전에 따라 사회관계 내부에서 모순이 점차 심화되어가던 시기였다면, 19세기는 그 모순이 격화되어 마침내 외부로 폭발한 시기로 설명될 수 있다.[74] 『춘향전』에 제기된 민중의 정치적 입장이 18세기적 역사 상황을 벗어나 변화된 이 19세기 역사 속에서도 나름의 의의와 현실성을 계속 지닐 수 있었다면 그것은 그 환상성 때문이 아니라 환상성 속에 내포된 풍부한 진보적 계기 때문이었을 터이다. 『춘향전』의 정치적 이상이 제시했던 방법론이 18세기 상황에서나 그럭저럭 설득력을 지닐 수 있었다면, 그 속에 내포되어 있던 진보적 계기들은 비단 18세기만이 아니라 19세기에도 의연히 의미를 갖는다. 『춘향전』의 정치적 이상은 그 방법론 자체는 환상적이었지만, 봉건주의로부터의 해방이라는 그 지향한 이념은 18세기를 넘어 19세기 상황에서도 그 의의와 현실성이 조금도 퇴색하지 않았던 것이다.

질적으로 전환된 19세기 역사 속에서도 그 진보성이 상실되지 않고 오히려 그 의의가 더욱 인정되는 『춘향전』의 이념적 계기들로는 다음과 같은 것을 지적할 수 있다: 첫째 봉건적 신분관계를 부정하는 춘향의 의

---

74) 김용섭, 『한국근대농업사연구』(일조각, 1975), 5~7면, 13~17면, 202~203면 참조.

식과 행위, 둘째 봉건권력의 전횡에 대한 춘향의 필사적인 항거, 셋째 농민들이나 이도령의 입을 빌어 표현된 권력과 부패한 지배층에 대한 통렬한 비판 및 민중의 반지배·반수탈적 요구, 넷째 현존 지배질서 및 부패한 정치권력의 전복에 대한 강렬한 염원.『춘향전』은 이들 각 계기를 '정치적 삼각관계'라는 하나의 낭만적 환상 속에다 조립(組立)해놓고 있기는 하나, 그 환상적 내용과 별도로 이들 각 계기는 역사적 조건이 상이해진 시기에도 그 진보성이 퇴색하지 않는다.

첫 번째와 두 번째 계기에 대해서는 더 이상의 설명이 필요없을 줄 알지만, 세 번째와 네 번째 계기에 대해서는 조금 설명이 필요하다. 세 번째 계기와 관련되지만, 『춘향전』을 찬찬히 읽어보면 농민들은 탐관오리 변학도에 대한 비난은 물론이고 '양반 신분 일반'에 대해서도 부분적으로 적대감을 표출하고 있음을 알 수 있다. 그것은 농민들과 이도령 간의 대화에서 여실히 드러난다. 반·상(班常)의 대립에 입각하여 양반 신분을 그 전체로서 조롱하고 야유하는 일은, 기회주의적 속성을 지닌 인물인 방자에 의해서도 수행되고 있다. 이외에도 이본에 따라 작품 후반에 초동(樵童)이 등장하여 양반 신분에 대한 반감을 다음과 같이 함축적으로 표현해놓고 있기도 하다.

어떤 사람 팔자 좋아 호의호식 염려없고 또 어떤 사람 팔자 기박하여 일신이 단처하고 아마도 빈한고락(貧寒苦樂)을 돌려볼까.[75]

---

75) 『남원고사』, 364면. 표현에는 약간씩 차이가 있지만, 이고본과 경판 30장본에서도 이 구절이 나타난다. 완판 30장본과 33장본에는 이 부분이 다음과 같이 급주(急走) 아이의 신세자탄 속에 들어가 있다: "어떤 사람은 팔자 좋아 대광보국 숭록태후 팔도방백 각읍수령 다 사는데 요내 신세 들어보소. 십세 안에 양친을 조별하고 길품으로 나서니

19세기 후반의 농민반란에서 초동이 떠맡았던 역할을 상기한다면,[76] 이 부분은 대단히 예시적(豫示的)인 것으로 받아들여질 수도 있다. 비록 『춘향전』은 기본적으로 양반 신분을 양질의 양반과 악질적인 양반(탐관 오리)으로 구분하는 관점을 취하고 있지만, 다른 한 켠에서는 이처럼 양반 신분 전체를 적대적으로 파악하는 관점이 또한 나타난다. 『춘향전』의 기본 골격은 전자의 관점에 의해 조성(組成)되고 후자의 관점은 그 기본 골격 속에 내포된 한 계기일 뿐이기는 하나, 『춘향전』의 낭만적 환상이 깨어져나가는 19세기 상황에서는 기본 골격을 조성하는 관점보다도 오히려 이 계기가 더욱 주목될 수 있지 않았을까 한다.

네 번째 계기와 관련해서는 다음의 사실이 지적될 수 있다. 즉 『춘향전』은 양반과의 연합을 통한 차용(借用)된 힘에 의해서이기는 하나 현실을 전복시켜보이고 있다는 사실이다. 어사출도에 의해 민중의 증오의 대상이던 지방 수령들은 혼비백산하며 쥐구멍·개구멍을 찾거나 똥오줌을 싸는 가소로운 모습을 보인다. 다음은 예의 그 유명한 어사출도 장면이다.

암행어사 출도라 하니 일읍(一邑)이 진동하여, 부서지느니 해금·저·피리, 깨어지느니 장구·거문고 등물(等物)이다. 각읍(各邑) 수령들이 쥐 숨듯 달아날 제, 임실 현감 갓을 옆으로 쓰며 이 갓 구멍을 누가 막았는고 하며, 전주 판관은 말을 거꾸로 타며 이 말 목이 근본이 없느냐 아모커나 빨리 가자, 여산 부사 상투를 쥐구멍에 박고 하는 말이 뉘라 날

(…)"(완판 33장본, 『문학사상』 47, 351면).

76) 矢澤康祐, 「李朝後期における社會的矛盾の特質について」(『人文學報』 89, 1972); 原田環, 「晋州民亂と朴珪壽」(『史學硏究』 126, 1975) 참조.

찾거든 벌써 갔다 하여라 하고, 원님은 강똥 싸고 이방은 기절하고 삼반 관속(三班官屬)은 오줌 싸고 내동헌(內東軒)에서도 물똥을 싼다 하니, 원님이 떨며 왈 우리 집안은 똥으로 망한다.[77]

비단 지방 수령뿐만이 아니라 좌수, 이방, 삼반관속, 육방아전 등 지방권력을 구성하는 자들은 모두 응징되어야 할 대상임을 보여준다. 그리하여 이 대목에서는 기존 질서가 완전히 전복되어버린다. 이러한 상황에서 터져나온 춘향모의 다음과 같은 말은 전복된 질서에 대한 하층민의 반응을 보여준다는 점에서 주목을 요한다.

사령들아 삼문 잡아라. 어사 장모 들어간다. 오늘 내 눈에 미운 년놈 죽일란다.[78]

이처럼 『춘향전』은 현존 질서가 영구적인 것이 아니고 가변적이라는 것, 그리하여 전복될 수도 있는 것이라는 전망을 그 밑바닥에 깔고 있다. 바꾸어 말해, 기존 질서의 저 너머에 '있어야 할' 새로운 질서가 존재하는 것으로 전망하고 있다. 이는 『춘향전』이 성립된 시대가 역사적 전변기(轉變期)였기에 가능했다. 이 시대는 기존의 양반이 몰락해가고 민중의 힘이 부상하고 있었다. 그에 따라 신분제도도 한 켠에서 허물어져가고 있었다. 『춘향전』은 이러한 역사적 이행기의 소산이지만, 그 이행기의 실제 현실보다 한 걸음 앞선 것을, 그리하여 실제 현실보다도 더

---

77) 경판 16장본, 구자균 교주, 『춘향전』, 283면.
78) 완판 33장본, 『문학사상』 47, 357면.

욱 '현실적인 것(Das Wirkliche)'—헤겔적 의미에서—을 소설적으로 성취해놓고 있다. 현실을 전복시켜 보이고 있는 바로 이 부분이 그에 해당한다. 이 현존 질서의 전복은 차용된 힘을 매개해 이루어진다는 뚜렷한 한계를 갖는 것이기는 하나, 기존 질서의 전복 가능성이 규시(窺視)되고 확인되었다는 사실 자체는 봉건주의가 존속하는 한 계속 빛을 발한다. 왜냐하면, 보다 큰 힘 앞에서 어이없이 무너지는 현존 권력의 무력함, 그 꼬락서니를 소설적으로 확인해준 이 대목은, 보다 큰 힘에 의해서만 부패한 봉건권력이 청산되고 새로운 질서가 구축될 수 있다는 사실을 환기시키고 있기 때문이다. 이 경우 '보다 큰 힘'이 '차용된 힘'에서 민중 스스로의 힘으로 바뀌는 건 시간 문제일 것이다. 차용된 힘이라는 게 현실에 존재하지 않는 하나의 환상임이 밝혀지면 민중은 필경 그것을 스스로의 힘으로 대치할 것이다.

지금까지 우리는 『춘향전』의 정치적 입장에 내포된 이념적 제 계기 중 19세기 역사 상황 속에서도 그 진보적 의의와 현실성을 잃지 않는 것들이 무엇인지 살펴보았다. 적층문학(積層文學)으로서의 성격을 지니는 『춘향전』은 19세기에 들어와서 그 내용이 일층 풍부해지는 것으로 보인다. 계속적인 발전이 이루어진 것이다. 『춘향전』은 바로 이 적층문학적 성격 때문에 현실의 변화에 따라 새로운 요소를 일정하게 수용하면서 그 진보적 제 계기를 보다 강화하고 발전시켜나갈 수 있었다. 『춘향전』의 현전(現傳) 이본들은 대부분 19세기의 산물이기에 우리가 조금 전에 살핀 진보된 계기들은 19세기에 들어와 강화된 결과일 수도 있다. 그러나 기본적으로 그 진보적 계기들의 원형태는 18세기의 『춘향전』에 이미 내포되어 있었다고 여겨진다.

이처럼 적층문학으로서의 『춘향전』의 강점 때문에 그것이 지니는 어떤 계기들은 역사 전개에 따라 보다 진보적인 색채를 띠게 되지만, 그럼에도 불구하고『춘향전』원래의 정치적 이상에 내포된 환상적인 방법론은 조금도 변화되지 않고 그대로 유지된다. 양심적 양반과의 연합을 통해 그 차용된 힘으로 악덕 관리를 제거함으로써 봉건적 현실의 변혁을 도모하려 했던 이 방법론 자체는 18세기적 제약의 산물이고, 그리하여 질적으로 달라진 19세기 상황에서는 수긍되기 힘든 것이었지만, 그럼에도『춘향전』은 그것에 입각해 인물 배치와 구성을 해놓고 있기에,『춘향전』이 다른 어떤 것이 되지 않고 계속『춘향전』으로 남아 있으려면, 달리 말해『춘향전』이 그 정체성을 계속 확보하려면, 작품구성의 기본 골격이 되고 있는 이 방법론을 그대로 유지할 수밖에 없었다고 보인다.

③ 말할 것도 없이, 19세기는 18세기의 계승이다. 즉 19세기는 18세기의 발전과 그 내부 모순의 계승 위에서 전개되고 있기에 양 시대는 서로 분리되지 않는다. 그리하여 이 양 시대는 봉건사회 해체기라는 하나의 역사적 범주를 형성한다. 그러나 양 시대는 같은 범주 내에서도 각각 역사전개의 국면을 달리하기에 그 시대적 특성을 일단 구분해서 파악할 필요가 있다.

18세기는 사회적 모순과 신분적 대립이 내부적으로 심화되어가고 있었기는 하나 아직은 그것이 비교적 완만하게 진행된 시대로 이해된다. 이 시대는 영·정조조(英·正祖朝)의 정치적 안정기를 구가했으며, 일정한 제약이 있기는 하나 사회경제적인 개혁도 일부 이루어졌다. 또 이 시대는 양반층 내의 일부 양심적 분자들을 중심으로 이른바 '실학자'로 일컬어지는 실천적인 지식인군(群)이 형성되고, 이들에 의해 강렬한 현실 개혁의 요구가 제기되고 있었다. 이들 실학자들은 대부분 권력에서 소외되어 있었기에 그 개혁안이 정책에 적극적으로 반영되지는 못했다.

하지만 그들의 목소리는 조정(朝廷) 내에 일부 침투하고 있었다. 이러한 역사적 조건, 시대적 분위기 속에서, 민중은 낭만적인 정치적 환상을 갖게 된 것으로 생각된다.

하지만 정조(正祖)의 죽음과 더불어 18세기는 종결되고, 김씨가(金氏家)의 세도정치로 19세기가 시작된다. 19세기의 순조조(純祖朝)는 그 출발에서부터 반동 체제로서의 성격을 분명히 한다. 이 점에서 19세기는 18세기와 정치사적으로 구획된다. 19세기와 18세기의 차이는 비단 정치사에서만 확인되는 것은 아니다. 반동 체제는 경제사·사회사에도 심대한 영향을 미쳤다. 그리하여 그간 완만하게 진행되어온 봉건주의의 모순은 사회경제적 제 부문에서 격화되면서 첨예하게 노정되기에 이르고, 신분간의 대립은 더욱 적대적인 성격을 띠게 된다. 지배층의 수탈과 압제가 일층 가혹해졌기에 그에 반응하는 민중의 태도 역시 일층 명확하고 절박해지지 않을 수 없게 되었다.[79]

이러한 역사적 상황에서 민중은 이제 지배층에게 어떤 장밋빛 환상을 가지기 어렵게 되었다. 양심적 양반에 대한 일말의 기대가 현실의 엄혹함에 의해 깨져버리고 만 것이다. 양반층 내부에 그러한 세력이 딱히 별도로 존재하는 것이 아니라는 사실이 바로 현실 그 자체에 의해 분명하

---

79) 정약용(丁若鏞)은 유배지에서 본 19세기 초 조선사회의 현실을 다음과 같이 전하고 있다: "近年以來, 賦役煩重, 官吏肆虐, 民不聊生, 擧皆思亂, 妖言妄說, 東唱西和, 照法誅之, 民無一生."(『牧民心書』, 『增補與猶堂全書』 5, 경인문화사 영인, 1982, 496면) 다음의 기록도 주목된다: "今湖南一路, 有可憂者二. 其一, 民騷也. 其一, 吏貪也. 數三年來, 望族豪戶之遷徙入深者, 幾千人矣. 茂朱·長水之間, 芳舍彌滿山谷, 淳昌·同福之際, 流民充塞道路, 沿海諸堰, 則井落蕭然, 田園無價, 觀其貌 邊邊如也, 聽其聲, 洶洶如也."(「與金公厚」, 『詩文集』 권19, 『增補與猶堂全書』 1, 403면)

게 입증되기 시작한 것이다. 그리하여 이제 정치적 삼각관계는 사라지고 현실에는 두 개의 힘, 두 개의 관계가 충돌하게 된다. 개항(開港) 이후 제국주의 세력의 침략이 시작되기 전까지 19세기 역사는 기본적으로 이런 특성을 지닌다는 점에서 18세기의 역사와 내질(內質)을 달리한다.

1811년의 홍경래란(洪景來亂)은 이러한 양 시대의 역사적 차이를 분명히 해준 계기로 이해된다.[80] 19세기의 민중은 이 농민항쟁에서 봉건체제에 대한 정면도전을 목도하게 되고, 현존 봉건군주가 결코 성역(聖域)만은 아니며 힘에 의해 부정될 수도 있음을 현실적으로 확인하게 되었다. 이러한 역사적 체험이 당대 민중에게 준 충격은 굉장했을 것이며, 그에 따라 현존 지배권력 및 봉건체제에 대한 민중의 인식에도 어떤 질적인 전환이 야기되었음직하다. 이러한 사태 전개는 전혀 19세기적 상황의 소산이다. 18세기에는 그것이 고작 하나의 단초적인 것에 지나지 않았다.

이러한 19세기적 상황을 염두에 둔다면, 18세기적 상황의 소산인『춘향전』의 낭만적인 정치적 이상은 이 시대에 와 회의될 수밖에 없었으리라 여겨진다. 춘향전의 정치적 환상은 19세기 전반기에 이미 그 설득력을 상실해가지 않았을까 한다. 그리하여 진주 농민봉기를 필두로 1년 가까이 삼남지방(三南地方)을 휩쓸었던 1862년의 임술민란(壬戌民亂) 때에 이르면 그러한 환상은 현실 속에서 완전히 깨어져버리지 않았을까 생각된다.[81] 즉 이 시기의 농민항쟁은 춘향전에 표현된 민중의 낭만적

---

80) 홍경래란에 대해서는 정석종,「홍경래란의 성격」(『한국사연구』 7, 1972); 고승제,「이조말기 촌락반란운동과 촌락사회의 구조적 변화」(『백산학보』 19, 1975); 河原林靜美, 「1811년 평안도에 있어서 농민전쟁」(청아출판사 편역,『봉건사회 해체기의 사회경제구조』, 1982) 등이 참조된다.

81) 임술민란의 역사적 성격에 대해서는 김용섭, 앞의 책; 矢澤康祐, 앞의 논문; 原田環,

환상이 의미를 잃고 새로운 정치적 입장이 민중 내부에서 분출되고 있음을 보여준다.

이상으로 18세기와 19세기의 시대적 차이를 대강 살펴보았다. 양 시대는 민중의 봉건주의에 대한 인식의 심도(深度)가 달랐고 그에 따라 그 정치적 입장에도 차이가 있었다고 생각된다.

19세기의 역사적 상황에서 삼각관계에 입각한 『춘향전』의 정치적 이상은 설득력 있게 받아들여지기 어렵다고 했는데, 이 점과 관련해 다음과 같은 의문이 제기될 수 있다: 그렇다면 그 정치적 이상이 깨어져 나가던 19세기에 도리어 『춘향전』이 더욱 발전되면서 민중에게 계속 사랑을 받았던 것을 어떻게 설명할 것인가? 이 의문에 답하기는 그리 어렵지 않다. 『춘향전』은 비록 정치적 삼각관계라는 환상적 발상을 작품구성의 기본틀로 삼고 있기는 하나, 이 틀 속의 어떤 계기들은 비단 18세기에만 의미를 갖는 것이 아니라 19세기에도 의미를 가질 수 있었다. 또 어떤 면에서 그 계기들은 모순이 첨예화되며 폭발하기에 이른 19세기의 현실에서 보다 절실하고 심각한 의미를 띨 수 있었다. 뿐만 아니라 19세기에 와서 『춘향전』은 자신이 갖고 있던 이 계기들을 현실의 변화에 맞추어 한층 강화하고 발전시켜나간 것으로 파악된다. 그리하여 19세기 민중은 『춘향전』의 낭만적 환상 자체보다도 그 속에 내포되어 있는 이들 강화된 진보적 제 계기에 주목하며 『춘향전』에 갈채를 보내지 않았을까 생각된다. 바로 이런 이유 때문에 순조·헌종 연간은 물론이고 『춘향전』의 정치적 환상이 현실에 의해 부정되고 있던 철종조(哲宗朝)의 농민반란기에도 『춘향전』은 민중에게 큰 감동을 줄 수 있었다. 이는 필경

앞의 논문: 김진봉, 「진주민란에 대하여」(『백산학보』 8, 1970) 등 참조

『춘향전』이 반민중적인 현존 질서의 전복과 변혁이라는 이 시대 민중의 요구에 부응하는 계기를 지녔기에 가능한 일이었다. 이처럼 『춘향전』은 19세기 후반에 이르기까지 민중에게 현실인식과 정신적 감흥을 제공하면서 민중문학으로 성장해왔다 할 것이다.

4 지금까지 우리는 전환기=봉건사회 해체기 문학으로서 『춘향전』의 역사적 성격을 검토했다. 『춘향전』은 18세기에 형성되어 당대 민중의 정치적 이상과 봉건주의에 반대하는 진보적 계기들을 풍부히 담고 있었다. 그리하여 『춘향전』은 18세기에 국한시켜 파악하는 한, 당대 민중의 최고의 세계관을 표현한 것이었다. 또한 『춘향전』은 세계관을 생경하게 직접 노출하고 있지 않으며, 어디까지나 미적(美的) 특수성(特殊性)을 매개하여 그것을 표현하고 있었다. 그러므로 겉으로 볼 때 『춘향전』은 연애담이라는 형태의 미적 구성을 보여줄 뿐, 당대 민중의 세계관은 잘 드러나지 않는다. 바로 이 점에 생경한 사회소설이나 정치소설과 구별되는 『춘향전』의 예술적 탁월함이 있다. 즉 『춘향전』은 전환기 민중의 세계관을 기계적으로 표현한 게 아니라, 미적으로 승화시켜 표현한 것이었다. 좀더 부연한다면, 『춘향전』은 춘향·이도령·변학도 세 인물의 관계에 조응시켜 결연, 이별·항거, 재회라는 정(正)·반(反)·합(合)의 긴밀한 삼부(三部) 구성을 이루는 변증법적 체계를 형성하고, 이 미적 체계를 다시 삼각관계에 입각한 그 정치적 이상에 포개놓고 있었다. 뿐만 아니라 풍자나 비속함 등 작품 전편을 통해 두드러진 미적 태도나 미의식도 전환기 민중의 세계관에 잘 부합하는 것이었다. 이처럼 『춘향전』은 그 미적 체계나 태도가 조선후기 민중의 세계관, 그 정치적 이상과 서로 적절히 어우러져 있었다. 『춘향전』은 이와 같이 미학과 정치학

이 적절히 조화·결합됨으로써 조선 봉건사회 해체기에 민중에 의해 이룩된 가장 탁월한 문예적 성취, 가장 고도의 이념적 높이를 담보하면서 이 시기 문학사의 정점에 위치할 수 있었다. 18세기의 민중은 『춘향전』에서 자신의 정치적 이상을 확인하고, 그 속에 풍부하게 내포되어 있는 반봉건주의적 계기에 공감하면서 그에 갈채를 보냈을 터이다. 또한 『춘향전』의 정치적 이상이 결국 낭만적 환상이었음이 현실에 의해 확인되기 시작한 19세기 상황에서 민중은 그 정치적 이상보다는 그 속에 내포된 진보적 계기들에 주목하면서 이를 좀더 발전시키는 데 일정한 작용을 했을 것으로 이해된다.

이러한 『춘향전』의 성격상 그 향수층(享受層)은 의당 민중이 중심이 될 수밖에 없지만, 19세기로 오면서 양반 향수층도 적지 않게 형성되고 있었던 것으로 보인다. 민중이 소설 『춘향전』과 판소리 「춘향가」 모두의 향수자가 될 수 있었음에 반해, 양반, 특히 남성 양반은 주로 판소리 「춘향가」의 향수자이지 않았을까 한다. 이 경우 민중이 민중적 입장에서 '춘향전 문학'을 수용했다면, 양반은 양반적 입장에서 '춘향전 문학'을 수용했을 가능성이 높다. 양반의 『춘향전』 수용은, 양반 신분의 두 인물이 한 미기(美妓)를 두고 경쟁을 하여 그 중 한 인물이 기녀를 차지하게 된다는 줄거리의 야담[82]에서 확인되는 양반적 기대지평(Erwartungshorizont)에서 벗어나지 못했으리라 생각된다.[83] 그러므로 양

---

82) 일례로 『계서야담(溪西野談)』 권1에 수록되어 있는 곡산기(谷山妓) 매화(梅花) 이야기를 들 수 있다. 이 야담에는 봉건귀족들의 노리개로 간주된 한 미기(美妓)를 둘러싸고 권력층 내에 벌어지는 음모와 암투가 잘 그려져 있다.

83) '기대지평'이라는 개념에 대해서는 H. R. Jauß, *Literaturgeschichte als Provokation*, Frankfurt am Main: Suhrkamp Verlag, 1970 참조.

반이 『춘향전』에서 흥미와 공감을 느꼈다면 그것은 주로, 자기 신분의 인물이 비천한 한 미기와 기이한 염사(艶事)를 벌인다는 것, 그 기녀가 기특하게도 양반을 위해 목숨을 걸고 수절하는 열녀라는 것, 이 기특한 행위에 대한 보상으로 그 기녀는 양반의 정실(正室)이 된다는 것 등의 사실에 있지 않았을까 한다.[84] 말하자면 『춘향전』은 하나의 '엽기물(獵奇物)'로 수용되었을 터이다. 양반과 민중의 수용 태도가 이처럼 현격히 다른 것은 수용자의 계급적 입장이 상이한 데 기인한다.

　『춘향전』에서 계급을 부정한 두 남녀의 사랑이 지니는 의미는 18, 19세기의 봉건사회에서는 물론이려니와 20세기 현재의 시민사회에서도 그 진보적 의의를 잃지 않는 것으로 생각된다. 『춘향전』이 살아 있는 고전으로서 우리의 현재와 미래에 연결되어 있는 건 이 때문이다. 이는 또한 『춘향전』에서 제기된 의제들이, 비록 역사적 조건의 변화에 따라 그 구체적 형태들은 달라졌다 할지라도 현재도 여전히 문제가 되고 있기 때문일 것이다. 이런 이유로 『춘향전』은 지금도 우리에게 많은 감동을 주면서 과거, 현재, 미래의 역사적 '연관'을 환기시켜준다. 이것이 필자가 양반의 입장이 아니라 당대 민중의 입장에서 『춘향전』의 재해석을 시도한 궁극적 이유다.

---

84) 다음 기록은 양반층의 이러한 수용 태도를 잘 보여준다: "聽香娘歌者, 當知有三件奇事. 始與李郞君爲劉阮之遇, 一奇也. 中間閱歷風霜, 鎖鶹打鴨, 無所不至, 而終守栢舟之節, 一奇也. 末乃藁砧, 杖繡斧南來, 樂昌之鏡, 旣分而復合, 亦奇也."(尹達善,「廣寒樓樂府序」, 구자균 교주,『춘향전』, 561면) 또 다음 기록도 참조된다: "春香之玉貌氷心、松竹之節, 可謂千古之佳人烈女也."(雲林樵客,「廣寒樓記序」,『廣寒樓記』)

제4부
역사주의적 접근

16 · 17세기 동아시아의 전란과 가족 이산

17세기 동아시아의 전란과 민중의 삶

17세기 초의 화이론과 부정적 소설 주인공의 등장

16 · 17세기 동아시아의 전란과 가족 이산
─「최척전」 고(攷)

1

「최척전」은 17세기 전기에 문명(文名)이 높았던 현곡(玄谷) 조위한(趙緯韓, 1558~1649)이 쓴 소설인데, 일명 '기우록(奇遇錄)'이라고도 한다. 조위한은 1621년, 그의 나이 64세 때 이 작품을 창작하였다.[1]

「최척전」에 대해서는 김기동의 「불교소설 최척전 소고(小攷)」[2]와 소재영의 「기우록논고」[3] 등의 선행 연구가 있다.[4]

---

1) 일사문고본 「최척전」 말미의 "天啓元年辛酉閏二月日, 素翁題"라는 기록에서 그 점을 알 수 있다. '天啓元年'은 1621년이다. 이하 별다른 언급이 없는 한 작품 인용은 모두 일사문고본 「최척전」에 의거한다.

2) 『불교학보』 11(동국대학교 불교문화연구소, 1974)에 실렸다.

3) 『김성배교수회갑논문집』(1977)에 실렸다.

4) 김기동의 논문은 김기동, 『한국고전소설연구』(교학사, 1981)에 수용되어 있고, 소재영

김기동은 「최척전」의 불교적 요소를 중시하여 이 작품을 불교소설로 규정하였다. 필자는 「최척전」이 불교적 요소를 강하게 갖고 있다는 점을 부정하지는 않지만, 김기동처럼 이 작품의 주제를 불교적인 것으로 파악하거나 이 작품을 불교소설로 이해하는 태도에는 동의하지 않는다. 필자는, 국제전의 양상을 띠고 전개되면서 동아시아의 기존 질서를 재편한, 16세기 말과 17세기 초에 벌어진 일본과 조선·중국 사이의 전쟁[5]과 중국·조선과 후금 사이의 전쟁[6]이 조선 인민의 삶에 얼마나 엄청난 고통을 끼쳤던가, 그리고 그러한 고통을 극복하기 위한 당대인의 노력이 얼마나 피눈물 나는 것이었던가를 보여주는 데에 「최척전」이 초점을 맞추고 있다고 보며, 따라서 작품의 주제 역시 이와 관련해 포착되어야 할 것으로 본다.

주제를 이런 각도에서 파악해야만 「최척전」을 왜소화시키지 않고 이 작품이 이룩하고 있는 역사적 현실의 놀라우리만큼 탁월한 반영을 제대로 읽어낼 수 있게 될 것이다. 또한 이 작품에 대한 지금까지의 미미한 평가와 달리 이 작품이 17세기 소설사에 우뚝 솟은 한 봉우리로서 대단히 주목되어야 한다는 이유가 분명해질 것이다. 한편 필자는 「최척전」이 갖는 불교적 요소가 이 작품의 주제와 무관하다는 입장을 취하지만, 불교적 요소의 서사적 기능과 소설사적 의미에 대해서는 새로운 각도에서 주목하고자 한다.

의 논문은 소재영, 『임병양란과 문학의식』(한국연구원, 1980)에 수용되어 있다. 이밖에 「최척전」에 관한 연구로는 다음과 같은 것이 있다: 강진옥, 「최척전에 나타난 고난과 구원의 문제」(『이화어문논집』 8, 1986); 민영대, 「최척전연구」(『한남어문학』 13, 1987).
5) 임진왜란을 말한다.
6) 1619년의 요동정벌을 말한다.

김기동이 「최척전」의 불교적 요소만을 일방적으로 강조함으로써 작품의 정당한 이해에서 멀어졌음에 반해, 소재영은 『어우야담』에 실려 있는 「홍도이야기」[7]와 「최척전」의 플롯을 비교하는 데서부터 논의를 전개하고 있다. 그 결과 「홍도이야기」와 「최척전」의 공통점이 자세히 밝혀질 수 있었다. 그러나 소재영의 연구는 설화인 「홍도이야기」와 소설인 「최척전」의 동질성은 해명했지만,[8] 설화와 소설의 차별성을 밝히지는 못했다. 그래서 소설로서 「최척전」이 갖는 고유한 특성이 무엇인가는 계속 시비거리로 남아 있다. 뿐만 아니라 소재영은 「홍도이야기」를 바탕으로 「최척전」이 창작된 것으로 보고 있는데, 이 점에 대해서도 필자는 견해를 달리한다. 본고에서 「홍도이야기」와 「최척전」의 관계를 면밀히 검토할 겨를은 없다. 그러나 최소한 설화와 구별되는 「최척전」의 소설적 특성에 대해서만큼은 분명히 지적하고 넘어가기로 한다.

또한 선행 연구들은 소설사의 맥락 속에서 「최척전」을 파악하는 관점을 결여하고 있다.[9] 이러한 점을 보완하는 의미에서 본고는 전대 소설 및 후대 소설과의 관련 속에서 「최척전」의 위상을 소설사적으로 이해하

---

7) 소재영은 이를 '홍도전'이라 일컫고 있는데, '홍도이야기'라고 해야 옳을 듯하다.

8) 「홍도이야기」와 「최척전」의 모티프를 각각 A, B, C, D…순으로 요약 제시한 다음, "그 主脈은 꼭같다"(『임병양란과 문학의식』, 273면)라는 결론을 내리고 있다. 이처럼 소재영은 「홍도이야기」와 「최척전」의 동질성을 확인하는 데 주안을 두었기에 "홍도설화 자체만으로도 멋들어진 한 편의 소설이다"(앞의 책, 269면)라는 언명이 가능했다. 이런 주장에 필자가 동의할 수 없는 이유는 본고의 제4장에서 밝힌다

9) 소재영의 경우 「최척전」을 「만복사저포기」나 「주생전」·「운영전」·「남윤전」 등과 부분적으로 비교해가면서 이해하는 관점을 보여주고 있기는 하나, 다분히 지엽적인 비교고찰로 되어 있어 소설사적 문제의식에 입각해 있는 것이라고는 하기 어렵다.

는 시각을 취하고자 한다. 요컨대 「최척전」은 대단히 우수한 작품이고 소설사적으로도 높은 의의를 지녔다 하겠는데, 지금까지의 연구는 작품의 우수성은 물론이려니와 소설사적 의의에 대해서 충분히 해명했다고 하기 어렵다. 본고에서의 「최척전」의 재조명이 이 작품에 대한 활발한 연구와 높은 관심을 불러일으키는 계기가 되었으면 한다.

끝으로 「최척전」의 이본에 대해 말해둔다. 「최척전」의 이본으로는 서울대학교 도서관 일사문고본과 고려대학교 도서관본의 두 가지가 현재 확인된다.[10] 둘 다 필사본인데, 어느 쪽도 원본은 아니다. 필사본이기에 자구의 동이(同異)가 부분적으로 없지는 않지만, 큰 차이는 발견되지 않는다. 그런데 두 본 모두 상당한 분량의 결락이 있다. 그러나 다행히도 결락 부분이 서로 달라 작품을 온전히 복원할 수 있다. 이러한 사정을 감안하여 본고는 일사문고본 「최척전」을 텍스트로 삼되 그 결락 부분은 고려대 도서관본을 참조하기로 한다. 일사문고본을 텍스트로 삼는 것은 그것이 자료로 많이 유포되어 있어 논의에 편리하기 때문이다.

2

16세기 말에서 17세기 초의 동아시아에서는 국제전적(國際戰的) 양상

---

10) 일사문고본의 표제는 '기우록'이고, 내제(內題)는 '최척전'이다. 선행 연구는 모두 이 본에 의거하고 있으며 고려대본은 참고하지 않았다. 고려대본은 「朴泰補疏」의 부록으로 「姜太公遺事」와 함께 필사되어 있다. [보주] 이후 「최척전」의 이본들이 여럿 발견되었다. 이를 통해 이 작품이 19세기까지 계속 읽히고 필사되었음을 알 수 있다.

을 띤 몇 차례의 전쟁이 일어났다. 임진왜란을 비롯하여 1619년의 요동 정벌, 그 뒤를 잇는 명과 청·조선의 전쟁이 그것이다. 이들 전쟁을 통해 동아시아의 기존질서가 바뀌고 새로운 질서가 형성되었다. 그 결과 명(明)에서 청(淸)으로 동아시아의 패권이 교체되기에 이르렀다.

이러한 동아시아 질서의 재편 과정에서 조선은 그 요충적 위치에 있었기에 자주 전란에 휩싸일 수밖에 없었다. 그리하여 이 시기는 우리 역사에서 수난과 위기로 특징지어지고 있다. 이 시기의 역사적 현실에 대한 문학적 대응은 시가, 교술산문, 소설 등 다양한 형태로 전개되었지만,[11] 특히 주목되는 것은 소설이라 할 수 있다. 소설은 시나 교술산문과 달리 작자의 상상력과 전망을 적극적으로 개입시켜 민족의 수난과 위기를 그리고 있기 때문이다.

이 시기를 다룬 소설로는 자국을 침략한 이민족에 대한 적개심을 북돋우면서 민족적 자존심을 높이고자 창작된 작품이 먼저 주목된다. 『임진록』·「박씨전」·「임경업전」이 그러한 작품들이다. 허구에 입각한 것이든 사실에 입각한 것이든 간에 민족적 영웅을 주인공으로 내세우고 있는 이런 작품은 민족적 자존심을 회복하고 정신적 위안을 얻기 위해 필요했다. 이런 소설들은 거듭 연구되어왔으며 그 소설사적 의의도 정당하게 평가받고 있다. 그런데 이런 소설들 말고 당시 일반 사민이 겪어야 했던 절박한 체험을 소설로 그린 작품, 그러니까 민족사의 가장 저층(底層)을 훑으면서 전쟁이 인민의 삶에 끼친 문제를 정면에서 형상화한 그런 소설은 없을까? 만일 이런 소설이 있다면 우리 고전소설사는 16세기 말에서

11) 이에 대해서는 조동일, 『한국문학통사』 3(제3판, 지식산업사, 1994)의 '8. 1. 민족수난에 대응한 문학'이 참조된다.

17세기 초의 민족현실에 다양하고 성숙된 대응자세를 보여주었다는 평가가 가능할 것이다.

그런데 당시의 전란으로 일반 사민이 겪은 가장 큰 고통과 슬픔의 하나는 아마도 가족의 이산이었을 터이다. 임진왜란 당시에는 무려 수만 명의 사람들이, 그것도 주로 노약자나 부녀 등의 비전투원이 포로로 붙잡혀갔으며,[12] 정묘호란이나 병자호란 때에도 수많은 사람들이 포로로 끌려갔다. 이 문제를 어떤 방식으로든 취급하지 않는 한 서사문학, 특히 소설은 그 장르적 책무를 온전히 다했다고 하기 어려울 터이다.

한데, 이 시기에 창작된 소설 중 가족의 이산과 재회의 문제를 본격적으로 다룬 작품이 하나 있으니, 바로 「최척전」이다. 「최척전」은 대단히 사실적인 필치로 당대 인민의 생활사를 풍부하게 펼쳐 보이고 있다. 작품은 '결연→이산→부분적 재회→재이산→전체적 재회'로 이야기가 구성되어 있다. 우선 구성의 각 계기가 갖는 특징부터 살피기로 하자.

1) 결연

남주인공 최척과 여주인공 옥영의 결연은 철저히 현실법칙에 따라 이루어지고 있다. 즉, 환상적·비현실적 요소나 예정조화적 전개 같은 것은 찾아볼래야 찾아볼 수 없다. 그러기에 두 남녀 주인공의 서로를 향한

---

12) 山口正之,「耶蘇會宣教師の朝鮮俘虜救濟及教化」(『靑丘學叢』4, 1931);「朝鮮役に於ける被擄人の行方」(『靑丘學叢』8, 1932)이 이 사실을 밝힌 선구적 업적이다.

애정은 더욱 찬연한 빛을 발하고 있다. 결연 과정에서의 두 주인공의 성격묘사는 아주 선연하다. 그 중에서도 옥영의 성격창조는 대단히 성공적이다. 그녀는 정감이 풍부하고 신의가 굳으며 슬기와 적극성을 함께 지닌, 개성이 뚜렷한 여성으로 그려지고 있다. 그녀는 스스로 최척에게 사랑을 고백할 정도로 대담하다.[13] 또한 남자의 집이 가난하다는 이유로 결혼을 반대하는 자기 어머니를 설득하는 데서는 자신의 운명을 스스로 열어나가는 적극성과 현명함을 엿볼 수 있다. 그녀는 재물 등 인간외적인 요인에 좌우되지 아니하고 애정에 따라 자신의 배필을 택하고자 하는 굳은 의지를 보여준다. 이러한 옥영의 노력으로 마침내 두 사람은 혼약을 맺을 수 있었다.

그러나 이 두 사람에게 두 번째 혼사장애가 대두한다.[14] 두 번째 혼사장애는 첫 번째에 비해 더욱 극복하기 어려운 성격의 것이다. 즉, 최척은 호남의 의병장 변사정(邊士貞)의 막하(幕下)로 차출되어 급기야 초례(醮禮)를 지내기로 한 날을 넘겨버리게 된다. 최척은 척당(倜儻)하고 신의를 중시했기에[15] 변사정의 요청을 거절하지 못하고 그 막하로 들어가

---

13) 일사문고본은 이 결연 과정의 서술에 상당한 결락이 있다. 즉, "及秋自會津, 寡母自京城"은 문리(文理)가 소연(昭然)하지 않은데, 이는 이 두 구절 사이의 말이 대거 탈락한 데 기인한다. 즉, 옥영의 시비(侍婢) 춘생이 옥영이 남원으로 내려오게 된 사정을 최척에게 자세히 말하는 대목과, 옥영과 최척이 주고받은 편지 내용을 소개한 대목이 탈락되어 있다.

14) 한국고전소설에 나타난 혼사장애 주지(主旨)에 대해서는 이상택, 「낙선재본소설 연구—그 예비적 작업으로서의 혼사장애주지(主旨)를 중심으로」(『한국고전소설의 탐구』, 중앙출판, 1981)가 선구적인 업적이다. 이외에 이창헌, 「고전소설의 혼사장애구조와 유형에 관한 연구」(서울대 석사학위논문, 1987)가 참조된다.

15) "自少倜儻, (…) 重然諾."

기는 했으나, 옥영에 대한 그리움 때문에 마침내 진중(陣中)에서 병이 든다. 최척과 옥영은 전란으로 인해 인연을 맺을 수 있었지만 또한 전란으로 인해 이별하게 된 것이다. 이는 이들이 맞이하는 여러 번의 이별 중 최초의 것이다. 임진왜란이 평범한 사람들의 삶에 어떤 운명의 그림자를 드리웠는지를 탐구하는 쪽으로 작품은 그 관심을 집중시켜가고 있는 것이다.

혼인하기로 약속한 날이 되어도 최척이 돌아오지 않자 옥영은 근심 속에서 날을 보낸다. 바로 이 지점에서 작품은 양생이라는 부잣집 아들을 출현시켜 혼사장애를 더욱 가중시킴과 동시에 이해관계에 따라 표변하는 인간의 심리를 그려보이고 있다. 앞서 최척과 옥영의 혼약이 이루어지도록 주선했던 정상사(鄭上舍)[16]는 양생의 뇌물에 매수되어 양생과의 혼약을 추진한다. 옥영의 어머니도 정상사의 말에 혹해 양생과의 혼인을 허락한다. 이 대목은 작품 전체의 전개에서 볼 때에는 하나의 작은 에피소드에 불과하지만, 그럼에도 이익사회적으로(gesellschaftlich) 변해가는 현실의 한 단면에 대한 소설적 형상화라는 점에서 주목을 요한다.[17] 이해관계에 따라 움직이는 이런 인물형이 우리 소설사에 등장하는 것은 17세기 초에 와서의 일이 아닌가 한다. 그런 작품으로는 「최척전」 외에 「유연전(柳淵傳)」[18]과 「운영전」을 들 수 있다.[19] 18, 19세기

---

16) 그는 최척의 아버지와 어릴 적 친구요, 옥영 어머니의 고종사촌이다.

17) 한국고전소설에서 이익사회적 인간상은 판소리계소설을 위시한 세속소설에서 주로 나타나고 있음이 보고된 바 있다(이상택, 「고전소설의 사회와 인간」, 『한국고전소설의 탐구』). 「최척전」은 이른 시기에 이런 인간상을 포착해 보여주고 있다는 점에서 주목된다.

18) 1607년 이항복이 창작했다.

19) 「운영전」에 등장하는 노비 '특'이 그러한 인물형이다.

의 한국소설들에서는 이해관계에 따라 움직이는 인물이 하나의 전형으로까지 창조되고 있거니와, 「유연전」·「운영전」·「최척전」 등은 이른 시기에 이러한 인간들의 기미를 현실적으로 포착했다는 의의가 있다.

그러나 이 두 번째 혼사장애 역시 옥영의 극적 행동으로 타개된다. 그녀는 자살을 기도하고 이에 놀란 집에서는 다시는 양생과의 혼인을 입에 올리지 않게 된다. 마침내 최척이 돌아와 두 사람은 혼례를 올린다. 여기까지의 결연 과정은 그 자체만으로도 하나의 훌륭한 애정소설로 성립될 수 있는 요건을 갖추고 있다. 그럴 경우 작품의 주지(主旨)는 현실의 거듭되는 장애에도 불구하고 두 남녀 주인공이 굳건한 애정의 힘으로 행복한 결합을 성취한다는 데 있다 할 것이다. 하지만 「최척전」은 이러한 설정을 넘어서서 한층 심각한 주제를 구현하고 있다. 그러므로 「최척전」은 남녀 주인공의 애정에서 출발하는 이야기이기는 하나 단순히 애정소설은 아니다.

최척 부부는 아들을 낳아 단란하게 살아간다. 그들은 서로를 '지음(知音)'으로 여기며 한시도 떨어지지 않을 정도로 애정이 돈독했다.[20] 그러던 중 정유재란이 일어나 남원이 왜적의 수중에 떨어진다. 여기서부터 작품은 그 두 번째 부분인 '이산'으로 옮아간다.

2) 이산

우선 이 부분에서 주목되는 것은 왜적의 노략질로 가족이 이산되는

---

20) "夫婦自謂知音, 未嘗一日相離也."

상황에 대한 구체적이고도 사실적인 묘사다. 왜적에 유린되어 가족이 붙들려가거나 뿔뿔이 흩어지게 된 상황을 이만치 핍진하게 소설적으로 형상화하고 있는 작품은 달리 찾기 어렵다. 이를 통해 우리 소설이 17세기 초두에 새로운 경지에 들어서고 있음을 알 수 있다. 그것은 초기소설에서는 발견할 수 없던 면모이다.[21]

옥영은 일본에 끌려가 돈우(頓于)라는 상인을 주인으로 섬긴다. 그리고 배를 타고 중국과 안남 등지로 장사하는 데 따라다닌다. 이 대목에서는 끝까지 남자로 위장하여 자신을 지키는 옥영의 기지가 돋보인다. 또한 이 대목은 일본에 붙잡혀간 수만 명 조선인들의 운명과 관련해서도 주목할 필요가 있다. 즉, 당시 잡혀간 사람들 중 다수는 나가사키 방면에서 일본인과 포르투갈 상인들에 의해 노예로 매매되어 가까이는 마카오, 멀리는 인도의 고아(Goa)에까지 팔려갔던 것이다.[22] 비록 옥영은 요행히 비교적 선량한 일본인을 주인으로 삼게 되었지만, 그렇다고 그 노예적 지위가 달라지는 것은 아니었다. 그러므로 옥영의 운명에서 우리는 당시 일본에 잡혀간 조선인의 운명을 읽을 수 있다. 포로로 잡혀가 일본 상인의 종노릇을 하면서 동남아 무역에 종사한 사례는 「최척전」이 쓰인 때와 비슷한 시기에 창작된 「조완벽전(趙完璧傳)」[23]의 주인공 조완

---

21) 초기소설의 특징에 대해서는 조동일, 「소설의 성립과 초기소설의 유형적 특징」(『한국소설의 이론』, 지식산업사, 1977)이 선구적인 업적이며, 최근 김종철이 「서사문학사에서 본 초기 소설의 성립문제」(『다곡이수봉선생회갑기념논총』, 1988)에서 새로운 논의를 펼쳤다.

22) 山口正之, 「朝鮮役に於ける被擄人の行方」, 『青丘學叢』 8, 143면.

23) 지봉(芝峰) 이수광(李睟光)이 창작한 것이 주로 알려져 있지만, 그 외에도 정사신(鄭士臣)이 창작한 동명(同名)의 작품이 있다. 두 작품 모두 비슷한 시기에 창작되었다. 정사신의 작품은 그의 문집 『매창집(梅窓集)』에 실려 있다.

벽에게서도 확인된다.

한편 가족들이 모두 일본에 잡혀간 것으로 안 최척은 실의 끝에 명장(明將)을 따라 중국에 들어가 이곳저곳을 전전한다. 흥미로운 것은, 최척이 한때 도사(道士)를 찾아가 연단(鍊丹)을 배우고자 하는 생각을 한다는 사실이다. 가족과의 이산으로 인한 삶에 대한 무상감이 그로 하여금 이런 '유세지지(遺世之志)'[24]를 갖게 만들었던 것이다. 최척이 보여주는 이러한 심리적 지향은 허균이 남긴 「유형진유사(柳亨進遺事)」)[25]의 유형진을 떠올리게 한다. 유형진은 임진왜란에 처자를 모두 잃자 그만 삶의 의욕을 상실하고 입산수도하여 당시 유명했던 도인(道人) 한무외(韓無畏)를 좇아 방외(方外)에 노닐었던 인물이다. 임란 이후 17세기에는 도가(道家)가 한층 성행했는데,[26] 이는 전쟁이 초래한 극도의 혼란과 불안, 죽음과 질병, 가족의 이산 등이 불러일으킨 생에 대한 무상감에 주로 기인한다. 최척이 도가에의 경사를 보여주는 것이나 유형진의 선가입문(仙家入門)은 그러므로 임란 이후 일반인들의 의식세계에 자리하고 있던 한 주요한 지향을 반영하는 것이라 할 만하다.

---

24) "有飄飄遺世之志."

25) 이 글은 현전하는 허균의 문집에는 실려 있지 않으며,『국조인물고(國朝人物考)』및 홍만종의『해동이적(海東異蹟)』에 전재(轉載)되어 있다.『해동이적』의 것은 불완전하다. 이에 대해서는 졸고 「이인설화를 통해 본 16·7세기 사상사」(『파전김무조박사회갑기념논총』, 1988)의 각주 38을 참조할 것.

26) 조선 전·중기 도가의 양상에 대한 고찰로는 이상택, 「한국도가문학의 현실인식 문제」(『한국문화』7, 1986) 참조. 필자도 「이인설화를 통해 본 16·7세기 사상사」, 108면에서 임·병 양란 이후에 도가가 성행한 양상과 그 사상사적 배경을 살폈다.

3) 부분적 재회

헤어진 지 4년째 되는 해인 1600년 봄에 옥영과 최척은 각각 장사일로 안남(安南)에 머물게 된다. 여기서부터 작품은 두 주인공이 재회하는 과정에 대한 서술로 들어간다. 나중 가족들이 모두 재회하는 대목을 '전체적 재회'라 한다면, 이 대목은 '부분적 재회'라고 할 수 있다.

재회의 장면은 대단히 실감나게 그려지고 있는바, 작품 전체를 통틀어 가장 정채를 발하고 있다. 최척과 옥영은 안남의 포구에 정박한 배에 각각 머물고 있었다. 그런데 어느 날 밤, 예전 행복했던 시절 최척이 들려주던 계면조의 퉁소소리, 그 귀에 익은 가락이 들려오는 게 아닌가. 옥영은 남편이 근처의 배에 있음을 직감하고 남편과 자기만이 알고 있는 시를 읊조린다. 옥영의 명민함은 여기서도 엿볼 수 있다. 이 시는 두 사람의 결연을 서술한 대목에서 이미 제시된 바 있어 이야기 전개상 복선(伏線)의 역할을 하고 있다. 더욱이 "왕자교(王子喬) 퉁소 불 때 달이 지려 하는데 / 푸른 하늘과 바다에 이슬이 자욱(王子吹簫月欲低, 碧天如海露凄凄)"이라는 시 구절은 두 사람이 재회할 때의 주변 상황과 완전히 일치한다. 극적 효과를 높이기 위해 작가가 의도적으로 이리 만든 것이다.

이 시가 들려오자 최척은 "멍하니 넋이 나간 듯하더니 (…) 우두커니 죽은 사람처럼"[27] 되었다고 묘사되어 있다. 이처럼 작품은 절제된 묘사 속에 재회시(再會時) 두 사람의 감정의 파동을 인상적으로 전달하고 있다.

---

27) "惝怳如失, (…) 嗒然如死人形."

허겁지겁 배에서 내려와 두 사람은 서로 만났다. 기뻐 소리치며 얼싸 안고는 모래 위를 떼굴떼굴 굴렀다. 목이 메고 기가 막혀 말도 나오지 않았다. 눈물이 마르매 다시 피눈물이 쏟아졌다.[28]

재회의 장면을 묘사한 것인데, 말은 비록 간략하나 함축은 무궁하다. 요즘 소설이라 한들 이산가족의 재회 상황을 이처럼 짧은 묘사로 이만큼 곡진하게 그리기는 어려울 것이다. 퉁소가락이 계기가 되어 부부가 재회한다는 이 대목은 문학적 묘미가 있다.

최척 부부는 중국 항주(杭州)에 정착하여 둘째아들을 낳아 기르며 1618년까지 함께 지낸다. 그리고 이 해에 아들을 홍도와 혼인시킨다. 이 대목에서는 중국 여인 홍도의 인물묘사가 주목된다. 정유재란 때 출정(出征)한 그녀의 아버지는 종전(終戰) 후에도 돌아오지 않고 있었다. 그 사이 어머니도 죽어 홍도는 이모집에서 양육되었다. 아버지가 조선에서 죽은 것으로만 안 홍도는 장차 조선땅을 밟아 곡(哭)을 하고 돌아옴이 소원이었다. 그래서 홍도는 최척 집에서 며느리를 구한다는 말을 듣고 적극적으로 응했던 것이다. 홍도와 그 가족의 운명을 통해 우리는 임진왜란이 비단 조선 인민만이 아니라 중국 인민에게도 고통을 주었음을 깨닫게 된다. 국적은 다르지만 홍도와 옥영, 두 여성은 똑같이 전쟁의 피해자였던 것이다. 이 점에서 이들 사이에는 일종의 연대감이 싹튼다. 또한 이들은 자신의 운명에 좌절하지 않고 적극적으로 자신의 삶을 열어나가는 여성상을 구현하고 있다는 점

---

28) "惶忙失措, 顚倒下船, 二人相見, 驚呼抱持, 宛轉沙中, 聲絶氣塞, 口不能言, 淚盡繼血."

에서도 닮은꼴이다.

4) 재이산

해가 바뀌어 1619년에 만주의 누르하치가 요양(遼陽)을 공격하자, 명 (明)이 요동정벌에 나선다. 최척은 서기(書記)로 차출되어 이 전쟁에 나 가게 되는바, 여기서부터 이야기는 '재이산'에 접어든다. 이별과 그리움 의 쓰라림을 잘 아는 옥영은 떠나는 남편 앞에서 목숨을 끊고자 하나 미 수에 그친다.

최척은 후금의 포로가 되어 강홍립이 이끄는 조선 군대의 병사로 참 전한 큰아들을 우여곡절 끝에 만나게 된다. 이 큰아들과 만나는 과정의 묘사 역시 썩 빼어나다. 작가는 이 기막힌 사연을 조금도 흥분함이 없이 차분하게 사실적으로 그리고 있다. 작가 조위한은 리얼리스트로서의 면 모를 여러 군데에서 보여주고 있는 셈이다. 「최척전」이 초기소설의 한 계를 크게 극복하면서[29] 리얼리즘의 진경(進境)을 이룩했음은 이런 데 서도 확인된다.[30]

최척과 그의 큰아들은 포로 감시 책임자의 호의로 수용소를 탈출하여 조선으로 돌아올 수 있었는데, 최척 부자를 도망치게 해준 이 포로 감시 책임자의 다음 말은 주목을 요한다.

---

29) 초기소설의 리얼리즘의 한계에 대한 지적은 조동일, 「소설의 성립과 초기소설의 유형 적 특징」, 앞의 책, 261면 참조.
30) 그럼에도 불구하고 그 역사적 한계도 있다. 이 점은 나중에 언급된다.

두려워하지 마오! 나 역시 평안도 삭주(朔州)의 토병(土兵)이었소. 부사의 침학(侵虐)이 가이 없어 그 괴로움을 견디지 못해 온 가족이 되땅으로 들어온 지 이미 10년이 되었소. 오랑캐들은 성격이 강직하고 학정을 일삼지 않소. 인생은 아침이슬처럼 짧거늘 무엇 때문에 구차스러이 아전배의 채찍질에 시달려야 한단 말이오. 누루하치는 나로 하여금 팔십 명의 정병(精兵)을 거느리고 조선인 포로를 감시하여 도망치는 것을 방비하게 하였소.[31]

군역(軍役)의 괴로움 때문에 솔가하여 오랑캐 땅으로 도망와 살고 있다는 조선 토병 출신의 이 늙은이 말이 작가가 최척에게 전해들은 대로인지, 아니면 작가가 임의로 끼워넣은 것인지의 여부는 확실치 않다. 그러나 이 말은 최척 부자의 탈출을 서술하는 이야기의 본줄기에서 볼 때에는 없어도 될 말임이 분명하다. 그저 조선인 출신의 한 후금 병사가 최척 부자의 사연을 곁에서 엿듣고 측은한 마음을 가져 도망시켜주었다고 서술하는 것으로 족하기 때문이다. 이렇게 본다면, 이 말이 들은 대로의 기록인가 아니면 작가가 임의로 끼워넣은 것인가의 여부가 중요한 게 아니라, 이야기 전개상 빼어버려도 무방한 말을 군이 넣고 있다는 바로 이 점이 중요하다 할 것이다. 거기서 작가의식의 일면을 읽을 수 있기 때문이다.

현전하지는 않지만 작가 조위한은 국문으로 「유민탄(流民歎)」이라는

---

31) "無怖! 我亦朔州土兵也. 以府使侵虐無厭, 不勝其苦, 擧家入胡, 已經十年. 性直, 且無苛政. 人生如朝露, 何必苟趣於捶楚鄕吏. 老酋使領八十精兵, 管押本國人, 以備逃遁."

가사(歌辭)를 지어 당대 현실을 고발하기도 했는데, 관련 기록들[32]을 통해 그 내용이 학정으로 말미암아 토지에서 유리하는 백성들의 참상을 읊은 것이었음을 알 수 있다. 더구나 송시열이 지은 「현곡조공신도비명(玄谷趙公神道碑銘)」을 통해 「유민탄」과 「최척전」이 거의 같은 시기에 창작되었음을 알 수 있다.[33] 즉, 조위한은 1613년 김제남(金悌男)의 무옥(誣獄)에 연루되어 벼슬에서 떨려나고 이후 무오년(1618)부터 남원에서 은거 생활에 들어가는데, 「유민탄」은 바로 이 해 창작되었다. 「최척전」 또한 남원 은거 시절에 창작되었다. 이렇게 본다면, 앞의 인용문이 보여주는 작가의식과 「유민탄」이 보여주는 비판적 현실인식이 일맥상통함은 자연스러운 것이라 하겠다.

그런데 북변(北邊)의 토병들이 관(官)의 학정을 견디지 못해 솔가하여 만주로 월경(越境)함은 그리 예외적인 일이 아니었다. 이미 16세기 중엽경 안수(安璲)라는 사림파 시인은 「피병행(疲兵行)」이라는 시에서[34]

---

32) 홍만종의 『순오지(旬五志)』에 "「流民歎」, 玄谷趙緯韓所製, 備述昏朝政令之煩, 列邑徵斂之酷, 可與鄭俠〈流民圖〉相表裏也"라고 했으며, 송시열이 쓴 조위한의 신도비명(神道碑銘)에 "又作「流民歎」一篇, 極道人民愁苦邦家顚覆狀"(「玄谷趙公神道碑銘」, 『宋子大全』 권165)이라고 했다. 이외에 『인조실록』 인조 7년(1629) 9월 16일 기사에서 "昏朝時, 作「流民歎」, 備陳其時政亂民困之狀"이라 했다.

33) 송시열이 쓴 조위한 신도비명의 다음 구절 참조: "戊午大歸南原地, 有和陶辭以見志. 又作「流民歎」一篇, 極道人民愁苦邦家顚覆狀."(「玄谷趙公神道碑銘」, 『宋子大全』 권165) 인용문 중의 '무오년'은 1618년에 해당한다. 조위한이 「최척전」을 창작한 것은 앞에서 밝힌 대로 1621년이다.

34) '피병행(疲兵行)'이라는 시제(詩題)는 '피폐한 병사의 노래'쯤으로 번역될 수 있다. 안수(安璲)는 지금까지 문학사에서 한번도 거론된 적이 없는 시인이다. 그러나 이 시인이 남긴 「피병행(疲兵行)」이라는 시는 예술성과 심각한 주제의식을 보여주는바, 16세기 문학사에서 주목되어야 할 작품이다. 이 시는 남용익이 편찬한 시선집인 『기아(箕

이 문제를 심각하게 제기한 바 있다. 이 시는 장편인데, 참고로 일부를
제시한다.

> 나는 소년시절에 이미 군적(軍籍)에 올라
>
> 변방의 고초 한탄한 것 몇 번인지 모른다오.
>
> 어찌 한갓 산을 개간하는 고초뿐이리?
>
> 장군에게 고혈 빨리는 것 그도 괴롭네.
>
> 장군은 검은 수달피 가죽옷 좋아하는데
>
> 수달피 가죽 한 장 값 엄청난 돈이네.
>
> 장군은 기름진 쇠고기 좋아하여서
>
> 하루에도 군중에서 아홉 마리 소를 잡네.
>
> 산에는 수달피, 들에는 남은 소 없는데
>
> 가렴주구 끝이 없어 채찍질로 닥달하네.
>
> 솥에 든 쌀, 베틀의 베까지
>
> 모두모두 장군의 창고 속에 들어가네.
>
> 날로 장군은 살찌고 병사는 야위어 가
>
> 가서 하소연하려 하니 그의 노여움 사네.
>
> (…)
>
> 한 집의 장정이 십여 명인데

雅)』에 실려 있다. 『기아』에서의 작자소개를 통해, 안수가 명종조 때 문과에 급제해 홍
문관 박사의 벼슬까지 했음을 알 수 있으나, 그 후의 행적은 분명하지 않다. 『명종실록』
명종 7년(1552) 3월 28일 기사에, 안수가 경연(經筵)에서 당시 문정왕후(文定王后)
와 윤원형(尹元衡)에 의해 조장된 불교의 폐단을 비판하는 발언이 보이는 것으로 보
아 그가 사림파의 일원이었음을 알 수 있다.

태반이 서로 이끌고 되땅으로 도망하네.

되땅에서의 고초 이루 말할 수 없지만

그래도 장군에게 고혈 빨리는 것보단 낫지.

自言少年繫軍籍, 傷心幾度關山苦.

關山之苦豈徒云, 苦將膏血輸將軍.

將軍好擁黑貂裘, 一貂皮當金十斤.

將軍好食大牢味, 一日軍中九牛死.

山無餘貂野無牛, 誅斂無窮捶楚至.

鼎中粒機中布, 一一輸入將軍庫.

將軍一肥士一瘠, 欲往訴之逢彼怒.

(⋯)

一家丁壯十餘口, 過半相携逃入胡.

胡中艱苦不可說, 猶勝將軍浚膏血.

"부사의 침학이 가이 없어 그 괴로움을 견디지 못해 온 가족이 되땅
으로 들어온" 것이라는, 「최척전」에 등장하는 조선 토병 출신의 한 늙은
이 말과 「피병행」에 제시된 한 북관(北關) 병사의 증언은 완전히 일치
한다. 「최척전」의 이 부분은 비록 서사전개상 지엽적인 삽화에 불과하
나, 「최척전」이 당대 현실의 본질적 계기를 풍부히 포착하고 있음을
거듭 확인시켜준다는 점과 작가의식의 일면을 명확히 드러내고 있다
는 점에서 주목을 요한다.

5) 전체적 재회

최척과 그의 큰아들이 조선으로 귀환한 다음부터 이야기는 가족의 전체적 재회 쪽으로 옮아간다. 중국에 남은 옥영과 아들 내외는 배를 마련해 조선행을 결행한다. 이 대목의 서술에서 가장 정채를 발하는 것은 세 인물이 지닌 개성의 뚜렷한 부각이다. 죽음을 무릅쓰면서까지 조선행을 감행해야 할 것인지를 둘러싸고 옥영·홍도와 아들은 심한 이견을 드러내는바, 어머니의 안위를 걱정하지 않을 수 없는 아들의 입장, 설사 가다 죽는 한이 있더라도 만에 하나 남편과 상봉할 수만 있다면 가겠다는 옥영의 생각, 아버지 때문에 조선땅을 밟을 날만 고대해온 홍도의 입장[35]이 선연히 제시된다. 이 세 인물은 모두 살아숨쉬는 인간으로서 생동감 있게 그려져 있지만, 특히 강한 가족애와 적극성을 지닌 여성으로서 옥영과 홍도의 형상화는 대단히 탁월하다. 작가는 두 여성의 이러한 면모를 부각시키기 위해 세심한 배려를 기울이고 있다고 판단된다.

---

35) 홍도 스스로 자신의 입장을 밝히고 있는 대목이 일사문고본에는 결락되어 있다. 즉, "姜之私情, 遑恤言乎? 生纔數"와 이에 바로 이어지는 "其貨物" 사이에 상당히 많은 구절이 빠졌다. 고려대 도서관본에 의거해 결락된 부분을 정리해 보이면 다음과 같다: 홍도는 자신이 태어난 지 몇 달 만에 아버지가 조선에 출병했다는 것, 최근 풍문에 의하면 명나라 패졸(敗卒) 중 조선에 남은 사람들이 많다고 하는데 혹 자신의 아버지도 아직 살아 있을지 모른다는 것, 설사 돌아가셨다 하더라도 이번에 조선에 가 아버지의 넋을 위로할 수만 있다면 죽어도 여한이 없겠다는 것을 말한다. 이윽고 옥영의 가족이 배를 띄워 조선으로 향하다가 중간에 중국과 일본 배를 차례로 만나지만 옥영의 임기응변으로 별 어려움 없이 항해하던 중 갑자기 풍랑을 만나 무인도에 표박하고 급기야 해적을 만난다는 서술이 나온다.

옥영의 성격 창조는 이 마지막 부분에서 최고의 높이에 도달한다. 험난한 항해에 대비해 아들과 며느리에게[36] 조선과 일본 양국의 말을 가르친다든가, 조난이나 해적의 습격 등 불의의 사고에 대비하여 중국·조선·일본 세 나라의 옷을 준비하게 하는 데서 옥영의 슬기로움이 잘 드러난다. 또한 자신이 주관하여 배를 부리고, 항해 중 어려움에 처하자 임기응변으로 위기를 모면하는 데서 이 여인의 용기와 의지를 엿볼 수 있다.[37] 고난과 역경으로 단련된 여인 옥영의 성격 창조는 여기서 비로소 완성된다. 역사가 초래한 엄청난 고난과 역경을 강인한 의지와 슬기로써 헤쳐나갔던 당시 조선 여인의 빛나는 전형, 그것이 옥영에게 구현되어 있는 것이다.

3

앞에서 우리는 「최척전」의 내적 형식이 갖는 특징적 계기들을 일별하면서 인물형상의 특성도 아울러 살폈다. 이제 그것을 바탕으로 「최척전」의 주제를 검토해보기로 한다.

---

36) 김기동은 작품의 경개를 소개하면서 "며느리에게 조선어와 일본어를 가르쳤다"고 했는데(김기동, 『한국고전소설연구』, 257면), 정확한 것이 아니다. 이 구절의 원문은 "日令子婦教習兩國譯音"인데, 여기서 '子婦'는 '며느리'가 아니라 '아들과 며느리'로 해석되어야 옳을 것이다. 이 구절 뒤에도 '子婦'라는 말은 몇 번 더 나오는데 마찬가지다.

37) 일사문고본은 결락이 있어 옥영의 이러한 면모가 온전히 드러나지 않는다. 고려대 도서관본으로 보충해 읽으면 그 면모가 한층 뚜렷하게 포착된다.

「최척전」은 크게 보아 두 개의 축 위에서 전개되고 있다고 말할 수 있다. 그 하나는 옥영과 최척의 만남과 이별이고(그 부모와 자식들까지 다 포함해), 다른 하나는 홍도 모녀와 그 아버지의 이별과 만남이다. 이 중 두 번째 축은 작품 후반에서 비로소 문제가 될 따름이며 첫 번째 축의 굵기와 비교될 수 없는 것이기는 하나 작품의 문제성을 확대시키는 데 크게 기여하고 있다. 즉, 이 두 번째 축의 존재는 당대 동아시아의 전란이 중국인과 조선인의 운명을 긴밀히 서로 얽히게 했던 양상을 드러내 준다.

임진왜란이 조선인만이 아니라 중국인의 삶에도 커다란 고통을 끼쳤음은 1593년에 창작된 「주생전」에서 이미 시사되고 있다. 즉, 주인공 주생은 우여곡절 끝에 연인과 혼인하게 되어 혼례 올릴 날만 기다리고 있었는데, 그만 전쟁이 나 참전하지 않을 수 없게 된다. 임진왜란이 주생의 행복을 앗아간 것이다. 그러나 「주생전」은 당시의 전란이 사람들의 삶에 미친 구체적 영향을 본격적으로 고찰하고 있지는 않다. 임진왜란은 애정갈등을 전개시키는 한 계기일 뿐이다. 그러나 「최척전」은 그렇지 않다. 이 작품은 처음부터 끝까지 당시의 전쟁이 조선인의 삶에, 그리고 중국인의 삶에, 어떤 운명의 그림자를 드리웠는가를 탐구하는 데에 온 관심을 집중시키고 있다.

우리 소설사상 이런 종류의 작품은 「최척전」이 처음이다. 우리 소설사만이 아니라 동아시아 소설사를 통틀어 보더라도 16세기 말에서 17세기 초의 전쟁이 평범한 사람들의 삶에 미친 영향을 조선 · 일본 · 안남 · 중국 · 만주를 배경으로 삼으면서 이처럼 집요하게 사실적으로 추적한 소설은 달리 있을 것 같지 않다. 「최척전」은 엄밀한 의미에서 역사소설이라고 하기 어렵지만, 평범한 인간들이 자신이 원하든 원치 않든 역사의 소용돌이 속에 휩쓸려 들어가는 과정을 상당히 총체적으로 그려내고 있다는 점에서 역사소설적 스케일과 문제성에 접근하는 양상을 보여준다.[38]

「최척전」의 주제는 작품이 보여주는 이 두 개의 축과 관련하여 해석되어야 온당한바, '전란으로 인한 가족 이산의 고통과 강한 가족애에 의한 재회의 달성'이 그 주제라 할 것이다.

여기서 잠시 이 작품의 주제를 불교적인 방향에서 구하는 입장[39]에 대한 필자의 생각을 밝히기로 한다. 「최척전」은 사실 불교적 요소가 상당히 내포되어 있다. 필자가 이 점을 부정하는 것은 아니다. 그러나 이들 불교적 요소는 주제의 형성에까지 관여하는 수준은 못 된다고 판단된다. 물론 이 작품의 배경사상으로 불교를 운위할 수는 있다. 그러나 그 이상은 아니다. 불교사상을 작품의 사상적 배경으로 삼고 있으면 작품의 주제가 반드시 불교적이라는 논법은 성립될 수 없다. 가령 김시습의 「만복사저포기」 같은 작품을 생각하면 좋을 것이다. 「만복사저포기」는 불교적 배경사상을 갖는 작품이기는 하나, 그 주제가 불교적인 것은 아니다. 이처럼 작품의 배경사상과 주제는 경우에 따라 통일될 수도 있지만, 분리될 수도 있다. 선행 연구는 바로 이 점을 혼동하고 있다.

요컨대 「최척전」은 부처님의 가호를 그 주제로 하고 있는 것이 아니

---

38) 근대 역사소설의 특성에 관한 이론적 고찰로는 G. Lukács, *Der historische Roman*, Neuwied und Berlin: Luchterhand, 1965가 참조할 만하며, 이 이론의 한국 역사소설에의 적용 가능성을 탐색한 논문으로는 반성완, 「루카치의 역사소설 이론과 우리 역사소설」(『외국문학』 3, 1984)이 있다.

39) 김기동, 「불교소설 최척전 소고」가 그렇다.

라, 가족의 이산과 재회를 주제로 삼고 있다. 다만 이 주제를 구현하는 과정에서 부분적으로 불교적 요소가 차용되었을 뿐이다. 작가는 현실적으로 일어나기 어려운 기적 같은 일들이 연속적으로 일어난 데 대해 자기대로 통일성과 필연성을 부여하고자 고심한 끝에 불교적 요소를 도입했다고 여겨진다. 기적과 우연의 너머에 어떤 초현실적 힘이 작용한 것으로 본 것이다. 조위한은 그 사실주의적 필치에서 초기소설의 한계를 상당 부분 극복했으면서도 바로 이 점에서 한계를 노정하고 있다. 사실주의적 정신을 전 작품에 속속들이 관철시키지는 못했던 것이다.

그러나 이는 「최척전」이 도달한 리얼리즘의 한계, 주제구현 방식의 한계로 해석되어야 할 문제이며, 주제에 대한 규정과는 다른 차원의 문제다. 그러므로 비합리적·초현실적인 불교적 요소와 관계없이 「최척전」의 주제는 철저히 현실적이라는 지적이 가능하다. 즉, 그 구현 방식의 한계와 무관하게 「최척전」의 주제는 당대의 사회역사적 과정 중의 본질적인 문제 속에 설정되고 있는 것이다.

가족의 이산과 상봉이라는 이러한 주제를 구현하는 데 중심적으로 내세워지고 있는 인물은 최척·옥영·홍도·진위경(홍도 아버지) 네 사람이다. 이 중 옥영은 최핵심적 인물이다. 이 점에서 「최척전」은 작품명과는 달리 '옥영전'으로서의 면모가 강하다. 옥영은 강인한 의지와 슬기로움으로 전쟁이 가져다준 역경과 고난을 극복하고 자신에게 유리한 방향으로 운명의 물꼬를 바꾸어놓은 여인이다. 이는 작품 전편(全篇)을 통해 부각되고 있다.

자신의 운명에 대해 적극적 태도를 지닌 옥영이나 홍도와 같은 여성은 조선후기 문학사에 등장하는 새로운 여성상의 선구라 할 만하다.[40] 이들의 형상은 조선후기 문학이 창조해낸 이 방면 최고의 전형인 춘향의 형상으로까지 그 계보가 이어진다고 생각된다.[41]

4

「최척전」은 실제 사실을 기초로 하여 성립된 소설이다. 작가는 작품의 말미에서 다음과 같이 말하고 있다.

> 내가 남원의 주포(周浦)에 우거하고 있을 때 최척이 나를 찾아와 이와 같이 이야기하였다. 그리고 자신이 겪은 일의 전말을 기록하여 없어지지 않도록 해달라고 부탁하였다. 나는 거절할 수 없어 대략 그 경개를 서술하였다. 1621년 윤2월, 소옹(素翁) 조위한이 쓰다.[42]

이 말은 사실이라고 판단된다. 조위한이 정치적 이유 때문에 1618년 이래 남원에서 은거 생활을 했음은 앞에서 밝힌 바 있다. 한편 최척의 아내가 중국에서 돌아온 것이 1620년경임은 『어우야담』의 「홍도이야

---

40) 이런 여성상은 판소리계소설이나 야담계 한문단편소설에서부터 일반 국문소설에 이르기까지 폭넓게 발견된다. 야담계 한문단편소설에 반영된 적극적인 여성상에 대해서는 졸고 「『청구야담』 연구―한문단편소설을 중심으로」에서 검토한 바 있다.

41) 춘향의 여성상에 대해서는 졸고 「『춘향전』의 역사적 성격분석」(『전환기의 동아시아 문학』, 창작과비평사, 1985)을 참조할 것.

42) "余流寓南原之周浦, 陟時來訪余, 道其事如此, 請記其顚末, 無使湮沒. 不獲已, 略擧其槩. 天啓元年辛酉閏二月日, 素翁題."

기」에서도 확인되는 사실이다. 「최척전」에는 그것이 1620년 4월의 일임이 명시되어 있다. 그렇다면 조위한이 최척에게서 이야기를 들은 것은 1620년 4월에서 1621년 윤2월 사이의 어느 때일 것이다. 작품 구상에 소요되었을 시간을 감안할 경우 1620년에 이야기를 들었을 가능성이 한층 높다고 추정된다.

자질구레한 것으로 여겨질 수 있는 이런 사실을 꼬치꼬치 따지는 이유는 「홍도이야기」와의 관계가 문제가 되기 때문이다. 소재영은 「홍도이야기」가 먼저 이루어지고 이를 모화(母話)로 「최척전」이 성립되었다고 주장한 바 있다.[43] 그리하여 이 작품을 설화가 소설화된 사례로 보고 있다. 두 작품의 선후관계를 이렇게 단정지은 근거는 유몽인이 조위한보다 20여 년 먼저 죽었다는 것, 「최척전」이 1621년에 지어졌으니 「홍도이야기」의 창작연대가 앞선다는 것 등이다.[44] 그러나 이들 사실은 두 작품의 선후를 밝히는 근거가 될 수 없다.

유몽인이 『어우야담』을 완성한 것은 1621년, 서호(西湖)에 은거해 있을 때였다.[45] 이 해 가을, 성여학(成汝學)은 이 책의 발문을 썼다. 그러므로 유몽인이 최척의 이야기를 전문(傳聞)한 것은 1620년 4월에서 1621년 『어우야담』이 완성되기까지의 사이일 것이다. 이는 조위한이 최척에게서 직접 이야기를 들은 것으로 추정되는 시기와 비슷하다. 이렇게 본다면 유몽인의 「홍도이야기」가 「최척전」보다 먼저 성립되었다고 볼 근거는 어디서도 발견할 수 없다. 거꾸로 「최척전」이 먼저 성립되었을 가능

---

43) 소재영, 『임병양란과 문학의식』, 243면, 269면.

44) 위의 책, 243면.

45) 유금(柳琴)이 지은 『어우선생연보(於于先生年譜)』(국립중앙도서관 소장본) 참조. 또 이경우, 「『어우야담』 연구」(서울대 석사학위논문, 1976), 193면 참조.

성도 배제할 수 없다. 분명한 것은 유몽인과 조위한 두 사람의 처지나 「홍도이야기」와 「최척전」 간에 보이는 인물 명칭상의 심한 변이를 고려할 때 이 두 작품이 서로 아무런 영향관계를 맺고 있지 않다는 점이다. 「홍도이야기」는 최척의 이야기가 유포되는 과정에서 기록된 것이고, 「최척전」은 최척에게서 직접 들은 이야기를 소설화한 것이다. 그러므로 「홍도이야기」가 「최척전」의 모화(母話)라는 지적은 타당하지 않다.

이 두 작품은 이처럼 상이한 경로로 성립된 것이기는 하나, 다룬 대상 자체는 동일하기에 서로 비교해볼 만하다. 이 점과 관련해 선행 연구는 두 작품의 동질성의 파악에 주력한 바 있다. 그러나 선행 연구는 설화에 해당하는 「홍도이야기」와 소설에 해당하는 「최척전」의 본질적 차이가 무엇인지는 해명하지 않았다. 그러므로 잠시 이 점을 검토하기로 한다.

첫째, 예술적 농축과 일반화에서 차이가 있다.

「홍도이야기」는 사건의 줄거리를 전달하는 데 치중하고 있어 자연 평면적 서술을 벗어나지 못하고 있음에 반해, 「최척전」은 중요하거나 흥미롭다고 여겨지는 특정 장면이나 상황을 집중적으로 개괄하거나 자세히 묘사하는 방식을 취하고 있다. 옥영이 던져준 쪽지를 보고서 욕망과 도덕적 감정 사이에서 갈등하는 최척의 내면심리를 자세히 묘사한다든가, 옥영의 결혼관을 스스로의 입으로 충분히 밝히게 한다든가, 결연 과정을 크게 확대시켜 흥미를 자아내고 있다든가, 옥영과 최척이 안남(安南)에서 재회하는 과정에 대한 집중적 개괄 같은 것이 그러하다. 요컨대 설화인 「홍도이야기」에서는 인물과 환경, 디테일의 구체적이고도 세밀한 묘사는 이루어지지 않고 있다.

둘째, 개성의 창조에서 차이가 있다.

「홍도이야기」라 해서 인물의 성격 창조가 이루어지지 않는 것은 아니다. 그러나 그것은 소설인 「최척전」과는 본질상 그 차원이 다르다. 「홍도이야기」의 성격 창조는 기본적으로 '자연적'인 표상 형태이다. 따라서 저급한 수준에 머물고 있다. 이에 반해 「최척전」의 성격 창조는 철저히 '목적의식적'이다. 따라서 고도의 수준을 보여준다.

셋째, 매개적 인물의 다양함과 그 형상화에서 차이가 있다.

'매개적 인물'은 작중에 단순히 이름만 거론되고 마는 인물이 아니고 사건의 전개에 일정한 역할을 담당하는 인물을 지칭한다. 이런 매개적 인물은 「홍도이야기」에서는 별로 나타나지 않지만, 「최척전」에서는 대단히 다양하다. 가령 정상사와 시비 춘생, 부호 양씨, 최척의 아버지, 의병장 변사정, 명나라 장군 여유문, 불승 혜정, 일본인 돈우, 항주인 송우(宋佑),[46] 중국상인 두홍, 소주인 오세영, 조선 토병 출신의 노호(老胡) 등이 그에 해당한다. 이들 인물은 단지 사건 전개에서 자기에게 부여된 역할을 수행하는 데 그치지 아니하고 저마다의 독특한 개성을 보여주고 있다. 이를테면 돈우를 통해서는 한 선량한 일본 상인(商人)의 형상이, 송우를 통해서는 인정 많은 한 중국인의 모습이 각각 창조되고 있으며, 두홍처럼 잠깐 얼굴을 비쳤다 사라지는 인물조차도 뚜렷한 자신의 개성을 드러내보이고 있다.

이런 매개적 인물을 통해 「최척전」은 보편적 인간애와 인간의 선의를 확인하기도 하고, 이해관계에 따라 표변하는 인간심리를 꼬집기도 하며, 특정한 사회적 모순을 고발하기도 한다. 그러므로 매개적 인물을 적

---

46) 고려대 도서관본에는 '朱佑'로 되어 있다.

극적으로 활용함으로써 현실반영의 폭을 대대적으로 확장하고 인물들 간의 관계나 사건 전개를 다채롭게 함은 설화와 구별되는 소설 장르의 한 본질적 국면이랄 수 있다.

넷째, 화자(혹은 기록자)의 반성적 의식에서 차이가 있다.

「홍도이야기」에서도 화자의 의식은 인정된다. 그러나 그것은 '즉자적 (卽自的: an sich)'이다. 이에 반해 「최척전」의 화자가 보여주는 의식은 '대자적(對自的: für sich)'이다. 이러한 차이는 당연하다. 하나는 구연되던 이야기를 거의 그대로 기록했을 뿐이고, 다른 하나는 이야기를 토대로 했으되 의식적으로 가공하고 변형했으며 재구성했기 때문이다. 그러므로 「홍도이야기」에는 이야기 단계에서의 구연자의 의식은 들어 있다 할지라도 기록자 유몽인의 의식은 분명하지 않다 할 수 있는데,[47] 「최척전」에는 기록자인 조위한의 의식이 작품의 곳곳에 스며들어 있다. 예술적 농축과 개괄 방식, 상황과 디테일의 묘사, 주인공의 성격 창조, 매개적 인물의 배치와 형상화 등 작가의 반성적 의식이 배어 있지 않은 곳은 한 군데도 없다.

불교적 요소의 삽입과 같은 것도 이 반성적=대자적 의식이 개입한 결과다. 최척이 들려준 이야기에는 필시 이런 불교적 신이함이 존재하지 않았으리라 생각된다. 만약 그런 것이 원래의 이야기에 내포되어 있었다면 구연되는 과정에서 탈락했을 리 만무하다. 이 모티프는 결코 탈락될 성질의 것이 아니기 때문이다. 그러나 「홍도이야

---

47) 「홍도이야기」의 말미에는 "太史公曰"로 시작되는 기록자의 짤막한 논평이 첨부되어 있다. 이에는 기록자의 의식이 표출되어 있다. 그러나 본 이야기 속에는 기록자의 의식이 거의 표출되지 않는다.

기」에서 불교적 모티프는 흔적조차 찾아볼 수 없다. 이는 어째서인가? 유몽인이 이 요소를 황당하다고 여겨 빼버렸을까? 그리 생각하기는 어렵다. 『어우야담』은 곳곳에 기이한 이야기들을 채록해놓고 있기 때문이다.

이렇게 본다면, 「최척전」의 불교적 요소는 최척의 이야기에는 들어있지 않았는데 조위한이 의식적으로 끼워넣은 것이라는 결론이 나온다. 왜 그랬을까? 추측컨대 조위한은 우연의 연속, 기적 같은 사실의 연속에 직면하여 그것들을 인과관계의 필연성 속에 담아내게 해주는 통일적 원리로서 '부처'를 상정한 게 아닌가 한다. 다시 말해서 합리적으로 설명되지 않는 기이한 사실에 직면하여 초월적 존재를 끌어들임으로써 그것을 설명하고자 한 것이다. 이러한 발상은 물론 사실주의적 정신의 한계라고 비판될 수도 있다. 하지만 여기서 보다 중요한 것은 이러한 모색의 과정, 그것이 소설 장르에 고유한 '반성적 의식'에 말미암고 있다는 점이다.

이상, 「홍도이야기」와 「최척전」의 상호비교를 통해 설화와 소설의 본질적 차이를 몇 가지 측면에서 이론적으로 검토해보았다.

5

소설사상(小說史上) 「최척전」이 갖는 위상에 대한 검토는 대단히 중요하다. 그럼에도 지금까지의 연구는 이 점을 등한시하였다.

「최척전」은 나말여초(羅末麗初) 이래 김시습, 신광한으로 이어지는 전대 소설의 한계를 크게 극복하고 있다. 「최척전」은 철저히 구체적 현실과 대결하는 인물 형상을 창조해놓고 있다. 「최척전」의 인물들이 벌이는 사건이나 그들이 놓인 환경 역시 현실적이다. 또한 「최척전」의 서사적 갈등은 아주 심각하며, 충분한 역동성을 갖고 전개된다. 「최척전」은, 당대 사회역사적 과정 중의 본질적 문제와 계기들을 풍부하게 담고 있는 데서 알 수 있듯, 현실에 대한 서사적 반영의 편폭이 대단히 넓다.

이처럼 「최척전」은 전대 소설의 한계인 서사적 갈등의 불충분함, 서사적 편폭의 협소함, 환경과 사건과 성격 창조에 있어서의 추상성과 비현실성 등의 한계를 대부분 극복하고 있다. 그리하여 「최척전」은 전대 소설의 리얼리즘이 갖는 한계를 성큼 벗어나 우리 소설의 리얼리즘에 새로운 진전을 이룩했다.

「최척전」이 쓰인 17세기 초반을 전후하여 창작된 작품으로는 권필의 「주생전」, 허균의 「홍길동전」이 소설사에서 높은 봉우리를 이루고 있다. 흥미롭게도 조위한은 이들 두 사람과 친교가 깊었다.[48] 그러므로 이 세 사람을 함께 이해하는 관점을 마련할 필요가 있다. 저마다 빼어난 소설을 남긴 이들 3인은 당대 현실에 대단히 비판적인 입장을 취했다는 점에서 공통점을 갖는데, 이 점과 이들의 소설 창작은 일정한 내적 연관을 맺고 있다고 보인다. 허균의 소설 창작이 자신의 현실인식과 맺고 있는 관련에 대해서는 달리 언급이 필요 없을 줄 안다. 권필의 경우 그의 정치적 불우가 그를 소설 창작으로 이끈 것 같다. 여느 한국의 전기

---

48) 허균의 문집 속에는 허균이 조위한에게 준 여러 통의 편지와 송서(送序)가 실려 있다. 허균은 자신의 가장 가까운 벗 다섯 중에 권필과 조위한을 꼽고 있다. 이에 대해서는 『성소부부고(惺所覆瓿藁)』권2의 「전오자시(前五子詩)」참조.

소설 작가들처럼 사회적 소외나 정치적 불우를 소설 창작으로 해소했던 것이다.

그런데 조위한은 허균과 권필의 중간 지점에 위치하고 있는 듯하다. 즉, 당대의 사회역사적 현실에 대한 관심과 정치적 불우의 정신적 해소에 대한 욕구가 묘하게 공존하고 있다는 느낌을 받는다. 가령, 전란으로 인한 인민의 참상과 가족이산의 문제를 사실적으로 탐구하는 자세가 전자와 관련된다면,[49] 두 남녀 주인공이 결연하는 과정에 대한 전기적 (傳奇的) 관심은 후자와 관련된다고 볼 수 있다. 이 결연 과정에는 「주생전」과 유사한 상황 설정이 보이기도 하는데,[50] 「주생전」을 의식하고 썼을 가능성도 있다.

그런데 이러한 사실보다 더 중요한 것은 「최척전」이 「주생전」이나 「홍길동전」과는 다른 독특한 소설사적 위상을 갖는다는 점이다. 「주생전」은 철저히 현실 법칙에 따라 애정갈등을 묘사한 점에서 종전의 소설을 뛰어넘는 새로운 성과를 이룩하기는 했지만, 그 주인공은 중국인이며 내용 역시 애정의 문제에 국한되어 있다. 「홍길동전」은 우리 소설의 관심을 사회역사적 현실 문제로 돌려놓았다는 높은 의의를 갖기는 하나,[51] 그 형상화 원칙은 사실주의적이지 못하고 환상적 요소를 상당 부

---

49) 이 점에서, 송시열이 지은 「현곡조공신도비명(玄谷趙公神道碑銘)」 중 "其憂愛慷慨、惻怛感發之誠, 則固非他人之可窺測也"라는 말이나 "聞人患難疾苦, 爲之動心傷歎"이라는 말에서 확인되는 조위한의 개세우민적(慨世憂民的) 면모에 주목할 필요가 있다.

50) 가령 혼례를 앞두고 있다가 전쟁이 발발하여 출정하게 되는 것이나, 연인에 대한 그리움 때문에 진중(陣中)에서 병이 든다는 상황 설정이 똑같다.

51) 이 점은 임형택, 「홍길동전의 신고찰」(『한국문학사의 시각』, 창작과비평사, 1984) 참조.

분 지니고 있다. 또한 「홍길동전」은 영웅의 이야기이지 평범한 일반인들의 이야기는 아니다. 그런데 「최척전」은 당대의 사회역사적 현실 문제를 취급하면서도 영웅이 아니라 평범한 일반인이 겪었던 일을, 그 한계는 있으되 대체로 사실주의적 형상화 원칙에 따라 그렸으며, 남녀의 애정 문제에서 시작하기는 하지만 그에 국한되지 않고 가족의 이산과 재회라는 문제로 관심을 확대함으로써 당시 우리나라 사회역사 과정의 한 핵심적 문제에 대한 인식을 제고시키고 있다. 바로 이 점에서 「최척전」은 당대 소설사에서 독특한 위상을 점할 뿐 아니라, 또다른 의미에서 「홍길동전」과 견줄 만한 우뚝한 소설사적 봉우리를 이루고 있다고 할 만하다.

「최척전」은 16세기 말에서 17세기 초의 전란을 배경으로 한 『임진록』·「박씨전」·「임경업전」·「남윤전」 등과의 관계 속에서도 독특한 위치를 점한다. 이들 소설은 대개 환상적인 요소를 강하게 갖거나 영웅을 주인공으로 설정하면서 민족적 자존심의 고취에 역점을 두고 있다는 공통점을 보인다. 이와 달리 「최척전」은 당대의 일반 인민이 겪었던 전쟁의 피해에, 당시의 전쟁이 이들 인민의 운명에 끼친 영향에, 초점을 맞추고 있다. 역사의 저층(底層)에 관심을 보인 것이다. 「최척전」이 존재함으로 인해 우리 소설은 이 시기 역사를 위쪽과 아래쪽 양면에서 모두 접근하면서 서사적 총체성을 가까스로 확보할 수 있었다고 생각된다.

「최척전」이 후대 소설에 어떤 직접적 영향을 미쳤는지는 확인할 길이 없다. 그러나 「최척전」과 후대 소설의 소설사적 '내적 연관'에 대해서는 논의해볼 수 있다.

「최척전」은 후대 소설과 두 가지 방향에서 내적 연관을 맺고 있다. 그 하나는, 영웅소설(혹은 군담소설)이나 가문소설 등에 보이는, 가족이 이산하고 재회하는 사건 구성과의 연관이다.[52] 「최척전」은 후대의 영웅소설이나 가문소설 등에 보이는 이산과 재회 모티프의 국내적 원형 (Urform)을 보여준다. 영웅소설 혹은 가문소설과의 연관은 이 점에서만 확인되는 것은 아니다. 주인공이 신이한 초현실적 힘에 의해 견인되거나, 사건 전개상의 우연적 요소들이 초월적인 세계의 상정으로 필연성을 갖도록 배려됨도 서로 공통된다. 다만 「최척전」에서는 이러한 측면이 아직 지배적이지 않으며, 사실주의적 서술 태도에 견제받아 제한적으로 서사적 기능을 수행하고 있을 뿐이다. 그러기에 운명론보다 인간의 주체적 노력이 보다 빛을 발할 수 있었다.

그러나 후대의 영웅소설이나 가문소설에서는 양상이 달라진다. 사실주의적 서술 태도는 대단히 축소되고 영험한 초현실적 힘의 작용이 서사의 전개와 모티프의 연결에 결정적인 역할을 하게 된다. 천상(天上)에 초월적인 세계를 설정해놓고 거기서 정해놓은 운명에 따라 고난과 행복의 기복(起伏)이 연출된다.[53] 그리고 「최척전」에는 보이지 않던 적강(謫降) 모티프가 추가된다.[54] 이처럼 소설사의 내적 연관에서 볼 때 후대의 영웅소설이나 가문소설은 「최척전」이 갖고 있는 초현실적 요소를 계승

---

52) 군담소설에 대해서는 서대석, 「군담소설의 구성과 작가의식」(『계명논총』 7, 1970); 「군담소설의 구조와 배경사상」(『한국학보』 8, 1977) 참조. 영웅소설에 대해서는 조동일, 「영웅소설 작품구조의 시대적 성격」(『한국소설의 이론』, 지식산업사, 1977) 참조. 가문소설에 대해서는 이수봉, 『가문소설연구』(형설출판사, 1978); 김기동, 『한국고전소설연구』(교학사, 1981) 참조.
53) 영웅소설의 이러한 특징은 조동일, 「영웅소설 작품구조의 시대적 성격」에서 자세히 고찰했다. 또 『한국문학통사』 3의 '8. 13. 소설의 성장과 변모'에도 잘 정리되어 있다.
54) 조선후기 소설의 적강(謫降) 모티프에 대해서는 성현경, 「이조적강소설연구」(서울대 박사학위논문, 1980) 참조.

하여 확대시켰다고 할 만하다.

「최척전」이 후대 소설과 맺고 있는 소설사적 연관 중 다른 하나는 사실주의적 서술 태도의 면에서 발견된다. 「최척전」이 열어놓은 사실주의의 가능성은 후대 소설들에서 더욱 확장된다. 야담계 한문단편소설이나 전계(傳系) 한문단편소설[55]들에서 그 점이 확인된다. 「최척전」 역시 전문(傳聞)한 이야기를 가공하여 소설로 창작한 경우지만, 17세기 후반 이래 이런 방식으로 창작된 야담계 한문단편소설 중에는 높은 수준의 사실주의를 구현하고 있는 작품이 적지 않다.[56] 또 전계(傳系) 한문단편소설들도 박지원의 「양반전」이나 「허생전」에서 알 수 있듯 사실주의의 높은 성취를 이룩했다. 홍세태가 지은 「김영철전」[57] 같은 작품 역시 전계 한문단편소설인데, 「최척전」과 마찬가지로 17세기의 전란을 배경으로 하여 조선-만주-중국을 잇는 광활한 공간 속에서 가족의 이산과 재회의 문제를 본격적으로 다루고 있다. 그러나 이 작품은 「최척전」이 갖고 있던 초현실적 요소는 모두 제거하고 철저히 사실주의적 태도로 인간과 그가 처한 현실, 그리고 이 둘 사이의 교호관계를 탐구하고 있다.[58] 「최

---

55) 필자는 「『청구야담』 연구─한문단편소설을 중심으로」에서 '야담계 한문단편소설', '열진계 한문단편소설'이라는 용어를 새로 만들고 그 개념을 규정한 바 있다. 이 중 '열진계 한문단편소설'이라는 말은 앞으로 '전계(傳系) 한문단편소설'이라는 말로 바꾸어 쓰기로 한다. 그 개념은 똑같다.

56) 졸고 「『청구야담』 연구─한문단편소설을 중심으로」에서 이런 작품을 본격적으로 검토했다. 그리고 이들 작품이 근대 사실주의의 전단계로서 '이행적 사실주의'를 구현하고 있다고 보았다.

57) 홍세태의 문집인 『유하집(柳下集)』 속에 다른 전(傳)들과 함께 실려 있다. 이 작품 역시 「최척전」처럼 실사(實事)에 윤색과 부연을 가해 만들어졌다. 이 점에서 보통의 전(傳)과는 구별된다.

58) 「김영철전」은 지금까지 소개되지 않은 작품이다. 그 특징과 소설사적 의의에 대해서

척전」의 두 가지 측면 중 사실주의적 측면만을 계승, 발전시키고 있는 것이다.

이상 「최척전」과 후대소설의 소설사적 연관을 두 가지 점에서 고찰하였다. 간단히 정리하자면, 「최척전」에 공존하던 두 가지 지향 중 초현실적 요소는 영웅소설이나 가문소설 등의 국문소설에 확대 계승되고, 사실주의적 서술 태도는 야담계 한문단편소설이나 전계 한문단편소설에 발전적으로 계승되었다고 말할 수 있다. 「최척전」 이후의 조선후기 소설은 두 가지 방향으로 분화되어 전개되어갔던 것이다. 그리고 이러한 분화를 불완전하게나마 지양·극복하고자 한 소설사적 노력이 판소리계소설의 형성으로 나타났다고 보면 조선후기 소설사를 파악하는 거시적 시각의 얼개는 대체로 마련되는 셈이다.

6

「최척전」은 일명 '기우록(奇遇錄)'이라고도 불렸다. 현실 속에 좀처럼 있을 법하지 않은 기이한 만남의 이야기라고 생각해 이리 이름했을 것이다. 이러한 명칭에서도 알 수 있듯 최척 일가의 상봉은 참으로 요행이며 기적 같은 일에 속한다. 당대의 일반적 현실은 훨씬 암담하고 비극적이었을 터이다. 가령 허균의 시 「노객부원(老客婦怨)」에서 우리는 임진왜란으로 인한 가족이산으로 평생 통한(痛恨)의 삶을 살아야 했

_____

는 졸고 「17세기 동아시아의 전란과 민중의 삶—「김영철전」의 분석」(벽사이우성교수 정년퇴직기념논총, 1990년 9월 간행 예정)에서 검토된다.

던 한 노파의 모습을 목도하게 되며,[59] 1597년을 전후하여 일본을 여행했던 카를레티(Carletti)라는 이탈리아 선교사가 남긴 책[60]을 통해서는 포로로 붙잡혀온 조선인이 노예로 매매되는 현장을 목도할 수 있다.

카를레티 역시 얼마인가의 돈을 주고 조선인을 다섯 명 샀는데, 그 중 네 명은 인도의 고아(Goa)에 내려주고 나머지 한 명은 이탈리아의 플로렌스까지 데려갔음을 밝히고 있다. 이 조선인은 나중 '안토니오 꼬레아'라는 이름으로 로마에서 살았다고 한다.[61] 포로로 잡혀간 수만 명 중 고국으로 귀환할 수 있었던 소수의 사람들은 그래도 행운이었다. 대부분의 사람들은 고향과 가족에 대한 그리움을 품은 채 이역에서 죽어갔다고 생각된다.

「최척전」이 주제로 삼은 가족 이산과 재회의 문제는 바로 오늘날의 민족사에서도 절실한 문제의 하나다. 분단으로 인한 남과 북의 가족이산은 물론이려니와, 일제에 징용당해 가 아직도 돌아오지 못하고 있는

---

59) 이 시는 『성소부부고』 권1에 실려 있다.

60) 이 책은 야마구치 마사유끼(山口正之)가 발굴하여 「朝鮮役に於ける被擄人の行方」이라는 논문에 그 일부를 소개한 바 있다.

61) 원자료는 이탈리아어로 된 것인데, 야마구치 마사유끼는 영어 번역문으로 인용하고 있다. 참고로 관련되는 부분만을 재인용한다: "From these provinces(조선팔도를 지칭—재인용자), but particularly, from those nearest the coast had been brought as slaves a large number of men and women of all ages, among them being some quite pretty children. These were all being sold indifferently at a very cheap price. And I bought as many as five for a little more than twelve scudi. After having them baptised, I took them away with me and finally set them free in the city of Goa. One of them however I brought back with me to the city of Florence, and he now lives in Rome, where he is known as Antonio Corea."

사할린 동포의 이야기는 바로 오늘의 현실이다. 우리의 사회역사적 현실의 한 중대한 계기를 이루고 있는 이 문제에 대해 우리 시대의 문학은 보다 깊은 관심을 기울여야 마땅하다. 「최척전」이 새롭게 재조명되어야 하는 까닭이 이에 있다.

부기

「최척전」의 활자화는 국어국문학회 편, 『한문소설선』(대제각, 1976); 린밍더(林明德) 편, 『한국한문소설전집』(타이베이: 문화대학 출판부, 1980); 이가원 편, 『여한전기(麗韓傳奇)』(우일출판사, 1981); 김기동·이종은 공편, 『고전한문소설선』(교학연구사, 1984) 등 여러 책에서 이루어졌다. 이들 책은 모두 일사문고본 「최척전」을 저본으로 삼고 있다. 하지만 어느 책도 그 저본을 충실히 활자화했다고 하기 어렵다. 좀 심하게 말해 현대판 이본들이 아닌가 의심이 들 정도로 글자의 출입(出入)과 천와(舛訛)가 심할뿐더러 문리(文理)도 소연(昭然)하지 않다.

그러므로 이들 문헌은 그릇된 작품상(作品像)을 갖게 할 소지가 적지 않다. 기존 연구는 대개 이 활자본을 바탕으로 이루어지고 있으니 문제이다. 그런데 이렇게 오류가 많게 된 것은 본시 일사문고본 「최척전」이 행초(行草)로 씌어져 있는 데 기인한다. 필자는 애초 이러한 오류들을 바로잡고 고려대본을 통해 그 결락 부분을 보충하여 「최척전」의 교감본을 부록으로 첨부하고자 했으나 지면 사정상 여의치 못했다. 이 작품의 중요성을 감안할 때 정본(定本)의 확정은 꼭 필요한 일이다. 필자의 작업 결과는 다른 기회에 발표하기로 하고,[62] 여기서는 다만 이러한 문제점만이라도 간단히 지적해둔다.

---

62) [보주] 「최척전」을 교감한 결과는 졸저 『한국한문소설 교합구해』(소명출판, 2005)에 실었다.

17세기 동아시아의 전란과 민중의 삶
—「김영철전」의 분석

1. 문제의 소재

16세기 말에 여진(女眞)의 제 부족을 통합하며 세력을 확대해간 만주의 누르하치는 급기야 1616년에 후금(後金)을 건립하며, 1618년부터 명(明)에 대한 공격을 시작한다. 그렇지 않아도 잦은 내우외환으로 피폐해져 있던 터에다 임진왜란 때의 조선 출병으로 인해 국력이 더욱 쇠잔해진 명나라는 우리나라에 군사적 지원을 요청한다. 그리하여 조선은 강홍립을 오도도원수(五道都元帥)로 삼아 일만삼천여 명의 군사를 파병하였다. 동아시아의 패권과 관련된 전쟁에 본의 아니게 끼여들게 된 것이다. 이후 조선은 정묘호란과 병자호란을 겪게 되고, 청(淸)의 중국 침공에 원병을 보내는 등, 명·청 교체를 둘러싼 전쟁의 소용돌이 속에 휩쓸려 들어가게 되었다.

이처럼, 17세기 전반기는 동아시아 질서의 재편을 둘러싸고 명·청·

조선이 전쟁을 벌인 시대였다. 물론 전쟁의 주역은 명·청이었고 조선은
조역에 불과했다. 그렇기는 하나, 조선은 이 전쟁에 연루됨으로써 민족적
위기를 맞고, 민중의 삶에 크나큰 재난이 초래되었다.

본고에서 검토하고자 하는 「김영철전」(홍세태 작)[1]은 바로 이 시기의
전란 중에 민중이 겪은 고난을 사실적인 필치로 그린 소설이다. 이 시기
의 전란을 배경으로 한 소설이나 실기류(實記類)는 상당수가 학계에 보
고되어 있다.[2] 그러나 당대 역사의 전체적·객관적 전개 속에 민중의
삶을 위치시켜 전쟁의 문제를 본격적으로 탐구한 작품은 「김영철전」 외
에는 달리 발견되지 않는다. 「김영철전」에서는 놀랍게도 한 민중의 개
인사와 당대 동아시아가 한데 혼융되어 빼어난 역사적 총체성을 구현
해내고 있다. 그러므로 이 작품에서 역사는 여느 고소설처럼 멀찌감치
서 한갓 배경으로만 자리잡고 있는 데 그치지 않고 주인공의 삶을 규정
하고 그 삶을 이런저런 형태로 만들어나가는 구체적 '계기'가 되고 있
다. 이처럼 민중의 삶과 당대의 역사가 갖는 깊은 관련을 사실주의
적 원칙에 따라 그리면서 역사적 총체성을 재현해놓고 있다는 점에서
「김영철전」은 주목되어 마땅한 작품이다.

「김영철전」은 아직 학계에 소개된 바 없다. 이 점을 감안하여 본고에
서는 가급적 자세히 그 특징—구성·인물형상·주제 등—을 검토할 생
각이다. 한편, 이 작품이 보여주는 미적 서술 원리나 사실주의적 특성은

---

1) 홍세태의 문집인 『유하집(柳下集)』 권9에 실려 있다. 본고에서 인용하는 『유하집』은
『이조후기여항문학총서』 제1책(여강출판사, 1986)에 실린 것이다. 이하 면수는 모두
이 책의 것이다.

2) 조동일, 『한국문학통사』 제3책의 '8. 1. 민족수난에 대응한 문학'에 잘 정리되어 있다.
그러나 「김영철전」은 이 책에서 거론되지 않았다.

이 작품이 전계(傳系) 한문단편소설[3]이라는 점과 직접적인 관련을 갖는다. 그러므로 이 작품에 즉(卽)해 전(傳)과 소설의 관계를 좀 따져볼 필요가 있다.

요컨대, 본고는 「김영철전」의 현실반영의 방식과 성과 및 그 소설사적 의의를 밝힘을 목적으로 한다.

2. 「김영철전」의 구성과 인물 형상

「김영철전」은 일대기적 소설 형식을 취하고 있는바, 주인공의 생애에 따라 작품이 구성되고 있다. 따라서 여기서는 작품 구성의 주요한 계기들을 몇으로 항목화하여 순차적으로 살피기로 한다. 이 과정에서 등장인물들의 형상화도 함께 고찰하기로 한다.

1) 1618년의 출정

김영철은 평안도 영유현(永柔縣) 사람으로, 대대로 무과에 급제한 집안 출신이다. 그는 본현의 무학(武學)으로서, 1618년 후금과의 전쟁에 동원된다. 당시 조정에서는 강홍립을 오도도원수로, 김경서를 부원수

---

3) 필자는 「『청구야담』 연구—한문단편소설을 중심으로」에서 '전기계 한문단편소설' '열전계 한문단편소설' '야담계 한문단편소설'이라는 용어를 사용하면서 그 개념을 규정한 바 있다. 여기서 말한 '전계 한문단편소설'은 '열전계 한문단편소설'을 이른다. '열전계'보다 '전계'라는 용어가 더 적절하다고 여겨지므로 앞으로는 이 말을 사용하기로 한다.

로 삼아 일만삼천여 명의 군사를 출정시켰다. 김영철은 그의 종조(從祖)와 함께 좌영장 김응하(金應河) 부대에 소속되어 그 선봉이 되었다. 당시 김영철은 열아홉 살의 총각으로서 2대 독자였다. 이러한 사실과 관련하여, 그 조부가 임별시(臨別時) 울면서 "네가 돌아오지 못하면 우리 집안은 대가 끊어진다"[4]라고 한 것이나, 김영철이 "꼭 돌아오겠습니다"[5]라고 대답하는 장면은 짤막한 서술이기는 하나 이 작품의 서사 전개에서 의미심장한 복선이 되고 있기에 눈여겨 보아둘 필요가 있다.

그런데, 여기서 잠시 분명히 짚고 넘어가야 할 점은 김영철의 신분 문제이다. 작품에는 "집안 대대로 무과에 급제하였다"[6]라고 서술되어 있지만, 무과는 한미한 양반만이 아니라 양천민(良賤民)도 경우에 따라서는 응시할 수 있었다. 더구나 임진왜란을 겪으면서 그러한 기회는 더욱 증대되었다. 작품에서 김영철의 조부나 아버지는 아무런 직함 없이 이름만 일컬어지고 있을 뿐이다. 직함이 있었다면 생략했을 리 만무하다.[7] 특히, 작품 후반에서 김영철의 아버지는 정묘호란 때 안주(安州) 싸움에서 전사한 것으로 서술되는데, 아마도 군졸의 신분이었던 것 같다.[8]

---

4) "汝不歸則吾世絶矣."

5) "英哲曰: '必歸也.'"

6) "其家世武科."

7) 전계소설(傳系小說)로서 전(傳)의 서술 원리에 크게 의거하고 있는 이 작품의 성격을 고려할 때 그러하다.

8) 작품의 뒷부분에 "英哲父死於安州之戰, 母以衣招魂而留其衣. 及英哲東還, 與其母持衣往安州, 登城四周, 號哭而招之. 母曰: '我死, 必以此衣同葬'"이라는 서술이 보이는데, 이로 미루어 김영철의 아버지는 정묘호란 때 안주 싸움에서 죽어 그 시신조차 찾지 못했다고 추측된다. 군졸이 아니고 장관(將官)이었다면 그 직책이 언급되지

또한, 김영철 자신은 영유현의 '무학(武學)'이었다고 했는데,[9] 무학은 임
진란 이후에 새로 첨설(添設)된 병제(兵制)의 하나다. 『증보문헌비고』의
다음 기록에서 그 점을 알 수 있다.

> 우리나라의 병제(兵制) 중 『경국대전』에 있는 것은 구제(舊制)라 하
> 고 임진왜란 이후에 첨설(添設)한 것은 신제(新制)라 한다. 근년 이래
> 잡설된 명색(名色)이 아주 많아 거의 헤아릴 수 없을 지경이다. (…) 신
> 제(新制)는 오직 도감(都監)·경병(京兵)·속오군(束伍軍)만 그대로 두
> 고 근래에 잡설(雜設)된 어영군(御營軍), 정초군(精抄軍), 신선군(新選
> 軍), 별포수(別砲手), 별대(別隊), 무학(武學), 사부(射夫), 각청아병(各
> 廳牙兵), 각청모군(各廳募軍), 각청보노(各廳保奴)와 같은 것은 일체
> 혁파할 일이다.[10]

무학군(武學軍)이 어떤 유의 사람들로 구성되었는지는 분명하지 않지
만, 추측컨대 한미한 양반, 서얼, 중서층(中胥層), 양인(良人) 중 무예에
뛰어난 이들로 편성되지 않았나 여겨진다. 그러므로 김영철이 무학(武
學)이었다는 것만으로는 그 신분을 확정짓기 어렵다. 김영철의 신분에
대한 보다 중요한 단서는 그가 중국 사행선(使行船)의 소공(梢工)인 동

않을 리 없다.

9) "英哲自幼好馳馬善射, 爲本縣武學."

10) 『증보문헌비고』 권110, 병고(兵考) 2. 원문은 다음과 같다: "本國兵制, 在大典者, 是
謂舊制. 壬辰倭亂以後, 有所添設, 謂之新制. 近年以來雜設名色尤多, 殆不可數,
(…), 而新制則唯存都監·京兵及束伍軍外, 近來雜設如御營軍、精抄軍、新選軍、
別砲手、別隊、武學、射夫、各廳牙兵、各廳募軍、各廳保奴之類, 一切罷之."

리인(同里人) 이연생(李連生)을 친구라 부른다든가,[11] 80여 세가 되어 늙어 죽도록 수졸(守卒)로 성을 지켰다[12]고 한 데서 발견된다. 양반의 신분이었다면 그럴 수 없다. 그는 서얼이나 중서층도 아니다. 따라서 양인(良人)의 신분일 수밖에 없다. 이렇게 본다면 그의 조부나 아버지가 직함이 없이 서술되거나, 아버지가 정묘호란 때 안주 싸움에서 군졸로 죽었다는 서술이 자연스럽다. 또 집안 대대로 무과에 급제했다는 말도 모순된 것이 아니다. 양인(良人)으로서 무과에 급제했다고 보면 되기 때문이다. 그러나 무과에 급제했다고 하더라도 서도(西道) 출신으로서의 제약 때문에 무직(武職)으로 발신(發身)하는 데까지는 이르지 못하고 서관(西關)의 토병(土兵)으로 종사한 게 아닌가 한다.

이렇게 김영철의 신분 문제에 천착하는 까닭은 그가 어떤 신분을 전형하는가 하는 중대한 문제가 걸려 있기 때문이다. 우리는 이러한 천착의 결과 이제 김영철의 삶이 당시 참전한 일반 군졸의 삶, 더 나아가 당시 전쟁에 휘말려든 민중의 삶을 드러내고 있다고 생각해도 좋게 되었다.

다시 본제(本題)로 돌아가자. 작품은 후금과의 전투 상황을 빠른 속도로 간단간단히 서술하고 있다. 양호(楊鎬)가 이끄는 명나라 군사가 패하자 우리측의 강홍립과 김경서는 광해군의 밀지(密旨)에 따라 투항해버린다. 김응하 장군만이 군사를 이끌고 분전하다가 전사한다. 이 전투 장면이 간단히 처리된 것은 이 작품의 주지(主旨)가 여기에 있지 않고 다른 데 있기 때문이다.

---

11) "稍工李連生, 英哲同縣人也. 英哲往見連生, 在舟上呼之, (…), 哭謂連生曰: '(…), 今天幸見故人, 願故人還我.' 遂與之約."

12) "英哲守城二十餘年, 年八十四而死."

2) 피로(被虜)와 탈출

김영철과 그의 종조(從祖)는 후금의 포로가 된다. 후금측은 용모와 복색이 선미(鮮美)한 400여 인을 골라내 죽이려 하는데,[13] 영철과 그의 종조가 이 속에 포함된다. 종조는 살해되지만, 영철은 요행히 목숨을 건질 수 있었다. 후금의 장군 아라나(阿羅那)가 누르하치에게 김영철의 얼굴이 전쟁에서 죽은 자기 동생과 닮았다며 자신의 하인으로 부리고 싶다고 했기 때문이다. '우연'이 인간의 운명을 좌우한 것이다. 누르하치는 중국인 포로 5인과 김영철을 아라나에게 하사했다. 중국인 포로 중에 전유년(田有年)이라는 자가 있었는데, 지략이 있었다. 영철은 그와 종노릇을 함께 했는데, 늘상 떠나올 때 조부가 자기에게 한 말을 하며 눈물을 흘리곤 했다. 반년쯤 지나 영철은 탈출을 꾀하다가 붙잡혀 월형(刖刑)을 당한다. 그후 다시 탈출을 시도하지만 또 실패하여 월형을 받는다. 김영철의 강한 의지와 집념이 잘 드러나는 대목이다. 출정할 때 그는 조부에게 "꼭 돌아오겠습니다"라고 말한 바 있는데, 그 말대로 고국에 돌아오고자 필사(必死)의 노력을 기울인 것이다. 그런데, 후금의 법에는 세 번째 월형을 받으면 죽이게끔 되어 있었다. 아라나는 이를 걱정해 영철로 하여금 그 제수(弟嫂)에게 장가들게 하여 달아나지 못하게 했다.

1621년 후금은 요양(遼陽)을 함락하고 도읍을 그곳으로 옮기는데, 아

---

13) 후금측은 용모와 복장이 선미(鮮美)한 사람들을 양반 장관(將官)으로 간주해 처형하고자 했다. 그러나 그 기준이 모호할 뿐만 아니라 극히 혼란스런 상황에서 이루어졌을 이러한 선발에 김영철과 그의 종조가 포함됐다고 해서 김영철의 신분이 양반이라고 단정할 수는 없는 일이다.

라나는 그리로 이사하였다. 영철은 건주에 남아 전답을 돌보았다. 이 해에 큰아들 득북이 태어났다. 그리고 곧 둘째아들 득건을 얻었다. 4년 후인 1625년 5월, 아라나는 영철에게 전마(戰馬) 셋을 주면서 가을에 전쟁에 나갈 때 탈 것이니 중국인 포로 둘(그 중 한 사람이 전유년이다)과 함께 건주의 강변에 가서 잘 키우라고 했다. 그러면서 몰래 "너는 이제 우리와 한 가족이 되었으니 믿고 의심하지 않는다. 저 두 중국놈은 반드시 도망하려 들 터이니 너는 마음을 써서 잘 지켜야 할 것이다"[14]라는 당부를 잊지 않았다.

영철은 건주의 강변에서 중국인 포로 9명과 고생하며 말을 키웠다. 어느덧 가을이 되어 집에 가니 처가 음식을 잘 차려주었다. 처는 저녁에 영철을 전송하면서 그 손을 잡고 울며 "전쟁이 멀지 않았으니 장차 당신과 이별하게 되겠군요"[15]라고 말한다. 작품에서 영철의 여진인(女眞人) 처가 등장하는 것은 이 부분이 처음이자 마지막이다. 그러나 극히 짧막한 등장이지만 정감 있는 여인으로 형상화되어 있다. 영철이 여진인 처와 헤어져 건주의 목장으로 돌아오자 전유년은 영철에게 함께 중국으로 탈출할 것을 제안한다. 이 대목은 전유년과 김영철의 대화로 이루어져 있는데, 묘사에 생동감이 있다. 해당 대목을 보이면 다음과 같다.

8월 15일, 이 날 밤 하늘에는 구름 한 점 없고 달빛이 땅에 가득했다. 전유년은 달을 바라보고 탄식하면서 무리를 돌아보며 말했다.

---

14) "若今爲吾一家耳, 誠信不疑. 彼二蠻子, 將必亡, 汝可用心防守."
15) "戰日不遠, 將與君別矣."

"이 달은 우리 부모 처자를 비출 텐데, 우리 부모 처자도 이 달을 보면 반드시 나를 생각할 거야."

이 말에 뭇사람은 서로 마주보고 통곡하였다. 이윽고 유년이 말했다.

"영철아! 너는 부모가 조선에 계시기는 하나 여기에 이미 처자를 두었으니 고향에 돌아가고 싶은 마음이 우리와 자못 다르겠지?"

그러자 영철이 대답했다.

"짐승도 자기가 태어난 곳을 그리워하는 마음을 갖고 있거늘, 이국에 처자가 있다 하여 어찌 부모를 잊겠는가? 고국에 살아 돌아가 한번 부모를 뵐 수만 있다면 죽어도 여한이 없겠네. 허나 이전에 달아나다가 붙잡혀 두 번씩이나 월형을 받았거늘 이제 다시 도망하다가 발각이 되면 틀림없이 죽게 될 테니 어쩌겠나."

이에 유년이 말했다.

"요동은 이미 길이 막혔지만, 듣건대 너의 나라 사신이 배편으로 등주(登州)를 경유하여 북경에 이른다 하니 너와 내가 도망하여 등주로 가면 나는 고향으로 돌아가게 되고 너 또한 고향으로 돌아갈 수 있을 텐데 그리 할 생각이 없는가?"

영철이 말했다.

"어떻게 하자는 건가?"

유년이 말했다.

"나는 종군한 지 오래라 요동의 산천 형세를 잘 알지. 우리가 기른 이 말은 천리마라서 불과 4,5일이면 등주에 이를 거야."

이 말을 듣고 사람들은 모두 좋다고 했다.[16]

---

16) "是夜八月十五日, 天無雲, 月色滿地, 有年仰月而歎, 顧語衆曰: '此月應照我父

'지략 있는'[17] 전유년의 면모와 고국에의 생환을 애타게 희구하는 김영철의 모습이 잘 그려져 있다.

그리하여 이 날 밤 10인은 탈출을 결행한다. 이 탈출 장면은 간결한 필치로 박진감 있게 서술되고 있다. 탈출 도중 4인은 늪에 빠져 죽고, 6인만이 천신만고 끝에 후금의 땅을 벗어난다. 그런데, 이들은 호복(胡服)을 입고 있었으므로 명나라 척후병들이 오랑캐로 오인해 살해하고자 했으나, 마침 6인 중에 척후병의 우두머리와 형제가 있어 목숨을 건질 수 있었다.

이상 살핀 것처럼, 김영철은 세 번의 시도 끝에 마침내 중국으로 탈출하는 데 성공한다. 작품은 고국에 귀환하고자 하는 김영철의 끈질긴 집념을 부각시키고 있다. 비록 이국에서 얻은 처자라고는 하나 그에 대한 일말의 '고련의(顧戀意)'[18]가 없지 않았을 터인데, 부모가 계시는 고국으로 돌아가야 한다는 일념에서 탈출을 감행한 것이다. 그러나 중국으로의 탈출이 곧 조선으로의 귀환을 보장하는 것은 아니었다. 거기에는 넘어야 할 난관이 또 기다리고 있었다. 그러기에 이야기는 계속 긴장을 유지한다.

母妻子, 而我父母妻子對此月, 亦必念我.' 衆相向痛哭. 有年曰: '英哲! 爾有父母在朝鮮, 然此旣有妻子, 思歸之念, 必與吾徒殊.' 英哲曰: '獸猶首丘, 豈以異國妻子而忘其父母乎? 生還故國, 一見父母則死不恨, 顧前再辱, 今若亡而見覺, 必死奈何?' 有年曰: '遼路旣阻, 聞爾親國之使, 航海由登州達于皇都. 今我與爾, 亡抵登州, 則我歸爾亦歸, 豈有意乎?' 英哲曰: '計將奈何?' 有年曰: '吾從征久, 習知虜山川形勢. 此馬千里馬, 行不過四五日, 必至矣.' 衆皆曰: '善!'"

17) "田有年者, (…), 有智略."
18) "有年恐英哲有顧戀意."

3) 등주(登州)의 생활과 고국행

김영철은 등주에 있는 전유년의 집에 붙어산다. 그러나 시간이 흐르자 점점 우울해졌다. 고향의 부모를 잊을 수 없었기 때문이다. 이에 전유년은 자기의 여동생과 영철의 혼인을 주선한다. 이 부분의 서사에서 주목되는 것은 '달[月]'이라는 문학적 장치가 빚는 독특한 효과다. 다음 인용문을 보자.

> 유년은 크게 주식(酒食)을 차려 여러 친척과 친구들을 청해다가 즐겁게 술을 마셨다. 이윽고 밤이 되어 술이 거나해지자 유년과 영철은 오랑캐의 포로로 지내던 때를 함께 이야기하며 서로 쳐다보고 눈물을 흘렸다. 이에 자리에 앉았던 사람들도 모두 눈물을 흘렸다. 유년은 술잔을 잡아 하늘의 달을 우러러보며 그 부모에게 말했다.
>
> "제가 오랑캐의 포로였을 때 만일 영철이 없었더라면 이렇게 생환하지 못했을 겁니다. 일찍이 저는 영철에게 누이를 주겠노라고 달에 걸고 맹세한 적이 있습니다. 그런데 오늘 보는 이 달은 예전 그대로이니 어쩌면 좋겠습니까."[19]

우리는 앞서 '피로(被虜)와 탈출' 부분에서 전유년이 하늘의 보름달을 바라보며 고향의 부모처자를 그리워하는 말을 한 게 발단이 되어 급

---

19) "有年乃大供具, 請諸親戚故舊歡飮. 及夜酒酣, 有年與英哲, 共說虜中事, 相視泣下, 四座皆泣. 有年手執巵, 仰視月而語其父母曰: '兒沒虜中, 非英哲, 無以生還. 嘗許吾妹, 指月爲誓, 今此月猶在, 可奈何?'"

기야 탈출이 결행되었음을 살핀 바 있다. 그때도 하늘의 달은 독특한 문학적 효과를 냈다. 그리고, 탈출하기로 논의가 모아지자, 전유년은 김영철이 여진인 처자에 연연하는 마음이 혹 있을까 하여 중국에 가면 자기 누이를 아내 삼게 해주마고 달에 걸고 맹세한 적이 있다. 그러므로 위의 인용문 중 전유년의 말은 탈출시의 그 맹세와 연결된다.

이 '달'이라는 문학적 장치는 비록 「최척전」에서의 '퉁소가락'만큼 절묘한 것[20]은 아니라 할지라도 그와 비교됨직한 효과를 내면서 문학적 감동을 주고 있다고 판단된다.

전유년의 주선으로 김영철은 다시 가정을 이룬다. 이 두 번째 아내는 첫 번째 아내보다 그 형상화가 뚜렷하다. 가령, 혼인할 때 시부모가 계시지 아니함을 섭섭히 여겨 화공(畵工)을 불러 그 초상을 그리게 한 다음 그에 배례(拜禮)했다는 서술에서는 이 여인의 명민함과 마음씨를 엿볼 수 있다. 김영철은 이 중국 여인과의 사이에서 득달과 득길이라는 두 아들을 얻어 그에 마음을 붙여 몇 년을 보낸다.

그러던 중 1630년 초겨울 어느 날 조선의 사신을 태운 배가 등주에 정박한다. 그런데 그 소공(梢工)인 이연생은 김영철과 동리(同里)의 친구였다. 영철은 이연생을 만나 고국의 부모 안부를 묻는다. 그리고 자기가 오랑캐 땅에서 도망해 지금까지 목숨을 부지해온 것은 오직 고국으로 귀환하기를 바라서였다며 자기를 좀 데려가줄 것을 부탁한다. 이연생은 그렇게 하기로 약속한다.

다음은 배가 출발하기 전날 밤 상황에 대한 묘사이다.

---

20) 이 점에 대해서는 졸고 「최척전—16, 17세기 동아시아의 전란과 가족이산」(『고전소설 작품론』, 집문당, 1990년 10월 간행 예정; 본서 490면)에서 검토했다.

이날 밤 아내는 등불을 밝히고 영철과 앉아 말을 나누며 그 동정(動靜)을 살폈다. 영철은 혼자 가만히 생각했다.

'이 기회를 놓치면 고국에 영영 돌아가지 못할 것이다.'

하지만 곁에 있는 처자를 돌아보니 차마 버리고 갈 수가 없었다. 마음이 흔들려 어떻게 해야 할지 몰랐다. 그래서 술을 달라고 하여 서너 잔을 마시고는 아내도 마시게 했다.[21]

이 대목은 김영철의 내면심리, 그의 인간적 갈등이 짧은 서술 속에서나마 비교적 잘 드러나고 있다.[22] 또한 뭔가 이상하다는 눈치를 챈 그 아내의 걱정스러운 눈길이 어른거리고 있다.

마음을 못 정하고 고민하던 김영철은 마침내 고국으로의 귀환 쪽을 택한다. 고국으로의 귀환이야 지금까지 한시도 잊지 않고 염원해 오던 바였지만 그러나 막상 결정을 내리자니 참으로 어려웠다. 처자 때문이었다. 그러기에 그는 술기운을 빌어 집을 빠져나오지 않을 수 없었다. 이 날 밤의 술자리는 사실상 이 부부의 전별연(餞別宴)이었던 셈이다.

이연생은 배의 널을 뜯어 그 바닥에 영철을 숨기고는 못질을 해 아무도 알지 못하게 했다. 날이 새자 영철의 아내는 10여 인을 데리고 와 배를 샅샅이 뒤졌지만 끝내 찾을 수 없었다. 3일 후에 배는 평양에 닿았다. 13년 만에 꿈에 그리던 고국에 귀환한 것이다.

---

21) "是夜, 妻張燈燭, 與英哲坐語察動靜. 英哲自念:'此機一失則故國無還日矣.' 顧見妻子在傍, 亦不忍捨去, 心搖搖靡定, 索酒飲數杯, 且勸妻飲."

22) 이는 이 대목의 서술이 '체험화법적' 혹은 '인물시각적' 시점(視點)에서 이루어진 것과 관련이 있다. 이 점은 본고의 제4장에서 자세히 검토된다.

4) 가족의 재회

영철은 옛집을 찾았다. 그러나 딴 사람이 살고 있었다. 그 사이 영철의 아버지는 정묘호란 때 안주 싸움에서 전사하고 조부는 친척집에, 어머니는 외가에 가 기식(寄食)하고 있었다. 당시의 전란은 나라 안의 가족들조차 이산하게 만들었던 것이다. 영철은 조부부터 찾았다. 다음이 조손(祖孫) 상봉의 장면이다.

> 영가[영철의 조부—인용자]가 문밖에 나와 지팡이를 들고 서 있다가 뜻밖에 영철이를 보자 눈이 둥그레져 말을 못하더니 이윽고 "영철아!" 하고 외쳤다. 할아비와 손자는 서로 부둥켜안고 통곡하였다.[23]

영철은 조부와 함께 외갓집으로 가 어머니를 찾는다. 이렇게 하여 뿔뿔이 흩어졌던 가족들은 다시 모이게 된다. 그렇기는 하지만 전란 끝이라 "마을은 한산하고, 친척들은 흩어졌으며, 가산은 탕진되어 스스로의 힘으로 생활할 방도가 없었다."[24] 그러던 중 같은 마을의 어떤 재력 있는 이가 영철을 효자라고 여겨 그 딸을 아내로 삼게 했다.

한편, 1636년 이연생은 다시 등주에 갔는데, 영철의 중국인 처가 두 아이의 손을 잡고 바닷가에 나와 영철의 소식을 묻는다. 이연생은 모른다고 했지만, 이듬해 돌아올 적에 그녀는 다시 와 물으면서 "듣건대 조

---

23) "永可出門, 扶杖而立, 不意見英哲, 瞠嘆不能言, 良久曰: '英哲耶!' 於是祖孫相持哭."

24) "閭井蕭然, 骨肉漂散, 家業蕩盡, 無以自資."

선은 이미 오랑캐에게 항복했다고 하니 이 뱃길도 이제 끊어질 것이오. 그대는 한 마디 말을 해주어 내 마음을 좀 풀어주오"[25]라고 하소연한다. 이에 이연생은 사실대로 말한다. 전유년은 이 말을 듣고 "영철은 대장부로구나! 마침내 그 뜻을 이루었구나"[26]라며 탄복한다. 전유년의 이 말에서 그의 녹록치 않은 인간적 금도(襟度)를 읽을 수 있다면, 영철의 중국인 처의 말에서는 애타는 심정을 느낄 수 있다.

전란으로 인한 가족 이산의 문제를 다룬 「최척전」의 경우 가족이 고향에서 재회하는 것으로 모든 문제는 해결된다. 그러나 「김영철전」의 경우 고국에 돌아와 가족과 상봉하는 것으로 문제가 끝나지 않는다. 조선의 가족들과는 재회할 수 있었지만 외국에서 얻은 처자들과는 헤어져야 했기에 「최척전」에서는 생각하지 못한 새로운 문제가 야기된다.

또한, 17세기 동아시아의 전란은 이후에도 계속 김영철의 운명에 고난을 초래했다. 그러기에 작품은 여기서 종결되지 아니하고 김영철의 운명에 대한 탐구를 계속한다.

5) 재출정

1637년 조선은 청나라에 항복했다. 청의 주력군은 곧바로 철수했지만 공유덕(孔有德)의 군사 등 일부 병력은 평안도 영유현에 주둔했다. 가도(椵島)를 공격하기 위해서였다. 영유 현령은 만주어를 잘 아는 김영철을 청(淸)의 진영에 보내 예의를 표했다. 그런데 공교롭게도 호장(胡將) 중

---

25) "朝鮮聞已降虜, 此船路從此絶矣. 願子一言以釋我心."
26) "英哲大丈夫哉! 必遂其志."

에 아라나의 조카가 있었다. 그는 김영철을 보자 숙부집의 달아난 종이라며 붙잡아 만주로 데려가려 했다. 김영철은 현령이 적당히 무마해준 덕에 위기를 모면할 수 있었다.

1640년, 청나라가 중국의 개주(蓋州)를 공격할 때 우리나라에 군사적 지원을 요구했는데, 당시 임경업이 상장(上將)의 직책을 맡았다. 임경업은 김영철이 중국어와 만주어를 알뿐더러 두 나라 사정에 밝다는 말을 듣고 그를 불러서 데리고 간다. 이리하여 김영철은 다시 전쟁에 동원된다. 작품은 당시 명군(明軍)과의 전투에서 임경업이 보인 지략을 상당 부분 서술하고 있다. 즉, 미리 명장(明將)에게 밀서를 보내 '거환방총(去丸放銃)'하겠음을 통보하여 서로의 피해를 줄인 사실 등의 서술이 그러하다. 이런 사실은 여러 사람들이 거듭 지은 임경업의 전기[27]에도 나오는바 새로운 것은 없다. 그런데, 유독 「김영철전」에만 나오는 사실로서 주목해야 할 것은 임경업이라는 잘 알려진 위인의 역사적 행위와 김영철이라는 한 무명용사의 삶이 연결되어 있다는 점이다. 즉, 김영철은 수급졸(水汲卒) 2명과 함께 명장(明將)에게 임경업의 밀서를 전하고 있다. 그리고 이 밀서의 전달이 계기가 되어 명선(明船)에서 전유년을 만나게 된다. 전유년도 다시 전쟁에 동원되었던 것이다. 경황이 없는 중에도 김영철은 등주에 있는 처자의 안부를 묻고 명장에게 받은 하사품을 전하

---

27) 임경업의 전기로는 이선(李選)의 「임장군전」(1688년 창작) 이래, 송시열의 「임장군경업전」(1689년 창작), 이재(李裁)의 「임장군경업전」, 임창택(林昌澤)의 「임장군전」, 황경원(黃景源)의 「임경업전」, 이형상(李衡祥)의 「임장군전」, 홍양호(洪良浩)의 「임경업전」 등이 거듭 창작되었다. 이윤석은 임경업의 실전(實傳) 중 최초의 것이 송시열의 「임장군전」이라 했지만(『임경업전 연구』, 정음사, 1985, 52면), 이선의 「임장군전」이 1년 앞선다.

라고 건네준다. 이런 대목은 소설과 전(傳)을 막론하고 어떤 「임경업전」에도 나오지 않는다. 다만, 홍양호의 『해동명장전』 중의 「임경업전」에는 다음에서 보듯 김영철의 이름만큼은 거론되고 있다.

> 통사(通事) 김영철과 장관(將官) 이수남은 등주(登州)의 명군(明軍)에게 임기응변으로 거짓 싸우는 시늉을 하자는 임경업 장군의 뜻을 전하였다.[28]

그러나 이뿐이다. 더 이상의 언급은 없다. '통사(通事)'란 역관을 이르는 말인데, 김영철이 꼭 역관 신분이어서가 아니라 임경업의 막하에서 통역의 일을 맡았기에 그리 부른 것이다.

임경업이라는 위인의 역사적 행위와 김영철이라는 일개 무명용사의 삶을 결부시키고 있는 「김영철전」의 이 대목은 어떤 의의를 부여받을 수 있을까? 이 물음은 「김영철전」의 소설사적 의의와 직결되기에 대단히 중요하다.

당대의 역사를 위인이나 상층사대부의 입장에서만이 아닌 민중의 입장에서 조망하는 관점을 마련하고 있다는 점에서 그 의의를 찾을 수 있지 않을까 한다. 이런 관점 때문에 당시 동아시아의 전란이 인민의 삶에 끼친 영향은 한층 깊이 있게 드러날 수 있었다. 달리 말해, 역사의 표면만이 아니라 그 '이면'까지 총체적으로 그리는 데 어느 정도 성공하고 있는 것이다. 이처럼 상층의 동향만이 아니라 하층의 역사적

---

28) "通事金英哲及將官李秀南, 于登州通其應辯之意."(『해동명장전』,『耳溪洪良浩全書』下, 민족문화사 영인, 1325면)

삶까지 포괄하고 있다는 점에서 「김영철전」은 본격 역사소설로서의 면모를 다분히 갖추고 있다.[29] 사실, 「임경업전」과 「박씨전」을 위시하여 「삼학사전」, 『병자록』, 『심양일기』 등 이 시기의 전란을 문제삼은 소설이나 전기(傳記)는 적지 않지만, 거개가 상층의 동향만을 서술하고 있을 뿐 하층민의 역사적 삶을 관심 대상으로 삼고 있는 작품은 발견하기 어렵다.

1641년, 청이 금주(金州)를 공격하기 위해 다시 조선에 병력 지원을 요구하자 조정에서는 유림(柳琳)을 영병장(領兵將)으로 삼아 파병한다. 김영철은 또 종군한다. 그는 이번에도 통역의 임무를 맡았다. 그런데, 청나라에서는 아라나를 보내 진중(陣中)의 일을 의논하게 했다. 이에 아라나와 김영철은 서로 맞닥뜨리게 되었다. 아라나는 김영철을 꾸짖으면서 참살(斬殺)하겠다며 부하들에게 얼른 묶게 한다. 아라나가 김영철을 꾸짖는 대목은 대단히 자세히 서술되어 있다. 유림이 아라나를 무마함으로써 김영철은 이 위급한 상황을 벗어나게 된다. 유림은 남초(南草) 이백 근을 아라나에게 바쳐 김영철을 속신(贖身)했다. 김영철은 나중에 이 돈을 갚아야 했다. 당시 청나라 군중(軍中)에는 김영철의 만주인 아들 득북이 있었다. 아라나가 불러오게 해 부자상봉이 이루어진다. 두 사람은 서로 눈물을 흘렸다. 이후 득북은 날마다 먹을 것을 아버지에게 가져다주었다.

청(淸)·선(鮮) 연합군은 금주(金州)의 싸움에서 큰 승리를 거두었다.

---

29) 근대 역사소설에 관한 이론적 고찰로는 G. Lukás, *Der historische Roman*, Neuwied und Berlin: Luchterhand, 1965가 참조된다. 또 이 이론의 우리 역사소설에의 적용 가능성을 탐색한 논문으로는 반성완, 「루카치의 역사소설 이론과 우리 역사소설」(『외국문학』 3, 1984)이 있다.

이에 유림은 김영철을 청 태종에게 보내 축하를 드리게 한다. 같이 간 아라나는 청 태종에게 김영철의 과거사를 말하며 벌을 줄 것을 청하지만, 청 태종의 반응은 딴판이다. 그는 김영철이 조선·만주·중국에 두루 자식을 둔 것을 가상히 여기면서 이는 자기가 천하를 얻을 조짐이라고 말하며 김영철에게 후한 선물을 하사한다. 청 태종의 말은 상당히 길고 자세하다. 김영철은 청 태종에게 하사받은 말을 아라나에게 주고, 자기가 타던 말을 득북에게 맡겨 집으로 돌아가거든 득건에게 주라고 당부한다.

비극적인 인연을 만들고, 그리고 이산하게 하고, 그리고 잠시 만나게 하고, 그리고 영영 헤어지게 하는, 마치 신이 인간을 희롱하는 듯한 이 얄궂은 운명은 구경(究竟) 당시의 전쟁이 빚어낸 것이었다. 그러나 그 운명은 중세소설에서 흔히 볼 수 있는 것처럼 초월적 세계에 의해 규정되거나 미리 예정된 시간표에 따라 전개되는 것이 아니라, 철저히 삶의 현실적 법칙에 따르고 있다. 즉, 실제 인간의 삶이 그러하듯 운명은 우연성과 필연성의 계기들이 복잡하게 뒤얽힌 구체적 시공(時空) 속에서 그 불가측(不可測)의 자태를 조금씩 조금씩 드러내고 있는 것이다. 신이한 능력을 지닌 영웅도, 준엄한 윤리의식을 지닌 군자도 아닌 지극히 평범한 우리의 주인공 김영철은 역사가 초래한 이러한 운명을 벗어날 수 없었으며 그에 자기 몸을 내맡길 수밖에 없었다. 「김영철전」이 이룩한 사실주의의 성취는 바로 이 점, 곧 평범한 인간의 운명을 역사적으로 탐구한 데 있다 할 것이다.

청 태종의 모습을 호탕하고 영웅적으로 그리고 있음도 「김영철전」을 관통하는 사실주의적 정신과 관련된다. 「김영철전」의 정확한 창작 연대는 알 수 없지만, 홍세태(1653~1725)의 몰년이 1725년이고 작품에서 김영철이 죽은 해가 1683년으로 되어 있다는 점으로 미루어 17세기 말이 아니면 18세기 초엽에 쓰인 작품이라는 점만큼은 분명한데,[30] 이 시기는 잘 알려져 있다시피 '존주대의(尊周大義)'의 구호가 특히 강조되던 시기였다. 이선(李選, 1632~1692)이나 송시열(1607~1689)이 임경업의 전(傳)[31]을 통해 드러내고자 한 것도 바로 이 이념이었다. 그렇다면, 「김영철전」에서 청나라 태종을 긍정적으로 그린 것은 이러한 조선의 시대적 분위기―적어도 지배층의 이념적 분위기―와 크게 어긋난다 하겠다. 어째서 이렇게 어긋나게 되었을까? '존주대의'의 이념에 홍세태는 비판적 입장을 취했던 것일까? 그러나 홍세태의 문집에서는 그리 볼 어떤 근거도 발견되지 않는다. 그러므로 「김영철전」을 관통하는 사실주의적 창작 원리가 청 태종을 그와 같이 그리도록 만들었다고 보는 편이 옳을 것 같다. 말하자면, '리얼리즘의 승리'[32]인 셈이다.

몇 달 후 김영철은 다시 조선으로 귀환한다.

6) 수성(守城)의 여생

1658년, 조정에서는 평안도 자산(慈山)의 자모산성(慈母山城)을 수축

---

30) [보주] 이승수가 2007년에 발표한 논문 「김영철전의 갈래와 독법―홍세태의 작품을 중심으로」(『정신문화연구』 107, 2007), 295면에 따르면 「김영철전」이 창작된 것은 1717년이다.

31) 이선이 쓴 「임장군전」은 『지호집(芝湖集)』에, 송시열이 쓴 「임장군경업전」은 『우암집(尤菴集)』에 수록되어 있다. 이 전(傳)들은 정조(正祖)의 명(命)으로 편찬된 『임충민공실기』에 재수록되었다. 이선은 송시열의 제자다.

32) 엥겔스가 하크네스에게 보낸 서한 중에 나오는 말이다. 엥겔스는 발자끄 소설을 비평하며 이 말을 했다.

(修築)하게 하고, 그 수졸(守卒)을 모집하였다. 김영철은 59세의 노령이었지만 네 아들(그의 조선인 아들은 넷이었다)과 함께 산성으로 들어가 성을 지켰다. 늘그막까지 고생은 그치지 않았던 것이다. 그는 불평스런 마음이 생기면 매양 성루(城樓)에 올라 북으로 건주 쪽을 바라보고, 서(西)로 등주 쪽을 바라보며, 눈물을 흘렸다. 그리고 사람들에게 말하기를,

> 처자는 나를 저버리지 않았는데 내가 처자를 저버렸소. 건주와 등주의 처자들은 죽을 때까지 나를 원망할 터이니 지금 나의 곤궁한 신세가 이런 지경에 이른 것이 어찌 천벌이 아니겠소. 그렇지만 이국에 있다가 끝내 부모의 나라에 돌아왔으니 또한 무슨 한이 있겠소.[33]

라고 하였다.

이 말에서 우리는 김영철의 인간적 고뇌를 엿볼 수 있다. 그는 외국에 두고 온 처자들에 대한 죄책감을 종시 떨쳐버릴 수 없었던 것이다. 그러나 이는 김영철 개인의 윤리적 문제로만 치부될 수 없으며, 당시의 전란과 민중의 삶 사이의 관련에 대한 사회적 맥락에서의 고찰이 필요하다. 김영철의 '특이한' 개인사가 당대 민중생활사에서 '보편적' 의미를 획득할 수 있는 것은 바로 이러한 관련 때문이다.

자모산성을 지킨 지 20여 년 만에 84세를 일기로 김영철은 세상을 하직한다. 김영철은 죽어서야 비로소 국가로부터의 강제에서 풀려나게 되었던 것이다.

---

33) "妻子無負於我, 而我實負之. 使兩地妻子沒身悲恨, 今吾之困窮至此, 豈非殃歟? 然身陷異國, 終歸父母之邦, 亦何恨焉?"

3. 「김영철전」의 주제와 그 구현 방식의 특징

이 작품의 주제는 단일하지 않으며 두 가지가 병치되어 있다.

그중 하나는, '오랑캐의 땅에서 탈출하여 고국에 귀환해 부모와 상봉하고 집안의 대를 잇는다'는 것이다. 1618년 만주에 출정할 때 김영철의 조부가 울면서 "네가 돌아오지 않으면 우리 집안은 대가 끊어진다"라고 김영철에게 말했고 "반드시 돌아오겠습니다"라고 김영철이 대답했음은 앞에서 이미 살핀 바 있다. 김영철은 귀환할 때까지 조부의 이 말을 한시도 잊지 않았다. 그 점은 건주에서의 포로 생활 중 늘 조부의 이 말을 되뇌이곤 했던 데서 확인된다. 가문의 보존에 대한 의식이 이처럼 강했던 것은 그가 2대 독자였다는 사실과 관련이 없지 않을 터이다. 두 번씩이나 월형을 당하면서도 다시 탈출을 결행한다든가, 인정상 차마 그러지 못하겠다고 여기면서도 결국은 처자를 버리고 고국으로 귀환했던 것은 모두 이러한 가문 보존의 욕구 때문이었다. 그렇지만 여기서 우리가 간과하지 말아야 할 것은 이러한 욕구와 고국에 대한 그리움, 부모와의 상봉을 염원하는 마음이 제각각이 아니라는 점이다. 실제 현실에서 이것들은 셋이 아니라 하나를 이루고 있다. "고국에 생환하여 부모를 한 번 만나뵈면 죽어도 여한이 없겠다"[34]는 김영철의 말에서 그 점이 확인된다.

작품은 이처럼 가족상봉을 그 주제로 삼고 있지만, 외국에 두고 온 처자의 문제에 대해서도 일정한 조명을 가하고 있다. 국내의 부모와는 상봉할 수 있었지만 외국의 처자와는 이산하게 되었기에, 부모와의 상봉

---

34) "生還故國, 一見父母則死不恨."

으로 모든 문제가 끝난 것은 아니다. 그러나 이 문제는 해결될 수 없는 문제였다. 그래서 김영철은 늙어 죽을 때까지 이 문제 때문에 괴로워해야 했다. 작품은 비현실적인 방향으로 그 해결을 시도하지 않고 그저 문제 그 자체를 있는 그대로 제시하고 있을 따름이다. 사실주의적 원칙에 충실하고자 한 것이다.

「김영철전」의 또다른 주제는 '당시의 전란과 관련해 민중이 겪은 종군의 괴로움과 군역(軍役)의 가혹함'이다. 김영철은 서관(西關)의 양인(良人) 출신 토병으로 열아홉 살에 종군하기 시작하여 여러 번 전쟁에 동원되었다. 그리고 만년에는 산성을 지키다 여생을 마쳤다. 그럼에도 김영철은 국가로부터 아무런 보상도 받지 못했다. 그리하여 '곤궁억울(困窮抑鬱)'[35]한 채 세상을 하직했다. 누구보다 군역의 괴로움을 잘 알고 있었기에 그는 늘 자신의 자식들도 종군의 괴로움을 겪을까 걱정하였다. 자모산성의 수졸(守卒)이 되면 군역을 면제받을 수 있었으므로 그는 네 자식과 함께 성에 들어가 거주했던 것이다. 작품은 김영철의 아버지 또한 정묘호란 때 안주 싸움에서 군졸로 전사했음을 언급하고 있다. 김영철이 중국에서 귀환하자 그 어머니는 그를 데리고 안주성에 올라 남편의 옷으로 초혼하고는 자기가 죽거든 이 옷을 동장(同葬)해 달라고 말한다. 아마 김영철의 아버지는 당시 군졸로서 떼죽음을 당했기에 가족들이 그 시신조차 찾지 못했다고 추측된다. 김영철은 어머니가 돌아가자 그 유언대로 해드린다. 김영철의 어머니 말에서 우리는 당시 민중의 가슴에 맺힌 한을 느낄 수 있다.

---

35) "卒困窮抑鬱而死." 인용한 원문 중 '卒'은 '끝내'라는 뜻이다. 이 한 글자 속에는 김영철의 삶을 동정하고 국가를 비판적으로 바라보는 작가의 시선이 개입되어 있다.

이처럼 작품은 또다른 주제로서 당시 민중이 겪은 종군의 괴로움과 군역의 가혹함을 제시하고 있다.

이 두 가지 주제 중 첫 번째 것이 작품 전반(前半)에서 강하게 제시되고 있다면, 두 번째 것은 후반으로 갈수록 더 강하게 제시된다.

작자 홍세태는 작품의 이 두 주제를 자각하고 있었다고 보인다. 주제의식이 뚜렷했던 것이다. 작품 말미에 붙인 작자의 다음 말에서 그 점을 알 수 있다.

김영철은 만주를 치는 데 참전해 오랑캐의 포로가 되었다가 중국으로 달아났다. 이국(異國)에 처자를 두었지만 모두 버리고 떠나 돌아보지 아니했다. 그래서 마침내 고국으로 돌아올 수 있었다. 그러니 그 뜻이 얼마나 매서운가. 그 사적(事跡)은 또한 기이하다 할 만하다.

그리고 가도(椵島)를 공격할 때에는 사지(死地)를 넘나들며 자기 몸을 아끼지 않은바 그 공은 기록할 만한 것이었음에도 조그만 상도 없었다. 영유 현령은 말값을 받았고, 호조(戶曹)에서는 남초값을 독촉하였으며, 게다가 늙어서까지 수성(守城)하게 하여 끝내 곤궁억울(困窮抑鬱)한 신세로 죽게 만들었으니, 이래서야 천하의 충성스런 이들을 어떻게 권면하겠는가.[36]

병자호란 당시 강화(講和)가 성립되어 청군(淸軍)은 철군하면서 영유

36) "英哲從征陷虜, 逃入中國, 有妻子, 皆棄去不顧, 卒能返故國, 何其志之烈也! 其
事亦可謂奇矣. 及椵島之役, 出入死地, 勤勞至甚, 其功可紀, 曾無尺寸之賞, 而縣
令索馬價, 戶曹又督南草銀, 使之老爲守城, 卒困窮抑鬱而死, 此何以勸天下忠志
之士也?"

현에 일시 주둔했던바, 영유 현령은 김영철로 하여금 가서 예(禮)를 표하게 했는데, 마침 아라나의 조카로서 호장(胡將)으로 온 자가 있어 김영철을 잡아 만주의 아라나에게로 데려가려고 했다. 이때 영유 현령은 자기의 말과 기타 선물을 그 호장(胡將)에게 주어 무마하였다. 그러나 현령은 나중 김영철에게 그 말값을 물어내라고 했다. 위의 인용문에서 "말값" 운운한 것은 이를 가리킨다.

또한 김영철은 1641년 청(淸)의 요구로 금주(金州)[37]에 출정한 유림(柳琳)의 막하에서 통역관으로 근무할 당시 아라나와 맞닥뜨려 위기를 맞는다. 이때 유림은 남초 이백 근을 아라나에게 주어 김영철을 속신(贖身)함으로써 문제를 수습하였다. 나중 호조(戶曹)에서는 남초값으로 은(銀) 이백냥을 내놓으라고 독촉하였다. "남초값" 운운은 이를 가리키는 말이다.

요컨대, 김영철은 평생 종군하면서 죽을 고생을 했는데, 나라에서는 보답은커녕 도리어 가혹하다 할 처사만을 보였음을 인용문의 뒷부분은 지적하고 있다. 한편 인용문의 앞부분은, 만난(萬難)을 물리치고 끝내 고국으로 귀환한 데서 드러나는 김영철의 무서운 집념을 말하고 있다.

작품이 이 두 주제를 구현하는 방식은 철저히 '사실주의적 원리'에 입각해 있다. 즉, 생활 그 자체의 형식에 의한 현실의 객관적이고도 진실한 반영을 이뤄내고 있다. 그리하여 디테일과 환경의 묘사, 성격창조에서 역사적 진실성과 사실성 및 전형성을 획득하고 있다. 「김영철전」에

---

37) 「김영철전」에는 '金州'로 표기되어 있으나 '錦州'가 옳다. '금주위(錦州衛)'를 말한다. 이하 본고에서 '金州'라 한 것은 모두 그러하다.

는 어떤 비현실적 요소도 들어 있지 않다. 사건은 시종 현실 자체의 논리와 법칙성에 의거해 진행된다. 작자는 이러한 사건의 전개 속에서 당대의 역사적 현실과 주인공의 삶 사이의 교호관계를 냉정히 드러내보이고 있다. 작자의 주관적 개입은 최대한 억제되고 있으며, 쓸데없는 과장이나 흥분, 시시껄렁한 여담 같은 것은 일체 찾아볼 수 없다. 현실의 본질적 계기만으로 작품을 구성하고 있는 것이다.

그러나 이 점은 이 작품의 사실주의적 성과이면서 동시에 한계라는 지적이 가능하다. 문제의 핵심적 골격만을 제시했을 뿐이고, 현실이 갖는 풍부한 계기들을 보다 충분히 제시하거나 좀더 포괄적으로 그리지는 못했기 때문이다. 이 점에서 「김영철전」은 근대 사실주의 소설과는 구별된다. 「김영철전」이 갖는 이러한 제반 특성은 전계(傳系) 한문소설이라는 점과 깊은 관련을 갖는데, 이 점에 대해서는 본고의 제4장에서 논의하기로 한다.

이런 한계가 없는 것은 아니지만, 당대의 소설사적 맥락에서 볼 때 「김영철전」은 대단히 높은 의의를 부여받아 마땅하다. 17세기에 접어들면서 우리나라 소설사는 새로운 국면을 맞이하면서 소설의 사실주의적 서술원리에서도 일정한 진전을 이룩하지만, 그럼에도 그 어떤 작품도 「김영철전」이 도달한 사실주의의 높이에 이르지는 못했다. 말하자면 「김영철전」은 17세기 말에서 18세기 초 사이의 우리나라 소설이 거둔 사실주의의 성과 중 그 최대치를 보여주고 있다 할 것이다. 이 점은 본고의 제5장에서 다시 논의하기로 한다.

17세기의 동아시아사에서 최대의 사건은 명·청의 교체라 할 수 있을 것이다. 이는 장기간의 전란을 초래했으며, 조선도 이 전란의 국외자일 수 없었다. 만주출병으로부터 시작하여 두 차례의 국토유린과 청(淸)에 의한 징병(徵兵), 북벌의 준비, 이런 일련의 일들로 17세기 조선사는 법석이고 있었던 것이다. 이처럼, 동아시아 세력판도의 변화와 그에 수반된 전란은 우리 민족사 내지 민중사와도 큰 관련을 맺고 있다. 당대의 심중한 민족민중사적 현실을 소설이 비켜갈 수는 없다. 소설이라는 장르는 큰 형식(장편)이든 작은 형식(단편)이든 간에 본질적으로 삶의 총체성 문제와 직결되어 있기 때문이다. 17세기의 역사적 현실을 다룬 소설로는 「임경업전」과 「박씨전」이 잘 알려져 있다. 이들 작품이 갖는 의의는 그것대로 평가되어야 옳을 것이다.[38] 그러나 영웅이나 이인(異人)의 활약을 중심으로 민족적 자존심의 회복을 꾀하고 있는 이들 작품은 역사의 저층(底層)까지 망라한 총체성의 확보에는 썩 미치지 못하고 있다. 또한 주제를 구현하는 방식에 있어서도 비현실적 요소가 다소간 내포되어 있다. 따라서 당대 역사의 무게와 폭과 깊이를 온전히 드러내었다고 하기에는 많은 점에서 미흡하다. 그런데 「김영철전」은 이들 작품의 이런 한계를 보완하고 있다. 즉 민중적 입장에서 당대 동아시아의 전란과 민중의 삶 사이의 관련을 추적해보이되, 역사 상층부의 동향까지도 어느 정도 포괄하여 제시하고 있는 것이다. 이 점에서 이 작품은 우리 소설사상 본격 역사소설로서의 면모를 보여준 최초의 작품이라는 평가가 가능하지 않을까 한다.

「김영철전」에서 다루어진 시기는 1618년부터 1683년까지이며, 배경이 되는 공간은 조선·만주·중국이다. 또 작품에 등장하는 인물은 상하(上下)에 걸쳐 다양한바, 위로는 청나라 태종으로부터 강홍립·김경서·

---

38) 이들 작품에 대한 문학사적 평가는 조동일, 『한국문학통사』 제3책 중 '8. 1. 6. 허구적 상상에서의 문제제기'와 '8. 3. 2. 홍길동전 및 관련 작품' 참조.

김응하·임경업·유림·아라나 등을, 아래로는 김영철을 비롯해 그 할아버지와 어머니, 전유년, 전일장(김영철의 중국인 처), 이연생 등을 꼽을 수 있다. 이들은 작중(作中)에서 모두 자기 고유의 개성을 보여준다. 작품은, 조선-만주-중국의 광활한 공간을 배경으로 1618년에서 1683년까지의 시기에 김영철이라는 한 민중적 인물이 다양한 상하층 인간들과의 얽힘 속에서 어떤 삶을 살았는지를 집중적으로 탐구해보이는 방식으로 주제를 구현하고 있다. 이를 통해, 이 시기 동아시아의 전란이 당대 민중의 운명에 얼마나 심대한 영향을 끼쳤는가가 드러난다. 그러므로 「김영철전」은 김영철 개인이 겪은 특이한 체험의 기록임과 동시에 당대 민중의 보편적 삶의 일면을 탐구한 것으로 해석될 수 있다. 즉 김영철은 뚜렷한 개성을 지닌 인물임과 동시에 하나의 '전형'으로서의 면모를 보여준다. 「김영철전」이 한 개인의 일대기이면서도 그 시대 삶의 총체성을 획득할 수 있었던 것은 바로 이 점에 기인한다. 요컨대, 「김영철전」은 17세기 동아시아사와 조선 민중의 삶 사이의 관련을 한 인간의 구체적 삶을 통해 극명하게 조명하고 있는바, 이 면에 있어 이 이상 가는 작품은 달리 찾을 수 없다.

「김영철전」의 주제구현 방식과 관련해 한 가지 더 언급해두어야 할 것은, '우연성'의 문제다. 앞서 작품 구성을 살피는 자리에서 그런 느낌을 받았을 줄 알지만, 「김영철전」은 그 전개 과정에서 우연적 요소라고 생각됨직한 것을 여럿 보여준다. 이를테면, 만주에서 포로가 되어 죽을 위기에 처하지만 호장(胡將) 아라나가 죽은 자기 동생과 닮았으니 살려달라고 누르하치에게 청하여 목숨을 건진다든가, 등주(登州)에서 사행선(使行船)의 노군(櫓軍)으로 온 고향친구 이연생을 만나 마침내 고국으로 귀환할 수 있었다든가, 고향땅 영유에서 아라나의 조카를 만나 위기를 맞는

다거나, 밤에 임경업의 밀서를 전하다 중국 배에서 전유년을 다시 만난다든가, 금주(金州)의 진중(陣中)에서 아라나와 맞닥뜨려 위기에 처한다든가 하는 등등이 그러하다. 그런데 이상한 것은, 이들 우연성이 작위적이거나 무리하다는 느낌을 자아내지 않는다는 사실이다. 어째서 그럴까?

필연이 뒷받침된 우연이요, 실제 현실에서도 있음직한 우연이기 때문일 것이다. 사실, 실제 현실에서 우연과 필연은 떨어져 있는 것이 아니고 서로 맞붙어 있다. 이는 우리의 삶을 돌아보면 금방 알 수 있는 일이다. 그러므로 「김영철전」의 우연성은 고전소설에서 흔히 발견되는 작위적이고 비현실적인 우연성과는 구별되어야 옳을 것이다. 「김영철전」의 우연성은 '현실적 우연성'이라고 명명되어야 할 성질의 것이 아닌가 한다. 그러기에 「김영철전」의 우연적 요소는 작품이 거두고 있는 고도의 사실주의적 성취를 조금도 손상시키고 있지 않다. 이는 「김영철전」이 실제 있었던 일을 소설화한 작품[39]이라는 점과 관련이 있다.

「김영철전」은 오히려 이러한 '현실적 우연성'으로 인해 파란(波瀾)과 긴장감을 더하면서 이야기를 더욱 흥미롭고 다채롭게 할 수 있었다. 그것은, 위기-극복-위기-극복의 과정으로 사건을 복잡하게 만들면서 독자의 관심을 계속 붙잡아두는 계기로서 기능하며, 심각한 주제가 이야기의 재미 속에 자연스럽게 용해되는 것을 돕고 있다. 작품을 다 읽도록 흥미와 긴장이 유지되도록 만드는 원천의 상당 부분은 바로 이 현실적 우연성에 있다 할 것이다.

이처럼 재미있으면서도 심각한 주제를 전달하고 있다는 점에 「김영철전」의 작품적 우수성이 있다.

---

39) 이에 대해서는 본고의 제4장에서 「김영철유사」와 관련하여 논의될 것이다.

4. 「김영철전」에서 전(傳)과 소설의 관계

「김영철전」은 전계(傳系) 한문단편소설이다. 전계 한문단편소설이란, 정통 한문학의 한 장르인 '전(傳)'을 근간으로 한 단편소설을 이르는 말이다. '전계(傳系)'라는 말을 붙인 것은 이런 사정을 드러내기 위해서다. 전계 한문단편소설의 창작은 조선후기의 주목되는 문학 현상이다. 이항복의 「유연전」 같은 작품이 이른 시기의 이 계열 소설에 해당한다. 그런데, 조선후기의 한문단편소설로는 이와는 다른 계열의 것들도 병렬적으로 발전하였다. 전기계(傳奇系) 한문단편소설, 야담계 한문단편소설이 그것이다. 이 세 계열의 한문단편소설은 미적 특성이나 세계관적 기반, 창작 과정 등에서 중대한 차이가 있다.

이 자리에서 전기계 한문단편소설과 야담계 한문단편소설의 양식적 특성[40]에 대해 논의할 겨를은 없다. 여기서는 다만 「김영철전」에 즉(卽)해 전과 소설의 관계를 따짐으로써 전계 한문단편소설의 양식적 특성에 대한 이해의 심화를 꾀하고자 한다. 이는 「김영철전」의 미적 원리에 대한 이해를 높이는 길이 된다.

전계 단편소설은 전을 근간으로 한 소설 양식이므로 전과의 관계가 문제시된다. 전과의 관계는 두 가지 방면에서 생각할 수 있으니, 그 하나는 전과의 차별성이요, 다른 하나는 전과의 동질성이다. 전자는 전계 단편소설의 장르 귀속을 교술산문인 전이 아니라 서사문학인 소설이게 하는 근거가 되며, 후자는 전계 단편소설의 양식적 특성을 규정하면서

---

40) 이에 대해서는 졸고 『『청구야담』 연구—한문단편소설을 중심으로」의 제3장 제2절을 참조할 것.

그것을 다른 계열의 단편소설과 구별짓는 근거가 된다.

먼저, 차별성부터 보자. 「김영철전」은 다음의 몇 가지 점에서 전과 구별된다.

첫째, 서사적 갈등.

「김영철전」은 주인공과 주변인물들 간의 관계에서 야기되는 제반 갈등을 통해 주제를 탐색하고 있다. 「김영철전」은 주인공에게만 눈을 주면서 주인공의 행적만을 드러내는 방식을 취하고 있지 않다. 그러나 전은 주인공에게서 한시도 눈을 떼는 법이 없다. 고전적인 전에서 이탈하는 다소 파격적인 전이라 하더라도 그것이 전인 한에서는 이 테두리를 유지해야 한다. 다만 주인공의 행적과 성품을 드러내기 위한 것이라는 전제하에서 최소한으로 타인에게 눈을 줄 수는 있다. 그러나 그 이상은 결코 아니다. 만일, 그 이상으로 전개된다면 그것은 전의 테두리 내에서의 파격이라기보다 다른 장르(소설)로 전환된 것일 가능성이 높다. 이처럼 전은 주인공에게 눈을 떼지 않으며 주변세계에 대해서는 그 자체의 의미를 별로 인정하지 않기 때문에, 주인공과 주변세계 사이에 온전한 의미에서의 서사적 갈등이 전개되기 어렵다. 서사적 갈등이 존재한다 하더라도 그것은 대체로 단초적인 것일 뿐이며, 주인공과 세계가 대등한 관계에서 상호교섭을 벌이지는 않는다. 그러나 「김영철전」은 그렇지 않다. 이 작품은 주인공은 물론이지만 그외의 등장인물도 독자적 의의를 갖는다. 작품은 주인공에게서 잠시 눈을 떼어 주변인물을 그 자체로서 충분히 서술하곤 한다. 그러므로 주인공과 그 주변의 등장인물 간에는 온전한 의미에서의 서사적 교섭과 갈등이 이루어진다. 전이라면 그럴 수 없다.

둘째, 서술자의 시선.

위에서 지적했듯, 전은 주인공에게서 눈을 떼는 법이 없다. 서술자의 시선은 시종 주인공에 고정되어 있다. 설사 시선을 옮기는 경우가 있다 하더라도 그것은 주인공과 대화를 나누는 바로 곁의 인물에 국한되는 경우가 대부분이며, 그것도 '잠시'일 뿐이다. 그러므로 크게 보아 주인공을 벗어나지 않는다고 말할 수 있다. 그러나 「김영철전」은 그렇지 않은바, 서술자 시선의 전환을 보여준다. 다음의 예를 보자.

① 전란이 일어난 뒤인지라 마을은 한산하고 친척들은 흩어졌으며 가산은 탕진되어 스스로의 힘으로 생활할 방도가 없어 길을 오가며 울고 있었다. 그런데 같은 마을의 이군수라는 사람이 집이 자못 넉넉했는데 김영철을 효자라고 여겨 그 딸을 시집보냈다.[41]

② 병자년 가을에 이연생은 다시 사행선(使行船)을 따라 등주에 갔다. 이때 영철의 처가 두 아들의 손을 잡고 유년과 함께 나타나 영철의 소식을 물었다. 이연생은 자기는 모르는 일이라고 했다. 이듬해 사행선이 돌아올 때 김영철의 처가 또 와서 묻는 것이었다. 그러면서 말하기를 "듣건대, 조선은 이미 오랑캐에게 항복했다 하니 이 뱃길도 이를 끝으로 끊어질 것이오. 한 마디 해주어 내 마음을 좀 풀어주오"라고 하였다. 이연생이 이에 자세히 전후 본말을 말해 주었다. 유년은 탄식하면서 "영철은 대장부로구나! 끝내 그 뜻을 이루었구나"라고 하였다.[42]

---

41) "兵火之後, 閭井蕭然, 骨肉漂散, 家業蕩盡, 無以自資, 行哭於途. 同縣李羣秀者, 家頗饒財, 謂英哲孝子, 歸其女焉."

42) "丙子秋, 連生又隨使船往登州. 英哲妻携二子, 與有年來問英哲. 連生辭不知. 及明年使還, 英哲妻又來問曰: '朝鮮聞已降虜, 此船路從此絶矣. 願子一言以釋我

③ 병자년 겨울에 오랑캐가 우리나라를 침략했는데, 그들은 철수하면서 공유덕 등을 남겨두었다. 수군으로 가도를 공격하기 위해서였다. 그래서 영유현에 주둔했다. 영유 현령은 김영철로 하여금 오랑캐의 진영에 가 치사(致辭)하게 했다.[43]

예문으로 든 ①, ②, ③은 쭉 이어진 문장이다. 그런데 ①에서 ②로 서술자의 시선이 전환되고, 다시 ②에서 ③으로 서술자의 시선이 전환됨을 확인할 수 있다. 이 경우 서술자 시선의 전환에는 장면의 전환이 수반되고 있다. 그러나 그렇다고 해서 서술자 시선의 전환을 장면의 전환과 동일시할 수는 없다. 장면이 전환되더라도 서술자의 시선은 동일한 경우를 상정할 수 있기 때문이다. 실제 이런 경우는 전에서 드물지 않게 일어난다. 가령, 몇 개의 일화(逸話)로 구성된 전에서는 일화가 바뀔 때 장면의 전환이 초래된다. 그러나 이 경우 서술자의 시선에 전환이 일어나지는 않는다. 서술자는 시종 입전인물(立傳人物)을 주시하기 때문이다. 이처럼 전에서는 장면 전환은 일어날지언정 서술자 시선의 전환은 좀처럼 일어나지 않는다. 이는 입전인물만 주목하는 전의 장르적 속성에 기인한다. 이와 달리, 소설은 서술자의 시선을 자유로이 전환할 수 있다. 이는 소설이 주인공은 물론이려니와 그 주변세계의 독자성도 인정하기 때문이다. 소설은 이러한 바탕 위에서 양자의 전개와 그 복잡한 상호관계를 탐구한다. 이처럼, 소설에서 서술자의 시선이 수시로 전환

心.' 連生乃具言之. 有年歎曰: '英哲大丈夫哉! 必遂其志.'"

43) "丙子冬, 虜東搶. 及是撤還, 留孔有德等, 帥舟師將攻椵島, 屯永柔. 縣令使英哲詣虜營致辭."

됨은 그 장르적 성격상 필연적이다.

셋째, 등장인물의 '말'이 점하는 작품내적 기능.

전에서도 대화는 자주 구사된다. 따라서 대화의 존재 여부가 전과 소설의 차이를 낳는 것은 아니다. 중요한 것은, 대화의 작품내적 기능이 어떠한가 하는 점이다. 전에서는, 주인공이 아닌 주변적 인물의 말은 단지 보조적 기능을 수행함에 그친다. 그것은 언제나 주인공을 드러내기 위한 방편일 뿐이다. 그 자체로서 독자적 존재의의를 갖는 법은 없다. 이는 전이 본시 입전인물 이외에는 인물의 독자성을 인정하지 않는 장르이기에 그러하다. 전에서 주인공의 말이 길게 소개되는 일은 종종 있어도 주변인물의 말이 그리 되지는 않는 것도 이와 관련된다. 주변인물의 말은 필요에 따라 극히 종속적으로 발화(發話)될 뿐이며, 그것으로 족하다. 그러나 소설은 다르다. 소설은 주인공만이 아니라 주변세계의 독자성도 인정하기에 주인공 이외의 인물들에 대해서도 그 말을 중시한다. 즉 주변 등장인물의 말에 대해서도 독자적 가치를 인정하는 것이다. 「김영철전」의 '말'은 바로 이 소설의 말이다. 그 단적인 예로는 금주(金州) 진중(陣中)에서의 아라나의 말과 청 태종의 말을 들 수 있다. 이들의 말은 전에서처럼 단지 보조적·종속적 기능을 수행하고 있는 것이 아니라 그 자체로서 흥밋거리가 된다. 달리 말해 독자적 가치가 인정되고 있는 것이다. 그 말이 장황하게 부연되고 있음도 이와 관련된다. 전이라면, 설령 파격적인 전이라 할지라도, 주변 등장인물의 말이 이처럼 장황하게 부연되지는 않는다. 간단히 몇 마디만 인용되거나, 작자에 의한 일반 서술문으로 대체될 것이 틀림없다. 이와 같은 장황한 부연은 주인공에 모든 것을 집중시킨다는 전의 장르적 약속을 파기하는 것이기 때문이다. 그러므로 전에서 이런 현상이 야기된다면 그것은 단순히 전의 창신(創新)으로 이해할 문제는 아니며, 장르의 전환으로 인식하지 않으면 안 된다. 이런 현상까지도 전의 자기갱신으로 간주한다면, 전 장르의 성격은 엄밀한 의미에서 고유성을 갖기 어려우며 대단히 모호해지고 만다.[44] 심지어는 자기모순적인 개념 규정을 초래할 수도 있다. 이런 점을 고려할 때,「김영철전」의 '말'은 전의 확장이라는 관점에서 이해되어서는 안 되며 전환된 새로운 장르, 즉 소설의 '말'이라고 이해되어야 마땅하다.

넷째, 서술 형식.

전이든 소설이든 그 기본적 서술 형식이 '보고적 서술'과 '장면적 제

---

44) 1988년 12월 고려대학교에서 개최된 '제2회 전국한문학대회'는 '전(傳)의 양식적 특성'을 공동주제로 하여 발표와 토론이 이루어졌다. 필자는 「한국한문학에 있어 전과 소설의 관계양상」이라는 논문을 통해, 흥미롭고 문예성이 뛰어난 전이면 대체로 소설로 간주해온 기존 입장의 자의성과 무원칙성을 비판하는 한편, '전'이라는 이름이 붙은 한문 기록은 다 전으로 간주하려는 최근 일부 연구자들에게서 나타나고 있는 편향에 대해서도 비판하였다. 이 두 입장은 전과 소설의 장르적 본질 및 차이를 규정하지 않은 채 고식적이고 편의적인 주장을 펴고 있다는 점에서는 아무런 차이도 발견되지 않는다. 특히, 전을 전으로 인식하자는 주장은 일면적인 타당성은 있지만, 전과 소설의 관계에 대해서는 완전히 맹목이어서 또다른 문제점을 드러낸다. 그러나 토론 중에 이런 주장이 다시 제기되었다. 즉 김용덕은 조선후기 '전'의 변화를 '전'의 자기발전, 창신이라는 관점에서 이해해야 한다면서 전과 소설의 관계로 시야를 확대하기보다 어디까지나 전 내부의 문제로 국한시켜야 한다는 입장을 재확인했다. 이런 주장은 전과 소설의 장르적 성격에 대한 규정 없이 관습적 인식에 의거하고 있음이 문제다. 즉 장르론적 문제의식을 결여하고 있다. 필자는 조선후기 전 내부에 나타난 창신적 변화를 부정하는 것이 아니다. 다만, 명백히 전의 테두리를 넘어서는 것들까지 그렇게 보는 것은 적절하지 못하며, 따라서 이 경우 관점을 바꾸어야 한다고 생각할 뿐이다. 현실을 사유에 맞추려 들어서는 안 되며, 사유를 현실에 맞추어야 한다. '제2회 전국한문학대회'에서 발표한 필자의 논문 및 그에 대한 토론은 『한국한문학연구』 12(한국한문학연구회, 1989)에 실렸다. [보주] 본서에는 이 논문이 '한국고전문학에서 전과 소설의 관계양상'이라는 제목으로 실렸다.

시'의 둘로 되어 있다는 점은 동일하다.[45] '보고적 서술'은 서술자가 독자에게 정보를 객관적으로 전달함을 목표로 한다. 따라서 이 서술 형식은 사건들의 결과를 간결하게 요약해 보고함을 그 특성으로 삼는다. 사건의 자세하고 구체적인 진행 과정은 이 서술 형식의 주된 관심사가 아니다. 이에 반해, '장면적 제시'는 사건의 상세한 진행 과정을 마치 현재 일어나고 있는 것처럼 묘사한다. 그래서 독자는 자기가 현재 그 사건을 체험하고 있는 듯한 착각을 가질 수 있다. 이 때문에 장면적 제시에서 서사적 과거는 과거형으로서의 의미를 상실하고 현재형으로 인지된다. 이와 달리, 보고적 서술의 서사적 과거는 언제나 과거형으로만 인지된다. 두 서술 형식의 서사적 과거형에서 야기되는 이러한 인지상(認知上)의 차이는 작품 수용의 면에서 독자의 정서적·심미적 반응에 중대한 차이를 낳는다. 단적으로 말해, 전자의 서술 형식이 서술 대상으로부터 독자를 소격(疏隔)시킨다면, 후자의 서술 형식은 서술 대상과 독자와의 일체화를 야기한다.

전은 이 두 가지 서술 형식 중 보고적 서술을 위주로 한다. 그러나 이 말은 전이 장면적 제시를 전적으로 무시한다는 것으로 오해되어서는 안될 것이다. 또한 장면적 제시가 돋보이는 일부의 전이 존재한다는 사실을 부정하는 것으로 받아들여져서도 안 될 것이다. 전의 장르적 테두리를 이탈하지 않으면서 이런 참신한 시도를 하고 있는 일부 전이 조선후기에 산생되고 있음은 인정된다. 필자는 다만 전의 일반적·지배적 서술

---

45) '보고적 서술(berichtende Erzählung)'과 '장면적 제시(szenische Darstellung)'의 개념에 대해서는 Franz K. Stanzel, *Typische Formen des Romans*, Göttingen: Vandenhoeck & Ruprecht, 1964의 제2장 참조. 이 책은 안삼환에 의해 『소설형식의 기본형식』(탐구당, 1982)이라는 제목으로 국내에 번역되었다.

형식이 보고적 서술 쪽에 있음을 지적했을 뿐이다. 전에서 장면적 제시가 이루어지는 것은 지극히 한정되어 있다. 이에 반해, 소설에서는 장면적 제시가 애용된다. 물론 중세소설의 경우 근대소설에서처럼 이 서술형식이 지배적 위치를 점하지는 않는다. 그리고 중세소설 내부에서도 다시 하위장르 내지 양식에 따라 상당한 편차를 보인다. 그렇기는 하지만, 전과 비교해 중세소설 일반에서 이 서술 형식이 한층 두드러진다는 것만큼은 틀림없는 사실이다.

「김영철전」은 도처에서 이 장면제시적 서술을 보여주고 있다. 가령, 건주에서 탈출하는 장면의 서술이나 등주에서 전유년의 누이와 결혼하기까지의 과정에 대한 서술, 등주의 처자를 버리고 고국으로의 귀환을 결행하는 대목의 서술, 임경업의 막하에서 비밀 임무를 수행하는 대목의 서술, 청 태종을 만나는 장면의 서술 등이 그러하다. 서술 대상과 독자 사이에 일정한 거리가 유지되는 교술산문으로서의 전과 달리 「김영철전」이 독자로 하여금 주인공의 입장에 서서 사건을 함께 체험하게 하는 것은 바로 이러한 서술 형식의 특성에서 연유한다.

다섯째, 담화방식(談話方式).

전과 소설은 서술자의 담화와 작중인물의 담화로 이루어진다는 점이 동일하다. 그러나 소설에서 작중인물의 담화가 차지하는 비중은 전의 그것과 비교될 수 없을 만큼 크다. 이 점은 위에서 지적했듯, 전과 소설에 등장하는 인물의 '말'이 점하는 작품내적 기능이 전혀 상이하다는 점과 밀접한 관련이 있다. 또한 두 장르의 서술 형식이 차이점을 갖는다는 사실과도 관련이 있다. 전에 비해 장면제시적 서술이 한층 두드러진 소설에서 등장인물의 담화가 보다 중시될 것은 당연하다.

그런데 두 장르의 담화 방식과 관련하여 이보다 더 주목되어야 할 점은, 소설의 경우 서술자의 담화와 인물의 담화가 뒤섞이는 현상이 나타난다는 사실이다. 서사 이론가들은 이 제3의 담화 방식을 '자유간접화법(free indirect discourse)'이라고 부른다.[46] 혹은 '대용서술(substitutionary narration)'이나 '체험화법(erlebte Rede)'이라고도 한다. 자유간접화법은 직접화법과 간접화법의 혼합으로서, 등장인물의 담화와 서술자의 담화가 문법적으로 통합되어 있다. 이 담화 방식은 등장인물의 생각과 감정, 심리상태를 서술자 자신의 말로 공감적으로 발화하기에 독자는 등장인물 내면의 목소리를 엿듣는 듯한 미적 환상을 갖게 된다. 때문에 등장인물의 독백이나 의식·심리를 드러내는 데 뛰어난 효과를 낼 수 있다. 그러나 엄격히 말해 소설과 달리 전은 이 담화 방식을 구사할 수 없다. 그것은 전이 사실의 객관적 서술을 본령으로 삼는 장르라는 점과 관련된다. 사실의 객관적 서술을 중시하는 것과 등장인물의 머릿속 생각을 환히 꿰뚫어보듯 서술하는 것은 서로 배치되는 일이기 때문이다. 그러므로 전임을 표방하면서도 이 담화 방식을 구사하고 있는 전이 있다면 그전은 이미 전에서 이탈하여 소설을 지향하고 있다고 보아야 할 것이다.

「김영철전」에 구사되고 있는 대용서술의 예를 하나 보이면 다음과 같다.

① 이날 밤에 처는 등촉을 밝히고 영철과 앉아 말을 나누면서 동정을 살폈다. ② 영철은 이 기회를 놓치면 영영 고국에 돌아가지 못하리라 생각했다. ③ 그러나 곁의 처자를 돌아보니 또한 차마 버리고 갈 수 없었다.

---

46) 자유간접화법에 대한 자세한 설명은 Paul Hernadi, "Dual Perspective: Free Indirect Discourse and Related Techniques", *Comparative Literature* 24, 1972가 참조된다. 이 논문은 그의 저서 *Beyond Genre*, Ithaca and London: Cornell University Press, 1972에 부록으로 실려 있다.

④ 마음이 흔들려 결정을 내리지 못했다. ⑤ 술을 가져오라고 해 두어 잔을 마시고는 **처**에게도 권했다.[47]

위의 문장에서 먼저 진하게 표시한 '처'라는 말에 유의할 필요가 있다. 인용한 대목 조금 뒤에, 다시 사행선(使行船)을 타고 등주에 온 이연생을 만나러 바닷가에 나온 김영철의 아내를 서술하는 대목이 나오는데, 이때는 '처'가 아니라 '영철처'라 지칭하고 있다.[48] 이러한 차이는 서술 시점(敍述視點)의 전환과 관련된다. 즉 위의 대목에서 '처'라는 표현을 쓴 것은 김영철의 시점(視點)이 침투되어 있기 때문이고, 이연생과 만나는 대목에서 '영철처'라는 표현을 쓴 것은 김영철의 시점은 배제되고 서술자의 시점만이 존재하기 때문이다.

이처럼 ①의 문장에서는 서술자의 시점과 김영철의 시점이 교차해 있다. 서술자의 담화와 등장인물의 담화가 이중적으로 통합되어 있는 것이다. 억지로 두 개의 담화로 나눈다면 '처는 등촉을 밝히고 나의 동정을 살폈다'와 '김영철의 처는 등촉을 밝히고 그의 동정을 살폈다'로 될 것이다.

②에서는 대용화법이 보다 분명히 드러난다. ③, ④, ⑤에서는 김영철의 시점 쪽으로 더 가까이 옮겨가고 있는바, 거의 '인물시각적 담화'[49]에 접근하고 있다. 인물시각적 담화 역시 전에서는 구사되지 않는다. 이는

---

47) "① 是夜, 妻張燈燭, 與英哲坐語察動靜. ② 英哲自念: '此機一失則故國無還日矣.' ③ 顧見妻子在傍, 亦不忍捨去, ④ 心搖搖靡定, ⑤ 索酒飮數杯, 且勸妻飮."

48) 다음 대목이 그것이다: "丙子秋, 連生又隨使船往登州. 英哲妻携二子, 與有年來間英哲. 連生辭不知. 及明年使還, **英哲妻**又來間曰: (…)"

49) 인물시각적 서술 상황에 대해서는 Stanzel, 앞의 책, 제2장 참조.

중세소설에서도 그리 흔치는 않으며 근대소설에 이르러서야 지배적인 담화 방식으로 자리잡는 것으로 보고되어 있다.[50]

이상, 다섯 가지 점에서 「김영철전」이 전과 구별되는 측면을 살펴보았다. 전과 소설의 차이가 무엇인지는 학계에서 거듭 논란이 되었으나 아직까지 만족할 만한 해명이 이루어진 바 없다.[51] 그러므로 본고의 이러한 시도는 단순히 「김영철전」의 특성을 밝히는 데 그치지 않고, 전과 소설의 차이에 대한 이론적 해명에 일조하리라 생각한다.

그러나 「김영철전」은 전과의 차별성만이 아니라 동질성도 갖고 있다. 이 동질성을 마저 파악해야 전계 단편소설로서 이 작품의 미적 특성이 온전히 이해될 수 있을 것이다.

전계 단편소설은 '전체(傳體)'의 소설이기 때문에 전의 속성 중 많은 부분이 이월되어 있다. 이는 이 계열 소설의 장점이 될 때도 있으나 단점이 될 때도 있다. 이하 중요하다고 여겨지는 전계 단편소설의 전적(傳的) 요소를 간단히 지적하기로 한다.

첫째, 대상의 집중적 개괄.

대상을 압축적으로 개괄함은 전 특유의 서술법에 해당한다. 전계 한문소설 특유의 개괄적 묘사는 전의 특성을 적극적으로 수용한 결과다.

---

50) Stanzel에 의하면, 이 담화 방식이 서구문학에서 하나의 소설 유형으로 자리잡는 것은 19세기 후반 이후이다. 하나의 소설 유형으로까지는 아니라 할지라도 이 담화 방식의 원초적 형태는 한국고전소설에 이미 나타난다.

51) 필자 역시 「한국한문학에 있어 전과 소설의 관계양상」(『한국한문학연구』 12, 1989)이라는 논문에서 이 문제의 해명을 시도한 바 있다. 하지만 미흡한 점이 없지 않아 이 문제에 대해 계속 생각해오고 있는 중이다. [보주] 이 문제에 대한 본격적인 논의는 졸고 「조선후기 전(傳)의 소설적 성향 연구」(서울대 박사학위논문, 1991)에서 이루어졌다.

그러나 이는 장점인 동시에 단점도 된다. 개괄적 묘사는 사태를 간명히 드러내는 데는 유리하지만 현실의 풍부한 제 계기를 담는 데는 부족하다. 전계소설이 디테일의 묘사에서 종종 약점을 보이거나 서사의 필치를 좀더 길게 끌고 가지 못하는 아쉬움을 남기는 것은 이와 관련된다.

둘째, 사실적 서술 태도.

전은 '거사직서(據事直書)'의 정신을 존중하는 장르이다.[52] 즉 사실에 대한 엄정하고 객관적인 서술을 중시한다. 전계소설은 전의 이런 정신을 곧이곧대로 답습하고 있지는 않다. 박지원의 「양반전」에서 보듯, 그리고 「김영철전」의 어떤 대목들에서 보듯,[53] 사태에 대한 과장이나, 허구의 창조, 흥미 위주의 부연을 보여주기 때문이다. 그러나 그렇다고 해서 전계소설이 전의 사실적 서술 태도까지 변경하고 있지는 않다. 전계소설은 전의 사실적 서술 태도를 창조적으로 발전시켰다 할 만하다. 전계소설이 다른 양식의 소설에 비해 사실주의적 정신의 충일함을 보여주는 것은 이처럼 전의 사실적·객관적 서술 태도를 적극적으로 수용한 데 힘입고 있다.

셋째, 작품 말미 논찬부(論贊部)의 존재.

전은 원래 본사(本事) 부분에서는 객관적 서술을 주로 하고 말미의 논찬에서 작자 자신의 개인적인 말을 하도록 고안된 장르였다. 적어도 열전(列傳)의 형식을 창안했던 사마천의 생각은 그랬다.[54] 그러나 후대의 사전(私傳)에서 본사(本事)를 1인칭으로 서술하는 형식이 나타나면서

---

52) 「한국한문학에 있어 전과 소설의 관계양상」(『한국한문학연구』 12), 33면.

53) 가령, 청 태종의 말이나 아라나의 말에 대한 서술이 그러하다.

54) 이 점은 Burton Watson의 지적이 간명하다. 박혜숙 편역, 『사마천의 역사인식』(한길사, 1988), 280면 참조.

이러한 엄격한 구분은 사라지게 되었다. 그럼에도 하나의 관습으로 이 논찬부는 계속 존재했으며, 그 나름의 고유한 기능을 수행해왔다. 즉 서술된 내용에 대해 작자가 주관적인 논평을 하거나, 서술된 내용을 작자가 어떤 경로로 알게 되었는가를 밝히는 것이 그 주요한 기능이었다. 논찬부의 이러한 기능은 전계소설에 그대로 이월되고 있다.

논찬부는 전기계소설이나 야담계소설에서도 더러 발견된다. 이는 이 세 계열의 단편소설이 양식적으로 영향을 주고받았음을 입증하는 한 증거이다.[55] 그러나 전기계소설과 야담계소설에서 논찬부는 필수적인 것은 아니다. 이에 반해 전계소설의 경우 논찬부는 거의 필수적이다. 논찬이 붙지 않은 전계소설은 오히려 예외적인 것에 속한다.

그러므로 전계소설에서 이 논찬부는 단지 하나의 군더더기 정도로 간주될 성질의 것이 아니다. 그것은 엄연히 작품의 한 부분으로서 전계소설의 독특한 미적 구성원리를 이룬다. 즉 이 부분을 통해 작자는 서술된 내용을 평가하기도 하고, 서술된 내용이 모두 사실이라는 점을 강조하면서 그 증거를 댐으로써 작품에 객관성의 외관을 최종적으로 부여하기도 한다. 또한 논찬부에서는 작가가 지금까지 절제해온 자신의 주관적 감정을 드러내는 것이 자연스런 것으로 인정되기 때문에 작자는 본사부(本事部)에서 객관적 서술에 전념할 수 있게 되는바, 전계소설의 사실주의적 지향은 이러한 미적 구성원리에 힘입고 있는 면이 없지 않다 할 것이다. 논찬부는 이와 같은 긍정적 기능도 수행하지만, 작자가 직접 자신의 모습을 드러낸 채 자신의 생각을 말한다는 점에서 중세적 교술산문

---

55) 이 세 계열 단편소설이 양식적으로 섞이기도 한다는 사실은 일찍이 졸고 「『청구야담』 연구─한문단편소설을 중심으로」, 65면; 본서 312~313면에서 지적되었다.

의 면모를 탈피하지 못한 면도 없지 않다 할 것이다(더구나 작자의 생각이 진부한 것일 경우 더욱 그러하다).

　지금까지 우리는 「김영철전」의 소설적 성격과 전적 성격을 검토함으로써 전계 한문단편소설로서의 양식적 특성을 파악해보고자 했다. 이 작품은 「유술부전(庾述夫傳)」, 「김장군전(金將軍傳)」과 나란히 홍세태의 문집인 『유하집(柳下集)』에 수록되어 있다. 하지만 「유술부전」과 「김장군전」은 전계소설이라 할 수 없고, 전형적인 전에 해당한다. 동일한 작가가 창작한 전 내부에서 활발한 '장르운동'이 전개되는 현상이 조선후기에 와 나타난다는 지적을 필자는 이미 한 바 있지만,[56] 이러한 현상이 홍세태의 작품들에서도 확인되는 셈이다. 그런데 어째서 홍세태의 세 작품 중 유독 「김영철전」만이 전에서 소설로 전환될 수(즉 소설화할 수) 있었을까? 그 해답의 실마리는 「독김영철유사(讀金英哲遺事)」라는 홍세태의 시에서 찾을 수 있다. 이 시 내용은 다음과 같다.

　　철석(鐵石)과 같은 마음 지닌 김영철
　　천추에 그 일 슬퍼할 만하네.
　　마음에는 오직 부모뿐인데
　　양국(兩國)에 또한 처자를 두었네.
　　말 훔쳐 험한 산 넘는가 하면
　　배에 숨어 위험한 바다 건너왔다네.
　　생환해 도리어 나그네 신세
　　늙어 죽도록 성을 지켰네.

---

56) 졸고 「한국한문학에 있어 전과 소설의 관계양상」에서 이런 주장을 처음 펼쳤다.

鐵石金英哲, 千秋事可悲.

一心唯父母, 兩國亦妻兒.

竊馬穿山險, 潛船越海危.

生還反爲客, 老死守殘陣.[57]

이 시 제목 밑에는 다음과 같은 주(注)가 달려 있다.

김영철은 평안도 영유현 사람인데, 1618년 심하 전역(深河戰役)에서
오랑캐의 포로가 되었다. 그곳에 처자를 두었지만 도망하여 중국의 등주
(登州)에 거주하였다. 그곳에서도 처자를 두었다. 그뒤 우리 사행선(使
行船)에 몰래 타고 고국으로 귀환했다. 그러나 가산이 하나도 없어 자모
산성의 수졸(守卒)이 되어 나이 80여 세에 죽었다. 내가 매우 슬피 여겨
그의 전을 지었다."[58]

시의 제목이 '독김영철유사(讀金英哲遺事)'이니, 시 본문은 「김영철유
사」의 내용을 읊은 것이고, 주(注)는 「김영철유사」의 경개(梗槪)를 적은
것이라고 보아야 할 터이다. 그런데 시 본문과 주의 내용이 「김영철전」
의 서술과 일치한다. 이 점에서, 「김영철전」은 「김영철유사」를 바탕으
로 창작된 것이라고 단정지을 수 있다. 「김영철유사」가 현재 전하지 않
으므로 확실하게 말할 수는 없지만, 추측컨대 이 작품은 실사에 바탕하

---

57) 이 시는 홍세태의 문집인 『柳下集』 373면에 실려 있다.

58) "金英哲, 平安道永柔縣人. 戊午深河之戰, 從軍陷虜中, 有妻子. 逃入皇朝居登
州, 亦有妻子. 後潛附我使船東還, 則家業一空, 爲慈母山城守卒而死, 年八十餘
矣. 余甚悲之, 爲立傳."

되 연의(演義)가 가미된 소설이었다고 생각된다. '○○○유사'라는 이름을 달고 있는 소설의 예로는 「강태공유사」를 들 수 있다.[59] 김영철의 사적이 대단히 흥미로웠기에 당시 누군가가 이를 소설적 필치로 서술한 것으로 보인다. 홍세태는 「김영철유사」를 읽고 자신의 주제의식에 따라 「김영철전」을 엮은 것이다. 「김영철전」은 「김영철유사」보다 주제의식은 좀더 뚜렷할지 모르지만, 그 소설적 필치는 거개 「김영철유사」로부터 물려받은 것이라고 보아야 할 듯하다. 그러므로, 「김영철전」이 전이 아니라 소설이 될 수 있었던 데에는 소설 「김영철유사」의 힘이 컸다고 할 것이다.

사실, 홍세태가 「김영철전」을 쓸 때 소설을 쓴다는 생각을 가졌을지는 의문이다. 오히려 전을 짓는다는 생각을 가졌다고 봄이 실상에 가깝지 않을까 한다. 그러나 이 문제와 작품의 장르 귀속의 문제는 전연 별개이다. 이 두 가지가 꼭 일치하지만은 않는다는 점[60]이 조선후기 전에 야기된 장르운동의 복잡성을 말해준다. 작자가 전을 짓는다는 의식을 갖고 작품을 썼지만 작품의 객관적인 장르 귀속은 소설로 될 수 있다는 사실을 인정해야만 조선후기 서사문학에 야기된 장르운동의 역동적 모습을 실상대로 포착할 수 있는 시각이 열린다. 요컨대, 전계소설의 경우 전기계소설이나 야담계소설에 비해 작자가 소설을 창작한다는 의식이

---

59) 「강태공유사」는 고려대학교 도서관에 소장되어 있는 『朴泰輔疏』의 뒤에 「최척전」과 함께 부기(附記)되어 있다.

60) 이에 대해서는 졸고 「한국한문학에 있어 전과 소설의 관계양상」(『한국한문학연구』 12, 1989)에서 지적한 바 있다. 즉, "조선후기의 전(傳)은 작자의 개인적 장르의식을 뛰어넘어 어떤 방향으로 운동해가고 있는 것이다"(위의 논문, 위의 책, 38면)라고 한 게 그것이다. 하지만 조선후기 대부분의 전에서 이런 현상이 나타난 것은 아니다. 문사들에 의해 창작된 일부 전에서 이런 현상이 나타나고 있다. 하지만 이는 새로운 문학현상으로 주목되어야 마땅하다.

뚜렷하지 못하다는 특징을 보인다. 이 점은 전계소설의 약점이다. 허구적 창작의식이 개입된 박지원의 「양반전」이나 「허생전」과 같은 작품조차도 이 면에서는 큰 차이가 없다고 생각된다. 전계소설의 이러한 측면은 그 개념의 확정과 구체적 작품목록의 작성에 하나의 장애가 되고 있다. 그러나 달리 생각하면 이는 조선후기 서사문학의 복합성과 역동성을 드러내는 증좌에 다름아닌바 그만큼 더 이론적 · 역사적 관심을 기울이면서 사태를 적절히 해명하는 개념 모색을 시도할 필요가 있다.

5. 「김영철전」의 소설사적 의의

17세기에 들어와 우리 소설사는 새로운 국면을 맞이하였다. 명확히 17세기의 작으로 편년(編年)될 수 있는 소설 중 중요한 것만 꼽더라도 「유연전」, 「홍길동전」, 「운영전」, 「상사동기」, 「최척전」, 『사씨남정기』, 『구운몽』, 『창선감의록』, 『소현성록』 등이 있다. 이들 소설은 다채로운 내용을 보여준다. 「유연전」이 송사(訟事)와 관련하여 인정세태를 사실적으로 그려보이고 있다면, 「운영전」과 「상사동기」는 애정의 문제를 다루고 있고, 「최척전」은 전란으로 인한 가족의 이산과 재회를 제재로 삼고 있으며, 「홍길동전」은 적서차별(嫡庶差別)이라는 사회적 모순을 다루고 있다. 또한, 『구운몽』은 상층 사대부 집안 여성을 주독자층(主讀者層)으로 하는 국문 장편소설의 시대를 예고하고 있다. 『사씨남정기』와 『창선감의록』은 중세사회의 가정모순을 그렸는데, 이런 유의 여성취향적 국문소설의 선구가 되었다. 『소현성록』은 서울 상층의 반가(班家) 사녀(士女)가 애호한 국문 장편가문소설에 해당한다. 17세기 우리 소설의 전개는 이처럼 한 마디로 뭉뚱그릴 수 없을 만큼 다채롭다. 하지만, 김시습·신광한·임제 등에 의해 대표되는 조선전기의 소설과 비교해 17세기 소설은 서사적 편폭이 크게 확대되고 서사적 갈등이 한층 심각하게 전개된다는 공통점이 발견된다.

「김영철전」은 17세기 말에서 18세기 초 사이에 성립된 소설이다. 따라서, 먼저 위에 든 17세기 소설들과의 관련 속에서 그 위상이 정립될 필요가 있다. 「유연전」은 전계소설이라는 점에서 「김영철전」과 연결된다. 이 작품은 1607년에 창작되었으므로 조선후기에 나온 전계소설 중 현재 확인되는 것으로는 최초의 작이다. 전계소설답게 이 작품은 대단히 사실적인 필치를 보여준다. 이 점에서 우리는 「유연전」으로부터 「김영철전」에 이르는 소설사의 맥을 짚어볼 수 있다.

전계소설이라는 점에서 「유연전」과 「김영철전」은 연결되지만, 「유연전」은 당대의 역사적 무게를 감당하는 소설은 아니다. 이 작품은 16세기 후반 무렵 지방 양반사회의 인정세태를 자세히 드러내는 데 관심을 쏟고 있다. 주제의식의 면에서 「김영철전」과 연결되는 작품은 오히려 「최척전」이다. 「최척전」은 16세기 말에서 17세기 초 사이에 발생한 전란을 배경으로 가족이 이산하고 재회하는 문제를 깊이 있게 다루고 있다.[61] 이 작품은 「홍길동전」처럼 영웅의 일생을 통해서가 아니라[62] 평범한 일반인의 삶을 통해, 그리고 환상적이거나 낭만적인 방식이 아니라

---

61) 가족이산의 문제를 중심으로 「최척전」을 검토한 논문으로는 졸고 「최척전—16, 17세기 동아시아의 전란과 가족이산」(『고전소설작품론』, 집문당, 1990년 10월 간행 예정)이 있다.

62) 영웅의 일생에 대해서는 조동일, 「영웅의 일생, 그 문학사전 전개」(『동아문화』 10, 1971) 참조.

사실주의적 방식으로 당대의 절실했던 사회역사적 문제를 그려내고 있다. 이 점에서 이 작품은 17세기 소설사가 리얼리즘의 새로운 진전을 이루는 데 선도적으로 기여했다고 할 만하다.[63] 그렇기는 하지만, 「최척전」의 사실주의는 다소의 결함이 없지 않다. 사건 전개의 군데군데에서 나타나는 '부처의 계시'가 바로 그것이다. 이러한 초현실적 요소의 작품 내적 비중은 후대의 영웅소설에서의 그것과는 퍽 다르지만,[64] 그럼에도 작품의 사실주의적 서술 원칙을 일정하게 훼손하고 있음은 부인하기 어렵다. 그런데 「김영철전」은 「최척전」의 이러한 한계를 넘어서고 있다. 즉 「김영철전」에서는 어떠한 비현실적 요소도 발견되지 않으며, 시종일관 사실주의적 정신으로 주인공과 그 주변세계의 교호관계가 탐구된다. 이렇게 본다면, 비록 두 작품의 직접적 영향관계는 없다 할지라도, 소설사적 맥락에서는 「김영철전」이 「최척전」을 이으면서 그 성과를 확충시켰다는 평가를 내릴 만하다.

「최척전」과 「김영철전」의 관계에 대해서는 좀더 언급이 필요하다. 「김영철전」은 「최척전」이 끝난 지점에서 시작되고 있다고 말할 수 있다. 최척 일가가 이산하게 된 직접적 계기가 된 것은 1597년의 정유재란이다. 하지만 최척은 1619년 명(明)의 요동정벌에도 참전하고 있다. 이때 그는 후금의 포로가 되며, 이것이 계기가 되어 큰아들을 만나 남원의 고향집으로 돌아올 수 있었다. 이와 달리 김영철은 요동정벌의 조선 지원군으로 출정하여 포로가 됨으로써 가족이산을 맞게 된다. 김영철의 고난의 이야기는 여기서부터 막이 오른다. 그러므로 「최척전」과 「김영철

---

63) 졸고 「최척전—16, 17세기 동아시아의 전란과 가족이산」에서 이런 결론에 도달했다.
64) 이 점은 위의 졸고에서 자세히 논의했다.

전」을 함께 읽으면 16세기 말부터 17세기 후반까지의 민족사 기저(基底)의 눈물과 아우성이 고스란히 포착된다. 『임진록』과 「임경업전」 등의 소설이 이 시기 역사의 위켠을 보여준다면, 「최척전」과 「김영철전」은 그 아래켠을 보여주고 있는 것이다. 「최척전」과 「김영철전」의 존재로 인해 우리 소설은 이 시기 역사의 표면에 드러난 문제만이 아니라 그 심층의 잘 드러나지 않은 문제까지도 탐색하는 깊이를 지닐 수 있었다. 단적으로 말해, 「김영철전」만큼 17세기 역사의 무게를 정면으로, 그것도 민중의 입장에서 감당하고 있는 소설은 달리 없다. 전형 창조의 면에서나 서술원리의 면에서 「김영철전」은 당시까지의 우리나라 소설이 이룩한 사실주의적 성과 중 최대치에 해당하는 것으로 평가할 만하다.

「최척전」과 「김영철전」은 같이 묶일 수 있는 작품이지만 그러나 차이점도 없지 않다. 우선 지적될 수 있는 차이는 「김영철전」이 민중의 삶을 그리고 있음에 반해 「최척전」의 남녀 주인공은 딱히 민중이라고 하기는 곤란하다는 점이다. 실제 사실이야 어찌 되었건, 작품내에서 최척과 그처 옥영은 신분이 양반으로 설정되어 있다. 최척 부부의 재회에는 한시(漢詩)가 한 중요한 모티프가 되고 있는데, 이 역시 그들의 신분이 양반으로 설정된 것과 관련된다. 최척 일가의 삶이 당대의 민중적 체험을 반영하고 있다는 사실에는 이의가 제기되기 어렵지만, 정작 그 주인공들의 사회적 신분은 양반이기에 이 작품을 두고 대번에 민중의 삶을 형상화한 것이라고 말하기에는 주저되는 바가 없지 않다. 이와 달리 「김영철전」의 주인공은 그 스스로가 당대의 민중에 속할뿐더러 그가 보여주는 삶 역시 민중적이다.

두 번째 차이는, 그 주제의 면에서 발견된다. 「최척전」은 전란으로 인한 가족이산의 고통과 가족애에 의한 재회의 성취를 그 주제로 삼고 있다.[65] 그리하여 온 가족이 다시 만나는 것으로 작품은 종결된다. 행복한 결말이다. 「김영철전」 역시 전란으로 인한 가족이산의 현실 및 가족과의 상봉을 위한 끈질긴 노력을 보여준다는 점에서는 「최척전」과 비슷하다. 그러나 「김영철전」은 「최척전」과 달리 주인공의 귀환으로 모든 문제가 해결되지 않는다. 오히려 새로운 문제가 야기된다. 이국에 남겨둔 처자의 문제가 그것이다. 김영철은 이 때문에 늙도록 죄책감을 느껴야만 했다. 작품은, 현실적으로 해결될 수 없는 이 문제를 억지로 해결하려 들지 아니하고 문제 자체를 직시하는 태도를 견지하고 있다. 뿐만 아니라, 「김영철전」의 주제는 단지 이것만이 아니다. 이 작품은 17세기 전란의 시대에 지배층이 민중에게 부과한 군역의 가혹함과 종군한 군졸들이 겪어야 했던 신고(辛苦)를 또다른 주제로 삼고 있다. 이 때문에 「김영철전」은 그 전체적 분위기가 자못 심각하고 어둡다.

마지막 차이는, 「최척전」이 전기계소설임에 반해 「김영철전」은 전계소설이라는 점이다. 그러므로 두 작품은 그 서술원리의 미적 기초가 상이하다. 「최척전」은 장면 묘사가 자세하고 서사가 충분히 전개된다는 장점이 있는 반면, 비현실적 요소가 끼여든다는 단점이 있다. 「김영철전」은 대상의 핵심을 간명히 개괄하면서 사실적 서술을 한다는 장점이 있는 반면, 현실의 제 계기를 풍부히 담으면서 서사를 곡진하게 전개시켜 나가지는 못한다는 단점이 있다.

「최척전」의 성격을 재조명하고 「김영철전」의 존재를 새로이 소설사에 추가함으로써 우리는 「유연전」→「최척전」→「김영철전」으로 이어지는 사실주의적 소설의 한 흐름을 짚어볼 수 있다. 이를 통해 17세기에서 18세

---

65) 위의 졸고 참조.

기 초 사이의 소설사에서 사실주의적 흐름이 생각보다 연면히 이어졌음을 알 수 있다. 이 흐름은 18세기 중·후반 박지원이라는 문호(文豪)에가 닿아 「양반전」·「허생전」과 같은 작품을 탄생시켰다. 이들 작품은 대개 전계소설에 속한다. 18, 19세기에 이르면 전계소설만이 아니라 야담계소설이나 일부 전기계소설, 국문소설인 판소리계소설이 이런 흐름을 확장시켰다.[66] 그리하여 영웅소설로 대표되는 이상주의적·낭만적 지향의 작품군과 함께 소설사의 두 큰 흐름을 이루었다. 「김영철전」의 소설사적 위상은 이런 구도 속에서 파악될 수 있는바, 17세기 소설이 거둔 사실주의적 성취를 이으면서 18, 19세기의 흐름을 예비했다는 의의가 있다.

보론

이 논문이 발표된 후 홍세태의 「김영철전」과 관련된 새로운 자료들이 학계에 보고되었다. 이복규에 의해 처음 확인되고 권혁래에 의해 자세히 소개된 단국대 나손문고 소장본 「김텰전」, 양승민·박재연에 의해 소개된 박재연 소장본 「김영철전(金英哲傳)」, 서인석에 의해 소개된 서인석 소장본 「김영텰뎐」, 송하준에 의해 소개된 조원경 소장본 「김영철전(金英哲傳)」이 그것이다.[67] 이 중 「김텰전」과 「김영텰뎐」은 국문 필사본

---

66) 야담계소설의 사실주의적 성과에 대해서는 졸고 『『청구야담』 연구―한문단편소설을 중심으로」에서 살핀 바 있다. 판소리계소설이 거둔 최대의 사실주의적 성과는 『춘향전』인데, 이 점에 대해서는 졸고 『『춘향전』의 역사적 성격분석」(『전환기의 동아시아문학』, 창작과비평사, 1985)에서 자세히 살폈다.

67) 이복규, 「임경업전 연구」(경희대 박사학위논문, 1992); 권혁래, 「나손본 〈김철전〉의

이고, 박재연 소장본과 조원경 소장본은 한문 필사본이다.

홍세태의 「김영철전」이 '전체(傳體)'의 소설이라면, 이 네 자료는 전(傳)과는 아무 관계가 없는 소설들이다.

이 새로운 자료들이 나옴으로써 홍세태 작품의 성격이 좀더 분명해지고, 김영철 작품의 모본이 된 「김영철유사」에 대한 궁금증이 더 커졌다. 그리고 '김영철 서사'의 전변(轉變) 과정에 대한 재구(再構)가 필요해졌다. 이하, 이 점을 중심으로 필자의 생각을 약간 언급해두고자 한다.

먼저 홍세태의 「김영철전」을 '원작' 「김영철전」의 '이본'으로 간주하는 시각에 대해서다. 현재 일반화되어 있는 이런 시각에 필자는 동의하지 않는다. 홍세태의 작품은 엄밀히 말해 '이본'이 아니며, '개작'이라고 말해야 할 성격의 것이다. 모본으로 삼은 「김영철유사」에 의거했기는 하나, 전체적으로 표현을 자기식으로 바꾸고, 대폭 산삭을 가하고, 전(傳)의 체재로 바꾸었기 때문이다. 그러므로 홍세태의 작품은 「김영철유사」와 연결되어 있기는 하나 그 이본이 아닌, 별개의 '작품'으로 간주되어야 마땅하다. 홍세태의 「김영철전」에 대한 평가는 이러한 전제 위에서 이루어져야 할 것이다. 그러므로 홍세태의 작품을 단순히 원작의 '축약'으로 평가절하하는 태도는 재고를 요한다.

史實性과 여성적 시각의 면모—〈김영철전〉과 대비하여」(『고전문학연구』 15, 1999); 양승민 · 박재연, 「원작 계열 〈김영철전〉의 발견과 그 자료적 가치」(『고소설연구』 18, 2004); 서인석, 「국문본 〈김영텰전〉의 이본적 위상과 특징」(『국어국문학』 157, 2011); 송하준, 「새로 발견된 한문필사본 〈김영철전〉의 자료적 가치」(『고소설연구』 35, 2013) 등 참조. 필자의 확인에 의하면 조원경 소장본은 의성의 신덕함(申德涵, 1656~1730) 후손가에 전해지던 전적(典籍)들 속에 있던 것이다. 이 점을 고려한다면 이 본은 '신덕함 후손가 구장본(舊藏本)'이라 명명해도 좋으리라 생각된다.

둘째, '김영철유사'의 성격 규정 문제에 대해서다. 혹자는 '김영철유사'가 책이름이 아닐 가능성이 무척 높으며, 설사 책이름이라 할지라도 '김영철전'의 이명(異名)일 뿐일 것으로 보았다.[68] 그러나 이는 수긍하기 어렵다. 홍세태가 지은 시의 제목인 '독김영철유사(讀金英哲遺事)'는 「김영철유사」라는 글을 읽고'라는 뜻으로 새겨야지, '김영철의 사적을 읽고'라는 뜻으로 새길 수 없다.[69]

'김영철유사'는 '김영철전'의 이명이 아니다. 만일 '김영철유사'의 본래 명칭이 '김영철전'이었다면 홍세태가 「독김영철유사」라는 시의 주(注)에서, "내가 매우 슬피 여겨 그의 전을 지었다(余甚悲之, 爲立傳)"라고 한 말이 퍽 부자연스런 것이 된다. 홍세태는, 기왕에 전이 있는데, 자신이 김영철의 인멸(湮滅)을 막기 위해 비로소 전을 지은 것처럼 말한 게 되기 때문이다. 만일 자신이 본 글이 전이라면 홍세태는 이런 어투로 말할 리가 없으며, 기존의 전이 번다하거나 비리(鄙俚)해 자신이 다시 입전했다고 말했을 터이다. 하지만 홍세태는 그리 말하지 않았다.

이로 볼 때 홍세태가 본 글은 '전'이 아니라 '유사(遺事)'임이 분명하다. '유사'란 무엇인가? 전근대 한문학의 글쓰기 전통에서 '전'이나 '행장' 같은 글은 상당히 규범적이고 격식적이다. 특히 전을 짓는 데는 기본적으로 뚜렷한 입전의식(立傳意識)이 필요하다. 이게 부담스러우면 대개 '서사(書事)', 혹은 '기사(記事)'라는 문체를 취한다. 이런 문체는 특별한 장르 규범이 없으며 비교적 자유롭게 특정 인물의 일을 기술하는 것이 허용된다. '유사'는 크게 보아 서사나 기사처럼 일정한 체(體)가

---

68) 양승민·박재연, 「원작 계열 〈김영철전〉의 발견과 그 자료적 가치」, 98면.
69) 양승민·박재연, 위의 논문, 98면에서 이 시제(詩題)를 그리 해석했다.

없으며, 견문한 것을 수록(隨錄)한 글쓰기에 해당한다. 그러므로 실기 (實記)의 성격을 띨 수도 있고, 야사류(野史類)의 성격을 띨 수도 있다.

「김영철유사」의 작자는 소싯적부터 김영철과 동향에 살았던 김응원 (金應元)이라는 선비다.[70] 그는 우연히 김영철이 만년에 거주하던 자모 산성을 지나다가 김영철을 만나 그의 기구한 사연을 듣게 되고, 급기야 이를 글로 남기게 된다.[71] 이것이 바로 「김영철유사」다. 이 글은 김영철 이 구술한 사연을 토대로 상상력을 펼친 서사였을 터이다. 김영철과 김 응원의 관계라든가 김영철의 구술 내용 등을 감안할 때 김응원이 택할 수 있는 글쓰기 형식은 전보다 유사 쪽이 적절했으리라 본다. 하지만 홍 세태는 김영철을 '전'에 담고자 했다. 홍세태는, 유사보다 전이 역사에 더 근접해 있고 게다가 더 공식적인 문체이니 김영철을 인멸에서 건져 내는 데 좀더 도움이 된다고 판단했을 수 있다. 홍세태가 "내가 매우 슬 피 여겨 그의 전을 지었다(余甚悲之, 爲立傳)"라고 한 말은 이런 맥락에 서 이해되어야 하지 않을까.

셋째, 「김영철유사」와 김영철이 주인공으로 등장하는 한문 필사본 소 설의 관계에 대해서다. '김영철 서사'는 김응원의 「김영철유사」가 효시 이다. 현전하는 조원경본 「김영철전」과 박재연본 「김영철전」은 「김영철 유사」로부터 생성된 것은 분명하나, 「김영철유사」와 꼭 같지는 않으며, 따라서 「김영철유사」는 아니다. 홍세태의 「김영철전」은 「김영철유사」에 의거해 작성된 것이기에 적어도 '사실관계'는 「김영철유사」를 따르고 있

---

70) 이 사실은 권혁래, 「〈김영철전〉의 작가와 작가의식」(『고소설연구』 22, 2006); 송하 준, 앞의 논문 참조.

71) 조원경 소장본 「김영철전」(필자는 조원경 목사의 후의로 이 자료를 과안할 수 있었 다. 이 자리를 빌려 감사드린다) 및 박재연 소장본 「김영철전」의 말미 참조.

다고 보인다(특정 화소가 생략되기도 하고 표현은 달라졌다고 할지라도).

홍세태의 「김영철전」, 조원경본 「김영철전」, 박재연본 「김영철전」, 이 셋에 보이는 사실관계의 일단을 비교해 제시하면 다음과 같다(셋을 '홍본', '조본', '박본'으로 약칭한다).

홍본에서는 김영철이 영유현(永柔縣) 중종리(中宗里) 사람이라고 했는데, 조본와 박본에서는 그냥 영유현 사람이라고만 했다.

김영철이 무오년 심하 전역(深河戰役)에 참전했을 때의 나이가 홍본에서는 19세, 조본와 박본에서는 20세로 되어 있고, 사망시 나이는 홍본에서는 84세, 조본와 박본에서는 85세로 되어 있다.

김영철이 만주의 우모령(牛毛嶺)에 도착한 날짜가 홍본에서는 기미년(1619) 춘2월, 조본에서는 3월 2일, 박본에서는 3월 3일로 되어 있다. 이민환의 『책중일록(柵中日錄)』에 3월 2일 심하에 도착했다고 기록되어 있음을 볼 때 3월 2일이 정확하다고 보인다.[72]

홍본과 조본에서는 건주에서 탈출한 사람이 10명이라 했고, 박본에서는 9명이라고 했다.

김영철이 세 처와의 사이에서 낳은 아들의 숫자가 홍본에서는 8명, 조본와 박본에서는 7명으로 되어 있다. 홍본에서는 조선에서 낳은 아들이 넷이고 그 이름이 의상(宜尙), 득상(得尙), 득발(得發), 기발(起發)이라고 했는데, 조본에서는 셋이고 그 이름이 득상(得祥), 득발(得發), 기발(起發)이라고 했으며, 박본에서는 셋이고 그 이름이 득상(得祥), 득발(得

---

72) 홍본은 당연히 「김영철유사」를 따랐다고 생각된다. 「김영철유사」는 김영철의 기억을 토대로 한 것이기에 이런 착오가 생겼을 것이다. 조본은 착오를 바로잡은 것으로 보인다. 박본은 한글본을 한역(漢譯)한 결과 착오가 생겼을 것이다. 번역의 저본인 한글본 자체에 착오가 있었을 가능성이 높다.

發), 기발(祺發)이라고 했다.

김영철이 자모산성에 들어간 해를 홍본에서는 무술년(1658)이라고
했는데, 조본와 박본에서는 기해년(1659)이라고 했다.

사실관계의 이런 차이에서 무엇이 확인되는가? 홍세태의 「김영철전」
이 직접적으로 「김영철유사」에 의거하고 있음과 달리, 조원경본 「김영
철전」과 박재연본 「김영철전」은 직접적으로 「김영철유사」에 의거하고
있지 않음이 확인된다 할 것이다. 그렇다면 조원경본과 박재연본이 의
거한 것은 무엇인가?

조원경본은 「김영철유사」와 별도로 존재한 한문소설 「김영철전」에 의
거한 것으로 여겨진다. 박재연본은 국문소설 「김영철전」을 한역(漢譯)
한 것인데, 그 성립 시기를 19세기 후반으로 보는 주장이 제기된 바 있
다.[73] 박재연본의 저본(底本)이 된 국문소설의 모본 역시 「김영철유사」가
아니라 한문소설 「김영철전」으로 추정된다. 물론 국문소설은 한문소설을
꼭 그대로 한역하지는 않고 새로운 내용을 보태거나 윤색했을 수 있다.

「김영철유사」를 소설 「김영철전」으로 탈바꿈시킨 최초의 작자가 누
군지는 알 수 없다. 하지만 다음 자료들을 통해 소설 「김영철전」의 존재
양상에 대한 약간의 단서를 얻을 수 있다.

① 계해년(1683)에 영철이 자모산성에서 죽어 순안(順安)에 묻혔는
데 85세였다. 영철이 죽기 전에 스스로 관찰사에게 진정해 자신의 공적
을 조정에 아뢰어 은정(恩情)을 입게 해 달라고 했으나 관찰사 유하익
(兪夏益)은 끝내 처리하지 않고 술과 쌀만 보내주었다.

---

73) 권혁래, 「〈김영철전〉의 작가와 작가의식」(『고소설연구』 22), 2006, 107면.

응원이 기록한 것은 이와 같은데, 그 문사(文辭)가 분잡하고 잘못된 게 많아 대략 정제(整齊)하였다.[74]

② 무명씨가 이르기를, "내가 혹자가 지은 「김영철전」이라는 것을 보았는데, 필세가 섬려(贍麗)하여 읽을 만했지만 자못 번잡하고 비루하여 내가 마침내 산개(刪改)하고 윤색(潤色)하였다"라고 했다. 아아, 김영철은 전쟁에서 살아남아 큰 사막을 넘고 바다를 건너 수만 리를 헤쳐 왔다. 무릇 일곱 번이나 생사의 기로에 섰으나 마침내 천수를 누리다 죽었다. (…) 금상(今上) 10년 계해년에 김영철이 죽었는데, 향년 85세였으며, 평안도 순안현에 그 무덤이 있다고 한다.[75]

③ 계묘년(계해년의 착오―인용자)에 영철은 천수를 누리고 병 없이 죽었는데, 향년 85세였다. 그 자녀들이 순안(順安)의 선산에 부장(祔葬)했는데, 그곳은 영철이 부친을 초혼한 후 장례지낸 땅 옆이었다. 영철이 죽기 전에 순영(巡營)에 정문(呈文)을 바쳐 자신의 사적을 조정에 올려 임금께 아뢸 것을 요청했지만 순사(巡使)는 오래된 일임을 청탁해 임금께 아뢰어 번거롭게 할 수 없다며 기각하고는 술 한 잔과 쌀 한 말을 보

---

74) 원문은 다음과 같다: "歲癸亥, 英哲死於慈母, 葬於順安, 盖八十五. 英哲未死時, 嘗自陳訴於方伯, 求以聞諸朝而得沾恩紀, 按道者愈夏益終不理, 但饋酒給米. 應元所記如此, 顧其辭多糸[紛]類, 畧加齊整云爾."(조원경본「김영철전」의 말미)

75) 원문은 다음과 같다: "無名氏曰: '余觀或人所爲「金英哲傳」者, 筆勢瞻麗可玩, 而頗傷宂雜陋野, 余遂刪改潤色焉.' 嗟呼金英哲, 以鋒鏑餘生, 窮大漠、截滄海, 跋涉數萬餘里, 凡經七死生, 卒以天年死. (…)今上十年癸亥, 金英哲卒, 年八十有五, 平安之順安縣有其塚云."(李棟完,「金英哲傳後識」,『茅山先生文集』권3)

냈다. 우리나라는 매사가 이와 같으니, 어찌 사람으로 하여금 나라를 위해 죽을 힘을 다하게 할 수 있겠는가. 이 전(傳)을 처음서부터 끝까지 다 본다면 한번 장탄식을 할 만하다.[76]

①은 조원경본「김영철전」의 말미이고, ②는 안동에 거주한 이동완(李棟完, 1651~1725)이라는 문인이 소설「김영철전」을 읽고 쓴 후지(後識)의 일부이고, ③은 박재연본「김영철전」의 말미이다.

①을 통해 누군가가 김응원의 글을 '정제'했음을 알 수 있다. 누군가가 이렇게 만든 텍스트를 필사한 것이 조원경본「김영철전」이다. 송하준의 연구에 의하면 필사자는 경상북도 청도에 거주한 박증대(朴增大)이고, 필사 시기는 1762년 전후이다.[77]

그런데 ①에서 소설「김영철전」의 텍스트를 만든 누군가가 보았다는 김응원의 글은 홍세태가 본「김영철유사」와 차이가 있다. 홍세태가 본「김영철유사」에는 김영철이 심하 전역에 참전한 것이 19세 때이고, 조선에서 낳은 아들이 4명이며, 자모산성에 들어간 것이 1658년이고, 몰년이 84세로 되어 있는 데 반해, ①의 누군가가 본 김응원의 글에는 김영철이 심하 전역에 참전한 것이 20세 때이고, 조선에서 낳은 아들이 3

---

76) "歲癸卯, 英哲以天年不病而終, 時年八十五歲矣. 其子女等, 祔葬於順安地先山其父親招魂之葬側. 英哲未死之前, 具由呈文於巡營, 乞上其事跡於朝廷, 以爲轉達於天聽之地, 則巡使稱以事在久遠, 不可煩於上聞, 却之, 饋酒一盃·給米一斗而送之. 我國之事事如此如此, 烏可爲得人之死力也. 觀於此傳之終始, 可發一長吁也."(양승민이 탈초·교점·주해한 박재연본「김영철전」원고. 이하 박재연본의 인용은 모두 이 원고에 의거한다. 이 원고를 제공해주신 양승민 교수께 감사드린다.)
77) 송하준, 앞의 논문, 247면.

명이며, 자모산성에 들어간 것이 1659년이고, 몰년이 85세로 되어 있었다고 여겨지기 때문이다. 이 점은 무엇을 시사하는가? 두 가지 가능성을 생각하게 한다. 하나는 「김영철유사」가 전사(傳寫)되고 유통되는 과정에 변이(變異)가 생겼을 가능성이고, 다른 하나는 ①의 누군가가 본 김응원의 글이 실은 김응원의 '원래 글'이 아닐 가능성이다(즉 어떤 사람이 김응원의 글에 손을 댄 텍스트일 가능성이다). 필자는 후자 쪽에 무게를 둔다.

②를 통해 혹자가 기왕의 소설 「김영철전」을 개작한 「김영철전」을 썼음을 알 수 있다. 이동완의 「김영철전후지(金英哲傳後識)」는 '숙종이 승하한 1720년 6월 이전'에 작성된 것이니,[78] 기왕의 소설 「김영철전」과 개작된 소설 「김영철전」이 모두 1720년 6월 이전에 존재했다고 할 수 있다.

문제는 기왕의 소설 「김영철전」이 김응원의 「김영철유사」를 가리키는가의 여부다. 기존 연구에서는 「김영철유사」를 가리킨다고 보았다.[79] 만일 기존 연구의 주장대로라면 「김영철유사」는 소설 '김영철전'으로 유통된 것이 된다.

필자는 이 주장에 동의하지 않는다. ②에서 김영철이 85세에 죽었다고 했는데, 이는 개작된 「김영철전」이든 기왕의 「김영철전」이든 모두 그리 기술되었을 것이라 보는 것이 타당하다. 앞에서 밝혔듯, 「김영철유사」에서는 김영철이 84세에 죽은 것으로 기술되었음이 분명하다.

그러니 ②에서 말한 기왕의 「김영철전」은 「김영철유사」가 아니며, 「김영철유사」로부터 생성된 텍스트라고 보아야 할 것이다. 이처럼 김영철의 몰년을 비롯한 김영철과 관련된 사실관계는 '김영철 서사'의 수형

---

78) 송하준, 위의 논문, 250면.
79) 송하준, 위의 논문, 251면.

도(樹型圖)를 그리는 데 있어, 그리고 각 텍스트의 성격 고증에 있어 매우 중요한 표지(標識)가 된다.

③의 짙게 표시한 구절은 「김영철유사」에는 없었을 터이며, 「김영철유사」를 「김영철전」으로 전환한 사람의 목소리라고 생각된다.

①에서 말한 정제된 텍스트로서의 「김영철전」이 ②에서 말한 산개·윤색된 텍스트로서의 「김영철전」과 동일 계열의 것인지는 확언하기 어렵다.[80] '김영철 서사'는 기이하고 극적 요소가 풍부해[81] 장면의 허구적 재현을 확장할 여지가 많고, 흥미소(興味素)를 보탤 여지 또한 많다. 확장만 가능한 것이 아니라 축소도 가능하니, 가령 특정한 에피소드를 소거하거나 개략적 서술로 대체할 수 있다. 이런 축소는 꼭 전체(傳體)에 해당하는 홍세태의 「김영철전」에서만이 아니라 소설 텍스트에서도 야기될 수 있다.

이런 가능성을 열어두고 생각한다면 한문소설 「김영철전」은 꼭 하나만이 아니라 둘 이상의 여러 버전이 존재했을 수 있다.

「김영철유사」로부터 소설 「김영철전」을 최초로 성립시킨 어떤 작가가 있을 것은 분명하지만, 그 작품은 현재 전하지 않으며 그 작가가 누군지도 알 수 없다. 한 가지 분명한 것은 '김영철 서사'는 「김영철유사」로부터 비롯되는데, 현재 전하는 그 어떤 텍스트도 「김영철유사」는 아니며 그 개작이라는 사실이다. 그렇기는 하나 홍세태의 「김영철전」과 조원경

---

80) 송하준, 위의 논문, 252면에서는 조원경 소장본이 ②에서 무명씨가 윤색했다고 한 「김영철전」 계열에 속할 것으로 추정했다. 하지만 무슨 근거가 있는 것은 아니다.

81) 이동완이 「김영철전후지」에서 "嗟呼! 金英哲, 以鋒鏑餘生, 窮大漠, 截滄海, 跋涉數萬里, 凡經七死生, 卒以天年死, 其奇異絶特, 已足以資談士齒舌"이라 한 말을 상기할 것.

본 「김영철전」을 통해 「김영철유사」의 대체적 면모는 파악할 수 있다.

넷째, 한문본 소설과 국문본 소설의 관계에 대해서다. 19세기에 필사된 것으로 추정되는 두 국문본 소설 「김텰전」과 「김영텰전」[82]은 「김영철유사」가 아니라 한문소설 「김영철전」에 연원(淵源)을 두고 있다고 생각된다.[83] 「김영철유사」에서 우모령 도착일은 앞서 언급했듯 기미년 춘2월로 되어 있는데, 서인석본 「김영텰전」에는 박재연본 「김영철본」과 똑같이 3월 3일로 되어 있다. 또 건주에서 아라나가 부리던 포로 숫자가 「김영철유사」에는 10인으로 되어 있는데, 서인석본 「김영텰전」에는 박재연본 「김영철전」과 똑같이 9인으로 되어 있다.

두 국문본 소설은 여성의 정감에 대한 서술이 풍부하다는 특징을 보인다.[84] 「김텰전」에는 등주의 중국인 아내가 김영철에게 보낸 편지 내용이 자세히 소개되고, 또 김영철이 건주의 만주인 처에게 보낸 편지 내용이 자세히 소개되지만, 조원경본 「김영철전」이나 박재연본 「김영철전」에는 편지를 보내거나 받는 장면이 나오지 않는다.[85] 또한 서인석본 「김영텰전」은 박재연본 「김영철전」에 비해 남녀의 결혼과 이별 장면이 한

---

82) 권혁래, 「나손본〈김철전〉의 史實性과 여성적 시각의 면모」, 142면; 서인석, 앞의 논문, 119면. 필자는 서인석 교수의 후의로 「김영텰전」을 과안할 수 있었다. 이 자리를 빌려 감사드린다.

83) 권혁래는 「김텰전」이 "「김영철유사」와 여러 모로 연관되었으며, 이를 바탕으로 후대의 작가가 적극적으로 개작하여 만든 이본"(권혁래, 위의 논문, 115면)일 것으로 보았다.

84) 이 점은 권혁래, 위의 논문; 서인석, 앞의 논문에 자세히 해명되었다.

85) 다만 박재연본에는 이연생이 재차 등주에 갔을 때 만난 김영철의 중국인 처 전씨가 "君能少留, 受我一紙情書而傳給於英哲乎"라고 말하자 이연생이 "使行催發, 勢難遲留. 且造次之間, 紙筆亦難, 須以言替書可也"라고 대답하는 장면이 나온다. 「김영철유사」에는 이런 대목이 없었으리라 추정된다.

층 자세히 서술되어 여성 독자의 관심에 부응하고 있다.[86] 국문본의 이런 면모는 국문소설의 주독자층이라 할 여성의 기대지평을 고려한 변이일 수 있다.

그렇기는 하나 국문소설의 이런 면모가 모두 국문소설 고유의 것이라고 주장할 수 있을지는 의문이다. 지금까지 발견된 한문본만 갖고 말한다면 기존 연구의 주장처럼 이런 면모가 한문본에는 보이지 않는 국문본만의 특징일 수 있겠으나, '김영철 서사'의 흥미로움을 고려할 때 또 다른 한문본 '김영철전'의 텍스트 '들'이 있었을 여지는 충분하다. 적어도 이런 가능성을 닫아버려서는 안 된다고 생각한다.

「김텰전」에 삽입된 두 개의 긴 편지는 한국고전소설의 전통 속에서 보면 전기소설(傳奇小說)에서 유래하는 수법이다. 또한 「김영텰전」에 나타나는 남녀의 결혼과 이별에 대한, 여성적 정감에 기반한 섬세한 서술 역시 그 문체적 · 양식적 소종래를 탐문해 들어가면 전기소설에 가닿는다. 전기소설은 기본적으로 한문 양식이다. 국문소설의 작법(作法)에서 편지가 자세히 길게 소개되거나 남녀의 결연이나 이별과 관련된 심회가 세세히 묘사되기는 어렵다. 이 점에서 「김텰전」이나 「김영텰전」에 보이는 여성의 정감을 짙게 드러내는 서술 양태는, 국문으로 개작되면서 그런 면모가 조금 더 확장되었을 수는 있지만, 애초 한문본 「김영철전」의 어떤 버전에 존재했을 가능성이 크다. 그 「김영철전」은 우리가 아직 모르는 「김영철전」이다.

김영철의 구술을 토대로 작성된 김응원의 유사는 대체로 경험적 서사에 근간을 두되, 다른 기록을 일부 끌어오든가 작자의 상상력을 다소

---

86) 서인석, 앞의 논문, 133면.

간 보탠 것이었으리라 봄이 합리적이다. 김영철이 겪은 일은 '장면재현적'으로 극화(劇化)될 수 있는 요소가 풍부해 문자화 과정에 소설적으로 '연의(演義)'될 수 있는 가능성이 풍부하게 열려 있다.

홍세태의 「김영철전」에서 부분적으로 확인되는 소설적 성향의 장면재현 방식은 「김영철유사」에서 전이(轉移)된 것이 분명하다. 홍세태와 달리 일부 문인들은 허구적 부연이나 윤색을 통해 「김영철유사」를 「김영철전」으로 개작하는 작업을 시도한 듯하다. 이 과정은 생각보다 복잡해 누군가의 개작에 누군가가 불만을 품고 다시 개작하기도 하고, 소극적으로 「김영철유사」를 개작하는 데 그치지 않고 새로운 화소(話素)를 추가하는 적극적 개작이 나타나기도 한 게 아닌가 한다. 이에 따라, 필기류(筆記類) 문체를 취하고 있었으리라 짐작되는 「김영철유사」에 썩 근접하거나(조원경본이 이에 해당한다) 비교적 근접한(박재연본이 이에 해당한다) 소설이 존재하는가 하면,[87] 그로부터 상당히 멀어진 소설도 존재하게 된 게 아닌가 싶다. 편지 등의 장치나 여성의 심리묘사를 통해 소설 특유의 내면성을 높이는 시도를 한 개작은 「김영철유사」에서 상당히 멀어진 경우라 할 것이다. 이런 소설은 전기소설의 양식을 접맥시켰다는 점이 주목된다.

다섯째, 홍세태가 쓴 「김영철전」의 위상과 장르 규정 문제에 대해서다. 홍세태의 「김영철전」을 단지 「김영철유사」의 '압축'이나 '요약'으로만 보아서는 안 된다는 점은 앞서 언급했다. 홍세태는 자기대로의 분명한 문제의식과 주제의식을 갖고 「김영철유사」의 서사를 '전체(傳體)'로

---

87) 양승민·박재연, 앞의 논문, 99면에서는 박재연본 「김영철전」을 "전기소설류"라고 했으나, 문체로 보든 남녀의 관계 맺는 방식으로 보든 그리 보기는 좀 어렵지 않은가 한다.

재구성·재작성했다.

홍세태가 1717년경에 쓴[88] 이 작품은 '김영철 서사'에서 독특한 위상을 점한다. 현전하는 다른 소설 작품들과 달리 그의 작품은 17세기 동아시아의 전란에서 조선 인민이 겪은 고통과 곤고상(困苦狀)을 집약적으로 드러내는 데에, 그리고 온갖 죽을 고생을 하면서 국가에 충성을 다했건만 아무런 보상도 받지 못한 채 죽을 때까지 가난을 견디며 수성(守城)해야 했던 하층 인민의 비참한 처지를 부각시키는 데에 집중화·초점화되어 있다. 홍세태는 노비에서 면천(免賤)되어 중인이 된 이력의 소유자로, 양반에 예속된 존재로서 평생 차별을 겪어야 했다. 이런 존재 여건에 있었기에 그는 「김영철전」에서 민중적 주제의식을 뚜렷하게 구현할 수 있었다. 홍세태가 「김영철유사」의 어떤 에피소드들을 쳐내버리거나 축소시켜버린 것은 그것들이 주제 구현에 불필요하거나 그다지 중요하지 않다고 판단했기 때문으로 보인다. 이로 인해 이 작품이 갖게 된 제약이 없지 않으나,[89] 그럼에도 이 작품이 취하고 있는 이런 강렬한 주

---

88) 이승수, 「김영철전의 갈래와 독법─홍세태의 작품을 중심으로」(『정신문화연구』 107, 2007), 295면. 김영철은 숙종 9년인 1683년에 세상을 떴으니 김응원의 「김영철유사」는 1683년 이후 창작되었다고 할 것이다. 이리 본다면 홍세태의 「김영철전」은 「김영철유사」가 지어진 지 30년쯤 뒤에 쓰인 셈이다.

89) 가령 「김영철유사」의, 이국의 처와 관련된 서사를 비롯한 여러 풍부한 내용들이 간략화되거나 축소된 점을 지적할 수 있을 것이다. 조원경본 「김영철전」 말미의 다음 대목, 즉 "應元因問曰: '老人(김영철─인용자)對此妻子時, 亦念胡地與登州乎?' 英哲汪然出涕曰: '夫婦情多, 父子恩重, 天下古今人所同然, 寧可以山川隔絕, 疆域有限, 而或相忘耶. 吾入此城, 今二十餘年矣. 每於天氣淸明、白日落西之時, 登城樓, 北望陰山, 想牛毛岑戰場, 不覺鼻酸骨驚, 思建州衛妻子, 自然心悽意慘, 西望滄海, 憶與田氏好合之情, 思其背盟逃遁之事, 則神思黯然, 老淚沾襟矣. 西地妻子, 初無負我, 而我實背之, 獨不愧於心乎?'"를 보면 「김영철유사」에는 건주와 등주의 두

제적 스탠스는 정당한 주목을 요한다. '김영철 서사'에서 이 작품이 갖는 독특한 위상은 이 점에 있다 할 것이다.

필자는 홍세태의 「김영철전」을 '전계 소설'로 규정한 바 있다. 이후 이 작품을 '실전(實傳)'으로 보아야 한다는 주장이 제기되었다.[90] 홍세태는 전을 쓴다는 생각으로 「김영철전」을 지었으니, 작자의 장르의식을 중시한다면 이 작품은 전에 귀속된다. 또한 전통적인 문체 구분에 따른다면 이 작품은 전이라 할 수 있다.

홍세태는 「김영철전」 외에 「유술부전」과 「김장군전」이라는 전을 두 편 더 창작했다. 「유술부전」과 「김장군전」에서는 소설적 요소가 나타나지 않는 데 반해 「김영철전」에서는 소설적 요소가 아주 확대되어 있다. 필자는 꼭 전통적인 문체 구분을 그대로 따르지만은 않으며, 필자 고유의 장르론적 입장이라 할 '장르운동'의 견지에서 전과 소설의 관계를 파악해왔다.[91] 이에 의하면 홍세태의 「김영철전」은 전적(傳的) 요소도 없지 않지만 소설 쪽으로의 장르운동이 크게 진전되어 있는 경우로 이해된다. 전근대 한국문학사에서 이런 현상은 비단 홍세태의 「김영철전」에 국한되지 않으며, 상당히 빈번히 나타난다. 이런 점을 고려한다면 홍세

처에 대한 김영철의 인간적 번뇌를 서술한 대목이 상당히 있었으리라 추정되는데, 홍세태의 「김영철전」에서는 이런 부분이 대단히 축소되었다. 그 결과 명청 교체기의 전란으로 인해 후금과 명의 여성이 겪은 고통을 좀더 거시적인 동아시아적 시각으로 보듬을 수 없었다. 뿐만 아니라 홍세태의 「김영철전」은 김영철의 내적 갈등을 축소하는 대신 그를 효를 추구한 인물로 좀더 부각시켜놓고 있음도 문제다.

90) 이승수, 앞의 논문.

91) 졸저, 『조선후기 전(傳)의 소설적 성향 연구』(성균관대 대동문화연구원, 1993)에서 전과 소설의 관계에 대한 이론적 탐구를 꾀했다. 특히 홍세태의 「김영철전」에 대해서는 이 책, 369면을 참조할 것.

태의 「김영철전」을 꼭 전이라고 주장하는 것이 능사는 아니다.

필자가 「17세기 동아시아의 전란과 민중의 삶」이라는 논문에서 밝혔듯 홍세태의 「김영철전」이 전계 소설이 된 것은 그 모본인 「김영철유사」의 소설적 면모에 기인하는 바 크다. 「김영철유사」는 전통적 문체 구분에 따르면 '실기(實記)'류에 해당할 터인데, 경험적 서사로 일관하는 보통의 실기와 달리 장면의 재현과 극화(劇化), 인물들 간의 상상적 대화의 재구성 등 허구적 서사가 어느 정도 섞인 텍스트였던 것으로 추정된다. 이 점을 중시한다면 김응원은 자신이 청취한 김영철의 기이한 사적을 소설적 취향에 따라 문자화했다고 말할 수 있다. 즉 「김영철유사」는 비록 경험적 서사가 근간이 되고 있기는 하나 주요한 장면들에서 허구적 서사가 힘을 발휘하고 있는 텍스트인바, 이 점에서 일종의 소설로 간주될 수 있다. 허구적 서사는 꼭 서술된 사건이 허구이어야만 하는 것이 아니라, '서사의 방식'이 어떤가 하는 것 역시 문제가 됨으로써다.

하지만 「김영철유사」나 홍세태의 「김영철전」은 비록 소설이기는 하나 그 허구화의 정도가 상대적으로 낮은 편에 속한다고 할 수 있다(둘 중에는 당연히 「김영철유사」가 허구화의 수준이 더 높다고 판단된다). 「김영철유사」로부터 생성된 소설 텍스트들은 허구화의 수준이 상대적으로 더 높아졌다고 보아야 할 것이며, 그 반대의 방향인, 경험적 서사가 강화되는 쪽으로 갔다고 여겨지지는 않는다. 물론 그 내부에도 차이가 있을 수 있지만,[92] 그럼에도 대체로 보아 「김영철유사」에 비해 허구화의 수준이 높아졌다고 보는 것이 옳을 터이다.

---

92) 조원경본 「김영철전」이나 박재경본 「김영철전」보다 나손본 「김털전」이나 서인석본 「김영털전」의 허구화 수준이 훨씬 더 높은 것으로 보인다.

17세기 초의 화이론과
부정적 소설 주인공의 등장
―「강로전」고(攷)

1

17세기는 우리나라 소설사의 새로운 단계가 시작되는 시기다.[1] 이 시기에 이르러 종전의 지배적 소설 양식인 전기소설(傳奇小說)은 그 편폭의 확대를 꾀함과 동시에 질적으로도 여러 가지 변모의 징후를 보여준다. 전기소설 내부의 변화만 주목할 것은 아니다. 전기소설과는 전연 다른 새로운 소설 양식의 모색과 정착도 바로 이 시기에 이루어졌다. 야담계소설, 전계소설, 국문소설이 그것이다.

이 글에서 살피고자 하는 「강로전(姜虜傳)」은 17세기 초에 창작된 전계소설이다. 이 작품은 남한 학계에서는 아직 거론된 바 없지만, 북한 김일성대학의 김춘택 교수는 자신의 저술 『조선 고전소설사 연구』[2]

---

1) 졸저『한국전기소설의 미학』(돌베개, 1997), 73면, 91면 참조.
2) 김일성종합대학 출판사에서 1986년 간행되었다. 이 책은 이름을 달리하여 남한에서

에서 이 작품이 북한에 전하는 『화몽집(花夢集)』이라는 필사본 소설집에 수록되어 있음을 밝힌 바 있다. 그에 의하면 『화몽집』에는 「주생전」, 「운영전」, 「영영전」, 「동선전(洞仙傳)」, 「몽유달천록」, 「원생몽유록」, 「피생명몽록」, 「금화영회(金華靈會)」, 「강로전」 등 9편의 한문소설이 수록되어 있다.[3] 필자는 남한에서 재출간된 김춘택 교수의 책 말미에 붙인 논문에서, 「금화영회」는 「금화사몽유록」으로 짐작되나 「강로전」은 남한에는 없는 작품이라고 말한 바 있다.[4]

그 뒤 필자는 「강로전」을 인용하거나 언급한 조선후기 문헌들을 더러 접할 수 있었으며, 이를 통해 그 작자가 권칙(權伏)이라는 사실을 알게 되었다. 그후 또 얼마 시간이 지나 민족문화추진회에서 간행한 문집총간(文集叢刊)을 검토하던 중 『규창유고(葵窓遺稿)』[5]에 실려 있는 「강로전(姜虜傳)」을 접할 수 있었다.[6] 그러나 이 자료는 한글로 번역되어 유포되던 「강로전」을 다시 한문으로 번역한 것이었다.[7] 규창(葵窓) 이건

재출간되었다. 『우리나라 고전소설사』(한길사, 1993)가 그것이다. 남한에서 재출간된 책의 말미에는 필자가 쓴 「최근 북한학계에서의 고전소설사 연구의 성과와 문제점」이라는 논문이 첨부되어 있다.

3) 『우리나라 고전소설사』, 205면. [보주] 이후 연변대학 최웅권·마금표·손덕표 교수에 의해 북한의 『화몽집』이 남한에 소개되었다. 최웅권·마금과·손덕표 교주, 『17세기 한문소설집 『화몽집』 교주』(소명출판, 2009)가 그것이다.

4) 『우리나라 고전소설사』, 594면의 각주 3.

5) 이건(李健, 1614~1662)의 문집이다.

6) 규창(葵窓) 이건(李健)이 소설에 큰 관심을 보였으며 그의 문집에 「강로전」이 실려 있다는 사실은 그후 김남기, 「이건의 생애와 제소설시(題小說詩)에 나타난 소설관 고찰」(『한국한시연구』 4, 1996)에서 밝혀졌다.

7) 제목 밑에 작은 글씨로 "有諺文傳世者, 公譯之"라 밝혀놓았다. 『규창유고』 권12, 한국문집총간 제122책, 199면.

(李健)의 「강로전」을 통해 원작의 줄거리는 대강 파악할 수 있다. 하지만 이건의 「강로전」은 원작과는 거리가 있다. 다른 문헌에 부분적으로 인용된 원작 「강로전」과 비교해본 결과 그 점이 분명히 드러났다.

그런데 최근 규장각에 근무하는 김남기 씨를 통해 규창의 「강로전」과 다른 「강로전」이 규장각에 소장되어 있다는 사실을 알게 되었다. 확인해보니 오래전부터 한번 보고 싶었던 바로 그 원작 「강로전」이었다.

2

먼저 자료에 대해 간단히 언급해둔다. 이 자료는 원래 일제강점기 때 조선사편수회(朝鮮史編修會)에 보관된 것인데, 현재 국사편찬위원회에 소장되어 있다. 표제는 '姜虜傳'이라고 되어 있고, 매면 10행에 각 행마다 대략 20자씩 필사되어 있으며, 총 23장이다. 전계소설로서는 퍽 긴 편이라고 할 수 있다. 맨 끝에 자료의 원소장자와 필사자, 필사 시기를 밝혀놓아, 강원도 강릉의 최기식(崔祺植)이라는 분이 소장하고 있던 자료를 1927년 조선사편수회에서 필사해놓은 것임을 알 수 있다.[8] 이하 이 자료를 국편본(國編本) 「강로전」이라 부르기로 한다.[9]

---

8) 채방(採訪)한 시기는 1927년 6월, 채방자(採訪者)는 이나바 이와키치(稻葉岩吉), 소장자의 주소는 강원도 강릉군 강릉면, 소장자 성명은 최기식(崔祺植), 등사(謄寫)한 시기는 1927년 12월, 등사자(謄寫者)는 황병수(黃丙秀), 교정한 시기는 1927년, 교정자(校正者)는 시부가와 게이조(澁江桂藏), 검열(檢閱)한 시기는 1928년 5월 7일, 검열자(檢閱者)는 나카무라 에이코(中村榮孝)라고 밝혀놓았다.

9) 현재 「강로전」의 이본으로는 국편본, 화몽집본, 규창본(葵窓本), 세 가지가 있는 셈

국편본 「강로전」에는 오탈자(誤脫字)가 상당히 많다. 여러 차례 전사(傳寫)되는 과정에서 일어난 현상으로 보인다. 특히 행초(行草)로 필사된 자료가 다시 해서(楷書)로 옮겨지고 해서가 다시 행초로 옮겨지는 과정이 누차 되풀이되면서 와오(訛誤)가 누적된 것으로 짐작된다. 그러므로 교감(校勘)을 거치지 않고 작품을 읽을 경우 글이 퍽 졸렬한 사람이 지은 것으로 오해될 수도 있다. 문장이 어색하거나 문리(文理)가 소연(昭然)하지 못한 곳이 적지 않기 때문이다. 그러나 이는 대부분 오탈(誤脫)과 천와(舛訛) 등 현 자료의 문제점에서 연유하는 것으로 판단된다.

문장만 갖고 논한다면 규창본(葵窓本) 「강로전」이 국편본 「강로전」보다 통창(通暢)하다고 할 수 있다. 그러나 규창본은 언역본(諺譯本)을 다시 한역(漢譯)한 것이라서 그런지 인명이 대체로 부정확하게 표기되어 있다. 이보다 더 중요한 차이는, 규창본에는 원작에 있는 대목이 생략되거나 축약된 부분이 몇 군데 있다는 사실이다. 가령 강홍립이 청 태조 누르하치에게 자신의 충성심을 보이기 위해 읊은 7언 율시를 생략한 것이라든가, 정묘호란 때 귀국한 강홍립을 극형에 처하라는 윤형지(尹衡志)의 상소문을 언급하지 않은 것, 후금(後金)에 억류되어 있을 때 인연을 맺은 한족(漢族) 여인이 조선에 찾아와 강홍립에게 보낸 긴 편지 내용을 소개하지 않고 다만 대체로 무슨 내용이라고만 한 데 그친 것, 작품의 맨 끝에 있던 창작 경위에 대한 작자의 자세한 변(辯)을 빼버린 것 등이 그러하다. 이런 점에서 규창본은 적지 않은 결함을 안고 있는 셈이다.

이다. 이 중 규창본은 언역본(諺譯本)을 다시 한역(漢譯)한 것으로서 원작과는 거리가 멀며, 원작의 면모를 보여주는 이본은 국편본과 화몽집본이다.

3

앞서 밝혔듯 「강로전」[10]의 작자는 권칙이다. 창작연도는 정묘호란을 겪은 지 얼마 되지 않은 1630년이다.[11]

「강로전」의 작자가 권칙임은 중간본(重刊本) 『충렬록(忠烈錄)』[12]과 『김장군유사(金將軍遺事)』[13] 등을 통해 확인된다. 권칙은 「안여식전(安汝式傳)」을 지은 바로 그 사람이다. 권칙의 「안여식전」이 세간에 유포되었음은 농암(農巖) 김창협(金昌協, 1651~1708)의 다음 기록을 통해 알 수 있다.

세상에서는 태백산에 이인(異人)이 많다고 한다. 이즈음 권칙이 「안여식전」을 지었는데, 세상에 퍼져 있다. 내가 얻어서 읽어보니 그 사적이 자못 기이했다. 권칙은 문사(文士)다. 스스로 말하기로는 안여식의 아

---

10) 이하 별다른 언급이 없는 한 「강로전」은 국편본을 가리킨다.

11) 이 사실은 작품 맨 끝에 "崇禎庚午秋, 無言子記"라고 한 데서 알 수 있다. "崇禎庚午"는 1630년이다. '無言子'라는 호는 「주생전」의 말미에도 보이니, "癸巳仲夏, 無言子權汝章記"라고 한 게 그것이다(리철화 역, 『림제·권필 작품선집』, 평양: 조선문학예술총동맹출판사, 1963에 실린 「주생전」의 원문 참조). 이를 통해 '무언자'가 권필의 또다른 호임을 알 수 있다. 그런데 권칙도 이 호를 쓰고 있는바, 이는 우연이라고 보기에는 좀 이상하다. 혹 권칙이 자신의 소작(所作)을 슬며시 권필에 가탁하고자 한 것은 아닐까 하는 생각도 들지만, 단정하기 어렵다.

12) 규장각 소장도서, 도서번호 규1320. 이 책의 제4권 '제가기술(諸家記述)'에 「강로전」을 인용한 다음 "出權侙所撰姜虜傳"이라고 출처를 밝혀놓았다. 『충렬록』은 광해군 13년인 1621년에 간행된 이래 세 차례 중간되었는데, 중간되면서 체재가 다소 바뀌고 후대의 글들이 많이 추가되었다.

13) 국립도서관 소장도서, 도서번호 한-57-가551. 이시항(李時恒)이 편찬한 책이다. 이 책은 「강로전」을 여러 군데에 인용해놓고 있는데, 한 곳에 "出權侙姜虜傳"이라고 작자를 명기해놓았다.

들 천명(天命)에게 들은 이야기를 전(傳)으로 썼다고 하지만, 세상 사람들은 옛날 사람들이 전기소설(傳奇小說)을 짓듯 꾸며낸 이야기이며 그런 사람이 실재한 것은 아니지 않을까 의심하고 있다. 이는 참으로 알 수 없는 일이다. 그러나 전(傳)에서 말하기를, 안여식은 본래 중국인으로서 관직이 상서(尙書)에 이르렀는데 갑신년(1644)의 난리 때에 바다를 건너 우리나라에 와 마침내 태백산에 은거했다고 한바, 그 사적은 본말이 갖추어져 있고 그리 괴탄(怪誕)한 게 아니다. 다만 안여식의 나이가 이미 여든인데도 얼굴이 불그스레 윤기가 나고 걸음이 나는 듯하다고 했으니, 아마 득도하여 선술(仙術)을 지닌 자인 듯하다. 또 태백산은 동방 제일의 복지(福地)라고 했으니, 생각컨대 안여식은 지금까지 죽지 않고 이 산에 살아 있어야 할 터인데 권칙이 이 전을 지은 이래 세상에서는 아직 아무도 그를 본 사람이 없고 그 아들 천명을 다시 본 사람도 없으니, 권칙의 이 전은 정말 믿을 만한 것이 못 된다 하겠다.[14]

필자는 일찍이 전(傳)의 소설화 과정과 관련해「안여식전」을 검토한 바 있지만,[15] 기실 이 작품은 전기소설(傳奇小說)로 다루는 것이 더 적절

---

14) 원문은 다음과 같다: "世言太白之山多異人. 近者, 權侙作「安汝式傳」, 行於世. 余得而讀之, 其事頗奇. 侙, 文士也. 其爲此傳, 自言得之於汝式之子天命, 而世或疑侙杜撰, 如古人傳奇者, 而實無其人, 是固不可知者. 然傳言汝式本中朝人, 官至尙書, 甲申亂, 浮海至我東, 遂隱於太白. 其事具有本末, 無甚怪誕, 獨言其年已八十矣, 而顏貌渥丹, 步履如飛, 是蓋類得道有仙術者, 而且以太白爲東方第一福地, 意猶至今不死在此山, 而自侙爲此傳, 世尙無一人得見其人, 而雖其子天命者, 亦不可復見焉, 則侙之此傳, 其果不足信歟!"(「送季舅之安東卜地太白山序」,『農巖集』권21, 경문사 영인, 1980, 365면)
15)『조선후기 전(傳)의 소설적 성향 연구』(성균관대 대동문화연구원, 1993), 135면, 402면.

하지 않을까 생각된다. 그렇다고 한다면 권칙은 전계소설과 전기소설을
각각 1편씩 창작했으며, 17세기 전·중기에 활동한 주요한 소설가의 한
사람인 셈이다. 16세기 말에서 17세기 전기 사이에 작품을 창작한 소설
가로는 「주생전」을 쓴 권필(1569~1612), 「홍길동전」·「남궁선생전(南
宮先生傳)」을 쓴 허균(1569~1618), 「최척전」을 쓴 조위한(1558~1649)
을 거론할 수 있다. 이들은 대체로 권칙보다 한 세대 위의 인물들
이다.

　권칙과 이들 선배 소설가들 사이에 혹 어떤 내적 연관은 없을까? 이
물음에 답하기 위해서는 권칙의 가계(家系)부터 살필 필요가 있다. 족보
를 조사해보니 권칙은 권필의 조카요 이항복의 사위였다. 다음이 그 부
조(父祖)의 계보다.

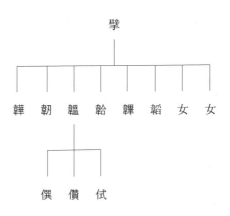

　권칙에 대한 족보의 기재사항을 초록(抄錄)하면 다음과 같다.

자(字)는 자경(子敬)[16]이고 호는 국헌(菊軒)이다. 기해년(1599) 9월 5일에 태어났다. 사마시와 문과에 합격했으며, 군수를 지냈다. 정미년 (1667) 7월 24일에 졸했다. 묘는 포천 영중면(永中面) 성동리(城東里) 면이곡(免伊谷)의 계좌(癸坐)이다. 문장으로 세상에 유명했고, 종사관 (從事官)[17]으로 일본에 다녀왔다.[18]

족보의 이 기록을 통해 권칙의 호가 국헌(菊軒)이며 문명(文名)이 있었다는 사실, 그리고 선조 32년인 1599년에 출생하여 현종 6년인 1667년에 작고했다는 사실을 확인할 수 있다.

권칙은 인조 19년인 1641년에 거행된 정시(庭試)에서 을과(乙科)로 급제하였다.[19] 이미 불혹을 넘긴 마흔세 살 때였다. 그런데 족보의 기록에 의하면 그는 문과(文科)를 하고도 벼슬이 고작 군수에 그친 것으로 되어 있다. 왜일까? 『인조실록』의 다음 기사를 보면 이 의문이 풀린다.

권칙은 서얼로서 등제(登第)하여 영평(永平) 현령을 지낸 바 있다.[20]

족보에는 밝히고 있지 않지만 그는 서얼이었던 것이다. 후술하듯 권칙

---

16) 『국조문과방목(國朝文科榜目)』(태학사 영인본) 제2책, 752면에도 권칙의 자(字)가 자경(子敬)이라고 했다.

17) 이는 '이문학관(吏文學官)'의 착오이다. 이에 대해서는 후술된다.

18) 『안동권씨석주공파세보(安東權氏石洲公派世譜)』(안동권씨석주공파종중, 1988) 권3.

19) 『국조문과방목』, 752면.

20) "佷以庶孼登第, 曾爲永平縣令."(『인조실록』 인조 24년(1646) 7월 21일 기사; 국사편찬위원회 영인본 『조선왕조실록』 제35책, 281면. 이하 인용하는 『조선왕조실록』은 모두 이 본임)

의 신분이 서얼이었다는 사실은 「강로전」을 이해하는 데 긴요하다.

43세 때 문과에 급제하여 영평 현령을 지내기 전에는 무엇을 했던가? 『인조실록』에 의하면 32세 때인 1630년(인조 8)에 서부참봉(西部參奉)을 지낸 것으로 되어 있다.[21] 서부(西部)는 동부, 남부, 북부, 중부와 함께 5부의 하나로서, 한양의 서쪽 일대를 관할하던 행정관청 이름이다. 서부참봉은 음직(蔭職)으로, 서부에 둔 종9품 벼슬이다. 요즘으로 치면 서울 소재 구청의 최말단 공무원쯤에 해당한다. 권칙이 「강로전」을 창작한 것은 1630년 가을이었다.[22] 흥미로운 점은 바로 이 무렵 권칙이 사간원의 탄핵을 받아 벼슬에서 물러났다는 사실이다. 『인조실록』의 인조 8년(1630) 8월 4일의 다음 기사를 보자.

사간원에서 다음과 같은 계(啓)를 올렸다.

"(…) 서부참봉 권칙은 본디 서얼로서 성품이 우망(愚妄)하옵나이다. 청컨대 모두 벼슬에서 내치소서."

임금께서 윤허하셨다.[23]

「강로전」의 창작과 권칙의 해임은 거의 같은 시기의 일로 보인다. 많아야 기껏 한두 달 정도의 차이밖에 나지 않을 것이다. 그러므로 이 기록만으로는 「강로전」이 권칙이 해임되기 직전에 쓰였는지 해임된 직후에 쓰였는지 단언하기 어렵다. 그렇기는 하지만 「강로전」의 창작과 당

---

21) 『인조실록』 인조 8년 8월 4일 기사(『조선왕조실록』 제34책, 394면).

22) 작품 맨 끝에 "崇禎庚午秋"라고 창작 시기를 밝혀놓았다.

23) "諫院啓曰: '(…) 西部參奉權侙, 本以庶孼, 性且愚妄, 請並汰去.' 上從之."(『조선왕조실록』 제34책, 394면)

시의 해임 간에는 일정한 연관이 있으며, 해임 직전이 아니라 해임 직후
에 쓰인 작품이 아닐까 추정한다. 그렇게 보는 이유는 후술한다.

이후 권칙은 1636년의 제4차 통신사행(通信使行) 때 이문학관(吏文學
官)²⁴의 직책을 띠고 일본에 다녀왔다. 당시 상사(上使)는 임광(任絖)이
었고, 부사(副使)는 동명(東溟) 김세렴(金世濂)이었으며, 종사관(從事官)
은 황호(黃㦿)였다. 「달마도(達磨圖)」로 유명한 화가 김명국(金明國)²⁵이
일본에 갔던 게 바로 이때다.²⁶ 이혜순의 연구에 의하면 권칙은 당시 일
본에서 문명(文名)이 높았던 이시가와 조잔(石川丈山)과 교류하는 등 문
재(文才)를 과시했다고 한다.²⁷ 부사 김세렴은 일본에서 돌아온 후 『사상
록(槎上錄)』이라는 시집을 엮은 바 있는데, 이 시집에는 권칙의 시에 차
운(次韻)한 시들이 여럿 보인다.²⁸ 다행히 권칙이 쓴 원시(原詩) 1수가 부
기(附記)되어 있어 그의 시재(詩才)를 가늠해볼 수 있다. 5언 30구의 고

---

24) 음직(蔭職)에 해당하는 승문원(承文院)의 벼슬로서, 주로 외교문서를 처리하는 일을
   맡아보았다. 보통 '학관(學官)'으로 약칭되었다. 권칙은 당시 호군(護軍)으로서 이문
   학관의 직을 수행했다. 호군은 정4품의 무관직으로서 문관·무관·음관(蔭官) 가운데
   서 임명하며 봉록(俸祿)만 지급하고 실제 직무는 없는 허직(虛職)이었다. 권칙은 음관
   의 케이스로 호군 직함을 받았으리라 보인다.
25) 김명국(金明國)의 '明'은 혹 '命'으로도 표기된다.
26) 김세렴(金世濂)이 쓴 『해사록(海槎錄)』 중의 「견문잡록(見聞雜錄)」 참조; 『국역 해
   행총재(海行摠載)』(민족문화추진회, 1967) 제4권, 184면.
27) 이혜순, 『조선통신사의 문학』(이화여자대학교 출판부, 1996), 37면. 『조선필담집(朝
   鮮筆談集)』에 권칙과 이시가와 조잔 사이의 수창(酬唱)과 필담이 실려 있다. 이외에
   도 권칙이 일본의 문인·학자와 나눈 필담이 확인되니, 『조선인필어(朝鮮人筆語)』에
   와다 세이칸카(和田靜觀窩)와의 필담이, 『조선인필담(朝鮮人筆談)』에 노마 세이켄
   (野間靜軒)과의 필담이, 『라잔선생문집(羅山先生文集)』에 하야시 라잔(林羅山)과
   의 필담이 실려 있다.
28) 『사상록(槎上錄)』, 『국역 해행총재』 제4권 참조.

시인데, 앞부분만 인용한다.

　　한미한 처지나 문장에 힘 쏟아

　　어린 나이에 여러 어른들 칭찬을 받았네.

　　삼십 년 동안 허명(虛名)만 얻어

　　책상에 기대어 한탄하노라.

　　두보(杜甫)처럼 본래 나줄(懶拙)한데다

　　완적(阮籍)마냥 몹시 소탕(疎宕)하다오.

　　요즘에는 말단벼슬에 얽매여 있어

　　세상의 구속을 못 벗어나네.

　　지난 해 연경(燕京)에 들어갔을 때

　　황금대(黃金臺) 찾아가 목놓아 노래했지.

　　연(燕) 소왕(昭王) 죽은 지 이미 오래라

　　준골(駿骨)도 다 사라지고 말았네.

　　기이한 이야기 많이 듣고 돌아왔지만

　　장관(壯觀)을 구경 못해 아쉬웠었네.

　　弱植事濡翰, 早蒙諸公賞.

　　虛名三十載, 咄咄倚書幌.

　　少陵本懶拙, 阮籍頗疎宕.

　　邇來見羈束, 未能脫塵網.

　　前年赴燕都, 放歌金臺上.

　　昭王沒已久, 駿骨亦凋喪.

　　歸來飽奇聞, 尙嫌觀未壯.

이 시에서 우리는 몇 가지 정보를 얻을 수 있다. 첫째, 권칙이 어렸을 때부터 글에 능하여 명성이 있었다는 것, 둘째 그렇지만 불우했다는 것, 셋째 일본행 이전에 연경(燕京)에 가는 사신을 수행한 적이 있다는 것 등이다. 권칙이 불우했던 것은 서얼이라는 그의 신분에 기인한다. 권칙은 위의 시구에서 자신이 빼어난 문재(文才)를 지니고 있음에도 불구하고 세상에 쓰이지 못하고 있음을 개탄하고 있다. 특히 황금대를 찾아가 목놓아 노래했다고 한 것은 자신의 불우에 대한 강렬한 시적 표현이라 할 것이다. 황금대는 전국시대 연나라 소왕(昭王)이 세운 누대이다. 소왕은 이 누대에다 천 금을 비치해 두고 천하의 빼어난 선비를 맞아들였다. 이후 이 고사(故事)는, 초야에 숨어 있는 유능한 선비를 등용한다는 의미로 사용되어왔다.

뿐만 아니라 위에 인용된 시는 권칙의 성격에 대해서도 얼마간 짐작하게 해준다. 특히 제6구 "완적(阮籍)마냥 몹시 소탕(疎宕)하다오"에 주목하게 된다. '소탕(疎宕)'은 소탈하고 호탕하다는 뜻이니, 자잘한 법도 같은 데 구속되지 않고 거리낌없이 행동하는 것을 이르는 말이다. 권칙이 "우망(愚妄)"하다고 하여 간관(諫官)에게 탄핵받은 적이 있음은 앞서 언급한 바 있다. '소탕'과 '우망'은 기실 같은 말이며, 보는 관점에 따른 표현의 차이일 뿐이다. 즉 동일한 사상(事象)을 하나는 긍정적 입장에서, 다른 하나는 부정적 입장에서 표현한 데 지나지 않는다. 당시 종사관(從事官)으로서 권칙과 함께 일본에 갔던 황호(黃㦿)는 자신의 시에서 "권생은 본디 방탕(放宕)하네(權生素放宕)"[29]라고 읊은 바 있다. '방탕(放宕)'이라는 두 글자는 본성대로 행동하며 예교(禮敎)에 얽매이지 않은

29) 『사상록(槎上錄)』, 『국역 해행총재』 제4권, 204면.

권칙의 성격과 태도를 잘 요약하고 있다고 생각된다.

권칙의 이런 면모는 『기아(箕雅)』와 『대동시선(大東詩選)』에 전하는 「백사(白沙) 댁에서 운(韻)을 부르는 즉시 3색의 복사꽃을 읊다」(白沙宅 應呼詠三色桃)라는 시[30]에서도 확인된다.

> 울타리에 비친 화사한 복사꽃
>
> 어찌해 한 가지에 3색이 피었나.
>
> 미인이 머리를 곱게 빗은 후
>
> 이제 막 볼에다 연지 찍은 듯.
>
> 天桃灼灼映疎籬, 三色如何共一枝.
>
> 恰似美人梳洗後, 半粧紅粉未均時.

경쾌한 감수성과 발랄한 시적 상상력이 엿보이는 시다. 흡사 옥대체 (玉臺體) 한시를 읽는 듯 성정(性情)의 분방한 유로(流露)가 느껴진다.

요컨대 위에 인용한 두 시를 통해 우리는 권칙이 퍽 자유분방한 기질 의 인간이었음을 짐작할 수 있다. 권칙이 별로 알려지지 않은 작가라는 점을 감안하여 전기적 사실에 대해 언급하다 보니 논의가 좀 지리하게 된 느낌이 없지 않은데, 이제 다시 본제(本題)로 돌아가보기로 한다. 허 균, 권필, 조위한 등 권칙의 선배 소설가들과 권칙 사이에 어떤 내적 연 관은 없는 것일까? 우리가 앞서 제기한 물음은 바로 이것이었다.

---

30) 『기아』(아세아문화사 영인본, 1977), 265면; 『대동시선(상)』(아세아문화사 영인본, 1977), 567면. 백사(白沙) 이항복(李恒福)에게는 측실에서 난 두 아들과 두 딸이 있 었는데, 그 맏딸이 권칙의 처다. 이 점은 박미(朴瀰)가 쓴 이항복의 「가장(家狀)」 참조 (『백사집』, 경문사 영인본, 1977, 407면).

권칙이 소설을 창작한 데에는 숙부인 권필의 영향이 없지 않다고 보아야 할 것 같다. 인간 기질의 면에서 두 사람 사이에는 비슷한 면이 적지 않은 듯하다. 방금 전에 확인했듯 권칙은 소탕(疎宕)한 성격의 소유자였는데, 권필 역시 방달하고 자유분방한 기질의 인간이었다. 더군다나 양인은 문학적 재능을 지녔으면서도 제대로 기용되지 못했다는 공통점이 있다. 이처럼 그 기질과 처지를 놓고 볼 때 권칙은 숙부 권필의 문학적 지향으로부터 영향을 받았을 개연성이 퍽 높아 보인다.

그런데 권필, 허균, 조위한, 이 세 사람은 문학적 지취(志趣)를 같이하면서 대단히 친밀한 교우를 맺었다. 허균은 「전오자시(前五子詩)」라는 시에서 자신의 가장 절친한 문우(文友) 다섯 사람을 읊은 바 있는데, 조위한과 권필이 그 속에 포함되어 있다.[31] 권필은 허균과 막역한 사이였으며, 조위한과도 교분이 깊었다.[32] 허균과 권필이 분방하고 방달(放達)했듯 조위한 역시 비슷한 면모를 지녔던 듯하다. 다음의 기록이 이러한 추측을 뒷받침한다.

조위한은 소싯적에 불기(不羈)했으며, 글을 지음에는 기준(奇峻)함에 힘썼다. 이윽고 세상이란 게 어떤지를 알게 되자 짐짓 우스갯소리를 써서 자신을 감추었다. 그러나 그가 말한 바는 모두 이치가 있다. 여러 번

---

31) 『성소부부고(惺所覆瓿藁)』 권2(아세아문화사 영인본 『許筠全書』, 1983, 36면).
32) 『石洲集』(오성사 영인본, 1984)에 실려 있는 다음의 시들 참조. 「次韻趙持世以繕工監役官, 觀刈葦於鴨島, 自嘲之作」(권1, 58면); 「有懷趙持世」(권3, 112면); 「和持世韻」(권3, 115면); 「雨中懷持世」(별집 권1, 343면); 「楊花江趙持世幽居, 次李子敏韻, 留別」(별집 권1, 406면). 이 중 「雨中懷持世」에서 "此子不易得, 平生多苦心"이라 읊고 있어 그 우정을 짐작할 수 있다. '지세(持世)'는 조위한의 자(字)이다.

과거시험에 떨어졌으며, 집이 몹시 가난하다.[33]

　권필의 문집인『석주집(石洲集)』에 실려 있는「사우록(師友錄)」이라는 글의 한 조목이다. 조위한은 마흔이 넘어 과거시험에 합격했는데, 이 기록은 급제하기 전 조위한의 모습을 전해준다. 인용문 중 "불기(不羈)"라는 말에 주목할 필요가 있다. 이 단어는 흔히 '방달(放達)'이라는 단어와 결합되어 '방달불기(放達不羈)'라는 말로 쓰이는데, 법도 같은 데 구속되지 않고 자신의 본성대로 행동하는 것을 이르는 말이다. 허균, 권필, 조위한은 대체로 이 '방달불기'라는 면에서 서로 통하는 점을 갖는다 하겠다. 당시 소설은 정통문학으로 간주되지 못했음은 말할 나위도 없고, 불온시되기까지 했다. 이런 현실에서 이들 세 사람이 마치 약속이나 한 듯 모두 소설을 창작한 것은 대단히 흥미로운 일이라 아니할 수 없다. 그럴 수 있었던 주요한 요인의 하나를 이들의 '방달불기'에서 찾을 수 있지 않을까 한다. 물론 방달불기한 사람이라고 해서 다 소설을 창작하는 건 아니다. 그러나 적어도 이들의 경우 그 방달불기한 기질이 정통문학의 테두리를 벗어나 새로운 문학세계를 모색하게 하는 원동력이 되지 않았나 생각된다. 소설이라는 장르는 고지식하거나 방정(方正)하거나 점잖은 사람에게보다는 엉뚱하거나 몽상적이거나 신기함과 자유로움을 추구하는 사람에게 더 어울리기 때문이다.

　비슷한 인간 기질과 동일한 문학적 취향에서 이들 세 사람은 앞서거니 뒤서거니 하면서 소설을 창작했던바, 그 창작 경험과 지향은 권필을

---

33) "少時不羈, 爲文務奇峻. 旣而通達世情, 故作詼諧語以自混. 然其所言, 皆有理致. 屢擧不中, 家甚貧."(「師友錄」,『石洲集』별집 권2, 452~453면)

매개로 그 서질인 권칙에게로 이어졌던 게 아닌가 생각된다. 그러므로 권칙이 앞 세대 소설가들과 접속될 수 있었던 데에는 두 가지 요인을 상정할 수 있을 터이다. 그 하나는 그가 권필의 집안 사람이었다는 점이고, 다른 하나는 그가 자유분방한 기질 및 서얼로서의 울울한 심사를 지녔다는 점이다.

허균 등 앞세대 소설가들과 권칙의 관계는 이 정도의 일반적인 논의에 그치고 말 일이 아니다. 작품 내부로 파고 들어가 그 관련성을 좀더 따져보는 작업이 필요하다. 이 점과 관련해 두 가지만 언급해두고자 한다.

첫째, 양식적 관련성이다. 권칙의 두 소설 중 전계소설에 해당하는 「강로전」은 허균이 창작한 「장생전(蔣生傳)」·「장산인전(張山人傳)」과 양식적으로 연결된다. 한편 전기소설에 해당하는 「안여식전」은 양식적으로 권필의 「주생전」 및 조위한의 「최척전」 등과 연결된다.[34] 「안여식전」은 특히 주인공이 중국인이라는 점, 그가 조선과 관련이 있다는 점에서 「주생전」과 일정하게 통하는 데가 있다.

둘째, 작품의 구성 내지 창작수법에서 확인되는 관련성이다. 「강로전」과 「안여식전」은 모두 작품 말미에 작자가 직접 등장하여 작품을 쓰게 된 자세한 경위를 언급하고 있다. 권필이 「주생전」에서 이 수법을 사용한 이래 허균의 「남궁선생전」과 조위한의 「최척전」이 모두 이 수법을 사용하였다. 요컨대 권필, 허균, 조위한, 권칙, 이 네 사람 사이에는 창작수법상의 공통점이 확인된다 하겠다. 이 공통점은 우연적인 것이라

---

34) 「주생전」과 「최척전」에 대해서는 졸고 「전기소설(傳奇小說)의 문제」, 『한국전기소설의 미학』(돌베개, 1997); 「최척전—16, 17세기 동아시아의 전란과 가족이산」, 『한국고전소설작품론』(집문당, 1990) 참조.

고만 하기 어려우며, 서로 영향을 주고받은 결과로 이해된다. 이 수법은 '열린 액자구성'을 통해 작품에 신빙성의 외관(外觀)을 부여함과 동시에 여운을 남기는 효과를 거두고 있다.

4

「강로전」의 작자 권칙에 대한 논의가 다소 길어진 감이 없지 않다. 이제 남은 지면은 「강로전」에 대해 검토하는 데 쓰기로 한다.

「강로전」은 강홍립(姜弘立, 1560~1627)이 주인공이다. 강홍립이 1619년 조선 군사 1만 3천여 명을 이끌고 만주의 후금(後金)을 치러 갔다가 대패하여 포로가 되어 8년 가까이 억류되어 있다가 정묘호란(1627) 때 후금의 군대와 함께 조선에 들어왔음은 잘 알려져 있는 사실이다. 강홍립은 조선에 들어온 그 해 병사(病死)한 것으로 전해진다. 「강로전」은 강홍립이 오도도원수(五道都元帥)가 되어 후금을 치러 가는 데에서부터 귀국한 뒤 죽기까지의 전 과정을 다루고 있다. 「강로전」은 강홍립이 죽은 지 3년째 되는 해인 1630년에 창작되었다.

그런데 왜 '강로(姜虜)'라는 명칭을 썼을까? '강로'는 '강(姜) 오랑캐'라는 뜻이니, 강홍립이 오랑캐인 후금에 항복한 것을 더럽게 여겨 붙인 명칭이다. 이렇게 본다면 이 작품은 그 제목에서부터 포폄(褒貶)의 의도를 명백히 하고 있다 할 것이다.

여기서 잠시 당시의 역사적 상황을 개관하기로 한다.[35]

_____

35) 이하의 서술은 김종원, 「정묘호란시(丁卯胡亂時)의 후금의 출병동기(出兵動機)」

누르하치는 1583년 이래 누차의 전쟁을 통해 여진 부족을 통합했으며, 광해군 8년인 1616년에는 마침내 후금을 건국하고 연호를 천명(天命)이라 하였다. 그리고 1619년에는 요동(遼東)에 진출해 무순(撫順)과 청하(淸河)를 함락시켰다. 이에 중국 조정에서는 후금을 정벌하기로 결정하고, 조선에 군사적 지원을 요청하였다. 그러나 군사적으로 급성장한 후금의 실력을 꿰뚫어보고 있던 광해군은 거듭되는 중국측의 출병 요구에 선뜻 응하지 않았으며, 출병에 신중한 자세를 취하였다. 광해군의 이런 태도와 달리 대부분의 정신(廷臣)들은 명과 조선의 관계는 '부자지의(父子之義)'에 해당하며 임진왜란 때 '재조지은(再造之恩)'을 입었음을 들어 징병(徵兵)에 응해야 한다는 태도를 취하였다. 중국측에서는 거듭거듭 출병을 재촉하였다. 그리하여 조선측에서는 우여곡절 끝에 강홍립을 도원수, 김경서(金景瑞)를 부원수로 임명하여 1만 3천여 명의 군사를 거느리고 가 중국 군대를 돕게 하였다.

당시 중국 군대는 네 방면으로 나누어 진격했는데, 무순 쪽으로 향한 서로군(西路軍) 2만여 명은 산해관(山海關) 총병관(總兵官) 두송(杜松)이, 청하 쪽으로 향한 남로군(南路軍) 2만여 명은 요동 총병관 이여백(李如柏)이, 개원(開原) 쪽으로 향한 북로군(北路軍) 2만여 명은 총병관 마림(馬林)이, 관전(寬奠) 쪽으로 향한 동로군(東路軍) 9천여 명은 총병관 유정(劉綎)이 각각 지휘하였다. 강홍립 인솔하의 조선군은 동로군을 지원하게 되어 있었다. 그러나 조선군을 포함해 도합 10만의 대군이 동원

(『동양학연구』12·13 합집, 1978);『한국사』29(국사편찬위원회, 1995) 중 김종원 교수가 서술한 '정묘호란' 부분 참조. 또 1차 사료로는『광해군일기』,『인조실록』,『청태조실록』,『청태종실록』,『만주실록』,『청사고(淸史稿)』,『연려실기술』등 참조.

된 이 전쟁에서 중국 군대는 대패했으며, 후금은 일방적인 승리를 거두었다. 이 전쟁은 명청 교체의 분수령을 이루었던바, 이후 명은 점점 쇠락해갔고 후금은 승승장구하여 청(淸)으로 국호를 바꾸고 급기야 중원(中原)을 장악하게 되었다.

당시 조선군은 2월 19일부터 압록강을 건너기 시작했으며, 3월 2일 심하(深河)에 도착했고, 3월 4일 부차(富車)에서 후금군의 공격을 받고 항복하였다.[36]

강홍립의 항복이 조선 조정에 알려지자 정신(廷臣)들은 강홍립이 적과 사전에 내통해 항복했다고 비난했으며 그 처자를 구속해야 한다고 주장하였다. 그러나 광해군은 정신(廷臣)들의 요구에 따르지 않았다.[37] 강홍립은 후금에 억류되어 있으면서도 밀계(密啓)를 올려 적정(敵情)을 알려왔다. 그럼에도 당시 조정에서는 강홍립을 성토하는 분위기가 지배적이었다. 명분론에 사로잡혀 명나라를 받들고 오랑캐를 멸시했기 때문이었다.

강홍립이 보냈다는 밀계의 한 대목을 보자.

신(臣)이 배동관령(背東關嶺)에 이르렀을 때 먼저 통역관 하서국(河瑞國)을 오랑캐에 보내, "비록 상국(上國: 명나라를 가리킴―인용자)의 재촉에 몰려 이곳까지 왔지만 늘 그 진후(陣後)에 위치하여 접전(接戰)을 하지 않으려 한다"라고 밀통했습니다. 그래서 패전하고 난 뒤에도 좋

---

36) 마침 강홍립의 종사관(從事官)이었던 이민환(李民宬)이 남긴 일기가 전하고 있어 당시의 정황을 비교적 자세히 알 수 있다. 이민환, 「책중일록(柵中日錄)」, 『자암집(紫巖集)』 권5 참조.

37) 『광해군일기』의 광해 11년 4월 8일 기사(『조선왕조실록』 제33책, 224~225면).

은 대접을 받을 수 있었습니다. 만약 얼른 화의(和議)를 맺는다면 신등
(臣等)은 돌아갈 수 있을 것이옵니다.[38]

『광해군일기』에 나오는 기록이다. 이 기록 바로 다음에 작은 글씨로
다음과 같은 사관(史官)의 설명이 첨부되어 있다.

　　이에 앞서 왕은 회령부(會寧府)의 저자에 장사하러 온 오랑캐 상인으
로 하여금 누르하치에게 우리측 의도를 통보하게 했다. 오랑캐 상인이
본국으로 돌아가기 전에 하서국이 먼저 오랑캐의 소굴로 들어갔으므로
누르하치는 그를 의심하여 감옥에 가두었다. 이윽고 회령으로부터 통보
가 오자 마침내 하서국을 석방하고 강홍립을 받아들였다. 강홍립의 항복
은 본디 정해져 있던 계책이었다.[39]

이 기록들은 광해군이 강홍립에게 밀지(密旨)를 내려 명과 후금이 싸
울 때 그 승패를 보아 향배(向背)를 정하라고 했다는, 이른바 '밀지설(密
旨說)'을 뒷받침해준다. 『광해군일기』는 인조반정 후 적잖은 날조를 겪
었기에 이 기록을 얼마나 준신(準信)할 수 있을지는 의문이다. 그러나
이 점을 감안한다 하더라도 적어도 광해군이 명과 후금 간의 전쟁에서

---

38) "臣至背東關嶺, 先遣胡譯河瑞國, 密通于虜云: '雖被上國催驅至此, 常在陣後,
　　不爲接戰計.' 故戰敗之後, 得以款好. 若速成和議, 則臣等可以出歸."(『광해군일
　　기』의 광해 11년 4월 2일 기사; 『조선왕조실록』 제33책, 223면)
39) "先是, 王密令會寧府來市商胡通報此擧. 商胡未返, 而瑞國先入奴穴, 奴酋疑而
　　囚之. 旣而會寧報至, 遂釋瑞國, 仍使招納弘立. 弘立之降, 蓋其素定之計也."(『광
　　해군일기』의 광해 11년 4월 2일 기사; 『조선왕조실록』 제33책, 223면)

명이 이길 승산이 없다고 보았다는 것,[40] 따라서 조선은 이 전쟁에 가담해 피해를 입느니보다 현실적인 외교 노선을 취하는 게 낫다고 판단하고 있었던 것만큼은 분명해 보인다. 이 점에서 광해군과 강홍립 간에는 어떤 교감이 있었던 게 아닐까 짐작된다. 아무튼 강홍립이 항복한 후 비변사의 고관들은 강홍립을 '항적(降賊)'[41]이라 부르면서 그 처자를 구속할 것을 요구했지만, 광해군은 이들을 물정 모르는 위인(爲人)들로 비웃으며 강홍립을 두둔하는 태도를 취하였다.[42]

명을 추종하고 후금을 오랑캐라 깔보면서 척화(斥和)로 일관하던 당시 조정의 분위기를 잘 보여주는 자료가 있으니, 『충렬록(忠烈錄)』이 그것이다.[43] 이 책은, 강홍립 휘하에서 좌영장(左營將)의 직책을 맡았던 김응하(金應河)가 후금의 군대에 맞서 끝까지 분전(奮戰)하다 전사한 일을 기리기 위해 편찬되었다. 여러 조정 문신들의 글이 실렸는데, 그 중 핵심적인 것은 박희현(朴希賢)이 찬(撰)한 「김장군전(金將軍傳)」이다. 이 전(傳)에서 김응하는 나라에 충성을 바친 영웅으로 한껏 미화되며, 이와 대조적으로 강홍립은 오랑캐와 내통하여 비겁하게 항복한 더러운 인간으로 경멸된다. 참고로 한두 곳을 보인다.

40) "中朝若大擧深入, 追逐虜穴, 則恐非勝筭也."(『광해군일기』 광해 10년 윤4월 27일 기사; 『조선왕조실록』 제33책, 75면)

41) "臣而降賊, 天下之極惡."(『광해군일기』 광해 11년 4월 8일 기사; 『조선왕조실록』 제33책, 225면)

42) "年少生疎之人, 多入於備局, 謀國不臧, 無足怪也. 益殫事大之誠, 勿爲小弛, 羈縻方張之賊, 善爲彌縫, 乃今日保國之長策, 而舍是罔念, 每以弘立等妻孥囚繫事, 煩啓不已, 予竊哂之."(같은 책, 같은 곳)

43) 이 책은 영의정 박승종(朴承宗)이 편(編)했으며, 광해 13년인 1621년에 간행되었다. 서문은 이이첨(李爾瞻)과 이정귀(李廷龜)가, 발문은 한찬남(韓纘男)이 썼다.

① 이에 앞서 홍립 등은 통역관 하세국(河世國: 실록에는 '河瑞國'이라 표기되어 있음—인용자)을 오랑캐에게 보냈다. 그래서 이때 오랑캐 군대는 먼저 우리측 통역관을 불렀다. 김응하 장군은 대꾸하지 않고 칼을 뽑아 적을 쳤다. 그리고 큰 소리로 강홍립과 김경서의 이름을 부르며, "너희들이 어찌 나라를 저버리고 구차하게 목숨을 건지려 하느냐!"라고 하였다. 이 말을 들은 자들은 모두 비통해 하였다. 도망쳐 돌아온 군졸인 최득종(崔得宗) 역시 말하기를, "김장군은 죽은 후에도 칼자루를 쥐고 있어 오랑캐들은 그가 아직 살아 있는가 겁을 내어 감히 접근하지 못했다"라고 하였다.[44]

② 강홍립과 김경서 등은 혼이 빠져 다리를 덜덜 떨면서 사태를 관망할 뿐이었는데, 유독 김장군만이 목숨을 바쳐 나라에 충성을 다하였다. 그가 거느린 군사는 3천 명이 채 못 되었지만, 적을 죽인 숫자가 썩 많았다. 그때 강홍립 등은 김장군이 싸우는 모습을 강 건너 불 구경하듯 보고 구해주지 않았으며, 얼른 투항하였다. 하늘에까지 닿을 그 죄를 어찌 다 벌할 수 있으랴![45]

김응하는 마치 충(忠)의 화신처럼, 강홍립은 불충(不忠)의 화신처럼 그려 놓았다. 두 인물에 대한 이러한 형상화는 말할 나위도 없이 실제

---

44) "先是, 弘立等送鄉通事河世國于虜中, 至是胡兵先呼通事. 將軍不應, 方其拔劒擊賊也, 大聲呼弘立景瑞之名曰: '爾輩, 其可負國偸生乎!' 聞者莫不悼惋云. 走回人崔得宗亦言: '金將軍死後, 尙持劒柄, 故胡人猶恐其生, 不敢近.'"

45) "如弘立景瑞等, 褫魄戰股, 唯知首鼠, 而將軍獨奮忠效死. 所領不滿三千, 擊殺甚夥. 此時弘立等, 越視不救, 投降恐後, 通天之罪, 曷勝誅哉?"

사실과는 거리가 멀다.[46] 그렇다면 왜 이런 날조가 이루어졌을까? 당시 사대부들이 갖고 있던 존명의식(尊明意識)과 오랑캐에 대한 멸시감 때문이었다. 요컨대 당시 사대부들이 추구했던 숭명배호론(崇明排胡論)에 따라 김응하와 강홍립은 그 실제 모습과 다른 인간으로 만들어져 갔던 것이다. 그에 따라 한 인간은 선의 화신처럼 다른 한 인간은 악의 화신처럼 그 이미지가 극단화되었다. 그리하여 급기야 강홍립은 "개나 돼지만도 못한 자"[47]로 치부되기에 이른다.

1623년 인조반정이 일어난 뒤 이러한 현상은 한층 더 심해졌다. 새로 권력을 잡은 서인(西人) 세력은 반정(反正)의 명분 가운데 하나로 광해군이 배은망덕하게도 명(明)을 배신하고 오랑캐인 후금과 통호(通好)한 것을 내세웠다. 숭명배호 노선은 명으로부터 신왕(新王)의 책봉을 받기 위해서도 강력히 추구되지 않으면 안 되었다. 그리하여 서인 정권은 존

---

46) 청대(淸代) 자료인 『대청태조고황제실록(大淸太祖高皇帝實錄)』(臺北: 華文書局 영인, 1964), 67면의 다음 기록이 오히려 실제 사실에 가깝지 않을까 생각된다: "時宏立(弘立을 이름—인용자)營於孤拉庫崖. 衆貝勒復整兵逐一琦, 遂攻朝鮮軍. 宏立知明兵敗, 大驚. 遂按兵偃旗幟, 遣通事執旗來告曰: '**此來非吾願也. 昔倭侵我國, 據我城郭, 奪我疆土, 急難之時, 賴明助我, 獲退倭兵. 今以報德之故, 奉調至此. 爾撫我, 我當歸附.** 且我兵從明將士攻戰者, 已被殺, 此營中皆高麗兵也. 明兵逃匿於我, 止遊擊一人, 及所從軍士而已, 當執之以獻.' 四大貝勒定議, 乃曰: '爾等降, 先令主將來. 否則必戰.' 宏立復遣使來告曰; '吾若今夕卽往, 恐軍亂逃竄, 其令副元帥先往, 宿貝勒營, 以示信, 詰朝, 吾率衆降.' 遂盡執明兵, 擲於山下, 歸我明遊擊喬一琦自縊死. 於是朝鮮副元帥, 先詣衆貝勒降. 翼日, 姜宏立率兵五千下山降. 衆貝勒宴勞之. 送宏立及所部將士, 先詣都城. 上御殿登座, 朝鮮都元帥姜宏立及副元帥等匍匐謁見." 진하게 표시한 구절은 강홍립의 독자적인 생각이라기보다 광해군과의 사전교감(事前交感)에 따른 의사 표명이라고 보아야 할 듯하다.

47) "曾犬豕之不若." 『충렬록』의 「김장군전」에 나오는 말이다.

명사대와 척화론(斥和論)의 깃발을 내걸었다.

「강로전」이 창작된 것은 이러한 시대적 배경 속에서다.

5

「강로전」은 당시 사대부들이 추구한 이러한 화이론적 입장을 잘 대변하고 있다. 이 작품은 비록 역사적 사실을 다루고 있으며 그 등장인물이 모두 실존인물임에도 불구하고, 다루고 있는 역사적 사실이 꼭 사실에 부합하거나 강홍립의 형상이 꼭 실제에 부합하는 것은 아니다. 역사적 사실은 '이념'에 따라 제멋대로 변형되어 있으며, 강홍립의 상(像)은 실체적 진실에 입각해 있다기보다는 일그러뜨림과 고의적 비방에 기초해 있는 것처럼 보인다. 이 일그러뜨림과 비방에 대한 책임이 전적으로 작자에게만 있는 것은 아니다. 그것은 당대 사대부들의 이념, 그리고 그들의 통념과 편견이 빚어낸 결과물로 이해된다. 작자는 자기 시대 사대부들, 특히 서인계(西人系) 사대부의 이념을 충실히 작품화했을 뿐이다. 이처럼 「강로전」은 집단(혹은 정파)의 의식과 작품 간의 상관관계가 특히 높다는 점에서 문예사회학적 조명을 요하는 작품이랄 수 있다. 이에 대한 본격적 논의는 과제로 남겨둔다.

「강로전」에서 주목되는 것은 부정적 주인공의 설정이다. 우리나라 소설사에서 이 작품 이전에 부정적 인물이 소설의 주인공으로 설정된 경우는 없었다. 숭명배호(崇明排胡)의 시대적 분위기가 부정적 인물을 소설 주인공으로 등장시킨 것이다. 그러나 부정적 인물의 등장을 이런 각도에서만 볼 것은 아니며, 양식사적 이해 또한 필요하다. 양식사적 견지에서 볼 경우 「강로전」에 등장하는 부정적 주인공은 '전(傳)'에서 유래한다고 할 수 있다. 멀리는 『삼국사기』의 「궁예전(弓裔傳)」이나 『고려사』의 '반역열전(叛逆列傳)'에, 가까이는 남곤(南袞, 1471~1527)이 쓴 「유자광전(柳子光傳)」이나 이언적(李彦迪, 1491~1553)이 쓴 「사벌국전(沙伐國傳)」, 무명씨의 「기묘화매전(己卯禍媒傳)」[48] 등에 부정적 인물이 입전(立傳)되어 있다. 전이라는 장르는 긍정적 인물을 입전하여 그 미덕을 표창하는 경우가 대부분이다. 그렇기는 하나 이들 전처럼 부정적 인물을 입전하여 폄척(貶斥)을 가하는 경우도 없지 않다. 「강로전」은 이런 부정적 인물을 입전하는 전(傳)의 전통을 전용(轉用)한 것으로 여겨진다.

권칙은 중국과 우리나라의 사서(史書)를 광범하게 섭렵했던 것으로 보인다. 이 점은 작품 문면을 통해 쉽게 확인된다. 즉 원(元)의 건국 과정에서 중요한 역할을 했던 야율초재(耶律楚材)나 고려의 역신(逆臣) 최유(崔濡)를 언급하고 있다거나, 남송(南宋) 때 인물인 장방창(張邦昌)의 일을 거론하고 있다거나, 탁발씨(拓跋氏)가 남서(南徐)를 유린한 사실이나 홍건적이 송경(松京)을 약탈한 사실 등을 거론하고 있음이 그것이다. 이 중 최유에 대한 언급은 특히 주목할 필요가 있다. 그는 『고려사』 '반역열전'에 입전된 인물이기 때문이다.[49] 말하자면 권칙은 『고려사』 「최

<hr>

48) 「유자광전」, 「사벌국전」, 「기묘화매전」에 대해서는 졸저 『한국고전인물전연구』(한길사, 1992), 149면, 159면 참조.

49) 『고려사』 열전 권44 반역5의 「최유」 참조(『고려사(하)』, 아세아문화사 영인, 1972, 848면). 최유는 원래 충정왕(忠定王)의 신하였는데 벼슬에 불만을 품고 동생과 함께 원나라로 달아났다. 그는 공민왕을 폐하고 홍덕군(德興君)을 왕으로 삼으려 원나라 군사 1만을 인솔해 고려에 침입하였으나 최영의 군사에 패해 달아났다. 뒤에 다시 대병

유열전」 같은 데서 시사를 받아 부정적 인물을 주인공으로 삼은 소설을 창안할 수 있었으리라 짐작된다.

이처럼 「강로전」이 부정적 주인공을 등장시키고 있음은 우리나라 소설사에서 하나의 '창안'으로 인정할 만한 일이다. 그런데 이런 부정적 주인공의 등장은 우리나라 소설사에 어떤 기여를 했을까? 이 물음에 답하기 위해서는 우선 「강로전」이 나오기 전까지의 소설들이 대체로 주역(프로타고니스트)은 있지만 진정한 의미에서 그 적대자(안타고니스트)는 없었다는 사실을 지적할 필요가 있다. 적대자의 부재는 소설의 갈등구조를 취약하게 만든다. 또한 설사 적대자가 존재한다 하더라도 그 힘과 비중이 주역(主役)과 겨룰 정도로 강력하고 크지 않은 한 역동적인 갈등구조의 조성을 기대하기 어렵다. 이렇게 본다면 「강로전」에서의 부정적 주인공의 창조는 장차 주역과 겨룰 강력한 적대자의 성격 창조를 연습하거나 준비한 것이라는 소설사적 의의가 인정될 수 있지 않을까 한다. 이를테면 17세기 후반에 쓰인 소설들인 『사씨남정기』나 『창선감의록』과 같은 작품에 등장하는 '악인형 인물'을 소설사적으로 예비한 의의가 「강로전」에 인정될 수 있지 않을까. 물론 『사씨남정기』 등에 등장하는 악역(惡役)의 소설사적 연결고리를 전대의 작품에서 찾는 작업은 단선적이 아니라 다각적으로 이루어질 필요가 있지만, 적어도 「강로전」은 비교적 이른 시기에 나타난 연결고리의 하나로 볼 수 있지 않을까. 「강로전」에서 확인되는 부정적 주인공의 탄생은 우리에게 이런 생각을 해볼 수 있게 한다.

(大兵)으로 고려를 침입하고자 원나라 황제에게 청원하였으나 감찰어사가 그의 간사함을 탄핵하여 마침내 고려에 압송되었으며, 공민왕에 의해 처형되었다.

6

부정적 주인공의 양식적 소종래(所從來)에서 확인되듯 「강로전」은 전(傳)과 밀접한 관련을 맺고 있다. 다시 말해 '전'의 글쓰기 방식에 입각해 창작된 소설이랄 수 있다. 그러나 이는 큰 테두리에서 그렇다는 말일 뿐, 세부적으로 들어가면 이야기가 좀 달라진다.

자세히 들여다보면 「강로전」에는 부분적이기는 하나 전기소설(傳奇小說)의 필치로 서술된 대목이 없지 않다. 다음이 그것인데, 필요에 따라 원문을 먼저 제시하고 번역문을 병기한다.

① 情愛甚篤, 居常昵處, 握手自敍曰: "吾自在本國, 妻亡子夭, 唯老母在, 想亦入地. 擧顔宇宙, 形影相吊. 歸國, 國人皆棄; 留金, 金人無親. 老夫情懷, 吁亦慽矣. 賴子相從, 慰我幽獨, 死生契闊, 從此定矣, 子獨無情者哉?" 女含淚而言曰: "伶俜弱質, 不識門前之路, 一朝被驅, 忍渡遼河之水. 妾於此時, 無意生全, 天與其便, 兩美相合, 免穹廬之羞辱, 奉君子之巾櫛, 得其所哉, 得其所哉! 況見老爺, 廣廈金積高官, 願足委質偕老, 妾有榮耀. 請老爺無忘今日之言. 賤妾不敢負終身之義." 弘立憐悲其意, 喜得賢配, 偎紅倚翠, 靡日靡夜.[50]

홍립은 소씨(蘇氏)에 대한 애정이 깊어 항상 다정하게 지냈는데, 그 손을 잡고 이리 말했다.

"내가 조선에 있을 때 처가 죽고 자식도 일찍 죽었다오. 노모가 계셨는데 또한 돌아가셨을 게요. 그러니 천지간에 외로운 신세구려. 고국에 돌

---

50) 교감(校勘)을 해 인용하였다. 이하의 인용도 마찬가지다.

아가자니 국인(國人)이 모두 더러이 여길 테고, 금(金: 후금―인용자)에 머무르자니 가까운 사람이 없구려. 이 늙은이 마음은 처량하기만 하다오. 이제 당신에게 의지해 나의 외로움을 달랬으면 하오. 지금부터 생사고락을 함께 하게 되었는데, 당신이라고 무슨 감회가 없겠소?"

소씨는 눈물을 머금고 이리 말했다.

"저는 연약한 몸으로 일찍이 문밖을 나서 본 적이 없사온데, 하루 아침에 오랑캐에게 붙잡혀 요하(遼河)를 건너게 되었답니다. 첩은 이런 일을 당해 살 뜻이 없었건만, 다행히 하늘이 도우사 우리 두 사람이 부부의 인연을 맺게 되어 오랑캐에게 욕을 보는 것을 면하게 되었습니다. 이제 당신을 받들게 되어 얼마나 다행한지요, 얼마나 다행한지요. 더군다나 공께서는 넓은 집에 재물이 가득하고 관직이 높으시니 바라건대 한평생 해로한다면 첩에게는 영광스런 일이지요. 청컨대 공께서는 오늘 말씀을 잊지 마세요. 천첩(賤妾)은 일부종사(一夫從事)의 정절을 결코 저버리지 않겠어요."

홍립은 그 뜻을 가련히 여기는 한편 어진 아내를 얻은 일이 기뻤다. 그리하여 그녀를 극진히 사랑해 낮과 밤이 없었다.

② 是時, 蘇女在虜中, 聞弘立留本國不還, 泣請太時, 奔到本國, 直抵京城. 朝廷命押置京口, 待天將處置. 女手裁一書, 心封血緘, 以百金購傳于弘立. 弘立見之, 粉香淚痕, 哀怨可掬. 書略曰:

"妾養在深閨, 早學婦貞. 薄命險釁, 遭亂蒼黃, 行遍黃沙, 淚盡靑塚. 不料老爺, 萬死相逢. 離邦去土, 二人懷抱, 誓海盟山, 一約金石. 呑舟巨魚, 敗我深歡, 事不從心, 一別無還, 丁寧好音, 寤寐在耳. 向君之誠, 如水必東. 城西暮雨, 夢結襄王, 奈何弱水渺渺, 更隔三千? 深情縷縷, 難訴九萬.

丈夫心期, 一寸剛鐵; 兒女衷情, 匪石可轉. 鳳媒難合, 蝶夢稀到. 地老天荒, 形單影隻. 唯當魂隨山骨, 血班湘竹. 不及黃泉, 無相見期, 臨緘嗚咽. 書不盡意.”

弘立讀罷, 淚下如雨, 幾欲狂叫躍起, 而爲家僮所沮.

이때 오랑캐 땅에 있던 소씨는 홍립이 조선에서 돌아오지 않는다는 말을 듣고 울면서 홍태시(洪太時)[51]에게 간청하여 조선으로 달려나와 곧장 한성에 이르렀다. 조정에서는 그녀를 붙들어 서문(西門) 밖에 머물게 하고는 오랑캐 장수의 처분을 기다렸다. 그녀는 손수 편지를 한 통 써서 정성스럽게 봉하여, 백냥으로 사람을 사서 홍립에게 전하게 하였다. 홍립이 편지를 받아보니 분 향내가 나고 눈물 흔적이 역력하여 슬퍼하고 원망하는 모습이 손에 잡힐 듯했다. 편지 내용은 대략 이러했다.

“첩은 깊은 규방에서 자라 어린 나이에 여인이 지켜야 할 정절을 배웠습니다. 그러나 박명하고 기구하여 갑자기 난리를 만나 오랑캐 땅에 잡혀와 눈물이 마를 날이 없었습니다. 요행히 천신만고 끝에 공을 만나게 될 줄 생각이나 했겠습니까? 고국을 떠나온 우리 두 사람은 마음이 서로 통해 평생 고락을 같이하며 해로할 것을 하늘과 바다에 맹세했었지요. 그 약속은 금석(金石)처럼 단단한 것이었어요. 그랬건만 예상치 못한 큰 일이 생겨 우리의 행복은 깨어지고 말았지요. 일과 마음이 서로 어긋나 떠나간 후 돌아오시지 않으니, 당신의 다정한 목소리가 자나깨나 귓가에 들리는 듯합니다. 당신을 그리워하는 마음은 흐르는 물처럼 늘 동

---

51) 홍태시(洪太時)는 누르하치의 여덟째 아들로, 누르하치에 이어 1627년에서 1643년까지 제위(帝位)에 있었다. 『대청태종문황제실록(大淸太宗文皇帝實錄)』(臺北: 華文書局 영인, 1964)이나 『청사고(淸史稿)』(臺北: 國史館, 1986) 제1책에는 '皇太極'이라 표기되어 있다.

쪽을 향하고, 운우지정(雲雨之情)은 꿈결에 당신을 찾아갑니다. 하지만 약수(弱水)가 아득히 가로막고 있으니 어떡하나요? 당신을 사모하는 마음 가이 없건만 하늘에 하소연할 수도 없답니다. 당신이 한 약속은 단단한 쇠와 같지만, 제 마음을 당신께 보여드릴 수가 없네요. 글월도 주시지 않고, 꿈결에도 오시지 않으시네요. 속절없이 시간만 흘러 제 모습은 자꾸 초췌해져 갑니다. 이 몸이 죽으면 의당 피얼룩이 진 상수(湘水)의 대나무가 되겠지요. 황천에 가지 않으면 서로 만나볼 도리가 없는 듯하와, 편지를 봉하며 오열합니다. 글로 뜻을 다 전하지 못하옵니다."

홍립은 편지를 다 읽자 눈물을 펑펑 쏟았다. 그리고 미친 듯 부르짖으며 뛰쳐 일어나 소씨가 있는 곳으로 달려가고자 했으나, 집안의 하인이 제지하였다.

①은 강홍립이 후금에 포로로 잡혀온 소씨(蘇氏)라는 한족(漢族) 여인과 부부의 인연을 맺고는 백년해로를 맹세하는 대목이다. 전기소설에서 흔히 보이는, 남녀가 인연을 맺으며 다짐하는 말에 해당한다.

②는 정묘호란 때 후금의 군대를 따라 조선으로 간 강홍립이 돌아오지 않자 소씨가 조선에 와 서울 근교에 머물며 강홍립에게 편지를 보내는 대목이다. ①과 마찬가지로 전기소설의 문체와 정조(情調)가 완연하다.

이처럼 「강로전」에는 부분적으로 전기소설의 문체와 서사 방식이 발견된다. 그렇기는 하지만 역시 작품의 대부분은 전기소설이 아닌 전의 문체와 서술법에 의거하고 있다.

「강로전」의 이런 면모는 어떤 의미를 갖는가? 전계소설과 전기소설의 양식적 혼효를 보여주는 현상으로 이해할 수 있으리라 본다. 좀더 정확히 말한다면 전계소설의 틀 속에다 전기소설의 서사문법을 제한적으로 수용하고자 한 시도로 간주할 수 있을 터이다.

7

양식적 특성의 분석에서 드러난 사실이지만, 권칙은 전기소설과 역사서의 독서 경험을 토대로 「강로전」을 창작했다고 말할 수 있다. 그 중에서도 특히 역사서의 독서 경험은 유의할 필요가 있다. 권칙은 『서경(書經)』, 『춘추좌씨전』, 『사기』, 『원사(元史)』, 『고려사』 등에 나오는 사실을 폭넓게 인거(引據)하고 있으며, 역사서의 서술을 흉내내고 있다. 다음과 같은 예를 들 수 있다.

① 將赴遼陽, 元戎重任, **迪簡在庭**, 文武才望, 咸推弘立.

장차 요동에 출정할새 도원수의 중책을 맡길 자를 조정 신하 가운데서 천거하게 하니, 문무(文武)의 재망(才望)이 있는 자들이 모두 홍립을 추천하였다.

② 弘立夷然答曰: "**君無項伯王之勇, 吾亦非卿子冠軍, 寧有卽其帳中者乎?**"

홍립이 태연히 대답했다. "그대에게는 초패왕(楚霸王)의 용기가 없고 나 또한 초(楚)나라 상장군(上將軍) 송의(宋義)가 아니거늘 어찌 막사에 찾아올 리가 있겠는가?

③ 曾在丹朝, 以十萬精兵, 深入興化, 隻輪不返. 素聞卒悍兵利, 難與

爲敵.

옛날에 거란이 10만의 날랜 군사를 이끌고 깊이 흥화(興化)에까지 침입했는데, 수레 한 채도 돌아오지 못했다. 듣건대 조선은 군사가 강하고 무기가 날카롭다 하니 대적하기 어렵다.

④ 金應河曰: "裹糧坐甲, 固敵是求."

김응하가 말했다. "군사들이 각자 식량을 휴대하고 갑옷을 걸친 건 적과 싸우기 위해서다."

⑤ 俺之事東國, 不過豫讓之於范仲行氏也.

제가 조선을 섬긴 건, 예양(豫讓)이 범중행(范仲行)을 섬긴 것에 불과합니다.

⑥ 滿住喜謂弘立曰: "君才不減耶律楚材, 當爲開國第一元勳."

누르하치가 기뻐하며 홍립에게 말했다. "그대의 재주는 야율초재(耶律楚材)에 못지 않으니 의당 개국 제1공신이 될 것이다.

⑦ 古人以吳兵入郢者, 吾何獨不然乎?

옛날 오자서(伍子胥)가 오나라 군대를 이끌고 조국인 초나라 수도를 침략한 일을 나라고 못할 게 무언가?

⑧ 誕將天威, 長驅東向.

하늘의 위엄을 힘써 받들어, 말을 몰아 동쪽으로 향한다.

⑨ 昔元世祖, 力足以平一六合, 不能得高麗之心服, 用兵三十萬, 終成男甥之好而已.

옛날 원나라 세조는 그 힘이 천하를 평정해 통일할 만했건만 고려를 귀복(歸服)시킬 수 없었으며, 30만 군사를 동원해 부마국을 만드는 데 그쳤다.

⑩ 君獨何心讎視本國若此哉? 崔濡之事, 足爲明鑑.

그대는 무슨 마음으로 조국을 그렇게 원수처럼 여기는가? 최유(崔濡)[52]의 일을 거울로 삼을 만한다.

⑪ 眇予小子, 纘承大業, 遹追先志, 圖任舊人. 先君用先生計策, 戰勝攻取. 先生之忠於本國, 孤已銘于肺腑矣. 今日東和之計, 卽先君之遺意, 而先生之言, 又如此終始眷眷, 必有意見. 和朝鮮而輔車相依者, 追先君之意也; 勸朝鮮而作爲編戶者, 用先生之計也. 今當兩試之. 倘蒙天佑, 一鼓大定, 則有張邦昌故事. 煩先生無得謙讓, 悉兵來赴! 先生有晝錦之榮, 而孤之經營中土, 與有力. 或者與該國君, 指天作誓, 永結盟好, 絶東顧之憂, 專南伐之計, 則是先君, 遺我小子, 作萬世無窮之利者. 闔以外先生制之! 見可以行勉之哉!

변변찮은 소자(小子)가 대업을 계승했으니 선왕의 뜻을 좇아 옛 신하에게 일을 맡기고자 하오. 선군은 선생의 계책을 써서 전쟁에서 승리하고, 공격해 땅을 빼앗을 수 있었소. 선생이 우리나라에 충성을 바쳤음은 짐이 이미 명심하고 있소. 지금 조선과 우호를 유지함은 선군의 뜻인데,

---

52) 최유에 대해서는 본고의 각주 49를 참조할 것.

조선을 침략하자는 선생의 말이 시종 이처럼 간곡하니 필시 생각이 있어서일 것이오. 조선과 우호관계를 유지하여 서로 의지하자면 선군의 뜻을 좇아야겠고, 조선을 침략하여 복속시키자면 선생의 계책을 써야겠지요. 이제 이 둘을 다 시도해보겠소. 만일 하늘의 도움을 입어 쉽게 조선을 이긴다면 장방창(張邦昌)의 고사(故事)[53]처럼 하리다. 그러니 선생은 사양하지 말고 군대를 거느리고 가시오. 선생으로서는 금의환향하는 일이고, 짐으로서는 장차 중원(中原)을 치는 데 큰 힘을 얻게 될 것이오. 혹 조선의 왕과 하늘에 맹세하여 길이 우호관계를 맺는다면 동쪽에 대한 근심을 덜고 남쪽으로 중국을 치는 데 전념할 수 있을 것이오. 이는 선군이 나에게 만세무궁의 이득을 거두게 하는 것이오. 출정하면 군대를 지휘하는 재량권을 선생에게 맡기겠소. 가서 힘쓰도록 하시오!

⑫ 婦女財帛, 搶掠無餘. 雖拓拔之屠戮南徐, 紅巾之殘虐松京, 未足以逾其慘黷也.

부녀와 재물을 모조리 약탈하니, 비록 탁발씨(拓拔氏)가 남서(南徐) 땅을 유린한 일이나 홍건적이 송경(松京)에서 잔학(殘虐)을 일삼은 일도 이보다는 덜 참혹했을 것이다.

①과 ⑧의 진하게 표시한 구절은 『서경』 「다방(多方)」과 「군석(君奭)」에 나오는 말이다. ②의 진하게 표시한 구절은 『사기』 「항우본기」에 전

---

53) 북송 말인 1126년 금나라가 수도 개봉(開封)을 함락하여 황제인 흠종(欽宗)과 상제(上帝)인 휘종(徽宗)을 포로로 잡아가자, 흠종의 신하였던 장방창은 금나라의 책봉을 받아 초제(楚帝)가 되었다. 이 고사는 강홍립이 조선 침략에 성공한다면 장차 그를 조선 왕으로 책봉하겠다는 뜻으로 쓴 것이다.

거(典據)를 둔 말이다. ③, ⑥, ⑨는 요사(遼史)와 원사(元史)에 대한 지식을 토대로 하고 있다. ④의 진하게 표시한 구절은 『좌전』 문공(文公) 12년의 기사(記事)에 나오는 말이다. ⑤와 ⑦의 진하게 표시한 구절은 『사기』 「자객열전」과 「오자서열전」[54]에 의거한 말이다. ⑩은 앞서 지적했듯 『고려사』 「최유열전」에 대한 독서를 바탕으로 하고 있다. ⑪의 진하게 표시한 구절은 송사(宋史)에 대한 지식에, ⑫는 위진사(魏晉史)와 『고려사』에 대한 지식에 각각 근거하고 있다.

⑪을 길게 인용한 데에는 까닭이 있다. 이는 청(淸) 태종(太宗)인 황태극(皇太極)의 말인데, 강홍립을 '선생'이라 예우하며 모사(謀士)로 대접하고 있음을 볼 수 있다. 황태극의 말 바로 앞에는 조선을 침략할 경우 얻게 되는 이득을 설명하는 강홍립의 긴 변설(辯說)이 나온다. 이 대목 전후의 서술에서 강홍립은 마치 『사기』에 자주 등장하는 유세객이나 책략가처럼 묘사된다. 이는 『사기』의 필치를 흉내낸 것임에 틀림없다. ⑪을 통해, 「강로전」이 역사서의 서술을 흉내내고 있다는 사실이 분명히 확인된다.

8

이제 「강로전」의 주제와 인물 형상, 서사전개상의 문제점 등에 대해 살펴보기로 하자.

---

54) 인용문 ⑦에서 알 수 있듯, 강홍립이 조선에 대한 복수를 결심하고 후금의 장수가 되어 조선을 침략한다는 「강로전」의 설정에는 『사기』 「오자서열전」의 영향이 없지 않다.

「강로전」에서 주인공 강홍립은 비겁하고 어리석으며 불충(不忠)한 인간으로 묘사된다. 그는 투생걸명(偸生乞命)함으로써 절의를 잃었고 강상(綱常)을 땅에 떨어뜨린 인물로 비난된다. 실제 사실과는 거리가 있지만, 「강로전」에서 강홍립은 오랑캐 땅에서 부귀를 누린 것으로 되어 있으며, 오랑캐에게 조선을 침략하게 부추긴 장본인으로 그려진다. 강홍립의 이런 행위는 "통천지죄(通天之罪)"에 해당하며, 따라서 그는 "광고지흉(曠古之兇)"으로서 "개나 돼지만도 못한 놈"[55]으로 간주된다. '개나 돼지만도 못한 놈'이라는 표현은 앞에서 살폈듯 『충렬록』의 「김장군전」에 나오는 말인데,[56] 「강로전」에도 보인다. 이를 통해 권칙이 『충렬록』을 읽었으며, 그 책에 담긴 화이론=숭명배호론(崇明排胡論)에 전폭적으로 공감하고 있었음을 알 수 있다.

화이론에 의거한 강홍립의 비난이 「강로전」의 주제다. 작품에서 강홍립의 '투생(偸生)'과 '걸명(乞命)'은 거듭거듭 비난된다. 전지적 시점이 두드러지게 구사되는 것이라든가 서술자가 이따금 작품 전면에 등장하는 것도 강홍립을 비판하고자 한 데서 초래된 결과다.

강홍립의 성격묘사에서는 두 가지가 부각되고 있다. 하나는 '겁약함〔懼〕'이고, 다른 하나는 '어리석음〔愚〕'이다. 다음의 예문이 참조된다.

① 홍립이 귀영가(貴盈哥)를 보니, 무위(武威)를 크게 펼치고 천막을 높이 쳤으며, 좌우의 칼들이 눈처럼 빛났다. 홍립은 혼비백산하여 무릎으로 엉금엉금 기며 목숨만 살려 달라고 애걸하였다. 귀영가는 평상에서 내려

---

55) "通天之罪, 曠世之兇." "曾犬彘之不若也."
56) 본고의 각주 47 참조.

와 홍립을 부축해 일으키며 말했다.

"두려워 말라! 두려워 말라!"[57]

② 홍립은 겁내고 두려워하며 먼저 무릎을 굽혀 네 번 절하였다.[58]

③ 곁에 있던 한윤(韓潤)이 손뼉을 치며 말했다.

"어리석도다, 홍립이여! 그토록 많은 사람을 죽였거늘 대체 누가 너를 따르겠는가?"[59]

①은 강홍립이 부차(富車)에서 누르하치의 둘째아들 귀영가(貴盈哥)[60]에게 항복하는 장면이고, ②는 홍경(興京)의 누르하치를 알현하는 대목이다. 겁에 질린 강홍립의 모습을 부각시키고 있다. ③에서는 강홍립의 어리석은 모습이 조롱된다.

③에 보이는 한윤(韓潤)은 인조 초 이괄(李适)과 함께 반역을 일으켰다가 살해된 한명련(韓明璉)의 아들이다. 그는 후금으로 달아났다가 정묘호란 때 후금의 군대를 좇아 조선에 왔으며 후금의 군대가 철수할 때 후금으로 되돌아갔는데, 훗날 조선의 위약(違約)을 거론하며 조선을 재침(再侵)할 것을 주장한 바 있다. 작중에서 강홍립은 이 자의 거짓말에

---

57) "弘立見盈哥, 大張兵威, 高揭氈帳, 左右白刃, 燦如霜雪, 魂不附體, 膝行蒲伏, 乞緩一命. 盈哥下床扶起曰: '毋恐! 毋恐!'"

58) "弘立惶怵, 先屈膝四拜."

59) "韓潤在傍拍手曰: '愚矣哉! 弘立也. 安有殺人如麻而人皆影從者乎?'"

60) 『대청태조고황제실록(大淸太祖高皇帝實錄)』이나 『청사고(淸史稿)』에는 '代善'이라 표기되어 있다.

속아 인조반정 후 자신의 9족(九族)이 주살(誅殺)된 줄로 알고 조선에 대한 복수의 염(念)에 사로잡힌 것으로 서술된다. 흥미로운 점은, 작자가 한윤을 민족반역자로만 그리고 있는 것이 아니라 그를 통해 강홍립을 비판하거나 풍자하고 있다는 사실이다. 물론 한윤의 이런 행위는 스스로의 추악성을 드러내는 것이기도 하다. 이런 점에서 한윤은 이중적이며, 매개적 인물의 역할을 수행하고 있다. 작자는 한윤에게 이런 서사적 역할을 부여해, 한윤의 입을 빌려 강홍립에 대한 자신의 생각을 피력하기도 한다. 예컨대 다음을 보자.

> 영공(令公: 강홍립을 이름—인용자)이 임금과 어버이를 저버리고 오랑캐에게 항복해 목숨을 구걸한 바람에 온 집안 사람이 처벌을 받아 유혈이 낭자하건만, 자신은 부귀를 편안히 여기고 아녀자에게 빠져서 눈앞의 즐거움을 마음껏 누리고 있으니 무슨 면목으로 천하의 의사(義士)들을 대하려 하오?[61]

한윤이 강홍립으로 하여금 누르하치에게 조선 침략을 건의하도록 만들기 위해 강홍립을 꾀는 대목이다. 그런데 인용문 중 진하게 표시한 구절은 기실 작자의 말이라고 할 것이다.

이처럼 한윤이라는 인물로 인해 강홍립의 성격적 특질이 좀더 드러나게 되고, 작품은 그만큼 더 역동적이게 된다. 가령 정묘호란 때 조선에 나온 강홍립이, 후금으로 다시 돌아가 부귀영화를 누릴 것인가 아니면

---

61) "令公違棄君親, 偸生蠻貊, 闔門骨肉, 流血狼藉, 而安於富貴, 溺於兒女, 縱耽目前之樂, 何面目見天下義士乎?"

골육이 있는 국내에 남을 것인가를 놓고 고민하는 대목에서도 한윤이 강홍립과 대화를 나누고 언쟁(言爭)을 벌임으로 인해 강홍립의 우유부단하고 부귀에 연연해하는 소인배적 면모가 뚜렷이 부각되기에 이른다.

「강로전」은 그 서사전개상 그다지 자연스럽지 못한 부분도 없지 않다. 몇 가지 예를 들어본다면, 한윤의 꾐에 넘어간 강홍립이 급기야 조선의 국왕이 되기를 꿈꾼다는 설정이라든가, 소씨와 이별할 때 그녀에게 "잠시 마음을 누그러뜨리고 있으면 의당 후비(后妃)로 맞아들이겠다"[62]고 한 말, 숙부(叔父)인 강인(姜絪)의 설득에 자신의 대장인(大將印)을 강에 내다버린다는 설정 등은 강홍립의 불충함과 어리석음을 드러내 보이기 위한 것일지는 모르나 전후 맥락을 고려할 때 그리 자연스런 것은 못 되지 않나 싶다.

뿐만 아니라 강홍립이 임종시에 "복선화음(福善禍淫)은 천도(天道)"[63] 운운하면서 자신의 삶에 대한 회한(悔恨)을 토로하는 대목도 어색하기는 마찬가지다. 작중에서 강홍립이 비참한 처지에 빠진 것은 그가 참회하듯 젊은 시절의 잘못에 기인하는 것이 아니라 그의 반역 행위에 기인하기 때문이다. 죽어가면서 강홍립이 한 이 말은 기실 작자의 말처럼 보인다. 아마도 작자는 강홍립의 이야기가 종료되는 이 대목에서 굳이 '복선화음'과 인과응보를 강조하고자 한 나머지 다소 맥락이 맞지 않는 이런 서술을 하지 않았나 짐작된다.[64] "저 높은 곳에서 상제(上帝)가 굽어보시니, 사람은 속일 수 있을지언정 하늘은 속이지 못하겠구나"[65]라는 말은

---

62) "姑且寬心, 當以匲翟迎之."
63) "福善禍淫, 天之道也."
64) 왜 작자가 복선화음과 인과응보를 강조했는지는 후술된다.
65) "高高上帝, 赫赫下臨, 人可欺也, 天不可誣也."

그러므로 강홍립의 입을 빈 작자의 단안(斷案)이라고 보아야 할 것이다.

「강로전」에 전기적(傳奇的) 필치로 서술된 대목이 있다는 사실에 대해서는 앞서 언급한 바 있다. 이들 대목은 전기적 서술의 장점에 힘입어 한편으로는 이야기의 흥미를 돋우면서 다른 한편으로는 강홍립에게도 인간적 고뇌 같은 것이 없지 않았다는 사실을 살짝 내비치고 있다. 그렇기는 하나 작품의 구성을 전체적으로 조감한다면 이들 대목은 왠지 그 전후 대목의 서술과 잘 어울리지 않으며, 불거져 나와 있다는 느낌을 준다. 이들 대목은 전기적 필치가 흥미 위주의 '통속화'로 나아갈 수 있음을 시사하기라도 하는 것처럼 보인다.

9

끝으로, 「강로전」에 내포된 현실 비판의식을 검토해보기로 한다. 현실에 대한 비판의식은 숭명배호(崇明排胡)와 함께 「강로전」의 또다른 창작 동기를 이룬다. 전자가 공공연히 드러나 있다면, 후자는 다소 은밀하게 제시되어 있다는 점이 다르다. 다음의 몇 가지 점을 거론할 수 있다.

첫째, 문벌세족(門閥世族)에 대한 비판이다. 작품은 그 서두에서 강홍립이 부조(父祖)의 공렬(功烈)을 이어받아 오시일세(傲視一世)했으며 조정에서 온갖 화요직(華要職)을 역임했음을 강조해놓고 있다. 그러나 작품의 끝에서는, 미천한 사람은 오히려 그 주인을 배반하지 않는데 "역적은 도리어 의관세족(衣冠世族)에서 나온다"[66]고 비판하고 있다. 강홍립

---

66) "吠堯之賊, 反出於衣冠世族."

이 나라로부터 큰 은혜를 입은 세족(世族)이면서도 나라를 배반한 데 대해 통렬히 꾸짖고 있는 것이다.

강홍립이 임종시에 자신의 젊은 시절을 되돌아보면서 한 다음의 말, 즉

> 나는 일찍 과거에 급제하여 청현직(淸顯職)을 두루 거쳤건만 만년이 기구하여 세상이 가련히 여기는 바 되었다. 복선화음은 천도(天道)다. 내가 평생 한 일이 다 기억나지 않지만, 유독 생각나는 것은 연소기예(年少氣銳)로 대각(臺閣)에 출입하며 누가 나를 조금만 언짢게 해도 반드시 그 자를 해코지한 일이 한두 번이 아니었다는 사실이다. 하늘이 이 일 때문에 이런 악보(惡報)를 내리는 건가. 저 높은 곳에서 상제(上帝)가 굽어보시니, 사람은 속일 수 있을지언정 하늘은 속이지 못하겠구나.[67]

에도 문벌세족에 대한 작가의 비판의식이 투영되어 있다고 보인다. 그러나 이 대목은 이러한 범연한 해석 이상의 해석을 요한다. 앞에서도 지적했듯 이 대목은 전후 문맥을 고려할 때 다소 느닷없는 말처럼 여겨진다. 작자는 왜 이 부분에서 '천도'니 '상제'니 하면서 복선화음과 인과응보를 강조하고 있는 걸까? 그리고 강홍립으로 하여금 유독 젊을 때 대각(臺閣)에서 남을 해친 일을 기억해내게 하고 있는 걸까? 이에는 어떤 저의가 있다고 보아야 하지 않을까?

이 물음과 관련해 위의 인용문에 보이는 '대각(臺閣)'이라는 말이 주

---

67) "吾早登科第, 歷敭淸顯, 晚節崎嶇, 爲世所悲, 福善禍淫, 天之道也. 平生作爲, 難可追記, 而獨念年少氣銳, 出入臺閣, 以睚眦傷害人者, 非一二, 天其以是, 施此惡報耶? 高高上帝, 赫赫下臨, 人可欺也, 天不可誣也."

목된다. 대각은 사헌부(司憲府)와 사간원(司諫院)을 합칭(合稱)하는 말이다. 대각의 대간(諫官)은 비록 그 자품(資品)은 높지 않다 하더라도 권력의 핵심을 이루는 요직으로서 한미한 집안 출신이 차지하는 건 불가능하며, 대개 문벌세족이 차지한다. 바로 이 지점에서 우리는 권칙이 1630년(인조 8) 8월에 사간원의 간관으로부터 '우망(愚妄)한 서얼'이라는 탄핵을 받아 해임되었음을 다시 상기할 필요가 있다. 당시 권칙을 탄핵한 간관은 청송 심씨 집안의 심동귀(沈東龜, 1594~1660)였을 가능성이 높다. 그는 문벌이 좋았으며, 약관 때부터 이름이 높았고, 26세(1619) 때 문과에 급제해 청요직(淸要職)을 두루 거쳐[68] 37세(1630) 때인 인조 8년 7월 15일 사간원 헌납(獻納)에 제수되었다.[69] 요컨대 심동귀는 위 인용문의 말처럼 일찍 등과(登科)하여 청요직(淸要職)을 거쳐 간관이 된 인물이다. 앞서 밝혔듯 「강로전」이 창작된 시점은 1630년 가을이다.

여기서 조심스럽게 약간의 추론을 감행해보자. 권칙은 당시 사간원의 간관에게 '우망한 서얼'로 지목되어 탄핵되었던바, 이 일로 인해 자신의 신분적 처지에 더욱 분만(忿懣)을 품게 되었으며, 자신을 탄핵한 간관에게 극히 비판적 태도를 취하게 된 건 아닐까? 이런 분만과 비판적 태도가 교묘히 위장된 채 위 인용문에 가탁(假託)되어 있는 건 아닐까? 그러므로 자신의 만년을 기구하게 만든 업연(業緣)이 대각에 있을 때 함부로 남을 탄핵하며 해코지한 데 있을 것이라는 강홍립의 참회는 기실 작자를 해친 간관에 대한 타매(唾罵)가 아닐까? 「강로전」이 해임 이전이 아니라 해임 직후에 쓰였으리라는 추정도 이런 추론에 근거한다.

---

68) 송시열,「청봉심공묘갈명(晴峯沈公墓碣銘)」,『송자대전(宋子大全)』권177.
69) 『인조실록』인조 8년 7월 15일 기사;『조선왕조실록』제34책, 389면.

둘째, 인재등용의 문제점에 대한 비판이다. 이는 문벌세족에 대한 비판과 연결된다. 예문을 한둘 들어본다.

① 조선은 사람을 등용할 때 세력과 이익을 보므로 사람들이 모두 이반하며, 일이 생기면 관망하여 피해버린다. 재능 있는 자들은 그 재주를 펴보고자 하니, 지금 이때 그들을 불러내어 등용하는 사람이 있다면 조선 전역은 뭇 별이 북극성을 둘러싸듯 그 사람을 추종할 것이다.[70]

② 산림과 여항 사이에 반드시 재주를 품고 있으면서도 펴보지 못한 자가 있을 것이며, 공명(功名)에 뜻을 둔 자가 있을 것이다. 이런 때 일시에 마땅히 스스로 떨쳐일어나 씩씩하고 용감한 자를 규합해서 우리 군영(軍營)으로 와, 함께 세상에 다시 없는 큰 공훈을 세우고 무궁하게 빛나는 명성을 얻도록 하자.[71]

①은 강홍립이 누르하치에게 조선을 침략할 것을 건의한 말 가운데 일부이고, ②는 후금의 군대를 이끌고 조선에 나온 강홍립이 조선 인민을 효유(曉諭)한 말 중의 일부이다. 강홍립의 말로 되어 있기는 하나 작자의 의중(意中)이 투영되어 있다고 판단된다. 조선은 인재등용이 공정하지 못하고 세리(勢利)를 기준으로 삼고 있기 때문에 민심이 이반해 있다는 것, 신분이 미천하면 등용되지 못하기에 재주가 있으면서도 울울

---

70) "用人觀勢利, 人皆解體, 當事觀避. 智能之士, 思展其才. 當此之時, 苟有驅駕而用之者, 則環東土數千里, 若衆星之拱北辰."

71) "山林之中, 閭巷之間, 必有懷才莫展者, 有志功名者. 逢此一時, 政宜自奮, 糾合驍勇, 來赴軍前, 共圖不世之勳, 永樹無窮之聞."

히 자신의 능력을 펴보지 못하는 인재들이 산림과 여항에 산재해 있다는 것이 그 골자다.

셋째, 조선의 국가적 현실에 대한 비판이다. 조선은 현재 '토붕지세(土崩之勢)'에 처해 있어 군사를 이끌고 침략하기만 하면 파죽지세로 유린할 수 있다고 한 것이 그것이다.[72] 조선의 국가 현실에 대한 비판은 앞서 지적된 두 가지 비판과 무관하지 않다. 유능한 인재를 기용하지 않고 문벌 위주로 사람을 쓰다 보니 결국 나라가 이 지경이 되고 말았다는 논리가 성립되기 때문이다.

「강로전」에 심긴 이러한 비판의식은 권칙 자신의 신분적 처지에서 유래하는 것으로 판단된다. 권칙이 자신의 처지에 얼마나 절망했던가 하는 것은 앞에서 이미 살핀 바 있다.[73] 권칙은 서얼로서의 현실인식, 서얼로서 자신이 느낀 불만을 「강로전」에 '투사'한 것이다. 이는 대단히 주목해야 할 점이다. 겉에 표방된 화이론보다 속에 내연(內燃)하고 있는 이 현실 비판 의식에서 작자가 서 있는 실존적 지점이 더 잘 드러난다고 생각되기 때문이다.

이상의 논의를 통해 볼 때 「강로전」에는 크게 보아 두 개의 눈, 두 개의 시선, 두 개의 준거가 작용하고 있다고 말할 수 있다. 그 하나는 당시

---

72) "今朝鮮有土崩之勢, 以鐵騎臨之, 當如劈竹." 이는 한윤이 한 말이다. 한윤이 반역자임에도 불구하고 작중에서 기능적 인물로서 작자를 일정하게 대변하곤 한다는 사실은 앞서 지적한 바 있다.

73) 권칙은 훗날 인조(仁祖)에게 「팔잠(八箴)」을 지어 올렸는데 그 중의 하나가 '용인(用人)', 곧 인재등용의 문제였다. 관련 문헌을 제시하면 다음과 같다: "伐以庶孽登第, 曾爲永平縣令. 至是製「八箴」以進: 一曰敬天, 二曰恤民, 三曰修身, 四曰正心, 五曰納諫, 六曰用人, 七曰誠意, 八曰愼終."(『인조실록』 인조 24년 7월 21일 기사; 『조선왕조실록』 제35책, 281면)

사대부들의 이념이자 통념이었던 화이론적 세계관이고, 다른 하나는 서얼로서의 입장이다. 이 두 개의 눈은 서로 충돌하거나 모순을 일으킴이 없이 강홍립을 조망하고 있다고 생각된다.

10

지금까지 「강로전」의 작자, 성립배경, 양식적 특징, 주제사상, 인물형상, 서사전개상의 문제점, 비판의식 등을 검토했다. 「강로전」은 작자 및 창작연대가 뚜렷이 확인되는 작품이다. 한편 이 작품은 곧 국문으로 번역되어[74] 민간에 유포됨으로써 초창기 국문소설 독자층의 저변 확대에도 기여했다. 이 작품이 발굴됨으로써 권칙이 권필·허균·조위한 등 16세기 말에서 17세기 초 사이에 활동한 선배 소설가들을 계승하면서 2편의 소설을 창작한, 주목할 만한 소설가라는 사실이 드러났다. 뿐만 아니라 이 작품은 17세기 전반기 동아시아의 역학관계와 조선의 사상적 추이가 크게 바뀌는 전환기적 상황을 반영하고 있다는 점에서 적지 않은 논의거리를 제공한다.

또한 이 작품은 양식사적인 견지에서도 흥미로운 점이 없지 않으며, 서얼의 '눈'으로 당대 현실을 비판하고 있다는 사실 역시 특기할 만하다. 그러나 이 작품은 주인공의 성격창조, 구성과 서사전개상에서 약점

---

74) 이건(1614~1662)이 민간에 떠돌던 국역본 「강로전」을 한역(漢譯)해놓고 있는 것으로 볼 때 권칙의 「강로전」이 대체로 17세기 초·중엽경 국문으로 번역되었음을 알 수 있다.

이 발견되기도 한다.

심하 전역(深河戰役)이나 병자호란을 배경으로 삼고 있는 한문 작품
으로는 「강로전」 외에도 「강세작전(康世爵傳)」, 「김영철전(金英哲傳)」,
「임경업전(林慶業傳)」[75] 등이 있다. 이들 전(傳)이나 소설은 모두 명청
교체기의 역사적 경험에 기초해 있다는 점에서 서로 통하는 점이 없지
않다. 「강로전」은 역사적 사실에 바탕을 두고 있기는 하나 역사적 실체
를 추구하고 있지는 않다. 작품에 그려진 사실들은 대부분 실제 사실과
거리가 있으며, 일그러뜨려져 있거나 윤색되어 있다. 이 점에서 강홍립
은 이념의 '희생양'이 되고 있다고 할 만하다. 그러므로 역사적 진실을
기준으로 이 작품을 평가하는 것은 별 의미가 없으며, 허구로서의 소설
이 갖는 의미망의 역사적 맥락을 요모조모 따져보는 일이 긴요하다 할
것이다.

부기(附記)

이 글을 탈고한 후 『동사잡록(東事襍錄)』이라는 책에 또다른 「강로전」
이 실려 있음을 알게 되었다. 필자의 지도학생인 정길수 군이 이 사실을
알려줬다. 이로써 「강로전」의 이본이 하나 더 발견된 셈이다. 이 본은

---

75) 남구만(南九萬), 박세당(朴世堂), 김몽화(金夢華) 등이 각기 「강세작전」을 남겼다.
「김영철전」에 대해서는 졸고 「17세기 동아시아의 전란과 민중의 삶—「김영철전」의 분
석」, 『벽사이우성교수정년퇴직기념논총』(창작과비평사, 1990)에서 검토한 바 있다.
「임경업전」에 대해서는 졸저 『조선후기 전(傳)의 소설적 성향 연구』(성균관대 대동문
화연구원, 1993), 154면을 참조할 것.

행초(行草)가 뒤섞여 있는데, 오자(誤字)나 착란이 없지 않다. 그러나 국편본 「강로전」과 내용상의 차이가 있는 건 아니다. 이 본과 국편본을 대교(對校)하면 정본(定本)에 가까운 텍스트를 재구성해낼 수 있으리라 기대한다. 이본들을 대교한 결과는 다른 기회에 발표하기로 한다.[76]

---

76) [보주] 「강로전」을 교감한 결과는 졸저 『한국한문소설 교합구해』(소명출판, 2005)에 실었다.

제5부
비교문학적 접근

한국 · 중국 · 베트남 전기소설의 미적 특질 연구

한국·중국·베트남 전기소설의
미적 특질 연구
—『금오신화』·『전등신화』·『전기만록』을 대상으로

1. 머리말: 비교의 관점

이 논문은 중국, 베트남, 한국에서 창작된 전기소설(傳奇小說)의 미적 특질을 비교해 논의하는 것을 목표로 삼는다. 전기소설은 중국의 당나라 때 성립되었으며, 송대 이후에도 문언소설(文言小說)로서 연면히 창작되었다. 특히 명초(明初)에 구우(瞿佑, 1347~1433)가 창작한 전기소설집 『전등신화(剪燈新話)』는 한국, 일본, 베트남의 문인·지식인들에게 두루 읽혔다. 그리하여 『전등신화』의 영향으로 한국에서는 『금오신화(金鰲新話)』가, 일본에서는 『오토기보코(伽婢子)』가,[1] 베트남에서는 『전기만록(傳奇漫錄)』이 창작되기에 이르렀다. 이 중 『금오신화』와 『전기

---

1) 『오토기보코(伽婢子)』는 『전등신화』의 영향만이 아니라 『금오신화』의 영향도 받았음이 밝혀져 있다.

만록』은 표기문자가 한자이고, 『오토기보코』는 히라가나이다. 전기소설은 '한문'으로 쓰인 동아시아의 보편적 소설 양식이다. 그러니 『오토기보코』는 엄밀히 말해 전기소설이 아니다. 이 점을 감안해 본 논문에서는 『오토기보코』는 제외하고 한문으로 쓰인 세 작품 『전등신화』·『금오신화』·『전기만록』을 고찰의 대상으로 삼는다.

『전등신화』는 명(明) 태조(太祖) 홍무(洪武) 11년인 1378년, 구우의 나이 서른두 살 때 창작되었다.[2] 이 책은 전 4권인데, 각 권당 5편의 작품이 수록되어 있으며, 말미에 부록 1편이 첨부되어 있다. 따라서 수록된 소설 편수는 총 21편이다. 조선의 지식인과 문사들은 15세기 이래 『전등신화』를 애독하였다.[3] 그리하여 동아시아문화권 최초의 소설 주석서라 할 『전등신화구해(剪燈新話句解)』가 윤춘년(尹春年)과 임기(林芑)의 공동작업으로 16세기에 완성되어 간행되었다. 『전등신화구해』가 나온 다음부터 조선인은 대체로 이 '구해본(句解本)'으로 『전등신화』를 읽은 듯한데, 이 책은 그 수요가 많아 20세기 초[4]에 이르기까지 조선의 여러 곳에서 누차 간행되었다. 또한 이 책은 임진왜란 이후 일본으로 전해져 일본판으로 간행되기도 했다.

『금오신화』는 세조(世祖) 말에서 성종(成宗) 초, 즉 1470년을 전후한 시기에 창작된 것으로 추정된다. 작자는 김시습(金時習)이며, 당시 그의

2) 陳益源, 『剪燈新話与傳奇漫錄之比較研究』(臺北: 學生書局, 1990), 52면 참조.

3) 유탁일, 「전등신화·전등여화의 한국전래와 수용」(『다곡이수봉선생화갑기념고소설연구논총』, 1988)에 의하면, 『전등신화』가 조선에 전래된 것은 1421년에서 1443년 사이다.

4) 20세기 초의 간본으로는 1916년에 나온 『언문현토전등신화(諺文懸吐剪燈新話)』를 들 수 있다.

나이는 30대 초반이었다.[5] 한국학계에서는 그동안 이 책이 조선조 때 간행되지 못했고 필사본만 있었던 것으로 여겨왔으나, 최근 최용철 교수에 의해 조선 간본(朝鮮刊本)의 존재가 보고된 바 있다.[6] 조선 간본은 흥미롭게도『전등신화구해』의 공동저자인 윤춘년에 의해 편집되었다. 체재와 내용은 일본 간본과 차이가 없으며, 다만 글자의 출입이 미세하게 있을 뿐이다. 단권(單卷)의 책이며, 수록된 작품 수는 총 5편이다.

『전기만록』은 16세기 전반기에[7] 베트남의 문인 완서(阮嶼)가 창작한 소설집이다. 전 4권으로 이루어져 있으며, 각 권마다 5편의 작품이 수록되어 있는바, 수록된 소설 수는 총 20편이다.

『전등신화』와『금오신화』에 대한 비교 연구는 이미 선학들에 의해 여러 차례 시도되었다. 그러나 대체로 전파론적 입장에서의 연구로서, 발신자(發信者)인『전등신화』와 수신자(受信者)인『금오신화』를 요소적으로 대비하는 데 주안을 둔 것이었다.

그후 이런 식의 비교 연구에 대한 반발로『금오신화』의 독자성을 탐색하는 쪽으로 연구가 진행되었다. 이는 1970년대 이래 한국의 국학(國學) 연구가 '내재적 발전론'을 중시하는 관점에서 진행된 것과 궤를 같이한다. 그러나 이런 독자성을 강조하는 연구방법은 또다른 폐단을 낳기도 했다. 무엇보다도 '문화권적 시각'을 결(缺)한 채 우물안 개구리식의 사고에 갇히게 된 것이 가장 큰 폐단이다. 그리하여 동아시아의 보편적 맥락을 고려하지 않은 채『금오신화』의 특수성을 과대하게 강조한

---

5) 졸저『한국전기소설의 미학』(돌베개, 1997), 173면.
6) 최용철,「금오신화 조선간본의 발굴과 그 의미」(『중국소설연구회보』 39, 1999).
7) 陳益源, 앞의 책, 63~64면 참조.

점이 없지 않다. 말하자면 다분히 일국주의적 관점에 함몰되어 문화권적 관련, 문화권적 보편성을 방기한 셈이다.

전파론적 비교 연구를 '테제(These)'라 한다면, 그후에 전개되어온 독자성을 강조하는 입장은 '안티테제(Antithese)'라 할 수 있을 터인바, 향후의 연구는 이 두 입장을 지양(止揚)한 '신테제(Synthese)', 즉 변증법적 종합이 필요하다고 생각한다. 본 연구는 이런 연구사적 반성과 전망 위에서 출발한다.

한편, 『전등신화』와 『전기만록』에 대한 비교 연구가 근년 대만의 첸이위엔(陳益源)에 의해 이루어진 바 있다.[8] 이 책은 훌륭한 실증적 연구 성과를 담고 있을 뿐만 아니라, 『전기만록』의 미덕을 읽어내고자 하는 노력도 상당히 기울이고 있다. 그렇기는 하나 전파론적 연구방법의 문제점을 완전히 불식하고 있지는 못하다고 생각된다. 게다가 중국이 한자문화권의 '주류'이고 한국·일본·베트남은 그 '지류'인바, '주류'를 제대로 이해하기 위해 '지류'에 대한 연구가 필요하다는 식의 주장에는 '중화주의적' 태도의 혐의가 없지 않다. 중심과 주변을 가르고 중심에서 주변으로 문화가 전파된(혹은 전파되면서 변이된) 사실을 확인하는 데 주력하는 방식의 비교문학 연구는 한자문화권에 속한 각 나라 연구자들이 서로 흉금을 열고 상호존중의 정신에 입각하여 평등한 관점에서 '자타(自他)'의 문화를 이해하고 연구해나갈 것을 요구하는 오늘날의 요청에 그리 잘 부합되는 것 같지 않다. 또한 첸이위엔은 '역외한문학(域外漢文學)'이라는 용어[9]를 사용하면서 『전기만록』을 그 범주 속에서 이해하고

---

8) 陳益源, 앞의 책.

9) 이 용어는 프랑스 국립과학원 연구원인 첸칭하오(陳慶浩)가 처음 사용한 것이 아닌

있지만, 이 '역외(域外)'라는 말에서는 내외(內外)의 위계적·차등적 구분을 강조한 중세 화이론(華夷論)의 그림자가 어른거린다. 요컨대 문제는 '자기중심성'의 극복이다. 자기중심성을 극복하고자 하는 치열하고도 진지한 노력이 없다면 비교문학 연구는 필경 제국주의적인 혹은 '아(亞)'제국주의적인 지향을 보이기 십상이라는 점을 경계하지 않으면 안된다.

최근에는 『금오신화』·『전등신화』·『전기만록』 셋을 함께 다룬 연구도 이루어졌다. 전혜경의 「한·중·월(韓中越) 전기소설의 비교 연구」[10]가 그것이다. 이 논문 역시 기본 관점은 발신자를 중심으로 수신자의 변이 양상을 살피는 데 주안을 두고 있는데, 특이한 점은 세 작품 가운데 『금오신화』가 특히 우수하다는 점을 부각시키고 있다는 사실이다.[11] 정말 우수하다면 우수하다고 말하는 것이 꼭 흠될 일은 아닐 테지만, 만일 다른 자료의 또다른 우수성을 제대로 챙기지 않은 채 하는 말이거나, 자료에 대한 객관적이고 엄정한 판단과 균형감각 위에서 내려진 결론이라기

___

가 한다. 이 점에 대해서는 陳慶浩, 「越南漢文小說叢刊總序」(越南漢文小說叢刊 제1책 『傳奇漫錄』, 臺北: 學生書局, 1987) 참조. [보주] 나의 이 논문이 발표된 것은 2000년이다. 이후 '역외한문학'이라는 개념은 중국 학계의 유력한 담론이 된 것 같다. 남경대학의 역외한적연구소(域外漢籍硏究所)를 이끌고 있는 장보웨이(張伯偉)가 이런 담론을 주도하는 인물의 하나다.

10) 박사학위논문(숭실대 국문학과, 1994)이다.

11) 일례로 『금오신화』에 대한 다음과 같은 평가를 들 수 있다. "세 작품(『전등신화』·『전기만록』·『금오신화』를 가리킴─인용자) 중 『金』(『금오신화』를 가리킴─인용자)은 작자의 창작 동기가 가장 강하게 내재된 작품으로 생각되며, (…) 이야기 구성에 있어서 『剪』·『傳』(『전등신화』와 『전기만록』을 가리킴─인용자)보다 발전된 형태를 보인다고 할 수 있다. 이는 창작 기법에 있어서 『金』의 창작성을 입증할 수 있는 뚜렷한 근거라고 할 수 있다."(위의 논문, 49면)

보다 '팔이 안으로 굽는다'는 원리가 일정하게 작용한 결과라고 한다면, 이 역시 자기중심성이 관철되는 또다른 한 방식을 보여주는 것이라 하지 않을 수 없다.

본 연구는 선행 연구들처럼 자구(字句)나 디테일의 축자적(逐字的) 대비(對比)에 관심이 있지 않다. 또한 특정 작품을 '중심'에 놓고 다른 작품과 대비하는 방식을 취하지도 않는다. 평등안(平等眼)[12]으로『전등신화』·『전기만록』·『금오신화』를 살피면서 그 공통점과 차이점을 해명하고자 한다. 요컨대 자기중심성을 벗어난 평등한 관점에서 텍스트를 읽고자 한다.

본 연구는 중국·베트남·한국 세 나라 전기소설의 미적 보편성과 특수성을, ①우의(寓意), ②결말구조, ③시공간, ④인물이라는 네 측면에서 검토하고자 한다. 이 과정에서 동아시아 소설의 한 역사적 장르(historical genre)인 전기소설의 특질에 대한 이해가 심화되고, 민족적 차이나 작가의 문제의식의 차이가 각 작품에 어떻게 투사되면서 작품의 미적 특질의 차이를 초래하는지가 해명될 것이다. 이 점에서 필자는 본 연구가 앞으로 전개될 동아시아 문학에 대한 활발한 비교연구에서 하나의 새로운 '작업 모델'이 되기를 희망한다.

---

12) '평등안'은 정신의 태도이면서 동시에 방법적 원리 내지 지침이 될 수 있다고 생각한다. 이 용어는 원래 불교에서 유래한다. 그러나 필자가 이 용어의 비교문학적(혹은 비교문화적) 원리로의 전용가능성(轉用可能性)을 생각하게 된 것은 박지원(朴趾源)을 통해서이다. 박지원에게서 이 말이 갖는 의미는 졸저『한국의 생태사상』(돌베개, 1999), 330~331면을 참조할 것.

2. 우의(寓意)

1 『전등신화』, 『전기만록』, 『금오신화』는 모두 우의(寓意)를 담고 있다. 우의는 작가가 작품에서 말하고자 하는 메시지다. 우의는 그 자체가 하나의 미적 형식임과 동시에 그 속에 작가의 의도와 생각이 내포되어 있다는 점에서 사상과 등가물이다. 『전등신화』, 『전기만록』, 『금오신화』를 제대로 이해하기 위해서는 미적 형식이자 사상의 등가물인 이 우의의 양상과 의미를 읽어내는 일이 대단히 중요하다. 세 작품은 우의를 중요한 미적 형식으로 삼고 있다는 점에서 공통적이나 우의의 내용과 양상이 다르다는 점에서 개별성을 갖는다.

『전등신화』에 수록된 소설들은 대부분 원말(元末)의 난세를 배경으로 삼고 있다. 이를 통해 구우는 세계의 횡포를 고발하는 한편, 세계의 횡포 앞에서 인간이 얼마나 무력한가를 그려보이고 있다.

원말은 군웅이 할거하던 시기다. 구우는 원말명초(元末明初)의 전란을 몸소 겪은 작가다. 특히 지정(至正)[13] 13년에 소금장사인 장사성(張士誠)이 고우(高郵)에서 기병(起兵)하여 칭왕(稱王)함으로써 강남 일대는 전쟁의 소용돌이 속에 휩싸인다. 장사성은 이후 14년간 절강(浙江) 일대를 점거했다.[14] 장사성의 난은 구우의 삶과 세계인식에 큰 영향을 미쳤던 것으로 보인다. 장사성이 난을 일으켰을 때 구우는 여덟 살이었으며, 장사성이 궁지에 몰려 자결했을 때 스물 두 살이었다. 구우는 그 할아버지가 전당(錢塘: 지금의 절강성 항주)에 거주했던바, 구우를 '전당인(錢

---

13) 원나라 마지막 황제인 순제(順帝)의 연호로, 1341년에서 1367년까지 사용되었다.
14) 이 점에 대해서는 『명사(明史)』 권123의 「장사성(張士誠)」 참조.

塘人)'이라 칭하는 건 이 때문이다. 장사성의 난으로 인해 구우는 사명(四明)과 고소(姑蘇)[15] 등지를 유랑하지 않으면 안 되었던 것으로 알려져 있다.[16] 이처럼 구우가 소년기와 청년기에 겪은 장사성의 난은 그의 세상 보는 눈에 큰 영향을 끼쳤다. 그리하여 훗날 구우는 『전등신화』를 창작함으로써 전란 체험을 통해 갖게 된 세계인식과 정조(情調)에 미적 형상을 부여하게 된다. 그러므로 『전등신화』에서 장사성의 난이 종종 서사의 주요한 계기가 됨은 구우라는 한 인간의 삶을 고려한다면 결코 우연한 일이 아니다. 가령 구우 자신의 이야기가 아닌가 의심되는 「추향정기(秋香亭記)」의 다음 구절을 보자.

상생(商生)은 채채(采采)의 시를 받고 재삼 감탄했다. 그러나 미처 화답하기 전에 고우(高郵)에서 장사성이 기병하여 삼오(三吳)[17] 지방이 전쟁의 소용돌이에 휩싸였다. 상생의 아버지는 가족을 이끌고 남쪽 임안(臨安)으로 갔다가 다시 회계(會稽)·사명(四明) 등지를 전전하면서 난을 피하였다. 채채의 집 또한 북쪽 금릉(金陵)으로 이사하는 바람에 서로 소식이 끊긴 지 10년이 되었다.[18]

---

15) 고소(姑蘇)는 소주(蘇州)를 말한다. 고소와 사명(四明)은 모두 절강성에 속한 땅이다.

16) 명(明) 낭영(郎瑛) 찬(撰), 『칠수유고(七修類稿)』, 권33 시문류(詩文類)의 '구종길(瞿宗吉)' 조(條) 참조. '종길(宗吉)'은 구우의 자(字)이다.

17) 소주(蘇州), 상주(常州), 호주(湖州)를 가리킨다.

18) "生感嘆再三. 未及酬和, 適高郵張氏兵起, 三吳擾亂. 生父挈家, 南歸臨安, 展轉會稽四明以避亂. 女家亦北徙金陵, 音耗不通者十載."(『剪燈新話句解』, 규장각소장도서 古貴 895.1308-G93j) 이하 『전등신화』의 인용은 이 본에 의거했으며 표점은 楊家駱, 主編, 『剪燈新話等九種』(臺北: 世界書局, 1973)을 참조했다. 번역은 이경선 역, 『전등신화』(을유문화사, 1976)를 참조하되 필자가 더러 수정했다.

상생과 채채는 서로 깊이 사랑하는 사이였음에도 전란으로 인해 헤어져야 했으며, 이후 채채는 다른 남자의 아내가 되고 만다. 이 작품은 전란이 개인의 운명에 드리우는 짙은 그림자를 수채화처럼 그려내고 있다.

장사성이 일으킨 병란이 중요한 의미를 가짐은 「취취전(翠翠傳)」이나 「애경전(愛卿傳)」도 마찬가지다. 이들 작품의 남녀 주인공들은 모두 장사성이 일으킨 병란으로 인해 삶이 갈기갈기 찢어진 채 비극적 종말을 맞는다. 세계의 폭력성 앞에 인간은 무력할 뿐이다. 비록 이들 작품에서 구우가 권선징악이나 인과응보, 정조(貞操)의 중요함을 말하고 있다 할지라도 그것은 오히려 얕은 차원의 우의일 뿐, 작품의 심부(深部)에서 포착되는 우의는 역시 이 세계의 폭력성에 대한 고발이 아닐까 한다. 적어도 그 점에서 본다면 『전등신화』는 '반전문학(反戰文學)'으로서의 면모를 일정하게 갖고 있다고 할 여지가 없지 않다.[19]

『전등신화』의 우의가 갖는 이런 면모와 관련해 필자는 다음의 두 가지 점을 아울러 지적하고 싶다. 첫째는 「태허사법전(太虛司法傳)」에서 발견되는 극히 그로테스크한 다음의 서술이다.

풍대이(주인공 이름—인용자)가 하루는 볼일이 있어서 인근 마을에 가게 되었다. 때마침 전란을 치른 뒤라 사람이 하나도 보이지 않았으며, 눈에 들어오는 건 온통 누런 모래와 흰 해골뿐이었다. 목적지에 이르기도 전에 해는 벌써 서산에 기울고 음침한 구름이 사방에 잔뜩 끼었다. 잠시 쉬어갈 주막 하나 보이지 않으니 어디서 밤을 지내야 할지 난감했다.

---

19) 『전등신화』를 바로 '반전문학'으로 규정할 수는 없다. 다만 그런 지향을 일정하게 함유하고 있지 않은가 하는 말이다.

마침 길가에 오래된 측백나무 숲이 있었다. 그는 곧 그리로 들어가 큰 나무 등걸에 기대어 잠시 휴식을 취했다. 그 바로 앞에서는 부엉이의, 그리고 뒤에서는 늑대와 여우의 울음소리가 들려왔다. 이윽고 어디선가 까마귀떼가 몰려오더니, 어떤 놈은 한 쪽 다리를 들고 울어대고 어떤 놈은 두 날개를 팔딱거리며 춤추는 것이었다. 그리고 기괴하고 기분나쁘게 우짖으면서 빙빙돌며 진(陣)을 형성하는 것이었다. 그 옆엔 여남은 구의 시체가 나동그라져 있었다. 음산한 바람이 씽씽 불더니 갑자기 소나기가 퍼붓기 시작했는데, 한 번 벼락이 치자 별안간 모든 시체들이 앞을 다투어 벌떡벌떡 일어나는 게 아닌가! 그들은 나무 밑에 있는 풍대이를 보자 우르르 달려들었다. 깜짝 놀란 대이는 급히 나무 위로 기어올라갔다. 그러자 시체들은 나무 밑을 삥 둘러싸더니 휘파람을 불기도 하고 큰 소리로 욕지거리를 퍼붓기도 했다. 시체들은 혹 앉기도 하고 혹 서 있기도 했는데, 서로 큰 소리로 이렇게 말하는 것이었다.

"오늘 밤에 이놈을 꼭 잡아야 해! 그렇지 않으면 우리들이 경친다."

그러는 사이에 구름이 걷히고 비가 개이자 달빛이 숲속으로 새어들어왔다. 그때 저편에서 야차(夜叉) 한 놈이 이리로 걸어오고 있는 것이 보였다. 머리에는 두 뿔이 돋혔고 몸 전체는 푸른빛이었다. 큰 소리로 외치며 성큼성큼 숲 속으로 걸어오더니 손을 쑥 내밀어 시체를 덥석 잡고는 그 머리를 떼어 우적우적 씹어먹기 시작했다. 그 모습은 마치 참외를 먹는 것 같았다.[20]

---

20) "有故, 之近村. 時兵燹之後, 蕩無人居, 黃沙白骨, 一望極目. 未至而斜日西沈, 愁雲四起, 旣無旅店, 何以安泊? 道旁有一古栢林, 卽投身而入, 倚樹少憩, 鵂鶹鳴其前, 豺狐嘷其後. 頃之, 有群鴉接翅而下, 或跂一足而啼, 或鼓雙翼而舞, 叫噪怪惡, 循環作陣. 復有八九死屍, 僵臥左右, 陰風颯颯, 飛雨驟至, 疾雷一聲, 群屍競起,

이 대목은 지극히 황량하고 처참한 세계 상황을 표상하고 있다. 앞부분에 보이는 자연에 대한 묘사는 음울하기 짝이 없으며, 뒷부분에 서술된 시체와 야차의 이야기는 소름이 오싹 돋을 만큼 끔찍하다. 구우는 주인공 풍대이가 결국 귀신에게 승리하는 것으로 이야기를 종결짓고 있지만, 이 작품이 담고 있는 심각한 우의와 관련해 정작 우리가 주목해야 할 바는 인용된 대목이 보여주는 작가의 세계인식이 아닌가 한다. 해골·까마귀떼·시체·귀신·야차, 이는 병란이 그치지 않았던 원말의 현실에 대한 묘사에 다름아니다. 세계의 모습은 지옥과 방불하다. 작가는 자신이 목도한 시대의 참혹한 모습을 환상적인 필치로 그려놓고 있는 것이다.

두 번째는 「수문사인전(修文舍人傳)」의 다음 대목에서 확인되는, 불의와 부정이 횡행하는 현실에 대한 신랄한 비판이다.

명부(冥府)에서는 사람을 쓸 때 그 선발이 아주 엄밀하여 반드시 그 재주가 직책에 맞아야만 벼슬자리에 있을 수 있고 녹(祿)을 받을 수 있다네. 인간 세상에서와 같이 뇌물이면 다 되고, 좋은 문벌의 자제만이 벼슬하고, 겉모습만 보고 함부로 벼슬을 준다거나, 헛된 명성으로 특진(特進)하는 따위의 일은 없다네. (…) 이 세상에서는 어진 사람은 아래에서 굶어 죽고 어질지 못한 사람은 어깨를 나란히 하고 발자취를 이으며 세상에 이름을 드날리고 있다네. 태평스러운 날이 적고 어지러운 때가 많

見大異在樹下, 踴躍趨附. 大異急, 攀緣上樹以避之. 群屍環繞其下, 或嘯或詈, 或坐或立, 相與大言曰: '今夜必取此人! 不然, 吾屬將有咎.' 已而, 雲收雨止, 月光穿漏, 見一夜叉, 自遠而至, 頭有二角, 擧躰青色, 大呼闊步, 逕至林下, 以手撮死屍, 摘其頭而食之, 如噉瓜之狀.'

은 것은 다 이 때문이라네. 그러나 명부는 그렇지 않더군. 승진과 쫓아냄이 분명하고, 상벌이 공평하지. 지난날 이승에서 임금을 속인 역적이거나 나라를 망친 신하로서 높은 벼슬을 하고 후한 녹을 받은 이들은 저승에 오면 반드시 앙화를 입고, 이승에서 적선(積善)을 행하거나 덕을 닦았는데도 아랫자리에서 곤궁을 면치 못했던 이들은 저승에 오면 반드시 복을 받게 되니, 이것은 무릇 윤회나 인과응보의 법칙에 따른 것인즉 저승에서는 피할 도리가 없다네.[21]

위 인용문은 저승에서 수문관(修文館) 사인(舍人)이라는 벼슬을 맡고 있던 하안의 친구가 하안에게 한 말이다. 명부와 현실을 대조하면서 현실의 부조리와 모순을 낱낱이 지적하고 있다. 몸을 닦고 행실을 삼갔건만 곤궁을 면치 못했던 선비 하안은 기실 구우의 분신이라 할 만하다. 구우는 자신의 불우한 처지와 관련한 비판적 상념을 이 작품 속에 각인해놓고 있는 것이다.

② 『전기만록』에 수록된 작품들은 거개 진말(陳末), 여초(黎初) 연간을 배경으로 삼고 있다. 진조(陳朝)는 1225년에서 1400년까지 존속한 베트남 왕조이며, 여조(黎朝)는 1428년에 창업되어 1788년까지 지속된

---

21) "冥司用人, 選擇甚精, 必當其才, 必稱其職, 然後官位可居, 爵祿可致, 非若人間可以賄賂而通, 可以門第而進, 可以外貌而濫充, 可以虛名而躐取也. (…) 賢者槁項黃馘而死於下, 不賢者比肩接跡而顯於世. 故治日常少, 亂日常多, 正坐此也. 冥司則不然. 黜陟必明, 賞罰必公. 昔日負君之賊、敗國之臣, 受穹爵而享厚祿者, 至此必受其殃; 昔日積善之家、修德之士, 阨下位而困窮途者, 至此必蒙其福. 盖輪廻之數、報應之條, 至此而莫逃矣."

베트남 왕조다. 진조가 망한 후 호조(胡朝)라는 왕조가 잠시 들어섰는데, 이는 진조의 재상이었던 호계리(胡季犛)가 왕위를 찬탈해 세운 나라다. 호조는 1400년에서 1407년까지 호계리와 그의 아들 호한창(胡漢蒼) 2대 동안 지속되었다. 호한창은 왕으로 있을 때 명나라의 침략을 받아 아버지 호계리와 함께 포로가 되어 중국으로 잡혀갔다. 이로써 호조는 망하고 이후 20년간 베트남은 중국의 지배하에 있었다. 그러나 베트남 인민은 끈질긴 저항운동을 전개해 마침내 명나라 군대를 축출하고 새로운 왕조인 여조를 세웠다.

그런데 여조가 창업된 지 백 년쯤 후인 1527년에 여조의 신하 막등용(莫登用)이 왕위를 찬탈해 이후 1592년까지 막씨(莫氏) 정권이 지속되었다. 완서(阮嶼)가 『전기만록』을 창작한 것은 막등용의 왕위 찬탈이 있은 후였다. 완서는 『전기만록』을 통해 막등용의 왕위 찬탈을 비판하고자 했던바, 『전기만록』에 보이는 호계리 및 그 아들 호한창에 대한 풍자와 비판은 기실 막등용에 대한 풍자와 비판이다. 가령 「나산초대록(那山樵對錄)」이나 「타강야음기(沱江夜飮記)」 같은 작품이 그 좋은 예다. 뿐만 아니라 『전기만록』의 맨 앞에 실린 「항왕사기(項王祠記)」에서 패도(覇道)를 추구한 항우(項羽)를 힐난한 것도 막등용의 권력 찬탈에 대한 비판과 관련이 없지 않다. 이렇게 볼 때 『전기만록』이 담고 있는 우의 중 첫 번째의 것으로 완서 당대에 발생한 왕위 찬탈에 대한 비판을 꼽을 수 있다.

『전기만록』에 담긴 우의 중 두 번째의 것으로 중국의 베트남 침략에 대한 비판을 꼽을 수 있다. 1406년에 감행된 명나라의 베트남 침략은 궁극적으로 영락제(永樂帝)의 영토 확장 야욕에 기인하는 것이었다. 영락제는 베트남을 정복해 중국의 군현(郡縣)으로 편입하고자 하는 야심을 갖고 있었으며, 마침내 호계리의 왕위 찬탈에 트집을 잡아 20여만의 군대로 베트남을 침략했다. 명군(明軍)은 동서(東西) 두 방면으로 베트남을 침공했는데, 동군(東軍)의 사령관은 장보(張輔), 서군(西軍)의 사령관은 목성(沐晟)이라는 자였다. 1407년 호계리 부자는 명군의 포로가 되어 남경(南京)으로 보내졌고, 이후 베트남은 20년간 중국의 식민 지배를 받게 된다. 그러나 이 기간 동안 베트남 인민은 명나라에 항거하면서 줄기차게 해방전쟁을 벌였으니, 1407년 베트남 황제에 즉위한 간정제(簡定帝)나 그의 조카 진계확(陳季擴)은 저항 세력을 이끌며 명군에 적지 않은 타격을 입혔다. 1409년 간정제가 붙잡히고 1414년 진계확이 처형되자 중국의 베트남 통치는 잠시 소강상태를 맞기도 했다. 그러나 1418년에 기병(起兵)한 여리(黎利)는 10년간의 항전 끝에 마침내 베트남의 독립을 쟁취하며, 여조(黎朝)의 창업자가 된다.[22]

이민족의 침략에 반대하는 완서의 입장을 잘 보여주는 작품의 하나로 「여랑전(麗娘傳)」을 들 수 있다. 이생(李生)의 사랑하는 아내인 여랑은 명군의 포로가 되어 중국으로 이송될 운명에 처해 있었는데, 스스로 목숨을 끊어 절개를 지킨다. 여랑을 찾아나선 이생은 여랑의 무덤 앞에서 오열하는데, 이 날 밤 여랑의 혼령과 정을 나눈다. 이튿날 이생은 무덤을 떠나 고향에 돌아오며, 다시는 장가들지 않는다. 작품은 다음과 같이 종결된다.

그후 여태조(黎太祖)가 남산향(藍山鄉)에서 군대를 일으키자 숙한(宿恨)을 풀지 못하고 있던 이생은 군사를 이끌고 그 휘하에 들어갔다. 그는 명나라 장교를 만나기만 하면 모조리 베어 죽였으므로 침략자를 물

---

22) 유인선, 『베트남사』(민음사, 1984), 147~152면; 山本達郎, 『安南史研究 1』(東京 : 山川出版社, 1950), 328 · 411 · 451 · 617면 참조.

리치는 데 큰 힘이 되었다고 한다.[23]

침략주의에 반대하는 완서의 입장은 「쾌주의부전(快州義婦傳)」에서도 확인된다. 중규는 노름으로 아내 예경을 잃는다. 하루 아침에 딴 사람과 살아야 할 처지에 놓인 예경은 스스로 목숨을 끊는다. 예경이 죽자 상제(上帝)는 그녀의 죽음을 불쌍히 여겨 징왕사(徵王祠)에서 일을 보게 한다. 여기서 징왕사가 언급된 것은 특별한 주목을 요한다. 징왕사는 징왕(徵王)을 모신 사당인데, 징왕에 대해서는 『전기만록』보다 앞선 시기에 성립된 『영남척괴열전(嶺南摭怪列傳)』[24]이라는 책에 다음과 같은 기록이 보인다.

두 징부인(徵夫人)의 본성은 락씨(雒氏)인데, 언니 이름은 측(側)이고 동생 이름은 이(貳)이다. 봉주(峰州) 미령현(麋泠縣) 사람으로 교주(交州) 락장(雒將)[25]의 딸이다. 일찍이 측은 주연현(朱鳶縣) 사람인 시삭(詩索)에게 시집갔는데, 남편을 위해 몹시 절의를 지켰으며, 웅용(雄

---

23) "及黎太祖起兵藍山鄕, 生以宿恨未償, 將兵應募, 凡遇明朝將校, 無不剪滅, 故盪平吳寇, 生多有力焉."(陳益源 校點, 『傳奇漫錄』, 越南漢文小說叢刊 제1책, 臺北: 學生書局, 1987) 이하 『전기만록(傳奇漫錄)』의 인용은 이 책에 의거한다. 『嶺南摭怪列傳』, 越南漢文小說叢刊 제2집 제1책(臺北: 學生書局, 1992) 참조. [보주] 이후 필자에 의해 『전기만록』이 번역되었다. 『베트남의 기이한 옛이야기』(돌베개, 2000)가 그것이다.

24) 베트남의 신화와 전설을 기록한 책으로, 저작 시기는 정확히 알 수 없으나 1492년 이전에 성립된 것만큼은 분명하다. [보주] 이후 필자에 의해 『영남척괴열전』이 번역되었다. 『베트남의 신화와 전설』(돌베개, 2000)이 그것이다.

25) 베트남 고대 지배 계급의 일원이다. 베트남 고대의 계급 구조는 왕 밑에 락후(雒侯)와 락장(雒將)이 있고 그 밑에 일반 민(民)이 있었다.

勇)하고 사무를 잘 처리했다. 당시 교주 자사(刺史) 소정(蘇定)은 탐욕
스럽고 포악하여 사람들이 괴로이 여겼다. 측은 그 남편을 살해한 소정
을 원수로 여겨 동생인 이와 더불어 기병(起兵)하여 소정을 공격해 교주
를 함락하니, 구진(九眞)·일남(日南)·합포(合浦) 등의 여러 군이 모두
호응하였다. 그리하여 마침내 영외(嶺外) 65성(城)을 함락하여 스스로
왕이 되고 비로소 징씨(徵氏)라 칭하였다. 도읍은 조연성(鳥鳶城)에 정
하였다.

　소정은 남해(南海)로 달아났는데, 이 사실을 보고받은 광무제(光武
帝)는 그를 담이군(儋耳郡)에 유배보냈다. 그리고 장군 마원(馬援)과 유
융(劉隆) 등을 파견하여 그를 대신해 공격하게 했다. 마원의 군대가 낭
박(浪泊)에 이르자 부인은 1년이 넘게 항전했다. 그 후 부인은 마원의 군
대가 강성함을 보고 오합지졸로 버틸 수 없다고 여겨 마침내 금계(禁溪)
로 퇴각했다. 그러나 마원이 군사를 이끌고 공격해오자 병졸들이 모두
흩어져 달아났다. 부인은 형세가 고단하게 되어 진중(陣中)에서 목숨을
잃었다. 혹은 말하기를, 희산(希山)으로 들어갔는데 그 뒤의 행적을 알
수 없다고 하기도 한다. 세상 사람들은 이 일을 슬퍼하여 갈강(喝江) 어
귀에 사당을 세워 그 제사를 지낸다.[26]

---

26) 戴司來·楊保筠 校注,『嶺南摭怪等 史料三種』(鄭州市: 中州古籍出版社, 1991),
　30면. 원문은 다음과 같다: "二徵夫人本姓雄[雒]氏, 姊名側, 妹名貳, 峰州麊泠人,
　交州雄[雒]將之女也. 初, 側嫁于朱鳶縣人詩索, 爲夫甚有節義, 雄勇能決事務. 時
　交州刺史蘇定貪暴, 世人苦之. 側仇定之殺其夫, 乃與妹貳擧兵攻定, 陷交州, 以
　至九眞、日南、合浦諸郡皆應之. 遂略定嶺外六十五城, 自立爲王, 始稱徵氏焉. 建
　都于鳥鳶城. 蘇定奔歸南海. 漢光武聞之, 貶蘇定于儋耳郡, 遣將軍馬援、劉隆等代
　擊之. 至浪山[泊], 夫人拒戰逾年. 後見馬援兵勢强盛, 自度烏合之衆, 恐不能支,
　遂退保禁溪. 援率衆攻之, 卒徒走散, 夫人勢孤, 乃陷沒于陣. 或云登希山, 不知所

『영남척괴열전』보다 백 년쯤 뒤에 성립된『대월사기전서(大越史記全書)』[27]에서도 징왕(徵王)의 웅용지기(雄勇之氣)와 영웅적 기개가 대서특필되고 있다.[28] 이처럼 징왕은 중국에 항쟁하여 베트남의 독립을 쟁취한 영웅으로서 예로부터 베트남 인민들의 추앙을 받아온 인물이다. 예경이 죽은 후 징왕사의 관원이 된다는 설정은 작품 말미의 다음 서술과 호응을 이룬다.

예경은 수심에 차서 말했다.

"(…) 여씨(黎氏) 성을 가진 진인(眞人)이 서남방에 출현할 테니 우리 두 아이로 하여금 그 진인을 따르게 한다면 저는 비록 죽더라도 그 이름이 사라지지 않을 겁니다."

날이 밝으려 하자 예경은 급히 일어나서 떠났다. 그녀는 가다가 돌아보고 가다가 돌아보고는 하면서 머뭇거리며 떠나갔다.

그후 중규는 재혼하지 않고 두 아들을 잘 길러 장성시켰다. 마침내 여태조가 남산(藍山)에서 기병(起兵)하자 두 아들은 종군하여 차례로 금

之. 世人哀之, 立廟于喝江口以奉祀."

27) 여조(黎朝) 성종(聖宗) 때인 1479년 성종의 명에 따라 오사련(吳士連)이 완성한 역사서이다.

28) 첸징혜(陳荊和) 편교(編校), 교합본(校合本)『대월사기전서(大越史記全書) 상(上)』(동양학문헌센터총간 제42집, 동경: 동경대학 동양문화연구소부속 동양학문헌센터, 1984), 125~127면. 특히 오사련(吳士連)의 다음 사평(史評)에 그 점이 잘 드러난다: "徵氏憤漢守之虐, 奮臂一呼, 而我越國統幾乎復合. 其英雄氣慨, 豈獨於生時建國稱王? 沒後能捍災禦患, 凡遭災傷水旱, 禱之無不應, 徵妹亦然. 蓋女有士行, 而其雄勇之氣在天地間, 不以身之沒而有餒也, 大丈夫豈可不養其剛直正大之氣哉!"

위병(禁衛兵)으로 입시(入侍)하였다.[29]

「여랑전」이나 「쾌주의부전」과 달리 「야차부수록(夜叉部帥錄)」은 베트남 인민이 명나라와 항쟁하던 시기의 비참한 현실을 환상적으로 드러낸다. 전쟁통에 억울하게 죽은 수많은 사람들의 원혼이 떼거리로 몰려다니며 사람들에게 행패를 부리자 주인공 문이성(文以誠)은 그들을 꾸짖는다. 그러자 귀신들은 슬픈 표정을 지으며 이렇게 대꾸한다.

우리도 부득이해서 이 짓을 하는 것이지 하고 싶어서 하는 짓이 아니라우. 우리는 나쁜 시절에 태어나 비명(非命)에 죽은지라 쫄쫄 굶주려도 누구 하나 밥을 갖다 주는 이 없고, 의탁할 사람도 전연 없다우. 수북이 쌓인 백골은 묵은 풀에 수심만 더하며 황토 들판에서 차갑게 가을바람을 맞고 있다우. 그래서 벗들을 불러 주린 배를 한번 채워 보려 한 것이라우.[30]

귀신들의 이 말은, 비록 비틀어서 표현한 것이기는 하나, 명나라의 침략이 베트남에 초래한 참상을 잘 드러내고 있다고 생각된다.

같은 귀신 이야기지만 「산원사판사록(傘圓祠判事錄)」은 좀더 분명하게 완서의 민족주의적 입장을 보여준다. 명나라 군대의 사령관 목성(沐

---

29) "藥卿蹙然曰: '(…) 時有眞人姓黎, 從西南方出, 勉教二子堅與追隨, 妾雖死不朽矣.' 天將明, 急起爲別, 且行且顧, 冉冉而逝. 仲遂遂不復娶, 撫育二子, 至於成人. 及黎太祖藍山奮劍, 二子以兵從之, 歷入侍內等職."

30) "吾徒不得已耳, 非所願也. 其生也不辰, 其死也非命, 饑無可給之食, 退無可托之人. 白骨叢中, 愁纏宿草; 黃沙原上, 冷對秋風. 故不免嘯侶呼朋, 營求一飽."

晟)의 휘하에 있던 장수 최백호(崔百戶)는 전사한 후 베트남의 사당신(祠堂神)을 몰아내고 그 이름을 사칭한다. 그런데 원래의 사당신은 6세기 무렵 이남제(李南帝)를 도와 베트남의 독립을 위해 싸우다 죽은 이복만(李服蠻) 장군이다. 이남제는 중국 남조(南朝)의 양(梁)으로부터 베트남의 독립을 시도한 이분(李賁)을 말한다. 그는 544년 만춘(萬春)이라는 나라를 세워 스스로를 남제(南帝: 남월의 황제라는 뜻)라 칭했으나 3년 후 양나라 군대에 패해 목숨을 잃었다.[31] 이복만은 이남제의 충신인데, 베트남 민간신앙에서는 예로부터 외적의 침입으로부터 국토를 지킨 인물로 떠받들어져 왔다.[32]

이복만의 신령은 오자문이라는 선비의 도움으로 염라왕의 재판을 받음으로써 마침내 원래의 지위를 되찾게 된다. 이처럼 「산원사판사록」은 명나라 장군과 베트남 장군의 혼령이 명계(冥界)에서 벌이는 싸움이라고 할 수 있다.

『전기만록』에 담긴 우의 중 세 번째의 것으로는 무능하거나 불의한 신하들에 대한 비판을 꼽을 수 있다. 이는 여러 작품에서 발견되나 두 가지 예만 들어보기로 한다.

① 아무개는 청직(淸職)에 있으면서 탐욕이 끝이 없고, 아무개는 사람을 가르치는 자리에 있으면서 사표(師表)가 되기에 부족하고, 아무개는 예(禮)를 책임진 자리에 있으면서 예(禮)를 제대로 펴지 못하고 있고, 아

---

31) 교합본 『대월사기전서』, 148~150면.
32) 「명응안소신사전(明應安所神祠傳)」, 『영남척괴열전(嶺南摭怪列傳)속류(續類)』, 월남한문소설총간(越南漢文小說叢刊) 제2집 제1책, 124면; 유인선, 앞의 책, 108면.

무개는 목민관으로 있는데 백성들이 그로 인해 재앙을 받고 있고, 아무 개는 문장의 고하(高下)를 평가하는 자리에 있으면서 사사로이 자기가 추천하는 사람의 글에 높은 점수를 주고 있고, 아무개는 법을 관장하면서 무고한 사람들에게 벌을 주고 있습니다. 이들은 평소 이야기할 때는 입을 잘 놀리다가도 국가의 큰일을 논할 때나 나라의 대계(大計)를 결정해야 할 때에는 그저 멍하니 앉아 있을 뿐입니다. 심지어 명실(名實)이 어긋나고 임금에게 불충하니, 크게는 유예(劉豫)[33]처럼 나라를 팔아 먹고, 작게는 연령(延齡)[34]처럼 임금을 기만하고 있습니다.[35]

② 이장군은 권세가 커지자 불법을 자행했으며 무뢰배를 심복으로 삼고 선비를 원수처럼 대하였다. 또한 돈을 좋아하고 여색을 탐해 그 탐욕이 그칠 줄 몰랐다. 남의 처첩 중 예쁘게 생긴 사람은 모두 빼앗았으며, 전원을 많이 장만해 높다란 누각을 지었다. 토지를 점유하여 연못을 팠으며, 마을 사람들을 쫓아내고 그 땅을 자기 것으로 했다. 그리고 인근 마을에서 날라온 진기한 꽃들과 기기묘묘한 형상의 돌들로 정원을 장식했다. 마을 사람들은 모두 이 일에 동원되어 형과 동생, 남편과 부인이 번갈아가며 노역하지 않으면 안 되었다. 백성들은 손이 갈라터지고 어깨살이

---

33) 송나라 휘종(徽宗)의 신하로, 금나라에 항복했다. 금나라는 그를 세워 괴뢰 황제로 삼았다.

34) 당나라 덕종(德宗)의 신하로, 권력을 잡아 전횡을 일삼았으며, 어전에서 임금을 기만하곤 했다.

35) "某居淸要, 而貪濁無厭; 某職師資, 而表儀不足; 某居典禮, 而禮多所缺; 某居牧民, 而民受其殃; 某居校文, 而私所擧之人; 某居理獄, 而人不辜之罪. 平居議論, 唇舌如流, 及籌國家之大策, 決國家之大計, 蒙然如坐雲霧. 甚者不循名撿實, 不忠君上, 大則爲劉豫之賣國, 小則爲延齡之欺君."

벗겨져 고통을 참기 어려웠지만 이장군은 의기양양하기만 했다.[36]

①은 「범자허유천조록(范子虛遊天曹錄)」에서 주인공 범자허가 명계(冥界)에서 벼슬하고 있는 스승에게 한 말이며, ②는 「이장군전(李將軍傳)」의 한 대목이다. 무능하고 부정한 위정자들에 대한 비판이 자못 신랄하다. 특히 ②의 이장군은 원래 농부 출신으로 간정제(簡定帝)가 이끄는 베트남 저항군에 가담해 명나라 군대를 공격해 공을 세운 자로 설정되어 있음에도 비판의 표적이 되고 있다. 이 점은 완서의 비판적 지식인으로서의 예리함을 잘 보여주는 것으로 생각된다. '이장군'은 무력을 통해 새롭게 등장하는 권력자의 속성과 그 타락 과정을 여실히 보여주기 때문이다.

지금까지 『전기만록』에 담긴 우의 가운데 특히 주요하다고 생각되는 세 가지를 지적했다. 『전기만록』에는 이외에도 권선징악, 인과응보, 음사(陰祀)에 대한 비판 등의 메시지가 담겨 있는데, 이에 대해서는 선행 연구에서 충분히 언급했다고 생각되므로 논의하지 않는다.

③ 지금으로부터 약 오백 년 전 김안로(金安老, 1481~1537)가 『금오신화』의 문학적 특성을 "술이우의(述異寓意)"[37]라고 정확히 지적했듯,

---

36) "權位旣盛, 遂行不法, 倚劫徒爲心腹, 視儒士如仇敵. 嗜財好色, 貪欲無厭, 凡人妻妾, 頗有顏色, 一切攘奪. 又多置田園, 高起樓榭, 衷原野而開其池, 斥村間以廣其地, 名花怪石, 搬及傍縣. 其州人服役, 兄歸則弟往, 夫還則妻代, 皆肩穿手裂, 不勝其勞, 而彼心悠然自得."

37) 김안로가 저술한 『용천담적기(龍泉談寂記)』에 나오는 말로, '기이함을 서술하여 뜻을 붙였다'라는 뜻이다.

『금오신화』는 그 전체가 우의로 가득하다.

주지하다시피 김시습은 단종(端宗)의 숙부인 수양대군(세조)이 왕위를 찬탈한 일에 큰 충격을 받았으며, 이 때문에 평생 방외인(方外人)으로 살았다. 수양대군의 왕위찬탈로 인한 김시습의 정신적 내상(內傷)과 그에 의해 규정되는 그의 생에 대한 태도와 자세는 『금오신화』에 독특한 정조(情調)와 분위기, 독특한 내용성을 부여하고 있다.[38]

현전하는 『금오신화』에 실린 5편의 소설 가운데 수양대군의 왕위찬탈에 대한 비판의 뜻을 가장 현저하게 담고 있는 작품은 「남염부주지(南炎浮州志)」와 「취유부벽정기(醉遊浮碧亭記)」이다. 다음은 「남염부주지」에 나오는 말이다.

① 지금 이 지옥에 살면서 나를 우러르는 자들은 모두 전생에 시역(弑逆)과 간흉(姦凶)을 자행한 무리들입니다. 그들은 여기에 살면서 나의 제재(制裁)를 받아 그릇된 마음을 고치고 있는 중입니다.[39]

② 간신(姦臣)이 봉기하고 큰 난리가 자주 일어나건만 임금은 위협을 능사로 삼아 그것으로 명예를 낚으려고 하니, 어찌 백성이 편안할 수 있겠습니까.[40]

---

38) 이 점은 졸저 『한국전기소설의 미학』(돌베개, 1997), 188면 전후에서 자세히 논의했다.
39) "今居此地而仰我者, 皆前世弑逆姦兇之徒, 托生於此, 而爲我所制, 將格其非心者也."(조선 간본 『금오신화』, 최용철 편, 『금오신화의 판본』, 국학자료원, 2003, 81~82면. 이하 『금오신화』의 인용은 이 본에 의거함)
40) "姦臣蠭起, 大亂屢作, 而上之人, 脅威爲善以釣名, 其能安乎?"(위의 책, 83면)

①은 남염부주를 다스리는 염라왕(閻羅王)의 말이고, ②는 염라왕의 초빙으로 남염부주를 방문한 박생(朴生)의 말이다. ①에서는 특히 '시역(弑逆)'이라는 말이 주목되는데, 이 단어는 수양대군의 왕위찬탈을 암유(暗喩)하고 있다고 보인다. 뿐만 아니라, 시역을 범한 자들이 죽은 후 지옥에서 벌을 받는다는 언급은 왕위찬탈을 징폄(懲貶)한 말이라 할 것이다. ②는 수양대군의 왕위찬탈에 기인하는 이징옥(李澄玉)의 난 및 세조(世祖)의 무단적(武斷的) 통치방식을 빗대어 말한 것이라 보인다. 이러한 추정은 「남염부주지」가 그 시대적 배경을 세조(世祖) 말년으로 설정하고 있다는 데서도 뒷받침된다.

다음은 「취유부벽정기」의 한 부분이다.

저는 은(殷) 왕실의 후예인 기씨(箕氏)의 딸입니다. 제 선조 기자(箕子)께서 이 땅에 봉해지자 예악(禮樂)과 형벌을 한결같이 탕왕(湯王)의 가르침에 따라 시행했고 여덟 가지 금법(禁法)으로써 백성을 가르쳤으므로 문물이 찬란하게 빛난 지 천여 년이나 되었습니다. 그러나 하루 아침에 국운이 막혀 재환(災患)이 갑자기 닥쳐와 선고(先考)께서는 필부(匹夫)의 손에 패하여 마침내 나라를 잃게 되었고 위만(衛滿)이 이 틈을 타 왕위를 차지했으므로 조선의 왕업은 여기서 끝나고 말았습니다.[41]

이는 천상(天上)에 올라가 선녀가 된 기씨(箕氏)의 딸이 수천 년 뒤의

---

41) "弱質, 殷王之裔箕氏之女. 我先祖實封于此, 禮樂典刑, 悉遵湯訓, 以八條教民, 文物鮮華, 千有餘年. 一旦天步艱難, 災患奄至, 先考敗績匹夫之手, 遂失宗社. 衛瞞乘時, 竊其寶位, 而朝鮮之業墜矣."(위의 책, 59면)

인물인 홍생(洪生)에게 자신의 과거사를 말하고 있는 대목이다. 기씨 딸의 입을 빌려 왕위찬탈을 비판하고 있음을 볼 수 있다. 이 작품 역시 시대적 배경을 세조 때로 설정하고 있다. 이처럼 「남염부주지」와 「취유부벽정기」의 시대적 배경이 세조 연간으로 설정된 데에는 심장(深長)한 우의가 내포되어 있는바, 범상히 보아 넘길 일이 아니다.

수양대군의 왕위찬탈에 대한 비판과도 일정하게 연결되지만, 『금오신화』에는 권력의 횡포에 대한 반대 및 인민에 대한 인애(仁愛)의 염(念)이 보인다. 이 점은 특히 「남염부주지」에서 잘 확인된다. 다음과 같은 예문을 들 수 있다.

나라를 지닌 자는 폭력으로써 인민을 위협해서는 안 될 것입니다. 인민이 두려워해서 복종하는 것 같지만 마음속에 반역할 의사를 품습니다. 그리하여 시일이 지나면 마침내 위난이 닥치게 됩니다. 덕망이 있는 사람이라고 해서 무력을 써서 왕위에 올라서는 안 됩니다. 하늘은 비록 말로 자세히 일러주지는 않지만 처음부터 끝까지 일을 통해서 그 뜻을 보여주나니, 상제(上帝)의 명은 실로 엄한 것입니다. 대개 나라는 인민의 나라이고, 명(命)은 하늘의 명입니다. 천명(天命)이 떠나고 민심이 이반한다면 비록 몸을 보전하고자 한들 어찌 보전할 수 있겠습니까?[42]

인민을 폭력으로 억압해서는 안 된다는 것, 나라의 주인은 인민인바

---

42) "有國者, 不可以暴劫民. 民雖若瞿瞿以從, 內懷悖逆, 積日至月, 則堅冰之禍起矣. 有德者, 不可以力進位. 天雖不諄諄以語, 示以行事, 自始至終, 而上帝之命嚴矣. 蓋國者, 民之國; 命者, 天之命也. 天命已去, 民心已離, 則雖欲保身, 將何爲哉?"(위의 책, 82~83면)

임금은 인민의 뜻을 잘 받들어 나라를 다스려야 함을 역설하고 있다. 김시습의 민본적·애민적 태도가 잘 드러난다 하겠다.[43]

『금오신화』에는 이외에도 가치의 전도(顚倒)를 보여주는 현실세계에 대한 분만(憤懣)의 뜻이 담겨 있다. 가령 인세(人世)에서 인정받지 못하던 주인공이 용궁과 남염부주라는 별세계에서 국사(國士)로 대접받는다는 설정이 이 점을 잘 보여준다. 『금오신화』에 담겨 있는 이런 분만의 감정은 작자 김시습의 불우한 처지 및 그에 입각한 세계인식에서 유래한다.[44]

④ 지금까지 『전등신화』, 『전기만록』, 『금오신화』의 순으로 우의의 내용과 양상을 검토했다. 하려고만 든다면 논의된 것 외에도 우의를 더 끄집어낼 수 있을 테지만 이 정도로 그치기로 하고, 지금부터는 세 작품을 서로 비교해보기로 한다.

세 작품에서 공통적으로 확인되는 바는 현실에 대한 비판이다. 그러나 『전등신화』와 『전기만록』이 현실세계의 부조리와 모순을 좀더 구체적으로 제시하고 있음에 반해, 『금오신화』는 그 구체성의 정도가 다소 떨어진다. 이는 『금오신화』가 두 작품에 비해 알레고리의 수준이 좀더 높다는 점과 관련이 있다.[45]

---

43) 김시습의 이와 같은 애민적 태도는 그의 시문(詩文)을 통해서도 두루 확인되는바, 「애민의(愛民義)」와 같은 산문이나 「기농부어(記農夫語)」 같은 시를 예로 들 수 있다.

44) 이 점은 졸고 「『금오신화』의 소설미학」(『한국한문학연구』 18, 1995; 졸저 『한국전기소설의 미학』, 돌베개, 1997에 재수록)에서 자세히 논의되었다.

45) 『금오신화』가 두 작품에 비해 알레고리 수준이 좀더 높아진 것은 김시습 소설쓰기의 전술적 책략에 기인한다. 그리고 김시습의 이런 전술적 책략은 당시 조선의 사회정치

세 작품은 또한 권력의 횡포에 대한 비판을 공통적으로 담고 있다. 『전등신화』의 「취취전」, 『전기만록』의 「이장군」, 『금오신화』의 「남염부주지」가 그 좋은 예다. 다만 『금오신화』의 경우 권력에 대한 비판이 민본사상이나 애민사상과 연결되고 있다는 점이 이채롭다.

세 작품은 또 난리나 병란(兵亂)을 서사전개의 주요한 계기로 삼고 있다는 점에서 공통적이다. 그러나 겉으로 확인되는 공통성의 이면에는 차이가 존재한다. 『전등신화』에서 병란은 스토리텔링의 한 장치에 머물지 않고 그 자체로서 중요성을 갖는다. 구우는 병란이 초래한 세계의 처참한 몰골, 병란이 인간의 운명에 드리운 깊은 그림자를 탐구하는 데 큰 관심을 가졌기 때문이다. 그러나 『전기만록』의 경우 전란을 그리는 시각이 『전등신화』와 사뭇 다르다. 이 점은 『전등신화』에서의 전란이 자국 내의 일인 데 반해, 『전기만록』에서의 전란은 이민족의 침략으로 야기된 것이라는 사실과 관련이 있다. 그러므로 『전기만록』은 『전등신화』처럼 전란이 인간의 삶을 어떻게 유린하는가에 관심을 두기보다는 이민족의 '침략' 전쟁이 베트남 인민의 삶을 어떻게 유린했는가에 관심을 두고 있다. 이 점에서 『전등신화』는 일정하게 반전문학적(反戰文學的) 면모를 띠지만, 『전기만록』은 그보다는 침략주의에 대한 반대와 저항의 면모가 강하다. 한편 『금오신화』에서는 『전등신화』와 『전기만록』에서처럼 전란 자체가 무슨 중대한 의미를 갖지는 않는다. 『금오신화』에서 전란은 서사전개의 한 계기에 불과하다. 김시습이 「이생규장전(李生窺墻傳)」과 「만복사저포기(萬福寺樗蒲記)」에서 전쟁 모티프를 끌어들인 것은 외적의 침략에 반대함을 말하기 위해서도 아니고, 전란이 인간의 삶에 남기

─────────

적 상황이 고려된 결과다.

는 상흔(傷痕)을 탐구하기 위해서도 아니다. 그에게 있어 전란은 자신의 세계감정[46]을 투사하는 데 필요한 방법적 장치일 뿐이다.

권선징악과 인과응보를 말하고 있다는 점에서도 세 작품은 공통적이다. 세 작품의 작자인 구우·완서·김시습은 유사(儒士)라는 점에서 일치한다. 그렇다면 셋은 불교·도교·민간신앙 등 유교 외의 사상·신앙체계에 대해 어떤 입장을 취했던가? 『전등신화』는 도교에 대해서는 배타적이지 않지만, 「영호생명몽록(令狐生冥夢錄)」이나 「태허사법전(太虛司法傳)」에서 확인할 수 있듯 불교에 대해서는 우호적이지 않다. 『전기만록』역시 도교에 대해서는 그다지 배타적이지 않으나, 불교와 민간의 음사(陰祀)에 대해서는 대단히 비판적이다. 『금오신화』는 「남염부주지」에서 볼 수 있듯 세속불교와 무속(巫俗)의 귀신 숭배에 대해 대단히 비판적이다. 그러나 『금오신화』의 비판은 성리학(性理學)에 기초하여 이로정연하게 체계적으로 이루어지고 있다는 점에서 다른 두 작품과 비판의 양상을 달리한다. 이는 문인이기만 한 것이 아니라 사상가이기도 했던 김시습의 면모를 보여주는 것이라 할 만하다.

이상이 셋 사이의 공통점이라면 둘만의 공통점도 발견된다.

『전기만록』과 『금오신화』는 작자 당대에 있었던 왕위찬탈에 대한 신랄한 비판의 뜻을 담고 있다는 점에서 공통적이다. 그러나 『전등신화』에서는 이런 면모가 발견되지 않는다. 왕위찬탈에 대한 비판은 『전기만록』과 『금오신화』에 내장(內藏)되어 있는 가장 중요한 우의라 할 수 있다. 그러나 그 비판의 방식은 상이하다. 즉, 『전기만록』의 비판이 노골

---

46) 김시습의 '세계감정'에 대해서는 졸고 「『금오신화』의 소설미학」에서 자세히 논의한 바 있다.

적인 데 반해, 『금오신화』의 비판은 은밀한 편이다. 『전기만록』은 차고 유금(借古喩今)의 수법을 썼기에 드러내놓고 비판할 수 있었다면, 『금오신화』는 문제가 되고 있는 작자 당대를 시대적 배경으로 삼았기에 은밀하게 비판할 수밖에 없었던 것으로 보인다.

한편, 『전등신화』와 『금오신화』는 작자의 실존을 외화(外化)하고 있는 면이 강하다는 점에서 공통적이다. 가령 『전등신화』의 「추향정기」나 『금오신화』의 「용궁부연록」은 작자 자신의 삶의 소설적 허구화라 할 수 있을 터이다. 이처럼 『전등신화』와 『금오신화』는 '자기서사(自己敍事)'의 면모가 썩 강하다.[47] 그러나 두 작가에게서 실존의 내용은 판이하며, 따라서 그 소설적 형식화(形式化)[48] 역시 상이하게 이루어지고 있다.

이상으로 세 작품에 담겨 있는 우의에 대한 비교 분석을 끝내기로 한다. 이를 통해 우리는 세 나라 작품의 공통성과 독자성을 살필 수 있었으며, 그 결과 각 나라의 작품에 대한 좀더 깊은 이해에 도달할 수 있었다고 여긴다. 세 작품의 작자들은 시대와 국적, 체험과 고민의 차이에도 불구하고 자기 시대의 역사와 사회를 예리하게 성찰한 '비판적 지식인'이라는 점에서 일치한다.

---

47) '자기서사'라는 개념은 박혜숙, 「여성적 정체성과 자기서사」(『고전문학연구』 20, 2001)에서 처음 제안되었다.

48) '형식화'라는 개념은 졸고 「『금오신화』의 소설미학」에서 처음 사용했다.

3. 비극적 결말 / 해피엔딩

작품이 비극적 결말을 맺는가 아니면 행복한 결말을 맺는가는 세계를 보는 작가의 태도와 관련하여 자못 중요한 문제랄 수 있다. 여기서는 『전등신화』·『전기만록』·『금오신화』 세 작품이 보여주는 종결의 미학을 검토하고 그 의미관련을 고찰하고자 한다.

『전등신화』에 실린 21편의 소설 중 비교적 뚜렷한 비극적 결말을 보여주는 작품으로는 「등목취유취경원기(滕穆醉遊聚景園記)」·「애경전(愛卿傳)」·「취취전(翠翠傳)」·「녹의인전(綠衣人傳)」·「추향정기(秋香亭記)」 5편을, 해피엔딩을 보여주는 작품으로는 「금봉차기(金鳳釵記)」·「연방루기(「聯芳樓記)」·「위당기우기(渭塘奇遇記)」 3편을 들 수 있다. 그밖의 소설들은 비극적 결말인가 해피엔딩인가가 별로 중요하지 않은 작품들이다.

『전기만록』에 실린 20편의 소설 중 비교적 뚜렷한 비극적 결말을 보여주는 작품으로는 「쾌주의부전(快州義婦傳)」·서원기우기(「西垣奇遇記)」·「서식선혼록(徐式仙婚錄)」·「남창여자록(南昌女子錄)」·「여랑전(麗娘傳)」 5편을, 해피엔딩을 보여주는 작품으로는 「용정대송록(龍庭對訟錄)」·「취초전(翠綃傳)」 2편을 들 수 있다. 그밖의 소설들은 비극적 결말인가 해피엔딩인가 하고 묻는 것이 별로 중요하지 않은 작품들이다.

『금오신화』에 실린 5편의 소설 중 비교적 뚜렷한 비극적 결말을 보여주는 작품으로는 「만복사저포기」·「이생규장전」·「취유부벽정기」를 들 수 있다. 「남염부주지」와 「용궁부연록」도 비극적 결말을 보여주는 것으로 해석될 여지가 없지 않다. 그러나 해피엔딩을 보여주는 것은 단 한 편도 없다.

이상의 논의를 통해 볼 때 비극성이 가장 현저한 작품은 『금오신화』이고, 『전등신화』와 『전기만록』은 비극적 결말과 행복한 결말이 혼재한다고 말할 수 있다.

『금오신화』의 이야기들이 행복한 결말은 일체 보여주지 않고 비극적 결말만을 보여주는 것은 작가 김시습의 세계인식과 연관이 있다. 『금오신화』 제편(諸篇)이 보여주는 비극적 결말은 현존하는 세계를 부정하면서 그것을 초월할 것을 희구하는 작자의 심리감정의 반영이자 그 형식화이다. 요컨대 『금오신화』에서 비극성과 초월은 서로 깊은 관련이 있으며, 둘 모두 현존에 대한 부정(否定)을 전제하고 있다.[49]

『전기만록』과 『금오신화』는 『전등신화』에 비해 여성의 정절을 강조하고 있다. 「쾌주의부전」·「여랑전」의 여주인공은 정절을 지키기 위해 목숨을 끊고, 「남창여자록」의 여주인공은 자신의 정절을 입증하기 위해 목숨을 끊으며, 「만복사저포기」·「이생규장전」의 여주인공은 외적에 저항하다 목숨을 잃고, 「취유부벽정기」의 여주인공은 죽음으로써 정조를 지키려다 선녀가 된다. 이에 반해 『전등신화』는 「애경전」한 작품이 여성의 정절을 보여줄 뿐이다. 게다가 「취취전」과 「추향정기」의 여주인공은 절개를 지키지 못하고 남의 첩이나 처가 된다.

이처럼 여성 정절의 강조라는 면에서 『전기만록』과 『금오신화』는 한데 묶이면서 『전등신화』와 대조되지만, 자세히 살필 경우 『전기만록』과 『금오신화』 사이에도 차이가 없는 것은 아니다.

첫째, 「만복사저포기」·「이생규장전」의 여주인공이 외적에게 저항하다 곧바로 목숨을 잃는 데 반해, 「여랑전」의 여주인공은 외적에게 포로

---

49) 졸저 『한국전기소설의 미학』, 225~226면.

가 되어 끌려다니다가 중국으로 들어가기 전에야 비로소 자결한다[50]는 점이다. 뿐만 아니라 「용정대송록」이나 「취초전」의 여주인공은 남편이 있는 처지임에도 강압에 못 이겨 남의 처첩이 된다. 특히 「용정대송록」의 여주인공은 남의 처가 되어 아들까지 낳는다. 요컨대 『금오신화』쪽이 정절의 문제에 훨씬 예민함을 보여준다고 말할 수 있다. 이러한 차이는 무엇을 의미하는가? 여성에 대한 태도에서 김시습이 완서에 비해 좀 더 봉건적이고 남성중심적임을 의미하는 것일까? 김시습 당대의 조선에 비해 완서 당대의 여조(黎朝)가 사회문화적으로 여성의 정조를 덜 강요했음을 반영하는 것일까? 그럴지도 모른다.[51] 그러나 이보다 더 주목해야 할 사실은, 김시습이 『금오신화』에 각인해놓은 여성의 정절이 하나의 '은유', 하나의 '상징'에 해당한다는 사실이다. 김시습 개인에게 '절의'만큼 중요한 가치덕목은 없으며,[52] 『금오신화』속 여성의 정절은 바로 이 절의를 표상한다. 『금오신화』가 보여주는 여성의 정절에 대한 강한 집착은 '절의'에 대한 강렬한 지향의 치환물에 다름아닌 것이다.

둘째, 『금오신화』의 경우 정절을 지키기 위한 여주인공의 죽음이 순수히, 그리고 전적으로, 작품의 비극적 결말을 고양시키는 쪽으로만 수렴되고 있다면, 『전기만록』의 경우 여주인공의 죽음은 작품 말미에 이르러 반침략주의의 메시지와 결합됨으로써 독자로 하여금 비극적 감정에만 몰입하도록 내버려두지 않는다. 다음과 같은 예를 들 수 있다.

---

50) 여랑은 스스로 목숨을 끊은 이유를 밝히기를, "국경을 넘어 중국으로 끌려갈 경우 고향이 그리울 듯해 살기를 탐하지 않았습니다(欲出塞而遙征, 則狐丘易感. 是以不貪生活)"라고 했다.

51) 이 문제에 대한 좀더 자세한 논의는 본고의 제4장에서 하기로 한다.

52) 이 점은 졸고 「『금오신화』의 소설미학」, 『한국전기소설의 미학』, 243면 참조.

① "(…) 여씨(黎氏) 성을 가진 진인(眞人)이 서남방에 출현할 테니 우리 두 아이로 하여금 그 진인을 따르게 한다면 저는 비록 죽더라도 그 이름이 사라지지 않을 겁니다."

날이 밝으려 하자 예경은 급히 일어나서 떠났다. 그녀는 가다가 돌아보고 가다가 돌아보고는 하면서 머뭇거리며 떠나갔다.

그후 중규는 재혼하지 않고 두 아들을 잘 길러 장성시켰다. 마침내 여 태조가 남산(藍山)에서 기병(起兵)하자 두 아들은 종군하여 차례로 금위병(禁衛兵)으로 입시(入侍)하였다. 지금도 쾌주에는 그 자손들이 있다고 한다.[53]

② 이생은 죽은 아내와 다시 이야기를 나누고 싶었지만 아내의 모습은 이미 보이지 않았다. 이생은 마침내 슬픈 마음으로 고향에 돌아와 다시는 장가들지 않았다.

그후 여태조(黎太祖)가 남산향(藍山鄉)에서 군대를 일으키자 숙한(宿恨)을 풀지 못하고 있던 이생은 군사를 이끌고 그 휘하에 들어갔다. 그는 명(明)나라 장교를 만나기만 하면 모조리 베어 죽였으므로 침략자를 물리치는 데 큰 힘이 되었다고 한다.[54]

①은 「쾌주의부전」, ②는 「여랑전」의 결말이다. 앞에서도 한번 인용한

---

53) "'(…) 時有眞人姓黎, 從西南方出, 勉教二子堅與追隨, 妾雖死不朽矣.' 天將明, 急起爲別, 且行且顧, 冉冉而逝. 仲逵遂不復娶, 撫育二子, 至於成人. 及黎太祖藍山奮劍, 二子以兵從之, 歷入侍內等職. 至今快州猶有子孫在云."

54) "方再欲叙話, 已失所在矣. 竟惆悵歸來, 後不再娶. 及黎太祖起兵藍山鄉, 生以宿恨未償, 將兵應募, 凡遇明朝將校, 無不剪滅, 故盪平吳寇, 生多有力焉."

바 있지만 필요해 다시 인용한다. 여주인공 예경(蘂卿)은 그 남편인 중규(仲逵)의 도박 행위 때문에 자결하지만, 결말 부분인 ①에서 예경의 죽음은 베트남의 독립전쟁과 '뜻밖의' 연관을 맺는다. 이생(李生)의 아내 여랑(麗娘)은 명나라의 포로가 되어 중국으로 잡혀가던 중 자결하는데, 결말 부분인 ②에서 명나라의 지배에 맞서 싸우는 이생의 모습이 부각됨으로써 여랑의 죽음은 침략주의에 대한 항거와 결부된다.

이처럼 똑같은 비극적 결말을 취하고 있음에도 불구하고 『전기만록』의 결말과 『금오신화』의 결말은 그 지향과 뉘앙스가 크게 다르다. 『전기만록』이 저항적 민족주의와 관련된 적극성을 보여준다면, 『금오신화』는 이 세계를 배회하는 자, 이 세계 속에 외로이 '홀로' 서 있는 자의 쓸쓸함과 막막함을 보여줄 뿐이다. 결말부의 이러한 의미 차이는 두 작가의 세계인식의 차이, 세계에 대한 태도의 차이를 드러내는 것이며, 이는 결국 두 작가를 사로잡고 있는 고민과 문제의식의 차이에서 기인하는 것으로 해석할 수 있을 터이다.

『전기만록』과 『금오신화』, 이 둘을 마주세우는 작업은 이 정도로 그치고, 다시 『전등신화』를 끌어들여 셋을 서로 비교해보기로 한다.

「취취전」과 「취초전」만큼 『전등신화』와 『전기만록』의 차이를 극명하게 보여주는 소설도 없다. 두 소설의 내용을 간단히 요약하면 다음과 같다.

「취취전」

취취(翠翠)와 김생(金生)은 어릴 때 같이 공부하면서 사랑의 감정을 키워왔는데, 마침내 장성하여 부부가 된다. 그러나 결혼한 지 1년 만에 장사성(張士誠)의 난이 일어난다. 인근 고을의 부녀들이 장사성의 휘하에 있던 이장군(李將軍)의 포로가 될 때 취취도 함께 포로가 된다. 이생이 취취를 찾기 위해 이장군의 성채로 가보니 이장군은 여러 여인들 중 취취를 총애하고 있었다. 김생은 이장군에게 자기가 취취의 오라버니라고 속인 후 그 밑에서 서기 노릇을 한다. 김생과 취취는 서로에 대한 그리움으로 몹시 괴로워한다. 그러다가 김생은 숨을 거두고, 취취도 김생의 장례를 치른 후 곧 숨을 거둔다. 이장군은 오라버니 곁에 묻어달라는 취취의 유언에 따라 취취를 김생의 무덤 왼쪽에 묻어준다. 그후 옛날 취취의 집 하인이 길을 가다가 취취가 김생과 함께 있는 것을 본다. 하인은 취취의 부탁에 따라 그 부친에게 편지를 전한다. 취취의 부친이 편지를 받고 취취를 찾아가니, 취취는 보이지 않고 그 무덤만 있을 뿐이다. 취취의 부친이 무덤가에서 잘 때, 밤에 취취가 김생과 함께 나타나 그간의 일을 울며 고한다. 취취가 말을 마치고 아버지 품에 안겨 큰 소리로 통곡할 때 취취의 아버지는 놀라 잠에서 깨는데, 한바탕 꿈이었다. 취취의 아버지는 무덤에 제사 지낸 다음 집으로 돌아온다. 지금도 사람들은 그 무덤을 '김취묘(金翠墓)'라고 부른다.

「취초전」

문사 여생(余生)은 가희(歌姬) 취초(翠綃)를 아내로 맞아 행복한 삶을 산다. 그후 여생은 과거시험에 응시하기 위해 서울로 가야 했는데 취초와 잠시도 떨어져 있을 수 없어 함께 간다. 여생은 서울에 도착하여 강어귀에 있는 집에 유숙한다. 취초가 예불을 드리기 위해 절에 갔을 때 당시의 권세가 신주국(申柱國)[55]이 그 미모에 반해 그녀를 납치해 자기 여자로 삼는다. 여생은 나라에 하소연했지만 아무 소용이 없었다. 여생은

---

55) '주국(柱國)'은 국가의 중임을 맡은 대신을 일컫는 말이다.

너무 비통하여 과거를 포기한다. 그후 여생은 꽃구경을 하고 돌아가는 수레 행렬 중에 있는 취초를 먼발치서 본다. 여생은 앵무새를 이용해 규중(閨中)에 있는 취초에게 편지를 보낸다. 편지를 받자 취초는 남편에 대한 그리움 때문에 병이 든다. 신주국이 취초에게 아직도 남편을 그리워하는가라고 묻자 취초는 그렇다고 대답하고는 자결하려 한다. 신주국은 놀란 나머지 남편을 불러 옛 인연을 잇게 해주겠노라고 마음에도 없는 말을 한다. 이후 여생은 신주국의 집에 묵게 되었으나 신주국은 한 해가 다 가도록 약속을 지키지 않는다. 마침내 여생이 취초에게 편지를 보내 그만 돌아가야겠다고 하니, 취초는 정월 대보름 밤 동쪽 물가에서 연등행사가 있으니 그때 틈을 보아 달아나자는 말을 전한다. 여생은 하인의 도움을 받아 보름날 밤 동쪽 물가에 나온 취초를 데리고 달아난다. 여생은 취초의 계책에 따라 시골에 있는 친구의 집에 숨어 살며 화를 피한다. 그후 신주국은 지나친 사치가 문제가 되어 처벌을 받는다. 여생은 상경하여 진사 시험에 합격하며, 취초와 해로한다.

「취취전」은 비극적 결말이고, 「취초전」은 해피엔딩이다. 그런데 「취초전」은 「취취전」을 패러디한 소설이다. 패러디화의 과정에서 비극적 결말이 해피엔딩으로 바뀐 것이다. 이 점에서 두 소설은 구우와 완서의 세계인식의 차이, 그리고 『전등신화』와 『전기만록』의 차이를 비교논증하는 데 더 없이 좋은 자료다.

「취취전」이 세계의 강포함 앞에서 이의를 제기할 엄두조차 내지 못한 채 스러져가는 자아의 슬픈 운명을 보여준다면, 「취초전」은 강포한 세계에 저항하기도 하고 꾀를 부리기도 하는 자아의 면모를 보여준다. 두 자아의 상이함이 비극적 결말과 행복한 결말의 차이를 낳고 있다. 또한 이 대조적인 자아상(自我像) 속에는 세계를 대하는 두 작가의 상이한 눈과 감정이 육화(肉化)되어 있다. 구우가 세계의 무지막지한 폭력 앞에 질려버린 포즈를 보여준다면, 완서는 세계의 횡포에도 불구하고 끝내 희망을 접지 않고 있다고나 할까. 완서가 보여주는 이런 태도는 대국(大國) 명나라에 맞서서 집요한 게릴라전을 펼침으로써 끝내 승리를 쟁취했던 저 베트남 인민 특유의 저항적 기질과 통하는 면이 없지 않다고 생각된다.

여기서 우리는 다음과 같은 하나의 물음을 제기해볼 수 있다: 만일 김시습이 「취취전」·「취초전」에 상응하는 소설을 썼다면 어떻게 썼을까? 그러나 곰곰이 생각해보면 이 물음은 잘못 물어진 물음이다. 김시습은 결코 이런 소설을 쓰지 않았으리라 생각되기 때문이다. 김시습의 작품 세계에서는 구차하게 목숨을 연명하며 남의 첩으로 살아가는 취취나 취초 같은 인물은 용납되기 어렵다. 취취나 취초가 김시습 작품의 인물이려면, 포로가 되기 전이나 납치될 즈음에 필사적으로 저항하다 곧바로 죽어야 마땅한데, 이렇게 되면 「이생규장전」 류의 소설이 되지 「취취전」이나 「취초전」 류의 소설이 되지는 않는다. 그러므로 이 가상적인 물음을 통해 우리는 『전등신화』·『전기만록』·『금오신화』의 차이를 좀더 뚜렷이 알 수 있다.

『전등신화』의 「수궁경회록(水宮慶會錄)」과 『금오신화』의 「용궁부연록」은 유사한 내용이어서 종종 비교의 대상이 되어왔다. 이 두 소설은 다음에서 보듯 결말이 아주 흡사하다.

① 선문(善文)은 집에 도착하여 용왕에게서 받은 보물을 페르시아의 보석상에게 팔아 수억만금의 재산을 얻었다. 그리하여 마침내 부자가 되

었다. 뒤에 선문은 공명에 뜻을 두지 않고 집을 나와 도를 닦으며 명산을 두루 돌아다녔는데, 그 행방을 알 수 없다.—「수궁경회록」[56]

② 한생(韓生)이 문 밖에 나와서 보니 하늘에는 큰 별이 드문드문 있고 동쪽이 밝아오고 있었는데, 닭은 세 홰를 쳤고 시간은 이미 5경이었다. 얼른 그 품 속을 더듬어 보니 야광주(夜光珠)와 빙초(氷綃)가 있었다. 한생은 이 물건을 상자 속에 깊이 간직하여 소중한 보물로 삼고 남에게 잘 보이지 않았다. 그후 한생은 세상의 명예와 이익에는 생각이 없었으며 명산에 들어갔는데 그 행방을 알 수 없다.—「용궁부연록」[57]

①, ② 모두 용궁에서 돌아온 뒤의 일에 대한 서술이다. 그런데 둘 사이에는 미세하지만 중대한 차이가 발견된다. 두 가지 점을 지적할 수 있다. 그 하나는, ①에서는 용궁에서 받은 선물을 팔아 돈으로 바꾼 데 반해, ②에서는 그것을 몰래 간직했다는 점이다. 다른 하나는, ①에서는 '공명'에 뜻을 두지 않았다고 한 데 반해, ②에서는 '명예와 이익'이라고 하여 '이익'을 추가해놓고 있다는 점이다.

이러한 차이는 두 작가의 '꿈꾸기'의 차이를 반영한다. 구우의 용궁 이야기에 부의 획득에 대한 욕망이 숨겨져 있다면, 김시습의 이야기에는 일체 그런 것이 없다. 김시습의 이야기에는 구우의 이야기와 달리 김

---

56) "善文到家, 携所得於波斯寶肆鬻焉, 獲財億萬計, 遂爲富族. 後亦不以功名爲意, 棄家求道, 徧遊名山, 不知所終."

57) "生出戶視之, 大星初稀, 東方向明, 鷄三鳴, 而更五點矣. 急探其懷而視之, 則珠綃在焉. 生藏之巾箱, 以爲至寶, 不肯示人. 其後生不以利名爲懷, 入名山, 不知所終."

시습 자신의 유년 체험, 즉 5세 때 신동(神童)으로 일컬어져 세종(世宗) 앞에 불려가 시를 짓고 비단을 하사받은 체험이 내면화되어 있다. 김시습의 이 유년 체험은, 훗날 그가 수양대군의 왕위찬탈을 부당한 것으로 간주하면서 세종의 손자인 단종(端宗)을 위해 절의를 지키며 평생 벼슬하지 않고 세상을 떠돌다 생을 마감하는 슬픈 운명의 출발점을 이룬다. 그러므로, 구우가 기이한 이야기를 통해 문재(文才)를 과시하고 불우함을 잊으며 현실의 곤궁을 뒤집는 꿈꾸기를 시도했다면, 김시습은 문재(文才)를 과시하며 불우함을 잊고자 하는 의도 말고도 자기 삶의 역정(歷程) 및 현존하는 세계의 부정성에 대한 반성적 성찰을 시도하고 있다 할 것이다. 이 점이 「수궁경회록」과 「용궁부연록」의 본질적 차이다. 그것은 다른 각도에서 본다면, 김시습의 소설이 갖고 있는 깊은 '아이러니'와 관련된다.[58] 이런 차이로 인해, 똑같은 '부지소종(不知所終)'의 결말을 취하고 있음에도 불구하고 「수궁경회록」은 「용궁부연록」과 같은 비극성을 내면화하고 있지 않다. 「용궁부연록」의 '부지소종'이 무겁고도 어두운 정조(情調)를 드리우고 있다면, 「수궁경회록」의 '부지소종'은 표표(飄飄)함과 신비감을 느끼게 한다.

'부지소종'이란 말이 나온 김에 이에 대해 조금 더 언급하기로 한다. 『금오신화』에 실린 5편 소설 가운데 '부지소종'으로 종결되는 작품은 「용궁부연록」과 「만복사저포기」 2편이며, 그 나머지는 죽음으로 종결된다. 『전등신화』의 제편(諸篇) 가운데 「애경전」·「천태방은록(天台訪隱錄)」 등과 『전기만록』의 제편(諸篇) 가운데 「서원기우기」·「범자허유천

---

58) 김시습 소설의 아이러니에 대해서는 졸고 『『금오신화』의 소설미학』에서 자세히 논의되었다.

조록(范子虛遊天曹錄)」·「남창여자록」등은 '부지소종'의 형식을 취하고 있지 않지만, 『금오신화』같으면 '부지소종'의 형식을 취했음직한 소설들이다. 『금오신화』에서 '부지소종'의 형식이 비극성의 강화에 기여하고 있다면, 위에 거론한 『전등신화』와 『전기만록』의 제편에서 확인되는 '부지소종' 형식의 부재는 대체로[59] 비극성의 약화 내지는 소거(消去)를 낳고 있다고 보인다. 필자는 지금 고양된 비극성을 보여주는 소설일수록 더 훌륭하다는 생각을 전제하고 말을 하고 있지 않다. 다만 『전등신화』·『전기만록』·『금오신화』세 작품의 미적 특질과 의미지향의 차이를 드러내고자 하는 데에, 그리하여 궁극적으로 각 나라 작품의 고유성에 대한 이해의 눈을 깊게 하고자 하는 데에, 관심이 있을 뿐이다.

『전등신화』와 『전기만록』에 실린 이야기들 중 상당수는 『금오신화』와 같이 고양된 비극성을 보여주기보다는 '기이함'을 보여주는 데 초점을 맞추고 있는 것처럼 보인다. 이런 이야기들은 거개 행복한 결말로 끝나든가, '비극적/행복한' 결말의 이분법을 아예 벗어나 있다.

기이함을 펼쳐보이면서 행복한 결말로 종결되는 소설로는, 『전등신화』에서는 「금봉차기」·「연방루기」·「위당기우기」를, 『전기만록』에서는 「용정대송록」을 꼽을 수 있다. '비극적/행복한' 결말의 이분법을 벗어난 지점에 있는 소설로는, 『전등신화』에서는 「수궁경회록」·「삼산복지지(三山福地志)」·「화정봉고인기(華亭逢故人記)」·「영호생명몽록」·「천태방은록」·「모란등기(牡丹燈記)」·「부귀발적사지(富貴發跡司志)」·「영주야묘기(永州野廟記)」·「신양동기(申陽洞記)」·「용당영회록(龍堂靈會

---

59) '전적으로' 그렇다고 말할 수는 없을 것이다. 가령 「남창여자록」같은 작품은 '부지소종' 형식의 부재가 오히려 자연스럽다.

錄)」·「태허사법전」·「수문사인전」·「감호야범기(鑑湖夜泛記)」를, 『전기
만록』에서는 「항왕사기(項王祠記)」·「목면수전(木棉樹傳)」·「다동강탄
록(茶童降誕錄)」·「도씨업원기(陶氏業冤記)」·「산원사판사록(傘圓祠判事
錄)」·「범자허유천조록」·「창강요괴록(昌江妖怪錄)」·「나산초대록」·「동
조폐사전(東潮廢寺傳)」·「타강야음기」·「이장군전」·「금화시화기(金華詩
話記)」·「야차부수록」을 꼽을 수 있다.

이렇게 본다면 『전등신화』·『전기만록』과 『금오신화』의 차이는 비극
적 결말을 취하고 있는 소설들 간에서만 확인되는 것이 아니라, 『전등신
화』·『전기만록』의 이야기들이 『금오신화』와 달리 대부분 비극적 결말
을 취하지 않고 있다는 사실에서도 확인된다.

앞서 지적했듯 『전등신화』와 『전기만록』에는 비극적인 결말도 아니고
행복한 결말도 아닌 이야기들이 퍽 많이 실려 있다. 이런 이야기에서 비
극성이나 해피엔딩은 별반 의미가 없으며, 오직 세계의 기이함 혹은 신
괴함이 중요할 뿐이다. 물론 『전등신화』와 『전기만록』에 실려 있는 이런
이야기들 중 다수는 어떤 우의를 내포하고 있다. 그러나 우의를 내포하
고 있다기보다는 '기괴함'을 펼쳐보이는 데 주력하고 있는 듯한 소설도
없지 않다. 예컨대 『전등신화』의 「모란등기」·「신양동기」·「용당영회록」
이라든가 『전기만록』의 「목면수전」·「도씨업원기」·「창강요괴록」 같은
소설이 그러하다. 이들 소설은 『전등신화』와 『전기만록』이 공포 및 기이
감(奇異感) 자체에 대한 정서적 환기를 꾀하고 있는 면이 있음을 여실히
보여준다. 이런 소설들은 '무목적의 목적'을 추구하고 있다고 할 수 있
을 것인바, 이야기 자체의 흥미, 즉 유희적 취미가 미적 관심의 목적이
되고 있다.

그런데 이런 소설들은 남녀관계와 관련해서도 특이한 면모를 보여준

다. 당(唐) 전기(傳奇) 이래 애정전기(愛情傳奇)의 남과 여는 서로 만나 깊은 사랑에 빠지는 모습을 보여줌이 일반적이다. 다만 작품에 따라 그 사랑이 끝까지 지속되는 경우가 있는가 하면 지속되지 못하는 경우도 있는바, 이에 따라 해피엔딩으로 끝나기도 하고 비극적 결말로 끝나기도 하는 차이를 보여주기는 한다. 그러나 『전등신화』와 『전기만록』은 전기소설의 이런 통상적 사랑의 문법 외에 또하나의 문법을 보여준다. 그 것은, 여귀(女鬼)가 물귀신 작전을 펴 멀쩡한 사내를 죽게 만듦으로써 사랑을 완성한다는 것이다. 그러나 사랑의 완성과 동시에 두 남녀는 못된 악귀(惡鬼)가 되어 세상을 떠돌며 사람들에게 해코지를 한다. 『전등신화』의 「모란등기」, 『전기만록』의 「목면수전」·「도씨업원기」 같은 작품이 이에 해당한다.[60] 특히 「모란등기」와 「목면수전」에서 여귀는 사내의 의사에 반(反)해 강제로 사내를 죽게 만드는바, 이 점이 공포감을 자아낸다. 그러나 이런 소설들은 비록 남녀의 애정이 문제가 되고 있기는 할지라도, 엄격한 의미에서 염정소설이라고 하기는 어렵다. 그 점은 이들 소설에 남녀 악귀를 퇴치하거나 응징하는 인물이 반드시 등장하며, 이 인물의 활약에 상당한 조명이 가해지고 있다는 사실에서도 입증된다. 이런 면을 감안한다면 이들 소설은 '신괴소설(神怪小說)'로 규정됨이 적절하다.

이처럼 『전등신화』와 『전기만록』에는 '괴기문학(怪奇文學)'으로서의 면모가 없지 않다. 특히 『전기만록』은 『전등신화』에 비해 물귀신 타입의 여귀를 더 많이 보여준다. 『전등신화』와 『전기만록』의 이런 면모는 『금

---

60) 이외에 「창강요괴록」도 이 범주에 포함시킬 수 있다. 다만 이 작품은 사랑이 완성되기 전에 요괴가 퇴치된다는 점이 다를 뿐이다.

오신화』와 뚜렷이 대조되는 점이다. 『금오신화』에서는 물귀신 타입의 여귀를 찾아볼 수 없으며, 남녀는 서로에 대한 깊은 교감과 이해 위에서 사랑을 완성한다. 그러므로 여귀의 강제에 의한 사랑의 완성은 생각할 수 없으며, 이 때문에 설사 귀신이 등장하는 이야기라 할지라도 공포감이 느껴지지는 않는다. 『금오신화』에 수록된 인귀교환(人鬼交歡) 이야기는 공포감을 자아내기는커녕 깊은 연민과 함께 막막한 슬픔의 감정을 불러일으킬 뿐이다.

4. 시공간

①『전등신화』·『전기만록』·『금오신화』는 현실과 초현실, 인세(人世)와 이계(異界)를 넘나드는 공간구성을 보여준다는 점에서 공통적이다.

세 작품의 공간구성의 면모와 관련하여 특히 주목되는 것은 별계방문담(別界訪問譚)이다. 별계방문담은 주인공이 어떤 계기에 의해 별계(別界)를 방문하고 돌아온다는 이야기인데, 세 작품에 두루 많이 실려 있다. 별계는 용궁, 선계(仙界), 천상, 명부(冥府) 등으로 표상된다.

『전등신화』·『전기만록』에서 별계방문담의 기본구조는 '인세→별계→인세'이다. 인세로 돌아온 주인공이 보이는 태도는 둘로 나뉜다. 그 하나는 다시 원래의 일상생활로 복귀하는 것이고, 다른 하나는 세상으로부터 종적을 감추는 것이다.[61] 앞의 것을 '일상성에의 복귀'라 한다면, 뒤의 것은 '종적 감추기'라 명명할 수 있다. 『전등신화』·『전기만록』의

---

61) 그 대표적인 형식이 '부지소종(不知所終)'이다.

별계방문담은 대다수가 일상성에의 복귀를 보여주며, 종적 감추기는 소수이다.

한편 『금오신화』에는 「남염부주지」·「취유부벽정기」·「용궁부연록」 세 작품에 별계방문담이 포함되어 있는데, 「남염부주지」와 「취유부벽정기」의 것은 '인세→별계→인세→별계'의 구조를, 「용궁부연록」의 것은 '인세→별계→인세'의 구조를 취하고 있다. 그러므로 『금오신화』의 별계방문담은 '인세→별계→인세→별계'의 구조에서 『전등신화』·『전기만록』의 별계방문담과 구별된다. 한편 『금오신화』의 별계방문담은 일상성에의 복귀를 보여주지 않으며 종적 감추기만을 보여줄 뿐이다.

이처럼 『전등신화』와 『전기만록』의 별계방문담이 인세에서 출발해 결국 인세로 되돌아오는 구조라면, 『금오신화』의 별계방문담은 인세에서 출발해 마침내 별계로 떠나가는 구조가 두드러진다는 차이를 보인다. 이러한 차이는 무엇을 의미하는 것일까? 『전등신화』·『전기만록』이 보다 현세적인 데 반해 『금오신화』는 보다 초세적(超世的)임을 의미하는 것으로 보인다. 여기서 현세적이니 초세적이니 하는 말은 삶의 공간으로서의 현실에 대한 관심의 여부나 정도와 관련된 말이 아니라 작가의 의식의 지향을 염두에 두고 한 말이다. 따라서 『전등신화』·『전기만록』이 현실에 대한 관심이 많은 데 반해 『금오신화』는 그렇지 못하다는 말은 아니다. 세 작품은 다같이 현실세계에 대한 관심을 보여주고 있으되, 다만 작가의 의식의 지향에 따라 작품이 택하는 최종적 공간 형식이 현세인가 초세인가의 차이가 초래되고 있다고 생각된다. 이 경우 작가의 의식의 지향은 궁극적으로 작가의 '세계감정(Weltempfindung)'과 관련이 있다. 이렇게 본다면, 『금오신화』는 현존에 대한 강한 부정과 이 세계에 대한 염세적 전망을 그 공간 형식을 통해 드러내고 있다고 해석할 수 있다. 일상성에로 복귀하는 것이 아니라 종적을 감춘다거나 별계를 최종적 공간 형식으로 택함은 비극성의 고조라는 미적 효과를 낳는다.

『전등신화』·『전기만록』·『금오신화』는 모두 자국의 특정한 공간을 배경으로 삼고 있다는 점에서도 공통적이다. 자국의 특정한 공간을 배경으로 삼고 있기에 자국의 역사, 문화, 풍속이 작품 속으로 들어오게 된다. 이 점에서 세 작품은 보편적이면서 개별적이다.

셋 가운데 공간에 대한 '자의식'을 가장 강하게 보여주는 것은 『전기만록』이다. 이 작품에는 자국 베트남이 이민족 중국에 의해 점거되거나 유린되어서는 안 되며, 그런 사태에 맞서 단호히 싸워야 한다는 메시지가 담겨 있다. 그러나 『전기만록』에서만 이런 민족주의적 성향이 발견되는 것은 아니다. 『전기만록』만큼 강렬하거나 두드러진 것은 못 되지만 『전등신화』 역시 어느 정도는 민족주의적 면모를 보여준다. 가령 「영호생명몽록」에서 송나라의 진회(秦檜)를 비판하고 있다든가,[62] 「천태방은록」에서 문천상(文天祥)을 높이고 가사도(賈似道)를 타매한 것,[63] 그리고 북쪽 오랑캐 몽고에 의해 송나라가 망한 것을 애석해하고 원나라

---

62) "最後至一處, 牓曰'誤國之門'. 見數十人坐鐵床上, 身具桎梏, 以青石爲枷壓之. 二使指一人示譔曰: '此卽宋朝秦檜也. 謀害忠良, 迷誤其主, 故受重罪. 其餘亦皆歷代誤國之臣也.'"

63) "謝后臨朝, 夢天傾東南, 一人擎之, 力若不勝, 蹶而復起者三. 已而, 一日墜地, 傍有一人捧之而奔, 覺而徧訪于朝, 得二人焉, 厥狀極肖, 擎天者文天祥, 捧日者陸秀夫也." "又論當時諸臣曰: '(…) 其最優者文天祥乎!'" "賈似道當國, 造第于葛嶺, 當時有'朝中無宰相, 湖上有平章'之句. 一宗室任嶺南縣令, 獻孔雀二, 置之圍中, 見其馴擾可愛, 卽除其人爲本郡守. 襄陽之圍, 呂文煥募人, 以蠟書告急於朝, 其人懇於似道曰: '襄陽之圍六年矣, 易子而食, 析骸而爨, 亡在朝夕, 而師相方且鋪張太平, 迷惑主聽, 一旦虜馬飲江, 家國傾覆, 師相亦安得久有此富貴耶?' 遂扼吭而死."

에 이어 명나라가 들어선 것을 기뻐하는 태도[64] 등에서 그 점이 확인된다. 그렇기는 하나 『전등신화』는 『전기만록』과 같은 뚜렷한 반침략적·저항적 면모를 보여주고 있지는 않다. 이 점에서 『전기만록』은 『전등신화』를 환골탈태하여 창조적으로 변용했다 할 만하다. 한편 『전기만록』·『전등신화』와 달리 『금오신화』에서는 민족주의적 면모를 운위하기 어렵다. 이는 김시습에게 민족적 감정이 없어서가 아니라 김시습이 소설에서 말하고자 한 바가 완서나 구우와는 달랐기 때문이라고 보아야 할 터이다.

소설에서의 공간 묘사가 객관적 의미만을 갖는 게 아니라 종종 심리적이거나 주관적 의미를 띤다는 사실은 잘 알려져 있는 바다. 『전등신화』는 자연의 묘사에서 이런 면모를 아주 탁월하게 보여준다. 한두 예를 들어본다.

> ① 한 주막이 보이는데, 푸른 깃발이 추녀 끝에 매달려 있고 붉게 칠한 난간과 삥 두른 난간이 흡사 한 폭의 그림 같았다. 높다란 버드나무와 늙은 느티나무의 잎들은 이미 단풍이 지고 있었고, 연꽃 십여 그루는 혹 짙게 혹 엷게 피어, 붉은 꽃송이와 푸른 물빛이 위아래에서 서로 비추고 있는데, 흰 거위떼가 그 사이를 헤엄치고 있었다.—「위당기우기」[65]

---

64) "今天子聖神文武, 繼元啓運, 混一華夏, 國號大明." "宋德祐丙子歲, 元兵入臨安, 三宮遷北. 是歲廣王卽位於海上, 改元景炎, 未幾而崩, 諡端宗. 益王繼立, 爲元兵所迫, 赴水而死. 宋祚遂亡, 實元朝戊寅之歲也. 元旣倂宋, 奄有南北, 逮至正丁未, 歷甲子一周有半而滅. 今則大明肇統, 洪武萬年之七年也."

65) "見一酒肆, 靑旗出於簾外, 朱欄曲檻, 縹緲如畵, 高柳古槐, 黃葉交墜. 芙蓉十數株, 顏色或深或淺, 紅葩綠水, 上下相暎, 白鵝一群, 游泳其間."

② 숲 사이 나뭇가지 끝에 안개가 피어올라 어둑어둑하고, 산머리에 저녁 해가 뉘엿뉘엿 기우는 모습이 보일 뿐이었다. 그리고 수풀 속에서 까막까치가 시끄럽게 울어대고 있었다.—「화정봉고인기」[66]

①은 위당(渭塘)의 주막과 그 근처 자연을 묘사한 글이다. 그 밝고 경쾌한 이미지는 어떤 좋은 일이 발생할 것 같다는 예감을 갖게 한다. 아니나다를까 주인공 왕생(王生)은 주막집 딸과 사랑에 빠진다. ②는 화정(華亭)의 저녁 풍경을 묘사한 글이다. 그 정조(情調)는 전반적으로 어둡고 음산하며, 소멸감 같은 것을 느끼게 한다. 이런 이미지는, 장사성의 반군에 가담했다가 목숨을 잃고 귀신이 되어 하릴없이 화정을 떠돌고 있는 어떤 두 인물에 대해 이야기하고 있는 이 소설의 결말에 썩 잘 어울린다.

①과 ②는 마치 한시의 '정경교융(情景交融)'처럼 내면과 외면, 정회(情懷)와 경물(景物)의 상호침투를 보여준다. 공간에 대한 이런 곡진한 묘사는 창작 주체의 섬세한 정신의 표현이다. 또한 공간에 대한 이런 구체적인 파악은 세계를 감수(感受)하고 이해하는 정신의 깊이를 말해준다. 그리고 세계에 대한 이해의 깊이는 곧 '자아'에 대한 이해의 깊이와 통한다.

『전등신화』만큼 현저한 것은 아니라 할지라도 『금오신화』에서도 이런 종류의 자연 묘사를 접할 수 있다. 다음은 「취유부벽정기」에서의 인용이다.

---

66) "但見林梢烟暝, 嶺首日沈, 烏啼鵲噪於叢薄之間而已."

① 그때 달빛은 마치 바다와 같고 물결은 흰 비단과 같은데, 기러기는 물가의 모래에서 울고 학은 이슬 내린 소나무에서 끼루룩거렸다. 기운은 서늘하여 마치 옥황상제의 궁궐에 오른 듯하였다.[67]

② 산간의 절에서 종소리가 들리고, 물가의 마을에서 닭 우는 소리가 들려왔다. 달은 성 서쪽에 기울고 샛별만 반짝이는데, 다만 뜨락에서 쥐가 찍찍거리는 소리와 자리 곁에서 벌레 우는 소리가 들릴 뿐이었다.[68]

①은 부벽정 주위의 경관을 묘사한 구절인데, 신비스러운 분위기가 느껴진다. 과연 남주인공 홍생이 여기서 선녀를 만나게 된다. ②는 홍생이 선녀와 헤어지고 난 뒤의 정황을 묘사한 구절이다. 이 묘사 속에는 쓸쓸함, 적막함, 안타까움과 같은 감정들이 착잡(錯雜)되어 있다. ①, ②의 자연 묘사에서 우리는 창작 주체의 세계에 대한 감수(感受)의 깊이, 그리고 '자아'에 대한 이해의 깊이를 감지할 수 있다.

『전등신화』나 『금오신화』와 달리 『전기만록』은 곡진한 자연 묘사에 그다지 관심을 기울이고 있지 않은 것으로 보인다. 『전기만록』은 묘사를 통해 세계의 내면과 분위기를 드러내는 방식보다는 세계의 외면과 그 객관적 추이를 집중적으로 '서술'하는 방식을 선호하고 있는 듯하며, 이 점에서 비록 상대적인 것이기는 하나 좀더 '설화적' 면모를 보여주지 않나 생각된다.

---

67) "時月色如海, 波光如練, 雁呌汀沙, 鶴警松露, 凜然如登淸虛紫府也."
68) "山寺鍾鳴, 水村鷄唱, 月隱城西, 明星嘒嘒, 但聽鼠啾于庭、虫鳴于座."

② 『전등신화』·『전기만록』·『금오신화』는 '운명론'에 푹 잠겨 있다는 점에서도 공통적이다. 인간과 세계의 운명은 하늘의 뜻에 따라 미리 다 정해져 있다는 것, 따라서 운명은 받아들이지 않으면 안 된다는 것이 운명론의 골자다. 『전등신화』에 실려 있는 「부귀발적사지」의 맨 끝에 나오는 다음 말은 운명론에 대한 간명한 주석이라 할 만하다.

> 그러므로 하늘 아래 땅 위의 모든 것, 작게는 한 몸의 영고성쇠, 크게는 한 나라의 흥망치란이 모두 정해진 운수가 있어서 바꿀 수 없는 것이거늘, 망령되고 어리석은 자가 그 사이에서 꾀를 부리다가 부질없이 낭패를 당하는 것이다.[69]

운명론은 세 작품의 '시간의식'을 규정짓고 있다. 즉 시간은 '전생(前生)-현생(現生)-내생(來生)'의 계기적·인과적 연관으로 표상되는데, 이는 업연(業緣)의 결과이다.

세 작품이 보여주는 시간의 형식은 이처럼 일종의 결정론적 관념에 근거하고 있지만, 작품에 따른 차이가 없는 것은 아니다. 우선 『전등신화』는 운명에 순응할 수밖에 없거나 운명의 거대한 힘에 짓눌려 스러져 가는 인간 존재의 무력함에 대한 탐구에 주된 관심을 쏟고 있다. 「녹의인전」 여주인공의 다음과 같은 말, 즉 "사물 또한 자신의 운명을 미리 알더라도 그것을 피할 수는 없는가 봐요"[70]라는 말만큼 『전등신화』 등장

---

69) "是以知普天之下, 率土之濱, 小而一身之榮悴通塞, 大而一國之興衰治亂, 皆有定數, 不可轉移, 而妄庸者, 乃欲輒施智術於其間, 徒自取困爾."

70) "盖物亦先知數, 而不可逃也."

인물들의 운명에 대한 순응적 태도를 잘 보여주는 말도 없다. 이와 달리 『전기만록』은 한편으로는 운명의 거역할 수 없는 힘을 인정하면서도 다른 한편으로는 운명을 피해가거나 운명에 저항하는 면모를 보여준다. 가령 「야차부수록」에서 주인공의 친구로 등장하는 인물이나 「다동강탄록」의 주인공은 운명을 미리 알아 그것을 피해가고 있으며, 「취초전」의 남녀 주인공이나 「여랑전」의 남주인공은 다들 운명에 저항하고 있다. 『금오신화』는 『전등신화』나 『전기만록』과는 또다른 면모를 보여주는바, 운명을 받아들이되 인간의 주체적 결단의 가능성을 인정하면서 그에 큰 의미를 부여하고 있다.[71] 『금오신화』의 주인공들이 보여주는 절의의 중시, 그리고 이 세계로부터의 종적 감추기에서 그 점이 확인된다. 그러므로 『금오신화』의 제편(諸篇)이 비극성을 띠는 것은 그 등장인물들의 운명에 대한 태도와 깊은 관련이 있다. 왜냐하면 운명을 받아들이면서도 자신이 고수하고자 하는 내면적 가치만큼은 추호도 훼손당하지 않으려는 인간에게서 우리는 장엄하거나 숭고한 비극성을 발견하게 되기 때문이다.

한편 『전등신화』·『전기만록』의 이야기들에서 주인공은 어떤 계기에 의해 자신의 전생을 알게 된다. 가령 「삼산복지지」의 주인공은 한 도사의 말을 통해 자신이 전생에 흥성전(興盛殿)의 한림학사(翰林學士)로서 티베트에 보내는 조서를 기초했었음을 알게 되며, 「녹의인전」의 남주인공은 여주인공의 말을 통해 자신이 전생에 송말(宋末)의 재상인 가사도(賈似道)의 집에서 차 끓이는 일을 맡은 하인이었음을 알게 된다. 또 「다동강탄록」에서 주인공은 친구의 말을 통해 자신이 전생에 옥황상제 곁

---

71) 이 점은 졸고 「『금오신화』의 소설미학」에서 자세히 논의되었다.

에서 차 시중들던 시동(侍童)이었음을 알게 된다.[72] 이처럼 이들 소설에서는 주인공의 전생에 대한 고지(告知)가 이루어짐으로써 물리적 범위의 시간을 넘어 시간의 외연이 비약적으로 확장된다. 그리고 시간의 외연적 확장은 공간에 대한 인식의 확대를 초래하며, 이 점에서 시간과 공간은 맞물려 있다. 공간에 대한 인식의 확대는 동일한 차원 내에서의 수평적인 것과 다른 차원 간의 수직적인 것, 이 두 가지 양태가 존재한다. 「삼산복지지」·「녹의인전」이 전자라면, 「다동강탄록」은 후자다. 이처럼 이들 소설이 보여주는 시간의 확장과 공간 인식의 확대는, 인간의 삶이란 시공간에 대한 경험적·물리적 설명만으로는 온전히 이해될 수 없다는 관점의 소산이다.

그런데 『전등신화』·『전기만록』의 이런 면모가 『금오신화』에서는 발견되지 않는다. 다시 말해 『금오신화』에서는 주인공의 전생이 특별히 문제시되고 있지 않다. 물론 「이생규장전」이나 「만복사저포기」에 '삼세(三世)의 인연'[73]이라는 말이 나오기는 하나, 그렇다고 해서 주인공이 누구에게 전생을 고지받는다거나 주인공이 자신의 전생을 깨닫는다거나 하는 일이 일어나지는 않는다. 『금오신화』에서 시간의 확장이나 공간 인식의 확대는, 전생에 대한 환기를 통해서가 아니라 주인공과 다른

---

72) 이처럼 「다동강탄록」은 '강탄(降誕)' 모티프를 보여준다는 점에서 주목된다. 이 경우 '강탄'은 '적강(謫降)'은 아니다. 『전기만록』에서 「다동강탄록」 이외의 작품에서는 '강탄' 모티프가 발견되지 않는다. 한편, 『전등신화』는 「감호야범기」에서 '적강' 모티프를 보여준다. 그러나 플롯의 중심선에서 나타나는 적강 모티프는 아니며, 삽화에 보이는 모티프일 뿐이다. 『금오신화』에서는 강탄 모티프나 적강 모티프가 일절 발견되지 않는다.

73) "忽遇三世之因緣."(「萬福寺樗蒲記」); "三遇佳期." · "聚窟三生之香芬."(「李生窺墻傳」)

존재의 만남을 통해 이루어진다.[74] 가령 「취유부벽정기」에서 주인공과 선녀의 만남은 시간의 비약적 확장과 공간 인식의 수직적·수평적 확대를 낳고 있다.

끝으로 한 가지만 더 지적한다. 『전등신화』와 『금오신화』는 전대(前代)만이 아니라 동시대도 시대적 배경으로 삼고 있지만, 『전기만록』은 모두 전시대를 배경으로 삼고 있다는 차이를 보인다. 『전기만록』에 비해 『전등신화』·『금오신화』에 작가의 '실존'이 좀더 강하게 투사되고 있다는 사실은 이러한 차이와 일정한 관련이 있다고 여겨진다.

5. 인물

『전등신화』·『전기만록』·『금오신화』는 인물의 형상과 창조라는 면에서도 서로 비교될 수 있다.

먼저, 『전등신화』와 『전기만록』의 이야기들 중에는 매개적 인물이 등장하는 경우가 적지 않다. 둘 가운데 『전등신화』가 좀더 매개적 인물의 등장을 많이 보여준다. 이에 반해 『금오신화』의 이야기들에는 매개적 인물의 설정이 아주 빈약하다. 금오신화』 제편(諸篇)에서 우리 눈에 잡히는 인상적인 인물은 대체로 남녀 주인공 아니면, 남자 주인공의 파트너 정도다. 이는 『금오신화』의 인물 구성이 비교적 단순함을 뜻한다.

또한 『전등신화』와 『전기만록』의 이야기들에 종종 '존재의 독자성'[75]

---

74) 『전등신화』와 『전기만록』에는 이 두 가지 방법이 공존한다.

75) '존재의 독자성'은 등장인물이 자신의 목소리, 생각, 태도, 관점 등을 보여줌으로써 자

을 갖는 적대적 인물들이 등장함에 반해, 『금오신화』의 이야기들에는 존재의 독자성을 갖는 어떤 적대적 인물도 등장하지 않는다. 이 때문에 『금오신화』에서는 적대적 힘의 실체와 면모가 뚜렷이 포착되지 않는다. 『금오신화』에서 적대적 힘은 그저 전제되어 있거나 추상적·함축적으로 언급되고 있을 뿐이며, 서사적으로 충분히 재현되고 있지 못하다.

한편, 『전등신화』와 『전기만록』에는 『금오신화』에는 보이지 않는 '조력자'가 등장하고 있어 주목된다. 「삼산복지지」나 「다동강탄록」의 도사가 좋은 예다. 이들 조력자는 주인공에게 그 전생을 고지하기도 하고, 앞날에 대해 일러주기도 하며, 주인공이 곤경에 처해 있을 때 도와주기도 한다. 17세기 이후의 한국 고전소설에서 이런 유의 조력자는 하도 흔해 하나의 유형화된 인물형을 이룬다고 말할 수 있지만, 15세기 후반에 쓰인 『금오신화』에서는 아직 이런 인물형을 찾아볼 수 없다.

이처럼 매개적 및 적대적 인물의 설정 여부와 관련하여 『전등신화』·『전기만록』이 비교적 발전된 서사적 갈등을 보여준다면, 『금오신화』는 서사적 갈등의 전개가 부족한 편이다. 이런 차이는 『전등신화』·『전기만록』이 작가 이념의 구현에만 치력하지 않고 이야기의 재미에도 관심을 쏟은 데 반해, 『금오신화』는 주로 작가 이념의 구현에 치력한 결과가 아닐까 한다. 『금오신화』의 주인공들이 『전등신화』나 『전기만록』의 주인공들에 비해 현저히 '이념적'이라는 사실이 이 점을 뒷받침한다.

『전등신화』·『전기만록』·『금오신화』는 남녀 주인공의 면모나 그 결연 과정에서 흥미로운 차이를 보여준다. 『금오신화』에서 남녀 주인공들

신의 실체를 현시(顯示)함을 가리키는 말이다. 이 용어는 졸저 『조선후기 전(傳)의 소설적 성향 연구』(성균관대 대동문화연구원, 1993)에서 처음 사용되었다.

은 대체로 외로운 존재로 표상되어 있으며, 비슷한 교양과 취미를 보여준다. 이 때문에 둘은 어떤 장애에도 불구하고 내면적 유대를 형성하며, 굳건한 결합에 이른다. 『금오신화』의 남녀 주인공들은 자유연애 이외에는 사랑의 방식을 알지 못한다. 다시 말해 『금오신화』에서 남녀 주인공의 결합은 어떤 내적 필연성을 갖고 있으며, 일방적이지 않고 상호적이다. 『금오신화』의 남녀 주인공들이 더없이 순정적이며 죽음을 넘어서까지 서로에 대한 신의를 지키는 까닭이 이에 있다.

그러나 『전등신화』와 『전기만록』의 경우 반드시 그렇지만은 않다. 가령 『전등신화』의 「금봉차기」에서 남녀 주인공은 양가의 부모에 의해 어릴 때 이미 정혼(定婚)한 사이이고, 「애경전」의 남녀 주인공은 자유연애가 아니라 중매를 통해 부부가 된다. 또한 『전기만록』의 「여랑전」에서 남녀 주인공은 부모의 정혼(定婚)으로 부부가 되고, 「쾌주의부전」・「남창여자록」의 남녀 주인공들은 중매에 의해 부부가 된다. 그러므로 이들 소설의 남녀 주인공들은 결연 과정에서 사랑의 감정을 주고받는 일이 없다. 이들 소설에서 남녀 주인공은 서로의 감정에 기인하는 내적 필연성에 의해서가 아니라, 외적 계기에 의해서거나 다분히 일방적인 요구에 따라 부부로 맺어진다. 「이생규장전」에서 단적으로 드러나듯 『금오신화』의 남녀 주인공들은 서로를 '지음(知音)'으로 여기기에 「남창여자록」에서처럼 남자 주인공이 의처증을 가질 수도 없거니와 여주인공이 남편의 의처증 때문에 스스로 목숨을 끊는 일이 일어나지도 않는다. 『금오신화』의 남녀 주인공들은 이미 그 결연 과정에서부터 생사를 뛰어넘는 확고한 유대와 신뢰를 형성함으로써 완벽한 일체를 이루는바, 둘 사이에는 어떠한 간극도 존재하지 않는다. 그러나 거꾸로 뒤집어 생각하면 「남창여자록」 같은 이색적인 작품은 남녀의 관계 맺기, 남녀의 결연

방식에서「이생규장전」과는 다른 문법을 취했기 때문에 탄생할 수 있었다고 볼 수 있다.

『금오신화』에는 부정적 인물이 주인공으로 등장하지 않는다.[76] 그러나『전등신화』와『전기만록』에서는 이따금 부정적 인물이 주인공으로 등장함을 볼 수 있다. 가령「모란등기」나「목면수전」·「도씨업원기」·「창강요괴록」·「이장군전」등이 그런 예다. 이 중「이장군전」을 제외하고는 모두 남녀가 주인공으로 등장한다. 이들 소설에서 남자 주인공은 요녀(妖女)를 사랑하거나 여귀(女鬼)에게 홀린 어리석은 인물로 그려지며, 여주인공은 요녀 아니면 요괴로 그려진다. 이들 남녀는 악귀가 되어 떠돌며 남에게 해코지를 하다가 도사에게 퇴치되거나 염라대왕에게 벌을 받는다. 이처럼 이들 소설에서 여성은 남성을 망가뜨리는 사악한 존재로 그려진다. 이러한 악녀상(惡女像) 혹은 마녀상(魔女像)은『금오신화』가 전반적으로 보여주는 저 주체적이고 견고한 여성상과는 썩 대조적이다.『전등신화』와『전기만록』의 마녀상에는 남성 중심의 가부장제 이데올로기가 반영되어 있다고 생각된다. 그러나『금오신화』역시 가부장제 이데올로기를 벗어나 있는 것은 아니다.『금오신화』가 강조해놓고 있는 여성의 정절은(그것이 설사 김시습의, '세계에 대한 태도'로서의 절의를 표상하고 있다고 할지라도) 여성의 마녀화와 표리(表裏)를 이루며, 이 점에서 동일하게 가부장제 이데올로기를 반영한다고 해석될 수 있다. 이런 점을 부정할 수는 없지만 그럼에도『금오신화』의 여성 주인공들이

---

76) 한국소설사에서 부정적 인물이 주인공으로 설정된 최초의 소설은「강로전(姜虜傳)」이다. 이 소설은 17세기 초 권칙(權侙)에 의해 창작되었다. 이 점은 졸고「17세기 초의 숭명배호론(崇明排胡論)과 부정적 소설주인공의 등장―「강로전」에 대한 고찰」(『한국 고전소설과 서사문학』, 집문당, 1998)에서 자세히 논의되었다.

보여주는 저 주체적인 태도와 행위는 비록 상대적인 것이기는 하나 그것대로의 정당한 평가가 필요하다고 본다.

방금『금오신화』가 여성의 정절을 강조해놓고 있다는 말을 했지만,『금오신화』의 여주인공들은 단 한 명의 예외도 없이 모두 생사의 기로에서 목숨을 버리고 정절을 택한다. 이는『전등신화』나『전기만록』의 여주인공들과 현저히 다른 점이다.『전등신화』나『전기만록』의 여주인공들은 정절을 지키는 경우도 있고 지키지 못하는 경우도 있다. 그러므로『전등신화』와『전기만록』은 정절 이데올로기의 고수에서『금오신화』에 비해 완화된 면모를 보여주다고 해석할 수 있다.

세 작품의 남녀 주인공들은 대개 재자가인형(才子佳人型)의 인간들이라는 점에서 공통적이다. 하지만『금오신화』의 주인공들이 대체로 사족(士族)이나 귀족으로 설정된 데 반해,『전등신화』와『전기만록』의 주인공들은 좀더 다양한 신분을 보여준다.『전등신화』의 경우를 보면,「연방루기」의 여주인공은 미곡상(米穀商)의 딸이고 그 남자 주인공은 장사꾼이며,「위당기우기」의 여주인공은 주막집 딸이고,「취취전」의 남녀 주인공은 모두 평민 출신이며,「애경전」의 여주인공은 기생이고,「녹의인전」의 남녀 주인공은 전생에 다동(茶童)과 시녀였던 것으로 설정되어 있다.『전기만록』의 경우,「목면수전」의 남자 주인공은 장사꾼이고,「도씨업원기」의 남녀 주인공은 승려와 기생이며,「창강요괴록」의 여주인공은 장사꾼의 딸이고,「남창여자록」의 남자 주인공은 글을 모르는 호족(豪族) 출신이며,「여랑전」의 남녀 주인공은 상인(商人)의 자녀이고,「취초전」의 여주인공은 기생이다. 이처럼『전등신화』와『전기만록』은 사족 신분의 인물들 외에도 상인이나 기생 신분의 인물들을 주인공으로 설정하고 있다. 주인공의 신분과 관련한 세 작품의 이런 차이는 세 나라 신분제(身分制)의 성격 및 그 운용 방식의 차이를 일정하게 반영하고 있다고 생각된다. 이런 견지에서 본다면 『금오신화』는 세 작품 가운데서 가장 엄격한 신분제적 현실을 반영하고 있으며, 또한 신분제에 대한 가장 강고한 의식을 보여주고 있다고 말할 수 있을 것이다.

6. 맺음말

본 논문은 기존의 비교문학적 연구방법에 대한 대안적 관점을 모색한다는 문제의식에서 출발했다. 그리하여 『전등신화』·『전기만록』·『금오신화』의 미적 특질을, ①우의, ②결말구조, ③시공간, ④인물이라는 네 가지 측면에서 상호 비교해보았다. 이를 통해 세 작품 각각에 대한, 그리고 서로의 관계에 대한 이해가 좀더 심화될 수 있었다고 생각한다.

'비교'란 우열의 판정으로 귀착되기 쉽다. 이 경우 비교에는 우월감이나 열등감이 전제되어 있거나, 숨겨져 있다. 우월감이나 열등감을 넘어선 비교는 애당초 불가능한 것일까? 본 논문은 그 부족한 점에도 불구하고 이 물음에 대한 시론적(試論的) 탐색이다. 이 점에서 본 논문의 궁극적 관심은 '방법론' 쪽에 있다 할 것이다.

참고문헌

1. 자료

a. 한국 자료

「姜虜傳」(국사편찬위원회본)

「姜太公遺事」(『朴泰輔疏』所收, 고려대 도서관 소장)

姜希孟, 『村談解頤』

「江都夢遊錄」

『古今笑叢』, 민속학자료간행회, 1958.

『高麗史』, 아세아문화사, 1972.

『光海君日記』

『九雲夢』

『國朝文科榜目』(태학사 영인본)

『國朝人物考』, 서울대학교 출판부, 1978.

權韠, 『石洲集』

『記聞叢話』

金幹, 『厚齋集』

金鑢, 『薄庭叢書』

金富軾, 『三國史記』

金紹行, 『三韓義烈女傳』

金時習, 『金鰲新話』(조선 간본)

金安老, 『龍泉談寂記』

「金英哲傳」(박재연본, 조원경본)

金昌協,『農巖集』

南宮濬 편,『諺文懸吐剪燈新話』, 유일서관, 1916.

南永魯,『玉樓夢』

南龍翼,『箕雅』, 아세아문화사, 1977.

盧命欽,『東稗洛誦』(栖碧外史 海外蒐佚本)

朴趾源,『放璚閣外傳』(『燕巖集』所收)

朴趾源,「關內程史」·「玉匣夜話」(『熱河日記』所收)

裵烋,『此山筆談』

卞鍾運,「角觝少年傳」(『歡齋詩抄』所收)

徐居正,『太平閑話滑稽傳』

「鼠大州傳」

「鼠獄記」

徐有英,『六美堂記』

石泉主人,『折花奇談』

『選諺篇』

成俔,『慵齋叢話』

宋世琳,『禦眠楯』(『古今笑叢』所收)

宋時烈,『宋子大全』

宋持養,「茶母傳」(『朗山文稿』所收)

水山,『廣寒樓記』

申光洙,「劍僧傳」(『石北集』所收).

辛敦復,『鶴山閑言』

申欽,『象村集』

安錫儆,『霅橋漫錄』(『霅橋集』所收)

「烏有蘭傳」

「雲英傳」

柳楑,『於于先生年譜』(국립중앙도서관 소장본)

柳得恭,「柳遇春傳」(『泠齋集』所收)

柳成龍,『西崖雜錄』

柳夢寅,『於于野談』(만종재본)

尹繼善,「達川夢遊錄」

尹春年·林芑,『剪燈新話句解』(규장각본)

李砡·李砑,『嘉林二稿』

李健,『葵窓遺稿』

李肯翊,『燃藜室記述』

李棟完,『茅山先生文集』(국립중앙도서관 소장본)

李睟光,『芝峯類說』

李民宬,「柵中日錄」(『紫巖集』所收)

李選,「林將軍傳」(『芝湖集』所收)

李時恒,『金將軍遺事』(국립중앙도서관 소장본)

李鈺,『梅花外史』(『藫庭叢書』所收)

李源命,『東野彙輯』

李瀷,『星湖集』

李恒福,『白沙集』

李玄綺,『綺里叢話』

李義平,『溪西野談』

『仁祖實錄』

一然,『三國遺事』

任邁,『雜記古談』

任堕,『天倪錄』

임형택 편,『李朝後期閭巷文學叢書』, 여강출판사, 1986.

『雜記類抄』(국립중앙도서관 소장)

張志淵,『大東詩選』, 아세아문화사, 1977.

鄭公輔,『布衣交集』

鄭士臣,『梅窓集』

丁若鏞,『牧民心書』(『增補與猶堂全書』5, 경인문화사 영인, 1982 所收)

丁若鏞,『詩文集』(『增補與猶堂全書』1, 경인문화사 영인, 1982 所收)

「丁香傳」

趙緯韓,「崔陟傳」(일사문고본, 고려대본)

「鍾玉傳」

『增補文獻備考』

「芝峰傳」

『靑邱野談』(東洋文庫本, 버클리대본, 가람본)

『靑野談藪』

『忠烈錄』(규장각본)

許筠,『惺所覆瓿藁』(『許筠全書』, 아세아문화사, 1983 所收)

赫連挺,『均如傳』

洪萬宗,『蓂葉志諧』(『古今笑叢』所收)

洪萬宗,『小華詩評』(『洪萬宗全集』, 태학사, 1980 所收)

洪萬宗,『旬五志』(『洪萬宗全集』, 태학사, 1980 所收)

洪萬宗,『海東異蹟』(洪萬宗全集』, 태학사, 1980 所收)

洪世泰,「金英哲傳」(『柳下集』所收)

洪良浩,『海東名將傳』(『耳溪洪良浩全書』所收)

洪翰周,『智水拈筆』(栖碧外史 海外蒐佚本)

『花夢集』(김일성대학교 도서관 소장)

국어국문학회 편,『漢文小說選』, 대제각, 1976.

김기동 · 이종은 공편,『古典漢文小說選』, 교학연구사, 1984.

金世濂,『槎上錄』(『국역 海行摠載』제4권, 민족문화추진회, 1967 所收)

金世濂,『海槎錄』(『국역 海行摠載』제4권, 민족문화추진회, 1967 所收)

김수영 편역,『새벽에 홀로 깨어―최치원 선집』, 돌베개, 2008.

리철화 역,『림제 · 권필 작품선집』, 평양: 조선문학예술총동맹출판사, 1963.

린밍더(林明德),『韓國漢文小說全集』, 臺北: 文化大學 出版部, 1980.

박희병 校注,『한국한문소설』, 한샘, 1995.

박희병 標點 · 校釋,『한국한문소설 교합구해』, 소명출판, 2005.

신호열 역,『국역 하서전집』, 하서선생기념사업회, 1988.

『安東權氏石洲公派世譜』, 安東權氏石洲公派宗中, 1988.

양승민 탈초 · 교점 · 주해, 박재연본「김영철전」(미정고)

이가원,『이조한문소설선』, 민중서관, 1961.

이가원 편,『麗韓傳奇』, 우일출판사, 1981.

이우성 · 임형택 역편,『이조한문단편집(상 · 중 · 하)』, 일조각, 1973 · 1978.

최용철 편,『금오신화의 판본』, 국학자료원, 2003.

최웅권 · 마금과 · 손덕표 교주,『17세기 한문소설집『화몽집』교주』, 소명출판, 2009.

『華軒罷睡錄』(이석호 역,『韓國奇人傳』, 명문당, 1990 所收)

강한영 校注,『신재효 판소리사설집(全)』, 민중서관, 1972.

구자균 교주,『춘향전』, 민중서관, 1970.

김동욱, W. E. Skillend, D. Bouchez 공편,『景印古小說板刻本全集』제5권, 나손서옥,

1975.

김동인 · 박용구,『韓國野談史話全集』, 동국문화사, 1959.

김태준,『원본춘향전』, 학예사, 1939.

『金台俊全集』제2책, 보고사, 1990.

『南原古詞』(김동욱 · 권영철 · 김태준,『春香傳寫本選集 I』, 명지대학 국어국문학과 국
　　학자료간행위원회, 1977 所收)

박성의 註釋,『구운몽 · 사씨남정기』, 정음사, 1959.

『三說記』(김동욱 校注譯,『단편소설선』, 민중서관, 1976 所收)

우쾌제 편,『구활자본 고소설전집』, 인천대학 민족문화연구소, 1984.

이병기,『요로원야화기 외 11편』, 을유문화사, 1949.

이상택 편,『海外蒐佚本 韓國古小說叢書』, 태학사, 1998.

정병욱 · 이승욱 校注,『구운몽』, 민중서관, 1972.

조희웅 校註,『조웅전』, 형설출판사, 1978.

『춘향전』(晩華本, 고대본, 이고본, 경판 30장본, 경판 35장본, 완판 30장본, 완판 33장본,
　　완판 84장본)

b. 중국 자료

『史記』

『明史』

明 郎瑛 撰,『七修類稿』

『大淸太祖高皇帝實錄』, 臺北: 華文書局 영인, 1964.

『大淸太宗文皇帝實錄』, 臺北: 華文書局 영인, 1964.

『滿洲實錄』(今西春秋 譯, 東洋史硏究會叢刊 1, 1936)

『淸史稿』, 臺北: 國史館, 1986.

楊家駱 主編,『唐人傳奇小說』, 臺北: 世界書局, 1975.

楊家駱 主編,『剪燈新話等九種』, 臺北: 世界書局, 1973.

『金甁梅』(120회본)

『紅樓夢』

馮夢龍,『三言』(『喩世明言』·『警世通言』·『醒世恒言』)

凌夢初,『二拍』(『初刻拍案驚奇』·『二刻拍案驚奇』)

이경선 역,『전등신화』, 을유문화사, 1976.

c. 일본 자료

林羅山,『羅山先生文集』

淺井了意,『伽婢子』

『朝鮮人筆談』

『朝鮮人筆語』

『朝鮮筆談集』

d. 베트남 자료

阮嶼,『傳奇漫錄』, 越南漢文小說叢刊 제1책, 臺北: 學生書局, 1987.

『嶺南摭怪列傳』, 越南漢文小說叢刊 제2집 제1책, 臺北: 學生書局, 1992.

『嶺南摭怪列傳 續類』, 越南漢文小說叢刊 제2집 제1책, 臺北: 學生書局, 1992.

陳莉和 編校, 校合本『大越史記全書』, 東京: 東京大學 東洋文化研究所附屬 東洋學
    文獻센터, 1984.

박희병 역,『베트남의 신화와 전설』, 돌베개, 2000.

阮嶼, 박희병 역,『베트남의 기이한 옛이야기』, 돌베개, 2000.

2. 논저

a. 저서

강만길,『조선후기 상업자본의 발달』, 고려대 출판부, 1974.

과학원 언어문학연구소 문학연구실,『조선문학통사(상)』, 평양: 과학원출판사, 1959; 서
    울: 인동, 1988.

김기동,『한국고전소설연구』, 교학사, 1981.

김동욱,『국문학사』, 일신사, 1976.

김동욱,『춘향전연구』, 연세대학교 출판부, 1965; 증보판, 1976.

김동욱,『한국가요의 연구』, 을유문화사, 1961.

김동욱 · 김태준 · 설성경,『춘향전 비교연구』, 삼영사, 1979.

김용덕,『한국전기문학론』, 민족문화사, 1987.

김용섭,『조선후기 농업사 연구(Ⅰ)』, 일조각, 1970.

김용섭,『조선후기 농업사 연구(Ⅱ)』, 일조각, 1971.

김용섭,『한국근대농업사연구』, 일조각, 1975.

김춘택, 『조선문학사 1』, 평양: 김일성종합대학출판사, 1982; 서울: 천지, 1989.

김태준, 『증보조선소설사』, 학예사, 1939.

김하명, 『조선문학사 3』(15~16세기 문학), 평양: 사회과학출판사, 1991.

김하명, 『조선문학사 4』(17세기 문학), 평양: 사회과학출판사, 1992.

김하명, 『조선문학사 5』(18세기 문학), 평양: 과학백과사전종합출판사, 1994.

김하명, 『조선문학사 6』(19세기 문학), 평양: 과학백과사전종합출판사, 1999.

박성의, 『한국고대소설사』, 일신사, 1958.

박희병, 『한국고전인물전연구』, 한길사, 1992.

박희병, 『조선후기 傳의 소설적 성향 연구』, 성균관대 대동문화연구원, 1993.

박희병, 『한국전기소설의 미학』, 돌베개, 1997.

박희병, 『한국의 생태사상』, 돌베개, 1999.

사회과학원 문학연구소, 『조선문학사』(고대·중세편), 평양: 과학백과사전출판사, 1977.

서종문, 『판소리 사설의 연구』, 형설출판사, 1984.

소재영, 『임병양란과 문학의식』, 한국연구원, 1980.

송찬식, 『이조후기 수공업에 관한 연구』, 서울대 한국문화연구소, 1973.

원유한, 『조선후기 화폐사 연구』, 한국연구원, 1975.

유인선, 『베트남사』, 민음사, 1984.

이가원, 『이조한문소설선』, 민중서관, 1961.

이가원, 『연암소설연구』, 을유문화사, 1965.

이병기·백철, 『국문학전사』, 신구문화사, 1959.

이상택, 『한국고전소설의 탐구』, 중앙출판, 1981.

이성혜, 『차산 배전 연구』, 보고사, 2002.

이수봉, 『가문소설연구』, 형설출판사, 1978.

이승복, 『옥국재 가사 연구』, 월인, 2013.

이윤석, 『임경업전 연구』, 정음사, 1985.

이윤석, 『홍길동전의 작자는 허균이 아니다』, 한뼘책방, 2018.

이재선, 『한국단편소설연구』, 일조각, 1975.

이재수, 『한국소설연구』, 선명문화사, 1969.

이혜순, 『조선통신사의 문학』, 이화여자대학교 출판부, 1996.

장덕순, 『국문학통론』, 신구문화사, 1976.

장덕순, 『한국문학사』, 동화문화사, 1975.

장덕순·조동일·서대석·조희웅, 『구비문학개설』, 일조각, 1977.

장효현, 『서유영 문학의 연구』, 아세아문화사, 1988.

정병욱,『한국의 판소리』, 집문당, 1981.

조기준,『한국경제사』, 개정판, 일신사, 1974.

조동일,『한국소설의 이론』, 지식산업사, 1977.

조동일,『한국문학통사』 제3책, 지식산업사, 1984.

조윤제,『국문학사』, 동방문화사, 1949.

조윤제,『국문학개설』, 동국문화사, 1955.

조희웅,『조선후기 문헌설화의 연구』, 형설출판사, 1980.

국사편찬위원회,『한국사』 29, 1995.

魯迅, 정범진 역,『中國小說史略』, 범학사, 1978.

山本達郎,『安南史硏究 1』, 東京: 山川出版社, 1950.

前野直彬,『中國小說史考』, 東京: 秋山書店, 1975.

陳益源,『剪燈新話与傳奇漫錄之比較硏究』, 臺北: 學生書局, 1990.

시모어 채트먼, 김경수 역,『영화와 소설의 서사구조』, 민음사, 1990.

미하일 M. 바흐젠, 전승희 · 서경희 · 박유미 역,『장편소설과 민중언어』, 창작과비평사, 1988.

미하일 M. 바흐젠, 이득재 역,『바흐젠의 소설미학』, 열린책들, 1988.

Burton Watson, 박혜숙 편역,『사마천의 역사인식』, 한길사, 1988.

S. 리몬-캐넌, 최상규 역,『소설의 시학』, 문학과지성사, 1985.

Ian Reid, 김종운 역,『단편소설』, 서울대학교 출판부, 1979.

제랄드 프랜스, 최상규 역,『서사학』, 문학과지성사, 1988.

쯔베땅 또도로프, 최현무 역,『바흐젠』, 까치, 1987.

Benno von Wiese, *Novelle*, Stuttgart: Metzler, 1969.

Dietrich Steinbach, *Grundlagen einer theoretisch-kritischen Literatursoziologie: Die dialektische Theorie und Methode*, in: J. Bark Hrsg., *Literatursoziologie: Begriff und Methodik*, Bd. 1, Stuttgart: W. kohlhammer Verlag, 1974.

G. Lukács, *Die Theorie des Romans*, Dritte unveränderte Auflage, Neuwied und Berlin: Hermann Luchterhand Verlag, 1965.

G. Lukács, *Der historische Roman*, Neuwied und Berlin: Hermann Luchterhand Verlag, 1965.

Helmut Prang, *Formgeschichte der Dichtkunst*, Stuttgart: W. Kohlhammer Verlag, 1971.

H. R. Jauß, *Literaturgeschichte als Provokation*, Frankfurt am Main: Suhrkamp Verlag, 1970.

Johannes Klein, *Geschichte der deutschen Novelle*, Wiesbaden: Franz Steiner Verlag, 1956.

M. M. Grisebach, *Methoden der Literaturwissenschaft*, München: Franke Verlag, 1977.

b. 논문

강만길, 「역사학이 찾은 '시대'와 소설이 담은 '시대'」, 『세계의문학』 9, 1978.

강진옥, 「최척전에 나타난 고난과 구원의 문제」, 『이화어문논집』 8, 1986.

강한영, 「판소리의 이론─자료의 정리」, 조동일·김흥규 편, 『판소리의 이해』, 창작과비평사, 1978.

고승제, 「이조말기 촌락반란운동과 촌락사회의 구조적 변화」, 『백산학보』 19, 1975.

권두환, 「『배비장전』 연구」, 『한국학보』 17, 1979.

권두환·서종문, 「방자형 인물고」, 한국고전문학연구회 편, 『한국소설문학의 탐구』, 일조각, 1978.

권태을, 「동야휘집 소재(所載) 야담의 유형적 연구」, 영남대 석사학위논문, 1979.

권혁래, 「나손본 〈김철전〉의 史實性과 여성적 시각의 면모─〈김영철전〉과 대비하여」, 『고전문학연구』 15, 1999.

권혁래, 「〈김영철전〉의 작가와 작가의식」, 『고소설연구』 22, 2006.

김균태, 「이옥의 문학사상 연구」, 『현상과인식』 제1권 제4호, 1977.

김기동, 「불교소설 최척전 소고」, 『불교학보』 11, 동국대 불교문화연구원, 1974.

김기동, 「춘향전의 내용적 고찰」, 『자유문학』 3, 1958.

김남기, 「이건의 생애와 題小說詩에 나타난 소설관 고찰」, 『한국한시연구』 4, 1996.

김대행, 「춘향의 성격문제」, 『선청어문』 8, 1977.

김대현, 「17세기 소설사의 한 연구」, 성균관대 박사학위논문, 1993.

김동욱, 「춘향전 연구는 어디까지 왔나」, 『창작과비평』 40, 1976.

김명호, 「연암문학과 사기」, 『우전신호열선생고희기념논총』, 창작과비평사, 1983.

김영진, 「『기리총화』에 대한 일고찰─편찬자 확정과 후대 야담집과의 관련 양상을 중심으로」, 『한국한문학연구』 28, 2001.

김영진, 「조선후기 사대부의 야담창작과 향유의 일 양상─盧命欽·盧兢 부자와 豊山 洪鳳漢家와의 관련을 중심으로」, 『어문논집』 37, 1998.

김영호, 「조선후기에 있어서의 도시상업의 새로운 전개」, 『한국사연구』 2, 1968.

김우종, 「항거없는 성춘향」, 『현대문학』 3권 6호, 1957.

김종원, 「丁卯胡亂時의 후금의 出兵動機」, 『동양학연구』 12·13 합집, 1978.

김종철, 「서사문학사에서 본 초기 소설의 성립문제」, 『다곡이수봉선생회갑기념논총』, 1988.

김종철, 「차산 배전 연구(1)—생애와 사상을 중심으로」, 『한국학보』 13, 1987.

김진영, 「춘향가 논의의 몇 가지 반성」, 『선청어문』 9, 1978.

김태준, 「춘향전의 현대적 해석」, 동아일보 1935년 1월 1일~10일(『원본춘향전』, 학예사, 1939의 부록으로 재수록; 『김태준전집』 제2책, 보고사, 1990에 영인 수록)

김흥규, 「판소리의 二元性과 사회적 배경—신재효와 「심청전」의 경우를 중심으로」, 『창작과비평』 31, 1974.

김흥규, 「방자와 말뚝이: 두 전형의 비교」, 『한국학논집』 5, 1978.

김흥규, 「판소리의 사회적 성격과 그 변모」, 『세계의문학』 제3권 제4호, 1978.

류탁일, 「전등신화·전등여화의 한국전래와 수용」, 『다곡이수봉선생회갑기념논총』, 1988.

민병수, 「한국소설발달사」, 『한국문화사대계』 V, 고려대 민족문화연구소, 1967.

민영대, 「최척전연구」, 『한남어문학』 13, 1987.

박혜숙, 「여성적 정체성과 자기서사」, 『고전문학연구』 20, 2001.

박희병, 「조선후기 야담계 한문단편소설 양식의 성립」, 『한국학보』 22, 1981.

박희병, 「고려후기~선초의 인물전 연구」, 『부산한문학연구』 2, 1987.

박희병, 「이인설화를 통해 본 16·7세기 사상사」, 『파전김무조박사회갑기념논총』, 1988.

박희병, 「조선전기의 인물전 연구」, 『부산한문학연구』 3, 1988.

박희병, 「이인설화와 신선전」, 『한국학보』 53·55, 1988·1989.

박희병, 「한국고전소설의 발생 및 발전단계를 둘러싼 몇몇 문제에 대하여」, 『관악어문연구』 17, 1992.

박희병, 「전기적 인간의 미적 특질—전기소설 서사문법의 규명을 위한 예비적 작업」, 『민족문학사연구』 7, 1995.

박희병, 「『금오신화』의 소설미학」, 『한국한문학연구』 18, 1995.

박희병, 「羅麗時代 전기소설 연구」, 『대동문화연구』 30, 1995.

박희병, 「『금오신화』 창작의 연원과 배경」, 『한국전기소설의 미학』, 돌베개, 1997.

박희병, 「傳奇小說의 문제」, 『한국전기소설의 미학』, 돌베개, 1997.

박희병, 「『호동거실』의 반체제성」, 『민족문학사연구』 63, 2017.

반성완, 「루카치의 역사소설이론과 우리 역사소설」, 『외국문학』 3, 1984.

서경희, 「이조후기 한문단편의 연구—『朝報』를 중심으로」, 성균관대 석사학위논문, 1977.

서대석, 「군담소설의 구성과 작가의식」, 『계명논총』 7, 1970.

서대석, 「군담소설의 구조와 배경사상」, 『한국학보』 8, 1977.

서인석, 「국문본 〈김영철전〉의 이본적 위상과 특징」, 『국어국문학』 157, 2011.

설성경, 「신재효 판소리 사설 연구」, 『한국학논집』 7, 1980.

성기옥, 「傳의 장르적 검토」, 『울산어문논집』 1, 1984.

성현경, 「옥련몽 연구」, 서울대 석사학위논문, 1968.

성현경, 「이조적강소설연구」, 서울대 박사학위논문, 1980.

소재영, 「기우록 논고」, 『김성배교수회갑논문집』, 1977.

손정목, 「조선시대 후기 도시의 변화과정 연구」, 『향토서울』 34, 1976.

송하준, 「새로 발견된 한문필사본 〈김영철전〉의 자료적 가치」, 『고소설연구』 35, 2013.

신현웅, 「옥국재『穎尾編』의 자료적 특성과 가치」, 『한국한문학연구』 46, 2010.

심정섭, 「현실인식을 통해 본 판소리소설의 문학사적 위치」, 서울대 석사학위논문, 1974.

양승민·박재연, 「원작 계열 〈김영철전〉의 발견과 그 자료적 가치」, 『고소설연구』 18, 2004.

오세영, 「춘향의 성격변화」, 『국어국문학』 70, 1976.

유교성, 「한국상공업사」, 『한국문화사대계』 Ⅱ, 고대민족문화연구소, 1975.

윤성근, 「완판본 열녀춘향수절가 연구」, 『어문학』 16, 1967.

이경우, 「『어우야담』 연구」, 서울대 석사학위논문, 1976.

이동환, 「雙女墳記의 작자와 그 창작 배경」, 『민족문화연구』 37, 2002.

이병기, 「해설」, 『요로원야화기 외 11편』, 을유문화사, 1949.

이복규, 「임경업전 연구」, 경희대 박사학위논문, 1992.

이상옥, 「소설의 발생과 리차드슨의 패밀라」, 백낙청 편, 『서구 리얼리즘소설 연구』, 창작과비평사, 1982.

이상택, 「춘향전연구―춘향의 성격 분석을 중심으로」, 서울대 석사학위논문, 1966.

이상택, 「춘향전 연구사 반성」, 『한국학보』 5, 1976.

이상택, 「한국도가문학의 현실인식 문제」, 『한국문화』 7, 1986.

이석래, 「고대소설에 미친 야담의 영향」, 『성곡논총』 3, 1972.

이석래, 「『배비장전』의 풍자구조」, 한국고전문학연구회 편, 『한국소설문학의 탐구』, 일조각, 1978.

이승수, 「김영철전의 갈래와 독법―홍세태의 작품을 중심으로」, 『정신문화연구』 107, 2007.

이우성, 「序」, 『이조한문단편집(상)』, 일조각, 1973.

이우성, 「실학연구 서설」, 역사학회 편, 『실학연구입문』, 일조각, 1976.

이우성, 「실학파의 문학」, 『국어국문학』 16, 1957.

이원주, 「연암소설고(1)」, 『어문학』 15, 1966.

이원주, 「「호질」의 풍자대상」, 『상산이재수박사환력기념논문집』, 1972.

이정탁, 「연암소설에 나타난 풍자연구」, 『안동교대논문집』 2, 1969.

이창헌, 「고전소설의 혼사장애구조와 유형에 관한 연구」, 서울대 석사학위논문, 1987.

인권환, 「『토끼전』의 서민의식과 풍자성」, 『어문논집』 14·15, 1973.

임완혁, 「『청구야담』에 대한 문헌학적 연구」, 『한국한문학연구』 25, 2000.

임형택, 「『홍부전』의 현실성에 관한 연구」, 『문화비평』 4, 1969.

임형택, 「18·9세기 '이야기꾼'과 소설의 발달」, 『한국학논집』 2, 1975.

임형택, 「한문단편 형성과정에서의 講談師」, 『창작과비평』 49, 1978.

임형택, 「나말여초의 傳奇文學」, 『한국문학사의 시각』, 창작과비평사, 1984.

임형택, 「홍길동전의 신고찰」, 『한국문학사의 시각』, 창작과비평사, 1984.

임형택, 「17세기 규방소설의 성립과 창선감의록」, 『동방학지』 57, 1988.

임형택, 「『동패낙송』 연구─야담의 기록화과정과 한문단편의 성립」, 『한국한문학연구』 23, 1999.

장경학, 「춘향전의 법률학적 접근(하)」, 『사상계』 9, 1953.

장덕순, 「한국의 해학」, 『동양학』 4, 1974.

장덕순, 「한문소설의 재인식」, 『창작과비평』 31, 1974.

정석종, 「이익의 성호사설」, 역사학회 편, 『실학연구입문』, 일조각, 1973.

정석종, 「조선후기에 있어서의 신분제 붕괴에 대한 一小考」, 서울대 석사학위논문, 1968.

정석종, 「홍경래란의 성격」, 『한국사연구』 7, 1972.

정옥자, 「조선후기의 위항문학운동─玉溪詩社를 중심으로」, 서울대 석사학위논문, 1976.

정환국, 「애국계몽기 한문소설의 성격 규명을 위한 시론─『대한일보』 연재소설을 중심으로」, 『한국한문학연구』 21, 1998.

조동일, 「『홍부전』의 양면성」, 『계명논총』 5, 1968.

조동일, 「갈등에서 본 춘향전의 주제」, 『계명논총』 7, 1970.

조동일, 「『심청전』에 나타난 悲壯과 골계」, 『계명논총』 8, 1971.

조동일, 「18, 19세기 국문학의 장르체계─장르이론의 새로운 모색을 위한 一試論」, 『고전문학연구』 1, 1971.

조동일, 「영웅의 일생, 그 문학사전 전개」, 『동아문화』 10, 1971.

조동일, 「『토끼전(별쥬부전)』의 구조와 풍자」, 『계명논총』 9, 1972.

조동일, 「한국·중국·일본 '소설'의 개념」, 『성곡논총』 20, 1989.

조윤제, 「춘향전 이본고」, 『校註春香傳』, 을유문화사, 1957.

조태영, 「傳의 서술양식의 원리와 그 변동의 원리」, 『한국문화연구』 2, 1985.

조희웅, 「이고본 춘향전 연구」, 『국어국문학』 58~60 합병호, 1972.

진경환, 「창선감의록의 작품구조와 소설사적 위상」, 고려대 박사학위논문, 1992.

진재교, 「잡기고담의 저작연대와 작자에 대하여」, 『서지학보』 12, 1994.

김동욱, 「해설」, 김동욱 校注譯, 『단편소설선』, 민중서관, 1976.

차용주, 「옥루몽 연구」, 고려대 석사학위논문, 1965.

최신호, 「傳記, 傳奇, 小說」, 『성심어문논집』 5, 1981.

최용철, 「금오신화 조선간본의 발굴과 그 의미」, 『중국소설연구회보』 39, 1999.

최진원, 「판소리의 文學攷—『춘향전』의 합리성과 비합리성」, 『대동문화연구』 2, 1966.

현길언, 「야담의 문학적 의의와 성격」, 『한국언어문학』 15, 1978.

山口正之, 「耶蘇會宣教師の朝鮮俘虜救濟及教化」, 『青丘學叢』 4, 1931.

山口正之, 「朝鮮役に於ける被擄人の行方」, 『青丘學叢』 8, 1932.

矢澤康祐, 「李朝後期における社會的矛盾の特質について」, 『人文學報』 89, 1972.

原田環, 「晋州民亂と朴珪壽」, 『史學研究』 126, 1975.

陳慶浩, 「越南漢文小說叢刊總序」, 越南漢文小說叢刊 제1책 『傳奇漫錄』, 臺北: 學
    生書局, 1987.

河原林靜美, 「1811년 평안도에 있어서 농민전쟁」, 청아출판사 편역, 『봉건사회 해체기의
    사회경제구조』, 1982.

Paul Hernadi, "Dual Perspective: Free Indirect Discourse and Related Techniques",
    Comparative Literature 24, 1972.

Water Dietze, "Raum, Zeit und Klasseninhalt der Renaissance", in: Werner Bahner
    Hrsg., *Renaissance · Barock · Aufklärung: Epochen- und Periodisierungsfragen*, Kronberg/Ts:
    Scriptor Verlag, 1976.

원 게재처

제1부

1. 「한국고전소설의 발생」
   이상택 외 지음, 『한국 고전소설의 세계』, 돌베개, 2005.
2. 「조선후기 한문소설 연구의 전망」
   원제: 「한문소설의 발전」. 황패강 · 김용직 · 조동일 · 이동환 편, 『한국문학연구입문』, 지식산업사, 1982.
3. 「한국한문소설 개관」
   박희병 標點 · 校釋, 『한국한문소설 교합구해』, 소명출판, 2005.
4. 「판소리에 나타난 현실인식」
   장덕순 외, 『한국문학사의 쟁점』, 집문당, 1987.
5. 「북한학계 고전소설사 연구의 성과와 문제점」
   원제: 「최근 북한 학계에서의 고전소설사 연구의 성과와 문제점」. 김춘택, 『우리나라 고전소설사』, 한길사, 1993에 부록으로 수록.
6. 「고전소설연구의 방법론 검토와 새로운 방향 모색」
   원제: 「고전소설 연구의 새로운 방향 모색」. 『민족문학사연구』 1, 1991의 특집으로 기획된 '문학연구방법론의 검토와 새로운 방향 모색'에 포함된 논문.

제2부

1. 「한국고전문학에서 전(傳)과 소설의 관계양상」
   원제: 「한국한문학에 있어 전과 소설의 관계양상」. 『한국한문학연구』 12, 1989.

2. 「한문소설과 국문소설의 관련양상」

『한국한문학연구』 22, 1998의 특집으로 기획된 '한국문학에 있어서 국문문학과 한문문학의 관련양상'에 포함된 논문.

3. 「설화적 상상력과 도학자의 소설적 형상화—「김하서전」 고(攷)」

원제: 「민간의 상상력과 도학자의 소설적 형상화」, 『관악어문연구』 20, 1995.

제3부

1. 「『청구야담』 연구—한문단편소설을 중심으로」

서울대 석사학위논문, 1981.

2. 「『춘향전』의 역사적 성격 분석—봉건사회 해체기적 특징을 중심으로」

임형택 · 최원식 편, 『전환기의 동아시아 문학』, 창작과비평사, 1985.

제4부

1. 「16 · 17세기 동아시아의 전란과 가족 이산—「최척전」 고(攷)」

김진세 편, 『고전소설작품론』, 집문당, 1990. 10.

2. 「17세기 동아시아의 전란과 민중의 삶—「김영철전」의 분석」

벽사이우성교수정년퇴직기념논총간행위원회 편, 『민족사의 전개와 그 문화(상): 벽사이우성교수정년퇴직기념논총』, 1990. 9; 『한국근대문학사의 쟁점』, 창작과비평사, 1990. 11에 재수록.

3. 「17세기 초의 화이론과 부정적 소설 주인공의 등장—「강로전」 고(攷)」

원제: 「17세기 초의 崇明排胡論과 부정적 소설주인공의 등장—「강로전」에 대한 고찰」, 양포이상택교수환력기념논총간행위원회 편, 『한국고전소설과 서사문학(상)』, 집문당, 1998.

제5부

1. 「한국 · 중국 · 베트남 전기소설의 미적 특질 연구—『금오신화』 · 『전등신화』 · 『전기만록』을 대상으로」

『대동문화연구』 36, 2000.

찾아보기

한국고전소설 연구의 방법적 지평

1판 1쇄 발행 2019년 9월 25일

지은이 | 박희병
펴낸이 | 조영남
펴낸곳 | 알렙

출판등록 | 2009년 11월 19일 제313-2010-132호
주소 | 경기도 고양시 일산서구 중앙로1455 대우시티프라자715
전자우편 | alephbook@naver.com
전화 | 031-913-2018
팩스 | 031-913-2019

ISBN 979-11-89333-18-8 93800